BASTEI
LÜBBE

SCHAU MIR IN DIE AUGEN, SCHNÜFFLER

Herausgegeben von
Bill Pronzini
und Martin H. Greenberg

Schwarze
SERIE

BASTEI
LÜBBE

BASTEI-LÜBBE-TASCHENBUCH
Schwarze Serie
Band 19 150

Erste Auflage: Januar 1991

Deutsche Lizenzausgabe 1991
Bastei-Verlag Gustav H. Lübbe GmbH & Co., Bergisch Gladbach
Originaltitel: The Mammoth Book of Private Eye Stories
Übersetzernachweis am Ende der Geschichten
Lektorat: René Strien
Titelillustration: Hasan Koçbay
Umschlaggestaltung: Quadro Grafik, Bensberg
Satz: VID Verlags- und Industriedrucke GmbH & Co. KG,
Villingen-Schwenningen
Druck und Verarbeitung:
Clausen & Bosse, Leck
Printed in Germany
ISBN 3-404-19150-1

Der Preis dieses Bandes versteht sich einschließlich
der gesetzlichen Mehrwertsteuer.

INHALT

ROSS MACDONALD

Blondine mit schlechtem Gewissen

Lew Archer

Am Ende der Landebahn wartete ein Mann auf mich. Er sah nicht so aus wie der Mann, der mich abholen sollte: Er trug eine schmutzige, braune Windjacke, zerbeulte Hosen und einen zerknautschten Hut, der genauso fragwürdig aussah wie sein Gesicht. Angesichts der grauen Strähnen und der Falten schätzte ich ihn auf ungefähr vierzig. Er hatte dunkelbraune Augen, die nie stillstanden; sie waren ständig in Bewegung, wie die eines Hundes, der erwartet, verprügelt zu werden. Ich nahm an, daß er oft und brutal verprügelt worden war.

»Sind Sie Archer?«

Ich bejahte und wollte ihm die Hand geben. Er wußte nicht, was er mit ihr anfangen sollte. Er starrte sie argwöhnisch an – als erwartete er, daß ich ihn mit einem Judogriff aufs Kreuz legen würde. Die Hände behielt er in den Taschen seiner Windjacke.

»Ich heiße Harry Nemo.« Es klang wie ein widerwilliges Winseln. Es kostete ihn Überwindung, mir seinen Namen zu nennen. »Mein Bruder hat mich geschickt, Sie abzuholen. Kommen Sie?«

»Sobald ich mein Gepäck geholt habe.«

Ich holte meine Reisetasche am Schalter des leeren Warteraums ab. Die Tasche war für ihre Größe sehr schwer. Kein Wunder, denn außer einer Zahnbürste und ein bißchen Kleidung zum Wechseln hatte ich zwei Revolver und Munition eingepackt: eine .38er Special für Überraschungen und eine .32er Automatik als Ersatz.

Harry Nemo nahm mich mit hinaus zu seinem Wagen. Es war eine brandneue Spezialanfertigung: sieben Sitze, lang und schwarz wie der Tod. Die Seitenscheiben waren verstärkt; sie schimmerten gelblich; kugelsicheres Glas.

»Erwarten Sie, daß man auf Sie schießt?«

»Nicht auf mich.« Er lächelte kläglich. »Das ist Nicks Auto.«

»Warum ist Nick nicht selbst gekommen?«

Er schaute auf das verlassene Flugfeld. Das Flugzeug, mit dem ich angekommen war, war nur noch ein kleiner leuchtender Punkt über der roten Sonne. Außer uns war weit und breit nur noch der Fluglotse im Kontrollraum, aber Nemo beugte sich zu mir hinüber und wisperte:

»Nick hat die Hosen voll. Er hat soviel Angst – er geht noch nicht einmal mehr aus dem Haus. Jedenfalls nicht mehr seit heute morgen.«

»Was ist denn heute morgen passiert?«

»Hat er es Ihnen nicht erzählt? Sie haben doch mit ihm telefoniert.«

»Er hat nicht sehr viel gesagt. Nur daß er einen Leibwächter für sechs Tage braucht – bis er verschwindet. Den Grund hat er mir nicht genannt.«

»Sie sind hinter ihm her – das ist der Grund. Heute morgen ist er zum Strand runtergegangen. Er hat einen privaten Strand, hinter seiner Ranch – und er war allein, um sein morgendliches Bad zu nehmen. Jemand hat vom Kliff auf ihn geschossen. Fünf- oder sechsmal. Er war im Wasser, hatte also keinen Revolver. Er erzählte mir, daß die Kugeln wie ein Hagelsturm um ihn herum einschlugen. Er schwamm unter Wasser ins Meer hinaus, sonst hätte es ihn erwischt. Wenn er nicht zufälligerweise so ein guter Schwimmer wäre, hätten sie ihn jetzt. Kein Wunder, daß er die Hosen voll hat. Sie haben ihn gefunden – und er weiß es.«

»Wer sind ›sie‹ – oder ist das ein Familiengeheimnis?«

Nemo wandte sich vom Steuer ab und starrte mich an. Er hatte einen säuerlichen Atem – und war völlig überrascht. »Großer Gott, wissen Sie nicht, wer Nick ist? Hat er es Ihnen nicht gesagt?«

»Er pflanzt Zitronen an, oder?«

»Ja, jetzt.«

»Und was war er vorher?«

Sein verbittertes Gesicht wurde ausdruckslos. »Ich sollte mein Maul nicht so weit aufreißen. Er kann es Ihnen selbst erzählen, wenn er will.«

Der Wagen schoß mit seinen 200 Pferdestärken vom Bürgersteig los. Ich hatte meine schwere Ledertasche auf dem Schoß. Nemo fuhr, als ob dies sein einziges Vergnügen im Leben war: schweigend, so, als wäre er eins mit dem

Wagen geworden. Wir brausten den Highway entlang; dann ging es langsam auf einer geraden Straße hinunter, zwischen symmetrisch angepflanzten Zitronenbäumen. Die Sonne spiegelte sich rot im Meer am Ende des Tals.

Bevor wir ganz unten waren, verließen wir die Asphaltstraße und bogen in einen Privatweg ein, der sich kerzengerade durch die grasgrünen Bäume zog. Eine halbe Meile weit – bis zu einem niedrigen Haus auf einer Lichtung.

Es hatte ein flaches Dach, war aus Sandstein und Beton und besaß eine Garage. Vor allen Fenstern waren schwere Vorhänge. Gepflegte Beete und ein Rasen umgaben das Haus – und ein über drei Meter hoher Drahtzaun, der mit Stacheldraht ›gekrönt‹ war.

Nemo hielt vor dem Tor an, das mit einem Vorhängeschloß zusammengehalten wurde; dann hupte er. Nichts rührte sich. Er hupte noch einmal.

Auf halbem Wege zwischen Haus und Tor kroch etwas aus den Büschen. Es war ein Mann, der sich sehr langsam auf Händen und Knien vorwärtsbewegte. Sein Kopf berührte fast den Boden. Eine Seite seines Kopfes war hellrot, als wäre er in einen Farbeimer gefallen. Er hinterließ eine rote Zickzack-Spur im Kies der Einfahrt.

Harry Nemo sagte: »Nick?« und kletterte aus dem Wagen. »Was ist passiert, Nick?«

Der kriechende Mann hob den Kopf und sah uns an. Er stand schwerfällig auf. Er kam auf uns zu – es war, als wären seine Beine aus Pudding und weit gespreizt; wie bei einem Baby, das laufen lernt. Er atmete schrecklich laut und schaute uns mit völliger Hoffnungslosigkeit an. Dann starb er – im Gehen. Ich sah, wie sich sein Gesichtsausdruck veränderte, bevor er auf dem Kies aufschlug.

Harry Nemo kletterte wie ein müder Affe über den Zaun und riß sich dabei seine Hosen auf. Er kniete neben seinem Bruder, drehte ihn um und streichelte seine Brust. Dann stand er kopfschüttelnd auf.

Ich hatte den Reißverschluß meiner Reisetasche schon geöffnet und den Revolver in der Hand. Ich ging zum Tor. »Mach auf, Harry.«

Harry wiederholte immer wieder: »Sie haben ihn erwischt.« Er bekreuzigte sich mehrmals. »Die verdammten Schweine.«

»Mach auf«, sagte ich.

Er fand einen Schlüsselbund in der Tasche des Toten und öffnete das Vorhängeschloß. Unsere schleppenden Schritte knirschten im Kies. Ich sah den Kieselsteinstaub in Nicky Nemos Augen, die Einschußwunde an seiner Schläfe.

»Wer hat ihn erwischt, Harry?«

»Was weiß ich. Fats Jordan, oder Artie Castola, oder Faronese. Einer von ihnen.«

»Die Purple Gang.«

»Du sagst es. Nick war ihr Schatzmeister, früher in den 30er Jahren. Er war der einzige, dessen Name nicht in den Zeitungen stand. Er hat die Schmiergelder bezahlt, deswegen. Als es dann zu heiß und die Bande schließlich zerschlagen wurde, hatte er das Geld aus den Bankfächern. Er war der einzige, den sie nie gekriegt haben.«

»Wieviel Geld hatte er?«

»Das hat Nick mir nie erzählt. Er kam vor dem Krieg hierher und kaufte tausend Hektar Zitronenhaine. Mehr weiß ich nicht. Aber er wußte, daß sie ihn kriegen würden. Er wußte es.«

»Artie Castola ist letzten Frühling aus Alcatraz entlassen worden.«

»Das brauchst du mir nicht zu erzählen. Damals hat Nick sich die kugelsichere Limousine zugelegt und den Zaun aufstellen lassen.«

»Sind sie auch hinter dir her?«

Er schaute auf die Haine, die immer mehr in der Dunkelheit verschwanden, und auf den Himmel. Dort sah man rote Streifen, als ob die Sonne eines gewaltsamen Todes gestorben wäre.

»Ich weiß nicht«, antwortete er nervös. »Sie haben keinen Grund. Ich bin weiß wie Schnee. Ich habe mit den Banden nichts zu tun gehabt. Jedenfalls nicht mehr seit meiner Jugend. Meine Frau hat dafür gesorgt, verstehst du?«

Ich sagte: »Wir sollten ins Haus gehen und die Polizei anrufen.«

Die Haustür stand ein paar Zentimeter offen. An der Türkante konnte man sehen, daß sie mit einer zentimeterdicken Stahlplatte gepanzert war. Harry sprach aus, was ich die ganze Zeit gedacht hatte:

»Warum, zum Teufel, ist er bloß rausgekommen? Im Haus war er vollkommen sicher.«

»Lebte er allein?«

»Mehr oder weniger.«

»Und was soll das heißen?«

Er tat so, als habe er mich nicht gehört – aber auch so bekam ich meine Antwort. Ich schaute durch den türlosen Bogen ins Wohnzimmer und sah einen zusammengefalteten Leopardenfellmantel auf dem Chesterfield-Sofa. Und im Aschenbecher lagen rotgefärbte Zigarettenenden zwischen der Asche.

»War Nick verheiratet?«

»Nicht richtig.«

»Kennst du die Frau?«

»Nee.« Aber es war eine Lüge.

Von der Rückseite des massiv gebauten Hauses hörte man das Quietschen der Federung, einen krachenden Aufprall, das stotternde Aufheulen eines kalten Motors und das Knirschen von Reifen im Kies. Ich ging zur Haustür und konnte gerade noch ein kirschrotes Kabriolett durch die Einfahrt rasen sehen. Das Verdeck war offen, und ich sah ein Mädchen mit strohblondem Haar über dem Steuerrad kauern. Sie wich Nicks Leiche gerade noch aus und schaffte es irgendwie, mit quietschenden Reifen durchs Tor zu kommen. Ich zielte auf das rechte Hinterrad des Wagens und verfehlte es. Harry tauchte hinter mir auf. Er drückte meinen Revolver herunter, bevor ich noch einmal schießen konnte. Das Kabriolett verschwand in Richtung Highway.

»Laß sie laufen«, sagte er.

»Wer ist sie denn?«

Er dachte darüber nach, und ich konnte hören, wie sein Gehirn arbeitete. »Weiß ich auch nicht. Irgendeine

Schlampe, die Nick irgendwo aufgegabelt hat. Sie heißt Flossie oder Florrie oder so ähnlich. Sie hat ihn nicht erschossen, wenn du dir darüber den Kopf zerbrechen solltest.«

»Du kennst sie gut, nicht wahr?«

»Den Teufel tu ich. Ich laß die Finger von Nicks Weibern.« Er versuchte einen Wutanfall zu inszenieren, passend zu den großen Worten, aber dafür war er eine Nummer zu klein. Das beste, was er bringen konnte, war kindliche Bockigkeit. »Hör zu, Mister, warum bist du überhaupt noch hier? Der Typ, der dich eingestellt hat, ist tot.«

»Ein Grund ist, daß ich noch nicht bezahlt worden bin.«

Er trottete über den Rasen zur Leiche und kam mit einer Krokodilleder-Brieftasche zurück. Sie war voller Geldscheine.

»Wieviel?«

»Hundert sind genug.«

Er gab mir einen Hundertdollarschein. »Was hältst du davon, wenn du dich jetzt aus dem Staub machst, Junge – bevor die Bullen aufkreuzen?«

»Ich brauche ein Transportmittel.«

»Nimm dir Nicks Wagen. Er wird ihn nicht brauchen. Laß den Wagen am Flughafen stehen, und gib den Schlüssl bei der Flughafenverwaltung ab.«

»So einfach, hm?«

»Natürlich, wenn ich's dir sage.«

»Gehst du nicht ein bißchen freigiebig mit dem Eigentum deines Bruders um?«

»Das gehört jetzt mir, mein Junge.« Dann hatte er eine neue Idee; sein Gesicht war total verändert: »Was hältst du davon, meinen Grund und Boden sofort zu verlassen?«

»Ich bleibe hier, Harry. Mir gefällt's hier. Ich sage immer, es sind die Leute, die die Qualität der Umgebung ausmachen.«

Ich hielt den Revolver immer noch in der Hand. Er schaute auf ihn hinunter.

»Geh zum Telefon, Harry. Ruf die Polizei an.«

»Was glaubst du denn, wer du bist, daß du hier die

Befehle geben kannst? Wie du siehst, habe ich die letzten Befehle meines Lebens befolgt.« Er schaute über seine Schulter, dorthin, wo ein schwarzes, unförmiges Bündel im Kies lag – dann spuckte er haßerfüllt auf den Boden.

»Ich bin ein einfacher Bürger, der für Nicky arbeitet. Nicht für dich.«

Sein Tonfall änderte sich plötzlich. »Wieviel willst du, um für mich zu arbeiten?«

»Das hängt von der Arbeit ab.«

Er öffnete die Krokodilleder-Brieftasche. »Hier sind nochmal hundert. Wenn du schon bleiben willst – kein Wort über die Lady, hm? Haben wir uns verstanden?«

Ich antwortete nicht, nahm aber das Geld. Ich steckte es in eine leere Tasche – wo es ganz für sich war. Harry rief den Sheriff des Bezirks an.

Bevor die Männer des Sheriffs kamen, leerte er die Aschenbecher und stopfte den Leopardenmantel in eine Holztruhe. Ich setzte mich und sah ihm zu.

Wir verbrachten die nächsten zwei Stunden mit den Deputy Sheriffs, die zuviel und zu laut redeten. Sie waren böse auf den Toten, weil er eine Vergangenheit hatte, die Kugeln anzog. Und sie waren wütend auf Harry, weil er sein Bruder war. Auch wenn sie es nicht sagten, waren sie in erster Linie wütend auf sich selbst, weil sie unerfahren und inkompetent waren. Sie fanden noch nicht einmal den Leopardenmantel.

Harry Nemo fuhr als erster nach Hause. Darauf hatte ich gewartet und folgte ihm – zu Fuß.

In der Nähe einer schiefen Palme, deren ausgefranste Krone über dem Bürgersteig wehte, war ein großer Hof, um den herum schlampig gebaute Holzhäuser standen. Harry kam den Hofweg entlang und ging in das erste Häuschen. Im Haus konnte man sein Gesicht im Licht sehen. Ich konnte hören, daß eine Frau mit ihm sprach. Dann wurde die Haustür geschlossen, und man konnte nichts mehr sehen oder hören.

Dem Hof gegenüber stand ein altes Giebelhaus, dessen Fenster mit Brettern vernagelt waren. Ich ging über die Straße und ließ mich im Schatten seiner Veranda nieder, um Harry Nemos Häuschen zu beobachten. Drei Zigaretten später kam eine große Frau mit einem dunklen Hut und einem hellen Mantel aus dem Haus und verschwand schnell um die Ecke. Noch einmal zwei Zigaretten später tauchte sie wieder an der Straßenecke auf meiner Seite auf; ihr Tempo war immer noch recht forsch. Ich konnte sehen, daß sie eine große Handtasche aus Stroh unterm Arm hatte. Im Licht der Straßenlaterne war ihr Gesicht lang und steinern.

Dann bog sie von der Straße ab und marschierte über den unebenen Bürgersteig in Richtung Veranda – wo ich mich gegen eine Mauer lehnte, die im Schatten lag. Die Verandastufen stöhnten unter ihrem harten Schritt. Ich legte eine Hand auf meinen Revolver und wartete. Aufrecht, wie ein Korporal des Frauencorps an der Spitze ihrer Einheit, kam sie quer über die Veranda auf mich zu; ein dünner Schatten, mit hochgezogenen Schultern vor dem Hintergrund des Lichts, das von der Straße kam. Ihre Hand war in der Strohtasche, und die Strohtasche war auf meinen Bauch gerichtet. Ihr Gesicht lag im Schatten – die Augen leuchteten, die Zähne glitzerten.

»Ich würde das nicht versuchen, wenn ich in Ihrer Lage wäre«, sagte sie. »Ich habe hier einen Revolver. Er ist entsichert, und ich weiß verdammt gut, wie man damit schießt, Mister.«

»Herzlichen Glückwunsch.«

»Ich mache keine Witze.« Ihre tiefe Altstimme wurde ein bißchen schriller. »Schnellfeuer war meine Spezialität. Sie nehmen also besser die Hände aus den Taschen.«

Ich zeigte ihr meine Hände – minus Revolver. Sie bewegte sich jetzt sehr schnell und zog die Kanone aus meiner Tasche; dann durchsuchte sie mich nach anderen Waffen.

»Wer sind Sie, Mister?« fragte sie, als sie einen Schritt zurückging. »Jedenfalls nicht Arturo Castola, dafür sind Sie nicht alt genug.«

»Sind Sie Polizistin?«

»Ich stelle hier die Fragen. Was machen Sie hier?«

»Ich warte auf einen Freund.«

»Sie Lügner. Seit anderthalb Stunden observieren Sie mein Haus. Ich habe Sie vom Fenster aus beobachtet.«

»Und dann sind Sie losmarschiert und haben sich einen Revolver gekauft, hm?«

»Genau. Sie sind Harry nach Hause gefolgt. Ich bin Mrs. Nemo, und ich will den Grund wissen.«

»Harry ist der Freund, auf den ich warte.«

»Sie lügen schon wieder. Harry hat Angst vor Ihnen. Sie sind nicht sein Freund.«

»Das hängt ganz von Harry ab. Ich bin Detektiv.«

Sie schnaubte verächtlich. »Sehr wahrscheinlich. Und wo ist Ihre Pfeife?«

»Ich bin Privatdetektiv«, sagte ich. »Ich habe einen Ausweis in meiner Brieftasche.«

»Zeigen Sie ihn mir. Und keine Tricks.«

Ich zeigte ihr meinen Ausweis. Sie sah ihn sich unter dem Licht an, das von der Straße kam, und gab ihn mir dann zurück. »Sie sind also Detektiv. Sie sollten etwas für Ihre Beschattungstechnik tun. Die ist mehr als stümperhaft.«

»Ich wußte nicht, daß ich es mit einer Polizistin zu tun haben würde.«

»Ich war Polizistin«, sagte sie. »Jetzt nicht mehr.«

»Dann geben Sie mir meinen 38er wieder. Er hat 70 Dollar gekostet.«

»Erst erzählen Sie mir, warum Sie sich für meinen Mann interessieren. Wer ist Ihr Auftraggeber?«

»Nick, Ihr Schwager. Er hat mich heute in Los Angeles angerufen und gesagt, daß er für eine Woche einen Leibwächter braucht. Hat Harry Ihnen das nicht erzählt?«

Sie antwortete nicht.

»Als ich Nick traf, hatte er weder Bedarf für einen Leibwächter noch etwas anderes. Aber ich dachte mir, daß ich noch 'ne Weile hierbleiben sollte, um etwas über seinen Tod herauszufinden. Er war schließlich mein Auftraggeber.«

»Sie sollten sich Ihre Klienten vorsichtiger aussuchen.«

»Und Sie sich Ihren Schwager.«

Sie schüttelte kurz und hart den Kopf. Die Haare, die unter ihrem Hut hervorkamen, waren fast weiß. »Ich bin weder für Nick noch für seine Angelegenheiten verantwortlich. Ich bin für Harry verantwortlich. Ich habe ihn getroffen, als ich noch im Dienst war – und dann habe ich ihn auf die gerade Bahn gebracht – klar? Ich habe ihn von Detroit und den Banden losgeeist, und dann habe ich ihn hierher gebracht. Ich konnte ihn nicht ganz von seinem Bruder loseisen. Aber seitdem wir verheiratet sind, war er nie mehr in Schwierigkeiten. Nicht ein einziges Mal.«

»Das heißt, bis heute.«

»Harry hat nichts angestellt.«

»Noch nicht. Jedenfalls nicht offiziell.«

»Was meinen Sie damit?«

»Geben Sie mir meinen Revolver wieder und stecken Sie Ihren ein. Ich spreche nicht gern in eine Mündung.«

Sie zögerte einen Augenblick, eine harte und mißtrauische Frau, die unter starkem Druck stand. Ich fragte mich, welche psychologischen Gesetze dafür verantwortlich gewesen waren, daß sie einen Gauner geheiratet hatte – und entschied, daß es Liebe sein mußte. Nur Liebe konnte eine Frau dazu bewegen, eine dunkle Straße zu überqueren, um sich mit einem Mann mit einem Revolver auseinanderzusetzen. Mrs. Nemo hatte zwar ein Pferdegesicht und war auf dem besten Wege zu altern – abgesehen davon, daß sie ohnehin keine Schönheit war –, aber sie hatte Mut.

Sie gab mir meinen Revolver zurück. Der Griff wirkte wie Balsam auf meine Hand. Ich steckte ihn in meine Tasche. Eine Gruppe von farbigen Kindern, die nichts Besseres zu tun hatten, rannten grundlos pfeifend und johlend durch die Straße.

Sie beugte sich zu mir herüber – sie war fast so groß wie ich, und ihre Stimme klang wie das Zischen einer Schlange: »Harry hat nichts mit dem Tod seines Bruders zu tun. Sie sind verrückt, wenn Sie das glauben.«

»Und was macht Sie so sicher, Mrs. Nemo?«

»Harry ist einfach nicht dazu fähig. Ich kann in ihm lesen wie in einem Buch. Selbst wenn er den Mut dazu hätte – und der fehlt ihm auch –, würde er es nicht mal wagen, auch nur daran zu denken, Nick umzubringen. Nick war sein älterer Bruder, wissen Sie. Er galt als der Erfolgreiche in der Familie.« Ihre Stimme war voller Verachtung. »Was immer ich auch tat oder sagte, Nick war für Harry bis zum Schluß ein Gott.«

»Diese brüderlichen Gefühle sind manchmal recht ambivalent. Und schließlich hatte Harry eine Menge zu gewinnen.«

»Nicht einen Cent. Absolut nichts.«

»Aber er ist doch Nicks Erbe, oder?«

»Nicht, solange er mit mir verheiratet ist. Ich lasse es nicht zu, daß er auch nur einen Cent von Harrys Drecksgeld anfaßt. Ist das klar genug?«

»Für mich, ja. Aber weiß Harry das auch?«

»Ich habe es ihm mehr als einmal deutlich gemacht. Aber solche Überlegungen sind sowieso lächerlich: Harry würde seinem geliebten Bruder nie ein Haar krümmen.«

»Er selbst vielleicht nicht. Aber er könnte jemanden finden, der es für ihn erledigt. Ich weiß, daß er jemanden zu schützen versucht.«

»Wen?«

»Ein blondes, junges Mädchen machte sich aus dem Staub, als wir ankamen. Sie fuhr ein kirschrotes Kabriolett. Harry hat sie erkannt.«

»Ein kirschrotes Kabriolett?«

»Ja. Sagt Ihnen das etwas?«

»Nein. Nichts besonderes. Sie war wohl eins von Nicks Mädchen – davon gab es immer genug.«

»Und warum sollte Harry sie beschützen?«

»Was meinen Sie damit – sie beschützen?«

»Sie hat einen Leopardenmantel im Haus liegen lassen. Harry versteckte ihn und gab mir Geld, damit ich es nicht der Polizei erzählte.«

»Das hat Harry getan?«

»Es sei denn, ich bilde mir alles ein.«

»Vielleicht tun Sie das wirklich. Wenn Sie wirklich denken, daß Harry dem Mädchen Geld gegeben hat, damit sie Nick erschießt, oder daß er irgend etwas mit . . .«

»Oh, ich weiß, Sie brauchen es nicht zu sagen: Ich bin verrückt.«

Mrs. Nemo legte ihre dünne Hand auf meinen Arm. »Was immer Sie tun – lassen Sie Harry in Ruhe. Es ist schon so schwer genug für mich, ihn zu bändigen. Er ist noch schlimmer als mein erster Mann. Der war ein Trinker, ob Sie's glauben oder nicht.« Sie blickte zu den erleuchteten Holzhäusern auf der anderen Straßenseite hinüber, und ich konnte die Hälfte ihres von einem bitteren Lächeln verzogenen Mundes sehen: »Ich frage mich, warum eine Frau wie ich sich immer die Versager dieser Welt aussucht.«

»Das kann ich Ihnen auch nicht sagen, Mrs. Nemo. Aber ich werde Harry in Ruhe lassen.«

Aber genau das hatte ich nicht vor. Als sie zu ihrem Häuschen zurückgegangen war, ging ich fast um den ganzen Block und legte mich in der Einfahrt einer Reinigung auf die Lauer. Diesmal rauchte ich nicht. Ich bewegte mich nicht mal – abgesehen davon, daß ich hin und wieder auf meine Uhr sah.

Gegen elf ging das Licht hinter den Rolladen im Haus der Nemos aus. Kurz vor Mitternacht öffnete sich die Haustür, und Harry kam heraus. Bevor er losging, schaute er in alle Richtungen. Er huschte wie eine Maus nur zwei Meter an meiner dunklen Einfahrt vorbei.

Ich verfolgte ihn in sicherer Distanz, als er zur Stadt hinunterging. Er verschwand in etwas, das aussah wie ein erleuchteter Höhleneingang – in Wirklichkeit ein Autoverleih plus Werkstatt mit 24-Stunden-Service. Ein paar Minuten später fuhr er mit einem Vorkriegs-Chevrolet davon.

Aber mein Geld war genauso gut wie seins – ich bekam einen Vorkriegs-Buick, der immer noch 110 Sachen die Stunde fuhr. Und genau das brauchte ich auch auf dem Highway. Ich kam gerade rechtzeitig zu Nick Nemos kleinem Privatweg, um Harrys Rücklichter hinter dem Bungalow verschwinden zu sehen.

Ich löschte die Scheinwerfer des Wagens und parkte 100 Yard von der Privatstraße entfernt – aber so, daß ich sie immer im Auge behielt. Nach ein paar Minuten kam der Chevrolet wieder vorbei. Harry war immer noch allein im Wagen. Ich fuhr ihm ohne Licht bis zum Highway nach – dann verfolgte ich ihn bis zur Stadtgrenze.

Als wir dort ein Gelände mit Motels und Drive-In-Restaurants erreichten, bog er in eine Seitenstraße ein und fuhr durch ein Tor, das durch die Neon-Aufschrift ›Wohnwagen-Gelände‹ hell erleuchtet wurde. Die Wohnwagen standen am Ufer eines ausgetrockneten Flüßchens. Der Chevrolet hielt vor einem Wohnwagen mit einem erleuchteten Fenster. Harry kam mit einem gefleckten Bündel unter dem Arm aus dem Chevy und klopfte an die Tür des Wohnwagens.

Ich drehte an der nächsten Ecke um und wartete wieder. Dann fuhr der Chevrolet erneut unter dem Neonschild durch – diesmal in Richtung Highway. Ich ließ ihn fahren.

Ich stieg aus meinem Buick und ging am Flußufer entlang zu dem erleuchteten Wohnwagen. Auf der anderen Seite des Wohnwagens sah ich das kirschrote Kabriolett. Ich klopfte an die Aluminiumtür.

»Harry?« fragte eine Mädchenstimme. »Bist du es, Harry?«

Ich murmelte etwas Unverständliches. Die Tür ging auf, und ich sah das Mädchen mit den strohblonden Haaren. Sie war noch sehr jung, aber ihre blauen Augen waren halb geschlossen – als hätte sie einen Kater, oder einen Schock. Sie trug nichts weiter als ein Nylonhöschen.

»Was soll das?«

Sie versuchte, die Tür wieder zu schließen – ich hielt sie offen.

»Verschwinden Sie. Lassen Sie mich allein. Ich schreie die Gegend zusammen.«

»Schreien Sie ruhig.«

Sie öffnete den Mund – aber sie gab keinen Ton von sich.

Dann schloß sie den Mund wieder – er war klein, sinnlich und widerspenstig. »Wer sind Sie? Ein Bulle?«

»Fast richtig geraten. Ich komme rein.«

»Dann kommen Sie eben rein, verdammt noch mal. Ich habe nichts zu verbergen.«

»Das sieht man.«

Als ich hineinging, berührte ich ihren Körper leicht. Sie roch nach vielen Martinis. Das kleine Zimmer war voller weiblicher Kleinigkeiten: Seide, Kashmir, Tweed, hauchdünn-durchsichtiges Gewebe; alles durcheinander: auf dem Fußboden, auf der Wäscheleine. Der Leopardenmantel lag auf dem Kajütenbett; es sah aus, als würden uns unzählige freche Augen zusehen. Sie nahm den Mantel auf und legte ihn über ihre Schultern. Da sie ihre Hände nicht ruhig halten konnte, fischte sie kleine Holzstückchen aus dem Fell des Mantels. Ich sagte:

»Harry hat dir geholfen, hm?«

»Vielleicht.«

»Und hast du ihm auch einige Gefallen getan?«

»Was, zum Beispiel?«

»Seinen Bruder umgelegt, zum Beispiel.«

»Da liegen Sie völlig falsch, Mister. Ich habe Onkel Nick sehr lieb gehabt.«

»Und warum hast du dich dann nach seinem Mord aus dem Staub gemacht?«

»Ich hatte panische Angst«, sagte sie. »Das würde jedem Mädchen so ergehen. Ich schlief, als es ihn erwischte. Ich war total besoffen, wenn Sie es genau wissen wollen. Ich hörte den Schuß. Der machte mich zwar wach, aber ich brauchte eine Weile, um so nüchtern zu werden, daß ich mich anziehen konnte. Als ich schließlich aus dem Schlafzimmerfenster sah, war Harry wieder zurück – mit 'nem Typen.« Sie starrte mir ins Gesicht. »Waren Sie der Typ?«

Ich nickte.

»Das dachte ich mir. Vorhin hielt ich Sie für 'nen Bullen. Ich sah Nick in der Einfahrt, total blutig. Also zählte ich zwei und zwei zusammen, und das ergab Ärger. Viel Ärger für mich – wenn ich mich nicht aus dem Staub machte. Also verschwand ich. Es war nicht sehr nett von mir. Immerhin hatte Nick 'ne Menge für mich getan, aber es war das einzig Vernünftige. Schließlich muß ich an meine Karriere denken.«

»Was für eine Karriere?«

»Model, Schauspielerin. Onkel Nick wollte mich auf ein Institut schicken.«

»Wenn du nicht redest, wirst du deine Ausbildung im Corona-Gefängnis beenden. Wer hat Nick erschossen?«

Ihre Stimme verriet Panik. »Ich weiß es nicht, ich habe es Ihnen doch schon gesagt! Ich lag sturzbetrunken im Schlafzimmer. Ich hab' nichts gesehen!«

»Warum hat Harry dir den Mantel gebracht?«

»Er wollte nicht, daß ich in die Sache verwickelt werde. Er ist schließlich mein Vater.«

»Harry Nemo ist dein Vater?«

»Ja.«

»Du mußt schon was Besseres erfinden. Wie heißt du?«

»Jeannine. Jeannine Larue.«

»Und warum heißt du nicht Nemo, wenn Harry dein Vater ist? Und warum nennst du ihn Harry?«

»Er ist mein Stiefvater.«

»Aber sicher doch«, sagte ich. »Und Nick war dein richtiger Onkel, und ihr hattet ein nettes Familientreffen.«

»Er war kein richtiger Verwandter, aber ich habe ihn trotzdem immer ›Onkel‹ genannt.«

»Wenn Harry dein Vater ist, warum wohnst du dann nicht bei ihm?«

»Früher habe ich bei ihm gewohnt, ehrlich. Ich erzähle Ihnen die Wahrheit. Ich bin wegen der Alten gegangen. Die haßt mich wie die Pest. Die macht mir richtig Angst. Sie ist so stinknormal. Sie kann es nicht haben, wenn ein junges Mädchen Spaß am Leben hat. Nur weil mein Alter ein Trinker war . . .«

»Und was für Spaß machst du dir, Jeannine?«

Sie schüttelte den Kopf mit dem langen Pagenschnitt – eine riesige Parfumwolke warf mich fast um. Dann zeigte sie mir eine kleine weiße Schulter und setzte ein künstliches

Hurenlächeln auf: »Kommt drauf an, was Sie unter Spaß verstehen. Vielleicht haben wir den gleichen Geschmack.«

»Du meinst, den gleichen Geschmack wie Nick?«

»Du bist hübscher als er.«

»Ich hoffe, ich bin auch klüger als er. Ist Harry wirklich dein Stiefvater?«

»Fragen Sie ihn, wenn Sie mir nicht glauben. Fragen Sie ihn nur. Er wohnt in der Tule Street – ich weiß die Nummer allerdings nicht mehr.«

»Ich weiß, wo er wohnt.«

Aber Harry war nicht zu Hause. Ich klopfte an der Haustür des Holzhäuschens – aber niemand meldete sich. Ich drehte den Türgriff und fand heraus, daß niemand abgeschlossen hatte. Im Flur war Licht. Die anderen Häuser waren alle dunkel. Mitternacht war schon lange vorbei, und die Straße war völlig verlassen. Ich ging ins Haus – mit dem Revolver im Anschlag.

Eine nackte Glühbirne beleuchtete altes und abgenutztes Mobiliar und einen mottenzerfressenen Läufer. Abgesehen vom Wohnzimmer gab es ein winziges Schlafzimmer und einen Verschlag, der als Küche benutzt wurde. Das armselige Häuschen wurde fanatisch sauber gehalten. An den Wänden hingen moralische Sprüche – und ein Foto. Es zeigte ein Mädchen im Teenageralter in einem Partykleid und mit einer unordentlichen Turbanfrisur. Jeannine – bevor sie gelernt hatte, daß sie mit einem hübschen Gesicht und einer schlanken Figur alles kaufen konnte, was sie wollte.

Ich wußte nicht genau, warum mir schlecht wurde – aber ich mußte nach draußen gehen. Irgendwo in der Dunkelheit brummte ein alter Automotor. Das Geräusch kam näher durch die Nacht. Harry Nemos geliehener Chevrolet bog um die Ecke; unter der Straßenlampe konnte man sehen, daß die beiden Vorderräder hin und her wedelten; schließlich fuhr der Wagen mit einem Rad auf den Bürgersteig vor dem Haus. Der Chevrolet blieb in einem Winkel stehen, als hätte ein Betrunkener ihn geparkt.

Ich ging über den Bürgersteig und öffnete die Autotür.

Harry saß hinter dem Steuer – er hielt sich verzweifelt daran fest, als wäre es sein einziger Halt auf der Welt. Seine Brust war voller Blut. Auch sein Mund war hellrot von Blut; er konnte nur noch schleppend sprechen:

»Sie hat mich erwischt.«

»Wer hat dich erwischt, Harry? Jeannine?«

»Nein. Nicht sie. Aber sie war der Grund. Wir haben es verdient.«

Das waren seine letzten Worte. Ich fing ihn auf, als er seitwärts aus dem Sitz fiel. Ich legte ihn auf den Bürgersteig und überließ es den Streifenpolizisten, ihn zu finden.

Dann fuhr ich quer durch die Stadt zum Wohnwagen-Gelände. In Jeannines Wagen war immer noch Licht, man konnte es durch die Vorhänge sehen. Ich machte mir die Tür selbst auf.

Das junge Mädchen packte einen Koffer auf dem Kajütenbett. Sie schaute mich über die Schulter an und erstarrte. Ihr blonder Kopf hatte denselben Ausdruck wie der eines verängstigten Vogels: Sie war von meinem Revolver hypnotisiert.

»Wohin willst du , Kleine?«

»Raus aus dieser Stadt. Ich verschwinde.«

»Aber zuerst wirst du mir einiges erzählen.«

Sie stellte sich mir gegenüber auf: »Ich habe Ihnen alles erzählt, was ich weiß. Sie haben mir nicht geglaubt. Was ist los, haben Sie Harry nicht getroffen?«

»Ich habe ihn getroffen. Er ist tot. Deine ganzen Familienmitglieder sterben wie die Fliegen.«

Sie drehte sich halb um und setzte sich steif auf das unordentliche Bett. »Tot? Und Sie glauben, ich habe es getan?«

»Ich glaube, du weißt, wer es getan hat. Bevor Harry starb, sagte er noch, daß du der Grund für alles bist.«

»Ich soll der Grund dafür sein?« Ihre Augen weiteten sich in gespielter Naivität, aber dahinter konnte ich ihre Gedanken lesen: schnelle und verzweifelte Überlegungen. »Sie glauben, daß Harry meinetwegen umgebracht worden ist?«

»Harry und Nick. Beide. Es war eine Frau, die sie erschossen hat.«

»O Gott«, sagte sie. Ihr schrecklicher Verdacht, den ich in ihren Augen lesen konnte, wurde zur Gewißheit. Und ich kam zu dem gleichen Schluß.

Die schmerzhafte Stille wurde von einem Diesellastwagen auf dem Highway unterbrochen. Sie übertönte das Brüllen des Motors:

»Die verrückte alte Hexe. *Sie* hat Nick also umgebracht.«

»Du sprichst von deiner Mutter. Mrs. Nemo.«

»Ja.«

»Hast du sie beobachtet, wie sie ihn erschossen hat?«

»Nein. Ich war total erledigt, wie ich es Ihnen schon gesagt habe. Aber ich habe sie diese Woche noch da draußen gesehen, wie sie das Haus beobachtete. Sie hat mich immer wie ein Falke bewacht.«

»Wolltest du deswegen aus der Stadt verschwinden? Weil du wußtest, daß sie Nick umgebracht hat?«

»Vielleicht war das der Grund. Ich weiß es nicht. Ich wollte nicht darüber nachdenken.«

Ihre blauen Augen lösten sich von meinem Gesicht und richteten sich auf etwas hinter meinen Rücken. Ich drehte mich um. Mrs. Nemo stand in der Tür. Sie preßte die Strohtasche an ihre dünne Brust.

Sie griff mit der rechten Hand in die Strohtasche. Ich jagte ihr eine Kugel in den rechten Arm. Sie lehnte sich gegen den Türrahmen und hielt ihren herunterhängenden Arm mit ihrer linken Hand fest. Ihr Gesicht war wie eine Granitmaske; die Augen blickten stumpf aus den Höhlen, als wären sie lebendig begraben.

Die Waffe, die sie fallengelassen hatte, war ein billiger .32er Revolver; der vernickelte Griff war alt und halb verrostet. Ich wirbelte die Trommel herum. Eine Patrone fehlte.

»Die war also für Harry«, sagte ich. »Aber Sie haben Nick nicht mit diesem Revolver erschossen, nicht auf die Distanz.«

»Nein.« Sie starrte auf das tropfende Blut in ihrer linken

Hand. »Für Nick Nemo habe ich meinen alten Polizeirevolver benutzt. Nachdem ich Nick erschossen hatte, warf ich den Revolver ins Meer. Ich wußte nicht, daß ich ihn noch einmal gebrauchen würde. Ich habe dieses kleine Selbstmordgerät heute nacht gekauft.«

»Um es an Harry auszuprobieren?«

»Um es an Ihnen auszuprobieren. Ich dachte, Sie wären mir auf die Schliche gekommen. Bevor Sie es mir erzählten, wußte ich nicht, daß Harry über Nick und Jeannine Bescheid wußte.«

»Jeannine ist Ihre Tochter aus der Ehe mit Ihrem ersten Mann?«

»Meine einzige Tochter.« Dann sprach sie mit dem jungen Mädchen: »Ich habe es für dich getan, Jeannine. Ich habe schon zuviel in meinem Leben gesehen – alles Schreckliche, was es gibt.«

Das Mädchen antwortete ihr nicht. Ich sagte zu der Frau: »Ich kann verstehen, warum Sie Nick erschossen haben. Aber warum mußte Harry sterben?«

»Nick hat ihn bezahlt«, sagte sie. »Nick hat ihn für Jeannine bezahlt. Ich habe Harry vor einer Stunde in einer Bar gesehen, und er hat es zugegeben. Ich hoffe, daß ich ihn getötet habe.«

»Sie haben ihn getötet, Mrs. Nemo. Und warum sind Sie hierhergekommen? War Jeannine die Dritte auf Ihrer Liste?«

»Nein. Nein. Sie ist meine einzige Tochter. Ich bin gekommen, um ihr zu sagen, was ich für sie getan habe. Ich wollte, daß sie es weiß.«

Sie sah das Mädchen auf dem Bett an. Ihre Augen waren voller Schmerz und Liebe. Das Mädchen sagte mit betäubter Stimme:

»Mutter. Du bist verletzt. Es tut mir leid.«

»Gehen wir, Mrs. Nemo«, sagte ich.

Ins Deutsche übertragen von André Simonoviecz

CARROLL JOHN DALY

Nicht meine Leiche

Race Williams

1 DER TOD KOMMT ZWEIMAL

Es mag liebenswerte Schurken und es mag sogar liebenswerte Killer geben, aber Jake O'Hara gehörte nicht dazu. Er schmeichelte sich bei jedem ein, der eine Tracht Prügel nötig hatte. Er rieb sich die Hände, als er in mein Büro kam.

»Was wollen Sie?« fragte ich.

»Ich weiß nicht, Race«, sagte er. »Wirklich nicht.« Er öffnete seine Brieftasche und legte zwei Hundertdollarscheine auf meinen Schreibtisch. »Die gehören Ihnen, wenn Sie es herausfinden.«

»Ich mag Sie überhaupt nicht, Jake«, sagte ich zu ihm. »Verduften Sie.«

»Aber Sie sind doch Privatdetektiv, oder?« beharrte er. »Ich habe Ärger. Wir sind uns nie in die Quere gekommen.«

Ich zuckte die Achseln. »Sie treten niemandem offen gegenüber. Sie lauern mit der Knarre hinter Mülltonnen oder hinter der nächsten Hausecke.« Er machte große Augen, und ich sagte: »Wie ich höre, handeln Sie sogar mit Stoff.«

Jake wurde nicht wild. »Ich habe nie Stoff verkauft, nicht mal für zehn Cent.«

»Geschenkt, Jake. Es heißt, Sie kriegen die Weiber bloß mit Stoff herum. Läuft auf dasselbe hinaus. Ich mag Sie nicht.«

»Man kann nicht jeden mögen.« Wie Jake dastand, war klar, daß er mich auch nicht mochte. »Erinnern Sie sich an den dreckigen kleinen Mann in dem dreckigen kleinen Raum?«

»Harvey Rath?« Ich war überrascht. »Das Märchen habe ich nie geglaubt, Jake – der ist schon lange von der Bildfläche verschwunden oder tot.«

»Jetzt ist er wieder da.« O'Hara legte vor mir auf dem Schreibtisch eine Karte nieder. Darauf stand:

EIN DRECKIGER KLEINER MANN IST IN EINEM DRECKIGEN KLEINEN RAUM

»Würden Sie gern eine solche Karte bekommen?« fragte Jake mich.

»Hätte nichts dagegen«, sagte ich.

Aber ich war neugierig geworden. Mir fiel auf, daß er nervös mit den Fingern herumzuckte und daß sein normalerweise rotes Gesicht ganz blaß war.

»Denken Sie ein paar Jahre zurück, Race.« Er fuhr sich mit der Zunge über die Lippen. »Da wurden Kerle erpreßt oder einfach umgelegt. Tough Tony kam in Eddy Smarts Bar. Eddie stand hinter der Theke. Er und Tony waren ja Freunde. Da zog Tony eine Kanone und schoß ihm durch den Kopf. ›Das‹, sagte Tony, ›kommt direkt von einem dreckigen kleinen Kerl in einem dreckigen kleinen Raum.‹ Klar, Tony war vollgepumpt bis unter die Mütze. Was er sonst noch gesagt hätte, wissen wir nicht. Milligan war in der Bar, der hat die Knarre gezogen und Tony in Stücke geblasen.«

»Jake«, sagte ich und drückte ihm die zwei Scheine in die Hand, »ich gebe Ihnen einen Rat, gratis. Ich glaube, jemand möchte Ihnen einen Riesenschreck einjagen.« Ich öffnete die Tür. »Hier geht's lang, Jake.«

»Es ist doch hauptsächlich wegen meinem Mädchen«, jammerte er, als ich ihn aus dem Büro schickte.

Fünf Minuten danach kam Jerry rein, mein Gehilfe.

»Boß«, sagte er, »war das nicht Jake O'Hara, der vorhin aus Ihrem Büro gegangen ist?«

»Ja«, sagte ich. »Wieso?«

»Weil ich was über ihn weiß, das Sie nicht wissen. Er liegt tot in der Gosse. Zwei Häuser die Straße runter. Jemand hielt mit einem Wagen, hat ihn hergerufen und erschossen.«

»Woher kriegst du deine Informationen?«

»Clarice, vom Kiosk unten. Sie hat mich angerufen. Ich

weiß, daß es O'Hara war. Ich habe mit dem Fernglas durchs Fenster geschaut.«

Sie drängten die Menge zurück und brachten die Leiche weg, als ich mein Fernglas mit sechsfacher Vergrößerung auf die Straße richtete. Ich dachte mir, daß O'Hara jetzt weniger Ärger hatte. Ich zuckte die Schultern und – schluckte. Was war mit dem Mädchen?

»Hat Jake eine Freundin?« rief ich zu Jerry hinüber. »Und weißt du, wo sie wohnt?«

»'ne Puppe namens Sissy Pierson«, sagte er. »Stammt aus der High Society, ist aber tief gesunken. Tritt mit 'ner Nummer in einem der Nachtclubs auf. Ich besorge Ihnen ihre Adresse.«

Jerry war fix in diesen Dingen. Fünf Minuten später hatte er ihre Adresse, in der zweiundneunzigsten Straße.

»Falls sie Telefon hat«, sagte er, »ist's eine Geheimnummer.«

Ich ging runter und fuhr mit einem Taxi in die zweiundneunzigste Straße und zu einem kleinen Apartmentgebäude ohne Fahrstuhl.

Auf Sissy Piersons Briefkastenschild stand ›4/D‹. Ich drückte auf die Klingel, lehnte meine Hand gegen die Tür und wartete auf das Klicken im Schloß. Es kam aber nicht. Vielleicht war sie nicht zu Hause. Oder sie war *wirklich* in Gefahr, und Jake hatte ihr gesagt, daß sie nicht öffnen soll.

Ich drückte die Klingel eines Apartments im Erdgeschoß, und die Tür klickte auf. Ich war durch die Tür und schon auf der Treppe, bevor 2/A mich sehen konnte. Obwohl man sich immer entschuldigen kann. Im vierten Stock fand ich 4/D, und man brauchte kein besonders scharfes Auge um zu sehen, daß das Türschloß nicht zugeklinkt war. Da ist vielleicht einer in aller Ruhe rausgegangen, während der andere, der durch die offene Tür reingeht, sich eine Menge Ärger einhandeln kann. Eine Ladung Blei oder einen Genickschlag von jemandem hinter einer Tür. Ich läutete, hörte deutlich das Klingeln drinnen im Apartment. Keine Antwort.

Ich entschied mich, reinzugehen und auf Sissy Pierson zu

warten. Ich war gekommen, um ihr einen Gefallen zu tun. Die meisten normalen Leute möchten nicht gerne umgelegt werden, da bin ich ganz sicher.

Im Gang war es ziemlich dunkel, also schwang ich meine Kanone in die rechte Hand, duckte mich tief und hoffte, daß man zu hoch zielen würde, falls eine Ladung Blei auf mich wartete – oder daß ich als erster schießen würde. Dann stieß ich die Tür auf. Falls sich einer dahinter versteckte, würde ich ihn einquetschen.

Nichts rührte sich. Ich schob die Tür so weit wie möglich zurück. Ich blickte in einen langen, geraden Flur und in ein Wohnzimmer mit zurückgezogenen Vorhängen. Hier war es taghell.

Ich ging hinein, schloß die Tür und ging langsam den Flur entlang, immer noch mit der Kanone in der Hand. Zu meiner Rechten erschien eine Küche; ich sah mich kurz um – leer –, also ging ich ins Wohnzimmer. Die Möbel waren bequem, teuer und zeugten von gutem Geschmack.

Wohnzimmer leer. Kein Eßzimmer. Die Tür zu dem Zimmer am Ende des Flurs war geschlossen. Ich hielt meine Kanone etwas höher und stieß die Tür auf.

Ich brauchte den Raum nicht mal zu betreten. Ich sah direkt aufs Bett und das Mädchen, das zusammengekrümmt darauf lag – ein totes Mädchen. Trotz der Schnur, mit der sie an Händen und Füßen an beiden Enden des Bettes gefesselt war, lag sie zusammengerollt, halb zur Seite gedreht da.

Ihre Lippen waren aufgesprungen, und die Haut zu beiden Seiten ihres Mundes war gerötet; kleine weißliche Leinenfetzen klebten noch daran. Heftpflaster lagen auf dem Boden herum, offensichtlich hingeworfen, als sie von den Lippen gerissen wurden, die sie verschlossen hatten.

Das Mädchen war vollständig bekleidet, aber ihre Füße waren nackt – und voller Brandblasen und wund, und viele verbrannte Streichhölzer und Zigarettenkippen lagen im tiefen Aschenbecher.

Jemand hatte dieses Mädchen ans Bett gefesselt und, bevor er sie umbrachte, Informationen aus ihr herauszufoltern versucht. Ob er sie bekommen hatte oder nicht, wußte ich nicht.

Für Kerle in meinem Job gibt es Augenblicke, wo man besser verduftete. Das war kein solcher Augenblick. Ich nahm das Telefon neben dem Bett, wählte die Zentrale und bekam Sergeant O'Rourke an die Strippe.

»Ich hab' eine Leiche gefunden, O'Rourke«, sagte ich. »Es ist Mord.« Ich gab ihm die Adresse und die Nummer des Apartments. »Ich werde Ihnen sagen, worum's geht, aber bringen Sie nicht Inspektor Nelson mit.«

»Er ist vom Morddezernat, Race«, sagte O'Rourke ruhig. »Er muß mitkommen.«

Was völlig richtig war.

Ich warf schnell einen Blick ins Bad, setzte mich dann ins Wohnzimmer und rauchte. Ich vermutete, daß die Kleine Sissy Pierson war, logisch. Überall im Zimmer gab es Fotos von ihr, in allen möglichen Posen führte sie Kostüme vor, meistens Evas Kostüm.

Wie war sie gestorben? Nach den Malen an ihrem Hals zu schließen ging meine erste Vermutung dahin, daß sie erdrosselt worden war. Wie lange war sie schon tot? Nicht lange – ihr Körper war noch warm. Ich dachte nicht weiter darüber nach. Sie war nicht meine Leiche. Sie gehörte dem Police Department.

Ich ging in die Küche und suchte nach einer Flasche Whisky. Ich habe 'ne Menge üble Morde gesehen. Ich kann sie wegstecken, was aber nicht heißt, daß das jemals zur reinen Routine wird. Sie war ein ziemlich hübsches Kind gewesen. Ich nahm einen kräftigen Zug aus der Flasche.

Sie konnte höchstens dreiundzwanzig gewesen sein, keinen Tag älter. Ich nahm noch einen Schluck, ging ins Wohnzimmer zurück und setzte mich zum Warten nieder. Ich ging davon aus, daß sie mir wegen des Whiskys nicht böse sein würde.

Schon bald kamen sie an – O'Rourke, derselbe freundliche Cop wie immer, und Inspektor Nelson. Dem Rang nach war O'Rourke nur Sergeant, aber er war mit Commissioner Porter befreundet. Schon längst hätte er Inspektor sein können, aber wie er sagte – und er meinte es auch so –, ein Cop erfährt mehr, wenn er sich eng bei seinen Leuten hält.

Inspektor Nelson legte das gewohnte kriegerische Gehabe an den Tag, als ob er mich beim Mord an dem Mädchen auf frischer Tat ertappt hätte. Er konnte Privatdetektive nicht ausstehen, und mich schon gar nicht. Aber ich ließ mich nicht herumkommandieren wie andere Schnüffler, und er wußte das.

2 EINE HÖHERE TOCHTER

Unser Pathologe, Dr. Spear, erschien gleich nach den Jungs, die Kameras aufbauten und den Tatort untersuchten. Dr. Spear entsprach nicht dem, was sich die Öffentlichkeit unter dem Leichenbeschauer einer Großstadt vorstellt. Er beklagte sich nie darüber, daß er vom Essen weggeholt wurde, nie machte er schnoddrige Bemerkungen über die Leiche, nie trieb er Späße mit der Polizei oder erlaubte den Beamten Leichtfertigkeit. Es war ein harter, nüchterner und ernster Job, wenn man es mit Spear zu tun hatte.

Ich hatte mich getäuscht, was das Erdrosseln betraf. Man hatte sie erstochen. Direkt ins Herz. Ein Messer wurde nicht gefunden. Der Zeitpunkt des Todes lag höchstens eine Stunde zurück, was Nelson veranlaßte, mich scharf zu mustern.

»Ich vermute, Williams«, sagte er laut genug, damit es die Cops im Wohnzimmer hören konnten, »Sie haben für die Zeit ein Alibi?«

Er warf mir einen Blick zu, der zeigte, was er von Privatschnüfflern hielt.

»Sicher«, sagte ich genauso laut. »Ich war auf der Suche nach den Malone-Brüdern.«

Das bremste Nelson. Die Malone-Brüder waren vor ein

paar Jahren verschwunden, keine fünf Minuten, bevor Nelson sie hätte dingfest machen sollen. Nelson hatte einen anonymen Tip bekommen und Material, das sie des Mordes überführte. Ihm blieben mehr als vier Stunden. Aber er hatte erst alles nachgeprüft, bevor er überhaupt versuchte, die Brüder festzunehmen. Die alte Geschichte schlug immer noch voll an – wenn man Nelson bis ins Mark treffen wollte, was oft genug vorkam.

Nun, was das Mädchen betraf, war es vielleicht deshalb getötet worden, weil der Mörder die gewünschten Informationen nicht aus ihr herausgequetscht hatte. Aber Dr. Spear war der Meinung, daß die Folter ziemlich lange gedauert hatte.

Und noch etwas. Eine Karte war an die Bluse des Mädchens gesteckt worden. Ich brauchte sie nicht anzuschauen, um zu wissen, was darauf stand.

»Kommen Sie in mein Büro, und ich zeige Ihnen was Passendes zu der Karte«, sagte ich zu O'Rourke.

Da zeigte er mir die Karte. Natürlich stand darauf:

EIN DRECKIGER MANN
IST IN EINEM
DRECKIGEN KLEINEN RAUM

O'Rourke schaute bei mir vorbei, und ich erzählte ihm alles über O'Haras Besuch.

»Ein dreckiger kleiner Mann in einem dreckigen kleinen Raum«, dachte er laut. »Erinnern Sie sich an Harvey Rath? Über vierzig Jahre lang war er im Geschäft, Hehlerei. Er wohnte hinter seiner Pfandleihe – und zwar in einem dreckigen kleinen Zimmer, und er war klein, nicht besonders sauber. Es gab damals Hinweise, daß er angefangen hatte, für sein Schweigen Geld zu kassieren. Tough Tony hat es verpfiffen, bevor er starb. Aber wir konnten nie was rauskriegen. Rath ist verschwunden – wir haben seine Leiche nie gefunden . . . hat O'Hara Ihnen noch irgendetwas gesagt?«

»Keine Silbe.«

»Und Sie haben das Mädchen noch nie gesehen?«

»Nein, zum ersten Mal, als sie tot auf dem Bett lag. Das kann Ihnen doch schnuppe sein, O'Rourke – wieder mal ein kleiner Ganove und seine Puppe, mehr nicht.«

O'Rourke schaute mich ganz ruhig an. »In ihrem Apartment lag ein Fotoalbum, Race. Sie war die Tochter von Daniel Pierson. Der Börsenmakler. 'ne Menge Geld im Rücken. Verkehrt in gehobenen Kreisen, obwohl er vor ein paar Jahren, als er sich scheiden ließ, in der feinen Gesellschaft ziemlich an Ansehen verlor. Das reine Chaos. Seine Tochter haute ab nach Chicago und nahm 'nen Job als Sängerin in einem Nachtclub an. Machte am Anfang 'ne Menge Geld. Dann traf sie O'Hara. Doc Spear sagte, daß sie an der Nadel hing.«

Ich nickte. »Auf die Tour kam O'Hara zu seinen Mädchen. Das habe ich ihm gesagt. Ich finde, er hat den Schuß verdient.«

Nur Foster vom *Journal* brachte mich in der Morgenausgabe – eine Zeile, daß O'Hara die Ladung Blei verpaßt bekam, ›unmittelbar nachdem er das Büro eines Privatdetektivs verlassen hatte‹. Offensichtlich wollte die Anzeigenabteilung nicht, daß Forster meinen Namen brachte.

Der Fluch der Sünde, Hinweise auf die Sünden der Eltern und so weiter, alles schön aufgebauscht. O'Hara und der Stoff wurden heruntergespielt, als ob alles nur mit der Scheidung zusammenhing.

Sie brachten Fotos von der Ermordeten – als Kind, als Mädchen an einer Schule für höhere Töchter –, und die Nachricht, daß sie letzten Sommer oben in Maine auf Einladung der Junior League zur Einweihung eines neuen Krankenhauses am Moosehead Lake eine Vorstellung mit Gesang und Tanz gegeben hatte.

O'Rourke schaute mehrmals bei mir vorbei, um zu fragen, ob ich was Neues gehört hatte. Es war erstaunlich, wieviel er über das Leben des Mädchens wußte – und wie wenig über ihren Tod.

»Ein paar Typen waren dabei, ein Stück für sie zu schreiben«, sagte er mir ungefähr eine Woche nach dem Mord, »und obwohl sie an der Nadel hing, hatte O'Hara reichlich Mühe zu verhindern, daß sie ihn sitzenließ. Wenn O'Hara nicht zu Ihnen gekommen wäre, Race, dann würde ich davon ausgehen, daß er in einem Eifersuchtsanfall den falschen Mann bedroht hat und deshalb umgelegt worden ist.«

»Und die Karte – der dreckige kleine Mann?«

»Bloß 'ne Finte O'Haras.«

»Also erledigt der Kerl O'Hara, weil er sein Mädchen will. Dann foltert und tötet er sie, weil sie nicht verraten will, was ihr an O'Hara so gefallen hat. Wieviel hat Nelson zu dieser Theorie beigetragen?«

»Nelson hat sich das alles zusammengesponnen«, sagte O'Rourke. »Ihm gefällt die Idee mit dem Liebhaber, der O'Hara tötet, und erklärt seine Theorie damit, daß das Mädchen einen neuen Freund hatte. O'Hara foltert das Mädchen, um dessen Namen zu erfahren. Sie rückt ihn nicht raus, also legt O'Hara sie um. Der Freund findet die Leiche, macht sich an die Verfolgung O'Haras und pustet ihn um. Zeitlich wäre das möglich.«

»Und ich sollte O'Hara wahrscheinlich ein Alibi verschaffen.«

»Kann sein.« O'Rourke zuckte die Achseln. »Auf jeden Fall waren 'ne Menge Kerle in sie verknallt, und O'Hara war nicht der Typ, vor dem man Angst zu haben brauchte.«

»Nein.« Ich schüttelte den Kopf. »O'Hara hatte selbst Angst.«

Dann kam Jerry herein.

»Ich habs Gespräch hier reingestellt.« Er deutete mit dem Kopf zum Telefon, dann auf O'Rourke, der den Hörer abnahm und horchte.

»Sicher«, sagte er schließlich. »Ich weiß, wo das ist. Das Lagerhaus. Eine Leiche? Wie? Sie wurde –« O'Rourke straffte sich. Für ihn war das nicht bloß irgendeine Leiche.

Er sagte: »Genau wie die andere, was?« warf den Hörer auf die Gabel.

»Ein totes Mädchen«, sagte er langsam. »Auch gefoltert – verbrannte Zündhölzer und Kippen.«

»Und eine Karte?« fragte ich.

»Ja, und eine Karte.« Er kniff die Lippen zusammen. »Und wenn Sie mich fragen, was darauf steht, schlage ich Ihnen sämtliche Zähne ein. Möchten Sie mitkommen? Mit uns Cops geht's schneller.«

Ich wollte. Und ich brauchte ihn nicht zu fragen, was auf der Karte stand.

Ich wußte es.

Das Lagerhaus war in Bronx. Mit dem Polizeiwagen waren wir schnell dort.

Nelson war schon da. Die Jungs vom Morddezernat hatten ihre Kameras aufgebaut, der Ort wurde nach Fingerabdrücken inspiziert, und Dr. Spear beendete gerade seine Untersuchung. Ich konnte sehen, daß das Mädchen auf einem zerlumpten Sofa lag, neben ihr ein alter Stuhl, eine Blechbüchse voller Kippen und Streichhölzer, und ich sah die aufgesprungenen Lippen und das wunde Gesicht, wo man offensichtlich mehrmals das Heftpflaster weggerissen hatte, damit das Mädchen reden konnte.

Mehr bekam ich nicht zu sehen. Nelson wollte mich nicht dabei haben, und O'Rourke wagte keinen Widerspruch.

Nelson war im Recht, also ging ich raus in den Gang und redete mit den Reportern.

Zwei Stunden später wurde das Mädchen in der städtischen Leichenhalle identifiziert; für die Zeitungen war's ein gefundenes Fressen. Sie war nicht bloß eine höhere Tochter mit reichen Eltern aus angesehener Familie und so. Ihr Lebenswandel war makellos, und mit Sicherheit war die Familie mit keinem Skandal belastet.

Es war Elsa Ames, die Tochter von Otis Ames, dem Großgrundbesitzer, und von Mrs. Constance Ames, geborene Barrow, mit den Barrow-Chemie-Fabriken und dem ganzen Barrow-Vermögen dahinter. Diese beiden Namen, Ames und Barrow, bedeuteten jede Menge Kohle, und der

Name Barrow garantierte seit Generationen hohes gesellschaftliches Prestige.

Diesmal machte die Karte Schlagzeilen. Spekulationen gingen in alle möglichen Richtungen.

Was noch wichtiger ist: Die junge Ames war am hellichten Tag verschwunden. Sie hatte Einkäufe in einem bekannten Geschäft auf der Fifth Avenue gemacht und war gerade auf die Straße hinausgegangen – oder jedenfalls Richtung Ausgang. Im Laden gab man zu Protokoll, sie sei schon draußen gewesen, aber O'Rourke sagte mir, das Mädchen sei zuletzt von einer Verkäuferin gesehen worden, die sie gekannt hat, und nach Aussage dieser Verkäuferin war Elsa Ames gerade zum Ausgang Richtung Fifth Avenue gegangen.

Das war vormittags um halb zwölf gewesen. Bis nachmittags um vier wurde sie nicht mehr gesehen. Und da war sie tot. Ein paar Kinder, die in einem Abbruchsgebäude spielten, hatten sie gefunden.

Für die New Yorker Unterwelt, die Spelunken und Spielhöllen, brachen schlechte Zeiten an. Sogar die Nachtclubs wurden gefilzt.

Auch ich sah mich um, konnte aber nichts herausbekommen. In einem der großen Uptown Clubs kam Bill Cruthers, dem der Laden gehörte, zu mir rüber und setzte sich.

»Das Geschäft läuft miserabel, Race«, sagte er. »Sieh dir nur diesen Club an. Natürlich haben wir auch zwielichtige Kunden.« Er machte eine Geste mit der Hand. »Heute ist keiner von denen gekommen. In den großen Hotels ist es das gleiche. Burschen, die Fragen nicht ausstehen können. Haben sich alle dünn gemacht. Aber, sagen wir – hm – neunzig Prozent von denen sind völlig harmlos.«

»Was hältst du von der Sache, Bill?« fragte ich. »Bist doch ein alter Hase in dem Geschäft.«

»Ganz inoffiziell?« Er grinste mich an, und ich nickte. »Du mußt verstehen, Race, es ist nur meine Meinung – nicht, daß ich was läuten gehört hätte. Aber die schweren Jungs in der Stadt haben Schiß. In der Unterwelt gibt's zum

Selbstschutz so 'ne Art Code. Sie bleiben unter sich, wenn's Streitereien und Krieg gibt. Sie killen weder anständige Bürger noch legen sie Cops um, wenn es sich vermeiden läßt. Wäre schlecht für die Geschäfte – vom Taschendieb in der U-Bahn bis zum Kerl am Roulettetisch. Und sieh dir die Folgen fürs Nachtleben an – sogar ein anständiger Club wie dieser, und kaum ein Mensch hier.«

»Warum machst du den Laden nicht dicht? Nichts kann dich davon abhalten – jedenfalls nichts Anrüchiges.«

Er kam mir mit diesem netten Lächeln. »Zugegeben, vielleicht habe ich die Kohle für meinen ersten Laden und später für die anderen Clubs nicht gerade im Schweiße meines Angesichtes verdient. Aber wie viele Leute, die die große Kohle machen, müßten nicht dasselbe sagen, wenn sie ehrlich wären? Ich laß mich nicht herumkommandieren, und ich kommandiere selber nicht mehr als nötig herum. Aber ich bin kein Duckmäuser.«

»Und deine Theorie?«

»Na ja –« Er rieb sich das glattrasierte Kinn. »Auf diese Kartengeschichte gebe ich nicht viel. Harvey Rath habe ich nie gekannt, aber ich glaube, er hat seine Drohungen, er würde ein paar Dinge ans Licht bringen, deshalb in die Welt gesetzt, damit einige seiner Feinde umgelegt werden. Dann hat ihn jemand erwischt. Ich glaube, Race, die Cops haben einen harten Job. Ich glaube, jemand versucht, was zu vertuschen.«

»Wie das?«

»Weil es schwierig ist, die beiden Morde in Verbindung zu bringen«, sagte er. »Ich glaube nicht, daß O'Hara eine besondere Rolle spielt. Er stand bloß im Weg. Die Mädchen hatten sich getroffen, denke ich, und das sollte für die Polizei den Anschein erwecken, als gäbe es da irgendeine Verbindung. Ich glaube aber, ein ganz bestimmter Typ möchte ein bestimmtes Mädchen umlegen, und daß das bisher bloß Vorarbeiten sind.«

»Damit es wie die Tat eines Verrückten aussieht?«

»Klar.« Er grinste. »Vielleicht habe ich zuviele Detektivgeschichten gelesen – der Killer vielleicht aber auch.«

»Und die Sache mit der Folter«, sagte ich.

»Warum nicht?« Er zuckte die Schultern. »Es muß makaber aussehen.«

»Aber einer allein könnte das nicht machen«, sagte ich. »Denk an das Auto beim Mord an O'Hara.«

»Verdirb die gute Story nicht, Race.« Er erhob sich vom Tisch. »Ich hab' noch eine Neuigkeit für dich. Ich habe meine Anteile an den Nachtclubs an ein paar Typen verkauft, Topleute der Branche – Harry Long, Spencer Clarke, Malcolm Drew. Sie bilden ein Syndikat und bringen Bankgelder von außerhalb ins Geschäft. Aber ich bleib' dran und hör' mich um. Die Cops gehen mit harten Bandagen zur Sache. Das wäre was, Race, wenn du den Fall knackst. Wenn ich was höre – du kriegst es exklusiv gegen ein bißchen Diskretion, wenn ich eines Tages groß rauskomme, als Geschäfts- und Ehrenmann.«

Er gab mir noch einmal die Hand, dann ging er.

Ich mochte Bill Cruthers. Hatte ihn nie bei 'ner krummen Tour gesehen, obwohl ich viele Gerüchte hörte – aber was soll's. Die hörte ich über mich auch. Und dennoch – er war ein Mann, den man besser nicht reinlegen sollte. Er war wie ich.

Er ließ sich nicht herumkommandieren.

3 DAS NÄCHSTE OPFER

Am nächsten Tag gab Mr. Otis Ames mehrere Erklärungen ab. Eine davon besagte, daß seine Tochter nie in ihrem Leben in einem Nachtclub gewesen sei. Die beste aber war, daß seine Tochter durchaus Sissy Pierson getroffen haben könnte, da sie beide zur Einweihung des Krankenhauses am Moosehead Lake in Maine gewesen waren.

Die Polizei durchkämmte die Unterwelt, und Leute, die nie zuvor geredet hatten, redeten plötzlich. Allgemein war man der Ansicht, daß Harvey Rath noch lebte und zurückgekommen war, daß er Order gegeben hatte, bestimmte Leute müßten umgelegt werden, und daß diese Aktionen nicht nur zwei Mädchen, sondern auch Jake O'Hara galten wie jedem, für dessen Tod man keine plausible Erklärung hatte.

Als man am Ufer des Kensico-Damms oberhalb von White Plains zwei Killer unter einem Autowrack hervorzog, sprach es sich schnell herum, daß dies jene zwei Vögel seien, die die Ames-Tochter geschnappt und zu Harvey Rath ins Lagerhaus in der Bronx geschafft hatten.

O'Rourke war zu beschäftigt, um sich mit mir zu unterhalten.

Dann kam der große Durchbruch. Ein Mädchen namens Dorothy Sears Briggs, aus der Johnson-Briggs-Familie, noch nicht volljährig, erhielt während eines späten Essens in einem vornehmen Nachtlokal eine Nachricht. Die Gesellschaft bestand aus acht Personen. Jeder der acht – darunter Dorothys Begleiter, der bescheuerte, aber äußerst betuchte Mortimer Chase – sah, wie sie die Nachricht sorfältig durchlas und sich dann entschuldigte. Zwei aus der Gruppe waren sicher, daß sie die Nachricht mitgenommen hatte.

Das war das Ende von Dorothy Sears Briggs. Um ein Uhr zwanzig nachts fand man ihre Leiche hinter ein paar Büschen im Central-Park. Man fand keine Streichhölzer, aber ihre nackten Füße wiesen Verbrennungen auf. Gesicht und Lippen waren aufgerissen wie bei den beiden anderen Mädchen, obwohl das Heftpflaster fehlte. Finger hatten ihren weichen weißen Hals umklammert und so das Übrige getan.

O'Rourke kam wieder bei mir vorbei. Sogar seine Stimme klang müde.

»Ich möchte mal Ihre Theorie mit der meinen vergleichen, Race«, sagte er. »Sie können ja vom Bett aus über die Sache nachdenken.«

»Geschenkt«, sagte ich ihm. »Ich glaube, daß jedes von diesen Mädchen irgendwas wußte. Vielleicht hatte es ihnen das erste Opfer gesagt.«

»Ja, ja, das dachten wir auch, es paßt aber nicht zusammen. Die Pierson, ja, die hat vielleicht Angst gehabt auszupacken, denn sie gehörte irgendwie doch zum Mob. Aber die anderen – weshalb sollten sie ein Geheimnis kennen, das für den Mörder so gefährlich war, daß er sie tötete, um zu verhindern, daß es bekannt wird? Und O'Hara – und die beiden Gangster aus dem Autowrack, und –«

»Moment mal, O'Rourke«, sagte ich. »Kannten die beiden letzten Opfer einander – und kannten sie Sissy Pierson?«

»Sie kannten einander von Gesellschaften. Dorothy Sears Briggs war ein nettes Ding, Elsa Ames auch, aber sie war nicht ganz so weit oben. Sie trafen sich zu gesellschaftlichen Anlässen, waren aber keine dicken Freundinnen, falls Sie das meinen.«

»Tja«, sagte ich, »jemand weiß irgendwas und will oder kann nicht reden.«

Ich fragte ihn, was das Department machte.

»'ne Menge«, antwortete O'Rourke. »Seit die junge Briggs tot aufgefunden wurde, hat Nelson die Namen von praktisch allen Mädchen ermittelt, die zu den besseren Kreisen gehören oder gehören möchten. Er hat die Namen von jedem, der Dorothy Briggs persönlich kannte, und von ein paar, die Sissy Pierson kannten. Er hat fast alle befragt.«

»Was kam dabei heraus?« wollte ich wissen.

»Tobende Papas und Freunde von tobenden Papas und Anwälte von tobenden Papas rufen dauern den Commissioner an. Aber Nelson macht keinen Rückzieher.«

»Was hat er herausgefunden?«

»Daß die Töchter der Reichen genauso ihre Geheimnisse haben wie die Töchter der Armen – und daß einige ihrer sogenannten Freunde genauso gern über diese Geheimnisse reden wie andere auch. Aber der Killer dreht durch. Irgendwann wird er genau das, was er hören will, aus irgend jemandem rausquetschen.«

»Ich bin froh, daß ich aus der Sache raus bin«, sagte ich zu ihm.

»Sie sind aber nicht raus.« Er musterte mich. »Jeder Bürger ist davon betroffen – jeder anständige Bürger. Acht Millionen Menschen in New York müssen auf der Hut sein.

Irgendwer wird sicher reden. Jeden Moment kann's losgehen. Nein, Race, Sie sind nicht raus, Sie stecken mittendrin.«

Die Bombe kam genau eine Woche nach dem Tod von Dorothy Sears Briggs. Und sie schlug bei mir ein.

Ich erhielt einen Anruf, sollte einen Mann namens Riley treffen. Er war eine bekannte Figur auf dem Broadway. Ein eleganter alter Knabe, obwohl nicht so alt, wie es dem Eindruck nach schien. Er hatte sich aus der Gosse hochgearbeitet und geschworen, nie im Leben dahin zurückzukehren. Er war ein Taschendieb, notorischer Räuber und Betrüger gewesen, aber das war Jahre her. Riley hatte sein Metier immer so schnell gewechselt, daß es den Cops nie gelungen war, ihn wegen einer Sache dranzukriegen. Dann hatte es ihm plötzlich die hohe Kunst der Literatur und Poesie angetan, und jede Koryphäe, mit der man ihm kam, konnte er falsch zitieren.

Aber er kam ganz schön herum und wußte, was lief. Inzwischen fungierte er als Vermittler in einer Menge von Geschäften und trat dabei so wenigen Leuten auf die Zehen, daß er in der Unterwelt immer dann herangezogen wurde, wenn irgendeine Sache diplomatisch geregelt werden mußte. Er hatte seine Nase also überall drin.

Ich bekam seinen geheimen Anruf – bei Riley war alles geheim. Ich sollte mich mit ihm zum Essen treffen, in einem ›feinen‹ Restaurant in Brooklyn. Ich fragte mich, wer wohl glaubte, daß ich hinter ihm her sei, und deshalb Riley einschaltete, um mich bei einem – wie Riley es immer nannte – ›Gedankenaustausch‹ auszuhorchen.

In dem billigen, aber großen Restaurant herrschte Massenbetrieb. Es gab aber Nischen für zwei Personen und mattes Hintergrundlicht. In einer der Nischen traf ich Riley.

»Ich weiß, wie beschäftigt Sie sind, Race«, sagte er, als ich mich setzte, »deshalb habe ich bereits gegessen. Wir können uns nur einen Moment unterhalten. Die Sache ist aber ziemlich wichtig.«

In seiner Stimme schwang – bei Riley ungewöhnlich – eine gewisse Nervosität mit; seine Hände zitterten, und sein Blick schweifte verstohlen umher. Das war um so seltsamer, weil man bei Riley sonst immer einen festen Blick, einen aufrichtigen Händedruck und Sicherheit in der Stimme gewohnt war.

»Wichtig für mich oder für Sie?« Ich grinste ihn an.

»Für uns beide. Für mich sind zehntausend in bar drin«, sagte er. Den Ausdruck ›Riesen‹ hatte Riley abgelegt. »Für Sie alles, was der Markt noch hergibt. Vielleicht ein kleines Vermögen.« Er beugte sich über den Tisch. »Vielleicht auch den Tod.«

Riley hatte es gern melodramatisch. Dann fing er an, den geheimen Pakt zu besiegeln, und bestand auf meinem feierlichen Eid, daß ich meine Informationsquelle nicht preisgeben würde.

In dieser Hinsicht konnte ich ihn völlig beruhigen. »Da sich's um ein großes Ding handelt, das Zeit braucht«, sagte ich, »spucken Sie's aus. Was haben Sie, das zehntausend Dollar wert ist?«

Er hustete und wollte mit seiner üblichen Masche anfangen, was für ein menschenfreundlicher Mann er doch sei. Dann überlegte er es sich plötzlich anders und sagte mit heiserer, unnatürlicher Stimme: »Ich hab' den Namen vom nächsten Opfer des dreckigen kleines Mannes im dreckigen kleinen Raum.«

»Was?«

Das Gedeck wackelte auf dem Tisch. Falls Riley mich verblüffen wollte, war es ihm gelungen. Er mahnte mich, ruhig zu bleiben.

»Ganz richtig«, flüsterte er kaum hörbar. »Den Namen des nächsten . . . soll ich sagen . . . anvisierten Opfers?«

»Was meinen Sie, anvisiert?«

»Sie könnten ein Vermögen machen, wenn Sie's verhindern.«

»Und wer zahlt Ihnen die zehntausend? Sie glauben doch nicht, daß ich . . .«

»Sie könnten sie beschaffen«, sagte er zu mir. »Der Vater des Opfers soll blechen. Der stinkt vor Geld.«

Ich wollte ihm sagen, daß er verrückt ist. Aber Riley war nicht verrückt. Wenn Riley Informationen hergab, das heißt, verkaufte, waren sie was wert. Der Käufer bekam etwas für sein Geld.

»Wissen Sie«, fing er wieder an, »ich möchte bloß Ihr Wort, daß die zehntausend mir gehören. Dann bekommen Sie von mir den Namen des Mädchens. Sie schicken mir die zehntausend. Ich muß aus der Stadt verschwinden, bis der üble Schurke tot ist oder das Mädchen tot ist oder Sie tot sind. Verstehen Sie nicht, Race, welches Risiko ich eingehe – für lumpige zehntausend?«

»Ich soll also zum Vater des Mädchens gehen und von ihm zehntausend Dollar dafür verlangen, daß ich ihm sage, seine Tochter sei das nächste Opfer. Mann, das kapiert der doch von allein, sobald ich von dem Geld zu quatschen anfange.« Ich überlegte einen Augenblick. »Ich verstehe. Sie geben mir den Namen. Ich soll das Geld eintreiben. Aber der Kerl rennt ans Telefon, und im Nu sind die Bullen da! Mann, geben Sie mir den Namen jetzt, Riley. Vielleicht kann ich was austüfteln. Sicher bekämen Sie eine Belohnung, wenn –«

»Nein. Hören Sie, Race. Wenn ich so jung wäre wie Sie, so schnell mit der Kanone wie Sie, so lebensmüde wie Sie – und der gleiche Trottel wie Sie –, würde ich das Ding selber schaukeln. Der Typ ist millionenschwer. Ich riskiere mein Leben.«

Ich schüttelte den Kopf und fühlte, wie sich mein Kiefer spannte.

»Riley«, sagte ich langsam, »Sie riskieren Ihr Leben erst recht, wenn Sie mir jetzt nicht den Namen sagen. Wenn ich daran denke, wie diese Mädchen gestorben sind – und daß noch ein weiteres Mädchen auf scheußliche Weise umgebracht wird, wenn Sie nicht reden –, ich würde die

Wahrheit sogar für einen mickrigen Nickel aus Ihnen rausquetschen.« Ich warf einen Blick über die vollbesetzten Tische. »Wenn der Laden nicht so voll wäre, würde ich gleich damit anfangen.«

»Sehr ehrenwert.« Riley hatte sich besonnen. »Genau daran hab' ich gedacht, als ich diesen bevölkerten Tempel hungriger Schlemmer ausgewählt habe. Nein, Race. Ich muß das Geld haben – und ich habe einen Plan.«

»In der Zwischenzeit stirbt ein Mädchen.«

»Ich glaube nicht.«

»Riley –« ich beruhigte mich jetzt –, »man kann nie wissen. Sollten wir das Geld bekommen, dann ist doch klar – wir möchten, daß dem Mädchen nichts passiert.«

»Natürlich. Ausnahmsweise weiche ich von meinen Grundsätzen ab und sage Ihnen, wie ich an die Sache rangekommen bin. Kennen Sie Tiny Prague?« Ich nickte. »War früher ein schlimmer Junge. Hat seine Jahre abgerissen. Hat verdammtes Glück gehabt, daß er nicht wegen Mord auf dem Elektrischen gelandet ist. Ist seitdem sauber. Steht hinter der Bar im Golden Eagle. Ich glaube, Cruthers gab ihm die Chance. Ein großer, gutaussehender Kerl, Tiny Prague. Also, ich war im Golden Eagle, und Tiny bekam einen Anruf. Zufällig war ich in der nächsten Kabine und hörte, wie er fluchte und schwor, er würde es nicht tun, wenn's ihn auf den Stuhl bringt. Dann erwähnte er den Namen eines Mädchens. Seiner Stimme nach war er zu Tode erschrocken. ›Ich gehe zur Polizei‹, sagte er. ›Ich gehe zu Bill Cruthers!‹ Dann hörte ich wieder den Namen des Mädchens, und als er aus der Kabine kam, war er leichenblaß. Der Schweiß rann ihm von der Stirn. Normalerweise trinkt er nicht. Damals kippte er sich einen, schnappte sich Hut und Mantel und ist gegangen.«

»Sonst noch was?«

»Ja. Beim Telefonieren murmelte er vor sich hin, als ob er wiederholen würde, was er hörte – ›Ein dreckiger kleiner Mann in einem dreckigen Raum‹.«

Ich musterte Riley genau. »Na ja, Bill Cruthers –«

»Tiny geht nicht mehr zu Cruthers«, meinte Riley. »Tiny

ist tot, Race. Erstochen in seiner Wohnung – in den Rücken. Und keine Karte, Race.« Er machte eine Pause. »Hat doch was zu bedeuten, oder?«

»Möglich.« Aber mir fiel nichts ein, was es bedeuten konnte.

»Darum«, sagte Riley, »sind zehntausend ein Spottpreis. Also, Sie deichseln die Sache folgendermaßen. Natürlich gehen nicht Sie zum Vater des Mädchens. Sie treffen sich –« Und Riley redete . . .

Ich hatte mal im Auftrag der Second National Bank gearbeitet. Gewissermaßen kannte ich den Direktor. Er hatte nur eine steife Verbeugung gemacht, während die anderen mir bei dem Vorstandstreffen die Hand geschüttelt hatten. Ihm hatten meine Methoden und meine Berufsauffassung nicht gefallen, obwohl er mir im Namen der Aktionäre und Anleger gratulierte, wenn auch widerwillig.

»Sein Wort genügt mir, Race«, fuhr Riley fort. »Wenn Sie das Geld nicht bekommen –« er zuckte die Schultern –, »ich habe getan, was ich konnte. Aber ich rechne damit, daß Sie das Geld bekommen.«

»Mir gefällt das Spiel nicht, Riley«, sagte ich, »aber ich halte mich an Ihre Regeln. Wenn die Sache aber schiefgeht und Sie mir den Namen des Mädchens nicht sagen oder ihn nicht der Polizei geben, dann werde ich die Informationen aus Ihnen rausquetschen.«

Riley lächelte, als wir beide aufstanden.

»Sie schicken mir das Geld, Race – in bar –, oder Sie haben mich zum letzten Mal gesehen.«

4 EIN SCHWERER SCHLAG

Am späten Abend J. Fletcher Logan, den Direktor der Second National Bank, anzurufen und um eine private Zusammenkunft zu bitten – was Riley verlangte –, das war ein starkes Stück. Ich mußte ein paar Kurze kippen, bevor ich's anpackte.

Ich beschloß, die Sache über Frank Rainer abzuwickeln, einem mir bekannten Playboy. Nicht daß er irgendeinen Einfluß auf J. Fletcher Logan hatte – den hatte seine exzentrische Tante. Sie stand für Gesellschaft und gutes Geld, und sogar ein J. Fletcher Logan würde ihr keine Bitte abschlagen.

Es vergingen ein paar wertvolle Stunden, bis ich alles eingefädelt hatte. Ich sagte einfach nur, ›ein Herr würde gerne J. Fletcher Logan in einer äußerst wichtigen Angelegenheit treffen‹. Der Herr war ich. Rainer bestand auf dieser Formulierung. Seine Tante, genauer gesagt. Dabei war es bestimmt nicht der erste heimliche Besuch, den J. Fletcher bekommen würde, dachte ich mir. Sein Sekretär empfing mich am Eingang der Allee zu seinem Haus an der Fifth Avenue. Er war ein kahlköpfiges, pferdegesichtiges Individuum mit den Augen eines Spürhundes und erkannte mich sofort.

»Mister Logan wird Sie oben in seinem Büro kurz empfangen«, sagte er. »Es ist schon spät. Sie haben sicher Verständnis.«

Ich bejahte und folgte ihm durch einen dunklen, engen Gang zu einem kleinen Aufzug. Das Ding war so schnell wie eine Blindschleiche.

J. Fletcher Logan sah prächtig aus, so prächtig, wie es sein Name und seine Stellung in der mondänen Welt der Hochfinanz erwarten ließen. Er trug einen dunkelroten Bademantel. Sein weißes Haar war sorgfältig gekämmt, mit einem Mittelscheitel von mathematischer Präzision.

Er war groß, schlank, und stand leicht gebeugt hinter einem Schreibtisch. Zwei verschiedene Brillen lagen auf der Schreibtischplatte, ein Zwicker und eine Hornbrille. Er hatte blaue Augen, zwar nicht freundlich und glänzend, aber ruhig.

»Mr. Williams – mit einer äußerst wichtigen Botschaft«, sagte er einfach.

Ich schaute auf den Sekretär, der die Tür schloß und sich daneben aufbaute. Logan deutete meinen Blick richtig und sagte: »Mein Sekretär, Mr. Norman Hilton, arbeitet seit zwanzig Jahren für mich. Sie können beginnen.«

Ich begann. Seine dunklen Brauen hoben sich, als ich auf die Morde an den höheren Töchtern zu sprechen kam, und obwohl ich den Mann nicht mochte, muß ich zugeben, daß er alles kapierte, sogar die Details. Sein Gesicht zeigte keinerlei Regung, als die zehntausend Dollar aufs Tapet kamen. Am Schluß dann der Hammer, daß ich meinen Informanten für glaubwürdig hielt, daß er mich nie betrogen hätte und wissen wollte, ob Mr. J. Fletcher Logan dem Vater des Mädchens raten würde, das Geld zu zahlen – auch wenn er den Namen des Vaters noch nicht kannte.

»Ein enger, persönlicher Freund von Ihnen, der immer auf Ihren Rat hört«, sagte ich zum Schluß, genau wie Riley es ausgedrückt hatte.

Dann redete J. Fletcher Logan. »Mr. Williams, der Vater dieses Mädchens, den Ihr Informant im Auge hat, ist ganz offensichtlich ein persönlicher Freund von mir, auf jeden Fall jemand mit dem entsprechenden Niveau oder jemand, der mich in der Regel um Rat bittet und für gewöhnlich diesem Rat auch folgt. Soll ich ihm also raten, die Summe von zehntausend Dollar in die Hände dieses zweifelhaften Individuums zu geben? Für eine Information von äußerst tragischer und schrecklicher Natur, die das Wohlergehen seiner Familie betrifft? Eine Information, die Leben oder Tod seiner Tochter betrifft, wie Sie glauben? Nehmen wir einmal an, dieser Informant – eine, wie Sie offen zugeben, eher widerliche Person – macht über mehrere Mittelsmänner einem Dutzend verschiedener Männer gleichzeitig dasselbe Angebot . . .«

»Mr. Logan«, unterbrach ich, »ich habe die Angelegenheit nach bestem Wissen und Gewissen dargelegt. Ich möchte ein klares Ja oder Nein.«

»Ach, wirklich? Dann –«

»Wenn ich vorschlagen darf«, schaltete der Sekretär sich ein, »wir haben früher schon mit Mr. Williams zusammengearbeitet, Mr. Logan. Vielleicht könnten wir uns auf einen

Kompromiß einigen, einen Teilbetrag als Vorschuß und später –«

»Wo das Leben eines Mädchens auf dem Spiel steht und jede Sekunde zählt?« sagte ich. »Wenn der Preis niedriger wäre, würde ich selber zahlen und wäre gar nicht hier.«

»Wie niedrig?« Mr. Logans Stimme klang jetzt sanft.

»Ich kann fünftausend aufbringen«, sagte ich ihm. »Die habe ich heute abend beschafft. Und zwar von Leuten, mit denen Sie sich nicht mal treffen würden.«

»Nun denn, Mr. Williams«, sagte Mr. Logan. »Die Bank wird Ihnen die anderen fünftausend leihen. Ich werde mich selbst darum kümmern.«

Er machte eine steife Verbeugung und wollte sich gerade von mir verabschieden, als ich das Telefon sah und fragte, ob ich es mal benutzen dürfte. Als er nickte, nahm ich den Hörer ab und wählte meine Nummer. Ich hörte Riley antworten, als Logan gerade mit leiser Stimme seinen Sekretär dafür tadelte, daß er mich so plump zu meinem Angebot gedrängt hatte.

»In Ordnung«, sagte ich zu Riley. »Sie erhalten das Geld morgen früh, sobald die Bank öffnet. Sparen Sie sich die Gratulation. Ich will keine Glückwünsche. Den Namen des Mädchens! . . . Was?« Ich glaube, meine Stimme wurde schrill. »Und ihr Vater ist – ihr –«

Ich ließ den Hörer auf die Gabel fallen, drehte mich um und sah J. Fletcher Logan ins Gesicht.

»Sie sehen etwas verblüfft aus.« Zum ersten Mal lächelte er tatsächlich. »Ich hoffe, Sie fanden Ihre Investition – zufriedenstellend.«

Ich war sprachlos. Ich schaute ihn bloß an. Als ich dann redete, klang meine Stimme wie von weit her. »Überhaupt nicht zufriedenstellend, Mr. Logan – überhaupt nicht.«

»Nun, ich will Sie nicht bedrängen. Sie haben Ihr Berufsgeheimnis, so sagten Sie wenigstens mal zu mir. Unsere kleine Unterhaltung bleibt vertraulich, und die Bank wird sich morgen früh Ihrer Sache annehmen. Natürlich erfahre ich den Namen des Mädchens nicht.«

»Doch, Sie sollen ihn erfahren.« Hundert Arten, es ihm zu verklickern, schossen mir durch den verwirrten Kopf. Dann spuckte ich es aus. »Das Mädchen ist Ihre Tochter.« Und als sein Gesicht regungslos blieb: »Ihre Tochter Martha. Martha Logan.«

Schon öfter haben Leute Schläge eingesteckt, die zu schwer waren, als daß sie sofort bis ins Gehirn vordrangen, und ich dachte, daß es bei Logan genauso war. Ich glaube, der Sekretär dachte das auch, denn er eilte herbei und nahm ihn beim Arm.

»Es stimmt, Mr. Logan«, sagte er. »Irgendwie wußte ich es, sobald Mr. Williams zu berichten anfing, obwohl er es nicht hätte ahnen können.«

Nein, das hatte ich nicht geahnt. Vielleicht hätte ich es sollen. Später wußte ich, ich hätte es nicht sollen. Nicht J. Fletcher Logans Tochter. Nicht Riley, der mich direkt zum Vater schickte.

Nun, was J. Fletcher Logan betraf: Er konnte einstecken – mächtig. Er öffnete den Mund zum Sprechen, brachte aber kein Wort heraus. Doch er stand nicht mit offenem Mund herum. Er schloß ihn fest und lehnte sich gegen den Schreibtisch, aber nicht direkt nach Halt suchend, jedenfalls hatte ich nicht den Eindruck. Logan hatte früher schon Schläge eingesteckt, obwohl nicht so schwere wie diese, und er bot alle seine geistigen Kräfte auf, um ihn zu verdauen.

Sein Sekretär schlug einen Brandy vor und meinte, er solle sich setzen. Logan winkte ab.

»Nein, Norman«, sagte er. »Ich stecke Dinge gerne im Stehen ein – einen kleinen Brandy nehme ich vielleicht nachher.« Dann, mit Blick auf mich: »Ich erinnere mich, daß Sie für unsere Bank gearbeitet haben. Ihre Methoden habe ich nicht gebilligt, Ihre Integrität aber habe ich nicht in Frage gestellt. Aber – kann es sein, daß Ihre Informationen nicht stimmen?«

»Alles ist möglich«, antwortete ich, »aber ich würde

sagen, die Chancen stehen zwanzig zu eins, daß die Information stimmt.«

»Aus meiner Sicht gibt es nichts, was diese – diese entsetzliche Nachricht bestätigen könnte. Ich muß nachdenken.«

Und das tat er eine volle Minute und trank den Brandy, den Norman ihm anbot.

»An Marthas Verhalten ist mir in letzter Zeit nichts Seltsames aufgefallen«, murmelte er. »Nicht mal Kleinigkeiten. Sie ist ein ausgesprochen vernünftiges Mädchen, Williams. Die Polizei muß sofort verständigt werden.«

»Ich bin nicht sicher, Sir.« Norman war jetzt dran. »Die Polizei ist kompetent, ehrlich und gibt sich zweifellos Mühe, Sie und die Ihren zu beschützen. Aber Sie wissen selbst, Mr. Logan, daß es undichte Stellen gibt.«

»Undichte Stellen!« Logans Stimme hob sich. Dieser mächtige Geschäftsmann kämpfte jetzt mit aller Macht gegen die Hysterie an. »Und wenn schon! Die Polizei sperrt alles ab, Tag und Nacht! Ich rufe den Commissioner an.«

Ich schaltete mich schnell dazwischen. »Wo ist Miß Logan jetzt?«

»Oh!« Jetzt funkte es bei ihm. »Norman, sie liegt doch im Bett, oder? Mr. Williams, Sie glauben –«

»Gar nichts«, sagte ich. »Wer weiß, wo sie ist? Es kommt jetzt nur darauf an, sie sofort zu finden.« Als er zum Telefon ging, sagte ich: »Ich weiß nicht, ob in Ihrem Telefon 'ne Wanze steckt oder nicht, aber ein Anruf bei der Polizei könnte zu überstürzten Aktionen führen. Ich möchte sie erst finden.«

»Das Dienstmädchen – Walters«, sagte Norman und drückte auf einen Knopf. »Aber ich glaube, Miß Martha ist nicht in der Stadt.«

Walters kam. Sie war keins von den jungen, verführerischen französischen Dienstmädchen, sondern machte eher einen strammen, mütterlichen und zuverlässigen Eindruck.

Martha Logan sei nach Westchester zu einer Party gefahren, sagte sie. Sie würde aber nicht über Nacht dort bleiben. »Ihre Arbeit im Krankenhaus, Sie wissen ja.« Sie käme mit dem Zug um 11 Uhr 27. Thomas, der Chauffeur, würde sie im Roosevelt-Hotel abholen. Ja, sie würde allein zurückfahren, meinte das Mädchen.

Bevor das Dienstmädchen ging, bekam ich eine genaue Beschreibung, wie Martha Logan angezogen war.

5 EIN SCHUSS FÄLLT

Ich glaube, der gleiche Gedanke kam jedem von uns dreien im selben Moment. Nämlich daß es eine lange U-Bahn-Unterführung gab, die Passage von der Grand Central Station zum Roosevelt-Hotel.

Ich ging zum Schreibtisch und hob ein kleines Foto auf.

»Miß Logan?« fragte ich, und als beide nickten, schob ich es in meine Tasche, griff nach meinem Hut und ging zur Tür.

»Am besten, Sie lassen mich so schnell und leise wie möglich raus«, sagte ich zu Norman. »Das Haus wird vielleicht beobachtet.«

»Ja, natürlich.« Logan stand immer noch neben dem Telefon. »Norman wird Sie hinunterbegleiten. Williams, zögern Sie nicht, die nötigen Mittel zum Schutz Marthas zu ergreifen.«

»Vielleicht die Mittel, die Sie letztes Jahr abgelehnt haben, als ich für die Bank gearbeitet habe?«

Er sah mir in die Augen.

»Ich war damals ein engstirniger Mann. Vielleicht bin ich jetzt auch engstirnig.« Grimmig brachte er über die Lippen: »Schlagen Sie gnadenlos zu. Töten Sie, falls nötig. Mein Name, mein Geld und meine Anwälte stehen hinter Ihnen.«

»So schlecht stehen die Aktien noch nicht, Mr. Logan«, sagte ich. »Mir bleibt genug Zeit, den Bahnhof zu erreichen. Warten Sie, bis ich bei Ihrer Tochter bin, bevor Sie dieses Telefon da benutzen.«

Als ich den Raum verließ, rief J. Fletcher Logan hinter mir her: »Sind Sie bewaffnet?«

Ich grinste und hatte die Kanone so schnell auf dem Schulterholster gezogen, daß Norman einen Satz machte. Ich ging mit ihm in den Aufzug, und das Ding schlich die drei Stockwerke hinunter. Wenn ich einen Schneidbrenner dabeigehabt hätte, ich hätte die Kabel durchgetrennt und den Lift runtersausen lassen.

Als Norman mich am Hintereingang hinausließ, sagte er: »Keine Sorge wegen der zehntausend, Mr. Williams. Der Scheck liegt für Sie bereit, sobald Sie zurück sind.«

Die lange Unterführung von der Grand Central Station zum Roosevelt-Hotel ist abends um halb zwölf selten voller Leute. Manchmal habe ich dort sogar schon um sieben keinen Menschen mehr gesehen.

Ein guter Ort für einen Mord, und für eine Entführung nicht zu gefährlich. Das Mädchen würde schreien, falls es bei Bewußtsein wäre, und falls nicht, würde man es hinaustragen müssen. Ein gefundenes Fressen für mich. Diesmal wenigstens mußte der dreifache Mädchenmörder sein Opfer allein dorthin bringen, wo er Informationen aus ihm herausfoltern konnte.

Ich ließ mir alles durch den Kopf gehen, während ich aus dem Taxi stieg und die Grand Central Station über die Rolltreppe von der zweiundvierzigsten Straße erreichte. Mir blieben noch sieben Minuten bis zur Ankunft des Zuges. Ich hatte mir das Foto des Mädchens genauer angesehen, und der Anblick hatte mir gefallen. Sah vielleicht ein bißchen protzig aus, aber nicht schlecht.

Sie trug die Nase hoch, als ob sie was Besonderes wäre, und eigentlich war sie's auch, dachte ich. Ihre Gesichtszüge waren ausgeprägt, aber nicht zu streng. In ihrem Ausdruck lag eine grazile Zartheit, wie man sie von alten Gemälden kennt, mit einem Hauch von Bestimmtheit. Dazu ein Rühr-mich-nicht-an-Blick.

Sie war eine Blondine mit blauen Augen. Außerdem hatte ich noch eine exakte Beschreibung ihrer Kleidung.

Ich ging in die Nähe des Bahnsteigs, auf dem der Zug

eintreffen sollte. Unter den Theaterbesuchern, die nach Westchester zurückfuhren, konnte ich niemanden entdekken, der irgendwie auffiel.

Thomas war mit dem Wagen schon abgefahren, aber ich hatte die Absicht, mich Martha Logan vorzustellen, möglichst erst dann, wenn sie die Unterführung verlassen hatte und zum Roosevelt-Hotel kam. Ich würde sie mit einer Taxe nach Hause bringen, falls das der Lohn für mich wäre und falls man für Logans Wagen einen Unfall arrangiert hatte.

Im Bahnhof herrschte ziemlicher Rummel. Eine Menge Leute stand auf demjenigen Bahnsteig herum, wo Martha ankommen sollte.

Der Zug fuhr ein. Die Tore wurden geöffnet, und Leute strömten hindurch. Der Zug mußte von ziemlich weit her gekommen sein, denn er war gut besetzt; viele Menschen stiegen aus, und noch mehr kamen, sie abzuholen – und dann sah ich das Mädchen.

Wenn man nicht wüßte, daß hinter ihr die vornehme Familie samt dem ganzen Reichtum steckte, man würde sich sofort in sie verlieben. Sie hatte den Gang eines Vollbluts. Nur wenn man wußte, wieviel Kohle die Familie besaß, konnte man auf die Idee kommen, daß die Statue vielleicht störrisch war.

Blondes Haar lugte unter einem kleinen Hut hervor. Es war immer noch kalt, aber sie trug ihren Mantel über dem Arm. Ein einfacher Mantel, ein einfacher Mantel vom Schneider – aber ich war sicher, daß er etliche Piepen gekostet hatte. Er stand ihr perfekt, genauer gesagt: sie füllte ihn bestens aus. Eine zierliche, ebenmäßige Figur, ein geschmeidiger Gang, schöne blaue Augen.

Ich schwenkte hinter ihr ein, als sie mitten in der dichten Menge war.

Ich drängelte mich gerade näher heran, um hinter sie zu gelangen, als ich den Mann sah. Klein, untersetzt, gut gekleidet, nichts Auffälliges. Ich kannte ihn nicht, aber er machte keinen angenehmen Eindruck auf mich. Er ging durch die Menge, kam in die Nähe des Mädchens, und ich sah, wie er die Hand aus seiner Manteltasche zog. Die Hand hielt eine Kanone.

Ein Ort wie dieser schien nicht geeignet, ein Mädchen zu zwingen, ruhig und unauffällig zum nächsten Ausgang zu gehen und in der Dunkelheit zu verschwinden. Bestimmt hatte er ihr die Kanone in die Seite gedrückt. Einer Frau fiel das offenbar auf, denn sie schrie los – und meine rechte Hand fuhr aus meiner linken Achselhöhle. Ein Mann neben mir wurde durch die plötzliche Bewegung zur Seite geschleudert. Unter normalen Umständen hätte ich dem Kerl, der Martha bedrohte, vielleicht die Kanone aus der Hand schießen können. Aber zwischen mir und dem Mädchen wogten ständig Köpfe hin und her.

Da war der Körper des Mannes. Da war das Gesicht des Mannes. Da war die Kanone des Mannes – und in seinem Gesicht stand Tod. Tod dem Mädchen. In diesem harten, kalten gemeinen Killergesicht. Für einen Augenblick war sein Gesicht deutlich zu sehen, deutlich seine Augen, klar und deutlich seine Kanone und wie er sie auf den Kopf des Mädchens gerichtet hatte. Alles klar – und ich drückte einmal ab.

Das Krachen des Revolvers. Neben mir eine Frau. Sie schaute mich an, brach zusammen und wurde ohnmächtig. Das Geschrei einer anderen. Und der – ja, der Killer ging mitten in der dicht gedrängten kleinen Gruppe zu Boden.

Ich beeilte mich. Ich wußte, der Kerl war tot. Man jagt keinem Mann eine Kugel vom Kaliber .45 aus sieben oder acht Metern Entfernung in den Schädel, ohne ein Ergebnis zu erzielen. In der Menge war Hysterie ausgebrochen, als ich Martha Logan erreichte. Frauen kreischten. Männer schubsten herum und brüllten, und wie in jeder Menge gab's auch hier den unvermeidlichen Typen, der sich als Anführer aufspielte und Befehle ausgab, man solle zurücktreten und ihm Platz machen, und der Kerl rief: »Wo, zum Teufel, kam eigentlich der Schuß her?« Die einen versuchten, in den Kreis um den Toten einzudringen, genausoviele versuchten, ihn zu verlassen.

»Hier entlang, Miß Logan.« Ich nahm sie am Arm und lenkte sie schnell vorwärts. »Ich komme von Ihrem Vater«, sagte ich ihr, während ich sie durch die Menge bugsierte. »Bewahren Sie jetzt kühlen Kopf. Denken Sie an den Rummel, falls Sie in die Zeitungen kommen. Bleiben Sie ruhig – hier lang.«

Ich drängte sie in Richtung Restaurant, schwenkte nach rechts und folgte denen, die die Treppe hochliefen und ging denen aus dem Weg, die runterkamen und fragten, was passiert sei.

Es war nicht schwer abzuhauen. Auch der Killer hatte damit gerechnet. Leute, die die Schießerei aus der Nähe erlebt hatten, wollten weg vom Tatort. Diejenigen, die weiter entfernt gewesen waren, rannten zum Schauplatz des aufregenden Geschehens.

Die Taxifahrt zum Haus der Logans hatte es in sich. Neben mir saß – schutzbedürftig – eine Menge Klasse, Klasse im Wert von ein paar Millionen Dollar. Sie stellte mir auch Fragen, und ich wich aus und antwortete, sie solle ihren Vater fragen. Ich gab ihr meine Karte, die sie im aufblitzenden Neonlicht las.

»Race Williams, stimmt's?« sagte sie. »Natürlich, Race Williams, der Detektiv.«

Es gefiel mir, wie sie den ›Detektiv‹ betonte.

Aber ich ließ mich auf nichts ein.

Als wir zum Haus kamen, drängte ich sie schnell hinein. Es wimmelte bereits von Gesetzeshütern. O'Rourke war da, und Commissioner Porter höchstpersönlich. Logan hatte seine Tochter in die Arme genommen und sagte zu Norman, er solle mir einen Scheck geben. Das Mädchen verlangte eine Erklärung. Logan sagte ihr, es habe Ärger in der Bank gegeben, und schickte sie auf ihr Zimmer. Aber bevor sie ging, ließ sie eine boshafte Bemerkung vom Stapel, die genau ins Schwarze traf.

»In der Bank?« fragte sie. »Vater, wenn es aber irgend etwas mit – mit diesen schrecklichen Morden zu tun hat, dann will ich diesen Mann da.« Sie zeigte auf mich und lächelte. »Ja. Ich meine Race Williams. Ich mag ihn.«

Und dann entschwand sie nach oben, und alle bestürmten mich mit Fragen. Hatte ich es ihr gesagt? Was hatte ich ihr gesagt? Zu meiner Überraschung wurde mir klar, worauf Logan hinauswollte – er wollte mich loswerden, mit einem Scheck.

»Norman hält es für meine Pflicht«, sagte er. »Zehntausend Dollar für den Mann, der Ihnen diese Information zukommen ließ.« Er machte eine leichte Verbeugung in Richtung Commissioner. »Nachdem Sie gegangen waren, Williams, ist mir natürlich klar geworden, daß meine Tochter unmöglich verwickelt sein konnte in diese üble –« Er hielt inne, fuhr dann fort: »Ich neige mit dem Commissioner zu der Auffassung, daß Sie selber reingelegt worden sind und nichts zu tun hatten mit der – Erpressung.«

Ich sah mir den Scheck an. Es waren tatsächlich zehntausend. Ich schaute zum Commissioner und zu O'Rourke. Sie wußten nichts von der Schießerei am Bahnhof. Dann drehte ich mich zu Logan um, aber ich brachte seinen Vorschlag nicht ins Spiel, daß ich notfalls töten sollte und sein Anwalt hinter mir stehen würde.

»Die zehntausend Dollar, Mr. Logan, sind nur für die Spesen«, sagte ich. »Es fehlt noch ein kleines Honorar für das Abholen Ihrer Tochter. Ich nehme fünfundzwanzig Dollar pro angebrochene Stunde.«

»In Ordnung«, sagte Logan, aber der Commissioner runzelte die Brauen, und O'Rourke grinste. »Norman, stellen Sie für Mr. – diesen Herrn da – noch einen Scheck über fünfundzwanzig Dollar aus.«

»Einen Moment.« Ich blieb ruhig, war aber ganz schön wütend. »Fehlt noch die kleine Zulage für Extra-Leistungen. Ich weiß nicht, wieviel die anderen Agenturen verlangen, aber ich kassiere immer drei Dollar und fünfundsiebzig Cent zusätzlich, wenn ich jemand töte, um das Leben der Töchter meiner Auftraggeber zu schützen. Wenn Sie die Summe übertrieben finden, dann geben Sie mir das, was es Ihnen wert ist.« Dann drehte ich mich um und ging Richtung Tür

– gerade rechtzeitig, um Inspektor Nelson in die Arme zu laufen.

»So«, sagte Nelson und packte mich an der Schulter, »Sie haben also jemand erschossen, einfach so.«

»Einfach so«, wiederholte ich. »Na und?«

Zehn Minuten danach waren wir alle oben im Büro. Alle bis auf das Mädchen. Das avisierte Opfer Nummer vier – Miß Martha Logan.

6 RACE HAT EINE THEORIE

Commissioner Porter war ruhig und gelassen. Nelson ging im Zimmer auf und ab und redete. O'Rourke stand neben der Tür, und J. Fletcher Logan saß unbehaglich in dem großen Stuhl neben dem niedrigen Schreibtisch. Neben ihm Norman, wie bereit zum Diktat, aber ohne Bleistift und Notizblock.

»Wenn das 'ne Festnahme sein soll, sagen Sie's«, verlangte ich, »dann will ich meinen Anwalt sprechen. Nicht Ihren.« Dabei sah ich J. Fletcher Logan an, der bisher keinen Kommentar gegeben hatte.

»Immer mit der Ruhe.« Commissioner Porter beruhigte die Gemüter. Er war ein guter Commissioner und ein guter Diplomat dazu. »Wir wollen alles wissen, Williams. Erzählen Sie uns, was im Bahnhof passiert ist.«

Also erzählte ich. Das Gesicht des Killers, die Kanone in seiner Hand, der Tod in seinen Augen.

»Den Bruchteil einer Sekunde später, und Miß Logan wäre tot gewesen«, sagte ich. »Eine Verletzung hätte den Kerl höchstens wild gemacht, und er hätte geschossen. Also schoß ich, um ihn zu töten – und er starb.«

»Einfach so.« Nelson blieb stehen und starrte mich an. »Sie wissen, daß diese Mädchen nie auf Anhieb getötet worden sind. Man hat sie entführt oder weggelockt und dann gefoltert, bevor sie starben. Sagen Sie nicht, Sie hätten nicht daran gedacht. Sie behaupten immer, an alles zu denken.«

»Sicher«, sagte ich. »Ich habe daran gedacht. Außerdem dachte ich, daß der Mörder seine Masche geändert haben könnte. Hören Sie, Nelson.« Ich fixierte ihn jetzt ebenso streng. »Wenn Sie dort gewesen wäre – Sie hätten erst mal abgewartet, was er vorhat, oder?«

»Die Fragen stelle ich.« Nelson drohte mir mit Handschellen.

»Diese Frage nicht, Nelson. Ich stelle sie.« Ich drehte mich zu J. Fletcher Logan. »Was erwarten Sie von der Polizei? Abwarten und Tee trinken? Ich mußte mich sofort entscheiden.«

»Nun ja –« J. Fletcher Logan wand sich. »Unter den Umständen –«

»Hätten Sie lieber eine Story in den Zeitungen, wie der wieselflinke Inspektor Nelson nur fünf Sekunden *nach* dem Mord den Mörder außer Gefecht setzt? Wie fänden Sie das – als Vater des Mädchens?«

»Bitte, bitte«, sagte der Commissioner. »Der Inspektor fragt nur, ob Ihr Vorgehen nötig war. Nehmen wir mal an, das ist der Fall. Ich denke, es ist für alle Beteiligten das beste, wenn von der ganzen Affäre so wenig wie möglich an die Öffentlichkeit gelangt. Wir müssen davon ausgehen, daß es ein bezahlter Killer war, der seinen Auftrag falsch verstanden hat. Es wäre jetzt an der Zeit, daß Sie uns was über Ihren Informanten erzählen, Williams.«

Ich sagte ihnen alles außer Rileys Namen.

»Gut«, sagte der Commissioner, »ich glaube, man könnte Williams Eingreifen möglicherweise als lobenswert bezeichnen. Was meinen Sie, O'Rourke?«

»Ich kenne Williams«, sagte O'Rourke. »Er nennt die Dinge beim Namen. Mehr kann man nicht verlangen, Commissioner.«

Ich muß allen zugute halten, daß sie meine Lage verstanden und nicht versuchten, Rileys Namen aus mir rauszuquetschen. Nelson hielt sich gewiß deshalb zurück, weil der Commissioner ihn etwas gebremst hatte.

»Sind Sie sicher, daß Ihr Informant Ihnen nichts verschwiegen hat?« wollte der Commissioner wissen.

»Ich hätte ihm den Hals für seine Informationen umgedreht, wenn ich gekonnt hätte. Und ich hätte ihn am liebsten selbst bezahlt. Da können Sie Mr. Logan fragen.«

»Ja, ja«, sagte der Commissioner. »Ich kann die dramatische Zuspitzung der Lage verstehen, als der Name seiner Tochter genannt wurde. Nun müssen Sie verstehen, Williams, daß in einem so wichtigen Fall wie diesem Ihr Einsatz allein auf Dauer kaum ausreicht. Miß Logan muß pefekt geschützt werden. Ich möchte Sie um Diskretion bitten. Überlassen Sie alles uns. Aber seien Sie so nett und sagen Sie uns Ihre Meinung zu der Sache.«

»Einfach so?« fragte ich.

»Zum Nutzen der Bürger von New York«, sagte er langsam. »Ich kenne Sie zu gut, um Ihnen dafür Geld aus der öffentlichen Hand anzubieten.«

»Schön gesagt.«

Der Commissioner war ein aalglatter Typ. Er mochte meine Methoden nicht. Aber seine Ablehnung war wenigstens offen. Er hatte mir nie die Hölle heiß gemacht. Mich manchmal verwarnt, sicher. Ist mir vielleicht ein oder zwei Mal mit Drohungen gekommen. Aber er war kein sturer Bock wie Nelson.

Mir etwas anzuhängen, weil ich jemand getötet hatte, um das Leben seiner Tochter zu retten, würde ihm nichts bringen, das wußte Logan. Er würde – ob er wollte oder nicht – hinter mir stehen müssen, oder die Zeitungen würden ihn fertigmachen. Ich hatte eine Story, und die war ein Gedicht.

»Also«, begann ich, und jetzt kam mein großer Moment, denn das war mir durch den Kopf gegangen, seit das letzte Mädchen getötet worden war, »jedes dieser Opfer kannte ein Geheimnis – ein Geheimnis über ein Verbrechen – und jeder, der das Geheimnis kannte, mußte sterben.«

»Und die Folter?« Der Commissioner zeigte Interesse.

»Der Mörder kannte den Namen eines Mädchens, das am Anfang das Geheimnis verschwieg, aber er wußte, daß es noch andere Mitwisser gab. Er folterte Sissy Pieron, um die Namen der anderen rauszubekommen. Sie kannte aber nur einen Namen. Angenommen, Sissy Pierson kannte nur den Namen Elsa Ames. Also folterte der Mörder Elsa Ames, um die anderen Namen zu erfahren. Aber sie kannte auch nur einen Namen. Er erhielt diesen Namen und folterte das dritte Opfer, Dorothy Sears Briggs, um die anderen Namen zu erfahren – und bekam wieder nur einen Namen – Martha Logan.«

»Konnten Mädchen wie die ein Geheimnis kennen, das so wichtig war?« sagte Nelson. »Sie haben den Verstand verloren. Wir hatten auch diesen Gedanken, aber nach dem zweiten Mord paßt es nicht recht zusammen, und schon gar nicht, nachdem das dritte Mädchen gestorben ist. Und jetzt Martha Logan. Keines dieser Mädchen hatte Angst oder auch nur irgendwelche Vorahnungen, bevor sie umgebracht wurden.«

»Diese Mädchen wußten nicht, was für ein Geheimnis sie kannten«, sagte ich. »Martha Logan weiß es jetzt auch nicht. Verstehen Sie nicht? Sie alle waren am Tatort irgendeines Verbrechens. Alle haben das Gesicht des Mörders gesehen. Aber nicht eine von ihnen wußte, daß ein Verbrechen geschah.«

»Wieso sollte er sie dann umbringen?«

»Weil sie alle«, sagte ich, »den Mörder gesehen haben. Das ist die einzige Erklärung. Sie sahen den Mörder, der zweifellos gerade seine Tat ausgeführt hatte, aber sie wußten nicht, daß er ein Mörder war, weil sie nicht wußten, daß ein Verbrechen begangen worden ist.«

»Aber welchen Grund hätte dann der Mörder, sie umzubringen?«

»Weil der Mörder weiß, daß sie früher oder später erfahren werden, *daß* ein Verbrechen begangen worden ist, und daß sie sich an ihn erinnern werden. Mein Vorschlag zur Lösung des Falles – sofern es Sie interessiert –«

»Ja«, sagte der Commissioner. »Das interessiert uns.«

»Also«, sagte ich. »Sie machen für den Zeitraum des letzten Jahres eine Liste von jedem unaufgeklärten Mord in New York oder außerhalb von New York, der begangen worden ist, als Martha Logan nicht in der Stadt war. Vergleichen Sie ihren Aufenthaltsort mit dem Tatort jedes dieser Verbrechen. Martha Logan hat den Mörder genau am Ort seines Verbrechens gesehen, aber sie weiß es nicht, weil sie nie von dem Verbrechen gehört hat. Gute Nacht, meine Herren.«

Ich drehte mich um und verließ den Raum. Und das Haus. Überall waren Cops postiert . . .

Am nächsten Abend ging ich in den Bright Spot, ein kleiner, neu eröffneter Nachtclub, der schon ganz gut lief. Keine teuren, aber gute Nachwuchstalente. Jungs und Mädchen bekamen die Chance, dort mit ihren Nummern aufzutreten und sich einen Namen zu machen. Die hatten einen findigen Talentsucher, der die Stadt durchkämmte. Es war eine Art Probebühne für einige der großen Clubs.

Ich ging nicht zur Unterhaltung hin. Ich wollte sehen, was ich aufschnappen konnte. Dicke Fische kamen hierher, aber auch kleinere – Kerle, die man nicht mehr reinlassen würde, sobald der Club bei den feinen Leute in Mode gekommen war.

Vermutlich war ich nicht der einzige, der auf Informationen hoffte. Lieutenant Hogan vom Broadway-Kommando saß an einem Tisch und sah in jeder Hinsicht wie ein abgehalfterter Bühnenstar aus. Ein Zivilbeamter namens Cohen saß neben ihm, aufgetakelt wie ein Zuhälter.

Joey Paleno, der Manager, kam rüber und warf sich in einen Sessel neben mich.

»Läuft nicht viel«, sagte ich.

»Ganz mies«, sagte er. »Man hat mich schon ein Dutzend mal gefragt, ob die Stammkunden gestern abend alle da waren, wann sie gegangen sind oder ob sie nervös waren – dabei weiß ich gar nicht, wer noch Stammkunde ist und wer nicht. Gestern standen sie alle auf und gingen fast gleichzeitig, bis auf ein paar.«

»Haben die Leute telefonisch einen Wink bekommen, daß was nicht stimmte?«

»Überhaupt nicht, Race.« Paleno streckte die Hände aus. »Du kennst das doch. Plötzlich wußte jeder etwas. Ich bediente an der Bar, und Fingers Levine trank vor sich hin. Plötzlich stellte er sein halbvolles Glas ab und ging einfach raus. Stell dir vor, ein doppelter Whisky sour. Als ob Telepathie im Spiel gewesen wäre. Die Duke University sollte hier ihre Forschungen machen. Unheimlich. Das hab' ich hundertmal gesehen. Spätestens um Mitternacht, als die Streife der Cops kam, waren sie alle weg.«

Er stand auf, als Lieutenant Hogan vorbeiging und ihm zunickte.

»Siehst du?« Paleno redete wieder mit seinen Händen. »Jetzt fangen ein paar von den Säufern schon an, Reise nach Jerusalem zu spielen.«

Ich sah mir die Show an. Das Mädchen, das auftrat, hatte Talent. Als ›Feather‹ Falon war sie angekündigt. Und der Club gefiel mir etwas besser. Ihr Alter war bei einem Gangsterkrieg erschossen worden, als sie noch ein Kind war. Feather war zäh. Feather fürchtete sich vor nichts.

Feather sah aus wie eine Million Dollar. Vielleicht wie zwei Millionen, denn mir fiel zum ersten Male auf, daß Feather wie Martha Logan aussah. Oder lag es bloß daran, daß mir die junge Logan durch den Kopf ging? Nein. Sie sah ihr wirklich ähnlich. Nicht daß sie Zwillinge waren. Bloß ähnlich in Größe, Haarfarbe, hellem Teint.

Ich sah Bill Cruthers. Ich schüttelte ihm die Hand, als er vorbeikam, und er setzte sich an den Nebentisch.

»Sie möchten mich in der Zentrale sehen, Race, weil ich Umgang mir dir habe«, sagte er. »Wird auch mein erster Besuch bei denen sein.«

»Was treibt dich hierher?« fragte ich ihn.

»Ich sehe mich um. Der Bright Spot gehört zum Syndikat, kriegt aber erst einen Namen, wenn wir den Club vergrößern und das dicke Geld reinlassen. Ich versuche, aus den miesen Clubs anständige Läden zu machen. Die Cops sind wieder nervös.«

»Hat Joe mir erzählt. Wieder ein Schwerverbrechen?«

Bill Cruthers zeigte sein mildes Lächeln. »Tu doch nicht so, Race«, sagte er. »Es hat 'ne Schießerei gegeben, und jeder, der davon wissen sollte, weiß es auch. Bei den Cops bricht Panik aus, und sie fangen wieder mit den Razzien an.« Er beugte sich vor. »Wie tief steckst du drin?«

Ich ignorierte die Frage.

»Was machst du hier in dem Laden?« fragte ich ihn noch einmal. »Du hast wichtigere Geschäfte.«

»Na ja«, sagte er und wurde ernst, »niemand weiß es, und ich möchte nicht, daß es sich herumspricht. Wenn diese Panik vorbei ist, werde ich Feather Falon heiraten und sie aus diesem Milieu rausholen.«

»Feather Falon?« Ich war verblüfft.

»Sie ist das süßeste, anständigste kleine Sternchen, das je über die Avenue spazierte. Jedenfalls bin ich auf ihrer Seite, ob es ihr gefällt oder nicht. Wenn es ums Geld geht, würde sie jedes Risiko eingehen. Ehrgeizig ist sie auch, also liege ich bestimmt richtig. Ich nehme sie mit ins Ausland, nach Südamerika – an die Westküste, falls alles in Ordnung geht, und wenn ich zurückkomme, dann erst, wenn man die Sache vergessen hat. Dann bringe ich sie vielleicht groß auf dem Broadway raus. Ehrlich –«

»Ja?« Ich wartete.

»Ich bin in sie verliebt, Race.«

Dann fing er an, über sein Alter zu reden. Achtunddreißig, das sei noch nicht so alt. Das würde er in vielerlei Hinsicht wettmachen. All die Jahre würde er sauber bleiben. Ihr Alter hatte nichts getaugt, aber die Kleine sei anständig. Zuverlässig.

»Bill«, sagte ich, »du brauchst dir nicht den Mund fransig reden. Es wird ein echter Glücksfall für sie sein. Sie bekommt einen feinen Kerl.« Ich schüttelte ihm die Hand. »Ich wünsch' dir viel Glück, das Geschenk schicke ich später.«

Er zögerte einen Moment, bevor er redete. »Du könntest mir jetzt einen Gefallen tun. Ich möchte sie nicht in Verruf bringen, sonst würde ich's selber machen. Inspektor Nelson hat sie hinter der Bühne in der Mangel. Immer wieder gerät sie in was rein, wegen ihrem Alten. Aber das Mädchen ist grundanständig – das weiß ich. Ich dachte mir, vielleicht gehst du nach hinten und machst der Sache ein Ende. Ich muß mich auf die Socken machen. Nelson vergißt bestimmt alles, wenn du ihm über den Weg läufst. Erzähl ihm den Witz mit den Malone-Brüdern.«

Es gefiel mir nicht, aber ich ging hinter die Bühne. Ich hatte keine Ahnung gehabt, daß Bill Cruthers in Feather Falon verschossen war, aber das erklärte, warum sie eine Chance im Club bekommen hatte.

Ich lief Nelson nicht über den Weg, und ich sah auch Feather Falon nicht. Ich bekam heraus, daß sie mit Nelson weggegangen war, wußte aber nicht, ob er sie zu einem Verhör mitgenommen hatte. Der Wachmann hinter der Bühne wußte es auch nicht.

»Die Cops sind nun mal so«, sagte er und fügte hinzu, daß Feather ziemlich hitzig gewesen, aber nicht in Wut geraten sei. »Du kannst mir glauben, mein Sohn«, sagte er, »die ist auch nicht auf den Mund gefallen. Er muß 'n paar Scheine geboten haben. Für Geld macht die Kleine alles.«

Folglich ging ich ohne weitere Informationen – bis auf den Knüller über Bill Cruthers' Flamme Feather Falon, für den jeder Klatschkolumnist seinen rechten Arm gegeben hätte.

7 EIN ANDERES SCHEMA

In einer Spätausgabe der Zeitung stand keine Zeile über Martha Logan, und auch ich war bis jetzt nicht im Zusammenhang mit der Schießerei in der Grand Central Station erwähnt worden. Der Commissioner spielte die

Sache herunter, solange er keinen Dusel hatte, der ihn voranbrachte.

Ich überlegte. Drei Mädchen hatten überhaupt keinen Dusel gehabt. Martha Logan – ich mochte die Kleine ziemlich gut leiden. Wenigstens hatte sie Glück gehabt, was die anderen Mädchen nicht gehabt hatten. Und die Polizei wußte mit Sicherheit, daß sie als nächste an der Reihe war.

Gab ihr das Sicherheit? Eine Zeitlang wenigstens. Bestimmt würden sie starken Polizeischutz für sie aufbieten. Auf Schritt und Tritt würde sie von einer Eskorte begleitet werden, falls man sie überhaupt aus dem Haus ließ. Nein. Es sah so aus, als müßte sie zu Hause bleiben, bis sie – oder der Killer – tot war.

Am nächsten Tag mochte ich die Kleine noch besser leiden. Ich ging zur *Times* und ackerte ein paar alte Zeitungen durch, mit der Hilfe eines Mädchens, das sich mit den Klatschspalten auskannte. Martha Logan hatte ihre Arbeit getan. Sie hielt einen Rekord im Verkauf von Kriegsschuldverschreibungen, aber nicht an den Geldadel. Sie war unter die Leute gegangen und hatte ihren Beitrag auf öffentlichen Versammlungen geleistet. Hat beim Verkauf auch nicht ihren bekannten Namen ausgenutzt, sondern allein mit ihrer Persönlichkeit überzeugt.

Sie hatte als Schwesternhelferin gearbeitet. Aber nicht, um in einer schicken Uniform herumzulaufen und wichtige Besucher zu empfangen. Sie hatte mehr getan als bloß Blumen zu arrangieren und Vasen weiterzugeben, die jemand anders mit Wasser füllen sollte. Sie hatte geschuftet von sieben Uhr morgens an – sechs Tage die Woche und manchmal sieben.

Außerdem hatte sie nicht einfach die Segel gestrichen, als der Krieg vorbei war. Sie hatte weiter im Krankenhaus gearbeitet. Mehr Arbeit und weniger Fotos in den Zeitungen als jedes andere Mädchen in der Stadt, wie es der Direktor des Krankenhauses ausdrückte.

Ich empfand ein wenig Stolz. Ich hatte ihr die Chance gegeben, ihr Engagement fortzuführen, aber jetzt, wo die

Polizei sie bewachte, konnte sie nicht weitermachen, bis der Fall erledigt war . . .

Am nächsten Tag, noch bevor ich gefrühstückt hatte, kam O'Rourke vorbei. Er schien immer noch beunruhigt, sah aber besser ausgeschlafen aus. Er hatte einige Unterlagen in Maschinenschrift in der Hand.

»Hier«, sagte er, »ist eine Liste sämtlicher Morde, die in den letzten zwei Jahren in New York passiert sind, dazu diejenigen, die außerhalb passiert sind an Tagen, als das Mädchen nicht in der Stadt war. Sie ist praktisch zu keiner Zeit in der Nähe des Tatorts gewesen. Die Morde im Central-Park – na ja, ab und zu geht sie in den Park. Sie war aber nie zu einem Zeitpunkt dort, als gerade ein Mord passiert ist. Außerdem waren die anderen drei Mädchen nie dabei. Da ist sie sicher.«

»War sie jemals mit ihnen zusammen? Ich meine, mit allen gleichzeitig.«

»Sie glaubt nicht«, sagte O'Rourke. »Sie erinnert sich, Sissy Pierson getroffen zu haben, weiß aber nicht wo. Sie hat sie an Hand des Fotos wiedererkannt. Die beiden anderen Mädchen kennt sie. Das erste Opfer nach Sissy – Elsa Ames – hat sie allerdings nicht besonders gut gekannt, die beiden haben sich nur gelegentlich getroffen. Die dritte kannte sie genauer. Das war Dorothy Sears Briggs. Hat sie aber nur auf Parties getroffen.«

»Waren alle vier mal an ein und dem selben Ort?«

»Ja«, sagte O'Rourke. »Im Plaza im April vierundvierzig und im Madison Square Garden im Dezember fünfundvierzig. In der Armory am Silvesterabend des gleichen Jahres. Und dieses Jahr im Mai oben in Yonkers bei einem Gartenfest auf dem alten Untermeyer-Landgut. Es hat vielleicht andere Treffen gegeben, wir sind aber nicht sicher. Zum Beispiel beim Anlegen eines Truppentransporters im Jahre vierundvierzig. Sissy Piersons Aufenthalte sind schwer zu bestimmen. Am letzten Labor Day war sie am Moosehead Lake oben in Maine.« Als ich aufhorchte, sagte er: »Hundertsiebenunddreißig Gäste waren aus New York gekommen. Bei den übrigen Anlässen, außer dem im Plaza, gab es über hundert Gäste, im Garden fast zweihundert – und im Plaza und an den anderen Orten ist niemand getötet worden.«

»Verschweigt sie auch nichts?«

»Nein«, sagte O'Rourke, »ist sowieso ein Wunder, an was sie sich alles erinnert. Ihre ganze Aktivität bestand darin, Leute einzuladen, Schuldverschreibungen zu verkaufen und in den Krankenhäusern zu arbeiten. Die meiste Zeit wußte sie gar nicht, wohin es ging, nicht mal bei der Abfahrt. Sagt, sie habe eine Menge Leute an vielen Orten getroffen. Ich bin heute morgen früh los, habe mit allen Mädchen gesprochen, die sie gut kennt. Mann, eine ganz schön verdächtige Bande! Ich habe ihren Namen nicht ausdrücklich erwähnt. Ich habe die Mädels in dem Glauben gelassen, daß ich auch Martha befragen würde. Sie können sich an einen Haufen beschissenes Zeug erinnern und erfinden einen Haufen verfluchtes Zeug dazu. Wenn's nach mir ginge, dann sollten wir die kleine Logan lieber im Gefängnis verstecken, bis wir den Fall aufgeklärt haben.«

»Sie haben ihr sicher Fotos gezeigt.«

O'Rourke gluckste vor sich hin und zuckte die Schultern.

»Haben praktisch die komplette Gangstergalerie in ihr Wohnzimmer verlagert.« Dann schüttelte er den Kopf. »Einen Kerl hat sie erkannt. Sagte, sie weiß nicht mehr, wo sie ihn gesehen hat, sie könne sich aber an sein Gesicht erinnern. Nelson ging an die Decke und hat sämtliche Cops der Stadt auf ihn gehetzt – hat ihn in siebenundzwanzig Minuten geschnappt. Natürlich vorbestraft, der Typ. Tatsache ist aber, daß er vor zwei Jahren die Logan bloß bei einem Essen bedient hat, in einem Midtown Hotel. Die Kleine hat echt ein gutes Gedächtnis. Nelson wollte dem Vogel was anhängen, aber sobald der von dem Essen redete, konnte sich das Mädchen an ihn erinnern. Sie sagte, er hätte die Suppe kalt serviert.«

»Und, hat er?«

»Na ja, er –« O'Rourke zögerte. »Was, zum Teufel, quatschen Sie da? Soll das ein Witz sein? Kalte Suppe.«

»Nein«, sagte ich, »das meine ich nicht ernst. Wieso erzählen Sie mir das alles?«

»Aus alter Freundschaft, Race. Jeder hat seinen Job, die Polizei genau wie Sie. Es gibt 'ne Menge Dinge, die Sie tun können, wir aber nicht.«

Ich fragte O'Rourke nach Harvey Rath.

»Wir haben ihr sein Foto gezeigt. Sie sagte aber, daß sie ihn noch nie gesehen hat. Natürlich war sie sich an Hand der Fotos nicht ganz sicher. Ich kannte Rath gut.«

»Erzählen Sie mir von ihm – von seinem Charakter.« Und als O'Rourke die Stirn runzelte: »Wir alle haben Charakter, O'Rourke, einen guten oder schlechten.«

»Seiner«, sagte O'Rourke, »war einfach mies. Viele Jahre hat er Hehlerei im kleinen Maßstab betrieben. Dann hat er sich an die großen Sachen gewagt. Wir konnten ihn aber nie festnageln, als er mit heißer Ware handelte. Plötzlich wurde er verdammt clever. Wir waren sicher, daß er seine Finger auf der heißen Ware hatte, wir konnten aber nichts beweisen.«

»Dazu kam Erpressung. Er hat sich sogar an die ganz schweren Jungs rangemacht«, sagte ich, und als O'Rourke nickte: »Hat Kopf und Kragen riskiert.«

»Es gab Gerüchte von einem Notizbuch, das er den Cops übergeben würde, falls man ihn hochgehen läßt. Wahrscheinlich bloß Gerede. Plötzlich ist er verschwunden. Vor zwei, drei Jahren. Natürlich ist er tot.«

»Wieso natürlich? Gibt es keine Leiche?«

»'ne Leiche ist leichter zu verstecken als jemand, der lebt. Schieber, Politiker, viel größere Nummern als Harvey Rath sind verschwunden, und ihre Leichen sind nie gefunden worden. Da komm' ich vorbei, um was von Ihnen zu erfahren, und jetzt horchen Sie mich aus. Ich muß los, Race. Ich frag' mich, wieviel dieser Killer riskieren wird.«

»Durch 'ne richtige Polizeisperre kommt er nicht, O'Rourke«, sagte ich ernst. »Aber der Killer ist in einer verzweifelten Lage. Ich glaube, Miß Logan ist sein letztes Opfer. Diesmal geht's ihm also nur um einen schnellen, sofortigen Tod, und zweifellos möglichst bald. Denken Sie daran, daß die anderen Morde kurz nacheinander passierten.«

»Damals wußten wir nichts«, sagte O'Rourke. »Jetzt sind wir vorgewarnt. Wir haben jede erdenkliche Vorsichtsmaßnahme ergriffen und die Presse rausgehalten. Das Mädchen hat Fotos von allen Kunden gesehen, die in Frage kommen.« O'Rourke grinste. »Sie hat ein paar ganz dicke Fische erkannt, darunter ein Duo, das wegen Schwarzhandel gesucht wird. Sie weiß aber sonst keine Details. Doch, eins.« Sein Lächeln wirkte müde. »Ein Taschendieb, vor zwei Jahren im Plaza. Er verhielt sich merkwürdig. Auf die Art werden wir ein paar Kleinigkeiten zurückbekommen. Mann, hat das Mädchen ein Gedächtnis!«

»Das denkt der Mörder auch, O'Rourke. Davor hat er Angst. Vier Mädchen haben etwas gesehen, das ihnen bestimmt schlagartig einfällt, wenn es durch ein überraschendes Ereignis wieder an die Oberfläche des Bewußteins gebracht wird. Das wird bald passieren. Passen Sie auf die Lady auf, O'Rourke. Sie hat 'ne Menge auf dem Kasten.«

»Keine Sorge«, sagte O'Rourke sehr zuversichtlich, aber er zerbrach sich immer noch den Kopf, als er ging . . .

Was vier Tage später passierte, katapultierte die Premiere der *Aida* mit dem neuentdeckten Opernstar direkt auf Seite fünf. Eine Frau, die aus dem Fenster schaute, sah es. Sie hat es nicht sofort gemeldet. Sie besaß kein Telefon und hatte Angst, zum Telefonieren raus zu gehen.

Gegen drei Uhr morgens beobachtete sie, wie ein Wagen durch die Seitenstraße fuhr, vorbei an dem Reihenhaus aus rotbraunem Sandstein, aus dem man eine Pension gemacht hatte. Sie sah, wie die Tür geöffnet und etwas auf die Straße geworfen wurde. Sah, wie es zur Seite rollte und in der Gosse liegenblieb. Mehr tat es nicht, es lag bloß da.

Sie hatte nicht einschlafen können und war am Fenster gesessen. Ziemlich lange saß sie da, starrte auf die Straße, fasziniert. Dann weckte sie das Mädchen am anderen Ende des Korridors auf. Dennoch verging fast eine ganze Stunde, bis die Eigentümerin die Polizei anrief. Ja, die Leiche lag da, unentdeckt, mitten im Herzen von New York.

Der Mann war nur wenige Stunden, bevor man ihn fand, erschossen worden. Er war noch nicht identifiziert worden, als Jerry mir die ersten Ausgaben der Nachmittagszeitungen brachte. Man hatte dem Mann eine sauber getippte Karte an die Brust gesteckt – nicht die gleiche schreckliche Nachricht, die Millionen beunruhigt und Leute mit Töchtern terrorisiert hatte. Es war nicht die gleiche Botschaft, die die Unterwelt in Panik versetzt hatte. Sie lautete ein bißchen anders, nämlich so:

FÜR DICH
DU DRECKIGER KLEINER MANN
IN DER
DRECKIGEN KLEINEN GOSSE

O'Rourke kam förmlich in mein Büro geschossen. Seine Augen strahlten, die Runzeln auf der Stirn waren verschwunden.

»Sie hatten recht, Race.« Er klopfte mir auf die Schulter und schluckte. »Es war Harvey Rath. Ich hab' ihn gut gekannt. War untergetaucht, wie vermutet. Was Martha Logan über ihn wußte, wird jetzt ein Geheimnis bleiben.«

»Hat sie die Leiche gesehen?«

»Schon beim Gedanken daran ist ihr Alter die Decke hochgegangen. Und ehrlich, Race, mir gefiel die Idee auch nicht, sie in die Leichenhalle mitzunehmen.« In nüchternem Tonfall fügte er hinzu: »Es sah aber überhaupt nicht schlimm aus. Ein Schuß ins Herz. Wir haben ein paar wirklich gute Fotos machen lassen und sie ihr gezeigt. Sie sagte, daß sie den Mann noch nie gesehen hat.«

»Dieses tolle Gedächtnis!« Ich lachte laut. »Dann hatte Rath umsonst durchgedreht. Habt ihr schon was über den Mord?«

»Nein.« O'Rourke sah mich gerade an. »Dieser Norman, Logans Sekretär, der hat sich nicht bei Ihnen gemeldet, oder?«

»Nicht die Bohne. Was macht Ihnen Kummer?« fragte ich.

»Das Schema. Das Schußloch in Raths Brust. Irgendwie anders. Paßt nicht ins Schema. Eher wie Grand Central Station.«

Ich sprang auf.

»Sie glauben, ich war's!« Dann lachte ich. »Das Schema stimmt schon, O'Rourke, es ist nämlich ein anderes Schema. Es ist jemand, dem Rath auf die Finger geklopft hat, damit er für ihn jemanden umlegt – 'ne alte Schuld vielleicht, die im Notizbuch stand. Und dieser Kerl – entweder war er 'ne Nummer zu groß oder hat durchgedreht oder wußte, wo das Notizbuch ist, und da hat er Rath umgepustet.« Ich nickte. »Zugegeben, die Idee mit der Karte an der Leiche ist klasse, könnte von mir stammen. War das Nelsons Idee?«

»Tja –« O'Rourke kratzte sich am Kopf. »Schimpfen Sie nicht so auf Nelson. Ich hab's mich auch gefragt. Ist doch nicht komisch oder beleidigend. Sieht doch ganz nach Ihnen aus, oder? Nelson dachte, vielleicht hat Logan Ihnen durch seinen Sekretär für den Job 'n bißchen Kohle zugesteckt.«

»Ich fühle mich geschmeichelt, nicht beleidigt«, sagte ich zu O'Rourke. »Und falls Sie den Kerl nicht finden, der es Harvey Rath heimgezahlt hat, können Sie den Mord auf meine Rechnung setzen.«

O'Rourke glotzte mich wie ein Ochse an und zog mit einem glucksenden Lachen ab. Er war in selten guter Stimmung.

8 LEICHTE BEUTE

Natürlich dachte ich, der Fall sei gelaufen. Die Zeitungen dachten das auch. Die Jungs von der Presse hatten Vermutungen, spekulierten und reimten sich alles mit ihrer Phantasie zusammen. Nelsons zweideutige Erklärung wurde hin und her gedreht. Aber der Name Martha Logan tauchte in der Story kein einziges Mal auf.

Am nächsten Tag waren Fotos von ihr in den Gesellschaftskolumnen. Sie war unter den Prominenten, die sich die Oper *Aida* ansehen würden.

Mein erster Gedanke war, die Polizei sei davon überzeugt, daß für Martha keine Gefahr mehr bestand. Dann kam ich auf den Punkt – oder glaubte es. Ob man Nelson mochte oder nicht, er war ein guter Cop, und gründlich – jedenfalls, wenn er es mit jemand wie J. Fletcher Logan zu tun hatte. Er würde das Mädchen in der Oper von Cops bewachen lassen. Es sah sogar fast so aus, als wollte er das Mädchen auf dem Präsentierteller zeigen, um auf diese Weise festzustellen, ob man noch hinter ihrem Leben her war.

Folglich würde ich Martha Logan wahrscheinlich nie mehr sehen, es sei denn, ich ging in die Oper, um einen Blick auf sie werfen zu können. Das tat ich aber wegen keiner Frau.

Logan hatte mir einen Scheck über zweieinhalbtausend geschickt, also hatte ich ganz gut Kohle gemacht.

An dem Abend ging ich zum Essen in Johnny Swans Grill. Es war erstaunlich, welche Gerichte der Junge aus der Westentasche zaubern konnte, wenn man das nötige Kleingeld dafür hatte. Genauso erstaunlich waren die Leute, die man dort aufgabeln konnte, und dieser Abend war da keine Ausnahme. Als ich ins Lokal ging, war eine gewichtige Stimme zu hören.

»Mr. Williams, Sir«, sagte sie, »die Tische sind alle besetzt. Ich esse nicht gern alleine. Seien Sie bitte mein Gast.«

Da stand ein eleganter kleiner Mann und machte eine leichte Verbeugung. Ich bemühte mich, meiner Stimme keine Überraschung anmerken zu lassen, aber ich wußte oder glaubte zu wissen, daß die Gefahr für Martha Logan vorüber war. Riley war wieder in der Stadt.

»Nehmen Sie Platz, Sir.« Er wartete, bis ich mich ihm gegenüber gesetzt hatte. »Wie ich sehe, haben Sie mich vermißt. Ich bin ein bißchen auf die Jagd gegangen oben in Michigan. Oder Angeln? Oder war's überhaupt in Michigan?« Er lächelte gemütlich, als er einen Kellner herbeiwinkte. »Ein paar Geschäfte riefen mich zurück. Eine günstige Sache, die sich plötzlich ergeben hat.« Er senkte die Stimme. »Wird sicher in den Zeitungen stehen.« Und, mit einer leichten Verbeugung: »Haben Sie besten Dank für Ihre Zuverlässigkeit bei unserem kleinen Geschäft.«

Als der Kellner mein Steak gebracht hatte, fing Riley wieder an.

»Die Sache ist die, Race.« Er steckte sich eine teure Zigarre an. »Ich kümmere mich gern um meine Freunde. Es gibt da einen Mann, ein aufrechter, wohlhabender und distinguierter Herr, der Ihre Dienste gebrauchen könnte. Hat hart gearbeitet, wissen Sie, aber ein bißchen zuviel riskiert. Ein Arzt hat seinen Körper in Schwung gehalten, aber seine geistige Verfassung kann nicht mal ein Psychiater in Ordnung bringen. Sie und ich könnten es – für ein hübsches Sümmchen.«

Ich schaute ihn an. »Und ich soll die Briefe zurückkaufen. Ich mag Erpressungen nicht.«

Er tadelte mich mit einem scharfen Blick. »Wenn ich mich nicht auf ein schönes langes Leben eingerichtet hätte, würde ich Sie managen, Race«, sagte er. »Sagen wir zwanzig Prozent, und in ein paar Jahren wäre ich Millionär. Ich habe nichts dagegen, wenn Sie überall großkotzig auftreten und damit Kerle provozieren, auf Sie zu schießen. Aber ich würde mich darum kümmern, daß Sie für jeden Auftritt einen Batzen Geld bekommen – jede Menge Kohle! Ich könnte wetten, daß Sie mir bei unserem kleinen Geschäft den vollen Anteil ausgezahlt haben.«

»Hab' ich«, sagte ich ihm. »Hätte ich auch getan, wenn wir an dem Abend allein gewesen wären, Sie hätten Ihren Teil voll abbekommen . . . Was gibt's da für Ärger an der Bar?«

Riley war sofort auf dem Sprung. Wenn es was zu kassieren gab, mußte er immer als erster seine Nase drin haben. Während andere noch verdauten, was passiert war, hing Riley immer schon am Telefon, um rauszukriegen, was für ihn drin war. Als ich zur Tür kam, sah ich ihn gerade durch den Nebeneingang verschwinden.

Kleine Grüppchen diskutierten. Andere kleine Grüppchen lösten sich auf und gingen. Dann hörte ich einen aufgeregten Typ palavern, und erfuhr endlich, worum's bei dem Tumult ging.

»Ich hab's genau gesehen, echt! Der Wagen ist direkt hinter dem dicken Caddie die Straße runtergekommen. Die haben tonnenweise Blei in den Caddie gejagt. Der Caddie ist gegen einen Pfosten gekracht, hat sich aber nicht überschlagen. Dann hat ein Polizeiauto auf den schwarzen Packard geschossen und ihn an der nächsten Ecke umgedonnert. Sie war aber schon tot. Ihr Gesicht praktisch weggeschossen. Conley von der *News* war dabei. Hat Fotos.«

Mir war's irgendwie schwummerig. Ich glaube nicht, daß ich jemand Fragen stellen hörte, aber ich hörte den Typ antworten.

»Na klar, es war die Tochter von dem Geschäftsmann, Martha Logan. Cops saßen in ihrem Wagen. Wollten mit in die Oper.«

Zum ersten Mal in meinem Leben drehte sich mir der Magen um. Ich ging auf die Herrentoilette und kotzte mir die Seele aus dem Leib. Ich mußte das Mädchen wirklich gemocht haben. Und wie ich erst Nelson mochte! Leichte Beute – ein Versuchsballon, um die Lage zu testen! Harvey Rath. Ein Lockvogel, um das Mädchen nach draußen zu kriegen. Eine Leiche als Lockvogel für den Mord an einem Mädchen!

Diese Gedanken kamen mir später. Damals gingen mir nur Wörter durch den Kopf: Martha Logans Gesicht, weggepustet. Conley von der *News* hatte Fotos. Cops im Auto. Folgen dem Wagen. Das Killerauto umgestürzt. Martha Logan.

Ich mußte mir vom Kellner drei Whisky pur bringen

lassen, bis einer unten blieb. Ich gab ihm einen Fünfdollarschein, stimmt so, dann knallte ich ihm meine offene Hand in die Fresse, daß er zu Boden ging. Warum ich ihm eine gescheuert hatte? Er hatte angefangen, mir von der Schießerei zu erzählen, weil er dachte, ich sei nicht im Lokal gewesen und deshalb nicht auf dem laufenden. Ich stieß ihn weg und ging raus auf den Gehsteig.

Es gab schon ein Extrablatt. Ich kaufte mir eins, ging in eine billige Kaschemme und las es. Nichts Neues. Es schien, als seien alle getötet worden, bis man das Fettgedruckte nochmal las. Alles war fett gedruckt. Nur eines schien sicher – daß Martha Logan tot war. In ihrem Wagen waren Cops gewesen, und ein Polizeiauto war hinter ihnen hergefahren. Aber aus dem Zeitungsartikel wurde nicht klar, ob das Polizeifahrzeug aus Zufall oder Absicht da war.

Ich wußte, daß es geplant war. Und Martha war noch nicht weit weg von ihrem Haus, als die Schießerei losgegangen war. Zwei Maschinenpistolen hatten den dicken Cadillac der Logans durchsiebt.

Wenn die *News* Fotos hatte, würden sie in einer späteren Ausgabe stehen, also kaufte ich sie nicht. Martha Logans Gesicht nahm den Platz ein, den die Schlagzeilen der Titelseite übrig ließen. Da stand:

TOCHTER EINES GESCHÄFTSMANNES
IM WAGEN ERSCHOSSEN
ALS POLIZEI GANGSTER VERFOLGTE

Das also war das Ende. Ich würde ausgehen und mich gnadenlos besaufen.

Das war gegen meine Gewohnheit. Zu viele Leute wollen meinen Kopf, und wenn ich geschnappt würde, weil ich zu voll war oder zu langsam die Kanone zog, würde es mein letzter Rausch sein.

Aber ich brachte sowieso kaum was runter, folglich schlug ich die Zeit tot, indem ich durch die Straßen schlenderte. Ich wollte keine weiteren Details mehr hören. Ich lief einfach herum. Nichts denken, nur laufen.

Schließlich zuckte ich die Schultern und machte mich auf den Heimweg. Es war ja nicht so, daß einer meiner Kunden vor meinen Augen erschossen worden war. Ich hatte das Mädchen nur an einem Abend gesehen. Alles sprach dafür, daß ich sie sowieso nicht wiedergesehen hätte. Ich würde nach Hause gehen und darüber schlafen. Falls ich schlafen konnte.

Ich hab' ein nettes Apartment. Nette Jungs arbeiten dort. Es war noch nicht Mitternacht. Der Türhüter hatte noch Dienst. Er wollte gerade Feierabend machen. Er schaute mich an, schüttelte den Kopf.

»Ärger«, sagte er.

Ich nickte und ging nach hinten zu den automatischen Aufzügen und fuhr nach oben. Ich steckte meinen Schlüssel ins Schloß, drückte gegen die Tür, ohne Ergebnis. Also wußte Jerry Bescheid, war noch da und dachte nach. Jerry war wie ein Hund. Er wußte, wenn was nicht stimmte oder Gefahr im Verzug war.

Ich klingelte zweimal kurz und einmal lang, dann rührte sich was. Nicht daß ich ihn kommen hörte. Die Mauern und die Tür sind zu dick dafür. Ich hab's gern ruhig und möchte auch die Nachbarn nicht stören, wenn ich mal laut bin.

Das Schloß klickte, und die Tür ging einen Spalt auf, bis zum Anschlag der Kette.

»Okay, Boß«, sagte Jerry, »okay.«

Ich dachte an meine Anweisungen, falls ich mal mit einer Kanone im Rücken zu meiner Tür gehen mußte.

»Hunkery dorey«, sagte ich zu ihm. Klingt blöd, das Codewort – aber Sie leben nicht so wie ich.

»Ich weiß«, sagte ich, als er mich reinließ. »Du hast die Zeitungen gelesen.«

Er grinste. »Ich hab' Nachrichten gehört und ich –«

»Ich will nichts davon hören«, unterbrach ich ihn und ging an ihm vorbei ins Wohnzimmer.

Er sagte etwas von einem Besucher, als ich mich

umdrehte, halb auf ihn, halb zur Schlafzimmertür blickend, die langsam geöffnet wurde.

Als sie ganz offen war, traf's mich wie ein Hammerschlag. Wenn man mir eine Handgranate in die Pfoten gesteckt und mir gesagt hätte, es sei ein Apfel, und ich hätte einen Bissen probiert, wäre die Überraschung nicht größer gewesen.

In der Tür stand Martha Logan oder ein ziemlich gutes Double von ihr. Und ich? Ich stand da mit offenem Mund.

»Mann«, sagte Jerry, »wie im Film, he?«

Das Mädchen lief auf mich zu und nahm mich an den Händen. Sie war wirklich, kein Traum, und ihre Hände waren klein und zart; und das ganze Zeug im Radio über weiche, sanfte Hände, dieser tönende Quatsch – plötzlich war er Wirklichkeit.

»Ich – ich dachte –« sagte ich und ließ es dabei.

»Ich weiß«, sagte sie. »Sie dachten, ich sei tot. Aber haben Sie's nicht gehört? Es kam im Radio, nachdem – nach dem, was passiert ist.«

»Sicher«, schaltete Jerry sich ein. »Ich wollt's Ihnen sagen, Boß. In dem Wagen war ein anderes Mädchen. Aber unklar ist noch, wie sie da reingekommen ist. Miß Logan ist hier vorbeigekommen und wollte auf Sie warten, und ich hab' die Klatschspalten gelesen, die Sie –«

»Das reicht, Jerry«, unterbrach ich ihn. »Verzieh dich in die Küche. Mach' die Tür zu und versuch' nicht zu horchen.«

Jerry ging, und ich wandte mich an das Mädchen.

»Sie hätten nicht herkommen sollen. Wissen Sie nicht, daß Sie in Gefahr sind?«

»Sie reden nicht wie der Race Williams, von dem ich gehört habe – von Norman natürlich. Man weiß nicht, daß ich hier bin, Race. Das kann keiner wissen. Falls jemand mich umbringen wollte, dann hält dieser Jemand mich jetzt für tot. Ich bin hinausgeschlüpft. Sogar die Diener sahen das andere Mädchen weggehen. Ich bin aus dem Fenster geklettert. Wie schrecklich! Wie schrecklich! Es ist mir gleich, wieviel man ihr gezahlt hat, ich habe nicht gewollt, daß sie für mich *stirbt!* Ich bin gekommen, um Sie zu engagieren – damit Sie mich irgendwo verstecken.« Sie trat einen Schritt zurück und schaute mich an. Ihr Lächeln hatte es in sich. »Na, Race Williams«, sagte sie, »ich glaube, Sie sind wirklich froh, mich zu sehen!«

Ich legte ihr die Hände auf die Schultern und schüttelte sie ein bißchen. Als ob sie ein Kind wäre. Ich war froh und erleichtert, und sogar meinem Magen ging's besser.

»Ich war nie im Leben so froh, jemand zu sehen«, sagte ich ihr und meinte es auch. »Trotzdem, Sie hätten nicht kommen sollen.«

»Ich mußte. Ich konnte nicht länger dort eingesperrt bleiben. Die haben dieses Mädchen engagiert, Race – vielleicht kein besonders nettes Mädchen, denn sie hatte ein hartes Gesicht – aber sterben wollte sie nicht. Sie wollten sie schon ausführen, bevor man diesen Rath gefunden hat, aber das habe ich nicht zugelassen. Als dann alles vorbei schien, sind sie heute abend mit ihr raus, und sie ist getötet worden. Ich schäme mich.«

»Das sollten Sie nicht«, sagte ich. »Wieviel hat man Ihnen gesagt? Die Polizei, meine ich.«

»Sie wollten mir so wenig wie möglich sagen, aber ich habe die Wahrheit erraten. Ich mußte mir Fotos ansehen – nichts als Fotos. Sie wollten wissen, ob ich ein Tagebuch führe, aber ich habe keins. Ich hatte einen Terminkalender, den haben sie durchstudiert.« Und als ich sie fragen wollte, sagte sie schnell: »Nicht, Race – nein. Ich hab' hundertmal nachgedacht, wieder und wieder. Ich habe niemals einen Mord gesehen, bin nie in der Nähe eines Orts gewesen, wo ein Mord verübt wurde. Alles ist ein schrecklicher Irrtum!«

Ich nickte, als ob ich Martha Logan glauben würde, aber ich wußte, daß es kein Irrtum war. Ich ging den Flur entlang und machte die Türkette fest. Ich überprüfte alle Fenster. Jerry hatte sie geschlossen.

»Hier können Sie nicht bleiben«, sagte ich zu dem Mädchen, »und ehrlich, ich habe Angst, Sie allein wegzubringen.«

»Aber ich will nicht nach Hause. Das halte ich nicht aus! Wenn ich nachts aufstehe, klopft's an der Tür, und ein Polizist will wissen, ›Sind Sie in Ordnung, Miß?‹«

»Hören Sie.« Ich dachte nach. »Ich renne nicht gern weg. Sie sind zu bekannt. Der sicherste Platz für Sie ist zu Hause, mit den Cops.«

»Race –« sie ging auf mich zu, »mein Platz ist im Krankenhaus. Wenn dadurch aber die Patienten gefährdet werden, dann gehe ich nicht hin. Das ist mir klar geworden, als dieser verständnisvolle Sergeant, O'Rourke, mit mir geredet hat.«

Das Telefon klingelte. Ich nahm ab. Zuerst erkannte ich die Stimme nicht; dann stellte ich fest, es war Bill Cruthers.

»Du wolltest Informationen, Race«, sagte er. Seine Stimme klang fest entschlossen. »Ich gebe sie dir heute abend. Ich würde gerne vorbeikommen und dich treffen.«

»Wieviel weißt du?« fragte ich.

»Genug, damit du diesen Schurken fertigmachen kannst. Und du bist der Richtige dafür. Kann ich in dein Apartment kommen, ohne daß mich jemand sieht – niemand, verstehst du? Ich bin nur einen Block weg.«

Ich zögerte, dann gab ich ihm den Wink. »Der Hintereingang. Jerry, mein Gehilfe, wird ihn aufmachen.« Als er strikt dagegen war, sagte ich ihm: »Es ist stockdunkel. Jerry wird dir den Rücken zukehren, und du kannst schnell in den Aufzug schlüpfen.«

Ich erklärte ihm, wie er die Tür finden konnte.

Dann begann er wegen Jerry herumzumeckern. Daß er

Kopf und Kragen riskiert, wenn jemand ihn sieht. Mädchen seien gefoltert worden und hätten ausgepackt, Jerry würde auch reden. Ich konnte ihn verstehen und erklärte ihm, daß Jerry einfach unten neben dem Aufzug stehen würde, den der Hausverwalter für meine privaten Zwecke im Keller eingerichtet hat. Jerry stand neben der Tür – mit dem Rücken zu den Besuchern, damit es mit meinen Kunden keine Mißverständnisse gab.

»Keine Sorge, Bill«, sagte ich. »Die Sache hat sich bewährt. Schon hundert Leute sind so reingekommen. Schwere Jungs genauso wie kleine Fische. Millionenschwere Playboys. Sogar zwei Damen von der High Society, von einem bekannten Makler ganz zu schweigen. Außer von mir wollten sie von niemand gesehen werden. Wurden sie auch nicht.«

Nach einer Pause sagte er: »Gib mir dein Wort, Race, daß dieser Jerry mich nicht sehen wird.«

»Ehrenwort«, sagte ich, und das Wort hieß was in der Unterwelt. »Du brauchst bloß mit dem Aufzug in den siebten Stock zu fahren. Ich werde nach dir Ausschau halten.«

»In zehn Minuten«, sagte er, »genau zehn.«

Ich wunderte mich. Weshalb riskierte Bill Cruthers Kopf und Kragen, um mir einen Tip zu geben?

»Das ist vielleicht der entscheidende Moment«, sagte ich zu Martha Logan. »Ein Kerl kommt vorbei, um sein Herz auszuschütten.« Und dann sofort: »Dieses Mädchen, das an Ihrer Stelle im Wagen war – wie sah sie aus?«

»Oh, ungefähr meine Figur und Größe. Auch meine Haltung und meine Züge, hat der Inspektor gesagt. Sie haben sie Feather Falon genannt . . . Was ist los, Race?«

»Nichts«, sagte ich, als ich wieder Boden unter den Füßen hatte.

Jetzt wußte ich, warum Nelson an dem Abend im Bright Spot gewesen war. In diesem Fall folgte ein Schock nach dem anderen. Jetzt wußte ich, warum Bill Cruthers rüberkam, um alles zu verpfeifen. Feather Falon! Das Mädchen, das er heiraten wollte. Aus dem er einen Star machen wollte. Das er aufbauen wollte und –

Hatte Bill Cruthers die Wahrheit über diese Morde schon länger gewußt? Irgendwas mußte er in der Hand gehabt haben. Er wollte es bis jetzt nur nicht ausspucken. Jedenfalls war er ein Nachtvogel. Und Nachtvögel, die sangen, starben. Und jetzt wollte Cruthers sogar das riskieren. Er mußte die kleine Falon sehr gemocht haben.

Ich zerrte Jerry aus der Küche und gab ihm seine Anweisungen.

»Wie immer«, sagte er. »Nicht mal ein bißchen linsen?«

»Nicht mal ein bißchen, Jerry.« Mir war es todernst. Bill Cruthers war ein feiner Kerl, aber jeder wußte, daß er sich nicht auf den Arm nehmen ließ. »Wir spielen immer ehrlich.«

Als Jerry gegangen war, sagte ich: »Hören Sie, Martha. Ich möchte, daß Sie ins Schlafzimmer gehen. Ich schließe die Tür ab, und Sie bleiben drin, bis ich Sie herausrufe. Ich kriege 'nen Besuch – vielleicht der Durchbruch in dem Fall.«

Ohne ein Wort ging sie raus. Vor diesem Fenster war keine Feuertreppe. Wir waren im siebten Stock, also hatte Martha keinen Eindringling zu befürchten. Dann ging ich zur Eingangstür, hielt sie einen Spalt weit auf und nahm meine Kanone in die rechte Hand.

Bill kam schnell, den Mantelkragen hochgeschlagen, den Filzhut tief ins Gesicht gezogen. Er atmete heftig, als ich ihn hereinließ, abschloß und die Kette vorzog.

Da sah ich einen neuen Bill Cruthers – die Ruhe und die Milde waren jetzt verschwunden.

»Du weißt, warum ich gekommen bin«, sagte er und ging mir ins Wohnzimmer voraus.

»Ja«, sagte ich. »Feather. Feather Logan. Du hast nicht gewußt, daß sie den Job angenommen hat?«

»Nicht mal im Traum daran gedacht. Nelson, dieser Teufel!«

Er ließ sich auf einen Stuhl fallen, stand fast sofort wieder auf, ging zur Küche, ins Bad, den Flur entlang, öffnete den Wandschrank und sah hinein. Alles langsam und überlegt. Dann ging er zur Schlafzimmertür, drückte den Griff, drehte sich um und schaute mich an.

»Dein Ehrenwort, Race, daß niemand sonst im Apartment ist.«

Ich zögerte. Fast bösartig stürzte er auf mich los.

»Okay, Bill«, sagte ich. »Ich hab' den Schlüssel. Es ist – na ja, 'ne Frau.«

»Verstehe.« Er schien erleichtert. »Gut, Race. Ich will keine Zeit verschwenden. Nimm das Telefonbuch da. Ich sag' dir den Namen, die Telefonnummer – und die Wahrheit.«

Ich wollte das Telefonbuch holen und kehrte Cruthers halb den Rücken zu.

Etwas stimmte nicht. Irgendwas fehlte im Bild. Ich drehte mich herum, und die Kanone lag in meiner Hand. Es schien keinen Sinn zu machen. Aber meine Hand war ruhig, meine Augen blickten geradeaus, und mein Finger war am Abzug.

Ich hatte ihn nicht einfach so abknallen können. Deshalb hätte er Zeit gehabt zu zielen und mir eine Kugel durch den Kopf zu jagen, wenn er eine Sekunde länger gewartet hätte.

Er muß gesehen haben, wie meine rechte Hand unter meine linke Achsel schnellte, als ich zog. Und er hatte Angst zu warten. Er schoß sofort, und es erwischte mich oben in der Brust; es drehte mich herum, den Bruchteil einer Sekunde schneller, als ich mich selbst hätte drehen können.

Nein, ich hatte nicht das Glück, das Bill Cruthers hatte. Die Karten waren verteilt, und er hatte alle Asse. Ich sah seinen Körper, als ich zurücktaumelte, und ich pumpte ihn voll Blei. Jetzt zielte er mit seiner Kanone auf meinen Kopf. Aber weil mich der Schuß in die Brust umgerissen hatte, war mein Kopf nicht mehr in seinem Blickfeld. Seine Kugel schlug in der Wand ein, und ich hörte, wie das Bild zersprang und erinnerte mich vage daran, daß es mich sieben Dollar fünfzig Cents gekostet hatte – die es nicht wert war.

Ich kapierte nicht alles, als die Schießerei vorbei war. Ich wußte nur, daß ich wieder auf den Beinen war – im Gegensatz zu Cruthers. Er war auf den Knien und hielt sich den Magen und war vornüber gebeugt wie ein sterbender Gladiator, nur sah er nicht so würdevoll aus.

Ich konnte nicht besonders gut sehen, es wurde erst langsam besser, da hörte ich eine Frau schreien. Nicht ein hysterisches Mädchen, das gegen die Tür hämmert. Eine Frau hatte irgendwo ihren Kopf zum Fenster rausgestreckt und schrie in die Nacht hinein.

Cruthers nahm's nicht gerade leicht. Aber wer würde das, wenn er voller Blei steckte. Ich bückte mich vor und nahm ihm die Kanone aus der Hand. Er drehte sich ein Stück herum und starrte mit seinem verzerrten Gesicht zu mir hoch. Dann kippte er zur Seite und lag ausgestreckt auf dem Boden. Es war fast zu theatralisch, um wirklich zu sein – aber es war real, schrecklich real. Er hatte jetzt das Bewußtsein verloren, und sein Gesicht war nicht mehr verzerrt. Es sah wie gemalt aus, aber seine Augen waren geschlossen, und sein Gesicht war weiß.

Kein Laut drang aus dem Schlafzimmer. Ich beugte mich nieder und untersuchte schnell Cruthers. Keine zweite Kanone. Aber ein Messer. Es hätte das Messer sein können, das –

Ich schoß hoch, fühlte den stechenden Schmerz unter der Schulter. Ich steckte meine Hand in die Tasche und ging zur Schlafzimmertür. Mein Magen drehte wieder durch, aber nicht wegen des Schusses. Hinter der Tür war es zu ruhig. Ich hoffte, daß Martha nicht ohnmächtig war, sie schien aber nicht der Typ dafür. Konnte sie aus dem Fenster gesprungen sein? Sah ihr aber auch nicht ähnlich.

Ich riß die Tür auf. Sie stand neben dem offenen Fenster und hielt sich die Kehle.

»Sie sind es – Sie –« stammelte sie, »dann hätte ich nicht schreien sollen, aber ich dachte, daß –«

»Warten Sie hier«, sagte ich. »Ich muß telefonieren.«

Dann telefonierte ich herum, versuchte O'Rourke zu erwischen und bekam seinen Freund, Detective Kahn, an den Apparat. Ich gab meine Nachricht durch.

In der Zwischenzeit klopften Leute an die Tür. Ich ging darauf zu. Martha hielt mich zurück. Ihre Stimme klang unsicher und doch wieder nicht. Sie schaute direkt zu Bill Cruthers hinunter. Er machte die Augen auf.

»Ich kenne diesen Mann«, sagte sie. »Ich habe ihn gesehen. Wir haben mit dem Suchscheinwerfer vom Boot direkt in sein Gesicht geleuchtet. Er kniete auf dem Anlegeplatz, oder stand gerade auf, von irgendwas. Ich kann mich erinnern, wie ich ihn gefragt habe, was er an der Anlegestelle macht. Es war Dorothy Sears Briggs' Boot.«

»Ich hatte recht«, stöhnte Cruthers. »Ich habe gewußt, eine von ihnen würde sich erinnern, und es würde die *letzte* sein.« Dann wurde er wieder ohnmächtig.

Als ich die Apartment-Tür öffnete, machte ein Mieter, der hineingewollt hatte, einen Drei-Meter-Satz zurück, und etliche andere um ihm herum rannten Richtung Treppe. Komisch, wie Leute zuerst reinwollen und dann nicht mehr.

Dann kamen auch die Cops – 'ne ganze Menge. Dann kam mir ein Gedanke, und ich brüllte nach Jerry. Die Cops wollten mich nicht hinauslassen, aber sie fanden Jerry im Aufzug und brachten ihn rein.

»Der Junge hat 'nen harten Schädel«, sagte der Arzt bewundernd. »Der hätte krachen können wie 'ne Eierschale, nach dem Hieb mit der Kanone. Aber er kommt in Ordnung.«

Jerry machte die Augen auf und zwinkerte mir einmal zu.

»Reine Routine«, sagte er. »Hoffe, Sie haben den Typ umgelegt.«

»Klar hat er«, sagte der Arzt. »Auf Raten sozusagen, aber der macht's keine zwölf Stunden mehr.«

Die Kugel, die ich abbekommen hatte, war oberhalb des Brustkorbs ziemlich weit links eingedrungen und machte mir wenig Schmerzen. Ich war im Krankenhaus, als Bill Cruthers seine letzte Aussage machte. Er war bereit zu reden, wollte aber, daß ich dabei war.

Cruthers sagte, alles fing in Pittsburgh an, als er fast noch ein kleiner Junge war. Ein paar Drinks in einem Tanzsaal, Geschäker mit einem Mädchen, und weil das ihrem Macker nicht gefiel, später ein Straßenkampf, bei dem er dem Typen, einem Gangster, die Kanone wegschnappte. Cruthers hatte ihn umgelegt.

»Ich hätte höchstens ein paar Jahre bekommen«, sagte er, »aber ich war jung, hatte Schiß, und Harvey Rath hat sich um mich gekümmert. Da hat er mir zum ersten Mal den Arsch aufgerissen. Und was keiner gewußt hat: Harvey Rath hatte 'ne Tochter, die in Pittsburgh lebte. Er hat sie aus allem rausgehalten. Sie hatte den Teufel im Leib, echt. Frag' mich nicht warum – ich hab' sie geheiratet. Und ich mußte sie einmal im Monat besuchen.

Wieso? Na ja, zehn Jahre dürfte das her sein. Ich hatte gerade die Nachtclubs – seine Clubs – in die schwarzen Zahlen gebracht, da sagte Harvey Rath zu mir: ›Ich hab' dich immer wie einen Sohn behandelt, Bill, und jetzt mach' ich aus dir wirklich meinen Sohn. Ich geb' dir meine Tochter.‹ Da schaute er mich mit seinen Rattenaugen an. ›Ich könnte dich wegen Mord verpfeifen, aber du bist schlau, und meine Kleine liebt dich. Sagen wir, die Hochzeit ist am Sonnabend?‹

An diesem Weibsbild war gar nichts Gutes, außer daß sie mich für ein Geschenk des Himmels hielt. Sie war der einzige Mensch, an dem Rath hing. Er vertraute nur ihr. In den Nachtclubs steckte 'ne Menge Geld, und nur seine Tochter und ich wußten, daß er seine Finger im Spiel hatte. Ich hab' den Laden geschmissen, er hat das Geld kassiert. Egal wieviel er rausgeholt hat, immer hauste er allein in dem gleichen dreckigen kleinen Zimmer hinter der Pfandleihe; und irgendwo war diese gelbe Heftmappe, in der er alles aufbewahrt hat, über mich und alle anderen. Die meisten glaubten, es war ein Buch, es war aber ein Hefter. In Sachen Hehlerei konnte keiner in der Stadt mit ihm mithalten. Als dann die Nachtclubs nicht mehr so gingen, hat er angefangen, die Jungs selber zu erpressen. Bei seinen Schiebereien wußte er immer, wenn Mord im Spiel war.«

Cruthers hatte einen leichten Hustenanfall, wollte aber kein Wasser. Anscheinend wollte er schnell alles auspacken.

»Also hat Rath angefangen, den Jungs Zunder zu geben. Dann ist er zu weit gegangen. Er hat die Malone-Brüder engagiert, um einen rivalisierenden Hehler in der Bronx zu erledigen – hat dafür 'nen Haufen Kohle versprochen, aber nicht bezahlt, sondern den Brüdern damit gedroht, was er über sie weiß. Er hatte eidesstattliche Erklärungen und so. Die Malone-Brüder waren harte Burschen, aber es hat funktioniert – einmal. Rath versuchte es ein zweites Mal, und ein paar Einschußlöcher in seinem Bett beweisen immer noch, wie wenig es ihnen gefallen hat.

Er hat das Material über sie der Polizei gesteckt und sogar dafür gesorgt, daß die Brüder an einem bestimmten Ort waren, damit die Cops sie schnappen konnten. Alles anonym. Aber die Malones haben Lunte gerochen, sind verduftet und untergetaucht. Danach ist Rath zweimal fast umgelegt worden. Er konnte die Malones nicht mehr bedrohen. Sie waren ja auf der Flucht vor dem elektrischen Stuhl, und Rath glaubte – mit Recht –, daß die Brüder ihn vorher noch erwischen wollten. Deshalb ist er verschwunden, hat sich versteckt, bis die Polizei die Malones schnappen oder er selbst ihre Spur finden würde. Ich sollte ihm helfen.« Mit einer Grimasse, die ein Lächeln sein sollte, fügte er hinzu: »Hab' ich aber nicht. Das ist über zwei Jahre her. Rath versteckte sich in Pittsburgh. Dann hat ihm nicht gepaßt, wie ich seine Tochter behandelte. Na und? Ein Wunder, daß ich ihr nicht schon längst den Schädel eingeschlagen hatte. Dann lernte ich Feather kennen.

Danach gab's nur noch ein Mädchen für mich – Feather Falon.«

»Dann hast nicht du sie den Cops – Nelson – untergejubelt?« Die Frage hab' ich schnell dazwischengeschossen.

»Nein!« schrie er beinahe. »Die haben sie getötet! Auf meinen Befehl, mit meinem Geld und wegen der Drohungen, die ich so gedreht habe, als kämen sie von Harvey Rath. Hab' alles telefonisch in die Wege geleitet, aber ich dachte, es sei die Logan-Tochter.«

Cruthers schien Atemschwierigkeiten zu haben. Der Arzt schüttelte mit dem Kopf in Richtung Nelson.

»Ihr Liebesleben interessiert uns nicht, Cruthers«, sagte Nelson brutal. »Warum haben Sie die drei Mädchen getötet?«

»Meine Frau hat ihrem Vater die versteckte gelbe Mappe gestohlen und mir gegeben«, fuhr Cruthers langsam fort. »So konnte ich Leute zwingen, mir diese Mädchen zu bringen – die Typen glaubten, es sei für Harvey Rath. Mich haben sie nie zu Gesicht bekommen. Die Mädchen hatten mich am Moosehead Lake oben in Maine auf dem Anlegehafen gesehen. Sie kamen gerade von irgendeinem Krankenhausball. Aber weil eine halbe Stunde vorher Dutzende von ihnen von Bord des großen Schiffs gegangen waren, habe ich gedacht, niemand mehr sei auf dem Dock und alle längst weg. Vier Mädchen kamen später mit dem Schnellboot. Ich konnte ihre Gesichter nicht sehen, aber sie konnten mich sehen. Ihr Scheinwerfer fiel direkt in mein Gesicht.«

»Was haben Sie in dem Moment gemacht?« fragte O'Rourke.

»Meine Frau versenkt. Ich bin mit ihr nach Maine gefahren, hab' sie im Wagen erdrosselt und dann im Hafenbecken versenkt. Keiner wußte was von Raths Tochter. Niemand wußte, daß ich eine Frau hatte. Keine Ahnung, wie Williams doch noch Verdacht geschöpft hat. Ich war ziemlich clever.«

»Sehr schlau«, fiel ich ein. »Aber warum hast du die

Mädchen umgebracht? Wieso hast du geglaubt, sie würden dich wiedererkennen, und weswegen sollten sie dich verdächtigen?«

Cruthers gab ein komisches, gurgelndes Gelächter von sich, das den Arzt alarmierte. Cruthers sagte:

»Ich bin mir keiner Schuld bewußt und hab' auch nie an das ganze Zeug über das Unterbewußtsein und so geglaubt. Aber es existiert. Ein Totschlag – 'ne Schießerei vor Jahren, für die ich nicht viel aufgebrummt bekommen hätte –, aber damit hat alles angefangen. Sissy Pierson war die erste. O'Hara hat mich an einem Abend mit ihr bekannt gemacht, und sie versuchte, sich zu erinnern, wo sie mich schon gesehen hat. Ich wußte wo, und daß es ihr später einfallen würde. Ich hab' ein paar Typen auf O'Hara angesetzt, falls sie ihm was erzählt hatte.

Ich bin zu Sissy gegangen. Sie hat bei allen Heiligen geschworen, daß sie nur eines der Mädchen von damals kannte – und sobald ich das Dock erwähnte, wußte sie, wo sie mich gesehen hatte. Ich habe ihr den Mund zugeklebt, um ihr Geschrei zu unterbinden, und sie in die Mangel genommen, damit sie mehr erzählt. Ich mußte sie töten.

Das zweite Mädchen – nicht besonders schwer. Ich hab' mir ein paar Jungs besorgt, dies sich schnappten und zum Lagerhaus brachten. Die haben mich nie zu Gesicht bekommen. Und die Kleine konnte sich nur an den Namen von einem der Mädchen im Boot erinnern! Diese andere habe ich mir später mit einem einfachen Telefonanruf geholt. Der letzte Name kam raus. Logans Tochter.

Den Rest kennen Sie. Logan hat irgendwie einen Tip bekommen, und Williams hat den Kerl getötet, der in der Grand Central Station auf das Mädchen angesetzt war. Ich war fast am Ziel – die Polizei überall ums Haus, und die Zeit wurde knapp.«

»Wie meinst du, knapp?« fragte ich.

»Das Eis auf dem Moosehead Lake würde aufbrechen. Sie würden die Leiche entdecken. Es würde in allen Zeitungen stehen. Die Polizei befragte die Mädchen aus der gehobenen Gesellschaft, und die Logan konnte mich zu Gesicht kriegen und sich erinnern. Das würde sie nicht, wenn's keine Leiche gab. Das ist dieses Unterbewußtsein, von dem man lesen kann.«

»Aber wieso sollte man die Leiche finden?« fragte ich. »Du hast sie beschwert und dir bestimmt 'ne tiefe Stelle ausgesucht.«

»Tief – ja, schön tief, und 'ne Menge Gewicht dazu. Aber liest du nicht die Nachrichten aus Maine? Das Land dort gehörte dem Vater von dieser Ames. Er hat es wegen eines Steinbruchs gekauft, und das Wasser war nicht tief genug. Sie wollten alles trockenlegen, sobald das Eis aufbricht, und dann hätten sie die Leiche gefunden.«

»Woher hast du gewußt, daß Martha Logan bei mir war?« fragte ich wieder.

»Ich sah, wie sie ihr Haus verließ. Dachte, es sei 'ne Angestellte. Sie stieg aus einem Fenster. Da hätte ich sie leicht töten können. Aber ich dachte, sie sei in dem Auto umgekommen. Als ich erfuhr, daß das nicht stimmte, ahnte ich, wo sie hingehen würde, aber ich wollte sicher sein, daß sie bei dir war. Deshalb wollte ich dein Ehrenwort, daß du allein warst. Ich hätte nicht versucht, dich zu töten, wenn du nicht zugegeben hättest, daß eine Frau bei dir war.

Nach dem Tod der Logan hätte ich Raths Leiche ins Spiel gebracht, damit alles auf sein Konto gehen würde. Aber weil jeder zweite Cop der Stadt Martha Logan bewachte, mußte ich handeln. Meine Rechnung war: Indem ich Rath um die Ecke brachte, würden die Cops glauben, die Show sei gelaufen. Aber die Cops waren immer noch vorsichtig und engagierten Feather Falon für die Fahrt im Todesauto. Feather – sie lieferte mir auch den Vorwand, mich mit dir zu treffen, Williams. Es würde plausibel scheinen, daß ich auspacken wollte.«

Dann machte Bill Cruthers eine Pause. Sein Gesicht war verzerrt; offensichtlich hatte er Schmerzen. Was er jetzt sagte oder besser, hervorkeuchte, galt mir.

»Ich hab' alles geplant, Race, sorgfältig. Keine Ahnung,

wie es schiefgehen konnte. Ich hab' nicht mal riskiert, daß Jerry sich die Besucher vielleicht doch anguckt. Ich hab' ihm eins übergezogen, um sicher zu gehen, daß er mich nicht zu sehen kriegt. Wieso hast du Verdacht geschöpft – und die Schießerei angefangen? Wie bist du – draufgekommen, daß – ich es war?«

Da schaute mich Nelson an. O'Rourke auch. Ich hörte, wie Logan an seinem Platz neben der verschlossenen Tür schwer atmete. Beinahe wäre ich damit herausgeplatzt. Tat es aber nicht.

Der Arzt sah zu mir auf, zuckte mit seinen weißen Schultern, was soviel hieß wie: ›Es ist bald vorbei.‹

Cruthers hob eine Hand. In der Geste, in seinen Augen und in der Stimme lag eine Bitte.

»Ich kenne dich schon lange, Race. Wir – du hast mich immer gemocht. Mit mir geht's zu Ende. Ich will es wissen. Ich muß es wissen. Das wird's mir leichter machen.«

»Machen Sie schnell, Sir«, drängte der Arzt, und als ich nichts sagte: »Letzte Nacht hat er Höllenqualen ausgestanden. Fünf Magenschüsse. Wenn Sie's ihm leichter machen können, tun Sie's im Namen der Menschlichkeit.«

Ich glaube, ich habe gelacht, aber mir war nicht nach Lachen zumute. Ich dachte an die Mädchen, die gestorben waren, und wie sie gestorben waren – nicht daran, daß er versucht hatte, mich umzubringen. Außerdem dachte ich an die Ladung Blei, die er in den Wagen gepumpt hatte und die für Martha Logan bestimmt war.

»Leichter machen?« Die Wörter kamen wie aus der Pistole geschossen. »Laßt die dreckige Ratte krepieren mitsamt dem Blei in ihren Eingeweiden.« Und als Cruthers sich vor Todesschmerzen krümmte, knurrte ich ihn an: »Ob's dir gefällt oder nicht, egal – nimm das mit auf die Reise: Du warst ein Idiot. Ich wußte es. Hat alles gepaßt. Es kam niemand in Frage außer dir. Du miese –«

Er schrie noch einmal auf und starb. Logan nahm seinen Hut ab. O'Rourke zögerte, wollte eine Hand heben, ließ sie fallen, hob sie dann doch wieder, nahm den Hut ab und hielt ihn seitlich in der Hand. Nelson und ich standen da und starrten auf den Boden. Nelson wahrscheinlich, weil ihm nichts besseres einfiel. Ich – na ja, zeit seines Lebens hatte ich vor Cruthers großen Respekt gehabt, weil ich nichts Schlechtes von ihm gewußt hatte. Jetzt wußte ich's aber besser, und vor dem Toten hatte ich keinerlei Achtung. Mein Hut blieb oben.

Der Arzt legte ein Tuch über Cruthers' Kopf. Wir drehten uns um und gingen. Nelson wollte alles wissen, was ich wußte. Logan wollte zahlen. Das tat er, und nicht zu knapp. Ich nahm den Scheck und sagte Nelson, wenn er bloß ein halbwegs guter Cop sei, hätte er schon längst alles wissen müssen. Ich gab O'Rourke ein Zeichen und lud ihn zu einem Drink bei mir ein.

»Das war wirklich gute Arbeit, Race«, sagte er über seinem Whisky – dem dritten übrigens. »Die Zeitungen werden die ganze Story kriegen. Wie ich höre, macht Miß Logan einen richtigen Helden aus Ihnen. Also, Schluß mit der Geheimniskrämerei. Wissen Sie, Race, ich habe immer geglaubt, daß Sie Grips haben, ich hätte aber nie gedacht, daß Sie ihn mal benutzen würden. Cruthers hat irgendwann einen Fehler gemacht, da haben Sie's kapiert. In unserem Verein hat man den Fehler entweder nicht bemerkt, oder wir hatten nicht soviel Glück wie Sie.«

»Ja«, sagte ich, »er hat einen Fehler gemacht. Aber die Lösung und wie und wann ich das Verbrechen aufgeklärt habe, muß unter uns bleiben – ich erzähl's nur Ihnen.«

»Den Zeitungen nicht?«

»Nur wenn mir eine bessere Story als die Wahrheit einfällt. Ich bin immer noch ein Mann der Tat, O'Rourke.«

»Ja, ich weiß.« O'Rourke nickte. »Sie drehten ihm den Rücken zu und gaben ihm die Chance, die Kanone zu ziehen. Hat verdammt wenig gefehlt, und er hätte Sie umgelegt. Was war sein erster Fehler?«

»Er hat nur einen gemacht«, sagte ich zu O'Rourke. »Sonst hätte er hier reinkommen können, hätte mir von hinten eine Kugel in den Kopf gejagt, dann das Mädchen umgelegt, wäre die Treppe rauf und über ein paar niedrige

Mauern von Dach zu Dach, und frei wie ein Vögelchen wäre er davongeflogen.«

»Ja, das weiß ich. Aber weiter.«

»Schon gut«, sagte ich, »es war Jerry. Erinnern Sie sich, wie Cruthers gesagt hat, er hätte die Geschichte nicht recht schlucken wollen, daß Jerry die Besucher nie zu sehen kriegt. Er hätte die Geschichte glauben sollen, denn sie stimmt. Jerry läßt die Hintertür offen und dreht sich mit dem Gesicht zum Aufzug, den meine geheimen Besucher nehmen sollen. Es ist ziemlich schwer, die Leute dazu zu bringen, daß sie mir vertrauen und Jerry noch dazu. Cruthers glaubte, Jerry könnte ihn beobachten und mir ein Signal geben. Folglich hat er ihm eins auf den Schädel gehauen. Und das, O'Rourke, war das Signal für mich.«

»Wie das?« O'Rourkes Körper spannte sich.

Ich mußte über seine Verwirrung grinsen. »Wir haben eine Routineregel«, sagte ich. »Wenn der Kunde im Aufzug ist, geht Jerry raus und kontrolliert, ob unser Brötchengeber nicht beschattet wird. Wenn alles in Ordnung ist, ruft er mich kurz an. Das ist ein Service zum Schutz meiner Kunden. Wenn Jerry mich nicht anruft, dann weiß ich, daß was schiefläuft. Und er hat mich nicht angerufen. Cruthers hatte seinen einzigen Fehler gemacht.«

»Trotzdem haben Sie sich weggedreht, um das Telefonbuch zu holen?«

»Klar.« Ich grinste. »Ich hatte Cruthers nie im Verdacht. Das ist mir niemals in den Sinn gekommen, bis er selbst mich drauf gebracht hat. Er sagte zu mir, ich soll mal ins Telefonbuch schauen. Dadurch würde ich ihm den Rücken zudrehen. Ich war nicht mißtrauisch. Ich stand vor ihm, beide Hände an die Hüften gelehnt. Er hatte genügend Zeit, zu ziehen und mich umzulegen. Aber er war zu sorgfältig, hatte alles zu genau geplant. Außerdem – er hatte ein bißchen Angst, weil er wußte, wie schnell ich mit der Kanone bin. Ich drehte mich zum Telefonbuch, sah das Telefon und vermißte Jerrys Anruf – und da war diese Sache mit dem Unterbewußtsein, von der Cruthers geredet hat. Wenn Cruthers nur den Bruchteil einer Sekunde gewartet hätte, dann hätte er mir den Schädel durchlöchern können. Ich habe nicht gleich geschossen, als ich mich herumdrehte, aber er dachte, daß die Drehung seinen Tod bedeutete.« Ich goß O'Rourke noch einen Drink ein und sagte: »Und so war es auch.«

O'Rourke kippte den Drink hinunter.

»Manchmal«, sagte ich ihm, »kann man mit einer Ladung Blei mehr anfangen als mit allem Grips der Welt. Den möchte ich sehen, der sich aus einem Kampf gegen Joe Louis mit dem rettet, was er in der Birne hat. Cruthers hatte 'ne Menge mehr in der Birne als ich, aber ich werde mit meiner länger was anfangen können.«

»Das halte ich im Kopf nicht aus«, sagte O'Rourke.

Dann läutete das Telefon.

»Das halte ich im Kopf nicht aus«, wiederholte O'Rourke, als ich einhängte und sagte, ich müsse mich jezt von ihm verabschieden, da ich zu einem Essen in feiner Gesellschaft verabredet sei – mit Martha Logan höchstpersönlich.

»Ich bezahle das Essen auch«, sagte ich O'Rourke, »aber sie meint, sie werde so dringend im Krankenhaus gebraucht, daß sie nur 'ne dreiviertel Stunde Zeit für mich hat. Verdammt, ich hab' das Mädchen wirklich gern!«

Ins Deutsche übertragen von Rudolf Brenner

HOWARD BROWNE

Dunkler April

Paul Pine

1

Als ich dem Sergeant auf der Mordkommission endlich alles erklärt hatte, sagte er, ich solle mich nicht von der Stelle bewegen und ja nichts anrühren, es käme gleich jemand rüber. Ich erwiderte, ich würde nicht mal öfter atmen als unbedingt nötig, legte den Hörer auf und kehrte ins Vorzimmer zurück, um mir den Toten noch mal anzusehen.

Er saß, das Kinn auf der Brust, eingefallen neben der Sofalehne. Ein Arm hing hinab, eine schmale eisengraue Haarlocke schwang sich von der wächsernen Haut einer hohen Stirn empor, die halb geöffneten Augen zeigten viel zuviel Weiß, und ein dunkler Blutfaden zog sich unter einem schmallippigen Mundwinkel in einer unregelmäßigen Linie hinab. Seine Jacke stand auf, und unter der Tasche eines schmutzigen weißen Oberhemds sah ich einen kreisrunden roten Fleck. Aus der Mitte des Flecks ragte der braune Hohlgriff eines Springmessers hervor.

Ich lehnte mich gegen den Fensterrahmen und steckte mir eine Zigarette an. Es war einer dieser nebelnassen Morgen, wie es sie Anfang April schon mal gibt; vom See wehte ein frostiger Wind herüber, und der Himmel war so trübsinnig wie eine Deodorantreklame. Auf den Bürgersteigen acht Stockwerke unter mir drängten sich Schirme aneinander, und lange Autoschlangen schlitterten mit geschlossenen Verdecken vorbei.

Ich stand da, atmete Rauch ein und betrachtete den Toten. Ich hatte ihn noch nie zuvor gesehen. Er trug eine maßgeschnittene Anzugjacke aus grauem Flanell, schmutzigbraune Gabardinehosen mit ein paar grünen Farbflecken und einem Ölfleck an einem Knie und billige braune Schuhe. Das Hemd war am Hals geöffnet und enthüllte dunkles Brusthaar, und er trug keine Krawatte.

Die Schuhe störten mich. Sie sahen aus, als hätte er sie im Ausverkauf erstanden. Der Mann kam aus keinem billigen Kneipenviertel. Seine Fingernägel waren gepflegt, sein Gesicht hatte selbst im Tod noch eine verschwommene

Ehrbarkeit, und den Haarschnitt hatte er sich auch nicht gerade von einem Lehrling verpassen lassen.

Ich bückte mich und schlug die linke Seite seiner Jacke zurück. Über der Innentasche war die Kante einer schwarzen Brieftasche zu sehen. An dieser Stelle hörte ich auf. Das war eine Sache für die Bullen. Sollten sich doch die Jungs, die dafür bezahlt wurden, mit der Leiche herumschlagen.

Ein schwarzes Satinetikett blinzelte zu mir hinauf. Ich schob den Kopf nah genug vor, um die eingestickten Buchstaben darin lesen zu können. Ein CG in einer antiquiert wirkenden Schriftart. Die Buchstaben kamen mir für ein einfaches Monogramm zu groß vor, aber über Geschmack läßt sich eben nicht streiten.

Ich ließ den Aufschlag wieder so zurückfallen, wie ich ihn vorgefunden hatte. Etwas schimmerte bleich zwischen den abgescheuerten Hosenumschlägen und den unpassend wirkenden Schuhen. »He«, sagte ich laut und bückte mich, um mich zu vergewissern.

Es stimmte schon. Es ergab keinen Sinn, war aber trotzdem so. Der bleiche weiße Schimmer kam von nackter Haut.

Der Tote trug keine Socken.

2

»Mit voller Wucht mitten durch die alte Pumpe«, sagte Detective Sergeant Lund. »Er hatte nicht mal Zeit, sich noch zu räuspern. Dieser Bursche nicht mehr.«

In seiner seltsam weichen Stimme schwang eine Art von grimmigem Respekt mit. Er richtete sich auf, trat ein paar Schritte zurück, nahm seinen Hut ab, schüttelte Regenwasser von der Krempe auf den Teppich und musterte mich nachdenklich mit Augen von der Farbe von Gewehrmetall.

Ich zog eine Schulter hoch und sagte nichts. An dem Korbtisch hinter mir packten zwei Männer in Zivil Meßbänder, Blitzlichter und kleine Kästen mit Fingerabdruckpulver aus. Hinter mir schlug eisiger Regen gegen das Glas.

»Sie sind dran, Pine«, sagte Lund mit derselben sanften Stimme.

»So war er schon, als ich reinkam«, sagte ich sofort. Ich sah auf meine Armbanduhr. »Genau vor zweiunddreißig Minuten.«

»Wie ist er hier reingekommen?«

»Ich schließe das Vorzimmer eigentlich nie ab, für den Fall, daß ein Klient kommt und er auf mich warten möchte.«

Lund zog leicht den Mundwinkel hoch. »Und jemand wollte, daß dieser Bursche wartet, was?«

Ich zuckte die Achseln. Er ging durch das Zimmer auf und ab, die Hände tief in den Taschen seines Übermantels vergraben. »Auf Ihrer Tür steht, Sie sind Privatschnüffler«, sagte er plötzlich. »Ist das ein Klient?«

»Nein. Ich habe ihn nie zuvor gesehen.«

»Wie heißt er?«

»Weiß ich nicht.«

»Hat er keinen Ausweis dabei?«

»Ich hab' nicht nachgesehen. Der Sergeant auf dem Revier hat's mir verboten.«

Er wirkte etwas erstaunt. »Ein Mann stirbt in Ihrem Büro, und Sie zeigen nicht mal etwas gesunde Neugier? Sie müssen keine Angst vor mir haben, Pine. Ich habe seit einer Woche keinem mehr den Arm abgenagt.«

»Ich gehorche dem Gesetz«, sagte ich leichthin.

»Na, na«, sagte er. Er grinste plötzlich, und nach einem Augenblick erwiderte ich das Grinsen. Meins war nicht falscher als seins. Er fuhr sich ein- oder zweimal mit dem Daumen über die Spitze seines schmalen Kinns, während ihm etwas durch den Kopf ging, und wandte sich dann wieder der Leiche zu.

Er durchsuchte ihre Taschen mit der energischen Vorsicht eines berufsmäßigen Schnüfflers. Das Blut, der Messergriff und die blicklosen Augen gingen ihm in etwa so nahe wie der Einkaufszettel der letzten Woche. Als er sich wieder aufrichtete, lag ein hübscher kleiner Haufen persönlicher

Besitztümer auf einem der Sofakissen, und die Taschen des Toten war so leer wie seine Augen.

Die Brieftasche lag oben. Lund schlug sie mit einem Kugelschreiber auf. Die durchsichtigen Fächer für Ausweise und so weiter waren genauso leer wie das Fach für die Geldscheine. Im Letzteren steckten jedoch drei oder vier Kreditkarten. Lund betrachtete sie lange und sorgfältig, und seine dichten Brauen verzogen sich über seiner langen, spitzen Nase geruhsam zu einem V.

»Kreditkarten, von ein paar Hotels am Loop ausgegeben«, sagte er fast zu sich selbst. »Und eine dieser Karten, die der Brieftasche beiliegen, wenn man sie kauft. Den Eintragungen zufolge ist dieser Bursche Franklin Andrus, 5861 Winthrop Avenue. Eine Visitenkarte. Ihr zufolge ist er Vertreter der Reliable Amusement Machine Corporation aus Dayton, Ohio. Keine Telefonnummer, und niemand angegeben, den man im Notfall benachrichtigen soll. Sagt Ihnen das etwas, Mr. Pine?«

»Tut mir leid.«

»Hm. Sie treiben dieses Spiel doch nicht etwas zu weit?«

»Ich bin nicht mal im Spiel«, sagte ich.

»Die Initialen in der Jacke stimmen nicht mit dem Namen auf den Karten überein. Das muß doch irgend etwas zu bedeuten haben, oder?«

Ich musterte eindringlich sein Nasenbein. »Seine Jacke und die Karten eines anderen. Oder seine Karten und die Jacke eines anderen. Oder nichts davon. Oder beides.«

Sein Mund wurde härter. »Wollen Sie mich verarschen, Pine?«

»Das käme mir nie in den Sinn, Sergeant.«

Er drehte sich auf dem Absatz um und ging, die Brieftasche noch immer in der Hand, durch die Verbindungstür in mein eigentliches Büro. Er machte sich nicht die Mühe, die Tür zu schließen, und durch die Öffnung konnte ich sehen, wie er, ohne sich zu setzen, nach dem Telefon griff und mit schnellen Bewegungen seines Zeigefingers eine Nummer wählte. Was er dann mit dem Teilnehmer am anderen Ende der Leitung besprach, war zu leise, als daß ich es mitbekam.

Zwei Minuten später kam er zurück und sammelte das Zeug von der Couch ein. »Reden wir mal miteinander«, sagte er. »Gehen wir in Ihr schönes Büro, da sind wir ungestört.«

Ich folgte ihm, zog die Jalousie hoch und öffnete das Fenster einen Spalt breit, um den Geruch der Zigaretten von gestern hinauszulassen. Auf dem Fenstersims draußen bereiteten sich vier Tauben auf einen Bombenangriff auf die Passanten vor. Lund schob Telefon und Aschenbecher beiseite, ließ seine Sammlung auf die Schreibtischunterlage fallen und schaltete die Lampe ein. Ich setzte mich hinter den Schreibtisch und sah zu, wie er den Stuhl für Klienten heranzog.

Ich holte meine Zigaretten hervor. Er nahm eine, schnüffelte aus mir unverständlichem Grund daran und rieb uns beiden ein Streichholz an. Dann lehnte er sich zurück, schob einen Arm über die Stuhllehne und richtete seine dunkelgrauen Augen auf mich.

»Sehr behaglich«, sagte er. »Mit allen Annehmlichkeiten. Leider sind sie nicht alle so.«

»Ich könnte das Radio einschalten«, sagte ich. »Wie wäre es mit etwas Tanzmusik?«

Er knurrte leicht erheitert. Von dem Argwohn, der in den zusammengekniffenen Augen gelegen hatte, war nichts mehr zu bemerken. Er zog an seiner Zigarette und blies einen langen blauen Rauchfaden zur Decke. Gleich würde er noch die Schuhe ausziehen.

Er sah sich in dem schmuddeligen Büro um, betrachtete den Varga-Kalender, die Aktenschränke, den abgetretenen braunen Linoleumboden. »Die Wände könnten etwas Farbe vertragen, oder?« sagte er.

»Suchen Sie für Ihren freien Tag eine Nebenbeschäftigung?« fragte ich.

Das brachte mir ein weiteres Grunzen ein. »Sie klingen ziemlich nervös, Pine. Ist doch nicht nötig. Sie wären nicht der erste Pirat, dem ein Klient sozusagen vor der Nase abgemurkst wird.«

Ich fühlte, wie sich mein Gesicht rötete. »Er ist kein Klient. Das habe ich Ihnen doch schon gesagt.«

»Ja, ich erinnere mich«, sagte er gelassen. »Das heißt aber nicht, daß ich es auch glauben muß. Sähe nicht so gut aus, wenn ein Klient in Ihrem Büro umgebracht wird. Die Zeitungsschmierer nennen so was schlechte Presse.«

Ich biß die Zähne zusammen. »Erlauben Sie sich nur einen Spaß, Sergeant, oder soll das irgendwo hinführen?«

»He, wir unterhalten uns doch nur«, entgegnete er leichthin. »Wir schlagen nur die Zeit tot, bis die Jungs von der Gerichtsmedizin kommen. Aber wir können uns ja mal ansehen, was der Bursche sonst noch bei sich hatte.«

Er streckte einen ungepflegten Finger aus und stocherte in dem Stapel. Neben der Brieftasche bestand er aus mehreren kleinen viereckigen und durchsichtigen Umschlägen, einer Krawatte, etwas Wechselgeld, einem Taschenkamm und einer kleinen goldenen Pinzette.

Er hob den Blick und musterte mich kalt. Seine gute Laune war so schnell verschwunden, wie sie gekommen war. »Hören wir doch mit dem Herumgealber auf, Mister«, sagte er barsch. »Sie haben für ihn gearbeitet. Ich will wissen, woran.«

»Weshalb sollte ich Sie denn anlügen?« sagte ich. »Ich habe den Burschen noch nie im Leben gesehen, ich habe nie mit ihm telefoniert und auch keinen Brief von ihm bekommen. Punktum.«

Sein Schnauben war nicht zu überhören. »Mein Gott, Sie müssen denken, ich sei noch naß hinter den Ohren.«

»Ich denke überhaupt nichts«, sagte ich.

»Das will ich auch hoffen. Hören Sie, ich könnte Sie einbuchten, mein Freund.«

»Weshalb?«

»Behinderung einer Ermittlung, Widerstand gegen einen Staatsbeamten, ungebührliches Benehmen. Aber was red' ich da? Es reicht, wenn ich sage, daß ich Sie einbuchten kann!«

Ich sagte gar nichts. Ein Teil des wütenden Rots auf seinen hohen Wangenknochen verblich langsam. Schließlich seufzte er schwer, griff nach der Krawatte, zog heftig mit seinen kantigen Händen in entgegengesetzten Richtungen daran und ließ sie wieder fallen.

»Blödsinn«, sagte er mürrisch. »Ich will mich nicht mit Ihnen anlegen. Aber ich muß meine Arbeit machen. Ich erwarte eine gewisse Zusammenarbeit von Ihnen. Dieser Bursche spaziert doch nicht blindlings hier rein. Sie sind Privatschnüffler; so steht es zumindest an Ihrer Tür. Ihre Arbeit ist es, Leuten bei Problemen zu helfen. Ich behaupte, es wäre ein zu verdammt großer Zufall, daß er sich Ihr Büro aussucht, um darin abgemurkst zu werden. Na los, sagen Sie mir, ob ich mich irre.«

»Ich sage nicht, daß Sie sich irren«, entgegnete ich. »Ich bleibe bei dem, was ich gesagt habe. Ich kenne diesen Mann nicht. Er hätte hier reinkommen können, um nicht mehr im Regen stehen zu müssen, mir einen Einarmigen Banditen zu verkaufen oder sich einfach hinzusetzen und seine müden Füße auszuruhen. Ich gestehe ein, daß er vielleicht gekommen ist, um mich zu engagieren. Das passiert schon mal, wenn auch nicht zu oft. Vielleicht wollte jemand nicht, daß er mir ein paar prekäre Geheimnisse verrät, und hat dafür gesorgt, daß er es nicht mehr konnte.«

»Aber Sie haben ihn nie zuvor gesehen?«

»Allmählich kommen Sie dahinter«, sagte ich.

»Nur zu«, meinte er verbittert. »Reißen Sie Ihre Witze. Holen Sie die Büroflasche raus, kippen Sie drei Fingerbreit Scotch und spucken ihn mir dann in die Augen. So macht Ihr Privatschnüffler es doch achtmal am Abend im Fernsehen.«

»Ich habe keine Büroflasche«, sagte ich.

Das Geräusch, mit dem die Vorzimmertür geöffnet und wieder geschlossen wurde, ließ Lund nicht mehr zu Wort kommen. Ein kleiner, untersetzter Mann ging, einen schweren Sack in der Hand, an der halb geöffneten Bürotür vorbei. Lund stand wortlos auf, ging hinaus und ließ mich einfach sitzen.

Etwas Zeit verstrich. Ziemlich viel Zeit sogar. Das Gemurmel der Stimmen im Nebenzimmer ging endlos weiter. Blitzlichter erzeugten geräuschlose Lichtexplosionen, und ein kleiner Vakuumstaubsauger summte. Ich blieb, wo ich war, verbrannte eine Menge Tabak, schlug die Beine übereinander, ließ einen Fuß baumeln, lauschte dem Aprilregen und dachte, was ich zu denken hatte.

Gedanken über einen Mann, der vielleicht noch Leben würde, hätte ich nicht eine Stunde länger als üblich geschlafen. Ein Mann mit unpassender Kleidung, keinen Socken und einer leeren Brieftasche. Ein Mann, der gern weitergelebt hätte, auch in einer Zeit, in der das Leben kompliziert und nicht sehr lohnend war. Ein Mann, der es über fünfzig Jahre lang geschafft hatte, sich an das einzige Leben zu klammern, das er je bekommen würde, bevor sich die Klinge eines Springmessers und eine starke Hand zusammengetan hatten, um es auszulöschen.

Ich blieb weiterhin sitzen. Der Regen fiel. Für April war es furchtbar dunkel.

Nach einer Weile öffnete sich die Korridortür, und zwei Männer in weißen Kitteln kamen herein. Sie trugen eine lange, zusammenklappbare Bahre. Sie gingen an meiner Tür vorbei, ohne hineinzusehen. Es folgte weiteres unverständliches Gemurmel, dann sagte eine junge Stimme: »Paß auf die Beine auf, Eddie.« Und sie trugen die Bahre wieder hinaus. Diesmal war sie schwerer.

Sergeant Lund kam wieder herein, das Gesicht ausdruckslos. Er setzte sich schwerfällig, steckte sich eine Zigarette an und bließ das Streichholz aus, hielt es aber noch fest. »Andrus ist zwischen halb neun und zehn Uhr gestorben«, sagte er. »Der Fahrstuhlführer erinnert sich nicht, ihn hochgebracht zu haben. Wann sind Sie hier eingetrudelt?«

»Gegen halb elf. Ein paar Minuten Spielraum nach oben oder unten.«

»Sie haben nicht zufällig ein Springmesser, was?«

»Mit einem braunen Griff?« fragte ich.

Er knickte das benutzte Streichholz durch und warf es in

die allgemeine Richtung, in der der Ascher stand. »Sieben-Zoll-Klinge«, murmelte er. »Wie ein gottverdammtes Bajonett.« Er steckte die Zigarette in einen Mundwinkel und ließ sie da. »Ein echt gelungener Mord, Pine. Ist Ihnen aufgefallen, wie Andrus angezogen war?«

»Keine Socken«, sagte ich.

»Das ist längst nicht alles, Kumpel. Neue Jacke, alte Hosen, billige Schuhe. Kein Hut und kein Übermantel. Bei so einem Wetter? Welchen Sinn ergibt das?«

Ich breitete die Hände aus. »Keinen Schimmer, Sergeant.«

»Sind Sie sicher, daß er nicht für Sie gear . . .«

»Jetzt hören Sie aber auf!« rief ich.

Das Telefon klingelte. Eine Stimme wie eine Kreissäge fragte nach Lund. Er grunzte in die Sprechmuschel, hörte fast eine volle Minute lang teilnahmslos zu, sagte dann zweimal »Ja!« und gab mir den Hörer zurück. Ich legte ihn wieder auf und beobachtete, wie er sich aus dem Stuhl hievte. Sein Gesicht war eine Studie in wütender Frustration.

»Ich ließ das Revier Rogers Park einen Streifenwagen zur Winthrop Avenue schicken«, knurrte er. »Sie haben dort nicht nur keine Spur von einem Franklin Andrus gefunden; sie haben nicht mal das Haus gefunden! Ein unbebautes Grundstück, bei Gott! Na schön. Zum Teufel damit. Die Jungs vom Labor werden schon was finden. Reinigungszettel, Staub an den Manschetten, Etiketten an der Kleidung. Sie brauchen vielleicht zwei oder drei Tage, aber ich kann warten. Die alte Routine braucht ihre Zeit, bringt aber immer was.«

»Fast immer«, sagte ich geistesabwesend.

Er funkelte mich über den Schreibtisch hinweg an. »Ich hoffe nur eins, Mister. Ich hoffe, daß Sie mich verkohlt haben und ich dahinterkomme. Das würde mir prima in den Kram passen.«

Er sammelte die Besitztümer des Toten ein und stolzierte hinaus. Kurz darauf kam einer der Männer in Zivil mit seinem Kasten herein und nahm meine Fingerabdrücke ab. Er war richtig höflich und erklärte mir, sie wollten nur alle Eventualitäten ausschließen.

3

Um ein Uhr war ich von einem Sandwich mit Kaffee im Drugstore an der Ecke wieder zurück. Das Vorzimmer war leer; nur ein paar durchgebrannte Birnen von Blitzlampen, die hier und da herumlagen, ein paar Flecke vom Fingerabdruckpulver und der Geruch billiger Zigarren und feuchter Kleidung erinnerten mich an meine Besucher vom Vormittag. Ohne den Toten darauf kam mir die Couch größer als sonst vor. Sie hatte keine Blutflecke abbekommen. Ich vergewisserte mich und sah nach.

Ich ging langsam ins Nebenzimmer und schüttelte meinen Trenchcoat ab. Aus dem Büro daneben kam das schwache Summen eines Zahnarztbohrers. Eine feuchte Brise kroch durch das Fenster herein und ließ die Stränge der Jalousie klappern. Auf der Straße unter mir hupten Autos. Geräusche, die die Stille um mich herum noch stiller machten. Und es regnete immer noch.

Ich setzte mich hinter den Schreibtisch, leerte den Aschenbecher in den Papierkorb und wischte ihn feucht aus. Ich legte das Tuch wieder weg, holte eine Zigarette hervor, saß da und drehte sie, ohne sie anzuzünden, zwischen Daumen und Zeigefinger.

Er war ein gutaussehender Mann gewesen. Höchstens fünfundfünfzig Jahre alt. Ein Mann mit einem Problem, das er erledigt haben will. Angenommen, er wacht heute morgen auf und entschließt sich, mit seinem Problem zu einem Privatdetektiv zu gehen. Also holt er das Branchentelefonbuch hervor und schlägt unter dem richtigen Stichwort nach. Es sind nicht viele verzeichnet, nicht einmal für eine Stadt von der Größe Chicagos. Die großen Detekteien überschlägt er, vielleicht weil er befürchtet, von einer Sekretärin mit hennafarbigem Haar an die nächste weitergeschickt zu werden, bevor er mit dem richtigen Burschen sprechen kann. Dann stößt er gar nicht mal so tief unten in der Spalte auf den Namen Paul Pine. Ein angenehm kurzer Name, den jeder aussprechen kann.

Also nimmt er sich ein Taxi oder einen Bus und fährt her. Mit dem Wagen ist er nicht gekommen; er hatte weder Autoschlüssel noch Führerschein dabei. Das Vorzimmer ist nicht abgeschlossen, aber es steht auch kein wachsamer Privatdetektiv mit stechendem Blick herum. Der Detektiv ist zu Hause im Bett, wie ein Mann, der seine Frau arbeiten läßt. Also setzt sich dieser gutaussehende Mann mit einem Problem und wartet . . . und jemand kommt herein und läßt ein viertel Pfund Stahl in ihm zurück.

Das war es. Das erklärte alles. Alles, nur nicht, was er für ein Problem hatte, warum er keine Socken trug, warum seine Brieftasche leer war und warum auf seinem Ausweis eine Adresse stand, die es gar nicht gibt.

Ich stand auf und drehte ein paar Runden durch das Büro. Das ging mich nicht die Bohne an. Die Jungs von der Mordkommission würden in einem Tag oder so alles geklärt haben. Die alte Routine, hatte Lund es genannt. Ich war diesem netten alten Mann gar nichts schuldig. Er hatte mir keinen Cent bezahlt. Es bestand nicht die geringste Geschäftsbeziehung zwischen uns.

Bis auf die Tatsache, daß er mich um Hilfe bitten wollte und statt dessen einen Mund voller Blut bekommen hatte.

Ich setzte mich wieder und sah im Telefonbuch nach. Kein Franklin Andrus eingetragen. Keine Filiale der Reliable Amusement Machine Corps in Chicago. Ich schob das Telefonbuch zurück und dachte über die Gegenstände nach, die der Tote in den Taschen gehabt hatte. Eine goldene Pinzette, ein Taschenkamm, fünf kleine durchsichtige Umschläge, dreiundsiebzig Cent in Münzen, eine dunkelblaue Krawatte. Auf dem Schlips war ein Etikett des Ladens gewesen – Marshall Field. Ich wußte das, weil ich nachgesehen hatte, als Lund im Vorzimmer gewesen war.

Doch bei Field gab es wahrscheinlich mehr Krawatten als bei Pabst Flaschen – das war mir keine Hilfe.

Ist das alles, Pine? dachte ich bei mir. Bist du schon am Ende? Überfragt? Ein netter Detektiv wie du, mit gewaschenem Hals und breiten Schultern, der gern mal länger schläft?

Ich strapazierte das Linoleum noch etwas. Ich ging zum Fenster hinüber und drückte die Stirn dagegen. Mein Atem beschlug das kühle Glas, und ich schrieb mit der Fingerspitze meinen Namen darauf. Aber das schien mir auch nicht zu helfen. Ich dachte noch etwas nach.

Vielleicht war wichtig, was *nicht* aus seinen Taschen gekommen war. Keine Schlüssel, zum Beispiel. Vielleicht wohnte er in einem Hotel. Nicht einmal Zigaretten oder ein Streichholzheftchen. Vielleicht rauchte er nicht. Nicht einmal ein Taschentuch. Vielleicht hatte er nie eine Erkältung.

Ich setzte mich wieder. In der Jacke waren Initialen gewesen. Ein CG. Keine Punkte, und Zierbuchstaben, sauber in ein Rechteck aus schwarzem Satin gestickt. Ziemlich große Buchstaben, wie ich mich erinnerte. Zu schade, daß ich nicht in den Taschen nach dem Etikett des Schneiders gesucht hatte. Außer . . .

Diesmal schlug *ich* im Branchenbuch nach. H, wie Herrenschneider. Ich fuhr mit dem Finger über die Spalten bis zum G. Und da war es, groß und leuchtend und vielversprechend. A. Cullinham Grandfils, Maßschneider. Auf der Michigan Avenue, im 600er-Block. Mitten auf der protzigsten Einkaufsstraße der Stadt.

Ich schloß das Fenster, zog den Trenchcoat an, setzte den Hut auf und schloß ab. Der Geruch von billigen Zigarren hing immer noch schwer im Vorzimmer. Sogar auf dem Korridor glaubte ich ihn noch wahrzunehmen.

4

Der Laden sollte wohl, wenn man nicht allzu genau hinsah, wie ein griechischer Tempel wirken. Es hatte eine weiße Kalksteinfront und eine schmale Tür mit einer runden Milchglasscheibe darüber. Auf der einen Seite war ein einzelnes Schaufenster eingelassen, etwa von der Größe einer Visitenkarte. Hinter dem Glas stand ein schräges, mit schwarzem Samt überzogenes Podest, und auf dem Samt lag ein kleines eckiges Stück Stoff, bei dem es sich um Cheviot zu handeln schien. Sonst nichts. Keine Preisschilder, keine Anzüge, kein Firmenname in ehrwürdigen, stilisierten Buchstaben.

Und wahrscheinlich auch keine Sonderangebote.

Ich schob die schwere Glastür zurück und trat in einen großen Raum mit verschwommenen Rosenmustern an den Wänden, einer gewölbten Decke, moosgrünem Teppichboden und einer indirekten Beleuchtung, die mir wie eine Benediktion vorkam. Dick gepolsterte Stühle und Sofas standen geschmackvoll arrangiert herum, hell im Holz und eckig in den Formen. Ein paar Chromaschenbecher auf Ständern, ein oder zwei Beistelltische, und am anderen Ende ein Schreibtisch, ebenfalls aus hellem Holz, und dahinter saß ein Mann.

Er stand auf, als ich hereinkam, und schwebte mir geradezu entgegen. Ein großer, hagerer Bursche in einer maßgeschneiderten Jacke, Hemd mit steifem Kragen und gestreiften Hosen. Er sah aus wie ein Leichenbestatter von der gehobenen Sorte. »Guten Tag, Sir«, sagte er mit quäkender Stimme. »Kann ich Ihnen behilflich sein?«

»Sind Sie der Hohepriester?« fragte ich.

Sein Mund klaffte auf. »Wie bitte?«

»Vielleicht bin ich im falschen Laden«, sagte ich. »Ich suche den Schneider. Draußen stand kein Name, aber die Hausnummer stimmt.«

Obwohl ich es nicht für möglich gehalten hätte, nahm er eine noch aufrechtere Haltung an. »Das«, sagte er mit erstickter Stimme, »ist das Geschäft A. Cullingham Grandfils. Interessieren Sie sich für ein Kleidungsstück?«

»Ein was?«

»Ein Kleidungsstück.«

»Sie meinen einen Anzug?«

»Äh . . . ja, Sir.«

»Ich habe schon einen«, sagte ich, knöpfte den Mantel auf und zeigte ihn ihm. Er verzog lediglich gequält das Gesicht.

»Ich bin eigentlich hier«, sagte ich, »um mir die Adresse eines Ihrer Kunden geben zu lassen. Ich bin mir nicht sicher, aber ich glaube, sein Name ist Andrus – Franklin Andrus.«

Er verschränkte die Arme vor der Brust, hob eine Hand, drehte behutsam das Gelenk und stützte das Kinn mit Daumen und Zeigefinger. »Leider nicht. Nein. Tut mir leid.«

»Der Name sagt Ihnen nichts?«

»Ich beziehe mich nicht auf den Namen. Ich möchte Ihnen damit sagen, daß wir keinerlei Informationen über unsere Kunden weitergeben.«

»Oh«, sagte ich und musterte ihn weiterhin. Er sah aus wie jener Schlag Mensch, den man leicht unter Druck setzen kann. Ich grub den alten Hilfssheriffstern heraus, den ich für Notfälle wie diesen bei mir trage, und zeigte ihn dem Burschen, wobei ich Buchstaben und Zahlen mit dem Daumen bedeckt hielt. Er riß die Arme runter und trat zurück, als hätte ich eine Pistole auf ihn gerichtet.

»Das ist eine offizielle Ermittlung«, sagte ich mit harter Bullenstimme. »Ich bin nicht hier, um mir dumme Sprüche anzuhören. Arbeiten Sie mit uns zusammen, oder muß ich Ihnen eine Vorladung um die Ohren klatschen?«

»Sie müssen die Angelegenheit mit Mr. Grandfils besprechen«, piepste er. »Ich darf einfach nicht . . . ich habe nicht die Befugnis . . . Sie müssen mit . . .«

»Dann traben Sie mal los, Sportsfreund. Ich habe nicht den ganzen Tag Zeit.«

»Mr. Grandfils ist in seinem Büro. Hier entlang, bitte.«

Wir gingen durch den Raum, durch eine Glastür am

anderen Ende und durch einen kurzen Gang zu einer weiteren Tür: ein solides Eichenblatt mit den Worten A. Cullingham Grandfils, Privat, in silbernen Buchstaben prangte darauf. Der Bursche klopfte an; eine gedämpfte Stimme antwortete.

Ein kleiner, rundlicher Mann hockte in einem gewaltigen Ledersessel hinter einem Morgen Teakholz und Glas. Sein kahler Kopf war so blank poliert wie eine Kollektenschüssel vor dem Kirchgang. Eine Brille mit schwerer Hornfassung saß auf einer Stupsnase über einem winzigen Mund und einem Kinn wie ein Pingpongball. Er blinzelte mich eulenhaft an. »Was ist, Marvin?« fragte er mit so tiefer Stimme, daß ich fast einen Satz gemacht hätte.

»Dieser . . . äh . . . Herr kommt von der Polizei, Mr. Grandfils. Er hat um eine Information gebeten, die ich einfach nicht . . .«

»Das ist alles, Marvin.«

Ich hörte nicht einmal, wie er ging.

»Ich kann diesen billigen Schmeichler nicht ausstehen«, sagte der kleine Mann. »Mir dreht sich der Magen um, wenn ich ihn nur sehe.«

Ich sagte gar nichts.

»Leider brauche ich ihn«, fuhr er fort. »Die Frauen schwärmen für ihn, und er schwärmt für sie. Gut für das Geschäft.«

»Ich dachte, Sie verkaufen nur Herrenanzüge?« sagte ich.

»Was glauben Sie denn, wer die aussucht? Ziehen Sie den Mantel aus und setzen Sie sich. Ich kenne Ihren Namen nicht.«

Ich nannte ihm meinen Namen, legte Trenchcoat und Hut ab, zog einen silberbeschlagenen Teakholzstuhl heran und setzte mich darauf. Er machte eine viertel Drehung zum Stuhl hin, und seine Brille blitzte im weichen Licht auf.

»Polizei, was?« sagte er plötzlich. »Na ja, Sie haben den richtigen Körperbau dafür. Wo haben Sie denn diesen lächerlichen Anzug her?«

»Dieser lächerliche Anzug hat mich fünfundsechzig Mäuse gekostet«, sagte ich.

»So sieht er auch aus. Wie kann ich Ihnen helfen, Sir?«

»Mit der Adresse eines Ihrer Kunden.«

»Ich verstehe. Warum sollte ich sie Ihnen geben?«

»Er wurde ermordet. Die Adresse auf seinem Ausweis war falsch.«

»Ermordet!« Sein Mund klaffte auf, und die Brille rutschte ein Stück seine Nase hinab. »Gott im Himmel! Einer meiner Kunden?«

»Er hat eine Ihrer Jacken getragen«, sagte ich.

Er fuhr sich mit einer zitternden Hand über den Kopf. Sie glättete aber nur nackte Haut. »Wie war sein Name?«

»Andrus. Franklin Andrus.«

Er schüttelte augenblicklich den Kopf. »Nein, Mr. Pine. Keiner meiner Kunden heißt so. Sie haben einen Fehler gemacht.«

»Die Jacke hat ihm gepaßt«, sagte ich starrköpfig. »Er paßte genau in sie rein. Vielleicht ist der Name falsch, aber nicht die Jacke. Es war seine.«

Er nahm einen silbernen Brieföffner von der silberumrandeten braunen Schreibtischauflage und schlug ihn mehrmals gegen die Knöchel seiner linken Hand. »Vielleicht haben Sie recht«, sagte er. »Meine Jacken sitzen wie angegossen. Beschreiben Sie mir den Mann.«

Ich beschrieb ihn, bis hin zu dem nierenförmigen Muttermal auf dem linken Ohrläppchen. Grandfils hörte mich bis zum Schluß an, dachte ausführlich über das nach, was ich gesagt hatte, und schüttelte langsam den Kopf.

»Ich habe über ein Dutzend Kunden«, sagte er, »auf die diese allgemeine Beschreibung zutrifft. Die Einzelheiten, die Sie erwähnt haben, sind mir bei keinem davon aufgefallen. Ich bin kein so geübter Beobachter wie Sie. Können Sie mir nicht mehr über ihn sagen? Etwas, das Sie vielleicht unabsichtlich übersehen haben?«

Das kam mir nicht gerade wahrscheinlich vor, aber ich dachte trotzdem noch einmal nach. »Der Rest seiner Kleidung war etwas ungewöhnlich«, sagte ich schließlich. »Vielleicht sagt Ihnen das was.«

»Käme auf einen Versuch an.«

Ich beschrieb die Kleidung. Als ich an der Stelle angelangt war, daß der Tote keine Socken trug, hatte Grandfils das Interesse verloren. »Der Mann war offensichtlich ein Landstreicher«, sagte er kalt. »Keiner meiner Kunden würde sich in diesem Aufzug auf der Straße sehen lassen. Die Jacke war gestohlen, und der Mann hat verdient, was ihm zugestoßen ist. Durchgescheuerte Hosenaufschläge! Gott im Himmel!«

»In seinen Taschen war nicht viel«, sagte ich, »aber vielleicht fällt ihnen dazu was ein. Eine dunkelblaue Krawatte mit einem Etikett von Marshall Field, eine goldene Pinzette, mehrere transparente Umschläge von der Größe einer Briefmarke, ein Taschenkamm und etwas Kleingeld . . .«

Meine Stimme erlahmte allmählich. A. Cullinghams Mund stand schon wieder auf, doch diesmal schimmerte das Licht der Erkenntnis in seinen Augen. »Die Jacke war aus grauem Flanell, Mr. Pine?« fragte er scharf.

»Bitte?«

»Carlton-Garn?«

»Wie?«

»Schon gut. Das wissen Sie sowieso nicht. Ziemlich neu?«

»Ich denke schon.«

Er beugte sich über den Schreibtisch und drückte auf einen Knopf der Gegensprechanlage. »Harry«, schnappte er in den Kasten. »Dieser Straßenanzug aus grauem Flanell, den wir für Amos Spain gemacht haben – haben wir den schon geliefert?«

»Schon vor einer Woche«, antwortete die Stimme aus dem Kasten prompt. »Vielleicht sogar schon vor zehn Tagen. Soll ich das genaue Datum nachschlagen?«

»Schon gut.« Grandfils drückte noch einmal auf den Knopf, lehnte sich in dem Ledersessel zurück und schlug wieder mit dem Brieföffner gegen seine Knöchel. »Die Pinzette und die Umschläge haben mich darauf gebracht, Sir. Er ist ein enthusiastischer Briefmarkensammler. Vor kaum einem Monat sah ich, wie er im Vorzimmer saß und mit dieser Pinzette vorsichtig Briefmarken nahm und sie in diese kleinen Umschläge steckte, während er auf eine Anprobe wartete.«

»Amos Spain heißt er?«

»Ja.«

»Und er paßt auf die Beschreibung?«

»Körperlich ganz genau. Aber nicht die durchgescheuerten Hosen und das schmutzige Hemd. Amos Spain würde man nie dermaßen gekleidet irgendwo antreffen.«

»Wollen Sie wetten?«

»Was? Oh . . . natürlich! Aber ich verstehe es einfach nicht!«

»Wie wäre es denn mit Spains Adresse, Mr. Grandfils?«

Er zog ein silberumrahmtes Notizbuch aus einer Schreibtischschublade und sah hinein. »8789 South Shore Drive. Apartment 3C. Eine Telefonnummer steht hier nicht, obwohl er bestimmt eins hat.«

»Verheiratet?«

Er ließ das Buch in die Schublade fallen und schloß sie mit seinem Fuß. »Wir stellen unseren Kunden keine Fragen über ihr Privatleben, Mr. Pine. Anscheinend ist Mrs. Spain tot, aber ich kann mich da auch irren. Ich weiß lediglich, daß Amos Spain einigermaßen wohlhabend ist und – glaube ich – im Ruhestand lebt.«

Ich schrieb die Adresse nieder, stand auf und zog den Mantel an. »Vielen Dank für Ihre Hilfe, Mr. Grandfils«, sagte ich. Er nickte, und ich öffnete die Tür. Als ich hinausgehen wollte, sagte er: »Sie sollten wirklich etwas in bezug auf Ihre Anzüge unternehmen, Mr. Pine.«

Ich betrachtete ihn, wie er dort wie das Michelin-Reifen-Männchen saß. »Wieviel«, sagte ich, »würden Sie mir denn für einen berechnen?«

»Ich glaube, wir könnten für dreihundert etwas Ordentliches für Sie hinbekommen.«

»Für diesen Preis«, sagte ich, »erwarte ich aber zwei Paar Hosen.«

Sein Kiefer klappte nach unten, und er machte ein Geräusch wie ein Kampfhahn. Er lachte. Ich schloß die Tür und ging durch den Korridor zurück.

5

Das Haus am South Shore Drive war ein langes, tiefes Apartmentgebäude aus gelben Ziegeln mit drei Stockwerken und einer Tiefpaterre. Ein paar Wagen standen an dem breiten asphaltierten Bürgersteig, der an mehreren Eingängen vorbei verlief. Ich setzte den Plymouth in eine Lücke fast direkt gegenüber von der Hausnummer 8789.

Bis ich die Tür erreichte, hatte der Regen ein paar Treffer bei mir erzielt. Dahinter lag ein hübsches kleines Foyer, komplett mit Briefkästen aus Messing und einer Innentür. Auf der Karte am Briefkasten für 3C stand der Name Amos Spain.

Ich drückte den richtigen Knopf, und nach einem ziemlich langen Augenblick antwortete die Stimme einer Frau durch die Sprechanlage. »Ja?«

Das überraschte mich etwas. Ich hatte eigentlich mit keiner Antwort gerechnet. »Mrs. Spain?« fragte ich.

»Hier ist Mrs. Monroe«, sagte die Stimme. »Mr. Spains Tochter. Kommen Sie von der Post?«

»Leider nicht. Ich bin Detective, Mrs. Monroe. Ich muß mit Ihnen sprechen.«

»Ein Polizist? Na, ich glaube nicht . . . worüber?«

»Nicht von hier unten, Mrs. Monroe. Drücken Sie bitte auf.«

»Das werde ich nicht tun! Woher soll ich wissen, daß Sie Polizist sind? Sie könnten ja ein . . . ein . . .«

»Bei so einem Wetter? Machen Sie sich doch nicht lächerlich.«

Es folgte ein kurzes Schweigen, und dann summte der elektrische Türöffner. Ich drückte die Tür auf und ging über teppichbelegte Treppen zum dritten Stock hinauf. Auf halber Strecke eines breiten, freundlichen Gangs stand eine Tür ein Stück auf, und eine Frau in einem geblümten Morgenmantel sah zu mir hinaus.

Sie war unter dreißig, aber nicht viel. Sie hatte verruchte Augen. Ihr Haar war rötlich braun, und sie hatte eine

Menge davon. Ihre Haut war makellos, die Wangenknochen hochstehend, der Mund war überheblich geschwungen. Sie war groß, hatte schlanke Beine, eine schmale Taille und hohe Brüste. Sie war umwerfend.

Und sie musterte mich auf kalte, unpersönliche Art und Weise. »Polizist, haben Sie gesagt. Faszinierend. Was wollen Sie?«

»Darf ich eintreten, oder unterhalten wir die Nachbarn?«

Ihr Blick wurde unsicher, und sie nagte an der Unterlippe. Sie wollte schon über die Schulter zurücksehen, überlegte es sich jedoch anders. »Na schön«, sagte sie dann. »Wenn Sie sich kurz fassen.«

Sie trat zurück, und ich folgte ihr durch einen winzigen Flur in ein gewaltiges Wohnzimmer mit einer Eßecke an einem Ende und einer offenen Tür zu einer Küche dahinter. Das Wohnzimmer war holzgetäfelt und eingerichtet mit wunderschönen Ledersesseln, einem Sofa, Stehlampen, einem Gestell mit zahlreichen Pfeifen, einem Ohrensessel. Ein Winthrop-Sekretär, ein gasbetriebener Kamin. Nicht überkandidelt, nicht einmal besonders ordentlich, aber genau die richtige Wohnung für einen Mann, für den die Bequemlichkeit an erster Stelle kommt.

Ich legte meinen Mantel über einen Ledersessel und setzte mich in einen zweiten. Ihre Lippen wurden schmaler. »Machen Sie es sich ja nicht zu gemütlich«, sagte sie eisig. »Ich wollte gerade gehen, als Sie klingelten.«

»Für einen Morgenmantel ist es draußen etwas kühl«, sagte ich.

Sie schob das Kinn vor. »Für wen halten Sie sich eigentlich? Hier einfach reinzuplatzen und kluge Bemerkungen zu machen? Sie haben gesagt, Sie wären ein Bulle. Was Ihr Benehmen betrifft, glaube ich Ihnen. Wie wäre es denn, wenn Sie mir jetzt mal einen echten Beweis zeigten?«

Ich zuckte die Achseln. »Kein Beweis, Mrs. Monroe. Ich sagte Detective, nicht Polizist. Vielleicht hätte ich das ›Privat‹ nicht weglassen sollen.«

»Privat . . .« Ihre Zähne schnappten zu, und sie schluckte fast krampfhaft. Ihr Gesicht wirkte jetzt etwas bleicher, aber das konnte ich mir auch einbilden. »Was wollen Sie?« flüsterte sie fast.

»Wo ist Amos Spain?« fragte ich.

»Mein . . . Vater?«

Ich nickte.

»Keine Ahnung . . . er ist heute morgen schon früh gegangen.«

»Hat er gesagt, wohin?«

»Nein.« Was immer sie schockiert hatte, es war vorbei. »Tom und ich haben noch geschlafen, als er ging.«

»Tom?«

»Mein Mann.«

»Wo ist er?«

»Er schläft noch. Wir sind spät nach Hause gekommen. Warum wollen Sie wissen, wo mein Vater ist?«

»Vielleicht sollten Sie sich lieber setzen, Mrs. Monroe«, sagte ich. »Ich fürchte, ich habe eine schlechte Nachricht für Sie.«

Sie rührte sich nicht. Ihre Augen wichen nicht von mir. Sie waren jetzt etwas wild und gar nicht mehr verderbt. Sie fuhr sich mit der Zunge über die Lippen. »Ich habe nicht die geringste Ahnung, wovon Sie sprechen. Schlechte Nachrichten worüber?«

»Über Ihren Vater. Er ist tot, Mrs. Monroe. Ermordet.«

»Das glaube ich nicht«, sagte sie schnell. Fast zu schnell.

»Er wurde identifiziert. Es besteht kaum die Möglichkeit eines Irrtums.«

Sie drehte sich abrupt um, ging steifbeinig zu einem Lampentisch und nahm eine Zigerette aus einer grünen Cloisonnekiste. Die Hand, die das Streichholz hielt, zitterte merklich, doch in ihrem Gesicht zeigte sich nichts. Sie blies einen langen Rauchfaden aus. Kam zu mir zurück und hockte sich achtlos auf eine Lehne des Sofas mir gegenüber. Der Morgenmantel klaffte ein Stück auf und ließ mich den größten Teil der Innenseite eines frisch gepuderten Oberschenkels sehen. Mir gelang es mit Müh und Not, kein Loch in den Teppich zu beißen.

»Da muß ein Fehler vorliegen, Mr. Pine. Dad hat auf der ganzen Welt keinen einzigen Feind. Was soll ich jetzt tun?«

Ich dachte darüber nach, um ganz sicherzugehen. Dann war ich mir sicher. »Die Leiche ist auf der Gerichtsmedizin, und man wird wahrscheinlich schon die Autopsie durchgeführt haben. Es wäre keine schlechte Idee, Ihren Mann rüberzuschicken. Das könnte Ihnen eine ziemlich unangenehme Aufgabe ersparen.«

»Natürlich. Ich wecke ihn sofort und sage ihm Bescheid. Sie waren sehr freundlich. Tut mir leid, daß ich so unhöflich war.«

Sie bedachte mich mit einem Lächeln, das mir durch Mark und Bein fuhr, und stand auf, um mich wissen zu lassen, daß das Gespräch vorbei war und ich nach Hause gehen und von ihrem Schenkel träumen konnte.

Ich glitt vom Sessel und nahm Mantel und Hut. Während ich in den Trenchcoat schlüpfte, trat ich zu der Fensterreihe und sah auf den Hof hinaus. Niemand zu sehen. Nicht bei diesem Wetter. Regen trübte das Glas und bildete immer größer werdene Pfützen auf dem dünnen braunen Gras, das allmählich grün wurde.

Ich drehte mich um. »Ich gehe dann, Mrs. Monroe«, sagte ich, machte vier schnelle Schritte und griff nach der Schlafzimmertür.

Ihre Reflexe waren in Ordnung, das mußte man ihr lassen. Ein Rauschen von Seide, ein Aufblitzen von geblümtem Stoff, und sie stand zwischen mir und der Tür. Wir standen da, atmeten einander an, die Gesichter nur Zentimeter voneinander entfernt. Sie war wunderschön und roch gut, und der Morgenmantel war ziemlich tief ausgeschnitten.

Und ihr Gesicht war so hart wie vier Ambosse.

»Ich muß mich geirrt haben«, sagte ich. »Ich wollte zur Korridortür.«

»Nur zwei Türen«, sagte sie mit zusammengebissenen Zähnen. »Zwei Türen in der ganzen Wohnung. Das Badezimmer nicht eingerechnet. Eine auf den Korridor und eine ins Schlafzimmer. Und Sie haben sich die falsche ausgesucht. Na los. Raus hier, bevor ich vergesse, daß Sie kein Bulle sind.«

Als ich das Gebäude verließ, steckte ich ein Stück Papier ins Schloß, damit es nicht zufallen konnte. Nur für alle Fälle.

6

Der Regen fiel unentwegt. Ich saß da, lauschte seinem Klatschen und fragte mich, ob sich Noah am 99. Tag so ähnlich gefühlt hatte. Rauch von meiner vierten Zigarette wirbelte in der feuchten Luft zum Belüftungsschlitz.

Der Plymouth stand noch immer gegenüber vom Haus Nummer 8789, und ich saß darin und wußte plötzlich, wer Amos Spain getötet hatte. Dieses Wissen baute sich Stück um Stück auf dem auf, was ich von dem Augenblick an gesehen und gehört hatte, in dem ich in mein Vorzimmer gegangen war und auf der Couch die Leiche gefunden hatte. Es war jene Art von Wissen, mit dem man eine Verurteilung erzielen kann – falls man diesen einen wichtigen Beweis hat.

Und genau diesen wichtigen Beweis hatte ich nicht.

Dann und wann kam ein Wagen die Straße entlang gefahren und hielt an einer der Türen an, um jemanden ein- oder aussteigen zu lassen. Keiner ging in das Rattenloch, vor dem ich klebte. Ein paar Türen weiter führte ein Lieferwagen eine Bestellung aus, doch das interessierte mich so wenig wie das Nilpferd im Zoo, wer der nächste Footballmeister wurde.

Ich steckte mir noch eine Zigarette an, schlug die Beine nun andersherum übereinander und überlegte, ob ich zur nächsten Telefonzelle fahren, Lund anrufen und ihm sagen sollte, er solle herkommen, den Messerstecher festnehmen und das wichtige Beweisstück loseisen. Aber ich wollte es nicht so erledigt haben. Diese Sache wollte ich selbst zu Ende bringen. Es war mein Büro und meine Couch und beinahe mein Klient gewesen, und ich war derjenige, auf dem die Bullen herumgetrampelt hatten. Nicht, daß sie besonders heftig auf mir herumgetrampelt hätten. Aber selbst einen klitzekleinen Ärger mit der Polizei will man nicht einfach so auf sich sitzenlassen.

Weitere zwanzig Minuten verstrichen. Sie waren noch immer da oben in dieser Wohnung und trampelten einen Pfad in den Teppich. Warteten, schwitzten Blut, hofften verzweifelt und gingen das Risiko ein, daß ich mehr wußte, als ich gesagt hatte, oder schon Zeter und Mordio rufend auf dem Weg zu den Bullen war.

Ich hätte liebend gern gewußt, worauf sie warteten.

Als es endlich soweit war, hätte ich es fast übersehen. Ein uralter Ford mit einem verbeulten vorderen Kotflügel hielt am Bürgersteig an. Ein hutloser junger Mann in einer regennassen grauen Uniform stieg aus, um sich die Nummer über dem Eingang vom Haus 8789 anzusehen. In einem seiner Mundwinkel klebte eine durchnäßt aussehende Zigarette, und in der linken Hand hielt er einen weißen Umschlag. Das örtliche Postamt lieferte einen Einschreibebrief.

Und dann fiel mir Mrs. Monroes erste Frage ein.

Ich riß das Handschuhfach auf, holte meine Pistole heraus und schob sie in den Hosenbund, während ich schon zur Tür griff. Ich galoppierte über den Bürgersteig und sprang ins Foyer, als der Postbote gerade einen nicht allzu sauberen Daumen vom Klingelknopf von 3C nahm. Ich hatte meine Schlüssel herausgeholt, damit er ja nicht auf den Gedanken kam, ich hätte vielleicht unlautere Absichten.

Er merkte gar nicht, daß es mich gab. »Die Post«, sagte er in die Sprechanlage, »ein Einschreiben«, und der Summer erklang, bevor er das letzte Wort augesprochen hatte. Er ging hinein und die Treppe hinauf, ohne einen Blick zurückzuwerfen.

Das Schloß konnte nicht zufallen, genau, wie ich es hinterlassen hatte. Als sich die Tür von 3C öffnete, stand ich ein paar Meter daneben vor der verschlossenen Tür von 3B und versuchte auszusehen wie der berühmte Vetter vom

Lande. »Amos Spain?« sagte der Postbote, und eine tiefere Stimme sagte: »Ja, der bin ich.« Eine Unterschrift wurde dahingekritzelt und ein großer Umschlag überreicht.

Bevor sich die Tür wieder schließen konnte, stand ich schon davor. »Ich bin's schon wieder«, sagte ich.

Es war ein schmalbrüstiges Kerlchen mit einem langen, bläßlichen Gesicht, kleinen, runden und glänzenden Augen, einer schmalen Nase, die leicht nach Steuerbord verlief, und einem Kinn, das den Kampf schon längst aufgegeben hatte. Haar, das wie schwarzes Moos aussah, bedeckte einen kleinen Kopf. Das also war Tom Monroe, der werte Gatte.

Schrecken, Angst und Unentschlossenheit hatten heute auf seinem Gesicht Hochkonjunktur. Sein langer Hals zuckte vor, und sein Doppelkinn wabbelte. Er klammerte sich an die Türkante und wollte sie zuschlagen, wagte es aber nicht. Die Stille wog eine Tonne.

All das entging dem Postboten. Er nahm seinen Stift und trottete den Korridor entlang. Seine einzige Sorge war, wie viele Stunden er noch bis zum Feierabend totschlagen mußte. Ich drückte eine Hand gegen die schmale Brust vor mir und stieß gerade heftig genug zu, daß wir beide ins Zimmer gelangten. Ich schlug die Tür mit dem Absatz zu. »Den nehme ich«, sagte ich und riß den Brief aus seinen gelähmten Fingern. Er war mit Wachs über der Klappe versiegelt und wies vorn genug Briefmarken auf, um damit das Haushaltsdefizit auszugleichen.

Am anderen Ende des Zimmers schob das Mädchen in dem geblümten Morgenmantel eine Hand unter ein Sofakissen. Ich machte ein paar lange Schritte und trat ihr ins wohlgerundete Hinterteil, und sie setzte sich tatsächlich unsanft zu Boden. Ich schob meine leere Hand unter das Kissen und fand dort eine stubsnasige Smith & Wesson .32, alle Kammern gefüllt und dunkelroter Nagellack auf dem Griff. »Na, was haben wir denn da«, sagte ich amüsiert.

Monroe hatte sich nicht bewegt. Er starrte mich verdrossen an, und in seinen kleinen, nervösen Augen flackerte die Furcht. Das Mädchen stand mit schmerzverzogenem

Gesicht wieder auf, sah keinen von uns an, ließ sich auf die Lehne eines Ledersessels fallen und vergrub das Gesicht in den Händen.

Die rastlosen Blicke des Mannes schossen zwischen mir und dem Mädchen hin und her. Eine bleiche Zunge fuhr verstohlen über die Lippen, die so schmal waren, daß man sie kaum als solche bezeichnen konnte. »Wieso zum Teufel platzen Sie einfach hier herein«, fragte er heiser, »und nehmen sich etwas, das Ihnen nicht gehört?«

Ich wedelte mit dem Umschlag. »Meinen Sie den? Der gehört Ihnen aber auch nicht, Kumpel.«

»Er gehört meinem Schwiegervater. Ich habe nur für ihn unterschrieben.«

»Ach, hören Sie doch auf«, sagte ich müde. »Dieser Fischzug ist eine Nummer zu groß für Sie, Tom. Sie hätten wissen sollen, daß Mord nichts für einfältige Betrüger ist.«

Ein Geräusch, das zur einen Hälfte aus einem Jammern und zur anderen aus einem Schluchzen bestand, drang zwischen den Fingern des Mädchens hervor. »Halt die Klappe, Cora«, sagte der Mann geistesabwesend. Sein Blick fuhr über mein Gesicht. »Mord? Wer spricht denn hier von Mord? Sind Sie der Kerl, der vor einer Weile hier reingeplatzt ist und Cora von Amos Spain erzählt hat?«

»Ich habe ihr gar nichts erzählt«, sagte ich. »Sie wußte es schon lange vorher. Sie haben es ihr gesagt.«

»Dann versuchen Sie mal, mir das zu beweisen«, sagte er.

»Worauf Sie sich verlassen können«, entgegnete ich. Ich legte die Pistole auf die Sofalehne und sah mir den Umschlag an. Poststempel von gestern, aufgegeben in New York City. Mit einer spinnenhaften Handschrift adressiert, und der Absender lautete: ›B. Jones, General Delivery, Radio City Station, New York, N. Y.‹ Ich riß den Umschlag auf und schüttelte den Inhalt aus. Ein unbeschriftetes Blatt Schreibmaschinenpapier, gefaltet um drei seltsam aussehende Briefmarken. Eine war kreisrund, mit einem blaßrosa Hintergrund und schwarzen Lettern. Die beiden anderen waren eckig, eine orange und eine blau, und zeigten beide dieselbe grobschlächtige Darstellung von Königin Victoria.

Mit allen drei zusammen hätte man eine Postkarte nicht mal nach nebenan schicken können.

Monroe starrte die Briefmarken an und nagte an seiner Lippe. Er sah körperlich krank aus. Die Frau beobachtete mich nun. Sie nestelte mit den Fingern am Saum ihres Morgenmantels, und ihr Gesicht war weiß und verschlossen und von stummer Wut verzerrt.

»Stand fast außer Zweifel, daß es Briefmarken sein müssen«, sagte ich. »Ich hätte schon vor zwei Stunden darauf kommen müssen. Wieviel sind sie wert?«

»Woher soll ich das wissen?« entgegnete Monroe verdrossen. »Die gehören mir nicht. Ich habe sie nie zuvor gesehen.«

Ich steckte die Briefmarken in den Umschlag zurück und den wiederum in meine Tasche. »Das wissen Sie schon, Kumpel. Wenn Sie besser auf Amos Spain aufgepaßt hätten, wären Sie mit der ganzen Sache vielleicht sogar durchgekommen.«

»Sie haben nichts gegen uns in der Hand. Warum schieben Sie nicht einfach ab?«

»Ich habe alles gegen Sie in der Hand«, sagte ich. »Nicht, daß mir dafür Ruhm gebührte. Ein Armeemaultier hätte den Job erledigen können. Ich kann Sie direkt dem Staatsanwalt übergeben, die Mordkommission braucht sich gar nicht mehr reinzuhängen.«

Ich nahm die Pistole, hielt sie vorsichtig mit Daumen und Zeigefinger und setzte mich auf die Sessellehne. Mit einem gedämpften Murmeln schlug Regen gegen die Fenster. In der Küche erklang das Rattern und Winseln des Kühlschrankmotors.

»Jemand namens B. Jones«, sagte ich, »bekommt ein paar seltene Briefmarken in die Hand. Illegal. Jones weiß, daß es Sammler gibt, die gestohlene Ware kaufen. Amos Spain ist solch ein Sammler. Sie schließen den Handel brieflich oder telefonisch ab, und Spain bekommt die Marken zugeschickt. Irgendwie bekommen Sie beide Wind davon. Vielleicht, nachdem die Marken schon auf der Post sind. Es ist sinnlos, sie Onkel Sam abnehmen zu wollen, aber da gibt es noch einen anderen Weg. Sie beide tauchen heute morgen in aller Herrgottsfrühe hier auf, verschaffen sich bei dem alten Amos, der noch im Bett liegt, Einlaß, fesseln und knebeln ihn vielleicht ein bißchen, lassen ihn auf dem Bett liegen und warten hier im Wohnzimmer auf den Postboten mit den Briefmarken.

Aber Amos gibt nicht so schnell auf. Er befreit sich, zieht sich an und klettert die Feuerleiter hinab. Er weiß nicht genau, wann sie die Tür öffnen und nach ihm sehen, also zieht er genug Sachen an, um nicht als Exhibitionist festgenommen zu werden. Deshalb trug er keine Socken, und deshalb paßte seine Kleidung nicht zusammen.

Aber gerade, als er die Feuerleiter hinabklettert, sehen Sie nach ihm. Kein Amos, und das Fenster steht weit auf. Sie sehen hinaus, entdecken ihn, wie er ohne Mantel oder Hut davonläuft, und jagen ihm nach. Ihn auf der Straße zu erledigen, wäre nicht gerade das Ideale. Sie können nur hoffen, ihn an einem einsamen Fleckchen festzunageln und abzumurksen. Wie klingt das bislang, Sportsfreund?«

»Wie jede Menge leere Worte«, knurrte Monroe.

»Worte«, sagte ich, »sind des Menschen bester Freund. Sie füttern Sie, verheiraten und begraben Sie. Soll ich Ihnen etwas mehr über Worte erzählen?«

»Fahren Sie zur Hölle.«

Ich legte die Pistole auf das Sofa, zündete mir eine Zigarette an und lächelte. »Wie ich schon sagte«, fuhr ich fort, »Sie sind eben ziemlich einfältig. Aber ich habe Ihnen ja eine Geschichte erzählt. Wir wollen doch nicht mitten drin aufhören, oder? Wenden wir uns also wieder Amos zu. Verstehen Sie, Amos hatte zu dieser Phase des Spiels ein großes Problem. Er konnte nicht zu den Jungs in den blauen Uniformen gehen und ihnen von Cora und Ihnen erzählen, die hier warteten. Dabei wäre vielleicht die Sache mit den Briefmarken zur Sprache gekommen, und man hätte ihn wegen Hehlerei oder so festgenagelt. Aber er mußte euch beide unbedingt aus seiner Wohnung schaffen, bevor der Postbote mit dem Umschlag kam.

Wie macht man so was? Man holt sich einen starken

Burschen, der keine Fragen stellt. Aber wo findet man den von einem Augenblick zum anderen? Im Telefonbuch ist eine Spalte davon verzeichnet. Privatdetektive. Nicht die großen Detekteien; die könnten zu viele Fragen stellen. Aber einer der kleineren, der allein arbeitet, braucht das Moos vielleicht so dringend, daß er die Sache auf Amos' Art und Weise erledigt. Zumindest ist es einen Versuch wert.

Also besorgt sich Amos meine Adresse aus dem Telefonbuch. Ich wohne am nächsten, und er will mich anheuern. Er hat aber keine Ahnung, daß Sie ihm folgen, was bedeutet, daß er nicht unbedingt darauf achtet, auf der Straße zu bleiben, wo ihm nichts passieren kann. Er geht zu meinem Büro hinauf, und ich bin noch nicht da. Er setzt sich und wartet. Sie spazieren rein und lassen ein Springmesser in ihm zurück. Aber das ist nur ein Teil Ihrer Aufgabe. Sie müssen es so drehen, daß man ihn nicht so schnell identifizieren kann. Sie müssen die Bullen mindestens so lange von hier fernhalten, bis der Postbote da war und wieder weg ist.

Wenn Sie ihm seine Ausweise abnehmen, verzögern Sie die Sache, aber Sie geben sich damit nicht zufrieden. Da Sie ein kleiner Gangster sind, tragen Sie gewohnheitsgemäß falsche Geschäftskarten und so weiter bei sich. Die stecken Sie ihm in die Tasche, nehmen Amos das Geld ab, das er bei sich hat, verschwinden schnell wieder und kehren hierher zurück. Soweit noch richtig?«

Die Furcht war aus Monroes Augen gewichen, und auf seinen dünnen, blutlosen Lippen lag die erste Spur eines schiefen Lächelns. »Wenn das Ihre Vorstellung ist, wie man am besten einen verregneten Nachmittag totschläft«, sagte er süffisant, »lassen Sie sich von mir nicht aufhalten. Haben Sie was dagegen, wenn ich mich setze?«

»Mir wär's egal, wenn Sie tot umfallen«, sagte ich. »Wir sind gleich fertig. Dann können wir uns alle setzen und darüber sprechen, wer der nächste Präsident wird, bis die Bullen kommen. Wir müssen zum Beispiel noch die Kleinigkeit erwähnen, daß Cora meinen Namen kannte, als ich heute nachmittag zum ersten Mal hier aufkreuzte. Aber wissen Sie, ich hatte ihr meinen Namen gar nicht genannt. Ich hatte nur gesagt, ich sei Privatdetektiv. Aber für Cora gab es nur einen Privatdetektiv – nämlich den, in dessen Büro Sie Amos Spain umgebracht haben.«

»Hände hoch«, sagte hinter mir eine leise Stimme.

Ich erstarrte. Cora Monroes .32er lag auf der Sofalehne, keine zwanzig Zentimeter von meiner Hand entfernt. Ich hätte danach greifen können – und dafür würde man mich dann vielleicht begraben. Ich ließ es bleiben.

Ein schlanker Mann mit krummen Schultern, vielleicht Anfang Vierzig, trat auf Socken vor mich. Er hatte buschiges graues Haar, ein intelligentes Gesicht und eine bemerkenswert ruhige Hand, in der er einen nickelbeschlagenen Banker's Special-Revolver hielt. Die leise Stimme gehörte ihm, und er benutzte sie erneut. »Ich sage es nicht noch einmal. Nehmen Sie die Hände hoch.«

Ich nahm sie hoch.

Er hielt den Revolver auf mich gerichtet, während er den .32er mit einem einzigen Schlag seiner anderen Hand vom Sofa fegte. Die Waffe polterte über den Teppich und prallte gegen die Wand. »Ich möchte die Briefmarken haben«, sagte er sanft.

»Das kann ich mir vorstellen«, sagte ich. Meine Zunge fühlte sich an, als hätte ich gestern ein paar Büroflaschen geleert, wie die Kollegen im Fernsehen, auf die Lund angespielt hatte. »Ich hätte wohl doch mal einen Blick ins Schlafzimmer werfen sollen. Aber ich hab' gedacht, zwei Leute sollten reichen, um drei kleine Briefmarken zu tragen.«

»Die Briefmarken, Mr. Pine.« Diesmal war die Stimme nicht mehr so sanft.

»Klar«, sagte ich. Ich schob die Hand in meinen Mantel und zog den Umschlag heraus. Ich zog ihn ganz brav und langsam heraus, um ihm zu zeigen, daß ich ihn nicht böse machen wollte. Ich hielt ihn hoch, und er griff danach, und ich rammte meinen Schuh auf seinen bestrumpften Fuß und setzte jedes Pfund dahinter, das ich erübrigen konnte.

Er kreischte wie eine Frau auf, und der Revolver ging los.

Hinter mir flog ein Lampensockel auseinander. Ich schlug einmal hart zu, und der grauhaarige Mann warf die Hände in die eine Richtung und den Revolver in die andere und verschmolz ohne ein weiteres Geräusch mit dem Teppich.

Monroe kauerte neben der seitlichen Wand, den .32er der Frau in der Hand und Wahnsinn in den Augen. Während er noch die Waffe hob, riß ich den Police Special aus meinem Hosenbund und schoß.

Er brauchte eine Ewigkeit, um endlich umzukippen. Er drückte die Hände hoch oben auf die Brust, hustete gebrochen und machte drei schwankende Schritte, bevor er bäuchlings zu Boden schlug und starb.

Cora Monroe hatte sich nicht vom Ledersessel bewegt. Sie saß steif wie ein Eisberg von Grönland da, das Gesicht leer vor Schock, die Fingernägel in die Handballen gegraben. Sie tat mir etwas leid. Ich bückte mich, hob den Umschlag vom Boden auf und steckte ihn tief in eine Seitentasche. »Wieviel waren sie wert, Cora?« fragte ich.

Nur der Regen antwortete.

Ich suchte das Telefon und sagte, was ich zu sagen hatte. Dann ging ich zu ihr zurück, setzte mich und wartete.

Es dauerte zehn Minuten, bis ich das erste Jaulen ferner Sirenen hörte.

Ins Deutsche übertragen von Uwe Anton

HENRY KANE

Selbstmord ist skandalös

Peter Chambers

Sie saßen mir auf der unangenehmen Seite des an den Kanten mit Brandspuren übersäten Schreibtisches gegenüber: zwei nette Leute, eine Lady und ein Gentleman, so mild wie der Geschmack von Wasser. Der Gentleman besaß breite Schultern und war adrett, ja sogar hübsch, mit einer eisengrauen Frisur und einem vollen, frischen Gesicht über der reizenden Unordnung eines langen, lose herabhängenden Künstlerkragens. Die Lady war klein und alt, mit einem dünnen Lächeln und weißem Haar und einem verrückten Hut auf dem Kopf.

Ich lächelte. Aufmunternd.

Der Gentleman räusperte sich.

Das dünne Lächeln der Lady verbreiterte sich zu einem gezwungenen, falschzahnigen Grinsen. Aber es war kein Grinsen. Es war eine Grimasse. Es war die starre Entfaltung stummer Hysterie. Es war ein prothetischer Sudelfleck seelischer Qual. Es klebte wie Fröhlichkeit auf einer Leiche mit verzerrten Lippen.

Dann kamen die Tränen. »Das arme, arme Mädchen . . .«

Es brach wie ein Schwall aus ihr heraus, während sie den Kopf neigte und in ihren auf dem Schreibtisch angewinkelten Arm schluchzte und der verrückte Hut zitterte. Ich sah den Gentleman an. Der Gentleman sah mich an. Ich fragte mich, was das Funkeln neben dem weißen Stoff des Tüchleins sein mochte, das er in der Brusttasche seines Jacketts trug. Ich stand auf, ging um den Schreibtisch herum zu den Fenstern und sah hinaus auf die sonnenbeschienene Straße. Ich wartete, bis sie aufhörte zu weinen.

»Es tut mir leid«, sagte sie. Ich kam zurück und setzte mich und sah ihr zu, wie sie mit einem zarten Spitzentaschentuch an ihrem Gesicht herumtupfte. »Es tut mir sehr leid«, sagte sie.

Ich sagte nichts.

»Ich bin Mrs. Bentley.«

»Sehr angenehm.«

»Das ist Mr. Zetz.«

»Freut mich, Sie kennenzulernen.«

Er räusperte sich, nickte.

Sie steckte das Taschentuch weg. »Der Lieutenant schickt uns.«
»Welcher Lieutenant?«
»Der Mann in der Zentrale. Der Detective Lieutenant.«
»Parker?«
»Ja, Sir. Lieutenant Parker.«
»Ein echter Polizist.«
»Ein prächtiger, guter Mann.«
»Der beste.«
»Er sagte, hier sollte ich es hinwerfen.«
»Wie bitte?«
»Genau das hat er gesagt.«
»Was hinwerfen?«
»Mein Geld. Das heißt, wenn ich darauf bestünde, es unbedingt wegzuwerfen.«
»*Wie* bitte?«
Das Lächeln kehrte zurück, sehr müde zwischen den schwachen Runzeln aus dem Gesicht, und dieses Lächeln stellte etwas mit dir an, auch wenn du ein zynischer Klugscheißer von Privatschnüffler warst, der hinter einem Schreibtisch hockte, über den schon zu viel Böses ausgekotzt worden war. Es packte dich in einem Winkel tief in deinem Innern, wie ein von Streichern gespieltes *Stardust* in einem billigen Saloon nach einer beträchtlichen Anzahl von Brandys. Ich grunzte.
»Wieviel?«
Ihre Augenbrauen stellten sich steil auf. »Wieviel?«
»Wieviel möchten Sie unbedingt wegwerfen?«
»Ach so. Er sagte, Sie seien teuer. Außerdem sagte er, Sie seien – ein Gauner.«
»Schauen Sie mal, Lady . . .«
»Natürlich scherzte er nur. Tausend Dollar, vielleicht fünfzehnhundert . . .«
»Oh.« Adieu *Stardust*, denn Geschäft ist Geschäft, und man muß seine Brezeln zum Bier haben. Auf der anderen Seite des Schreibtisches sitzt immer dein Gimpel. Sie säßen nicht auf der anderen Seite dieses Schreibtisches, wenn sie dich nicht bräuchten – und zwar dringend. Entweder, du

preßt sie aus, oder sie pressen dich aus: das lernt man früh. Auf einer Seite des Schreibtischs sitzt immer ein Gimpel. Vielleicht war ich es.

»Zweitausend«, sagte ich.

Sie hievte einen riesigen Sack von Handtasche von ihren Knien hoch, nahm ein Scheckbuch heraus und schrieb einen Scheck aus. »Um Ihnen die Wahrheit zu sagen«, sagte sie, »der Lieutenant sagte, Sie würden sich nicht für weniger als fünftausend damit befassen.«

Na schön. Also saß der Gimpel diesmal auf der falschen Seite des Schreibtisches. »Warum?«

»Weil ich kürzlich mehr als fünfzigtausend Dollar geerbt habe.«

Dann lachte sie wissend, stand auf, wobei sie die Kante des Schreibtisches mit Fingern festhielt, deren Knöchel weiß hervortraten – und verlor das Bewußtsein, schlagartig. Wir – Mr. Zetz und ich – eilten zu ihr und brachten sie zur Couch, und er rieb ihre Handgelenke, während ich Wasser holte. »Sie hat viel durchgemacht«, sagte er. »Verdammt viel.«

Als sie zu sich kam, bestand sie darauf, zu ihrem Stuhl zurückzukehren. Wir gruppierten uns wieder neu, wir drei. Sie machte einen Scherz. »Hab' Sie reingelegt, was, Sir? Sie waren zu schnell dabei, Ihre Forderungen zu stellen. Aber wenn Sie mir helfen, Mr. Chambers . . . ich bezahle Ihnen den Restbetrag. Bis zu fünftausend. Wie der Lieutenant es vorschlug.«

»Kla' doch«, sagte ich mit meinem besten Südstaaten-Akzent. »Worum geht es nun eigentlich?«

»Meine Tochter. Sally Bentley.«

Es war in sämtlichen Zeitungen gewesen, vor ein paar Tagen erst. Ein Selbstmord in einem Puppenhaus auf der Park Avenue. Es hatte alles in den Zeitungen gestanden, mit Bildern. Es hatte *wegen* der Bilder in allen Zeitungen gestanden. Sally Bentley hatte gar nicht übel ausgesehen. Genaugenommen war Sally Bentley, den Bildern nach zu urteilen, ein wunderbares Geschöpf gewesen.

»Sie hat sich nicht umgebracht, Mr. Chambers.«

»Aha«, sagte ich und war einigermaßen froh, daß ich die zweitausend schon im Sack hatte. Ich würde den Restbetrag nie bekommen. Mütter glauben nicht daran, daß ihre Töchter sich umbringen. Niemals.

»Hat sie nicht?«

»Nein.«

»Woher wissen Sie das?«

»Sie konnte es gar nicht.«

»Ach ja?«

»Sie sind ein blasierter Kerl, Mr. Chambers.«

»Hören Sie, Lady. New York ist eine große Stadt. Ich habe mein ganzes Leben hier verbracht. Eine Menge Leute begehen Selbstmord. Jeder einzelne davon hatte eine Mutter, soviel ist mal sicher, aber die Mütter glauben es nicht. Jedenfalls nicht im Normalfall. Sie tun's einfach nie.«

»Sie hat es nicht getan, Mr. Chambers.«

»Na schön. Sie hat es nicht getan. Warum hat sie es nicht getan?«

»Weil ich am Abend vorher bei ihr war. Am Samstagabend. Sie soll sich um ungefähr elf Uhr am Sonntagmorgen erschossen haben.«

Vielleicht hatte sie da etwas. Die meisten Mütter, die nicht daran glauben, ihre Töchter hätten sich um elf Uhr am Sonntagmorgen umgebracht, waren nicht am Samstagabend davor mit ihnen zusammengewesen. »Sie hat sich nicht umgebracht«, sagte Mrs. Bentley. »Sie hatte große Pläne. Sehen Sie mal.«

Sie hob die gewichtige Handtasche hoch. Heraus kam ein Umschlag. Sie reichte ihn herüber. Ich öffnete ihn. Es war ein Ticket für eine einfache Passage auf der *Queen* nach Southampton. »Es ist ein Schiffsticket«, sagte ich intelligent, »für eine Überfahrt heute in drei Wochen.«

»Ich habe es für sie gekauft.«

»Wann?«

»Früh am Montagmorgen. Kurz, bevor man es mir mitteilte.«

»Wo?«

»In Chicago.«

»Warum?«

»Wir wohnen in einer Kleinstadt, Pierceville, in der Nähe von Chicago. Am Samstagabend war Sally lustig und voller großer Pläne. Sie sollte ein paar Wochen bei mir verbringen, zu Hause, und dann auf eine lange Ferienreise nach Europa gehen. Sie bat, daß ich mich um das Ticket kümmere, es von Chicago aus besorge, damit sie es bei mir abholen könnte, wenn sie nach Hause kam. Das war am Samstagabend. Ich verließ sie um neun Uhr, eine erwartungsvolle junge Dame, eine vibrierende, glückliche Person. Sie hat sich nicht am nächsten Morgen umgebracht, Mr. Chambers. Nicht Sally.«

Sie richtete den Finger auf mich, als wolle sie mich damit überzeugen.

»Wie kam es, daß man Sie erst am Montag informierte, die Polizei, meine ich?«

»Ich war Sonntag den ganzen Tag über bei einer meiner Schwestern, schlief dort, kümmerte mich dann um das Ticket, und als ich zu Hause ankam, lag das Telegramm schon auf dem Tisch.«

»Wer ist er?« erkundigte ich mich. Ich meinte Mr. Zetz.

»Mr. Zetz.«

»Wer ist Mr. Zetz?«

»Michael Zetz.«

»Michael Zetz«, sagte ich. »Doch nicht *Michael* Zetz. Doch nicht Michael Zetz, der Kriminalschriftsteller.« Niemand sagte etwas Gegenteiliges. Ich beugte mich hinüber, und wir schüttelten uns die Hand. »So, so«, sagte ich, »Michael Zetz, der *Whodunit*-Knabe. Mr. Zetz, ich bin einer Ihrer ergebensten Fans.«

»Danke.«

»Na so was!« sagte ich. »In dem Moment, als ich das Telegramm erhielt . . .«

»Einen Augenblick, bitte.«

Sie kam aus dem Konzept. »Ja, Sir?«

»Ich versteh's nicht.«

»Was, Sir?«

»Was macht er hier? Mr. Zetz. Stoff suchen?«

»Stoff?«

»Stoff für seine Romane? Sammelt er Material?«

»O nein. In dem Augenblick, als ich das Telegramm erhielt, wurden die nötigen Arrangements für mich getroffen, um nach New York zu fliegen. Der erste, den ich aufsuchte, war Mr. Zetz. Mr. Zetz ist ein guter Freund, er war viele Jahre lang Sallys Arbeitgeber. Sie war seine Sekretärin. Mr. Zetz brachte mich zu Lieutenant Parker.«

»Oh.«

Zetz zuckte die Achseln. »Bedauerlich. Ich weiß nicht, was ich davon halten soll.«

»Selbstmord?« fragte ich.

»Offensichtlich. Die Polizei ist fest davon überzeugt. Sie hat einen Brief hinterlassen. Ich habe ihn gesehen, die Polizei hat ihn uns gezeigt. Er scheint unanfechtbar zu sein. Trotzdem, im Lichte dessen, was Mrs. Bentley uns erzählt, scheint es psychologisch unmöglich.«

»Was machten Sie eigentlich in New York?« fragte ich sie.

»Es war eine Überraschung. Ich kam für einen Tag hierher, um meine Töchter zu besuchen.«

»Töchter?« sagte ich. »Ich meine . . . Plural?«

»Ja. Meine andere Tochter, Delores. Sie singt im Café Jenz. Ich verbrachte den Nachmittag mit ihr, und dann fuhr ich zu Sally.«

Ich kam hinter dem Schreibtisch hervor und marschierte vor ihnen auf dem Teppich auf und ab, als übte ich für eine Parade. Wie üblich rieb ich mir mit dem Knöchel über das Kinn. »Okay, was soll ich für Sie tun?«

»Ich will herausfinden, was meiner Tochter zugestoßen ist.«

»Warum?«

»*Warum?*«

»Warum?«

»Weil Selbstmord skandalös ist. Darum.«

»Und was ist dann Mord?«

»Wie bitte?«

»Mord. Sie hat sich entweder selbst umgebracht, Mrs. Bentley, oder jemand hat sie umgebracht. Ich frage bloß: Wenn Selbstmord skandalös ist, was ist dann Mord?«

»Mord, Mord . . .«

»Ich meine – was steckt dahinter? Warum rühren Leute so etwas auf? Sie haben mir erzählt, was Sie auch der Polizei erzählt haben, da bin ich mir ganz sicher. Wollen Sie, daß ein Mörder seiner gerechten Strafe zugeführt wird? Etwas in dieser Art? Ein absolut kompetenter Polizist erklärt Ihnen, es sei Selbstmord. Also handeln Sie über – oder unter – seinem Kopf hinweg . . . Verstehen Sie, was ich meine?«

Sie schluchzte heftig, und nach einem strafenden Blick ging Zetz zu ihr, um sie zu trösten. Das Ding in seiner Brusttasche blitzte bei jedem Sonnenstrahl auf wie der Stab eines Tambourmajors.

Ich gab meinem Gewissen einen Gute-Nacht-Kuß. Zweitausend Mäuse, im voraus bezahlt, für einen Job, der mit einer Erklärung enden würde, daß Polizisten ihr Handwerk verstehen, besonders, wenn es sich um Selbstmord handelt – na gut, sie wollte es ja so.

»Also einverstanden«, sagte ich. Ich erhob mich gerade und mit priesterlicher Würde. »Ich übernehme den Fall«, sagte ich. Bei zweitausend Mäusen für nichts und wieder nichts stehe ich immer gerade und mit priesterlicher Würde da und verkünde: »Ich übernehme den Fall«, mit der Autorität eines Baritons.

Ich schob ihm ein Blatt Papier hin. »Ich möchte die Namen und Adressen, bitte. Von allen Beteiligten.« Natürlich war das Ding in seiner Brusttasche ein Füllfederhalter, und er kam meiner Bitte in einer dünnen, nach links geneigten Kritzelhandschrift mit allen Namen und allen Adressen, einschließlich seiner eigenen, nach.

»Bemerkenswert«, sagte ich.

»Was?«

»Der Füller. So etwas habe ich noch nie gesehen.«

Er reichte ihn mir. Er hatte Diamanten, einen an der Spitze und einen am unteren Ende, jeder wenigstens vier Karat, und in der Mitte war er ganz aus gesponnenem Gold. »Er wurde speziell für mich hergestellt«, sagte er. »In Dänemark. Ich habe ihn seit vielen Jahren. Ein Geschenk des Königshauses. Als Anerkennung meiner Arbeit.«

»Exquisit.«

»Danke.«

Mrs. Bentley sagte: »Es gibt noch mehr. Ich kann Ihnen noch mehr erzählen.«

»Haben Sie es der Polizei erzählt?«

»Ja, sicher.«

»Dann sparen Sie sich die Mühe, Madam. Es hat keinen Zweck, wenn Sie sich wieder aufregen. Ich werde tun, was ich kann. Ich halte Sie auf dem laufenden . . .«

Endlich hatte ich sie aus dem Büro bugsiert und saß herum. In meinem Kopf kreisten die Gedanken. Ich legte ihren Scheck weg und sah mir die Adressen an. Widerwillig. Wie jemand, der durch eine falsche Brille linst. Sally hatte Park Avenue 92 gewohnt, und die alte Dame logierte im Roosevelt, und Zetz wohnte an der Achten Ost, Ecke Zehnte, und die Schwester, Delores, wohnte drüben an der Neunundsiebzigsten West.

Delores.

Ein hübscher Name.

Ich holte meinen Hut und fuhr zu Delores.

Delores war nicht daheim.

Ich fuhr in die Innenstadt zum Polizeipräsidium.

Detective Lieutenant Parker detektierte von einem kahlen Büro im dritten Stock aus, welches er reichlich ausfüllte: Detective Lieutenant Louis Parker, ein Grollen hinter einer Wand aus Zigarrenqualm. Er war schwarzhaarig, besaß einen kantigen Kiefer und war auf knirschende Art freundlich, mit einem dunklen, rosigen Gesicht und einer ausdrucksvollen Zigarre zwischen kräftigen weißen Zähnen. Er hatte eine Figur wie ein heruntergekommenes Butterfaß, war modisch gekleidet, und die Enden der aufrechtstehenden Zigarren in seiner Westentasche waren so sehr Teil der Standardausrüstung wie Bauklötzchen fürs Baby. Er war schnell wie eine sehr flinke Katze, oben- wie untenherum; erfahren, intelligent, praktisch, unbestechlich. Deshalb sagte er auf der Stelle: »Um wieviel haben Sie die arme Witwe erleichtert?«

»Witwe? Hat mir keiner erzählt.«

»Wieviel?«

»Zweitausend.«

»Diebstahl.«

»Und es kommt noch mehr nach. Wenn ich es so mache, wie sie es will.«

»Wie will sie's denn?«

»Mord . . . nehme ich an.«

»Warum?«

»Wer stellt hier die Fragen?«

»Ich. Im Augenblick jedenfalls.«

»Oh.«

»Warum?«

»Weil Selbstmord skandalös ist.«

»*Was?*«

»Das hat sie jedenfalls gesagt.«

»Sie hat einen besseren Grund.«

»Ich lausche, Lieutenant, mit meinen beiden hübschen Ohren.«

Er deklamierte für mich wie Junior, der im Wohnzimmer den Gästen vorgeführt wird. Ohne den Knicks. »Ich habe zugelassen, daß sie ihr Geld ausgibt, weil sie auf Ärger aus ist. Verstehen Sie? Ärger. Mit Ihnen wird sie ihn kriegen. Jede Menge. Und zwar genau da, wo es wehtut. Im Geldbeutel.«

»Louis«, sagte ich, »bitte . . .«

»Fangen Sie nicht mit dem ›Bitte‹ an . . .« Er hob den Fuß auf den Tisch und legte neues Feuer an seine geschrumpfte Zigarre. »Sie hätte gerne, daß es Mord ist. Sie hätte gerne, daß es dieses andere Schätzchen war. Diese Delores.«

»Delores. Das ist ein schöner Name.«

»Warten Sie nur ab, bis Sie den Dauerlutscher sehen. Sie werden den Namen glatt vergessen. Besonders Sie. Ein so anfälliger Bursche wie Sie.«

»›Anfällig‹«, sagte ich. »Lieutenant, Sie fallen aus der Rolle . . .«

Unerschütterlich sagte der Lieutenant: »Sie ist auf Ärger aus, die alte Dame. Sie macht Polizisten wegen eines einfachen Selbstmords die Hölle heiß. Und als wir nicht darauf eingehen – nach umfangreichen Zusatznachforschungen, nur um sie glücklich zu machen –, da will sie einen Schames.«

»Und warum?«

»Weil es ihr gefällt – in ihrem Hinterstübchen.«

»Was was bedeutet?«

»Was bedeutet, daß es ein Testament gibt.«

»Sally Bentley?«

»Wer sonst? Hinterläßt mehr als hundert Riesen. Die Hälfte der alten Dame. Die Hälfte der Schwester, Delores.«

»Wo hat sie die her?«

»Verdient, nehme ich an.«

»Und?«

»Und es gibt da ein Rechtsdogma, das besagt: ›Wenn man jemanden ermordet, ist es nicht erlaubt, daß man infolge des Werks seiner eigenen Hände erbt.‹«

»›Rechtsdogma‹«, sagte ich. »Lieutenant, Sie lassen sich vielleicht Worte einfallen!«

»Wenn es also Mord ist und Delores ihn begangen hat, dann kriegt sie nichts. Verstehen Sie? Es wandert in den Topf, der juristisch als ›Reinnachlaß‹ bezeichnet wird. Und wer kriegt den Reinnachlaß? Die Alte, wer sonst, denn dann ist sie die einzige verbleibende Erbin. Kapiert?«

»Ich denke schon.«

»Also kommt sie hierher und erzählt uns, es wäre Mord, weil es einfach kein Selbstmord sein könne, und sie erzählt uns, daß vielleicht Delores es gewesen sei, weil Delores diese Sally schlichtweg haßte, und zwar aus ganzem Herzen, und von dem Testament, und davon, daß Delores von dem Testament wußte, und davon, daß Delores diese Knete bestimmt gebrauchen könnte, als könnte das verdammt noch mal nicht jeder.«

Ich grub Zigaretten hervor und steuerte etwas zu dem Nebel bei, der von der Decke hing. »Was ist mit den Tickets nach Europa? Was mit der unbekümmerten guten Laune des Vorabends? Und was ist, wenn die alte Dame die reine Wahrheit sagt, ohne unehrenhafte Hintergedanken? Kann das nicht sein?«

»Natürlich kann das sein. ›Unehrenhafte Hintergedanken‹ – wer gibt denn jetzt mit Worten an. Okay, also sagt sie, was sie denkt, und keine unehrenhaften Hintergedanken. Es macht keinen Unterschied. Wir haben einen glatten Selbstmord, und dagegen können Sie nicht an, und Sie können auch nicht den Deckel vom Kopf der Toten abnehmen, um zu erfahren, was wirklich darin vorgegangen ist und warum sie sich so verhalten hat, wie sie es tat, bevor sie sich ins Jenseits beförderte.«

»Wie glatt?«

»Was?«

»Der Selbstmord.«

»So glatt wie eine Kugel in den Kopf, aus nächster Nähe, Pulververbrennungen. So glatt wie eine Pistole in ihrer Hand und ein Brief auf dem Schreibtisch und eine fest verschlossene Tür, und ein Schnappschloß war es auch nicht. Ich bearbeitete die Sache nicht einmal. Ich kümmere mich um die schwierigen Fälle. Ich verschwende meine Zeit nicht.« Er setzte einen trägen Rauchring zwischen uns.

»Wer bearbeitet ihn dann?«

»Sergeant Williams.«

»Darf ich ihn sehen?«

»Warum nicht? Und alle Beweisstücke auch. Ich bin kein Klugscheißer. Vielleicht haben wir etwas übersehen, was ich bezweifle. Vielleicht können Sie helfen, was ich ebenfalls bezweifle. Denken Sie nur nicht, mir gefiel das mit dem Ticket nach Europa, und alle seien fröhlich und sorgenfrei wegen des Abends davor.«

Er nahm die Füße vom Schreibtisch und telefonierte mit Williams. »Ich brauche Sie und die ganzen Bentley-Sachen . . . jetzt . . . jetzt sofort.« Er legte auf. »Schlaues Bürschchen«, sagte er, »dieser Williams. College-Absolvent.«

Williams war großgewachsen, gerade und schlank und hatte eine spitze Nase und ein wichtiges Gesicht. Er zeigte mir die Beweisstücke. Ich sah ein Bild einer unbeweglichen Frau, deren Kopf seitlich auf einem Schreibtisch lag; ihr rechter Arm hing senkrecht nach unten, eine Pistole in der Faust. Ich sah eine Großaufnahme von einem Loch hinter ihrem rechten Ohr. Ich sah die Pistole, eine flache und elegante .38er Automatik. Ich las einen mit der üblichen schwarzblauen Tinte geschriebenen Brief: »Ich werde mich umbringen, weil ich des Lebens überdrüssig bin. Ich mag nicht mehr. Lebt wohl, und vergebt mir. Also dann.«

»Handschrift?« fragte ich Parker.

»Ihre. Mit absoluter Sicherheit.«

»Keine Unterschrift?«

»Eine Kugel im Kopf ist Unterschrift genug.«

»Hinter dem Ohr?«

»Nun hören Sie mal. Kritteln Sie nicht herum. Ein Mädchen schreibt einen Brief und bringt sich um. Ganz einfach. Niemand hat ihn für sie geschrieben. Er ist keine Fälschung. Das wissen wir. Also fangen Sie nicht an, mir zu erzählen, hinter dem Ohr sei nicht üblich. Vielleicht können wir ja extra für Sie arrangieren, daß angehende Selbstmörder sich erst Diagramme aufmalen, damit wir Sie zufriedenstellen können.«

»Man muß irgendwie herumlangen, finden Sie nicht?«

»Nein, finde ich nicht.«

»Sie hat herumgelangt, Bruder«, sagte Williams. »Ich habe es sehr sorgfältig überprüft, wegen des Protestgeschreis der alten Dame. Dieser Fall ist geschlossen und Mamas Beschwerde ganz oben auf der Akte abgeheftet. Wir hatten sie alle hier zum Verhör. Zetz und die Schwester und den Freund.«

»Den Freund?«

»Was«, fragte Parker, »*wissen* Sie eigentlich über diesen Fall? Außer, daß Sie die Zweitausend gekriegt haben?«

»Der Freund«, sagte Williams. »Gino Stark, 585 Lexington. Tanzlehrer, wenn er sich mal davon frei nimmt, die Hottemäxe drüben in Belmont gewinnbringend für sich zu nutzen. Hat sie vor ungefähr einem Jahr bei einer Tanzveranstaltung im Waldorf kennengelernt.«

»Überprüfen Sie das ebenfalls?«

»Ist schon überprüft. Zetz hat sie einander vorgestellt.«

»Woher kennt Zetz ihn?«

»Hat ihn vor ein paar Jahren getroffen, als er zu Arthur Palette ging, um seinen Tango aufzufrischen oder so.«

Ich warf die Zigarette weg. Ich stand auf und sah auf Parker hinunter. »Stinkt ein bißchen.«

»Vielleicht. Aber es ist trotzdem immer noch Selbstmord, und nur das geht uns etwas an.«

»Wie lange arbeitete sie für Zetz?«

»Sechs Jahre«, sagte Williams.

»Wieviel verdiente sie?«

»Hundertundfünfzig die Woche.«

Ich betrachtete Parker mit hochgezogenen Augenbrauen. »Sehen Sie, was ich meine?«

»Klar sehe ich, was Sie meinen. Sie meinen, wie kommt es, daß sie vielleicht hundert Riesen auf der Bank hatte, wo sie doch für anderthalb Hunderter die Woche arbeitete. Schon mal was von Partymädchen gehört?«

»Nicht von solchen, die für ihren Lebensunterhalt arbeiten.«

»Tja, vielleicht hat sie hinterher angeschafft. Wer zum Teufel weiß das schon? Vielleicht hat Zetzs Frau sie dafür bezahlt, Zetz zu beobachten. Die frühere Margot Dinsmore.«

»Gehobene Gesellschaft, was?«

»Gehobenste und reichste. Ist jetzt außerhalb der Stadt, sie und ihre zwei Söhne. Drüben in Provincetown.«

»Zetz hat sie der Knete wegen geheiratet?«

»Weiß ich nicht genau, aber ich würde sagen nein, weil Mr. Zetz mehrfacher Millionär ist, vorwiegend durch Erbschaft. Tut mir leid, Pete, ich kann keinen der Beteiligten schwarz für Sie malen.«

»Was ist mit ihren Freunden?«

»Was für Freunde?«

»Aus dem Adreßbuch.«

»Nicht gut, kluger Junge. Zufällig hat sie kein Adreßbuch, nicht einmal ein Tagebuch. Schrecklich, hä? Ausnahmsweise mal ein Mädchen, das sich nicht wie alle anderen Mädchen verhält. Aber sie hatte eine Menge Briefe. Ganz

Stapel. Wir sind sie alle durchgegangen, haben sie überprüft. Normale Leute. Einfach bloß Freunde.«

»Haben Sie die Briefe?«

Williams sagte: »Nein. Sie sind in der Wohnung. Wir hatten hier keine Verwendung mehr für sie.«

»Ist es möglich, daß ich die Wohnung sehe?«

Williams sah Parker an, und Parker sah zurück. Parker sagte: »Sie haben den Schlüssel noch?«

Williams sagte: »Jau.«

»Geben Sie ihn ihm. Was soll's. Eines müssen Sie lernen, mein Junge: Man muß freundschaftlich mit einem Schames umgehen. Mit *einem*. Manchmal sind sie ganz hilfreich.«

»Ach«, sagte Williams, »da ist noch ein Beweisstück, es liegt derzeit noch drüben im Labor.«

»Lassen Sie nur«, sagte ich. »Ich nehme den Schlüssel.«

Ich nahm den Schlüssel und ich nahm meinen Hut, und ich sagte dem Lieutenant adieu, winkte dem Sergeant zu und machte, daß ich rauskam. Ich stieg in die U-Bahn und krabbelte an der Einundfünfzigsten wieder heraus, was, wie ich mir ausrechnete, nahe bei 585 Lexington sein würde. Ich hatte nicht allzu schlecht geschätzt. Ich fand seinen Namen auf dem messingbelegten Türschild unten, drückte den Knopf, bekam ein Klicken und ging eine Treppe hinauf, und da war er schon und wartet auf mich in einem Bademantel, der straff um den Bauch anlag und sich in den Schultern bauschte.

»Mr. Stark?«

»Wer will das wissen?«

Richtig nett. Er war groß, größer als ich, vielleicht sechs Fuß vier Zoll, mit einem cremig glatten, olivfarbenen Teint und sanften, schlüpfrigen Augen. Er war von V-förmiger Figur und salopp mit der falschen Lässigkeit eines Betrunkenen, der zur Grünen Minna geführt wird. Er war der hochgewachsene, fläzige Typ von Mann, auf den die Mädels fliegen.

»Peter Chambers«, erklärte ich ihm. »Ich überprüfe die Sally-Bentley-Sache.«

Er spielte mit der Quaste des Mantels. »Für wen?«

»Vertraulich, Freundchen. Ich bin Privatdetektiv.«

»Oh. Einer von der Sorte. Nicht gut, Bürschchen. Hatte schon meinen Plausch mit den Greifern. Weiß nicht das Geringste.«

Ich rückte in dem Eingang dichter an ihn heran. »Aber . . .«

»Kein Aber, Bürschchen. Es ist so, wie ich denen gesagt habe. Ich weiß nichts darüber. Nicht das Geringste.«

»Ja, Mr. Stark, aber . . .«

»Weiß nichts und will auch nichts wissen.« Er legte eine bemerkenswert breite Hand auf meine Brust und schubste mit Behagen und deutlicher Entschlossenheit, und die Tür knallte vor meiner Nase ins Schloß. Mr. Gino Stark wurde als hübscher junger Mann mit einem Schlägerkomplex behaftet, der dringend der Behandlung bedurfte. Irgend etwas Psychisches. Wie etwa ein Schwinger.

Ich nahm ein Taxi, während ich immer noch grummelte und versuchte, Gründe dafür zu finden, Gino die richtige Behandlung für seinen Komplex zu verabreichen. Ich bezahlte den Taxifahrer vor zweihundertneunzig Park.

Ich schob meinen Hut nach hinten und sah an den flachen vier Sandsteinstockwerken eines sehr grazilen kleines Pygmäen zwischen den flachgesichtigen Monstern hinauf, die für gewöhnlich die Schlucht unserer Park Avenue bilden. Kein Türsteher. Kein gar nichts. Bloß eine silbern vergitterte, mit Nylon hinterlegte Glastür mit einer elfenbeinfarbenen Umrandung, einem Pferdekopf als falschem Klopfer und einem glänzenden Schloß. Ich steckte den Schlüssel hinein, den Williams mir gegeben hatte, und fand mich in einer Eingangshalle mit genügend Plüsch für ein altrömisches Bordell und einer schnörkeligen Treppe wieder. Sehr geschniegelt, aber trotz und alledem ein normales Mietshaus ohne Fahrstuhl. O je, und das Krächzen eines Seufzers: Euer Detektiv stapfte mühsam los, Groll im Herzen, und beugte sich vor, um Namensschilder zu studieren. Beim zweiten Stock stand BENTLEY.

Sie hatte drei sensationelle Zimmer, das Klo nicht mitgerechnet. Sie hatte ein Wohnzimmer mit zwei golden tapezierten und zwei grau gestrichenen Wänden und einem zweifarbigen, schräglaufenden modernen Teppich und eisengrauen Möbeln, sehr kostspielig. Sie hatte eine Küche, wie es sich gehörte, bis hin zur neusten Kaffeemaschine, und ein Schlafzimmer, das eine Einladung zum Bleiben war. Für zwei. Wenigstens für zwei. Es hatte ein rundes Bett mit Doppelmatratze und schwarz verspiegelte Wände und ein bestrumpftes Miniaturbein als Lichtschalter, der einem eine indirekte Beleuchtung lieferte, die nach Absinth und verschwommener Leidenschaft und unterdrücktem Kichern und einer Hand verlangte, die einen Finger ausstreckte und das Bein der Dame umknipste, damit es dunkel würde. Dieses Schlafzimmer verließ ich schnell wieder, weil es in mir Phantasien über nachmittägliche Telefonanrufe auslöste. Ich hatte zu arbeiten.

Der Küchenschrank war mit mehr bemerkenswerten Getränken bestückt als die Schränke eines Barkeepers, und ich bediente mich mit zwei blitzsauberen Brandys und einem langsamen Kopfschütteln, um über dieses Schlafzimmer hinwegzukommen. Dann untersuchte ich die Wohnung mit der guten alten Standardtechnik – nicht einmal, sondern zweimal. Und dreimal. Ich ging sie durch wie eine besorgte Mama mit dem Feinkamm, wenn Lockenköpfchen aus der Schule nach Hause geschickt wird, und das Beste, was ich finden konnte, war ein Karton brandneuer, noch nicht angespitzter Bleistifte und eine sehr gute Schreibmaschine auf einem geschnitzten Schreibtisch im Wohnzimmer. Und Briefe. Sonst nichts. Jede Menge Briefe, säuberlich aufgehäuft und abgelegt in einer großen hölzernen Schatulle mit chinesischen Verzierungen. Ich las sie alle, zwischen Scharmützeln mit der Brandyflasche, und sie verrieten mir nichts, außer daß Sally jede Menge Freunde gehabt hatte, die fanden, daß sie ein echtes Klassemädel sei.

Infolge des Brandys und dieses Schlafzimmers dachte ich wieder über Delores nach, was ein sehr hübscher Name ist, und hoffte, daß sie keine von diesen Hillbilly-Sängerinnen mit knotigen Adern im Genick und O-Beinen war, die die Nachtclubs manchmal engagierten. Ich räumte auf, nahm einen weiteren Drink auf Kosten des Hauses und verschwand von dort.

Ich fuhr geradewegs zu Delores.

Delores war nicht daheim.

Also sah ich mir ein paar Wochenschauen an und ließ mich von ein paar Kurzfilmen mit Donald Duck anquaken, und dann fuhr ich nach Hause und duschte und rasierte mich und rief das Café Jenz an. Ich reservierte einen Tisch ganz vorn. Die Abendvorstellung war um neun. Ich stellte den Wecker und schlief ein. Als das Ding summte, sammelte ich mich wieder. Ich rief im Polizeipräsidium an und kam sehr rasch zu Parker durch.

»Wie kommt es«, fragte ich, »daß Sie immer da sind, wenn ich anrufe?«

»In New York wird gerade niemand umgebracht. Ich habe erst um Mitternacht Schluß. Also sitze ich da und sinniere. Was haben Sie auf dem Herzen?«

»Was ist mit der Pistole?«

»Was für eine Pistole?«

»Die Dame mit dem Schlafzimmer. Bentley.«

».38er Automatik.«

»Ich weiß. Wessen?«

»Ihre. Waffenschein und alles. Zeigt Ihnen, daß ich Detective bin.«

»Kla' doch.«

»Sie bewahrte sie in dem kleinen Tisch hinter dem Schreibtisch auf, neben dieser türkisfarbenen Couch. Gut, was?«

»Sehr gut.«

»Ich weiß das, weil jeder es wußte. Alle ihre Freunde erzählten es mir. Sonst noch was, Dummerchen?«

»Nein danke.«

Ich warf mich in einen Nadelstreifenanzug und einen mit einem Kragenknopf geschlossenen Hemd und verwandte eine Menge Sorgfalt auf meinen Schnurrbart. Ich arbeitete fünf Minuten daran, eine Krawatte auszuwählen. Ich polierte meinen militärisch kurzen Bürstenschnitt auf, und ich probierte mit allen möglichen wesentlichen Ingredienzen herum, wie Talkum für mein Gesicht und einem nochmaligen Wechsel der Krawatte und einem mächtig männlichen Parfüm aus einer schicken Flasche. O, diese Delores!

Das Café Jenz brodelte vor Lärm und dem Klirren von Besteck und dem Zischeln halbbetrunkener Weibsbilder. Ich nahm ganz allein meinen Abendtisch am Rand des nicht sehr geräumigen Quadrats der hochpolierten Tanzfläche ein und beobachtete, wie die Feuerwehrmänner ihre Rumbas auf mich zu wackelten. Ich bestellte einen doppelten Brandy mit Soda und schrieb eine Nachricht an Delores auf eine Serviette, sie möge nach ihrem Auftritt zu mir kommen, und erntete ein lebhaftes ›Ja, Sir‹, das den finsteren Gesichtsausdruck des Kellners ersetzte, als er den Zehner neben der Nachricht erspähte, die ich zu ihm hochreichte.

Dann wurden die Lichter dunkler, und der Spot ging an. Ein unsichtbarer Gentleman auf dem Musikpodium lispelte am Mikro der Band vorbei etwas über Delores Bentley, die jetzt auftreten würde, um die Gäste glatt aus den Sitzen zu heben; und dann blendete mich die Rechtfertigung dieser Aussage in Form eines grellen Scheinwerfers. Die Rechtfertigung auch für die Waschungen mit männlichem Parfüm und die Extra-Bürstenstriche für den Schnurrbart und die Unentschlossenheit beim Auswählen zwischen Krawatten.

Sie hatte kastanienbraunes Haar mit seidigen Spitzlichtern, bleiche, hohe Wangenknochen unter schrägen, großen grünen Augen und einen angriffslustigen Schmollmund mit glänzenden Burgunderlippen, die dich in deinem Nachtclubsessel aufrichteten, während du krampfhaft deinen Highball umklammertest. Sie war hochgewachsen in einem eleganten Wirbel wohlausgefüllten schwarzen Abendkleides, dessen Ausschnitt tiefer blicken ließ als der Grand Canyon. Sie hatte sanfte Kurven mit festen Schultern und keinen spitzen Knochen, und ihre Stimme war tief und leise und sanft und rauchig. Sie schenkte dir Musik wie das Plätschern von Wellen in einer heißen Nacht am Strand, wenn der Himmel in deiner Nähe bis zum Boden reicht und eine Menge Sterne da sind.

Sie zog fünf phantastische Nummern ab, und sie machte Sachen mit all den Jungs in der Peripherie des abgeblendeten Publikums. Ich weiß nicht, was mit den Damen war, und ich klatschte wie alle übrigen Bauerntrampel in einer ungestümen Hymne um eine Zugabe. Wir bekamen ein Lächeln – dann Lichter, und jede Menge Tanzmusik.

Ich bestellte mir noch mehr Brandy, und den brauchte ich auch, denn plötzlich war sie da, im Sessel mir gegenüber, in einem anderen schwarzen Kleid mit nichts obenherum außer leuchtenden weißen Schultern und einem hellen Busen. Sie schaute mich an, und ich schaute sie an, und meine Haare stellten sich auf.

Ich sagte: »Drinks?«

Sie sagte: »Sicher.«

Ich sagte: »Was?«

Sie sagte: »Brandy.«

Ich sagte: »Gut.«

Sie sagte: »Warum?«

»Bitte?« sagte der Kellner.

»Brandy. Für die Dame.«

Mit spöttischem Tonfall sagte sie: »Ach, das ist gut, weil Sie auch Brandy trinken. War's das, was Sie meinten?«

»Kla' doch.« Ich hatte mir diesen Spruch von einer niedlichen Kleinen aus New Hampshire anläßlich zweier unzertrennlicher Wochen im Lande der Baseball-Buchmacher eingefangen – aber mir gegenüber saß die richtige Medizin dagegen.

Der Brandy kam, und der Kellner ging, und sie nippte und stellte ihn ab. Ihre Augen blieben auf das kleine Glas gerichtet. »Die Nachricht besagte, Sie wollten mit mir über meine Mutter sprechen. Ist das ein neues System?«

»Über Ihre Mutter *und* über Ihre Schwester.«

Ihre Augen lösten sich von dem Brandyglas. »Bulle?«

»Ja.«

»Sie doch nicht.«

»Na ja, Privatdetektiv.«

»Sie sehen eher wie ein Gigolo aus, na ja . . . vielleicht von der interessanten zusammengeschlagenen Art.«

»Gefällt's Ihnen?«

»Um die Wahrheit zu sagen – ja. Sehr.«

»Prima.«

»Warum?«

»Sie gefallen mir auch.«

»Sicher. Warum sollt's Ihnen nicht gefallen. Es gefällt allen.«

»Ich hab' schon Besseres gesehen, Schwester, und es hat mir nicht gefallen.«

Eine Augenbraue kletterte hoch. Sie machte einen Kreis mit dem Boden ihres Glases. »Pampig auch noch. Okay, mehr Brandy. Trinken wir noch jede Menge mehr Brandy, Sie und ich. Schon Besseres gesehen, ja?«

Zwischen uns klickte es. Rasend schnell. Einfach so. Es klickte wie ein Abakus in einer chinesischen Wäscherei, und wir lachten über unsere Brandys hinweg und stießen mit unseren Gläsern an und tauschten unsere Lebensgeschichten aus und erzählten unsere Witze, den ganzen Weg von steif rechts bis lästerlich links. Wir tanzten eng und warm, und ich roch den salzig-süßen Geruch ihres Haars und sie grub mir die Fingernägel in den Arm und das Rieseln ihres Atems flüsterte in mein Ohr. Wir sprachen über uns mit geschickten Beschönigungen. Sie sagte: »Verschwinden wir von hier.«

»Wohin?«

»Irgendwohin. Ich muß erst zur Ein-Uhr-Show zurück sein.«

»Sicher.«

Wir gingen zu Jackson's, Seite an Seite und einander nah auf einem roten Ledersitz unter matten Bernsteinlichter, und lauschten dem Klimpern des fernen Pianos. Wir hielten Händchen und berührten uns mit den Knien, und ich hoffte, daß sie keine Mörderin war.

»Du bist nett gewesen«, sagte sie. »Sehr nett. Und du bist ein verdammt interessanter Bursche. Okay. Du hast mich sturmreif geschossen. Du kannst aufhören, nett zu sein. Was willst du?«

»Ich will helfen. Wenn ich kann.«

»Wem?«

»Dir.«

»Mir?«

»Ja.«

»Du bist verrückt.«

Ich entzog ihr meine Hand und rückte mein Knie weg. »Hör mal, Hübsche, die wissen, daß du sie gehaßt hast. Die wissen auch, daß sie nicht wußte, daß du sie gehaßt hast. Weil sie dir diese ganze Knete hinterlassen hat. Das hätte sie nicht getan, wenn sie gewußt hätte, daß du sie haßtest, oder etwa doch?«

»Sie war schlecht. Auf gemeine, bösartige Weise schlecht. Sie . . .«

»Polizisten sind merkwürdige Menschen. Eines Tages wachen sie auf, und dann wirst du sie nie wieder los. Wenn sie glauben, daß die alte Dame die Wahrheit sagt, über dich und Sally, und vielleicht tun sie das.«

»Sie hat es ihnen erzählt?«

»Das hat sie.«

»Die alte Schlampe.«

Ich machte ts-ts mit der Zunge. »Ungehörig, so über Mama zu sprechen.«

»Sie ist nicht meine Mutter.«

»Noch mal?«

»Nicht meine Mutter.«

»Sallys?«

»Sallys auch nicht. Mutter starb vor langer Zeit, und Vater heiratete wieder. Oh, sie war in Ordnung, versteh mich nicht falsch, sie war wie eine richtige Mutter zu uns, half, so gut sie konnte, als Vater starb. Aber ich hatte nicht erwartet . . .«

»Sie wußte, was du Sally gegenüber empfandest?«

»Ja. Wir sprachen oft über sie.«

»War sie richtig schlecht?«

»Sally? Am allerschlechtesten. Aber man schließt in solchen Dingen Kompromisse. Man hält sich von ihr fern, wenn man kann. Sieh mal, ich persönlich, ich hatte nichts gegen sie. Es war bloß . . .«

»Du haßtest sie, aber du hattest nichts gegen sie. Gut. Wirklich gut.«

»Es ist bloß . . . kannst du dir etwas aus jemandem machen, der widerlich ist . . . wie eine Spinne oder eine Klapperschlange? Sogar eine zahme Klapperschlange?«

»Ich verstehe, was du meinst.«

»Genau das ist es.«

»Glaubst du, sie hat sich umgebracht?«

»Woher sollte ich das wissen?«

»Was glaubst du?«

»Sie war nicht der Typ dafür.«

»Ich frage nicht nach dem Typ. Ich frage, *glaubst du, sie hat sich umgebracht?*«

Sie öffnete ein schlankes silbernes Zigarettenetui mit einem bronzenen ›Delores‹ in Schreibschrift, nahm eine Zigarette heraus und klopfte sie auf den Tisch. »Nein. Ich glaube nicht, daß sie sich umgebracht hat.«

Ich zündete sie für sie an. »Irgendeinen Kandidaten?«

»Wofür?«

»Für Mord. Wofür sonst?«

»Nein.«

»Liebling, du bist ein sehr nettes Mädchen.«

»Nett, daß du mir das sagst.«

»Aber du bist eine zuviel.«

»Du klingst wirklich wie Gertrude Stein – oder wie immer sie heißt.«

»Ich meine, du bist eine zuviel, die nicht daran glaubt, daß sie sich umgebracht hat. Mama Bentley ist die andere. Es sickert durch, solche Sachen – was die Leute glauben. Es muß noch andere Leute geben, die ähnlich denken. Eine Art Meinungsdunst oder so etwas. Aber Bullen spüren das früher oder später auf. Dann bist *du* der Kandidat.«

»Versuchst du, mir Angst zu machen?«

»'türlich.«

»Warum?«

»Ich will, daß du dich für mich öffnest. Ich will Material von dir. Richtiges Material. Entweder du oder keiner. Was Informationen angeht, meine ich. Wenn ich es in Ruhe lasse, rührt sich überhaupt nichts. Und wenn sich nichts rührt, ist das gar nicht gut, Süße. Glaub mir. Du wirst für sie zur Nummer eins werden, und was sie wohl herausfinden mögen, wenn sie wirklich an die Arbeit gehen?«

Sie trat die Zigarette aus und nahm gelassen das Rührstäbchen aus ihrem Cocktail. Es zerbrach in ihrer Hand, und Blut rann ihr am Daumen entlang. Trübsinnig blickte sie darauf. »Na schön, Typ. Du hast mich in die Ecke gedrängt, und vielleicht bin ich betrunken, und vielleicht mag ich dich, und vielleicht habe ich Angst. Vielleicht findet irgendwer auf irgendeine verdammte Weise heraus, daß ich an dem Morgen dort war, und vielleicht macht sich das nicht allzu gut.«

»Warum hast du's ihnen nicht erzählt?«

»Wem?«

»Den Bullen.«

»Mein Liebling, ich hatte Angst, es ihnen zu erzählen. Man wird nicht gerne in solche Dinge verwickelt. Es ist Selbstmord. Na schön, es ist Selbstmord. Warum Ärger herausfordern?«

»Wem erzählst du das.«

»Ich erzähle es dir. Vollständig. Weil du vielleicht daraus schlau werden kannst. Und ich gebe dir nichts in die Hand. Nur Worte. Wenn du's an die Cops weitergibst, hast du es nur erfunden, ich habe dir nichts erzählt. Ich streite alles ab. Ich erzähle es dir, weil du ein Talent dafür hast, einen Menschen ganz durcheinanderzubringen. Durch Angst.«

Ich rauchte voller Genuß. Ich lauschte voller Begierde. Ich hatte hart für ein Köcheln gearbeitet. Jetzt kriegte ich ein Überkochen. »Ich liebe dich«, sagte ich, »Schwester.«

Sie wischte sich mit einer Serviette Blut von der Hand und führte den Brandy zum Mund, stellte ihn dann weg. Ihre Lippen zogen sich von ihren strahlenden Zähnen zurück, und ihre Augen rückten in einem grün-glitzernden Blinzeln der Unentschlossenheit dichter zueinander. Dann nahm sie den Brandy auf und trank ihn aus. »Ich hatte einen Schlüssel zu ihrer Wohnung. Als ich anfangs nach New York kam, wohnte ich eine Weile bei ihr. Sie half mir großzügig aus, bis ich meine erste Stelle fand. Ich schuldete ihr Geld, und ich bezahlte es ihr zurück, zwanzig Dollar jeden Sonntagmorgen, nachdem ich anfing zu verdienen.«

»Wieviel Geld?«

»Ungefähr zwölfhundert Dollar.«

»Hat noch jemand einen Schlüssel?«

»Was?«

»Schlüssel.«

»Oh.« Sie schaute das leere Brandyglas an. Ich nahm einen Finger für den Kellner hoch. Wir bestellten mehr Brandy.

»Da bin ich mir sicher«, sagte sie. »Ja, ich bin sicher, es gibt noch andere, die einen Schlüssel hatten.«

Ich schüttelte den Kopf. »Nein. Nicht so. Ich meine, jemanden, von dem du *wußtest*, daß er einen Schlüssel hatte.

Sie schnippte mit den Fingern. Ich wartete. Sie schnippte heftiger mit den Fingern. »Klar. Einen kenne ich. Einen Typen. Gino Stark.« Dann setzte sie eine Miene auf, als tue es ihr leid, das gesagt zu haben.

»Ich liebe das, Schwester.«

»Was ist ›das‹?«

»Ich sagte, ich liebe das.«

»Sag' ich ja, daß du das gesagt hast. Was ist los mit dir?«

»Nichts. Wieso weißt du davon?«

»Vergiß es, ja? Vergiß, daß ich es erwähnt habe.«

Ich setzte dazu an, aufzustehen. Dabei warf ich die Gläser auf dem Tisch um. Leute sahen zu uns herüber. Zum Teufel mit ihnen. »Ich verschwinde von hier, Kid. Und von jetzt an konzentrieren sich meine Ermittlungen auf dich. Wenn du es unbedingt so haben willst, okay, dann bekommst du es auch so.«

»Setz dich.«

»Na schön. Ich sitze.«

Sie war nicht glücklich. »Ich weiß, daß er einen Schlüssel hatte, weil ich ihn für Gino hab' anfertigen lassen.«

»Warum?«

»Sie bat mich vor ungefähr einem Jahr, ein Duplikat von

meinem machen zu lassen, und sagte mir, bumm, einfach so, für wen sie ihn haben wollte, und warum. So war Sally.«

Sie hatte ein Krächzen im Hals. Dieser Gino! Ich wechselte das Thema.

»Also schuldetest du ihr Geld. Also, was geschah?« Der Frosch im Hals verschwand. Ihre Stimme war wieder da. »Normalerweise schlief sie sonntags morgens lange. Wenn sie Gesellschaft hatte, guckte ich nur flüchtig hinein, ließ meinen Scheck da und verschwand wieder. Andernfalls half ich ihr über ihren Kater, machte Frühstück, solche Sachen.«

»Einen Moment mal. Dieser Bursche – Zetz.«

»Zetz?«

»Ihr Boß. Was ist mit ihm?«

»Na ja, was schon?«

»War manchmal er diese ›Gesellschaft‹?«

»Nicht, daß ich davon wüßte.«

»Sie arbeitete wirklich für ihn?«

»O ja. Ihr gefiel es, Sekretärin eines großen Tieres zu sein.«

»War sie gut?«

»Was meinst du damit?«

»Ich meine, verstand sie ihr Geschäft? Verdiente sie sich ihr Geld?«

»Ja, ich denke schon. Sie beherrschte kein Steno, das weiß ich, aber für einen kreativen Schriftsteller von dieser Sorte braucht man eigentlich auch kein Steno. Sie denken eine Menge nach, sie lassen sich Zeit; du weißt schon, murmeln so herum. Aber sie war eine Kanone an der Schreibmaschine, und sie schmiß regelrecht den Laden und wickelte alles Geschäftliche, das anfiel, für ihn ab. Eines kann ich dir sagen, sie war eine wunderbare Sekretärin für den Kerl. Das weiß ich.«

»Woher hatte sie die ganze Knete?«

Sie runzelte die Stirn, starrte ins Nichts. »Ich weiß es wirklich nicht. Sie war sehr schön und sehr praktisch veranlagt, und sie war voller Pläne, und sie hatte viele Freunde, sehr, sehr viele Freunde.«

»Sehr, sehr viele Freunde«, sagte ich. »Jemanden Besonderes, den sie wirklich bis aufs Hemd ausnehmen konnte?«

»Ich weiß nicht. Ich kann es nicht sagen.«

»Okay. Zurück zum Sonntag. Was passierte? Genau.«

»Na ja, ich kam herein, und da war sie, vollständig angezogen. Sie schnauzte mich an, weil ich nicht geklingelt hatte. So war sie eben, pervers. Sie sagte mir, sie hätte eine Verabredung mit Gino, es war ein wunderbarer Tag, er sollte mit ihr aufs Land fahren.«

»In seinem Wagen?«

»In ihrem Wagen. Er hat keinen Wagen.«

»Und dann?«

»Dann unterhielt sie sich mit jemandem am Telefon. Ich war in der Küche.«

»Gino?«

»Ich weiß nicht.«

»Bekam sie den Anruf, oder rief sie selber an?«

»Sie bekam den Anruf. Das Telefon klingelte, und ich hörte, wie sie dranging.«

»Hast du irgend etwas gehört? Ich meine, was Besonderes?«

»Nichts. *Das* habe ich gehört. Ich war in der Küche. Das Wasser lief aus dem Spülstein ab. Ich hab' auch nicht gelauscht.«

»Jetzt mal sachte, Schätzchen. Was dann?«

»Dann, genau, verließ ich die Wohnung wieder.« Sie stützte die Ellbogen auf den Tisch, legte die Handgelenke zusammen und stützte das Kinn darauf, und ihre Augen wurden ganz schmal, als sie sich erinnerte. »Ich erzählte ihr, ich hätte eine Verabredung mit meinem Agenten . . . ein flinker, junger Bursche . . . zu einem frühen Mittagessen. Ich holte mein Scheckbuch hervor . . . ich hatte meinen Stift zu Hause gelassen . . . ich benutzte ihren Stift und schrieb einen Scheck für sie aus, den die Polizei später fand und nach dem man mich fragte . . . und dann steckte ich das Scheckbuch weg und den Stift . . . *oh*!«

Ihre Finger huschten in ihre Handtasche, und sie machte einen kleinen Hügel aus ihrem Inhalt auf dem Tisch. Dann fischte sie einen Füllfederhalter daraus hervor. »Siehst du? Ich sage die Wahrheit. Hier ist er. Ich habe ihn versehentlich in meine Handtasche getan. Ich habe ihn mitgenommen. Glaubst du mir jetzt, verdammt noch mal? So, wie du mir beim Sprechen zugeschaut und mich ins Kreuzverhör genommen hast . . .«

Plötzlich weinte sie.

Sanft sagte ich: »Hast du sie umgebracht, Kid?«

»Nein.«

»Laß uns von hier abhauen. Laufen wir ein bißchen.«

Wir spazierten durch die triste Madison Avenue. Ich hielt ihren Arm, und sie drückte den Arm dicht an sich. Ich schob sie in den zugigen Einschnitt einer engen Gasse zwischen einem Ladengeschäft und einem Wohnhaus und hielt sie fest, und ihr Gesicht hob sich zu meinem. »Bitte, bitte . . .«

Ich sagte: »Zum Teufel damit«, und küßte sie. Ich hielt sie fest, und ich küßte sie lange und intensiv.

Ich rief ein Taxi und wies den Fahrer an, uns herumzufahren, egal wohin. Er nahm die Kurven des Central-Parks, während ich an einem Fingernagel kaute und sie das Make-up auf ihrem Mund erneuterte. »Nach dem, was du sagst«, meinte ich, »hast du den Cops nichts erzählt, weil du ihnen mißtrautest. Es war ein glatter Selbstmord, und vielleicht glaubtest du nicht daran, daß es geschehen konnte, aber an den Tatsachen war nichts zu rütteln. Also hast du dich aus der Sache rausgehalten, weil du, wie die meisten Menschen, und ich mache dir keinen Vorwurf daraus, Angst vor Cops und vor dem Gesetz und vor möglichen weiteren Folgen und vor der Art und Weise hast, wie sie solche Sachen herumdrehen können und daraus ein Schlamassel mit Rechtsanwälten und Publicity entsteht, und vielleicht steckst dann sogar du in der Schlinge und kommst nicht mehr heraus. Also war es eben Selbstmord, und darum ließest du es auf sich beruhen. Was hast du mit dem Schlüssel gemacht?«

»Ich habe ihn weggeworfen. Sofort, nachdem Gino es mir gesagt hatte.«

»*Gino?*«

»Das Dienstmädchen fand sie um zwölf Uhr. Die Polizei hatte Gino zur Routinebefragung bestellt. Sie konnten mich nicht erreichen. Ich war mit diesem Jungen aus, meinem Agenten. Aber Gino weiß, es gibt ein Lokal, das ich mag. Courvie's. Also trabte er dorthin und erzählte es mir.«

»Was hat er mit seinem Schlüssel gemacht? Weißt du das?«

»Ich würde lieber nicht darüber sprechen.«

»Was hat er mit seinem Schlüssel gemacht?«

»Dasselbe, was ich mit meinem tat. Genaugenommen riet er mir dazu. Nicht, daß ich nicht einer Meinung mit ihm gewesen wäre. Ich fuhr allein nach Hause. Dort wartete schon ein Polizist auf mich. Er nahm mich mit ins Präsidium. Alle waren sehr höflich.«

Der Central-Park war jetzt rings um uns herum, und die Tausende von Lichtern aus den verschwommenen weißen Gebäuden wirkten wie das Glitzern eines zerbrochenen Eiswürfels in der Nacht. Eine sanfte Brise wehte durch die Fenster herein, und der Duft des Parks war süß. Ich langte zu dem Taxifahrer hin.

»Fahren Sie rauf.«

»Klar doch.«

Die Trennwand aus Nichts schob sich vor eine Trennwand aus Spiegelglas. Ich rückte dicht an sie heran. Ich nahm ihr Gesicht in meine Hände. »Du bist verrückt«, sagte sie.

»Na schön«, sagte ich. »Ich bin verrückt . . .«

Dann weinte sie wieder.

»Wieviel hast du verheimlicht?« fragte ich sie.

»Nichts. Nichts über mich selbst. Außer über einen Typen, einen Mann, von dem ich einmal dachte, ich würde ihn lieben . . . und Gino . . . ich wollte ihn nicht mit hineinziehen . . .«

Oh, dieser Gino.

»Vielleicht«, sagte sie, »habe ich es *wegen* Gino verheimlicht.«

»Du und er . . .?«

»Nein.«

»Wovon, zum Teufel, redest du dann?«

»Schau mal. Ich lege es in deine Hand. Alles. Falls du es dazu verwenden kannst zu beweisen, daß jemand sie umgebracht hat, okay. Aber wenn nicht, dann wirf es weg. Wirst du das tun? Wirst du das tun?«

»Na ja . . .«

»Schau mal, Typ, zwischen uns ist in sehr kurzer Frist eine Menge geschehen. Manchmal passiert das. Ich glaube dich zu kennen. Versprochen?«

»Okay.«

»Hauptsächlich Gino wegen. Weil er anständig zu mir gewesen ist, mehr als anständig. Er hat mich geschützt. Jetzt möchte ich *ihn* schützen. Verstehst du?«

»Sicher.«

»Er schuldete ihr Geld.«

»Wieviel?«

»Zwanzigtausend Dollar.«

»*Was?*«

»Zwanzig.«

»Das ist viel Geld.«

»So legte sie Leuten die Daumenschrauben an. Sie konnte es sich leisten. Auf diese Weise gehörte er ihr. Du weißt schon.«

»Mmh.«

»Andererseits nahm sie mir einen Mann weg, einen Mann, von dem ich glaubte, ich sei verrückt nach ihm. Und das habe ich erst letzte Woche herausgefunden. So ein elendes . . .«

»Meine Güte«, sagte ich. »Wie du über die Toten sprichst.«

»Ich spreche nicht von ihr. Ich spreche von ihm. Der dreckige . . .«

»Sachte, Kamerad.«

»Gino wußte davon. Gino hörte, wie ich mich mit ihr stritt. Er hörte mich sagen, ich würde sie umbringen. Aber ich beruhigte mich wieder. Ein Typ, den du so leicht verlieren kannst, so ein Typ ist nichts. Ich haßte sie, aber ihn haßte ich noch mehr. So ein Typ ist nichts.«

»Also . . .?«

»Also war Gino in gewissem Sinne loyal. Er redete nicht darüber. Er erzählte mir, er habe es den Cops gegenüber nicht erwähnt. Er hat ihnen nicht verraten, daß ich einen Schlüssel hatte, er hat ihnen nicht verraten, was sich zwischen uns abspielte.«

»Klar hat er das nicht. Und du hast nicht verraten, daß *er* einen Schlüssel hatte und daß er ihr zwanzig Riesen schuldete. Für eine herausgeputzte Großstadtpflanze bist du ein bißchen dumm.«

Sie sagte: »Du siehst es von einer Seite, ich seh's von einer anderen. Ich will nicht, daß der Nachlaßverwalter ihn des Geldes wegen verklagt. In gewisser Weise hat er es sich verdient.«

»Irgendein Beleg für die Schulden?«

»Vielleicht *bin* ich dumm. Aber Sally war es nicht. Natürlich gibt es einen Beleg für die Schulden.«

»Wo ist er?«

»Ich habe ihn.«

Ich blickte sie an.

»Sie hat ihn mir irgendwann mal gegeben. Sie wollte ihn nicht in der Wohnung haben. Ich bewahrte ihn für sie auf. Sie wollte nicht, daß Gino ihn vielleicht fand. Die Liebesaffäre war beendet. Jetzt hatte sie ihn so, wie sie ihn haben wollte, teils Begleiter, teils Diener, teils Deckhengst.«

»Wo bewahrst du ihn auf?«

»Zu Hause.«

»Dann fahren wir nach Hause.«

Ich klopfte gegen das Glas. Der Taxifahrer fuhr es herunter. Das Taxameter zeigte vier Dollar und zehn Cents. »Zweiundzwanzigste West, Ecke neunundsiebzigste«, sagte ich ihm. Der New Yorker Taxifahrer ist eine Sphinx, eine sprechende Sphinx – eine Sphinx, die spricht, aber trotzdem eine Sphinx bleibt. »Na, mach' ich doch glatt«, sagte er.

Es waren anderthalb Zimmer mit einem Bett in der Wand,

sehr adrett und behaglich mit ruhigen Lichtern von zwei rosenroten, modernen Lampen. Sie hob die Hände zu einem hohen Bücherbrett über einem Schreibtisch, und die Herausforderung der vollen, langen, makellosen Linien ihres Körpers nahm zu. Ich schob mich dichter an sie heran, warm vom Brandy, aber ihre Augen waren nicht bei mir. Sie nahm ein dickes Buch herunter, blätterte es durch und gab mir den Umschlag. Er war datiert auf Rio vor drei Jahren, auf blaßgrauem Leinenpapier, und der Brief war ganz einfach, hingekritzelt in einer dünnen, nach links geneigten Handschrift: »Sally, ich liebe dich sehr. Ich vermisse dich sehr. Ich wünschte, du wärst hier. Coochie«, aber darunter, in stumpfen, wütenden Federstrichen, in einem eleganten, aber steifen Auf und Ab: »Schuldschein. Von Gino Stark an Sally Bentley. Zahlbar bei Aufforderung, zwanzigtausend Dollar. Verklag mich.«

»Wofür brauchte er die?« fragte ich.

»Er wollte ein eigenes kleines Tanzstudio eröffnen. Es wurde nie etwas daraus.«

»Yeah«, sagte ich. »Danke. Wir sehen uns noch.«

»Wo gehst du hin?«

»Zu Gino.«

»Sei vorsichtig.«

»Mach keine Witze.«

»Und erinnere dich daran, was du versprochen hast.«

»Keine Sorge.« Ich küßte sie, aber wenn man ein Mädchen wie Delores Bentley küßt, vergeht die Zeit wie im Fluge, und es war elf Uhr dreißig, als ich mich von ihr endgültig verabschiedete.

Ich winkte ein Taxi und fuhr zur Lexington. Ich läutete unten seine Glocke und ich läutete oben seine Glocke, und da war er im Pyjama, Gino, und ich sagte: »Ein bißchen reden, du und ich. Unterhaltung.« Ich schob mich an ihm vorbei und war drinnen.

»Raus«, sagte er. »Ich schlafe.«

»Reden. Eine kleine Unterhaltung.«

Er kam auf mich zu, und ich ließ ihn. »Mister«, sagte er, »Sie sind ein Spießer. Ein ausgesprochener Spießer.«

»Na klar«, erklärte ich ihm. »Und du bist so ein richtig cooler Hipster.« Ich zog ein Knie hoch, und er grunzte *ex tempore*, und sein Gesicht blühte vor mir auf. Es verwandelte sich rasch in ein Stück hübsch gestaltete Landschaftsarchitektur.

Er war zwar ein grüner Junge, aber er war auch stark, und als er mit einem überraschten Ausdruck vom Boden hochkam, wollte er einen auf harter Bursche machen. Er wich vor dem Fuchteln einer linken Faust zurück, und dann lief er genau in einen rechten Ellbogenstoß. Er gab ein Kreischen von sich wie Kreide auf einer Schiefertafel und nahm die Deckung hoch. Dann setzte ich mit ein paar Haken in den Bauch und einem mächtigen Tritt nach, der ihn auf die Teppichbrücke beförderte.

»Du hattest eine Verabredung mit ihr, und du warst dort. Ich weiß das.«

»Wie?«

»Du hast sie umgebracht, du großer . . .«

»Nein. Sie war tot, als ich dort ankam. Bitte. Ich sage Ihnen, sie war tot, einfach so, den Kopf auf dem Schreibtisch . . .«

»Du hast nach dem Brief gesucht.«

»Brief?«

»Dem Brief im Wert von zwanzig Riesen.«

Er war trotzig, aber er blieb seitlich auf dem Boden liegen; die Haut um sein Auge herum färbte sich blau. »Ja, das tat ich. Na und?«

»Vorher oder nachher?«

»Vor oder nach – was?«

»Bevor oder nachdem sie tot war.«

»Hören Sie . . .«

Dann, ganz plötzlich, paßte es zusammen. Alles. Ich schwang die Hand herum, und meine Handfläche traf mich vor die Stirn, flach und hart.

Mit rauher Stimme sagte Gino: »Mann, ich glaube, Sie sind verrückt. Verschwinden Sie von hier, verdammt noch mal. Bit-tä.«

»Zieh dich an«, befahl ich ihm. »Beeil dich, zieh dich an«,

aber er blieb auf dem Ellbogen gestützt liegen, und ich wollte ihn gerade holen gehen, als Knöchel wie Kastagnetten an der Tür klapperten. Wir erstarrten zu einem Tableau, die Gladiatoren von der Lexington Avenue, der Schnüffler mit der Hand in den Haaren des Verdächtigen und der Verdächtige zögernd halb vom Boden erhoben, mit offenem Mund. Ich ließ ihn fallen.

»Wer ist da?«

»Delores.«

Ich öffnete ihr die Tür.

»Ich habe mir Sorgen gemacht . . .« Dann sah sie ihn.

»War unnötig«, sagte ich.

»Mmh.«

»Okay«, meinte ich zu ihm. »Zieh dich an. Wir machen einen Besuch. Wir werden eine Konferenz abhalten.«

»Wer?«

»Wir alle. Einen Kaffeeklatsch. Wo ist dein Telefon?«

Das Telefon war im Schlafzimmer. Er zog sich an, während ich anrief.

»Parker«, sagte ich. »Parker, würden Sie bitte die alte Dame abholen und mich drüben in Zetz' Wohnung treffen. Was? Yeah. Ich werde sie alle da haben, die ganze verdammte Besetzung. Leider alles keine Charakterdarsteller.«

Ein Taxi mit mehr Schmiß als ein europäischer Walzer brachte uns runter zur Achten Ost, Ecke Zehnte, und Mr. Zetz höchstpersönlich öffnete die Tür für uns. Zetz in einem piekfeinen blauen Anzug, einem Hemd mit wallendem Kragen und einem Ausdruck aufgeschreckter Überraschung auf dem Gesicht. Der Ausdruck wurde immer aufgeschreckter. »Entschuldigen Sie bitte«, sagte ich.

Mit einer zupackenden Linken griff ich nach dem glitzernden Etwas, während meine Rechte als gerader Schlag an seine Kehle ging. Er stand steif und still und liebenswürdig da, aber seine Augen zwinkerten nicht. Offensichtlich benötigte er noch eine kurze Rechte, um seine Fassung zurückzugewinnen, und die bekam er auch. Er kippte auf den dicken mausgrauen Teppich, und da lag er nun, vernichtend geschlagen, ein Zucken um die Lippen und ein Knie angewinkelt. Es sah gar nicht einmal so ungraziös aus. Ich steckte das Geschenk des dänischen Königshauses in meine Jackentasche und schloß die Tür.

»Der Bursche ist verrückt«, sagte Gino. »Aber definitiv.«

Delores sagte: »Mein Gott, was ist los mit dir? Du mußt betrunken sein.« Sie beugte sich über ihn.

»Laß ihn«, sagte ich, und dann war Parker mit Mrs. Bentley da.

Als sie ihn auf die satingestreifte Bettcouch des reich möblierten Zimmers mit der hohen Decke brachten, trat ein Flattern in seine Augenlider. Wir alle gingen einen Schritt beiseite, während Delores sein Gesicht tätschelte. Er öffnete die Augen und schaute mich an.

»Wie geht's denn so?« fragte ich. »Coochie.«

Zuerst flammte sein Gesicht auf. Der blaue Schatten einer Ader auf seiner Stirn stach heraus wie ein Schönheitsnabel bei einem Hollywood-Star. Dann wurde die Ader wieder blasser, die Farbe undeutlicher, und seine Wangen glichen sich dem Mausgrau des Teppichs an. Er blieb vornübergebeugt, reglos, die Hände gegen die Knie gedrückt, aber seine Augen waren wütende Gefangene in dem trostlosen Gefängnis des verschlossenen Geischts. Da wußte ich, daß ich ihn hatte. Ich glaube, Parker wußte es auch.

»Alle«, sagte ich, »haben ihre Fingerabdrücke in der Wohnung hinterlassen. Dessen bin ich mir sicher. Aber zu dem einen oder anderen Zeitpunkt gehörten sie alle dorthin, deshalb machte es keinen Unterschied.«

»Korrekt«, sagte Parker.

»Okay. Ich werde erzählen, was passiert ist. Wenn irgend jemand behilflich sein möchte, mag er oder sie das Fehlende ergänzen. Sie eingeschlossen.« Ich deutete mit dem Daumen auf Zetz.

Parker rückte dichter an ihn heran.

»Etwa so«, sagte ich. »Mr. Zetz bekommt eine Sekretärin. Das wäre ein guter Titel für Ihr nächstes Buch, wenn man Ihnen noch Zeit läßt, eines zu schreiben – *Mr. Zetz bekommt eine Sekretärin.*«

»Schluß mit der Effekthascherei«, sagte Parker.

»Na schön, sie kommen zusammen. Sie ist seine Sekretärin. Sie ist auch seine Geliebte. Sie ist ein ganz, ganz schlaues Schätzchen, und dieser Bursche ist nicht eben der allerschönste Typ auf der Welt, aber schau mal die ganze Knete an, die er hat. Deshalb läßt sie schon mal eine Fünf gerade sein. Aber nach einer Weile fängt sie an, ihn auszunehmen. Vielleicht droht sie ein bißchen. Er ist verheiratet, hat Kinder, und seine Frau gehört zur gehobenen Gesellschaft. Also bezahlt er, was soll's, aber er hat ein Verliererlos gezogen, und er weiß es, und er würde es gerne zerreißen.«

»Nun machen Sie mal halblang«, sagte Parker.

»Er ist Verfasser von Detektivgeschichten. Er denkt über eine Menge Methoden nach. Er möchte sie loswerden, aber zuerst versucht er es auf die koschere Tour. Er stellt sie einem gutaussehenden, etwas schlaksigen Freund vor, und er hofft, daß sie sich in ihn verlieben und ihn heiraten wird, und dann Lebwohl, Schätzchen. Das funktioniert nicht.«

Parker sah Gino an. Gino sah aus, als sei er gerade aus einem Wrack geklettert und wolle am liebsten wieder zurück. Die anderen sahen mich an.

»Er denkt darüber nach, und endlich kommt's ihm. Vielleicht hat er es ein paarmal probiert, und es hat nicht funktioniert. Aber an diesem besonderen Sonntag – da funktionierte es. Er ruft sie an, sie ist auf, und er kommt auf einen Besuch vorbei. Sie sitzt am Schreibtisch, und bumms, der Professor kriegt eine Eingebung – für eine Kurzgeschichte, für einen Roman, irgendwas. ›Liebling‹, sagt er, ›schnell. Das ist was. Schreib's auf.‹ Er legt ein Blatt Papier vor sie hin, oder vielleicht liegt schon eines da. Sie greift nach einem Bleistift. Kein Bleistift, nur eine Schachtel mit noch nicht angespitzten. Sie sucht nach ihrem Füller. Der nicht da ist.«

»Warum nicht?« fragte Parker.

»Das erzähle ich Ihnen später. Er kann nicht darauf warten, daß sie Bleistifte anspitzt. Er hat sie in der richtigen Position, er hat sie richtig präpariert, er will nicht, daß sie aufsteht. Er hat bereits die Pistole aus dem Tischchen genommen. Also gibt er ihr seinen Füllfederhalter, schnell, er ist erregt, und das alte Genie in ihm arbeitet wie verrückt. ›Schreib das auf‹, befiehlt er ihr, ›das ist wirklich ein Gedicht, was für eine Idee . . .‹, und er beginnt zu diktieren. Sie benutzt kein Steno. Er weiß das. Er beginnt zu diktieren, und sie beginnt zu schreiben« ›Ich werde mich umbringen, weil ich des Lebens überdrüssig bin. Ich mag nicht mehr. Lebt wohl, und vergebt mir. Also dann.‹ Sie hegt keinen Argwohn, oder vielleicht war sie in der Nacht vorher total betrunken, und ihr Gehirn ist immer noch benebelt. Er zieht heimlich die Pistole und drückt sie ihr hinters Ohr. Peng.«

Keiner sagte etwas.

»Sie wissen schon, was ich meine«, sagte ich zu Parker. »Hinters Ohr.«

»Ich weiß, was Sie meinen.«

»Während sie nicht hinsieht. Dann hat er es geschafft, alles ist erledigt. Er wischt die Pistole ab, drückt sie ihr in die Hand. Vor ihr liegt ihr Abschiedsbrief in ihrer eigenen Handschrift. Er hat einen Schlüssel zu ihrer Wohnung, aber wer hat das nicht? Also geht er zuerst ihren ordentlichen Briefstapel durch und nimmt all seine heraus, die er in der anfänglichen Hitze der ersten Leidenschaft geschrieben hat, und weg ist er, nachdem er die Tür hinter sich abgeschlossen hat. Perfekt?«

Ich wartete darauf, daß er sich rührte. Er rührte sich nicht.

»Er wirft den Schlüssel weg, der dreckige . . .«

»Ruhig«, sagte Parker. »Wir haben Damen im Lokal.«

Jetzt wartete Parker auf seine Reaktion. Er rührte sich immer noch nicht. Also spielte Parker den Dummen. »Woher wollen Sie das alles wissen? Wann sind Sie darauf gekommen?«

»Nun«, sagte ich, »es gab einen Brief, der nicht in Ihrer Wohnung war.«

Er rührte sich, nicht viel, aber er rührte sich. Er strich sich mit der Hand übers Haar. Schweiß rann ihm über die Stirn.

»Wo war er dann?« fragte Parker.

»Delores hatte ihn. Gino hier, der gute Gino, lieh sich Geld von Sally. Sally ließ sich dafür eine Quittung geben. Worauf? Auf einem von Zetz' Briefen. Direkt auf dem Brief, auf dem unteren Rand, stellt Gino ihr seinen Schuldschein aus. Sally will diesen Schuldschein nicht dort aufbewahren, wo er gestohlen werden kann, also gibt sie ihn Delores zur Aufbewahrung.«

»Moment mal.« Parker machte eine säuerliche Miene. »Warum stahl er seine Briefe nicht vorher? Er hatte, was man unter Juristen ›Zugang zu den Räumlichkeiten‹ nennt.«

»›Zugang zu den Räumlichkeiten‹. Na schön, also hatte er Zugang zu den Räumlichkeiten. Aber dann hätte sie doch genau gewußt, wer sie mitgenommen hatte, und Mann, sie hätte einen Mordskrach geschlagen und Zetz jede Menge Ärger gemacht, was Zetz sich nicht leisten konnte. O nein. Entweder, sie heiratete jemanden, den sie liebte, und konnte sich diese Art von Ärger selbst nicht leisten, oder . . .«

Mrs. Bentley sagte: »Mein Gott, mein Gott . . .« aber Zetz blieb einfach nur sitzen.

Ich redete. »Womöglich wußte sie, daß Zetz Gino für sie ausgesucht hatte, und kannte auch den Grund. Es war ihre Art, ihre Verachtung für Gino zu zeigen – sie ließ ihn seinen Schuldschein auf einem Brief ihres anderen Liebhabers ausstellen. Das brachte das Faß zum Überlaufen. Das kochte Zetz gar, das und der Stolz, der in ihm ist, der in jedermann ist.«

»Fangen Sie nicht an mit Philosophie«, sagte Parker. »Machen Sie lieber ein bißchen voran.«

»Ich sah die Notiz. Ich sah den Brief darüber. Aus Rio, von vor drei Jahren. Sie werden das überprüfen. Sie werden feststellen, daß er dort war. Aber er hatte heute morgen in meinem Büro ein paar Adressen für mich aufgeschrieben, und ich erkannte die Handschrift. *Ein dünnes, nach links geneigtes Kritzeln*. Das war der Punkt, an dem sich alles zusammenzufügen begann.«

»Nein!« Zetz schüttelte den Kopf. »Nein.«

»Ja«, sagte ich.

»Nein. Sie können nichts von alledem beweisen. Sie wollen einen Sündenbock. Sie wollen sich ein Extrahonorar verdienen. Gerede, Gerede, Gerede. Selbst wenn wir ein Liebespaar waren, bedeutet das nicht, daß ich sie umgebracht habe.« *Er wußte, daß ich ihn hatte, hoffte aber darauf, daß ich es noch nicht wußte.*

Ich sprach zu Parker. »Wie ich sagte, Lieutenant. Stolz. Zweifacher Stolz. Stolz auf das Wissen, daß er einen Mord begangen hatte, der nicht gelöst werden konnte. Und Stolz auf ein Geschenk eines Königshauses.«

Seine Hand tastete nach der Brusttasche. Bis zu diesem Augenblick hatte er nicht gewußt, daß ich den Stift an mich gebracht hatte. Vielleicht wußte er es auch da noch nicht. Vielleicht dachte er, er sei wie durch ein Wunder verlorengegangen. Seine Lippen gaben die Zähne frei, und sein Gesicht zwängte sich in eine zerknitterte Maske der Selbstbeherrschung. Er zitterte.

»Sie und Ihr Williams«, sagte ich zu Parker. »Perfekter Selbstmord. Hat irgend jemand über den Füller nachgedacht, mit dem der Abschiedsbrief geschrieben wurde? Schauen Sie, ich mache Williams keine Vorwürfe. Man kann nicht an alles denken, nicht, wenn es so perfekt geplant ist. Man macht sich einfach nicht die Mühe. Es ist da, und die kleinen Dinge werden einfach unsichtbar. *In der Wohnung war kein Füller*. Delores hatte ihn an jenem Morgen aus Versehen mitgenommen. In dem Moment dachte ich, Delores sei es. Sie hatte den Füller, und der Abschiedsbrief war in Tinte – und dann sah ich den Brief aus Rio.«

Trocken sagte Parker: »Sie wissen, wie das ist. Cops sind dumm. Wessen Füller?«

»Seiner. Ein Geschenk eines Königshauses mit Diamanten. Das ist es, was ich mit Stolz meine. Er warf den Schlüssel weg, aber unser Detektivgeschichten-Genie konnte einfach nicht wissen, daß die Schwester den Füller an jenem Morgen aus der Wohnung mitgenommen hatte. Er wußte, der Füller konnte ihm schaden, aber er war so sicher, daß er alles richtig gemacht hatte, daß er sich einfach nicht von dem Füller trennen konnte, den ihm das dänische Königshaus geschenkt hatte.«

Jetzt sah ich ihn an, blickte ihn direkt an. »Federhalterspuren sind so gut wie Fingerabdrücke oder die Typen einer Schreibmaschine, und das wissen Sie, oder sollten es jedenfalls wissen. *Das ist der Beweis.*« Ich nahm ihn aus meiner Tasche und schwenkte ihn vor ihm hin und her. Ich ließ den Füller schnell verschwinden, bevor er auf mich losging.

Er stürmte wie ein Stier auf mich zu, Geifer am Mund, aber ich erwartete ihn schon. Er bekam eins in den Magen, daß er sich krümmte, und dann rammte ich ihm meine ganze Schulter und den Großteil meines Rückgrats mit einem knirschenden Schlag in die Keramik, der den Abdruck seiner Zähne einen Monat lang auf meiner Faust hinterließ. Er hüpfte wie ein Ruderboot in einer Bö und drapierte sich ungewollt komisch auf der Couch. Seine Lippen waren aufgeplatzt, und Blut lief über sein Kinn. Parker holte ihn zurück, wischte ihm den Mund ab und legte ihm die Handschellen an. Er schüttelte ihn, und dann sang der Kerl, er sang aus voller Kehle.

»Klar«, sagte ich, »der schmutzige Sohn einer . . .«

»Still«, sagte Parker. »Es sind Damen im Lokal.«

Als wir später, viel später, bei der Ein-Uhr-Show im Café Jenz um einen kleinen quadratischen Tisch herumsaßen, der Detective-Lieutenant leutselig bei Rye on the rocks, stupste er mit einem Finger nach meiner Schulter, was eine Menge Markenbrandy in Bewegung brachte. »Bilden Sie sich nur nichts ein.«

»Einbilden?«

»Einbilden.«

»Ach so, einbilden. Verstehe. Wenn der Privatdetektiv einen Fall löst, hört er von dem rotgesichtigen Lieutenant was von ›Einbilden‹, von ›Danke‹ hört er nichts.«

»Glück gehabt.«

»Sicher. Glück gehabt. Wenn der Privatdetektiv einen Fall löst.«

»Ich wollte der Sache nicht ihren Glanz nehmen. Vor der neuen Puppe.«

»Jetzt schauen Sie mal, Louis . . .«

Er schaute in den Rye on the rocks. »Erinnern Sie sich an das Beweisstück? Das, von dem Williams Ihnen sagte, es sei noch im Labor, das, von dem zu hören Sie nicht abwarten wollten?«

»Dieser College-Absolvent? Hören Sie mal zu.«

»*Sie* hören mal zu.«

»Lassen Sie mich in Ruhe.«

»Es war ein Füllfederhalter.«

»*Was?*«

»Genau das. Cops und College-Absolventen – die sind nicht ganz so dumm. Zwei Dinge möchte ich klarstellen.«

»Stellen Sie nur, Lieutenant.« Aber meine tapferen Worte humpelten.

»Erstens. Die Kratzspuren eines Füllers sind *nicht* beweiskräftig. Oh, sie schließen viele Füller aus – *aber diese paßten. Zu dem Füllfederhalter, den wir hatten.*«

»Ich bin ein Scheißkerl. Unterstreichen Sie das, Professor.«

»Still. Zweitens. Sie muß *zwei* Füller gehabt haben, weil es diesen anderen Füller gab, dieses Beweisstück im Labor, den wir seinerzeit in der Wohnung fanden, und die Tinte paßte auch. Also hatten sowohl sie als auch Zetz offensichtlich aus demselben Tintenfaß nachgefüllt. Verstehen Sie jetzt, was ich mit ›Glück gehabt‹ meine?«

Ich schluckte. Luft. »Sie meinen . . .?«

»Ich meine, wir fanden den Füller im Schlafzimmer, in der obersten Schublade der Kommode. Also *hatten* Sie recht damit, daß Zetz nicht wollte, daß sie aufstand, nachdem er sie einmal in Positur hatte. Er gab ihr einfach *seinen* Füller. Nur, wir hatten geschlossen, sie hätte den Brief im Schlafzimmer geschrieben, den Füller weggetan, den Brief auf den Schreibtisch gelegt, wäre ein bißchen herumgelaufen, hätte vielleicht einen Drink genommen, sich hingesetzt – und es getan.«

Ich sah Delores und winkte ihr zu. Kraftlos.

Er vernichtete den Rye in dem altmodischen Glas und klimperte mit dem Eis. »Also haben Sie den falschen Baum angebellt, Kumpel, und wenn es einem dummen Cop gestattet ist, die Wendungen seiner – äh – was man so Rede nennt, ein bißchen durcheinanderzuschütteln – Sie haben trotzdem einen Volltreffer gelandet. Also bilden Sie sich nichts ein. Und es mag vielleicht das, was man – äh – Metaphern nennt, noch mehr durcheinanderbringen. Aber ehrlich gesagt, mein kluger und geliebter Detektiv, glaube ich, daß ein Glückspilz wie Sie, wenn er jemals in ein großes Faß mit . . .«

»Oh, oh«, mahnte Delores Bentley. »Wir haben Damen im Lokal, Lieutenant. Erinnern Sie sich?«

Ins Deutsche übertragen von Karl-Ulrich Burgdorf

RICHARD S. PRATHER

Tödliches Testament

Shel Scott

1

Sie kam so schüchtern in mein Büro, als wollte sie sich am liebsten gleich wieder verdrücken: eine dünne, verängstigt wirkende kleine Maus, die so aussah wie in schlechtes Foto vor der Retusche. Bevor sie mich ansah, schaute sie sich erst mal höchst verwundert im ganzen Büro um.

»Sie . . . sind Sie Mr. Scott? Es stand an der Tür . . . ich . . . oh . . .«

An der Tür steht: *Sheldon Scott, Privatdetektiv*, aber ich hätte nie gedacht, daß deswegen jemand so aus der Fassung geraten könnte. Nicht einmal mein Äußeres konnte dafür verantwortlich sein. Ich sehe ganz normal aus: 1,85 Meter groß, 92 Kilo schwer, aufrecht stehende weiße Borstenhaare und weißliche Augenbrauen. Dazu eine etwas schiefe Nase und eine dünne Narbe, die vom linken Ohr ausgeht.

Nein, entweder hatte ihr das Leben übel mitgespielt, oder der Verkehr von Los Angeles in der Nähe des Broadway hatte sie verstört. Vielleicht aber waren es auch private Schwierigkeiten. Nun, im allgemeinen kommen zu mir immer Leute, die in Schwierigkeiten sind.

»Ja, Ma'am, ich bin Sheldon Scott.«

Ich ließ sie in dem Ledersessel vor dem Schreibtisch Platz nehmen, setzte mich dann selber und wartete.

Sie war ungefähr 25 Jahre alt, möglicherweise jünger, mit schmutzig-braunem Haar, ebensolchen Augen und Teint. Um die Augen zeigten sich schon Sorgenfalten, und den Mund mit den schmalen Lippen hatte sie in den Winkeln nach unten verzogen. Das Gesicht war fast ohne Ausdruck, so, als bemühte sie sich, unter keinen Umständen eine Miene zu verziehen.

Sie hatte eine Papiertüte mitgebracht. Zuerst wollte sie sie auf den Schreibtisch stellen. Dann zögerte sie und ließ einen kleinen Seufzer hören.

Schließlich griff sie in die Tüte und holte eine Milchflasche heraus. Sie stellte die Flasche an den Rand der Schreibtischplatte, und wir beide schauten das Gefäß an. Ich weiß nicht, was in ihr vorging, ich weiß nur, daß ich dachte, sie wäre vielleicht ins falsche Büro geraten. Denn nebenan hält Dr. Elben Forrest seine Sprechstunden ab, und der ist Psychiater. Er hat selber einen kleinen Tick, aber die Leute, die ihn aufsuchen, sind noch verrückter.

Das sagte ich natürlich nicht, sondern fragte statt dessen: »Was haben Sie denn auf dem Herzen, Ma'am?«

»Ich . . . ich heiße Ilona Cabot«, sagte sie. »Mrs. Cabot. Ich bin verheiratet.« Sie hielt inne, legte den Kopf etwas schräg und sah mich aus den Augenwinkeln an. Trotz ihres grauen, unansehnlichen Äußeren hatte sie einen richtig lieben Blick drauf. Lieb – aber naiv. Ahnungslos.

Nach einer Pause fuhr sie fort: »Ich habe vor vier Tagen geheiratet. Und seit gestern nachmittag ist . . . mein Mann verschwunden. Hoffentlich können Sie Johnny finden. Ihm muß irgendwas Schlimmes zugestoßen sein.«

»Johnny ist Ihr Mann?«

»Ja. Jemand muß ihm was angetan haben. Vielleicht ist er schon tot.«

Ihr Gesicht blieb so ausdruckslos wie zuvor, aber ihre Augen, die wie aus Glas waren, schienen ein wenig weicher zu werden, und dann kamen zwei Tränen heraus und rollten ihr über die Wangen. Am Kinn blieben sie wie zwei zitternde Tropfen eine Sekunde lang hängen, bevor sie auf den dunklen Stoff ihres Kleids fielen.

»Sonst würde er doch zu mir zurückgekommen sein«, sagte sie. »Jemand steckt hinter seinem Verschwinden – vielleicht derselbe, der versucht hat, uns umzubringen.«

»Man hat versucht, Sie umzubringen?«

»Vor zwei Tagen, Sonntagabend, als es dunkel wurde, ging ich zu dem kleinen Laden in der Nähe meines Hauses – ich wohne in der Robard Street –, und da hat er mich beinahe mit dem Auto überfahren.«

»Was für ein Wagen war es?«

»Ach, eben ein Auto. Ich kann die verschiedenen Marken nicht auseinanderhalten. Aber er kam die Straße entlang, und es sah so aus, als ob er mich überfahren wollte.«

»Haben Sie den Fahrer erkannt?«

»Nein. Ich sprang zur Seite, und das Auto sauste ganz knapp an mir vorbei. Ich bin noch hingefallen und habe mir das Bein aufgeschrammt.«

Wieder hielt sie inne. Ich nickte ihr aufmunternd zu, und sie sprach weiter. »An dem Tag dachte ich . . . nun, daß es zufällig passiert wäre.«

»Aber jetzt denken Sie anders darüber.«

»Ja.« Sie zeigte auf die Flasche auf dem Schreibtisch. »Heute morgen habe ich die Milch von der Veranda geholt und vor dem Frühstück Dookiemy, meiner kleinen Katze, etwas davon zu trinken gegeben. Gleich danach war sie tot.«

Ohne die Flasche anzufassen, nahm ich den Deckel ab und roch an der Milch. Ich bin kein Fachmann für Gifte, aber bei Zyankali braucht man auch kein Fachmann zu sein. Der Geruch war zwar schwach, aber es roch unverkennbar nach Pfirsichkernen.

»Zyankali«, sagte ich. »Da bin ich ziemlich sicher.« Offenbar war Mrs. Cabot doch im richtigen Büro gelandet.

Ich befragte sie nach ihrem verschwundenen Ehemann. Komisch, sie wußte kaum etwas von ihm. Wie sich herausstellte, hatte sie Johnny Cabot am 17. des Monats, einem Sonnabend, kennengelernt, genau vor zehn Tagen.

»Wollen Sie damit sagen, daß Sie sich vor Ihrer Heirat nur sechs Tage lang gekannt haben?« fragte ich.

Sie nickte. »Es kam alles . . . ganz plötzlich.« Zwei weitere blanke Tränen lösten sich aus ihren Augen. Dennoch zeigte ihr reizloses Gesicht noch immer nicht den geringsten Ausdruck. Es war, als würden die Tränen mit Überdruck durch die winzigen Öffnungen in dem maskenhaften Gesicht herausgepreßt.

»Ich mache mir schreckliche Sorgen um ihn«, sagte sie. »Er ist alles . . . er ist alles, was ich habe.«

Das war der Augenblick, in dem ich Ilonas Parteigänger wurde. Nicht weil ich die zukünftige Klientin in ihr sah oder weil sie in Schwierigkeiten steckte. Es war Ilonas Stimme, als sie sagte: »Er ist alles, was ich habe.« Nicht einmal so sehr die Worte als vielmehr der Tonfall, die schmerzerfüllte, unsichere Stimme, der sie verzweifelt Festigkeit zu geben versuchte. Deshalb klang ihre Feststellung, ihr Mann sei alles, was sie habe, buchstäblich wahr.

Bis vor zehn Tagen hatte sie Ilona Green geheißen, schlecht und recht in einem billigen Mietshaus in der Robard Street gewohnt und in einer Sekretärinnenkanzlei bei der Grandon-Versicherungsgesellschaft in der Hill Street gearbeitet. Sie sagte, gewöhnlich sei sie nach der Arbeit in der Cafeteria Hansen zum Abendessen eingekehrt. An diesem Sonnabend vor zehn Tagen hatte sich Johnny Cabot zu ihr an den Tisch gesetzt. Sie waren miteinander ins Gespräch gekommen, hatten gemeinsam ein Kino besucht und sich für den nächsten Tag verabredet. Drei Tage nach dem ersten zufälligen Treffen hatte er Ilona einen Heiratsantrag gemacht. Sie hatten die vorgeschriebenen Blutuntersuchungen machen lassen und am Freitag vor vier Tagen geheiratet.

Gestern abend, sagte sie, sei ihr Mann nach dem Essen weggegangen, gegen sieben Uhr. Er war nicht wieder zurückgekommen. Er hatte Ilona erzählt, er sei Vertreter im Dienst der Firma Webley Dinnerware, aber zur Zeit im Urlaub. Sie wußte nicht, wo die Firma lag.

»Was ist mit der Milch? Wer hat sie vor Ihrem Haus abgestellt?«

»Der Milchmann kommt morgens immer ungefähr um fünf und stellte die Flasche auf unsere Veranda. Gewöhnlich zwischen fünf und Viertel nach fünf.«

»Ja. Und wann haben Sie sie heute morgen von der Veranda geholt?«

»Das war ungefähr um sechs.«

»Wenn also jemand die Milch vergiftet hat, war es wahrscheinlich heute morgen zwischen fünf und sechs.« Sie nickte, und ich fuhr fort: »Wo war Mr. Cabot, als Sie beinahe von dem Auto überfahren wurden?«

»Er ging gerade spazieren. Das war am Sonntag.«

»So, ja.« Sie schien es nicht für auffällig zu halten, daß ihr Mann bei beiden Anschlägen auf ihr Leben gerade nicht in der Nähe war. Deshalb ging ich nicht weiter darauf ein.

Statt dessen forderte ich sie auf, mir ihren Mann zu beschreiben.

Da leuchteten ihre Augen. Ein Lächeln umspielte ihren Mund. Sie glühte. Sie strahlte. Ihrer Beschreibung nach war der Mann eine Mischung aus griechischem Gott und römischem Gladiator. Daher fragte ich sie, ob sie ein Foto von ihm habe. Sie hatte eins in der Handtasche.

Johnny Cabot sah wirklich ein wenig wie ein römischer Gladiator aus. Auf dem Schnappschuß war er in Badehose. Er lag rücklings, auf die Ellbogen gestützt, im Sand, und die Sonne fiel auf fast so viele Muskeln wie Mister Universum sie vorzuweisen hat. Er hatte ein scharfgeschnittenes Gesicht mit recht angenehmen Zügen. Offenbar war er ein gutgebauter, gutaussehender Mann um die 30. Allerdings wirkte er etwas mürrisch. Die dunklen Augen unter den dichten Brauen sprachen von Verärgerung und Groll.

Vor 2000 Jahren hätte er in einer anderen Ausstaffierung tatsächlich ein römischer Gladiator sein können, der in der Arena auf dem Rücken lag und zu einem Typen hinaufschaute, der ihm gerade den Dreizack in den Leib rammen wollte. Er sah wirklich sehr gut aus, und das erregte mein Erstaunen. Man konnte sich ihn und Ilona Cabot einfach nicht als Pärchen vorstellen.

Ilona gab mir ihre Adresse und Telefonnummer. Und zwei Minuten später hatte sie mich zum niedrigsten Gebührensatz engagiert. Zwei Dinge sollte ich vollbringen: erstens Ilona Cabots Göttergatten finden, falls er noch am Leben war, und zweitens ermitteln, wer die Cabots – oder jedenfalls Ilona – umbringen wollte. Ich hatte nämlich das Gefühl, das Gift sei nur für sie bestimmt gewesen. Ich redete ihr zu, vorübergehend woandershin zu ziehen. Aber davon wollte sie nichts wissen. Sie sagte, ihr Mann könne nach Hause kommen oder versuchen, sich mit ihr in Verbindung zu setzen. Daraufhin schärfte ich ihr ein, sie solle außerordentlich vorsichtig sein, bevor sie jemandem die Tür aufmachte. Ich sagte ihr, ich würde sie später noch anrufen oder aufsuchen. Sie sagte, in Ordnung, und ging.

Als sich die Tür hinter ihr schloß, nahm ich den

Telefonhörer ab und wählte das Polizeirevier. Ich sprach noch immer mit Sergeant Prentiss im Vermißten-Dezernat, als die Bürotür wieder aufging und die zweite Besucherin dieses Vormittags hereinkam. Ein Blick genügte, und ich sagte nur noch rasch zu Prentiss, er solle mich verständigen, wenn sein Dezernat oder das Leichenschauhaus irgendwas über John Cabot erfahre. Dann legte ich sofort auf und sah sie mir genauer an.

Diese hier hätte besser zu Johnny Cabot, dem Gladiator, gepaßt. Oder zu Cäsar. Und am allerbesten zu mir. Vielleicht lag es auch daran, daß sie gerade kam, nachdem die unansehnliche graue Maus 15 Sekunden vorher gegangen war, und sie durch den Vergleich besonders toll wirkte. Auf jeden Fall hatte sie all das, was Ilona fehlte, reichlich.

2

Diese hier strahlte aus allen Knopflöchern, und sie hatte rote, feuerrote Haare, und das paßte auch zu ihr, denn sie versprühte feuriges Leben. Ungefähr 1,62 m groß, stützte diese potentielle Brandstifterin beide Hände weit voneinander auf meinen Schreibtisch und beugte sich zu mir vornüber. So kam es, daß die weiße Bluse mir prächtige Einblicke auf wahrhaft bemerkenswerte Proportionen gewährte.

»Hoffentlich können Sie mir helfen«, sagte sie.

»Ihnen helfen?« Sie hatte herrlich große blaue Augen und einen Mund, der sich am besten als reif und rot bezeichnen ließ. Er verlangte einfach danach, geküßt zu werden.

Sie fuhr atemlos fort – das heißt, wie ich deutlich sehen konnte, atmete sie sehr wohl: »Ach, ich hoffe es ja so sehr, daß Sie mir helfen können.«

»Ich hoffe es auch. Ich . . .«

»Es sind die Männer. Männer wie Sie. Und Sex und all das.«

»Wie ich . . . Sex?«

»Ja. Es ist schwer zu erklären. Vielleicht kommt es daher, daß ich eine Spätstarterin war. Heute verstehe ich es überhaupt nicht mehr, wie ich einmal so gleichgültig gegenüber Männern sein konnte. Jetzt . . . möchte ich sie dauernd umarmen und abknutschen . . .«

»Umarmen und abknutschen . . .«

»Sie zum Beispiel. Ach, ich könnte Sie umarmen! Junge, könnte ich Sie umarmen! Sie müssen so groß und stark wie ein Baum sein.«

»Ich bin nur 1,85. Nicht gerade ein Superbaum. Aber was . . .«

»Ab und zu ist es ja sehr nett, aber ich kann doch nicht dauernd in diesem Zustand rumlaufen. Können Sie mir nicht irgendwie helfen, Doktor? Mir was verschreiben?«

»Hören Sie, ich wüßte genau, was ich Ihnen . . . Doktor? Was meinen Sie mit Doktor?«

»Sind Sie denn nicht Dr. Forrest?«

»Teufel, nein«, sagte ich enttäuscht. »Ich bin nur Shell Scott.«

»Wer ist Shell Scott?«

»Ich. Habe ich Ihnen doch gerade gesagt. Ich bin Shell Scott – ach, Teufel noch mal . . .«

»Was haben Sie mit Dr. Forrest gemacht?«

Ich stand auf und ging quer durchs Zimmer zu dem Bücherregal vor der Wand. Ich betrachtete die glücklichen, dummen, buntgefärbten Guppies, die in dem kleinen Aquarium über dem Bücherregal munter hin und her schwammen. Sie versammelten sich an der Vorderseite, beäugten mich, hüpften lebhaft umher und warteten darauf, daß ich sie fütterte. Aber ich stippte nur die Finger ins kühle Wasser und strich mir dann damit über die Schläfen.

Nachdem ich mich einigermaßen abgekühlt hatte, sagte ich: »Ich habe Dr. Forrest nichts getan. Er sitzt nebenan, wo er hingehört. Wo Sie hingehören. Und ich vielleicht auch.«

Sie lachte und schwieg einen Moment. »Das heißt wohl, daß ich ins falsche Büro geraten bin.«

»Jetzt haben Sie's verstanden.«

Mit beinahe vorwurfsvollem Blick sagte sie: »Nun, dieser Irrtum konnte jedem unterlaufen. Ich habe doch diese Frau hier rauskommen sehen. Das war für mich ein untrügliches Zeichen.«

»Wofür?«

»Daß sich hier die Praxis des Psychiaters befinden muß. Eine Frau mit diesem Aussehen mußte einfach aus der Praxis eines Psychiaters kommen. Was ist denn das nun für ein Büro hier?«

»Ich bin Privatdetektiv.«

»Na, so was! Wofür braucht so eine Frau einen Detektiv?«

»Ich soll, unter anderem, ihren Mann suchen.«

»Ihren Mann!« Sie wirkte schockiert. »Mann? Also, ich . . . wer wäre wohl auf den Gedanken gekommen, daß sie einen Mann hat?«

»Lady«, sagte ich, »es ist sehr nett und interessant, sich mit Ihnen zu unterhalten, aber es wird Zeit, daß wir ein Ende machen. Ich habe zu arbeiten.«

»Sie müssen mich für eine entsetzlich dämliche Ziege halten. Es ist nur, daß ich einen Termin bei Dr. Forrest habe und Hemmungen hatte, wie ich es ihm sagen sollte. Ich mußte mein Herz in beide Hände nehmen, wenn Sie wissen, was ich meine.«

»Ich denke schon.«

»Ich bin bestimmt keine dämliche Ziege. Normalerweise bin ich ganz normal. Aber . . . nun, entschuldigen Sie. Wenn ich mal einen Detektiv brauche, werde ich mich an Sie wenden, Mr. Scott. In Ordnung?«

Ich grinste. »Es wäre sogar in Ordnung, wenn Sie keinen Detektiv brauchten, Miß. Sie sind doch Miß?«

Sie lächelte. Wenn sie so lächelte, sah sie wie eine interessante moderne Frau aus. »Miß Carol Austin«, sagte sie. »Plaza-Hotel, Zimmer 37, Mr. Scott.«

»Werde ich nicht vergessen. Und sagen Sie Shell zu mir!«

»Auf Wiedersehen.« Sie ging zur Tür. Dort sah sie sich noch einmal nach mir um. »Shell.« Dann ging sie lächelnd hinaus.

Ich setzte mich an den Schreibtisch und lächelte auch. Dann fiel mein Blick auf die Flasche Milch. Ach ja, Ilona. Zurück an die Arbeit.

3

Es wurde Nachmittag, bis ich etwas Handfestes herausbekam. Inzwischen hatte ich die Milch untersuchen lassen – sie enthielt genügend Zyankali, um ein Dutzend Menschen umzubringen – und Johnny Cabots Adresse ermittelt. Wenigstens war es seine richtige Anschrift gewesen, bevor er Ilona geheiratet hatte.

Im Justizpalast bekam ich die Kopie des Antrags auf Heiratsgenehmigung, die vor zehn Tagen an Johnny Cabot und Ilona Green erteilt worden war. Er hatte ganz automatisch den richtigen Namen seiner Eltern und ihre Adresse angegeben. Mr. und Mrs. Anthony Cabitocchi wohnten in Pomona, Kalifornien. Bei einem Anruf erfuhr ich, daß sie von der Eheschließung ihres Sohns nichts wußten. Sie konnten mir aber die Adresse geben, unter der sie an ihn schrieben. Sie lautete: Hotel Franklin, Sunset Boulevard zwischen L.A. und Hollywood, Zimmer 12. Um fünf Uhr nachmittags sprach ich mit dem Geschäftsführer. Ich mußte mich ausweisen und ihm erklären, warum ich einen Blick in Cabots Zimmer werfen wollte. Dann führte mich der Geschäftsführer ins Zimmer zwölf und kam mit rein.

Das Zimmer sah aus, als wäre es bis eben benutzt worden. Ich fragte den Geschäftsführer, ob Cabot noch in dem Zimmer wohne. »Soviel ich weiß, ja«, sagte er. »Die Miete ist noch einen Monat im voraus bezahlt.«

Im Kommodenfach fand ich einen Stapel Fotos. Es waren ungefähr 20, und sie zeigten verschiedene Frauen. Ilona war nicht darunter. Im selben Fach lagen zwei Zeitungsausschnitte. Der eine, der schon angegilbt war, enthielt eine kurze Meldung über einen Vaterschaftsprozeß hier in Los Angeles. Ein gewisser William Grant, 26, war verklagt worden, er hätte angeblich einer Mary Lassen, 18, ein Kind gemacht. Doch er hatte den Prozeß gewonnen. Im zweiten Ausschnitt stand, daß William J. Grant nach langer Krankheit verstorben sei und daß die Trauerfeierlichkeiten für den ›in der Stadt wohlbekannten Junggesellen und Millionär‹ am kommenden Donnerstag stattfänden.

Ein Vaterschaftsprozeß. Ich fragte mich, warum man so was nicht einen Mutterschaftsprozeß nennt. Weiterhin fragte ich mich, warum Johnny Cabot diese beiden Ausschnitte aufbewahrt hatte. Aber dann stieß ich auf eine Goldader. Es war eine Lohnbescheingiung. Aus ihr ging hervor, daß John Cabot sein Gehalt vom Westlander-Theater erhielt.

Ich war noch nie im Westlander gewesen, aber ich wußte, was und wo es war – und nun sollte ich es sehr bald zum erstenmal besuchen. Das Westlander war ein Varieté. Aber unter den Varietés war es ungefähr so bedeutend wie Spike Jones für klassische Musik oder ein Paar lange Unterhosen für 1001 Nacht. Gelegentlich traten Anfänger wirklich im Westlander auf, aber normalerweise machten sie einen großen Bogen um das kleine Theater in der Los Angeles Street.

Ich fuhr in die Los Angeles Street.

Das Westlander bot ein Doppelprogramm von Filmen – *Rauschgifthölle der nackten Sadisten* und einen Streifen über einen wirklich negativen Denker: *Meine schlimmen, schlimmen Phantasien*. Vor dem kleinen Theater hingen Standfotos aus den Filmen und fast lebensgroße Aufnahmen der Varietéköniginnen, die hier auftraten. Ich kaufte bei dem Schaltermädchen eine Eintrittskarte, drehte mich um und machte einen Schritt auf den Eingang zu. Dann blieb ich stehen und rieb mir die Augen.

Gegenüber der Kasse hing das große Foto eines großen Mädchens. Und obgleich sie jung und gutgebaut war, besonders im Vergleich zu den anderen, die hier ausgestellt waren, und obgleich sie eine große wollüstige Blondine mit allen Extras war, die man sich nur wünschen konnte – die Augen rieb ich mir aus einem anderen Grund.

Nämlich wegen des Namens, der unter dem Foto gedruckt war – Ilona, der ungarische Hurrikan.

Ilona?

Erst vor wenigen Stunden hatte ich mit einer anderen Ilona gesprochen, mit meiner Klientin Mrs. Johnny Cabot, und das war die einzige Ilona, mit der ich seit Monaten, vielleicht seit Jahren gesprochen hatte. Ich sah mir das Foto dieser Ilona noch einmal genau an, aber es stellte mit Sicherheit eine andere Ilona dar. Da ging ich rein.

Nach zwei Minuten hatte ich den Geschäftsführer in seinem Bürozimmer aufgestöbert. Es war ein bleicher Mann, der auf einer Zigarre rumkaute und Dent hieß. Ich wies mich aus und sagte: »Ich bemühe mich, Johnny Cabot zu finden. Arbeitet er noch bei Ihnen?«

Der Manager nickte und sagte mit der Zigarre im Mund: »Ja. Das ist aber komisch, daß Sie herkommen.«

»Wieso soll das komisch sein?«

»Na, von wegen, weil Sie'n Privatdetektiv sind. Sie sind schon der zweite in den letzten beiden Wochen, der hier war.«

»Ach? Und wer war der erste? Und was hat er gewollt?«

»Der Kerl nannte sich . . . äh, Wells – nee, Welch, ja, das ist's, Welch. Wollte mit Ilona sprechen. Sie ist neu in der Branche und hat gerade hier angefangen. Er hat auch mit ihr gesprochen, aber dann ist er mit Johnny weggegangen.«

»Johnny Cabot?« Dent nickte, und ich fragte: »Was wollte er denn von Cabot?«

»Weiß nicht. Hab nur gesehen, daß sie zusammen weggegangen sind.«

»Wann war das?«

Dent schaute in einige Papiere auf den Schreibtisch. »Am 15. muß es gewesen sein«, sagte er. »Johnny bat am Sonnabend, dem 17., um einen zehntägigen Urlaub, und dieser Detektiv war zwei Tage vorher hier. Heute ist Johnny gerade zurückgekommen.«

»Zurück? Sie meinen, daß er jetzt hier ist?«

»Na, wo soll er denn sonst sein? Klar ist er hier.«

»Ich . . . hat Ihnen Cabot gesagt, warum er Urlaub nehmen wollte?«

»Nur, daß er irgendwas Wichtiges zu erledigen habe.«

Mir fiel ein, daß sich Cabot und Ilona Green am Sonnabend, dem 17., kennengelernt hatten. »Okay, wenn ich mal mit Cabot rede?«

»Klar. Da müssen Sie aber'n paar Minuten warten. Er ist mein Sänger.«

Dent führte mich zu einem Logensitz seitlich von der Bühne, erzählte mir kurz, was von der Show noch zu sehen sein werde, und ging. Es war gerade das Ballett auf der Bühne. Es bestand aus etwa 20 Mädchen oder, besser gesagt, weiblichen Personen, die unter völliger Mißachtung der Orchestermusik durcheinander hopsten, die Beine mal nach links und mal nach rechts, nach vorn und nach hinten schwenkten, und wenn man überhaupt etwas Freundliches über sie sagen konnte, so war es das: ein müder Zuschauer, der bei ihrer Darbietung einschlief, versäumte so gut wie nichts.

Dann trotteten sie hinter die Kulisse, und nun trat eine große, dünne, knochige Dame auf. Lustlos kam sie mit gequältem Lächeln auf die Bühne und fing an sich auszuziehen. Sie erinnerte dabei an eine Frau, die in einer eiskalten Winternacht allein ins Bett gehen muß und zum Wärmen nur eine einzige dünne Wolldecke besitzt. Bei ihrer Darbietung kam keine Freude auf. Sie törnte mich jedenfalls nicht an. Ehrlich gesagt: sie stieß mich geradezu ab.

Schließlich war sie fertig. Das Ballett strömte wieder herein und begann eine Stepnummer, während die Kapelle eine ganz andere Nummer spielte. Dann betrat ein hochgewachsener, dunkelhaariger Mann die Bühne und baute, als er zwei Meter weit gegangen war, ein Mikrofon auf. Nun breitete er die Arme weit aus und begann zu singen.

Also das war endlich Johnny Cabot. Bis zu diesem Augenblick hatte ich es nicht geglaubt, daß Cabot wirklich hier war. Wenn Ilona Cabots Geschichte der Wahrheit entsprach und Cabot vier Tage nach der Trennung dennoch hier in diesem billigen Tingeltangel sang, anstatt mit seiner frischgebackenen Braut daheim zu sitzen, dann ergab die Geschichte für mich wenig Sinn. Jedenfalls bis jetzt nicht. Aber es stimmte, es war der Gladiator. Scharfgeschnittene, attraktiv wirkende Gesichtszüge, dicke Augenbrauen, dichtes schwarzes Haar. Und wieder fiel mir an ihm dieser verdrossene Blick auf, obwohl er fast die ganze Zeit über lächelte.

Sehr im Gegensatz zu mir. Ich konnte nicht lächeln. Denn Johnny Cabots Kehle entströmten ärgerliche Töne, die mein Trommelfell gröblich beleidigten. Seine Stimme klang wie eine Säge, die in einem Moskitosumpf gespielt wird. Dazu vollführte er steife Handbewegungen, als wäre er Frankensteins Monster, das King-Kong Handküsse zuwirft.

Die Mädchen drehten sich nach rechts, beugten die Knie und warfen die Arme in die Höhe. Dann schauten sie alle nach oben, als sähen sie behaarte Taranteln von der Beleuchterbrücke herabbaumeln. Hierauf drehten sie sich zur anderen Seite und machten das gleiche noch einmal, während Johnny grölte: »Temp . . . tääiiii . . . schün!« Es war nicht das richtige Lied für ihn. Vermutlich gab es überhaupt kein Lied, das richtig für ihn gewesen wäre, aber aus Johnnys Mund klang sogar ›Temptation‹ wie ein Duett zwischen pfeifendem Kaffeekessel und einem Hund, dem jemand auf den Schwanz getreten hat.

Schließlich war es überstanden. Strahlend verbeugte sich Johnny vor den Zuschauern, von denen keiner eine Hand rührte. Dann trat er ab. Die Mädchen trotteten davon. Ich erhob mich, um hinter die Bühne zu gehen und mit Cabot zu reden. Aber da kam eine Stimme über Lautsprecher, die ankündigte, daß wir nun am Höhepunkt der Show angelangt seien, denn jetzt komme Ilona, der ungarische Hurrikan. Das konnte ich mir nicht entgehen lassen.

Die Kapelle spielte *Diane*, langsam und bedächtig. Und auch Ilonas Bewegungen waren langsam und bedächtig. Sie war hochgewachsen, trug Schuhe mit mindestens zehn Zentimeter hohen Hacken, hatte blonde Haare und zeigte eine Menge helle Haut. Und ich merkte, daß es ihr genausoviel Vergnügen machte wie mir.

Hand aufs Herz, als Mann sieht man gern dabei zu, wie eine Frau sich entkleidet. Sollte einmal der Tag eintreten, an dem das nicht mehr zutrifft, dann sind wir in ein neues geistiges Zeitalter eingetreten und beziehen unsere erregenden Gefühle aus der Betrachtung von Gehirnoperationen. Aber da dieser Tag noch fern ist, beäugte ich alles mit Wohlgefallen, bis die letzte Troddel fiel und das letzte Kettchen verschwand. Gleich darauf verschwand auch Ilona, der ungarische Hurrikan, hüftenschwenkend und hüpfend von der Bühne. Ich stand auf und begab mich hinter die Bühne, um meine ersten Worte mit Johnny Cabot zu wechseln.

4

Ich kam in einen Gang, der nach Puder und Schweiß roch. Ein Bühnenarbeiter zeigte mir die Tür zu Cabots Garderobe. Ich klopfte an. Er machte auf und starrte mich finster an. In Wirklichkeit schaute er einfach heraus, aber seine Gesichtszüge waren nun mal so beschaffen, daß es immer aussah, als blickte er finster drein und wollte vielleicht sogar jemand in den Hintern beißen.

Er war ungefähr von meiner Größe, aber schlanker, hatte gewelltes, dichtes schwarzes Haar und hellblaue Augen. Ich bin selber ziemlich braungebrannt, aber dieser Typ schien eine Karriere im Sonnengrillen anzustreben, so daß ich neben ihm so blaß wirkte, als wäre ich blutarm. In dem bronzedunklen Gesicht sahen seine blaßblauen Augen fast erschreckend hell aus.

Er sah gut aus, in Ordnung, aber für mich hatte er das Aussehen jener Burschen, die in Porno-Filmen mitwirken. Nicht offen und angenehm, sondern schwach, körperlich noch mehr als geistig. Da stand er und lächelte mich an. Es war nicht mal ein böses Lächeln. Dennoch hatte ich Lust, mich wie ein wahnsinniger Zahnarzt auf sein Gebiß zu stürzen. Ab und zu begegnet man mal solchen Typen wie Cabot. Mir kommt es dann immer so vor, als stießen sie unbemerkt Stinktierwolken gegen mich aus. Es war mir unbegreiflich, daß meine Klientin das nicht gespürt hatte. Aber vielleicht wirkte er auf Frauen ganz anders.

Er hatte das Hemd ausgezogen, und auf seiner Brust sah man das Spiel der Muskeln. Es schien unglaublich, daß in einer so kräftigen Brust eine so dünne Stimme wohnte. »Ja? Was wollen Sie?«

»Sind Sie John Cabot?«

»Ja, und?«

Ich schnippte die Brieftasche auf und hielt ihm die Fotokopie meiner Lizenz vor die Nase. Ehe er Zeit hatte, sie sich richtig anzusehen, klappte ich die Tasche wieder zu und steckte sie ins Jackett. Wenn man das so schnell macht, halten einen die Leute manchmal für einen Polizeibeamten.

»Ich heiße Scott«, sagte ich in barschem Ton. »Könnten Sie mir mal sagen, wo Sie heute morgen waren? Heute früh – sagen wir, zwischen drei und sechs Uhr morgens.«

»Ich hatte eine Verabredung. Zum Essen. Ziemlich spät, wissen Sie. Von ungefähr eins bis nach sechs.«

»Sechs Uhr morgens?« Das war doch eine merkwürdige Zeit für eine Verabredung. Jedenfalls für normale Menschen.

»Ja«, sagte er. »Die Biene konnte nicht vor Mitternacht weg.«

»Wo weg?«

»Von 'nem Club am Beverly Boulevard«, sagte Cabot. »Das . . . Grotto.« Er überlegte. »Sagen Sie, Sie sind doch kein Bulle, oder?«

»Hat nie jemand behauptet. Ich bin Shell Scott, Privatdetektiv.«

Er fing an zu schimpfen. »Ein Privatschnüffler! Hören Sie mal, Sie Hu . . .«

»Vorsicht, Freundchen! Halten Sie Ihre Zunge im Zaum,

oder Sie gucken drei Wochen lang mit verbundenem Kopf aus einem Krankenhausfenster!«

Er verschluckte, was er noch sagen wollte. Statt dessen fragte er: »Was zum Teufel wollen Sie von mir? Was liegt denn vor?«

»Ich ermittle in einem Fall von Mordversuch.«

Er grinste gequält. »Ich habe keinen Mordversuch unternommen, Scott. Wenn ich so was versuche, dann überlebt es der andere nicht. Wer war denn das Opfer?«

»Der Mordversuch wurde auf Ihre Frau unternommen. Sie hat mich übrigens beauftragt, Sie aufzuspüren.«

»Ilona? Sie hat Sie beauftragt? Woher zum Teufel weiß sie denn . . .« Er verstummte abrupt.

»Woher zum Teufel weiß sie was, Cabot?«

»Ziehen Sie Leine!«

»Ihre Frau ist Opfer eines Mordversuchs, und das interessiert Sie überhaupt nicht? Sie dachte, daß man es vielleicht auch auf Sie abgesehen hätte. Jemand hat nämlich die Milch vergiftet, und es könnte ja sein, daß Sie auch davon getrunken hätten. Ich sehe das zwar anders, aber . . .«

»Ich habe Ihnen nichts mehr zu sagen.«

»Und was war mit Welch?«

Für einen Schuß ins Blaue hinein war die Reaktion beachtlich. Cabot erblaßte. Eine Zeitlang wich alles Blut aus seinem Gesicht, da nützte die ganze Sonnenbräune nichts. Er sah elend aus. »Welch?« sagte er. »Ich . . . ich kenne keinen Welch.«

Ich grinste ihn an. »Nein. Und Sie sehen auch immer so blaß aus, wie? Sie wissen genau, wen ich meine, Cabitocchi. Welch, den Detektiv.«

Er sah mich mit dümmlichem Gesichtsausdruck an. Sein Mund ging auf und wieder zu. Aber dann stieg ihm die Zornesröte ins Gesicht, und er sah wieder normal aus. Mit geballten Fäusten kam er auf mich zu.

Einen Augenblick lang dachte ich, daß ich ihm eine verpassen müßte. Aber irgendwas ließ ihn stehenbleiben. Seine blaßblauen Augen sahen mich tückisch an. Er holte tief Luft und stieß sie wieder aus. Dann sagte er ruhig: »Raus! Raus mit Ihnen, Scott! Sie sind Privatschnüffler, und wenn Sie mich noch länger belästigen, dann hole ich die Polizei.«

Er baute sich vor mir auf und grinste mich an. Übrigens war er im Recht. Ein Privatdetektiv ist weiter nichts als ein normaler Bürger, und wenn ich mich dazu hinreißen ließ, ihn aufs Maul zu hauen, konnte ich leicht im Knast landen. Also zog ich Leine.

Jetzt stand ich vor einem noch größeren Rätsel als vor meinem Besuch im Westlander-Theater. Cabot hatte ich zwar gefunden, aber die größere Hälfte meines Auftrags war der Lösung keinen Schritt nähergerückt. Ich wußte immer noch nicht, wer den Mordversuch auf meine Klientin Ilona unternommen hatte.

Der Gedanke an die eine Ilona führte logischerweise dazu, daß ich auch an die andere Ilona denken mußte. Ich erkundigte mich wieder bei einem Bühnenarbeiter, und eine halbe Minute später klopfte ich an die Tür einer anderen Garderobe. Diesmal gehörte sie Ilona, dem ungarischen Hurrikan. Eine akzentfreie Frauenstimme sagte: »Einen Augenblick!« Dann ging die Tür auf.

Die einzige Ähnlichkeit zwischen der Miene des Mädchens und der Johnny Cabots bestand darin, daß auch sie so aussah, als ob sie jemand beißen wolle. Aber zärtlich. Mit Begeisterung und Hingabe. »Ja?« sagte sie leise.

»Ja, wissen Sie, ich habe gerade Ihren Auftritt erlebt . . .«

»Oh, gut. Kommen Sie herein!« Ich ging rein, und sie sagte: »Ich bin noch Anfängerin, wissen Sie. Hat er Ihnen gefallen, mein Tanz?«

»Darauf können Sie sich verlassen. Der mußte einem ja gefallen.«

»Wunderbar!« rief sie begeistert und versetzte mir vor lauter Freude einen kleinen Stoß. »Wunderbar!«

Ilona trug einen kurzen Morgenmantel, der einem Nachthemd ähnlich sah und auch nur bis zur Mitte der Oberschenkel reichte. Er war blau, was einen hübschen Kontrast zu ihrer weißen Haut bildete.

»Ich trainiere die ganze Zeit«, sagte sie. »Sie wissen ja: Übung macht den Meister.«

»Das war vorhin schon fast meisterhaft.«

»Danke schön!« kreischte sie.

»Äh, mein Name ist Shell Scott.« Endlich kam ich dazu, ihr zu sagen, daß ich Detektiv bin, und sie nach ihrem Kollegen Cabot zu befragen. Sie hielt ihn für sehr nett. Doch arbeitete sie erst seit etwas über zwei Wochen hier, und Cabot war nur in der ersten Woche dagewesen.

Also konnte sie mir auch nicht viel über Cabot erzählen. Mir fiel ein, wie er auf die Erwähnung von Detektiv Welchs Namen reagiert hatte, und ich fragte den ungarischen Hurrikan: »Kennen Sie einen Mann, der Welch heißt?«

Sie tänzelte durchs Zimmer und schnippte mit den Fingern. »Nein. Wer ist das?«

»Noch ein Privatdetektiv. Ich habe gehört, daß er vor zwei Wochen hier mit Ihnen gesprochen hat.«

»Ach, der! Ja, sicher. Was ist mit ihm?«

»Würden Sie mir bitte sagen, was er von Ihnen wollte?«

Sie stand vor dem großen Wandspiegel, lehnte sich leicht zurück und begann zu üben. Dann sah sie mich an und fragte: »Es macht Ihnen doch nichts aus, wenn ich dabei trainiere, oder?«

Ich grinste. »Nein. Tun Sie sich keinen Zwang an.«

»Ich möchte nämlich erreichen, daß diese Bewegungen noch etwas flüssiger werden. Ich glaube, das ist mir größtenteils schon gelungen.«

»Das würde ich auch sagen.«

»Was haben Sie mich vorhin gefragt?«

»Hab' ich vergessen.«

»Ach ja, es ging um diesen Detektiv. Er hat mich nur gefragt, ob ich jemals im Bunting-Waisenhaus in Los Angeles gewesen wäre. Ich sagte nein. Er bedankte sich und ging.« Plötzlich ließ sie ein wildes, schrilles Geräusch los.

»Was war das?« fragte ich. »Noch alles klar bei Ihnen?« Sie hatte nicht mal aufgehört zu üben.

»Ach, das war nur mein Lustschrei«, sagte sie.

»Ihr was?«

»Mein Lustschrei. Den stoße ich im Höhepunkt meiner Nummer aus, wenn ich in voller Ekstase bin. Das gibt der ganzen Sache den letzten Kick.«

»Ich verstehe. Das Bunting-Waisenhaus, wie? Wozu wollte er das wissen?«

»Ich weiß nicht. Weiter hat er mich nichts gefragt. Und dann ging er.«

»Haben Sie ihn früher schon mal gesehen?«

»Nein. Und seitdem auch nicht mehr.«

»Wissen Sie, ob er ein Freund von Johnny Cabot war?«

»Das weiß ich nicht. Johnny hat mich nur gefragt, was der Detektiv von mir gewollt hatte – gleich nach dem Gespräch.«

»Ach ja? Und was haben Sie ihm gesagt?«

»Dasselbe, was ich Ihnen eben gesagt habe.«

Nach ihrer Beschreibung war Welch etwa 1,75 m groß, schlank, hatte einen schwarzen Schnurrbart und schwarze, angegraute Haare. Sie hatte keine Ahnung, wo Welch wohnte, aber sie hielt ihn nicht für einen Detektiv aus Los Angeles.

Das war's dann auch. Außerdem war sie schon wieder kurz davor, ihren Lustschrei auszustoßen, und bevor ich noch in Versuchung geriet, darin einzustimmen, bedankte ich mich und ging. Ich kam aber nicht weit, denn in der Nähe von Ilonas Garderobe wartete Johnny Cabot auf mich und gab mir ein Zeichen. Ich trat auf ihn zu.

»Hören Sie gut zu, damit das in Ihren Schädel reingeht, Scott!« sagte er finster. »Ich verbitte mir jede weitere Einmischung von Ihrer Seite.«

Der Kerl wurde mir so lästig wie eine Horde Stechmükken. Aber ich blieb ganz ruhig, als ich ihm antwortete: »Wenn Sie das erreichen wollen, dann fangen Sie es aber völlig verkehrt an.«

»Ja? Na, dann will ich Ihnen mal was sagen. Sie bleiben von meiner Frau weg, klar? Und von mir. Und von allen, die was mit mir zu tun haben. Wenn Sie noch mal hier rumschnüffeln und mir dabei in die Quere kommen, dann schlage ich Ihnen den Schädel ein.«

»Spucken Sie doch nicht so große Töne, Cabot! Wenigstens haben Sie eben zugegeben, daß Sie verheiratet sind.«

»Demnach hat meine Frau Sie engagiert. So, und nun betrachten Sie sich als von mir gefeuert, klar?«

»Damit warte ich, bis ich es aus dem Munde Ihrer Frau höre.«

Er sah mich rachsüchtig an. »Es genügt, wenn Sie es aus meinem Mund hören. Sie machen jetzt Feierabend. Der Auftrag ist zurückgezogen.«

»Wovor haben Sie denn solche Angst, mein Freund? Sie haben doch wohl nicht etwa versucht, Ihre Frau abzuservieren, wie?«

Er glühte vor Zorn. »Wenn ich jemand abservieren wollte, würde ich kein Zyankali dazu nehmen, sondern eine Kanone. Eine Kugel macht Ihnen genauso schnell ein Loch wie jemandem anderen. Das müssen Sie immer bedenken, Scott.«

Er drehte sich auf dem Hacken herum und stolzierte davon, bevor ich ihm eine Antwort geben konnte. Das war auch gut so. Denn ich näherte mich rasend schnell dem Punkt, an dem ich ihm als Antwort die Zähne eingeschlagen hätte. Ich verließ das Westlander-Theater, fand eine Telefonzelle im Drugstore und wählte die Nummer, die mir meine Klientin heute morgen gegeben hatte.

Niemand meldete sich. Also ging ich zu meinem Cadillac zurück und fuhr in die Robard Street.

Vom Haus meiner Klientin an war die Robard Street vielleicht 400 Meter weit Einbahnstraße. Ich parkte daher am linken Bürgersteig, ging zur Haustür und klingelte. Wieder keine Reaktion. Ich wollte mich schon abwenden, als ich bemerkte, daß die Haustür offenstand. Zuerst klopfte ich laut. Dann ging ich rein.

Es war klein und sauber. Am ganzen Haus war nichts ungewöhnlich, außer, daß kein Mensch drin war und auf dem Küchentisch benutztes Geschirr rumstand. Auf einem Teller lag noch ein Rest Lammkotelett mit Brokkoli. Neben dem Teller stand ein halb mit Milch gefülltes Glas. Es sah aus, als ob hier jemand gegessen hatte und dann überstürzt abgehauen war.

Ich zündete mir eine Zigarette an, starrte auf den Küchentisch und überlegte. Es war ziemlich klar, daß Cabot nach unserem Gespräch im Varieté sofort Ilona angerufen haben mußte – noch bevor ich sie angerufen hatte. Ein Wort von ihm, und seine Braut war natürlich, so schnell es ging, zu ihm geeilt. Sie hatte sich nicht mal die Zeit genommen, ihr Lammkotelett mit Brokkoli aufzuessen.

Allmählich machte ich mir große Sorgen um Ilona Cabot. Zweimal hatte jemand versucht, das süße, arme kleine Mäuschen aus dem Weg zu räumen, und ich war überzeugt, daß er es noch weiter versuchen würde. Dabei fiel mir ein, daß ich ja gar nicht wußte, ob sie überhaupt noch am Leben war.

Mit diesem Gedanken stieg ich in den Cad und fuhr die Robard Street herunter. Die erste Straße, an der ich abbiegen konnte, war die Garnet Street, wo ich rechts abbog. Kaum fuhr ich wieder geradeaus, da passierte es.

Ich hörte den Schuß, reagierte aber nicht gleich darauf. Das Geschoß schlug durch die Windschutzscheibe. Ich sah, wie sie plötzlich rechts oben ein Loch bekam, als der laute Knall an mein Ohr drang. Ein, zwei Sekunden lang schaute ich mit dummem Gesicht auf das Loch am Rand der Windschutzscheibe. Weiße Linien gingen von ihm aus und überzogen die Scheibe mit einem Spinnwebenmuster. Und dann trat ich hart auf das Bremspedal.

Mit quietschenden Reifen rutschte das Auto seitlich auf den Rinnstein zu. Ich riß das Lenkrad nach links, stellte den Fuß wieder auf das Gaspedal, steuerte den Cad aus und fuhr mit steigender Geschwindigkeit einen halben Häuserblock weit. Dann lenkte ich den Wagen an den Bürgersteig und hielt.

Ich hatte die Tür schon auf, die rechte Hand unter dem Jackett am Kolben meines .38er Colts, und wollte gerade hinausspringen. Da hielt ich inne. Es hatte wenig Sinn, wie ein olympischer Sprinter die Straße zurückzurennen. Der Schütze hatte sich bestimmt schon verdrückt.

Aber die Leute, die wußten, daß ich vielleicht hierher zu Besuch kommen würde, konnte ich an einem Finger abzählen – bestensfalls an zwei, wenn ich Ilona mitrechnete. Möglicherweise war mir jemand aus der Innenstadt nachgefahren und hatte sich in der Nähe der Abzweigung der Garnet Street auf die Lauer gelegt. Doch sehr wahrscheinlich war das nicht. Also war ich ungeheuer scharf auf ein Wiedersehen mit Johnny Cabot.

5

Obwohl ich mich in der Nachbarschaft umtat, hatte ich 20 Minuten später noch nichts Neues erfahren. In zwei Häusern gaben die Leute zu, den Schuß oder die ›Fehlzündung‹ gehört zu haben. Das war schon alles, was ich rauskriegte. In einem der Häuser telefonierte ich mit dem Westlander-Theater. Mr. Dent meldete sich. Ich fragte nach Johnny Cabot. Da explodierte er.

»Was haben Sie mit ihm angestellt? Was geht hier überhaupt vor? Urplötzlich ist mein Sänger verschwunden. Gleich nachdem Sie mit ihm gesprochen hatten, haute er ab, und seitdem hat er sich nicht mehr blicken lassen.«

Ich erwiderte, ich hätte nichts mit Cabot angestellt, und konnte ihn einigermaßen beruhigen. Schließlich versprach er mir, falls Cabot zurückkam, meinen Anruf vor ihm geheimzuhalten. Dann sagte ich Dent noch, daß ich ihn wieder anrufen würde, fuhr in die Innenstadt und verbrachte einige Zeit damit, Johnny Cabot oder Ilona irgendwo aufzugabeln, aber ohne Erfolg. Ich schaute auch ins Hotel Franklin, wo Cabot immer noch sein Zimmer hatte, aber hier war er nicht aufgetaucht. Dafür hinterließ ich am Empfang 20 Dollar und konnte nun sicher sein, daß der Angestellte mir mitteilen würde, wenn Cabot oder Ilona wieder auftauchten.

Cabot hatte mir erzählt, er habe den größten Teil der vergangenen Nacht oder genauer gesagt die Morgenstunden mit einem Mädchen verbracht, das im Grotto arbeitete. Wenn das stimmte, konnte er Ilonas Milch nicht mit Zyankali vergiftet haben. Ich fuhr zum Grotto.

Es war ein langes, niedriges graues Gebäude am Beverly Boulevard. Kurz vor acht Uhr abends überließ ich meinen Wagen einem Parkwächter und ging hinein. Als erstes fiel mir ein farbenfrohes Plakat im Glaskasten neben der Garderobe ins Auge.

Es war das große Foto einer vollbusigen Nymphe, die offenbar rücklings auf dem Meeresboden ruhte. Von oben her nahte sich ihr tauchend ein muskulöser Mann in knappen Schwimmhöschen. Die Nymphe war, typisch für diese Wesen, von der Taille an abwärts Fisch. Aber von der Taille an aufwärts war überhaupt nichts Fischiges an ihr. Ihr langes Haar floß wie schwarzer Seetang durchs Wasser, und die helle Haut phosphoreszierte im grünlichen Meer. Von oben her fiel ein breiter Lichtstrahl auf die hochgewölbten weißen Brüste.

Buchstaben aus schwarzer Farbe, die ebenfalls an Seetang erinnerten, verkündeten oben auf dem Plakat, daß das Grotto voller Stolz im Unterwassersaal das ›Neptun-Ballett‹ präsentiere. An der Unterkante des Fotos informierten weitere Seetang-Lettern darüber, daß Dan Thrip den Meeressatyr spiele und Ilona Betun ›Neptuna, die Venus der Nymphen‹ darstellte.

Ilona?

Ilona.

Ich dachte, mich laust der Affe.

Noch einmal betrachtete ich die wohlgeformte Nymphe. Hätte es sich bei dem Plakat nicht um ein Foto gehandelt, so hätte ich geglaubt, der Maler neigte als Anzeigenfachmann zu schamloser Übertreibung. Aber dies war ein Foto! Und das Mädchen darauf war offensichtlich nicht meine Klientin Ilona. Manchmal kann ein einigermaßen attraktives Mädchen häßlicher als ein totes Stinktier wirken, wenn sie sich ungeschminkt und unfrisiert zeigt. Möglichst in einem trübseligen Kleid und mit gerunzelter Stirn, und aus der Schönen der Nacht wird der Alptraum des Tages.

Aber weglassen ist eins, und anlegen ist etwas anderes. Was diese Nymphe hatte, konnte kein Mädchen anlegen. Es war natürlich gewachsen. Und gewachsen und gewachsen!

Fast widerwillig wandte ich mich von dem Plakat ab und sah mich weiter um. Verschiedene Leute saßen an der Bar oder an Tischen, tranken und unterhielten sich. In meiner Nähe nahm ein junges Pärchen sein Abendessen zu sich. Auf Warmhalteplatten zischten die Steaks. In der Luft schwebte leichter Zigarettenqualm.

Den Geschäftsführer fand ich im Büro. Er war ungefähr 1,75 Meter groß, dünn und von weißem Teint. Das braune Haar war vorn schon spärlich, und im Mundwinkel hielt er eine leere Zigarettenspitze.

Er kritzelte gerade etwas auf einen Zettel. »Ja?«

»Mein Name ist Shell Scott. Ich bin Privatdetektiv.« Ich wies mich aus. »Sie sind der Geschäftsführer?«

»Ja. Joe Grace. Detektiv, ja? Was wollen Sie von mir?«

»Es betrifft nicht Sie persönlich. Ich würde gern mit Ilona Betun sprechen.«

»Na, so was! Sie sind schon der zweite Detektiv, der hier reinkommt und sie sprechen will. Das ist doch nicht etwa ein Trick von euch, um an die Puppe ranzukommen, oder?«

»Nein. Wer war dieser andere Detektiv?«

»Der Mann hieß Welch – glaube ich. Wie das Wettbüro.«

»Wissen Sie, weswegen er sie sprechen wollte?«

Grace schüttelte den Kopf. »Hat mir nichts gesagt. Ging rauf und redete mit ihr. Mehr weiß ich nicht.« Er sah auf seine Armbanduhr. »Gleich fängt die Schau an. Wenn Sie mit Ilona sprechen wollen, müssen Sie warten, bis die Vorstellung vorbei ist.« Nach kurzer Pause fuhr er fort: »Wenn Sie Lust haben, können Sie an meinen Tisch im Unterwassersaal kommen, und wir sehen uns die Schau von dort an.«

Ich sagte: »Okay«, und er führte mich aus seinem Büro in

den Saal, in den ich schon vorhin hineingeschaut hatte. Der Unterwassersaal hatte sehr gedämpfte Beleuchtung. Er war nicht besonders groß. Wahrscheinlich standen nur etwa 15 Tische drin. Aber jeder Tisch war besetzt. Vom Dach hing künstlicher Seetang herab, und Ziernetze schmückten die Wände. Die Wand gegenüber der Eingangstür bestand oberhalb von ungefähr einem knappen Meter nur aus Glas. Als wir näher kamen, sah ich, daß der Raum hinter der Glaswand bis zu einer Tiefe von zwei, zweieinhalb Metern mit Wasser gefüllt wasr. Es war ein hohes, breites, aber enges Aquarium, ein wassergefülltes Zimmer.

Weiches grünliches Licht fiel in das Aquarium und auf den Seetang, der auf dem geriffelten Sand am Boden leicht hin und her wogte, wie von einer sanften Strömung bewegt. Joe Graces Tisch stand etwas links, fast direkt vor der Glaswand. Er setzte sich, ich nahm ihm gegenüber Platz. Er fragte mich, was ich zu trinken wünschte. Ich sagte: »Bourbon und Wasser.« Er bestellte beim Kellner. Die Getränke wurden so schnell gebracht, daß ich mir noch nicht mal eine Zigarette angezündet hatte. Ich trank einen Schluck Bourbon, in dem kaum Wasser war, und schon sagte Grace: »Es geht los.«

Kaum hatte er die Worte ausgesprochen, hörte ich den ersten leisen Akkord der Kapelle, die auf einem kleinen Podest am Eingang saß. Eine Männerstimme sagte an, daß wir gleich die erste Vorstellung des heutigen Abends sehen würden. Weiterhin verriet sie uns in gedämpftem, intimem Tonfall, daß der Meeressatyr und Neptuna zu unserem Vergnügen ihr Unterwasserballett vorführen würden, und schloß mit den Worten: » . . . das Grotto präsentiert Ihnen voller Stolz die schöne, die köstliche, die aufregende – Neptuna!«

Es folgte eine Fanfare der Combo, dann plötzliche Stille. In dieser Stille tauchte eine Gestalt durch das Wasser des Tanks und schwebte, silberne Blasen hinter sich herziehend, auf den sandigen Grund. Wieder setzte leise Musik ein, eine sonderbare Melodie, die mir unbekannt war, und immer langsamer glitt die Gestalt auf den Meeresboden zu.

Von der Taille an abwärts trug Neptuna einen engsitzenden dunkelgrünen Fischschwanz, der offenbar mit metallenen Schuppen besetzt war. Von der Taille an aufwärts war sie nackt, die weiß schimmernden Brüste frech emporgereckt.

Neptuna – oder Ilona – schwamm mit überraschender Leichtigkeit und Anmut durchs Wasser, obwohl das Gummikostüm ihre Beine einzwängte. Wie groß sie war, konnte man nicht schätzen, aber sie war prachtvoll gebaut. Das grüne Gummikostüm umspannte prall die ausgeprägten Hüften, über denen die ausgesprochen schlanke Taille um so mehr dazu beitrug, die Kurven der vollen Brüste und der wohlgerundeten Hüften zur besten Wirkung zu bringen. Leicht und graziös bog sie den Körper, drehte sich im Wasser, wand sich um einen schwarzen Felsen und dann durch dichtes Gras.

Zwei, drei Mal schwang sie die Arme nach hinten und stieg zur Wasseroberfläche auf, dann drehte sie sich wieder um ihre eigene Achse und schwamm hinunter. Nach dem letzten dieser Manöver kam sie der Tankseite näher, an der Joe Grace und ich saßen. Sie war jetzt so dicht bei uns, daß sie fast an das Glas stieß und ich zum erstenmal ihr Gesicht genau betrachten konnte.

Ich hatte sie nie zuvor gesehen, aber nun freute ich mich schon aufs nächste Wiedersehen. Sie hatte ein bildhübsches Gesicht, und was von ihrem Körper zu sehen war, war sensationell. Wenn ihre Beine nur halbwegs gutgebaut waren, dann mußte sie als Fotomodell ein Knüller sein, ob für Lippenstifte, Büstenhalter, Strumpfhosen – oder Harems.

Was ich für einen großen grauen Felsen am Boden gehalten hatte, entpuppte sich nun als eine künstliche Riesenmuschel. Als Neptuna in ihre Nähe schwamm, öffnete sich die Muschel. Neptuna drehte sich auf den Rücken und zog ihre Schwanzflosse anmutig über den Rand der Muschelschale. Plötzlich klappte die Schale zu, und die Nymphe war gefangen.

Das war hübsch gemacht und entlockte einigen

Frauen im Publikum sogar überraschte oder erschreckte Aufschreie. Neptuna drehte sich und zappelte jetzt wie in panischer Angst. Sie warf den Körper von einer zur anderen Seite. Und ihre weißen Brüste bebten, rollten und zitterten im Wasser im Rhythmus ihrer Bewegungen.

Von neuem entstand ein silberner Strom von Blasen. Ein Mann in fleischfarbenen Schwimmhöschen – der Meeressatyr – tauchte durchs Wasser. Seine Rolle als Retter dauerte nicht lange, denn Neptuna hatte ja schon eine ganze Weile den Atem anhalten müssen. Aber in der wenigen Zeit, die ihm zur Verfügung stand, spielte er sie gehörig, wenn auch stümperhaft, aus. Immerhin mußte ich zugeben, daß er stark genug aussah, um mit einem Dutzend Riesenmuscheln fertig zu werden, selbst wenn denen noch zwei Haie und ein paar Schwertfische zu Hilfe kämen.

Mit dem Messer öffnete er die Schale, und Neptuna war befreit. Kerzengerade stieg sie empor, um Luft zu schöpfen. Dann tauchte sie wieder zu ihrem Retter hinab. Sie wirbelte im Kreis um ihn, sie schmiegte ihren Körper an seinen, und der Anblick dieser vollen weißen Brüste, die über seinen sonnengebräunten Oberkörper glitten, wirkte erheblich sinnlicher als Fotos in Filmmagazinen.

Dann trafen die Lippen der beiden Unterwassertänzer im Kuß aufeinander. Die Lichter im Wassertank erloschen, und es schien, als hätte sich das Wasser plötzlich in Tinte verwandelt.

»Na, wie gefällt Ihnen das, Scott?« fragte Grace. »Sehr gut, was?«

»Ja. Wenn ich das nächstemal herkomme, übernehme ich die Drinks. Vielen Dank für den guten Platz, Grace.« Ich stand auf. »Was ich noch fragen wollte: Wie komme ich eigentlich zur Garderobe Ihres Stars? Hoffentlich muß ich nicht schwimmen . . .«

»Nein«, unterbrach er mich lachend. »Aber ich bringe Sie wohl am besten selber hin.« Grace führte mich in den rückwärtigen Teil des Clubs und von dort über eine

Holztreppe ins Obergeschoß. Von einem Flur gingen drei, vier Türen ab. Er ging mit mir zur dritten und klopfte an.

Von drin hörte man nackte Füße über den Boden huschen. Dann ging die Tür auf, und Neptuna schaute heraus.

»Das ist Shell Scott, Süße«, sagte Grace. »Ein Privatdetektiv. Hilf ihm weiter, wenn du kannst! Möchte nicht, daß jemand hier 'nen Überfall macht.«

»Klar, Joe.« Als er sich umdrehte und ging, sah sie ihm noch einen Moment nach, ehe sie sich mir zuwandte. »Kommen Sie herein!« Sie sprach leise, und ihre Stimme klang tief und heiser. Ich dachte: Selbst wenn sie mal schreit, wird diese Stimme nie ihren warmen Flüstercharakter verlieren.

Sie trat beiseite, und ich ging in die Garderobe. Hinter uns schloß sie die Tür. Ich warf einen Blick auf einen großen Frisiertisch mit einem ausladenden Spiegel darüber, einen Wandschrank, dessen Schiebetür halb offenstand, auf einen gelben Bambusvorhang zwischen Frisiertisch und Schrank und auf den Lichtschimmer, den die Wasseroberfläche zu meiner Linken in der Höhe des Fußbodens widerspiegelte. Aber dann trat sie zu mir, und nun sah ich nur noch Ilona-Neptuna.

Aus der Nähe sah sie noch schöner aus, als ich erwartet hatte. Über den großen dunklen Augen hoben sich wie Schatten der Mitternacht die schwarzen Brauen unterhalb der glatten weißen Stirn ab. Die vollen roten Lippen hatte sie halb geöffnet. Sie trug eine dünne weiße Robe und hielt mit beiden Händen ein weißes Handtuch um den Kopf. In dieser Haltung war die Robe ein wenig in Unordnung geraten, was aber nur dazu führte, daß verschiedene Nuancen an Neptunas Figur, die an und für sich beeindrukkend genug waren, zu noch nachdrücklicherer Wirkung gelangten. Das Mädchen war nicht besonders groß. Aber sie hatte so beachtliche Kurven, daß es für zwei Sexbomben ausgereicht hätte.

»Mr. Scott, nicht wahr?« fragte sie freundlich.

»Sagen Sie einfach Shell! Kein Grund, so förmlich zu sein.«

»Ganz recht«, sagte sie, »schon gar nicht in meinem Aufzug.« Während der ganzen Zeit rubbelte sie mit dem Handtuch ihre Haare. Die Bewegungen, die dadurch unter ihrer dünnen Robe entstanden, erzeugten erheblichen Aufruhr in meinem Inneren. Jetzt kamen unter dem Handtuch dichte schwarze Haarsträhnen hervor und fielen auf eine blendend weiße Schulter.

»Ich habe Ihre Nummer gesehen«, sagte ich. »Es war sensationell.«

»Sie hat Ihnen also gefallen?«

»Ja, und ob!« Ich versuchte eine scherzhafte Einleitung. »Falls Sie je einen neuen Partner brauchen . . .«

»Ich weiß. Jetzt kommt der Witz mit meiner atemberaubenden Figur.« Ihr Ton war ohne jede Ironie. Sie hatte es einfach nur schon zu oft zu hören bekommen. Ich langweilte sie.

»Ich kann mir vorstellen, daß Sie viele Angebote von Männern bekommen, die Nichtschwimmer sind.«

»Stimmt.« Geschickt band sie sich das Handtuch um den Kopf. Dann stellte sie den Gürtel der Robe enger um die Taille. Sie lächelte wieder. »Aber meistens lehne ich ab.«

»Meistens, ja? Und wie war's bei Johnny Cabot?«

»Johnny? Was ist mit ihm?«

»Sie kennen ihn also.«

»Klar. Wollten Sie mich seinetwegen sprechen?«

»Das war ein Grund. Wann haben Sie Johnny zuletzt gesehen – Sie nehmen mir die Fragen doch nicht übel, oder?«

»Aber nein. Zuletzt habe ich Johnny heute nacht gesehen.«

Da hatten wir's. Cabot hatte die Wahrheit gesagt, es sei denn, das die Schöne mich anlog, ein Gedanke, der mir gar nicht schmeckte. Aber irgend etwas an der ganzen Sache war total bescheuert. Vielleicht war der Kerl nach allen Frauen verrückt, die Ilona hießen.

»Das müßte also gewesen sein, nachdem Sie Ihre Arbeit hinter sich hatten?« vergewisserte ich mich.

»Ja. Meine letzte Vorstellung ist um Mitternacht. Ungefähr um halb eins holte er mich ab. Wir gingen essen und unterhielten uns. Vielleicht so gegen sechs setzte er mich vor meiner Wohnung ab.«

»Wann haben Sie ihn kennengelernt?«

»Vor zwei Wochen ungefähr. An dem Abend gingen wir zum erstenmal miteinander aus und am nächsten Abend wieder. Aber danach habe ich ihn erst heute nacht wiedergesehen.«

»Das ist verständlich«, sagte ich.

»Wieso?«

»Na, weil er am vorigen Freitag geheiratet hat und danach zwei, drei Nächte beschäftigt war.«

Ich wartete auf ihre Reaktion. Sie kam langsam, aber sie kam. Eine normale Reaktion für ein Mädchen wie Ilona Betun, vorausgesetzt, daß sie auf den Kerl nicht wirklich scharf war. Sie zog die Brauen zusammen, wollte etwas sagen, ließ es aber sein. Nach einer Weile sagte sie langsam: »Geheiratet? Aber er . . . soll das ein Witz sein?«

»Nein. Er hat vor vier Tagen geheiratet.«

»Na gut . . . was wollte er dann von mir – ich meine, warum ist er mit mir ausgegangen?«

»Das möchte ich auch gern wissen.«

Sie schüttelte den Kopf. »Das geht ein bißchen zu weit. Ich dachte . . .« Sie stockte einen Moment und fuhr dann fort: »Er wollte mir nämlich einreden, er wäre in mich verliebt.«

»Würde mich nicht wundern, wenn er es wäre.«

Sie sah mich wieder mit dieser gefurchten Stirn an. »Das macht doch keinen Sinn.«

»In gewisser Weise vielleicht doch. Aber die Sache ist zu kompliziert, um weiter darauf einzugehen. Doch da ist noch etwas. Haben Sie in letzter Zeit mit einem Mann namens Welch gesprochen? Auch einem Privatdetektiv?«

Sie nickte. »Ja. Seine Karte muß hier noch irgendwo liegen. Ist das nicht komisch? Erst fragen Sie mich nach

Johnny und dann nach Mr. Welch. Und ich habe beide am selben Tag kennengelernt.«

»Ein bißchen komisch ist das schon.« Ich bat sie um eine Beschreibung Welchs. Sie entsprach der Beschreibung, die mir der ungarische Hurrikan gegeben hatte. Ich fragte: »Weswegen wollte Welch Sie eigentlich sprechen?«

»Das war urkomisch. Er fragte mich, ob ich schon mal in einem Waisenhaus gewesen wäre. Natürlich nicht. Das sagte ich ihm auch. Dann fragte er mich nach meinem Alter und dem Geburtsort. Ich gab ihm die Auskünfte.« Sie zuckte die Achseln. »Danach verabschiedete er sich. Was soll das alles?«

»Ich weiß es auch nicht. Ich habe nur so eine vage Vermutung. Dieses Waisenhaus, könnte es das Banting gewesen sein?« Ich sprach den Namen extra falsch aus.

»Ja . . . Ungefähr so – Bunting. Ja, so hieß es: Bunting.«

»Wissen Sie noch, welcher Tag das war, an dem Welch herkam? Und an dem Sie Cabot kennenlernten?«

Sie überlegte eine Weile. »Es war entweder der 15. oder ein Tag vorher oder nachher.«

»Das genügt. Johnny kannte also diesen Welch, wie?«

Sie sah mich leicht verwirrt an. »Nicht daß ich wüßte.«

»Dann haben Sie die beiden nicht gleichzeitig kennengelernt?«

»Nein. Der Detektiv kam vor meiner ersten Vorstellung her. Und Johnny bin ich erst nach der letzten Vorstellung begegnet.«

»Hat Ihnen Welch irgendeine Erklärung dafür gegeben, warum er Sie nach dem Waisenhaus gefragt hat?«

Sie schüttelte den Kopf. »Er war nur wenige Minuten hier oben. Ich mußte ihn rausscheuchen, damit ich mich für meine Nummer umziehen konnte. Er sagte noch, ich sei die falsche Ilona. Dann bedankte er sich und ging.«

Demnach hatte es sich herausgestellt, daß sowohl der ungarische Hurrikan wie Neptuna das falsche Mädchen, die falsche Ilona waren. Das verriet mir ziemlich eindeutig, wer die richtige Ilona war.

Eigentlich war unser Gespräch damit beendet, und nun schaute ich mich im Zimmer um. Links von uns floß, fünf bis acht Zentimeter unter dem Fußboden, ruhig das Wasser dahin. Es war ein seltsamer Anblick. Denn ich hatte den Eindruck, mich in einem Zimmer zu befinden, das zur Hälfte unter Wasser stand. »Hier sieht man also Ihre Bühne von oben«, sagte ich zu Ilona. »Von unten sieht das alles ganz anders aus.«

»Das will ich meinen. Wissen Sie, ich habe die Nummer schon hundertmal vorgeführt. Aber ich weiß nicht einmal, wie sie wirkt.«

»Logischerweise. Aber ich gebe Ihnen mein Wort – Sie sehen hinreißend aus. Und die ganze Nummer ist toll!«

»Na, so was! Sie sind ja richtig begeistert!« sagte sie lächelnd. In anderem Ton fuhr sie fort: »Bis zur nächsten Vorstellung habe ich noch zwei Stunden Zeit, und normalerweise sitze ich hier nicht die ganze Zeit rum – mit *nichts* an unter der Robe.« Meiner Meinung nach hatte sie das Wort ›nichts‹ extra betont. »Sie haben doch nichts dagegen, wenn ich mir etwas Bequemes anziehe?«

»Nein, natürlich nicht«, sagte ich und grinste.

Auch das Lächeln, mit dem sie sich umdrehte und ins Zimmer ging, war beinahe als Grinsen zu bezeichnen. Meine Erwartungen waren ziemlich hochgeschraubt, bis mir der Bambusvorhang einfiel. Er kam mir allerdings erst wieder in den Sinn, als Ilona hinter ihn ging und sich dann zu mir umdrehte. Der Vorhang reichte bis ein paar Zentimeter unter Ilonas Schultern. Jetzt erst sah ich, daß die Bambusstäbe nicht direkt miteinander verbunden waren. Das heißt, dazwischen blieben schmale Ritzen frei. Durch sie hindurch konnte ich kleine weiße Streifen sehen – von ihrer Robe. Da zog sie mit einer lockeren Handbewegung die Robe von den Schultern und ließ sie hinter sich zu Boden gleiten.

Vorher hatte ich schmale weiße Streifen von Ilonas Robe gesehen. Jetzt sah ich schmale weiße Streifen Ilona!

Viel konnte ich nicht erkennen, aber was ich sah, das *bewegte sich*! Ilona machte einen kleinen Schritt zur Seite und griff nach etwas. Dann beugte sie sich vor und trat in das Etwas hinein. Als nächstes griff sie nach einer Bluse, die sie über den Kopf zog. Dann griff sie nochmals zu und trat in etwas, das offenbar ein Rock war. Ich hatte genau mitgezählt. Sie hatte dreimal zugegriffen.

Dann kam sie hinter dem Vorhang hervor und ging barfuß ein Stück weiter, und selbst wenn ich nicht mitgezählt hätte, wäre für mich klar ersichtlich gewesen, daß sie wirklich nur dreimal zugegriffen hatte. Plötzlich blieb Ilona stehen, stemmte die Hände in die Hüften und schaute mich an. »Also«, sagte sie, »Sie sehen so aus, als wollten Sie zur zweiten Vorstellung wiederkommen.«

Das brachte mich in die Wirklichkeit zurück. »Nein, ich habe leider zu arbeiten.«

Sie lachte. »Werden Sie nicht wieder förmlich! Ich habe so gehofft, daß Sie wiederkommen. Ich wollte schon einen kleinen Flossenschlag extra für Sie machen.«

»Mal im Ernst, ich habe in den nächsten Stunden eine Menge zu tun, aber . . . kein Mensch kann immer nur arbeiten. Vielleicht könnten wir . . .« Ich brach mitten im Satz ab, weil mir ein Gedanke gekommen war. »Will Johnny Cabot Sie vielleicht heute nacht wieder hier abholen?«

»Ich würde es ablehnen, nach dem, was Sie mir erzählt haben. Außerdem haben wir heute morgen nichts vereinbart. Und im übrigen«, sagte sie frei und offen, und es klang wie Musik in meinen Ohren, »wäre ich viel lieber mit Ihnen zusammen.« Nach einem kurzen Schweigen sprach sie langsam weiter: »Ich werde noch eine Weile hierbleiben, bis nach zwei. Für den Fall, daß Sie bis dahin mit Ihrer Arbeit fertig sind.« Sie lächelte. »Wissen Sie, manchmal warte ich, bis der Club geschlossen wird und niemand mehr außer mir hier ist. Dann schwimme ich ganz für mich allein und übe meine neue Nummer ein.«

»Sie schwimmen . . . hier . . . ganz allein?«

Sie nickte.

»Nun, das ist . . . interessant.« Ich wechselte das Thema. »Ich würde mich gern mal mit diesem Welch unterhalten. Wissen Sie, wo er wohnt? Oder wo er sein Büro hat?«

»Nein.«

»Ist er überhaupt von hier?«

»Das weiß ich auch nicht genau. Aber ich glaube, daß er von außerhalb stammt. Wir haben wirklich nur ganz kurz miteinander gesprochen, und außer seinem Namen hat er mir nichts von sich erzählt . . . Mir fällt gerade ein, daß er mit Vornamen Harry heißt. Harry Welch nannte er sich.«

Ich bedankte mich und ging hinaus. Unten spürte ich Grace auf und fragte ihn: »War Welch – der andere Detektiv – eigentlich allein, als er zu Ihnen kam?«

»Mal überlegen. Als wir miteinander sprachen, war er allein. Aber ich glaube, daß er zusammen mit einem jüngeren Mann gekommen ist. Ja, sie haben sich zusammen die Vorstellung angesehen und dann zu Abend gegessen.«

»Wissen Sie noch, wie der andere aussah?« Er schüttelte den Kopf. Da zeigte ich ihm Johnny Cabots Foto, das ich bei mir hatte.

»Das ist er«, bestätigte Grace. »Als ich ihn sah, dachte ich: Der ist ja noch brauner als Dan Thrip. Und diese blaßblauen Augen . . . ja, das ist er. Was ist mit ihm los?«

»Das möchte ich auch ganz gern wissen. Ich muß ihn dringend sprechen. Nochmals meinen Dank. Ich werde Sie weiterempfehlen.«

Er grinste mich an, als ich ging. Also war Cabot in Begleitung von Welch ins Grotto gekommen. Je länger dieser Tag voranschritt, um so weniger wurde ich aus der Sache schlau. Aber jetzt war mir doch, als sähe ich einen Lichtstrahl. Daß es in Los Angeles drei Mädchen mit dem Namen Ilona gab, war nichts Besonderes – es hätten auch 300 sein können. Befremdlich aber wirkte es, daß Johnny Cabot alle drei kannte. Mehr noch: Die eine war seine Kollegin, mit der zweiten ging er aus, und die dritte hatte er geheiratet. Daß ich auf eine dieser Ilonas nach der anderen gestoßen war, hatte mich eine Zeitlang stutzig gemacht, weil ich bei solchen Zufällen äußerst argwöhnisch werde. Aber als ich den Zufall außer acht ließ, begann es bei mir zu dämmern.

Daß Cabot alle drei Ilonas kannte, lag offenbar daran, daß er sich absichtlich an sie herangemacht hatte. Jedenfalls an zwei von ihnen. Mit dem ungarischen Hurrikan arbeitete er schon eine Weile zusammen. Vielleicht hatte er sie zufällig bei der Arbeit kennengelernt. Aber das Zusammentreffen mit den beiden anderen hatte er vorsätzlich herbeigeführt. Am 15. dieses Monats hatte er Ilona Betun kennengelernt. Am 17. hatte er Ilona Green kennengelernt – die für mich jetzt die ›richtige‹ Ilona war –, und am 23. hatte er sie geheiratet.

Das alles gab mir Stoff zum Nachdenken. Vor allem aber wollte ich jetzt furchtbar gern Cabot und seine Frau – und Harry Welch aufspüren. Ich rief in dem Haus in der Robard Street an, aber wieder meldete sich niemand. Dent saß immer noch wutschäumend im Westlander. Durch einen Anruf beim Empfang im Hotel Franklin erfuhr ich, daß Cabot sich noch nicht hatte blicken lassen.

Harry Welch stand weder im Telefonbuch von L.A. noch im städtischen Adreßbuch. Ich rief die Bosse von einem halben Dutzend Detektivagenturen an, die ich persönlich kannte, und mehrere andere Privatdetektive, die mir durch ihren guten Ruf bekannt waren, aber keiner von ihnen hatte jemals etwas von Harry Welch läuten hören. Wenigstens ließ sich das Bunting-Waisenhaus leicht finden. Im Telefonbuch war als Adresse Orange Drive 7230 angegeben.

Da es erst halb neun abends war, rief ich dort an und sprach mit einem Mr. Simpson. Nach der Stimme zu urteilen, war Mr. Simpson ungefähr 180 Jahre alt und schon im Begriff, seinen Geist aufzugeben. Es hörte sich so an, als wolle er jeden Augenblick der Welt Lebewohl sagen. Doch statt dessen sagte Mr. Simpson, klar, er habe einem Detektiv namens Welch einige Informationen gegegen und ja, ich könne herauskommen und mich mit ihm weiter unterhalten.

Ich parkte am Straßenrand und ging auf einem zementierten Fußweg bis an eine Treppe, die zu der Holzveranda führte. Die Stufen knarrten wie rheumatische Gelenke und seufzten immer noch leise, als ich auf die Veranda kam. Rechts von der großen Tür hing über dem Klingelknopf ein kleines abgestoßenes Messingschild mit der Inschrift: »Bunting-Waisenhaus.«

Auf mein Klingeln öffnete mir Mr. Simpson. Er maß nur etwas über 1,50 Meter, hatte auf dem rosaroten Schädel ein paar Büschel weißer Haare und ein schmales Gesicht. Aber seine Augen waren noch immer wachsam und fröhlich. Ich sagte ihm, daß ich Shell Scott war, der Mann, der ihn gerade angerufen hatte. Dann erklärte ich ihm, warum ich gekommen war. Ja, er konnte sich an den anderen Detektiv erinnern. Ich stellte ihm ein paar Fragen zum Aufwärmen. Da kam er schnell in Fahrt und berichtete mir alles, was er über Detektiv Welch und seine Absichten beim Besuch des Waisenhauses wußte. Und das paßte ausgezeichnet in das Muster, das sich bisher ergeben hatte.

Laut Mr. Simpson wollte der Detektiv Welch von ihm wissen, was aus dem Mädchen geworden war, das am 7. April vor 22 Jahren im Alter von sieben Monaten in das Bunting-Waisenhaus gekommen war, und wo er es jetzt finden könne. Mr. Simpson fuhr mit seiner leisen, brüchigen Stimme fort: »Bei der Prüfung der Unterlagen fand ich die Gesuchte. Sie wurde als Baby von Mary Lassen, ihrer Mutter, hergebracht. Die Frau beging später Selbstmord.«

»Mary Lassen beging Selbstmord? Wann war das?«

»Ungefähr eine Woche, nachdem sie das Kind hergebracht hatte. Das Baby war unehelich geboren, und meiner Ansicht nach wollte Daddy weder mit Mutter noch mit Tochter etwas zu tun haben. Damals jedenfalls nicht. Das war wohl mehr, als die Mutter ertrug. Aber das Komische ist, daß es schließlich der Vater war, der den Detektiv mit der Suche beauftragt hatte.«

»Wer ist der Vater?«

»Nun, das ist ein Mann namens William Grant – das heißt, er *war* es. Er starb vor einigen Wochen und ist längst begraben.« Mr. Simpson sagte noch mehr, nämlich daß seiner Ansicht nach – er sei sich aber nicht sicher – Welch gerade wegen Grants Tod die Suche nach dem Mädchen aufgenommen hatte. Leider, sagte Mr. Simpson, habe er Welch nicht viel helfen können, weil einige Unterlagen des Waisenhauses vor etwa zehn Jahren vernichtet worden seien, und darunter hätten sich auch die Dokumente über die Adoption des Mädchens befunden. Daher war Mr. Simpson nicht in der Lage, den Namen der Adoptiveltern zu nennen.

»Und Welch?« fragte ich. »Hat er Ihnen gesagt, woher er kam? Oder wo er in der Stadt abgestiegen war?«

Mr. Simpson schüttelte den Kopf. »Davon hat er mir nichts gesagt.«

»Wissen Sie noch, wann er hier war?«

»Nach Ihrem Anruf habe ich das überprüft. Es war am zwölften. Das war ein Montag, etwas länger als zwei Wochen her.«

Blieb noch eine Frage. Die Antwort wußte ich natürlich im vorhinein. Ich stellte die Frage trotzdem, wegen der Bestätigung. »Sie haben mir immer noch nicht den Namen des Mädchens genannt.«

»Einen Familiennamen erhielt sie erst nach der Adoption. Ihr Vorname war Ilona.«

7

Kurz nach elf Uhr abends kam ich in meine Wohnung zurück. Vorher hatte ich noch erfolglos versucht, Johnny Cabot oder seine Frau zu finden. Ich parkte gegenüber dem Spartan Apartment Hotel, ging über die Straße ins Haus und trabte die Treppe ins Obergeschoß hinauf. Und als ich oben ankam, war mir so, als ginge jemand hinter mir her.

Ich drehte mich um und sah gerade noch, wie Carol Austin die letzten Stufen hinaufkam. Sie blieb stehen und sah mich an. Sie keuchte ein bißchen. »Meine Güte, Sie haben aber ein Tempo drauf!« sagte sie.

»Hallo. Was machen Sie denn . . .«

»Als wir uns in Ihrem Büro trafen, sagten Sie doch, ich könne Sie jederzeit besuchen, wissen Sie das nicht mehr?«

»Ja, aber ich hätte kaum erwartet, daß Sie herkämen. Woher kennen Sie denn meine Privat . . .« Ich beendete den Satz nicht. Mir war eingefallen, daß dieses Mädchen zu allem fähig war. Sie sah immer noch so aus wie ein Großfeuer. Noch mehr als heute morgen.

Carol Austin hatte sich anscheinend sorgfältiger angezogen, ihr Make-up fachmännischer aufgetragen, und natürlich besaß sie noch all jene Vorzüge, deren Anblick mir heute morgen soviel Freude gemacht hatte. Sie war also wirklich ein appetitliches Geschöpf. Zwar schüttelte ich im Geist den Kopf über sie. Dennoch war ich ihr Sklave.

Aus großen blauen Augen sah sie mich ein wenig verwundert, ja, verletzt an. Langsam sagte sie: »Ist irgendwas passiert, Mr. Scott? Hätte ich nicht herkommen sollen? Ich habe Ihre Anschrift im Adreßbuch gefunden und dann unten in der Halle auf Sie gewartet, und Sie haben doch gesagt, ich könne Sie jederzeit besuchen, auch wenn ich keinen Auftrag für Sie hätte, und ich . . .«

»Ach, das geht schon in Ordnung«, sagte ich voller Begeisterung. »Es ist alles, wirklich alles gut so. Ich bin richtig froh, daß ich noch rechtzeitig nach Hause gekommen bin.«

»Oh, fein!«

»Also, wozu stehen wir hier noch rum? Mein Apartment ist gleich hier den Flur entlang. Gehen wir doch . . .«

»Ach, das ist ja super!« sagte sie.

In den nächsten 20 Minuten ging zwar alles ein bißchen durcheinander, es war aber trotzdem sehr nett. Carol – nach einigen Minuten nannte ich sie Carol – schien von meinem Beruf fasziniert und wollte alles darüber wissen.

Ich erklärte ihr, es sei gut, daß sie nicht gekommen war, um mich zu engagieren, da der Fall, mit dem ich mich jetzt beschäftigte, mir keine freie Minute lasse.

»Welcher Fall? Ich wußte gar nicht . . . Ach, Sie meinen sicherlich die Frau, die heute morgen gerade aus Ihrem Büro kam? Sie sagten, sie heiße Ilona Cabot oder so ähnlich, stimmt's?«

»Ja, so ist es.« Wir saßen beide auf dem schokoladebraunen Diwan im Vorderzimmer. Aber jeder saß am anderen Ende, und deshalb waren wir ziemlich weit voneinander entfernt. Der Diwan ist groß, man könnte auf ihm sogar schlafen oder andere Dinge tun . . .

»Meine Güte«, fuhr Carol fort, »Sie sollten doch, glaube ich, ihren Mann suchen. Haben Sie ihn gefunden?«

»Ja. Und dann wieder verloren. Aber wir wollen nicht mehr von Geschäften reden, Carol.«

»Würden Sie mich für eine ganz Schlimme halten, wenn ich Sie fragte, ob Sie was zum Trinken für mich hätten?«

Ich sprang auf. »Was möchten Sie haben? Bourbon? Scotch? Einen Martini, Manhattan . . .«

»Du meine Güte, ich meinte nur eine Cola oder so was.«

»Ich habe natürlich auch Cola, aber das wäre doch Unsinn.«

»Na, schön. Dann nehme ich eine Cola.«

»Aber . . .«

»Mit einem ganz klein bißchen Scotch drin.«

»Gut. Scotch mit Cola wird sofort serviert . . .«

Das war ein albernes Getränk. Kam mir vor wie Bourbon mit Wurzelsaft. Plötzlich fiel mir ein, wie stürmisch sie sich heute morgen in meinem Büro gebärdet hatte. »Ach, Carol«, sagte ich. »Wie sind Sie mit Dr. Forrest zurechtgekommen?«

»Oh, gut. Er hat mir eine Pille gegeben. Wissen Sie, so eine, die mich beruhigen soll.«

»Und hat sie Sie beruhigt?«

»O ja. Jetzt ist es besser. Zeigen Sie mir doch bitte, wo alles steht, dann mixe ich unsere Drinks! Okay? Das wäre super.«

Carol stand auf, nahm mich bei der Hand und ging mit mir in die Küche. Ich sah ihr zu, wie sie ihren klebrigen Cocktail mixte. Dann überwachte ich die Zubereitung eines anständigen Bourbon mit Wasser für mich. Nur daß sie noch mehr Bourbon ins Glas schüttete, als ich es normalerweise tue.

Wir nahmen wieder auf dem Diwan Platz. Ich trank einen kräftigen Schluck und entspannte mich. Eine große Unterhaltung kam nicht zustande. Als unsere Gläser leer waren, ging Carol allein in die kleine Einbauküche, um uns noch zwei Drinks zu mixen. Sie brauchte dazu eine ganze Weile. Aber so hatte ich viel mehr Zeit, mich konzentriert mit den Problemen zu beschäftigen, die mein Fall mir bot.

Als Carol wieder hereinkam, nahm ich ein Schlückchen von meinem neuen Drink. Dann setzte ich das Glas auf den Kaffeetisch. Immer noch zermarterte ich mir ab und zu das Gehirn in der Hoffnung auf eine Idee, wie ich den Detektiv Harry Welch ausfindig machen könnte. Und plötzlich hatte ich die Erleuchtung.

Wenn mein Gedächtnis besser funktioniert hätte, wäre ich sofort darauf gekommen. Aber die entscheidende Information hatte mich in einem Augenblick erreicht, als mein Geist weit von seiner Höchstform entfernt gewesen war. Jetzt fiel mir ein, daß mir die wohlgeformte Neptuna oben in ihrer Garderobe im Grotto gesagt hatte, Welch habe ihr eine Geschäftskarte gegeben. Später hatte sie gesagt, sie habe keine Ahnung, wo Welch sich aufhielt. Aber es hätte doch keinen Sinn gehabt, seine Karte bei ihr zu hinterlassen, wenn darauf nicht seine Adresse stände. Wie ich mich jetzt erinnerte, hatte sie gesagt: »Sie muß hier noch irgendwo liegen.«

Ich suchte die Nummer des Grotto im Telefonbuch heraus, nahm den Hörer ab und wählte. Carol fragte: »Was ist denn jetzt los?«

Im Grotto meldete sich Joe Grace. Er sagte, daß Ilona jeden Moment ins Bassin tauchen würde, aber als ich ihm erklärte, was ich auf dem Herzen hatte, sagte er, falls es zeitlich noch ginge, würde er sie vor der Vorstellung benachrichtigen.

»Danke, Grace«, sagte ich. »Bin in wenigen Minuten da.«

Ich legte den Hörer auf die Gabel und sprang auf. Carol

nahm mein Glas, trat auf mich zu, gab mir den dunkel aussehenden Highball und sagte: »Hier, mach es dir mit deinem guten, alten Bourbon gemütlich!«

»Hab' keine Zeit. Muß weg.«

»Oh, Shell, du kannst mir nicht Schnaps einflößen und dann einfach abhauen.«

»Ich habe dir keinen Schnaps eingeflößt, du wolltest ihn haben. Außerdem spüre ich immer noch den ersten Drink, und jetzt muß ich arbeiten.«

»Die Arbeit kann doch warten, oder? Bitte, Shell, ich fühle mich gerade so wohl bei dir.«

»Bedauere. Ich hab' mich auch sehr wohl gefühlt, aber . . .«

»Es ist schon lange her, daß ich mich so wohl gefühlt habe wie bei dir. Und die Wirkung meiner Pille läßt auch schon nach.« Sie kam ganz nah heran, legte mir die Hände auf die Schultern und sah zu mir hoch. Sekundenlang hatte ich den Eindruck, näher könnte sie mir nicht kommen, aber da sollte ich mich irren. Sie schaffte es, mir noch viel näher zu kommen. »Die Wirkung meiner Pille läßt nach«, sagte sie leise mit heiserer Stimme. »Ich merke es schon deutlich.«

»Ich merke es auch. Wobei bemerkenswert ist, daß ich gar keine Pille eingenommen habe.«

Sie legte mir die Arme um den Nacken, schmiegte sich an mich, und ihre kühlen Finger strichen über meine plötzlich brennende Haut. Es war, als bahnten sie Feuerschneisen, und ich war drauf und dran, schwach zu werden.

»Jetzt, da ich dich kennengelernt habe, Scott«, sagte sie, »möchte ich dich gar nicht mehr weglassen.«

»Praktisch bin ich schon weg. Das heißt, ich gehe jetzt . . . good-bye!«

Das Telefon läutete. Ich machte mich von Carol frei und grapschte nach dem Hörer. Es war wieder Joe Grace. »Scott«, sagte er, »mir fällt gerade der junge Mann ein, den Sie erwähnt haben. Der mit Welch hierherkam. Der Braungebrannte mit den blaßblauen Augen. Ich habe ihn soeben reinkommen sehen.«

»Er ist jetzt da? Jemand bei ihm?«

»Er kam allein. Sagte keinen Pieps zu mir. Ging nach oben. Wahrscheinlich zu Ilona. Da dachte ich mir, ich rufe Sie schnell an. Weil Sie doch sagten, Sie wären ganz scharf darauf . . .«

Bestimmt sagte er noch mehr, aber ich hörte es nicht. Ich legte auf und stürzte zur Tür. Carol rief: »Aber was soll ich nur machen? Meine Pille wirkt überhaupt nicht mehr!«

»Nimm noch eine!« sagte ich und war schon aus der Tür.

8

Ich ließ den Wagen auf dem Parkplatz des Grotto stehen und rannte durch den Eingang des Clubs hinein. Die Kapelle im Unterwassersaal spielte dieses sonderbare Musikstück, mit der die Vorstellung eingeleitet wurde. Ich lief zur Hintertreppe, nahm immer drei Stufen auf einmal, kam oben an und rannte den Flur entlang zu Neptunas Garderobe. Vor ihrer Tür stand der stämmige Dan Thrip, schon in Schwimmhöschen. Offenbar wartete er auf sein musikalisches Stichwort, um dann reinzugehen und in das Bassin zu tauchen. Von Cabot war weit und breit nichts zu sehen.

Ich sprang an Thrip vorbei, riß die Tür auf und schoß hinein. Er schrie: »He, was wollen Sie denn . . .?« Da sah ich Neptuna. Oder vielmehr ihre Schwanzflosse. Sie war gerade ins Bassin gesprungen und tauchte jetzt nach unten.

Und dann erblickte ich Cabot.

Er mußte bis zu Ilonas Kopfsprung mit ihr gesprochen haben. Jetzt drehte er sich zu mir um. Als er mich sah, wurden seine blaßblauen Augen doppelt so groß wie gewöhnlich, verengten sich aber sofort wieder, denn jetzt sprang ich ihn an. Rasch ballte er die Fäuste, machte einen Ausfallschritt, und seine Rechte flog mir wie ein großer brauner Felsbrocken entgegen. Er hatte nicht die Absicht, ein Gespräch mit mir zu führen. Er wollte mir lieber gleich den Schädel einschlagen.

Aber so leicht ließ ich mich von Cabot nicht überraschen. Ich nahm den Kopf schnell zur Seite, als der braune Felsbrocken von einer Faust dicht vor mir auftauchte. Dann beugte ich mich etwas vor und rammte ihm die Knöchel meiner Linken mit Wonne in den Bauch. Genauer gesagt, gegen seinen Bauch. Mir war, als hätte ich mir die Hand gebrochen. Sein Bauch war so hart wie Gußstahl.

Cabot stöhnte nicht mal auf. Ein Glück nur, daß seine Faust an mir vorbeizischte, ohne Schaden anzurichten. Er taumelte einen Schritt zurück, biß die Zähne aufeinander und tänzelte um mich herum. Zweimal fintierte er mit der Linken. Dann schlug er voll mit der Rechten zu – und öffnete weit seine Deckung.

Federnd bog ich mich zur Seite, und die knallige Rechte schoß dicht an meinem Gesicht vorbei. Dann richtete ich mich auf und legte die ganze Kraft in eine Rechte gegen den Kinnwinkel. Es gab ein Geräusch, das meine Ohren entzückte. Mit hilflos baumelnden Armen stolperte er rückwärts. Jetzt hatte ich ihn. Noch ein einziger Schlag, und die Auseinandersetzung würde zu meinen Gunsten beendet sein, falls sie es nicht schon war. Und wenn dann Cabot wieder zu sich kam, würde ich ihm alle Fragen stellen, die ich beantwortet haben wollte. Nach Welch, nach seiner Frau und den anderen Ilonas und nach dem Schuß, der mir gegolten hatte – unter anderem.

Aber mein eigener Schwung brachte mich ein wenig aus dem Gleichgewicht. Um mich abzufangen, setzte ich den linken Fuß ungefähr 20 Zentimeter zurück. Das war verkehrt. Denn mein Fuß hatte plötzlich keinen Boden mehr unter sich.

In der Schrecksekunde wurde mir klar, was los war. Rasch warf ich die Arme in die Höhe, um das Gleichgewicht wiederzugewinnen. Aber es war zu spät. Mehr oder weniger unfreiwillig machte ich einen kleinen Hopser, und dann flog ich rücklings ins Nasse. Eine schöne Bescherung! Ich hatte die Augen gerade geschlossen, aber ich brauchte sie erst gar nicht aufzuschlagen. Ich wußte auch so, wo ich war. Was ich in diesem Augenblick über mich dachte, ist absolut nicht druckreif.

Dann schlug ich die Augen auf. Ich konnte alles gut sehen, sogar die Glaswand des Aquariums, in dem ich benommen und ungläubig schwamm. Darüber hinaus konnte ich nichts erkennen. Aber ich stellte mir mit dumpfem Entsetzen die schadenfrohen Gesichter der Gäste vor.

Unter mir war Neptuna, die Nymphe. Mit großer Anmut stieß sie nach unten und wand sich um den Felsen am Boden. Daß das jemand über ihr in nassen braunen Leinenhosen und einem ebenso nassen braunen Sportsakko herumplanschte, davon bekam sie überhaupt nichts mit. Zweifellos hegte sie nicht den leisesten Verdacht, daß irgend jemand – und schon gar nicht ich – ihr ins Wasser gefolgt war. Mit zufriedener, fast lächelnder Miene tauchte sie bis zum Boden und glitt dann wieder zur Wasseroberfläche empor.

Dabei drehte sie sich langsam um die Längsachse. Als ich in ihre Sichtweite geriet, flogen ihre Hände wie Sprungfedern über den Kopf, und mit den Beinen sprengte sie die dünne Gummihaut des Nymphen-Unterleibs, als bestände sie aus Papiertaschentüchern. Wie gelähmt verblieb sie eine Weile in dieser Stellung, Arme und Beine so ausgestreckt und gebeugt, daß sie fast ein Kreuz bildeten. Wie sie so durchs Wasser schwebte, ähnelte sie einer balinesischen Tänzerin mit Gelenkarthrose, die zu ertrinken drohte.

Dann schrie sie. Aus ihrem Mund kamen Blasen wie feine silberne Ballons und stiegen an ihrem Kopf vorbei in die Höhe. Doch in diesem Augenlbick gewann Ilona wieder neue Kräfte aus dem Nichts. Plötzlich bewegte sie die Gliedmaßen in einem Tempo, daß es aussah, als hätte sie sechs Arme und sechs Beine. Sie schoß an mir vorbei. Ich kam zur Besinnung und folgte ihr.

Gerade als Ilona aus dem Bassin kletterte, tauchte mein Kopf nur wenige Zentimeter neben ihr auf. Nur Zentimeter! Es war ein Anblick, den ich in diesem Augenblick leider nicht richtig auskosten konnte. Aber später sollte ich mich noch oft daran erinnern, und jedesmal flatterten mir die Nerven.

Dann stand sie draußen, und dann rannte sie weg.

»Ilona!« schrie ich. »Warte! Ich bin's doch, Shell Scott. Ich bin's!«

Sekundenlang fürchtete ich, mit meinem Schreien nichts auszurichten. Es war, als hätte mein unerwarteter Anblick sie jeder anderen Reaktion beraubt, als vor mir wegzurennen. Aber dann blieb sie plötzlich stehen, zuckend und bibbernd wie jemand, der mit den Fingern in die Steckdose gefaßt hat. Langsam drehte sie sich um. Ich stieg aus dem Bassin. Aus meiner Kleidung tropfte das Wasser. Sie starrte mich seltsam verängstigt an.

»Ilona«, sagte ich. »Ich bin . . . was soll ich sagen . . .«

Sie starrte mich an.

»Also«, sagte ich ein wenig verdrießlich, denn mir war ja ziemlich unbehaglich zumute, »ich habe das nicht mit Absicht getan!«

Sie schwieg weiterhin. Da fragte ich sie: »Haben Sie die Karte gefunden?«

Endlich fand sie die Sprache wieder. Die Stimme klang dumpf. »Die Karte? Ja, ich habe die Karte gefunden. Aber ich habe nicht gewußt, daß Sie sie *so* dringend brauchten.« Und starrte mich immer noch an.

Auch Dan Thrip beobachtete mich. Er stand draußen auf dem Flur und beäugte mich durch die offene Tür. Sein Kinn hing ungefähr sechs, sieben Zentimeter herunter, und seine langen Arme baumelten hilflos in der Gegend. Er schaute von Ilona auf mich und zurück, und sein Gesichtsausdruck blieb gleichmäßig dämlich. In seinem verdutzten Blick war kein Schimmer von Verständnis zu entdecken.

Sein Stichwort war vor langer Zeit gefallen und wieder verklungen. Er hatte diese Melodie gehört, die ihm sagte: *Dein Auftritt, Dan!* Aber jemand hatte die Nummer geschmissen. Alles war anders als sonst. Bestürzt, ratlos und verunsichert stand er da.

Verständlicherweise hatten die Ereignisse der letzten ein,

zwei Minuten mich an nichts anderes denken lassen. Daher hatte ich Johnny Cabot vollständig vergessen. Doch plötzlich kam er mir wieder in den Sinn. Eigentlich müßte er doch auf dem Fußboden liegen und keinen Mucks von sich geben. Aber er war nirgends zu sehen.

»Dan«, sagte ich, »was ist aus dem Kerl geworden, der hier drin war?«

Er brauchte eine ganze Weile, bis er sich zu einer Antwort aufraffte. Aber schließlich deutete er in wenigen stockenden Sätzen an, daß ein Kerl in höchster Eile an ihm vorbei und dann die Treppe hinuntergeflitzt sei – und damit war mir klar, daß Cabot inzwischen schon meilenweit weg war. Dennoch startete ich zur Verfolgung, blieb aber nach wenigen Schritten stehen. Es war ja doch sinnlos.

Ich fragte Ilona: »Was wollte Cabot von Ihnen? Was hat er hier gesucht?«

Inzwischen hatte sie Fassung und Übersicht wiedergewonnen. Sie sagte: »Es handelte sich um Sie, Shell. Er kam einfach rein, ohne anzuklopfen, und wollte wissen, ob Sie hier gewesen und mit mir gesprochen hätten. Als ich das bejahte, wurde er echt wütend und schimpfte und fluchte.«

Anscheinend war Cabot eingefallen, daß er mir heute morgen von seiner Verabredung mit einem Mädchen vom Grotto erzählt hatte, und deshalb hatte es ihm gar nicht gefallen, daß ich prompt hergekommen war. »Hat er sonst noch etwas gesagt?«

»Ja. Er sagte, wenn ich Sie sehe oder wieder von Ihnen höre, soll ich abstreiten, daß ich mit ihm aus war. Ich soll sagen, daß ich ihn überhaupt nicht kenne. Das schien ihm sehr am Herzen zu liegen.«

»Kann ich mir denken.«

»Ich hole jetzt die Karte«, sagte Ilona. »Stellen Sie nur inzwischen nicht wieder etwas an!« Dann ging ihr Blick an mir vorbei. Erst jetzt schien sie Dan Thrip zu sehen. Sie warf ihm die Tür vor der Nase zu. Buchstäblich. Der Abstand dürfte höchstens fünf Zentimeter betragen haben. Aber soweit ich es beobachten konnte, zuckte er nicht mal zurück.

Die Ereignisse von eben hatten ihn wahrscheinlich in einen schockähnlichen Zustand versetzt. Aber schließlich dämmerte es bei mir. Er hatte Ilona, die Nymphe, zum erstenmal ohne ihren Fischschwanz gesehen, von dem nur noch ein paar winzige Überreste geblieben waren! Dieser Anblick mußte bei ihm traumatische Wirkung gehabt haben.

Ilona und ich standen uns pudelnaß und triefend gegenüber. Und auf einmal mußte sie kichern. Daraus wurde ein Gelächter, in das ich gleich darauf einstimmte. Es dauerte eine ganze Zeitlang. Dann schnappten wir nach Luft und waren wieder normal.

Ein Beweis für unser wiedergewonnenes Bewußtsein: Ich rückte ihr dicht auf die Pelle, und sie legte mir beide Hände auf die Schultern. Es war ungefähr das gleiche, was Carol vorhin getan hatte. Doch diesmal erfüllten mich alle möglichen Sehnsüchte, nur die Sehnsucht wegzugehen war nicht darunter.

Es erschien mir das Natürlichste von der Welt, daß ich sie umarmte, daß ihre Finger sich in meine Schultern gruben, daß ihre geöffneten Lippen den meinen immer näher kamen, bis sie gierig, fast gewalttätig miteinander verschmolzen. Das war köstlich. Außerdem war es zweifellos einer der feuchtesten Küsse in meiner Kußgeschichte.

Verliebt knutschten wir uns. Und dabei tröpfelten und gluckten wir laut. Da sie fast nichts anhatte, war das Tröpfeln hauptsächlich meine Sache, während ihr mehr das Glucksen oblag. Ein, zwei Minuten lang hörten sich diese Geräusche wie Schläge einer Hifi-Anlage an. Ein zweites ähnliches Geräusch kam aus weiterer Ferne.

Und dann war es auf einmal gar nicht mehr so weit entfernt. Ich erkannte die Ursache. Jemand kam über den Flur gerannt. Wir hörten Dan Thrip sagen: »Nein! Du kannst da nicht reingehen! Sie hat überhaupt nichts an.«

Ilona beugte sich ein wenig zurück und sah zu mir hoch. »Er hat ja recht«, hauchte sie in gespielter Überraschung. »Wie konnte ich das nur vergessen?« Sie löste sich aus meinen Armen und sagte lächelnd: »Wehe, du guckst!«

Dann schritt sie langsam, kunstvoll, wunderschön zu dem Bambusvorhang und verschwand dahinter. Ich fühlte mich ein bißchen schwach.

Nach wenigen Sekunden kam sie hervor, jetzt wieder in der weißen Robe. Im selben Augenblick wurde die Tür aufgerissen, und Joe Grace sprang ins Zimmer. Sein Gesicht war bläulichrot angelaufen. Mit dem Zeigefinger deutete er auf mich. »Sie!« schrie er heiser.

9

Dan Thrip kam rein und packte Grace. Der sagte zu ihm: »Du bist gefeuert!« Erst da bemerkte Thrip, daß Ilona doch bekleidet war. Ilona gurrte ein wenig mit Joe Grace und sagte, daß alles in Ordnung sei. Als sie sich zu ihm beugte, fiel ihre Robe vorn auseinander. Aber schnell packte sie zu und zog sie wieder zusammen. Dann bat Ilona beide, sich einen Augenblick zu entfernen, und sie gingen so sanft wie Lämmchen. Zwischendurch hatte ich Grace noch die Information aus den Rippen gequetscht, daß Cabot vor wenigen Minuten unter wütenden Flüchen den Club verlassen hatte.

Als sich die Tür schloß, griff Ilona in die Tasche ihrer Robe und holte eine kleine weiße Karte hervor. »Ich fand sie, kurz bevor du kamst – Joe hatte mir gesagt, du wärst auf dem Weg hierher. Ist es das, was du haben wolltest?«

»Aber ja.« Auf der Karte stand der Name Harold Welch gedruckt und darunter das Wort ›Privatdetektiv‹. Das war alles. Aber quer über die Rückseite hatte er geschrieben: »Rancho-Bungalows, Bungalow 12.«

»Shell«, sagte Ilona, »wenn du dich bei deinen Ermittlungen richtig beeilst, schaffst du es vielleicht noch, bevor der Club heute nacht schließt.«

»Eine glänzende Idee, aber daß mir das gelingt, erscheint mir höchst unwahrscheinlich.«

»Na, dann versuch es wenigstens! Und jetzt wäre es am besten, wenn du gehst. Dan und ich müssen endlich mit der Vorstellung beginnen.«

Ich schauderte. Ich sah auf meinen tröpfelnden Anzug hinunter und schauderte wieder. Plötzlich spürte ich einen reißenden Schmerz im Magen. Ich zuckte zusammen und beugte mich vornüber. Für einen Augenblick wurde mir schwindlig.

»Was ist los, Shell?« fragte Ilona.

»Ich weiß nicht. Vielleicht eine Muskelzerrung . . .«

»Du könntest dir alles Mögliche verstaucht haben.«

»Vielleicht hat mir Cabot noch eins versetzt, als ich nicht auf ihn achtete. Nein, jetzt weiß ich's – ich habe Wasser getrunken, in dem kein Bourbon war! Das war ein furchtbarer Schock für mein Nervensystem.«

Sie lächelte, ich jedoch nicht. In den letzten Minuten hatte ich schon mehrere Male die gleichen Symptome gespürt, nur in der allgemeinen Aufregung nicht weiter drauf geachtet. Mir war immer noch ein bißchen schwindlig, aber das war ja nichts Ungewöhnliches. Ich verabschiedete mich von Ilona, wünschte ihr eine Vorstellung mit sensationellem Erfolg und zog los.

Unterwegs holte ich mir die Adresse der Rancho-Bungalows aus dem Telefonbuch, fuhr hin und sprach eine halbe Stunde später mit dem schläfrigen Besitzer. Zuerst hatte er meinen nassen Anzug beäugt. Aber als ich ihm sagte, ich wäre in den Teich im MacArthur-Park gefallen, schien er beruhigt. Das Rancho war eine Art Motel mit zwölf Bungalows in einer Nebenstraße der Grange Street, ungefähr fünf Meilen von der Innenstadt von L.A. entfernt. Brand, der Eigentümer, sagte, er könne sich an Mr. Welch erinnern, habe ihn aber seit über einer Woche nicht mehr gesehen. Welch hatte Bescheid gesagt, er wolle nicht gestört werden, auch nicht vom Zimmermädchen, außer wenn er es ausdrücklich verlangen sollte.

»Ich glaube, er hatte eine Puppe bei sich«, sagte Mr. Brand.

»Ach ja? Und wissen Sie, wer die Puppe war?«

Brand schüttelte den Kopf. »Ich kann's ja nicht mal mit Sicherheit sagen, *daß* er eine Puppe bei sich hatte. Aber so was steckt meistens dahinter, wenn die Leute auf Zimmermädchen und so weiter verzichten.«

Die Bungalows waren separate Häuschen, und Brand brachte mich zum Bungalow zwölf. Er klopfte. Keine Antwort. »Glaube nicht, daß er drin ist«, sagte Brand. »Wie gesagt, habe ihn schon lange nicht mehr gesehen. Wahrscheinlich ermittelt er irgendwo – ist doch Detektiv.«

»Ja.«

Im Schein seiner Taschenlampe musterte er mich neugierig. »Haben Sie irgend etwas?«

»Nein, alles klar.« Mehrmals in der letzten Stunde hatten mich wieder die plötzlichen Magenschmerzen überfallen. Aber jetzt war daraus ein dumpfer Dauerschmerz geworden. Dazu kam ein leichtes Schwindelgefühl.

Mr. Brand öffnete die Tür. Dann drückte er auf den Lichtschalter an der Wand. »Ich weiß, Sie sind auch Detektiv, trotzdem möchte ich hier nicht gern . . . oh, mein Gott!«

Ich spähte an ihm vorbei und sah dasselbe, was Brand gesehen hatte. Zur Rechten stand die Badezimmertür auf, und halb drin, halb draußen lag auf dem Fußboden die Leiche eines Mannes.

Ich ging hin und berührte eine ausgestreckte Hand. Der Arm ließ sich leicht bewegen. Also keine Leichenstarre. Dennoch nahm ich an, daß er schon vor mehreren Tagen ermordet worden war. Die Leichenstarre konnte bereits wieder aufgehört haben. Das Gesicht des Toten hatte sich blau verfärbt.

Der Tote entsprach der Beschreibung, die ich von Harry Welch bekommen hatte. Er hatte dunkles Haar mit angegrauten Schläfen und einen dünnen schwarzen Schnurrbart. Doch vorsichtshalber fragte ich Mr. Brand: »Würden Sie sagen, daß dies Welch ist?«

Er kam zwei Schritte näher, beugte sich hinab und schaute sich das Gesicht des Toten an. Seine Miene verriet Ekel. »Ja, aber was ist ihm denn zugestoßen? Sehen Sie nur diese Gesichtsfarbe an! Das ist doch . . .« Aus seiner Kehle kam ein würgendes Geräusch.

»Zyanose«, sagte ich. »Eine der unbedeutenderen Nebenwirkungen bei Zyankalivergiftungen. Am besten, Sie rufen die Polizei.«

Brand ging hinaus. Das Hemd, das der tote Detektiv anhatte, stand am zerknüllten Kragen offen. Er trug keinen Schlips, Hose und Schuhe waren braun.

Es sah aus, als habe sich Welch nach des Tages Arbeit am Abend ausruhen wollen. Und er war fast sicher von jemand anders vergiftet worden. Selbstmord lag für mich fast außerhalb jeglicher Vorstellungen.

Nichts deutete darauf hin, daß Welch in dem Bungalow mit jemandem zusammengelebt hatte. Ich blickte mich nach etwas um, das er gegessen oder getrunken haben konnte. Aber nichts Derartiges war zu sehen. Dafür fand ich im Schubfach des Frisierschranks die Brieftasche des Toten. Ich schlug sie mit einem Finger auf und betrachtete die Ausweise hinter den durchsichtigen Fenstern.

Der Tote war tatsächlich Privatdetektiv gewesen. Er besaß eine Lizenz des Staates Kalifornien. Er hieß Harold M. Welch, und er hatte eine Adresse in Fresno, Kalifornien. Damit hatte ich endlich herausgefunden, wo er herkam.

Ich blickte auf den schlaffen Leichnam am Boden und fragte mich, warum man Welch ermordet hatte. Es gab zwar einen Grund, ein Motiv, das zu allen Gesichtspunkten dieses Falles paßte. Aber auch Welch war vergiftet worden – mit Zyankali. Und auch in Ilona Cabots Milch war Zyankali gewesen.

Plötzlich fiel mir ein, was Johnny Cabot im Westlander-Theater zu mir gesagt hatte: »Wenn ich jemand abservieren wollte, würde ich kein Zyankali dazu nehmen, sondern eine Kanone.« Woher hatte er gewußt, daß bei dem Mordversuch an seiner Frau Zyankali benutzt worden war?

Während ich darüber nachdachte, fiel mir ein, daß Ilona verschwunden war, als ich in dem Haus in der Robard Street ankam. Damit hatte ich meiner Ansicht nach auch die Antwort auf meine Frage. Und mehr! Ich wußte jetzt, warum Welch ermordet worden war, warum man versucht hatte, Ilona Cabot umzubringen, praktisch die ganze Geschichte. Mir war jetzt klar, welche Rolle Johnny Cabot und die drei Ilonas darin spielten. Doch ich brauchte noch einige Informationen und etwas Beweismaterial. Dazu mußte ich in meine Wohnung zurück und von dort aus mit Fresno telefonieren.

Als ich zu Hause ankam, wartete dort immer noch Carol Austin auf mich. Das hatte ich allerdings vorausgesehen. Ich wäre sogar höchst überrascht gewesen, wenn sie nicht auf mich gewartet hätte. Ich kam zur Tür herein, und sie starrte mich nur wortlos an.

»Hei«, sagte ich. »Ich habe mich schon gefragt, ob du noch hier sein würdest.«

Da erst breitete sich ein erleichtertes Lächeln auf ihren Zügen aus. »Wie konntest du nur daran zweifeln? Und was hast du inzwischen getrieben?« Sie riß die blauen Augen weit auf. »Was ist denn mit deinem Anzug passiert? Es regnet doch nicht, oder?«

Ich ging zum Diwan, nahm darauf Platz und griff zum Telefonhörer. »Nein, ich bin nur in ein Wasserbassin gefallen.« Sie stellte mir noch mehr Fragen. Aber anstatt sie zu beantworten, rief ich die Auskunft an und erkundigte mich nach der Telefonnummer von Mr. William Grant in Fresno.

Carol stand auf und sagte: »Ich mache uns was zu trinken.«

»Gut«, sagte ich. »Das hört man gern.«

Während sie in der Einbauküche umherging, hörte ich, wie die Dame von der Auskunft sich mit Fresno in Verbindung setzte und nach der Nummer von William Grant fragte.

Schließlich sagte eine schlaftrunkene Frauenstimme zu mir: »Hallo.«

»Hallo, hier spricht Shell Scott in Los Angeles. Ich wußte nicht genau, ob ich unter dieser Nummer noch jemand erreichen würde.«

Carol kam zurück, setzte sich zu mir auf den Diwan und

reichte mir das Glas mit einem dunkelbraunen Highball. »Bourbon und Wasser, das ist doch richtig, nicht wahr?« flüsterte sie.

Ich nickte. Am anderen Ende der Leitung sagte die Frau: »Mr. Grant ist vor kurzem gestorben. Vielleicht kann ich Ihnen helfen. Ich war jahrelang seine persönliche Sekretärin. Mein Name ist Joan Bates.«

»Was können Sie mir über den Privatdetektiv Mr. Harry Welch sagen?«

»Oh.« Sie zögerte. »Ich fürchte, darüber darf ich nicht . . .«

»Er ist tot«, unterbrach ich sie. »Er wurde ermordet. Ich bin selber auch Privatdetektiv.« Ich übertrieb nur ein wenig, als ich hinzufügte: »Ich arbeite in diesem Fall eng mit der Polizei zusammen.«

Und das löste ihr die Zunge. »Ich verstehe. Er ist also *tot*. Wir hatten schon seit mehreren Tagen nichts mehr von ihm gehört. Wie schrecklich! Sind Sie sicher, daß man ihn ermordet hat?«

»Daran gibt es keinen Zweifel. Was können Sie mir über ihn sagen?«

»Nun, er war für die Testamentsvollstreckung tätig. In seinem letzten Willen hatte Mr. Grant verfügt, daß die Hälfte seines Vermögens an seine Krankenschwester Ann Wilson und mich geht und die andere Hälfte an einen Freund. Aber niemand wußte, wo der – der Freund lebte.«

»Sie meinen seine Tochter, nicht wahr?«

Sie schnappte nach Luft. »Also woher wissen Sie . . .«

»Ich weiß alles darüber, Ma'am. Entschuldigen Sie bitte einen Augenblick, ja?«

Sie sagte, sie werde dranbleiben. Ich legte den Hörer aufs Kissen und stand auf, den Highball in der Hand. »Ist noch Eis draußen?« fragte ich Carol. Das heißt, ich fragte die Schöne, die ich unter dem Namen Carol kannte.

»Ja. Ja, eine ganze Menge. Im Abwaschbecken ist ein Tablett. Was . . .«

Sie wollte sich auch erheben, aber ich sagte freundlich:

»Bleib ruhig sitzen, Süße! Das bißchen Arbeit wird mir schon nicht schaden.«

10

In der Einbauküche konnte mich meine Besucherin nicht sehen. Ich machte allerhand Lärm mit dem Eis und klapperte mit dem Tablett im Abwaschbecken. Außerdem aber hielt ich die Nase über mein Glas und schnupperte. Mir war es schon auf den ersten Blick klar gewesen – nun roch ich es. Der Pfirsichkerngeruch des Zyankali war trotz des starken Bourbondufts deutlich wahrzunehmen. Ich goß den Drink ins Becken, spülte das Glas unbemerkt und rasch aus und füllte es mit Leitungswasser. Dazu goß ich Cola, bis das Getränk die dunkelbraune Bourbonfärbung annahm, warf noch zwei Eiswürfel rein und ging wieder zu Carol.

Sie hatte sich nicht wegbewegt. Sie schien beinahe erstarrt zu sein. Mit strahlender Miene sagte ich zu ihr: »Ich habe gern viel Eis im Drink. Das Telefongespräch kann übrigens noch eine Weile dauern.« Ich setzte mich, nahm den Hörer hoch, hielt die Hand über die Muschel und trank einen großen Schluck von meiner Wasser-Cola-Mixtur. »Das ist gut«, sagte ich mit fröhlicher Stimme. Gleich darauf runzelte ich die Stirn und zog eine Grimasse. »Das ist der bitterste Bourbon, den ich je getrunken habe. Carol, nächstesmal mußt du die Flasche Old Crow nehmen – nicht das billige Zeug.«

Sie nickte schweigend und lächelte. Es war ein gespenstisches Lächeln. Noch vor einer Stunde hätte ich es vielleicht für bezaubernd, warm und liebenswert gehalten. Aber jetzt sah ich es als das, was es wirklich war – nichts als ein Spiel der Lippen- und Wangenmuskeln.

Ins Telefon sagte ich: »Hallo, da bin ich wieder. Würden Sie mir bitte die ganze Geschichte erzählen?« Sie tat es.

Während ich mich mit der Frau in Fresno unterhielt, trank

ich ab und zu aus dem Glas. Als sie fertig war, bedankte ich mich bei ihr und sagte, ich würde mich am folgenden Tag wieder mit ihr in Verbindung setzen. Dann legte ich auf.

Carol Austins große blaue Augen hingen an mir wie blauer Stahl an einem Magneten. Aus dem Telefongespräch konnte sie nicht viel entnommen haben, weil ich die meiste Zeit nur zugehört hatte. Trotzdem sagte sie: »Hast du deinen Fall jetzt aufgeklärt, Shell?«

»Sieht so aus.«

Sie hob ihr Glas. »Na, dann kannst du es dir ja nun gemütlich machen. Dann lebst du auch länger. Trinken wir ex?«

Dann lebe ich länger? Ach nee. »Ex«, bestätigte ich und trank den Rest meiner Cola-Wasser-Mixtur. Es war faszinierend, dabei Carol zu beobachten, wie sie mich beobachtete. Sie schien sogar den Atem anzuhalten. Ich fragte sie: »Möchtest du gern etwas über den Fall hören, Süße? Und über mein faszinierendes Leben als Detektiv?«

Sie zuckte die Achseln, um anzudeuten, daß man sich damit schon ein paar Minuten totschlagen könne. »Einiges hatte ich bereits selber ermittelt«, sagte ich, »und einiges habe ich eben telefonisch aus Fresno erfahren. Ich habe nämlich gerade mit Fresno gesprochen, wußtest du das?«

»Ich . . . dachte, kann sein . . .« Sie verstummte. »Ich meine, ich wußte es nicht.«

»Also, es war Fresno. Demnach sieht es so aus, daß ein Mann namens William J. Grant vor kurzem das Zeitliche segnete. Dieser Mr. Grant hatte immerhin vier Millionen Dollar zusammengebracht. Vor zweiundzwanzig Jahren waren Mr. Grant und ein Mädchen, das Mary Lassen hieß, ein, sagen wir, Liebespaar. Interessiert dich die Geschichte?«

Sie beglückte mich wieder mit einem dieser Muskelspiele, die ein Lächeln sein sollten. Diesmal hätte sie sich beinahe das Gesicht dabei verrenkt. Carol wußte, daß irgendwas völlig schiefgegangen war, aber ihr war wohl noch nicht klar, was. Jedenfalls starb ich für ihren Geschmack einen reichlich langsamen Tod.

Ich fuhr fort: »Um es kurz zu machen, sie bekam ein Kind. Und sie waren nicht verheiratet. Die alte Geschichte. Schon oft passiert und nicht zum letzten Mal.« Und an dieser Stelle brach ich ab. Mein Gesicht verzog sich schmerzhaft. Ich hoffte, es wirkte überzeugend. Ich ließ alle Gesichtszüge entgleisen, krümmte mich nach vorn und stöhnte laut: »Aarrrch!«

Carol rührte sich keinen Zentimeter. Sie sah mich nur an und fragte mich in einem Ton, in dem nicht das geringste Erstaunen, ja, nicht einmal freundschaftliche Neugier mitschwang: »Was ist los, Shell?«

»Ich . . . habe Schmerzen. Mir ist ein bißchen schwindlig. Irgend etwas, das ich . . .« Ich stöhnte noch ein-, zweimal und richtete mich dann kopfschüttelnd wieder auf. Als ich Carol jetzt ansah, war ihr Lächeln offenbar echt, sonderbarerweise. Es war ein feines, kaum wahrnehmbares Lächeln, aber schließlich war ja auch kaum etwas Lustiges passiert.

»Das war aber merkwürdig«, sagte ich. Dann fuhr ich fort: »Also, dieser Grant machte sich davon. Nun saß die Lassen mit dem Kind in der Bredouille. Die Frau brachte das Baby in ein Waisenhaus und beging dann Selbstmord. Als Grant davon erfuhr, war schon etwa ein Jahr vergangen. Er unternahm in dieser Sache nichts. Aber nach weiteren zwanzig Jahren wurde er schwer krank. Als er im Sterben lag, richteten sich seine Gedanken auf das Mädchen – seine Tochter. Inzwischen war er ein reicher Mann geworden, und er wollte die Hälfte seines Vermögens dem Mädchen vererben. Ist dir das zu langweilig, Carol?«

»Was? O nein, Shell. Es ist interessant.«

»Gut. Es bleibt nicht mehr viel zu erzählen. Ich . . . aarrrchh!«

Ich zog meine Schau noch mal ab. Carol schien meine Krämpfe richtig zu genießen und sah mir mit hoffnungsvoller Miene zu. Aber ich erholte mich wieder und redete weiter, allerdings nun mit schwacher Stimme.

»Also, Grant starb, und die Testamentsvollstrecker engagierten in Übereinstimmung mit seinem letzten Willen einen Privatdetektiv namens Welch, der die vermißte Tochter aufspüren sollte. Das einzige, was sie dem Detektiv sagen konnten, waren der Name des Waisenhauses und das Datum, an dem die Mutter das Mädchen dort abgeliefert hatte. Welch besuchte das Waisenhaus und stellte fest, daß das Mädchen den Vornamen Ilona erhalten hatte. Also begann er, Jagd auf Mädchen mit dem Vornamen Ilona zu machen.«

»Ilona?« sagte Carol leise. »Ist das nicht verrückt?«

»Das Verrückte daran ist, daß du mich nach einer Ilona Cabot gefragt hast. Ich habe dir aber nicht gesagt, daß die unansehnliche Ilona in meinem Büro den Nachnamen Cabot führte. Dummerweise ließ ich dir gegenüber heute morgen durchblicken, daß ich ihren Mann suchte, und du mußt mitangehört haben, wie ich mit dem Vermißten-Dezernat der Polizei wegen einer Ilona *Cabot* telefonierte. Das war, als du zu mir ins Büro kamst und mir diese spontan ausgedachte Geschichte auftischtest, du hättest gedacht, es wäre Dr. Forrests Praxis. Vermutlich hast du dir deinen Reim auf das Gehörte gemacht, und deshalb fragtest du mich heute abend nach Ilona Cabot, um sicherzugehen, daß dies tatsächlich ihr durch Heirat erworbener Name war.«

Carol sagte gar nichts. Ich fuhr fort: »Also weiter! In der Umgebung Mr. Grants hatte niemand etwas von dieser Tochter geahnt, bis das Testament verlesen wurde. Unter den gegebenen Umständen durchaus verständlich. Jedenfalls ging das ganze Geld nur an drei Personen. Zwei davon leben in Fresno – Grants persönliche Sekretärin und seine private Krankenschwester. Beide hatten sich seit Jahren um ihn gekümmert. Andere Verwandte besaß er nicht. Also ging die Hälfte des Vermögens an diese beiden. Die andere Hälfte sollte an seine Tochter gehen. Und daraus entstand für diese Ilona natürlich eine gefährliche Situation.«

»Ach ja?« sagte Carol. »Das verstehe ich nicht.«

Wahrscheinlich verstand sie nicht, wieso ich immer noch quatschen konnte, statt abzunippeln. Na schön, ich erzählte weiter: »Keiner wußte genau, ob diese Ilona überhaupt noch lebte. Wenn man sie fand, würde sie zwei Millionen Dollar erben. Falls sie aber nicht gefunden wurde oder tot war, würden die beiden Millionen nach den Bestimmungen des Testaments der Sekretärin und der Krankenschwester zufallen. Das wäre für jede eine Million extra. Ein hübsches Mordmotiv – ein Mord wegen einer Million. Es sieht nun so aus, als ob entweder die Sekretärin oder die Krankenschwester versucht hat, Ilona um die Ecke zu bringen. Es ist wirklich traurig, was Geldgier aus sonst so netten Menschen machen kann.«

Carol sah mich, offenbar völlig verwirrt, sonderbar an. Ich hatte schon seit einer ganzen Weile nicht mehr nach Luft geschnappt oder mich vor Schmerzen gekrümmt. Wahrscheinlich war sie der Meinung, es dauere bedenklich lange, bis ich endlich meinen Geist aufgäbe. Also zog ich wieder meine schauerliche Sterbeschau ab.

Plötzlich keuchte und gurgelte ich doppelt so laut und viel theatralischer als vorher. Ich sprang in die Höhe, reckte mich und preßte die Hände auf den Bauch. Ich drehte mich, schwankte, stolperte vorwärts, fiel beinahe über Carols Beine, wälzte mich auf dem Teppich und stöhnte unentwegt.

Carol reichte mir keine helfende Hand und sagte kein Wort. Sie tat nichts. Wenn ich die Augen verdrehte, sah ich sie manchmal ganz kurz wie in Momentaufnahme. Sie hatte die Arme vor der Brust gekreuzt und sich die Hände auf die Schultern gelegt. Aus schmalen blauen Augen sah sie mich unverwandt an, und dieses knappe, leichte Lächeln kräuselte die vollen roten Lippen.

Schließlich kam ich auf Hände und Knie hoch und hob das Gesicht, um sie ansehen zu können. »Du!« krächzte ich. »Du hast mir Gift reingetan!«

Ihre Augen glänzten. Sie blinzelte mir zu und drückte sich in den Diwan, als wolle sie sich möglichst fern von mir halten. »Du warst es, Carol«, sagte ich. »Du hast Welch ermordet – und zweimal versucht, Ilona zu beseitigen.«

Sie stand auf und wollte um mich herumgehen. Aber das war nicht in meinem Sinne. Also tat ich so, als nähme ich meine letzten Lebensenergien zusammen, kam noch einmal auf die Beine und torkelte auf Carol zu.

Sie riß die Augen auf, und nun zeichnete sich erstmals etwas wie Angst in ihnen ab. Doch glaubte sie, daß ich mich kaum noch schnell und sicher genug bewegen könnte. Deshalb drehte sie sich um und wollte weglaufen. Zu spät. Ich sprang ungefähr zwei Meter hoch in die Luft und packte sie, drehte sie zu mir um und preßte sie fest an mich. Dann fielen wir beide auf den Fußboden. Ich schrie: »Sag mir die Wahrheit!«

Ihr Gesicht war dicht vor meinem, und jetzt hatte sie wirklich Angst, das sah ich ihr an. »Ja«, sagte sie in weinerlichem Ton, »ich habe ihn getötet. Er durfte nicht herausposaunen, wo sie sich aufhielt! Und ich habe auch versucht, sie zu töten – aber ich habe sie nicht umgebracht, ich habe sie nicht umgebracht! Laß mich los! Du sollst mich loslassen!«

Ich hielt sie nur noch fester. Wir lagen seitlich auf dem rauhen Gewebe meines Teppichs, und ich hätte sie nicht enger an mich pressen können. Ihre Brüste stießen gegen meinen Oberkörper, ihre Oberschenkel drückten an meine, und schließlich war sie doch ein herrlich gebautes weibliches Wesen. Außerdem machte sie auch dauernd bestimmte Bewegungen. Und ich lag ja gar nicht im Sterben! Im Gegenteil, das Leben war noch nie so frisch.

Ich sagte: »Du wolltest sie am vorigen Sonntag mit dem Auto überfahren, und dann hast du ihr heute morgen Zyankali in die Milch getan. Gibst du das zu?«

»Ja, ja!«

»Und daher warst du völlig von den Socken, als sie heute morgen lebend aus ihrem Haus kam. Und hast sie dann bis zu meinem Büro verfolgt, stimmt's, meine Liebe?«

Sie nickte. Aber nun hatte dieses gemeinsame Rumwälzen und Strampeln meinen Blutdruck gewaltig in die Höhe getrieben. Nach meinen letzten Worten hatte Carol nichts mehr gesagt. Aber sie hörte nicht auf, sich mit hektischen Bewegungen gegen mich zu wehren. Sie zappelte und versuchte, aus meinem Griff zu kommen, und das alles konnte einem Mann schon mächtig zusetzen. Unsereins ist schließlich auch nur ein Mensch. Recht schnell vergaß ich, was für Fragen ich diesem Mädchen eigentlich stellen wollte.

Und so war es schließlich kein Wunder, daß Carol merkte, was mit mir los war. Ihr Gesicht durchlief eine erstaunliche Folge von Emotionen. Zuerst ein ungläubiges Staunen. Ein Blick von der Sorte: »Ist denn so was möglich?« Denn die Leichenstarre konnte bei mir doch noch nicht eingesetzt haben. Langsam begriff sie. Es sah aus, als wäre sie einem Schlaganfall nahe, und das wußte sie auch selber. Doch dann zum Schluß, als Krönung sozusagen, griff Carol zu ihrer Lieblingswaffe, dem Sexy-Blick.

Sie hatte mich am Kanthaken. Zum Teufel, ich sie auch. Aber jetzt wußte sie, wonach der alte Shell Scott lechzte. Ja, sie wußte es genau. Und sie dachte sich wohl, sie könnte meine Gelüste zu ihrem Vorteil wenden. Jedenfalls redete sie auf einmal leise auf mich ein.

»Na, und wenn ich den Detektiv umgebracht habe, Shell? Was ist denn schon dabei? Aber wir beide können uns ein herrliches Leben machen. Denn ich werde reich sein, Shell, sehr reich. Millionen, Millionen Dollar! Für uns beide . . .«

Sie zappelte und wälzte sich immer noch auf dem Teppich. Aber sie versuchte jetzt nicht mehr, sich aus meinem Griff zu befreien. »Wenn Ilona erst beseitigt ist«, sagte sie, »habe ich zwei Millionen – und später vielleicht noch mehr. Wir müssen ihren Mann auch noch loswerden. Bis heute morgen wußte ich ja nicht, daß sie geheiratet hat.«

Kurze Pause. Dann: »Shell, wenn wir die beiden abservieren können, dann werden wir vielleicht später sogar vier Millionen haben. Das ist mehr Geld, als ich mir vorstellen kann – aber es sollte ja auch alles mir zufließen. Bill hat mal gesagt, daß ich alles kriegen soll.«

Einen Moment stutzte ich vor diesem ›Bill‹, aber dann merkte ich, daß sie Grant gemeint haben mußte, William Grant. Vielleicht hatten sie und Bill auch Spiele auf dem Teppich getrieben, oder sie hatten zusammen andere, weniger ungewöhnliche Dinge gemacht. Aus Carols Gesicht war die Angst verschwunden, es war ganz dicht vor meinem, und sie lächelte schon wieder. Doch das Lächeln war immer noch nichts anderes als ein Spiel der Muskeln. Sie sah aus, als sei sie nicht recht bei der Sache, als sei sie geistesabwesend oder zumindst träge.

Leise redete sie weiter: »Ich weiß, du magst mich. Ich merke es immer, wenn ein Mann mich mag.«

»Zum Beispiel Welch? Er muß dich wohl sehr gemocht haben. Du hast mit ihm in diesen Rancho-Bungalows gewohnt, nicht wahr?«

»Nur kurze Zeit. Ich mußte doch in seiner Nähe bleiben, um es zu erfahren, wenn er Ilona fand. Falls er sie fand.«

»Er wußte also nicht, daß du Ann Wilson bist, oder?« Ich hielt den Atem an.

Aber sie antwortete ohne Zögern: »Natürlich nicht. Ich nannte ihm einen erfundenen Namen. Ich arrangierte es so, daß wir uns in einer Bar kennenlernten. Das ist immer günstig. Bevor er mir sagte, daß er die ihm übertragene Aufgabe gelöst hatte, schrieb er erst seinen Bericht. Daß er das Mädchen, das sie suchten, gefunden hatte. Danach – als er dann tot war, verbrannte ich seinen Bericht. So erfuhr ich, wo Ilona wohnte.«

»Und warst du es auch, die heute nachmittag auf mich geschossen hat?«

»Auf dich geschossen? Ich weiß nicht, wovon du sprichst.«

Das glaubte ich ihr sogar. Sie schwieg einige Sekunden lang. Dann legte sie ihre Wange an meine und sagte zufrieden, beinahe lachend: »Ich weiß, du magst mich sehr. Und wir werden es uns gemeinsam gutgehen lassen, was? Du wirst mich doch nicht verraten, Shell?«

»Baby, wir fahren gleich von hier aus ins Kittchen.«

Zuerst kriegte sie es nicht mit. Dann nahm sie den Kopf etwas zurück und schaute mich prüfend an. »Was? Was hast du gesagt?«

»Süße, der zweite Drink, den du mir vorhin gemacht hast – den du ganz allein in der Küche mixtest –, enthielt genügend Gift, um mich mit absoluter Sicherheit zu töten.

Ich war ein zweiter Welch, ein Mann, der deinen Plänen gefährlich werden konnte. Zum Glück schnupperte ich nur daran und doch merkte ich schon eine leichte Wirkung. Unter diesen Umständen kann ich es mir nicht mehr erlauben, noch einmal mit dir zu trinken. Du mußt ja mindestens acht Pfund Zyankali von Fresno mitgebracht haben.«

»Ach, das bildest du dir ja nur alles ein, Shell.« Ja, wirklich, sie war übergeschnappt. »Ich würde dir doch nie etwas zuleide tun.« Mann, jetzt rieb und zappelte sie vielleicht an mir herum!

»Nein, natürlich nicht«, sagte ich in freundlichem Ton. »Ich hatte ja keine Ahnung, warum mir so übel war, bis ich Welchs Leiche sah. Sie war ganz blau im Gesicht. Da wußte ich endlich, was mit mir los war und wer dahintersteckte. Das hatte mir der Tote offenbart. Nein, meine Liebe, ich muß dich leider ins Gefängnis bringen.«

Und diesmal glaubte sie mir. Sie stieß sich von mir ab, und dann schlug sie nach mir mit allem, was sie hatte – das heißt, mit allem, was sie mir bisher noch vorenthalten hatte. Arme, Ellbogen, Kopf, Knie und so weiter. Sie wollte mich sogar beißen. Schließlich mußte ich ihr die Arme und Beine mit dem Kabel einer Wohnzimmerlampe fesseln.

11

Vor einer Stunde hatte die Polizei Ann Wilson alias Carol Austin aus meiner Wohnung abgeholt. Jetzt klopfte ich an die Tür des Zimmers zwölf im Hotel Franklin. Als ich auf die Polizei wartete, hatte mich der Mann vom Empfang des Franklin angerufen, um sich die 20 Mäuse zu verdienen, die ich ihm zugeschoben hatte. Er meldete, daß Cabot und seine Frau zurück seien. Also war ich so schnell wie möglich hergefahren, um den Fall endgültig abzuschließen. Nur mit Grauen dachte ich daran, was Ilona empfinden würde, wenn sie die Wahrheit erfuhr. Johnny würde auch nicht gerade davon begeistert sein. Deshalb nahm ich jetzt vorsichtshalber meinen .38er Colt heraus und behielt ihn beim Warten in der Hand.

Drin hörte man Schritte. Dann ging die Tür ein Stückchen auf. Schläfrig sah mich Johnny an und sagte etwas. Aber plötzlich riß er die Augen weit auf, stieß einen Fluch aus und wollte die Tür zuknallen.

»Moment mal, Cabot!« Ich schob ihm die Mündung unter die markante Nase. Er erstarrte und schielte auf die Kanone, die so dicht vor seinem Gesicht war. »Lassen Sie mich rein, Cabot! Die Party ist vorbei!«

»Was soll denn das, zum Teufel! Jetzt habe ich aber genug . . .

»Halten Sie den Mund! Lassen Sie mich jetzt rein?«

Er warf einen Blick auf meine Jackettasche. Dann trat er zurück. Ich ging rein und schaute mich um. Die Tür ins Nebenzimmer, das Schlafzimmer, war auf. Von drin rief Ilona: »Was ist, Joe?«

»Ich . . . ich komme gleich«, sagte er und sah wieder mich an.

»Holen Sie sie her, Cabot!« sagte ich. »Diesen Gefallen will ich Ihnen noch tun – warum, weiß ich selber nicht. Sie können ihr jetzt alles sagen, wenn Sie wollen. Sonst mache ich es. Sie dürfen wählen, was Ihnen lieber ist.«

Er fuhr sich mit der Zunge über die Lippen. »Was denn sagen?«

»Lassen Sie den Quatsch! Sie sind erledigt. Ich weiß über William Grant, über die Erbschaft Ihrer Frau und über alles andere Bescheid.«

Er stieß einen Seufzer aus. »Na schön«, sagte er schließlich mit einem Achselzucken. »Versuchen mußte ich es mal. Am besten, äh, Sie sagen es ihr, Scott. Sie ist ziemlich durcheinander, aber . . . na ja, ich möchte es ihr nicht sagen.«

»Hätte nicht gedacht, daß Sie sich etwas daraus machen, Cabot.« Er zuckte die Achseln. Ich sagte: »Sagen Sie ihr, sie soll hierherkommen! Aber Sie bleiben immer in meinem

Sichtwinkel! Möchte vermeiden, daß Sie mit der .45er in der Hand zurückkommen.«

»Was für 'ne .45er?«

»Mit der Sie heute nachmittag auf mich geschossen haben.«

Er wollte es abstreiten, aber dann ließ er es, ging zur Tür und sagte zu Ilona, sie solle sich etwas anziehen und herkommen. Dann schloß er die Tür, trat mir gegenüber und sagte zu mir: »Hat wohl keinen großen Sinn mehr, die Sache abzustreiten. Klar habe ich auf Sie geschossen – oder vielmehr auf Ihr Auto. Machen Sie sich nichts vor, Mister! Wenn ich Sie hätte umlegen wollen, dann hätte ich nicht einen Meter daneben geschossen. Ich wollte Ihnen nur Angst einjagen, damit Sie sich nicht mehr um mich und Ilona kümmern.« Nach kurzer Pause schloß er: »Vielleicht hätte ich Sie doch abknallen sollen – aber ich bin kein Mörder.«

Jetzt glaubte ich ihm. Ich steckte den .38er in die Jackettasche, hielt aber die Hand darüber. »Eine Zeitlang habe ich Sie für einen gehalten, Cabot. Heute abend fand ich Welchs Leiche . . .«

»Er ist tot?« fragte er, und das klang nach ehrlicher Überraschung.

»Schon seit Tagen. Vergiftet! Ich hatte Sie in Verdacht, aber unter den gegebenen Umständen wären Sie verrückt gewesen, wenn Sie ihn umgelegt hätten. Sie brauchten ihn ja lebendig – wenigstens so lange, bis er nach Fresno berichtet hatte, daß Ilona gefunden war. Aber im Westlander sagten Sie mir, Sie würden nie Zyankali nehmen, wenn Sie jemand abservieren wollten – und da dachte ich mir, daß Sie Ihrer Frau das Zyankali in die Milch getan hätten.«

»Da sind Sie aber schwer auf dem Holzweg«, sagte er. »Nachdem Sie im Westlander mit mir gesprochen hatten, rief ich sofort Ilona an und fragte sie, was los sei. Sie sagte mir, daß sie mit der Milchflasche bei Ihnen im Büro gewesen sei, und erzählte vom Zyankali und allem. Von ihr wußte ich es.«

»Ja, so ungefähr habe ich es mir auch gedacht.«

»Welch ist schon seit Tagen tot? Sie wissen also noch nicht, daß Ilona hier in L.A. ist.« Er grinste schief. »Obwohl das für *mich* jetzt auch egal ist.«

Einen Augenblick war er mir beinahe sympathisch. Jetzt, da Cabot wußte, daß das Spiel vorbei war, nahm er kein Blatt mehr vor den Mund. Wie ich es mir dachte, hatte er mit Welch zum erstenmal am 15. gesprochen, als der Detektiv ins Westlander-Theater gekommen war, um Ilona, den ungarischen Hurrikan, unter die Lupe zu nehmen. Cabot hatte soviel von Ilona und Welch selber erfahren, daß er sich an den Detektiv hängte wie ein Blutegel. Sie besuchten das Grotto, wo Welch Neptuna ausfragte – und als Cabot sie zu sehen bekam, riß es ihn vom Hocker.

Eigentlich wollte er am nächsten Abend mit Welch essen gehen. Aber dann rief Welch an und teilte ihm mit, er habe das Mädchen gefunden, hinter dem er her war, und könne deshalb nicht kommen.

»Wieviel hat Welch Ihnen erzählt?« fragte ich. »Hat er Ihnen gesagt, daß die Ilona, die er aufgespürt hatte, zwei Millionen Dollar erben würde? Sagte er Ihnen, wo sie wohnte?«

Cabot zuckte die Achseln. »Nein, er sagte mir nur, daß sie laut Testament eines gewissen William J. Grant etwas Geld bekommen werde. Ilona hat er gar nichts gesagt. Sein Auftrag lautete ja nur, sie zu finden. Ich wußte, daß Welch aus Fresno stammte, sah die letzten Zeitungen aus Fresno durch und entdeckte, daß dieser Grant gut betucht war. Am nächsten Tag, als Welch mich anrief, fragte ich ihn, wo er das Mädchen aufgestöbert habe, und er sagte, bei einer Versicherungsfirma in der Hill Street. Näheres brauchte ich gar nicht zu wissen. Das Übrige fand ich selber raus, indem ich ein bißchen hier nachhakte und mit Fresno telefonierte.« Er zuckte wieder die Achseln. »Für zwei Millionen Dollar lohnt sich schon ein kleiner Versuch.«

»Ich verstehe nur nicht, warum Sie am Montagabend ausgezogen und nicht wiedergekommen sind.«

»Na ja, Sie hatten meine . . . Frau kennengelernt. Und Sie

hatten Ilona Betun gesehen. Da dachte ich, für mich wär's am besten zu verschwinden.«

Die Antwort war nicht übel. Cabot berichtete mir weiter, er habe das Engagement in dem Varieté aufrechterhalten, weil er doch nichts von Ilonas Erbschaft wissen durfte. Da hätte es komisch ausgesehen, wenn er sofort nach ihrem Kennenlernen gekündigt hätte. Außerdem, sagte er düster, hätten sie das Geld wirklich gebraucht.

Da ging die Tür auf, und Ilona Cabot kam herein. Im Bademantel ihres Mannes, ohne jedes Make-up und mit unfrisierten Haaren sah sie wirklich nicht gut aus. Wenigstens nicht hübsch. Aber irgendwie war sie süß – und dennoch eine graue Maus.

Als sie mich erkannte, hellte ein Lächeln ihre Züge auf. »Mr. Scott! Was machen Sie denn hier?«

»Hallo, Mrs. Cabot. Bitte, nehmen Sie doch Platz!«

Wir setzten uns alle. Ich in einem Sessel, Ilona und Johnny auf der Couch. Sie griff nach seiner Hand und hielt sie fest. Johnny wirkte unangenehm berührt.

Nur um sicherzugehen, fragte ich sie, ob sie die ersten sechs Lebensjahre im Bunting-Waisenhaus verbracht und ob ein Detektiv namens Welch sie vor zwei Wochen danach befragt habe. Nach leichtem Zögern bestätigte sie alles, drückte aber ihr Erstaunen über meine Frage aus.

»Nun, Mrs. Cabot, dann haben Sie geerbt«, sagte ich. »Sie werden bald zwei Millionen Dollar ausgezahlt bekommen.«

Sie bekam es überhaupt nicht mit. Wer von zwei Millionen Dollar redete, konnte doch nicht von ihr reden! Ich brauchte fünf Minuten, bis ich sie wenigstens teilweise überzeugt hatte, daß sie das Geld wirklich bekommen werde. Ich erklärte es ihr so eingehend, daß sie es glauben mußte. Als sie es endlich gefressen hatte, drehte sie sich nur zu Cabot um und sagte: »Johnny, ist das nicht wunderbar?«

Ich unterbrach sie schnell. »Moment mal, ja? Das ist nicht alles. Ich muß Ihnen noch etwas sagen. Und das betrifft Ihren Mann. Johnny also.«

Lächelnd sagte sie: »Ja?« Und schaute Johnny Cabot an. Das heißt, sie strahlte ihn an.

Ich entsann mich, wie ihr Gesicht aufgeleuchtet hatte, als ich sie in meinem Büro aufforderte, mir ihren Mann zu beschreiben. Genauso war es jetzt. Ein strahlendes, glückliches Alles-ist-wunderbar-Gesicht. Das war nichts Neues unter der Sonne, keine Weltpremiere, einfach das Gesicht einer liebenden Frau.

Allerdings war es natürlich neu für Ilona.

Mit Grauen dachte ich daran, wie ihr Gesicht verfallen würde, wenn sie von mir hörte, daß Johnny Cabot durch Welch von ihr und der Erbschaft erfahren, sie ausfindig gemacht, sich an sie herangepirscht, sie erobert und geheiratet hatte, nur um sich einen Anteil an den zwei Millionen Dollar zu sichern. Wenn ich mir vorstellte, was dann aus ihrem von Natur aus unscheinbaren, unschönen Gesicht werden würde, grauste es mir.

Doch ich sagte: »Hören Sie, Mrs. Cabot, dieser Detektiv Welch, der mit Ihnen gesprochen hat – also, der hatte vorher schon mit einigen anderen Ilonas gesprochen, bevor er Sie aufspürte. Alles während dieser Suche nach Ihnen. Zwei Millionen Dollar sind ein mächtiger Batzen Geld, und . . .« Ich brach ab. Es fiel mir schwer, die richtigen Worte zu finden. Zwar würde es auf jeden Fall verletzend wirken, gleichviel welche Worte man wählte. Dennoch wollte ich es ihr auf möglichst schonende Weise beibringen.

Aber da sagte Cabot langsam: »Lassen Sie mal, Scott! Das ist etwas, das ich . . . na ja, es ist wohl besser, wenn ich es ihr sage.« Er kaute eine Weile an seiner Unterlippe. Dann wandte er sich zu ihr um. »Süße, die Sache ist die: Als ich dich kennenlernte, da habe ich . . . also, da habe ich . . .«

Ilona sah lächelnd zu ihm auf. Und da kam es mir so vor, als sähe sie gar nicht mehr so unscheinbar und beinahe häßlich aus – jedenfalls nicht, wenn sie zu ihrem Mann aufsah. Dann stiegen ein Glanz und eine Wärme in ihr Gesicht, das zum Spiegel ihres inneren Glücks wurde. Mir war, als wandelten sich jetzt aller Hunger nach Liebe, alle abgewiesene Zuneigung aus vielen schweren Jahren zu einem stolzen Leuchten. Man sah es in den hell strahlenden

Augen und im Schwung ihrer Lippen. So frei und ehrlich und offen, daß es Freude machte, sie anzusehen.

Johnny holte tief Luft und sagte dann, ihren Blick vermeidend: »Süße, als wir uns kennenlernten, habe ich zu dir gesagt, daß ich verrückt nach dir wäre, weißt du noch? Aber der wahre Grund, warum ich zu dir an den Tisch kam, war, daß ich schon alles wußte über . . .«

Ich sprang auf. »Moment! Halten Sie mal einen Augenblick den Mund!«

Die Worte kamen mir fast wie von allein über die Lippen. Und zwar nur, weil ich verhindern wollte, daß Ilonas Gesicht, so wie es jetzt war, allen Glanz einbüßte, wenn er ihr die letzte Illusion raubte. Oder vielleicht war ich auch ausgeflippt.

Jedenfalls redete ich wie ein Wasserfall. Ich sagte: »Ich kann hier nicht die ganze Nacht rumsitzen und zuhören, wie ihr beide Süßholz raspelt. Wahrscheinlich läuft es wieder auf das hinaus, was mir Ihr Mann vor kurzem sagte, als ich ihm von Ihrer Erbschaft erzählte. Er sagte, er habe Angst, sie würden ihn vielleicht als Millionärin nicht mehr so lieben wie vorher.«

»Johnny!« rief sie schockiert.

Ich sprach weiter: »Ich wollte Ihnen nur noch über die zweite Hälfte des Auftrags berichten, den Sie mir erteilt haben. Mrs. Cabot, es hat wirklich jemand versucht, Sie umzubringen. Es war eine Frau. Sie heißt Ann Wilson. Sie soll selber eine Million erben. Aber das war ihr noch nicht genug. Deshalb wollte sie Sie um die Ecke bringen. Ich glaube, sie ist ein bißchen übergeschnappt. Auf jeden Fall hat die Polizei sie jetzt erst mal in Obhut genommen. Also brauchen Sie sich ihretwegen keine Sorgen mehr zu machen. Komisch, wahrscheinlich werden Sie von Ihrem Erbteil jetzt noch zusätzlich eine halbe Million erhalten.«

»Alle meine Sorgen sind zerstoben«, sagte sie leise. »Ich kann es noch gar nicht fassen – es kam alles so schnell.«

Cabot konnte es ebensowenig fassen. Mit offenem Mund starrte er mich fassungslos an. Ich ging zur Tür und dann auf den Flur. Dort nickte ich ihm zu. »Ich möchte Ihnen noch ein letztes Wort sagen, Cabot.«

Er kam heraus und schloß die Tür hinter sich. »Was war denn das?« fragte er verblüfft. »Was ist denn da eben passiert?«

»Wahrscheinlich hatte ich einen Gehirnschlag. Jetzt halten Sie den Mund, und hören Sie mir zu! Dieses kleine Mädchen da drin muß noch verrückter sein als Ann Wilson. Denn sie hält Sie für den Größten. Ich teile ihre Ansicht keineswegs, aber vielleicht könnten Sie bei dieser zwei Millionen starken Ilona ein wirklich netter Ehemann werden, wenn Sie sich Mühe gäben. Und ich habe das Gefühl, daß Sie sich Mühe geben werden.«

Er nickte bedächtig. »Ja. Sie haben recht.« Und nach einer Pause: »Hätte nie gedacht, daß Sie ein gutes Wort für mich einlegen würden.«

»Sie wissen, daß ich es ihr immer noch sagen kann«, erwiderte ich. »Und ich kann alles beweisen. Aber ich möchte nicht zwei Menschen auseinanderreißen, die sich so lieben.«

»Wissen Sie was?« sagte er leise. »Sie sieht jetzt schon besser aus als damals, als ich sie kennenlernte. Hübsch ist sie noch nicht – aber nicht mehr so scheußlich.«

»Na, dann warten Sie mal ab, wenn sie die Erbschaft ausgezahlt kriegt! Dann wird sie eine Schönheit sein.«

Das war natürlich reine Ironie von meiner Seite, aber irgendwie hatte ich doch das Gefühl, daß Ilona – mit Hilfe von etwas Geld und sehr viel Liebe – es noch schaffen würde, als ›gar nicht so übel aussehend‹ zu gelten. Nun, warten wir's ab.

Ich nickte Johnny Cabot zu und schloß: »Sagen Sie Ihrer Frau, daß ich ihr die Rechnung zuschicken werde! Eins steht fest: Es wird eine *gesalzene* Rechnung.«

Dann ging ich den Flur hinunter. Noch bevor ich beim Fahrstuhl ankam, hörte ich, wie hinter mir eine Tür knarrte. Ich drehte mich um. Die Tür war zu, und Johnny Cabot war wieder mit seiner Frau allein . . .

Noch als ich im Cad nach Hause fuhr, mußte ich an

Johnny und seine Ilona denken. Erst als ich fast schon über den Beverly Boulevard hinaus und am Grotto vorbei war, fiel mir die andere Ilona ein. Neptuna. *Meine* Ilona.

Ich trat so plötzlich auf die Bremse, daß der Wagen nach dem Schleudern mitten auf der Straße zum Halten kam. Ein kurzer Blick aufs Armaturenbrett belehrte mich, daß es drei Uhr morgens war. Was hatte Ilona Betun gesagt? Sie hatte mich gebeten vorbeizukommen, wenn es mir möglich sei, und hinzugefügt, sie werde nach Schluß der Vorstellung noch eine Weile warten. Bis zwei Uhr. Jetzt war es allerdings schon eine Stunde später. Aber vielleicht war sie noch da.

Vor der Hintertür des Grotto mußte ich einen Augenblick stehenbleiben, um Luft zu schöpfen. Dann legte ich die Hand auf den Türknopf. Er ließ sich leicht drehen. Die Tür ging auf. Hinter der Tür war schwarze Finsternis. Aber die Tatsache, daß die Tür nicht abgeschlossen war, machte mir Mut.

Entweder waren Einbrecher im Club, oder Ilona wartete auf mich. Ich trat ein, schloß die Tür hinter mir und ging, immer noch grinsend, vorwärts durch den dunklen Flur.

Ins Deutsche übertragen von Ekkehart Reinke

STEPHEN MARLOWE

Gesucht – tot und lebendig

Chester Drum

Ich trank einen Ouzo mit Wasser auf dem Achterdeck der Autofähre ›Hellas‹ und sah zu, wie die Lichter von Brindisi in der mediterranen Dämmerung schwächer wurden, als eine untersetzte Gestalt, wegen des Seeganges leicht schlingernd, auf mich zutrat.

»Was, zum Teufel, machen Sie hier an Bord?« sagte ich.

»Hab' ich jemals gesagt, ich würd' nicht hier sein?«

»Ihre Frau Sie schon gesehen?« fragte ich.

»Im Gesellschaftszimmer. Rührende Szene. Voll bis zum Stehkragen. Wie üblich.«

Zwei der gleichen Sorte, dachte ich. Sebastian Spinners Schwanken lag nicht nur am Schlingern des Schiffes. Er hielt sich mit beiden Händen an der Reling fest, um das Achterdeck vorm Umfallen zu bewahren.

»Was ist mit dem Killer?«

»Himmels willen, nein. Wenn er an Bord ist, hab' ich ihn nicht bemerkt.« Spinner seufzte kläglich. »Vorausgesetzt, ich kann mich daran erinnern, wie der Hundesohn überhaupt aussieht.«

Ein Nebelhorn tutete spöttisch über die Bucht.

Sebastian Spinner war Produktions-Direktor des Films ›Lucrezia Borgia‹, der zur Zeit in ganz Italien vor Ort gedreht wurde. Fünfundzwanzig Millionen Dollar, nicht Spinners Geld, waren bisher investiert worden. Die Gesellschaft war fast bankrott, der Film immer noch nicht fertig. Er würde auch niemals fertig werden, solange Spinners Frau pausenlos in der Weltgeschichte herumreiste, mit oder ohne ihrem gerade aktuellen Liebhaber.

Es schien noch viel unwahrscheinlicher, daß der Film jemals fertig werden würde, falls Spinners Frau, Carole Frazer, die die Lucrezia spielte, auf der sechsundzwanzigstündigen Schiffsreise von Brindisi, Italien, nach Patras, Griechenland, das Zeitliche segnete. Weder Spinner noch ich würden darauf wetten, daß es nicht so weit kam. Spinner hatte einen neapolitanischen Killer angeheuert, um sie um die Ecke bringen zu lassen.

Zum ersten Mal hatte ich Sebastian Spinner vor ein paar Wochen in Rom getroffen, als ich mir nach der Axel-Spade-

Affäre einen Urlaub gönnte. Es war eine Party, die Art, wie man sie in Cinecitta oder Hollywood schmeißt, wo jemand bis obenhin Aufgetakeltes in den Swimming-pool geschubst wird, wo ein unbekanntes Starlet namens Simonetta oder ähnlich sich bis zur Hüfte freimacht, um ihre erstaunliche Oberweite vorzuzeigen und wo Typen wie ich, wenn sie gerade ziemlich runter sind, von Kerlen wie Sebastian Spinner angeheuert werden.

»Drum?« hatte er gesagt und sich zwei Martinis von einem Tablett geschnappt und mir einen davon gegeben. »Doch nicht etwa Chester Drum?«

Ich bekannte mich schuldig.

»Der Privatschnüffler?«

»Nicht besonders privat, wenn Sie weiter so rumbrüllen.«

Spinner lachte schleimig und packte meinen Arm mit seiner kleinen weichen Hand. Er war untersetzt und glatzköpfig; Gesicht und Schädel glänzten vor Schweiß.

»Man sagt, Sie seien der beste in diesem Geschäft«, sagte er und fügte bescheiden hinzu: »Ich bin der Beste in meinem Geschäft. Schätzchen, wenn wir klarkommen, könnte es sein, daß Sie mir das Leben retten. Obwohl ich mir manchmal nicht so ganz sicher bin, lohnt sich die Mühe.« Spinner war abwechselnd selbstgefällig und mit sich unzufrieden, typisch Hollywood. Ich war heilfroh, daß ich normalerweise von Washington, D.C. aus operierte.

Er schob mich nach draußen und wir fuhren in seinem tiefliegenden Facel-Vega durch die heiße römische Nacht. Er sprach nicht, bis wir an der Via Veneto geparkt und einen Tisch vor Doney's Straßencafé genommen hatten.

»Irgend jemand knallt meine Frau ab«, sagte er dann. »Jesus, sie bringen sie um und dann ist Schluß mit ›Lucrezia Borgia‹, von den fünfundzwanzig Millionen von Worldwide Studio rede ich noch gar nicht. Wenn das passiert, krieg' ich nicht mal mehr 'nen Job als Latrinenfeger in der Hilfsmannschaft bei diesen gottverdammten miesen Streifen, die sie mit der jugoslawischen Armee runterdrehen.«

Ich fragte: »Woher wissen Sie so genau, daß jemand Ihre Frau umbringen will, Mr. Spinner?« Ich fragte ganz freundlich, so, wie man mit einem redseligen Betrunkenen spricht.

Spinner verstand, was ich meinte, und mochte es nicht. »Aufgrund der Tatsache, daß ich den Kerl angeheuert habe«, sagte er entrüstet, und ab hier sperrte ich beide Ohren weit auf.

Vor ein paar Tagen, während sie außerhalb von Neapel drehten, war Spinner auf eine Spritztour nach Vomero gefahren. Das konnte ihm keiner vorwerfen. Seine Frau schlief mit Philip Stanley, ihrem führenden Filmpartner, und jeder wußte darüber Bescheid.

»Ich saß in dieser Kneipe in Vomero«, sagte Spinner. »Ich war voll bis zu den Haarspitzen, und auf einmal war es so wie bei diesem Hitchcock-Streifen, wo sich zwei Kerle in der Eisenbahn treffen und . . . erinnern Sie sich an den Film?

Na ja, ich kam mit diesem Mafia-Typ ins Gespräch. Normalerweise bin ich nicht eifersüchtig. Verdammt, ich war sechsmal verheiratet, und ab und zu mal 'n Seitensprung ist ja der Rede nicht wert, schließlich ham wir 'n freies Land, ich hab' auch mal Bock drauf'. Aber Carole posaunt es geradezu raus. Von Diskretion hat sie noch nie was gehört, und der Bastard von Stanley reibt's mir unter die Nase. Kein Weibsbild setzt Sebastian Spinner öffentlich Hörner auf.

Das erzähl' ich also dem Mafia-Typ, und er nickt und hört zu, bis ich Schaum vor dem Mund hab' und schließlich die Klappe halte. Da sagt er, für fünftausend amerikanische Dollars würd' er sie umbringen, und da sag' ich ihm, daß er den Fünftausend-Dollar-Job kriegt, und blitzschnell schwätzt er mir die Hälfte als Vorschuß ab und marschiert aus der Kneipe, kaum daß ich ihm noch sagen konnte, wann es am günstigsten sein würde, sie umzubringen.«

»Wann wäre das?«

Er sprach von ihrer bevorstehenden Reise nach Griechenland. »Auf dem Schiff«, sagte er. »Es gibt eine Fähre von Brindisi nach Patras. Carole fliegt nicht gern.«

Ich beobachtete den Verkehr auf der Via Veneto, wie er

vom Pinciana-Tor verschluckt wurde. »Ich vermute, Sie haben Ihre Absicht geändert.«

»Da können Sie aber drauf wetten! Was passiert mit ›Lucrezia Borgia‹, wenn Carole umgebracht wird? Das sagen Sie mir mal, Mann.«

»Okay, pfeifen Sie Ihren Killer zurück. Wofür brauchen Sie mich eigentlich noch?«

»Ich kann ihn nicht zurückpfeifen.«

Ich zog die Augenbrauen hoch.

»Ich kenn' nicht mal seinen verdammten Namen, ich bin nicht sicher, in welcher Kneipe wir in Vomero waren, und er hatte ein Gesicht wie tausend andere von diesen flinken Burschen, die ihre eigene Schwester für tausend Lire in Neapel verhökern. Mann, ich brauch' 'nen Drink.«

»Vielleicht hat er Ihnen die zweieinhalbtausend Piepen nur abgeschwatzt«, schlug ich vor. »Wieso sind Sie so sicher, daß er die Sache durchzieht?«

»Überhaupt nicht, Schätzchen«, gestand Spinner mit kränklichem Grinsen. »Überhaupt nicht. Vielleicht lacht er sich in Vomero ins Fäustchen. Meinen Sie, ich wüßte das nicht?«

»Und?«

»Vielleicht lacht er aber auch nicht.«

Ich fuhr für ein paar Tage nach Neapel und durchkämmte alle Kneipen in Vomero, aber ohne Erfolg. Ich schaffte es nach Brindisi eine halbe Stunde, bevor die ›Hellas‹ ablegte. Jetzt, auf dem Achterdeck, sagte ich zu Spinner: »Hören Sie zu. Werden Sie nüchtern und bleiben Sie es. Ich beobachte Ihre Frau. Wenn der Kerl an Bord, erkennen Sie ihn vielleicht.«

Eine Stimme, aber nicht die von Spinner, sagte: »Ich muß schon sagen, alter Junge, fühlen Sie sich nicht wie ein Pferdearsch, uns nachzukommen?« und ein Mann trat zu uns an die Reling. Im Licht, das durch die Fenster des Gesellschaftszimmers fiel, erkannte ich Philip Stanley. Er war ein großer Bursche, etwa meine Größe, und trug einen marineblauen Blazer und graue Flanellhosen. Er hatte ein hartes, hübsches Gesicht, das um die Wangen ein bißchen dick wurde, und diesen eingebildeten, angeborenen Ausdruck von Selbstzufriedenheit in den Augen, den man offenbar gleichzeitig mit den Abschlußzeugnissen von Eaton und Harrow und den anderen Schulen erwirbt, von denen die Mitglieder des britischen Establishments kommen. In Wirklichkeit war er in einem Slum in Birmingham aufgewachsen und hatte sein ganzes Leben gebraucht, um sich diesen Ausdruck hochmütiger Geringschätzung anzueignen.

»Schätzchen«, sagte Spinner, »ich hätte nie gedacht, daß Carole sich ihren Betthupfer für die Reise einpackt. Schwaches Bild, wenn sie denkt, in Griechenland könnte sie nichts Besseres finden. Was viel Besseres. Ganz hübsch heiß in der Hose, diese Griechen, wie ich gehört hab'.«

Stanley lachte. »Was Besseres als Sie findet sie jederzeit. Aber sagen Sie, alter Junge«, sagte er trocken, »sollten Sie etwa aus eigener Erfahrung über die Griechen Bescheid wissen?«

Spinner versuchte einen betrunkenen, unbeholfenen Schwinger zu landen. Stanley wich geschmeidig aus, packte sein Handgelenk und hebelte den plumpen Mann ein paar stolpernde Schritte über das Deck, bevor er ihn losließ. Spinner fiel hin und sprang auf, als habe er Sprungfedern in den Schuhen.

Ich schob mich zwischen die beiden, und Spinner sagte dankbar: »Halten Sie mich zurück, Drum. Halten Sie mich bloß zurück, Schätzchen. Jeder Kratzer, den ich ihm ins Gesicht mache, kostet Worldwide eine halbe Million Dollar.«

Stanley kicherte, drehte uns den Rücken zu und ging an der Reling entlang. Spinner schlurfte zur Tür des Gesellschaftszimmers. Ich zündete mir eine Zigarette an und folgte dem Engländer. Ein paar Minuten Trennung von Carole Frazer würden ihm nicht weh tun. Spinner war vernünftig genug, solange auf sie aufzupassen, bis ich wieder zurückkam.

»Haben Sie 'n paar Minuten Zeit?« fragte ich Stanley.

»Fünfundzwanzig Stunden bis Patras«, sagte er, lehnte

sich mit beiden Ellbogen auf die Reling und blickte auf die schaumige weiße Heckwelle. »Wer sind Sie eigentlich?«

»Drum«, sagte ich knapp. »Worldwide Außenbüro.«

»Ich habe nie von Ihnen gehört.«

»Sollten Sie auch nicht, bis ich mit beiden Füßen auf Ihnen lande.«

»Was soll das heißen?«

»Das soll heißen, wenn ich nicht die Zusage bekomme, daß ›Lucrezia‹ innerhalb von sechs Monaten im Schneideraum ist, ist das Außenbüro halbwegs bereit, den ganzen Kram hinzuschmeißen.«

Stanley richtete sich auf und wandte sich mir plötzlich zu. Er wirkte besorgt. »Ist das Ihr Ernst?«

»Aber ja doch«, sagte ich. Obwohl Philip Stanley mit seinem rauhen, angelsächsischen guten Aussehen von einem hungrigen kleinen neapolitanischen Killer so weit entfernt war wie man nur sein konnte – je mehr ich über die Hauptdarsteller in diesem Fall Bescheid wußte, desto besser konnte ich mit allem fertig werden, was noch kommen könnte. »Die Direktoren werfen ihr Geld raus von den Alpen bis nach Kalabrien, und zwischendurch hüpfen die Stars in ganz Europa von einem Bett ins andere. Glauben Sie, Worldwide ist scharf auf so was?«

»Ich gebe ja zu, daß ich mit Carole geschlafen habe«, sagte Stanley, »aber . . .«

»Zugeben? Zum Teufel, alle Welt weiß darüber Bescheid.«

»Aber ich hatte gehofft, ich könnte sie dadurch ein bißchen näher an der Arbeit halten.«

»Das ist es, was ich an euch Kassenmagneten so liebe. Eure Bescheidenheit.«

»Ich fürchte, Sie mißverstehen mich«, sagte Stanley, und seine Stimme war eiskalt. »Natürlich habe ich eine gewisse Publicity als Caroles Hauptpartner, aber ich bin keineswegs, wie Sie sich ausdrücken, ein Kassenmagnet. Ich werde einer, falls wir ›Lucrezia‹ jemals fertigbekommen. Falls nicht, bin ich auch nur einer von den kleinen Krautern, die an den Seitentüren von Cinecitta um Arbeit betteln.«

Du und Sebastian Spinner, dachte ich. Die einzige, der sich um nichts zu kümmern schien, war Carole Frazer.

»Verdammt noch mal«, fuhr er fort. »Was glauben Sie wohl, warum wir ein Jahr hinter dem Zeitplan zurückliegen? Bloß weil ich mit Carole geschlafen habe? Unsinn, alter Junge. Ich brauch Ihnen nicht zu sagen, daß die Frau eine Nymphomanin ist, wenn auch eine hübsche. Aber wenn ich es nicht nur tue, dann tut's eben jemand anderer, und das ist nur die eine Hälfte der Sache. Carole mußte dreimal wegen Notarzt-Behandlung nach London geflogen werden, und dreimal war es wegen irgendwelcher seelischer Wehwehchen, wie ich wohl kaum zu erwähnen brauche. Mann, bisher ist sie gerade mal in einem halben Dutzend schwieriger Szenen aufgetreten, Nahaufnahmen, und buchstäblich jede einzelne Distanz-Aufnahme wurde von ihrem Double gemacht. Wir haben erheblich mehr Filme mit ihrem Double im Kasten, als von Carole selber. Wenn Sie mir nicht glauben, fragen Sie Spinner. Und Dawn Sibley ist nicht nur irgendein Double, sie ist selber eine prima Schauspielerin. Manchmal denke ich, alles wäre viel einfacher, wenn wir Carole die Rolle wegnehmen und ›Lucrezia‹ mit Dawn machen. Ich bin nicht der einzige, der so denkt. Hören Sie sich um, alter Junge, und dann erzählen Sie das dem Außenbüro. Die meisten von uns wollen, daß der Film fertig wird, genau wie Sie. Aber leider wurde er als Sprungbrett für Carole erdacht.«

Nach dieser langen Tirade hatte er nichts mehr zu sagen. Ich sah ihm nach, wie er über das Deck ging und im Schiff verschwand. Eine Weile lauschte ich dem Geräusch der Wellen unter den Rumpfplatten. Brindisi war ein dünner, weit entfernter Lichtstreifen. Über mir schwebte eine Seemöwe wie angenagelt vor dem sternenhellen Nachthimmel, kreischte und schlug ein einziges Mal mit den Flügeln. Als ich wieder hinschaute, war in Richtung Brindisi nur noch ein schwaches Leuchten zu sehen. Ich nahm mein Ouzo-Glas und betrat das Gesellschaftszimmer.

Carole Frazer saß an einem großen Tisch bei der Bar und hielt Hof. Sie trug schwarze Keilhosen und eine Paisleybluse, die ihre hohen Brüste betonte, ohne hauteng zu sein. Eine neckische Locke ihres blonden Haares lag über ihrem rechten Auge und der rechten Wange. Ein träges Lächeln, das kaum ihre feuchten roten Lippen teilte, war die einzige Belohnung für ihre Bewunderer.

Es gab etwa ein Dutzend davon, die meisten von ihnen dunkle, schlanke Italiener und Griechen mit eifrigen Augen und blitzenden Zähnen. Jeder von ihnen, wurde mir klar, konnte Spinners flinker kleiner Killer aus Vomero sein. Genauso leicht zu finden wie ein bestimmter Fisch im Ozean.

»Ouzo«, sagte ich dem Barkeeper und ließ ihn gerade soviel Wasser hinzufügen, daß der Anislikör milchig wurde. Seine Hand mit der Wasserkaraffe zitterte; ein bißchen Wasser lief über die Theke. In der von Hollywood gemachten Welt war Carole Frazer ein Begriff. Er starrte sie mit hervorquellenden Augen an. Kein Wunder. Aus der Nähe gesehen, war ihre blonde Schönheit geradezu phantastisch.

Spinner saß allein an einem Tisch, nicht weit von ihr und ihren Bewunderern entfernt. Er trank Scotch und warf kurze, hastige Blicke auf die Männer, die sich um seine Frau drängten. Immer wieder schüttelte er leicht den Kopf; wie die Zunge einer Schlange zuckten seine Augen von einem zum anderen. Er hatte Mühe, daß ihm der Kopf nicht auf den Tisch fiel. Er war sehr betrunken.

Ich setzte mich zu ihm. »Glück gehabt?«

»Nichts. Vielleicht ist er hier, vielleicht aber auch nicht. Ich kann die Kerle nicht auseinanderhalten, den Haufen gottverdammter Chinesen.«

»Lassen Sie die Finger vom Saufen«, schlug ich vor. »Dann sehen Sie auch nicht mehr doppelt.«

Carole Frazers heiser schnurrende Stimme rief zu uns herüber. »Mister, wenn Sie das schaffen, sind Sie besser als sein Psychiater. Wer sind Sie?«

»Ich bin sein neuer Psychiater«, sagte ich. Sie lachte und verlor das Interesse an uns, während die dunklen Köpfe nickten und die weißen Zähne blitzten. Sie genoß männliche Schmeichelei wie ein durstiges Kätzchen seine Milch.

Ziemlich bald sagte Spinner: »Muß in die Falle. Hat kein' Zweck. Halten Sie die Augen auf?«

Ich sagte, dafür sei ich hier. Er schwankte durch den Raum in Richtung Niedergang, der zu den Luxus-Kabinen führte. Kurz darauf erhob sich Carole Frazer, reckte sich wie eine Katze und dehnte jeden Muskel ihres schlanken Körpers. Den Griechen und Italienern fielen die Augen aus dem Kopf. Sie tätschelte den nächsterreichbaren dunklen Kopf, sagte »Setz dich, Junge«, und »Arrivederci« und ging in die Richtung, die ihr Mann eingeschlagen hatte. Aber das mußte keineswegs bedeuten, daß sie ihn suchte. Schließlich befand sich ja ihr Filmpartner Philip Stanley an Bord.

Ich trank meinen Ouzo aus und machte mich auf die Suche nach dem Zahlmeisterbüro. Es lag im Foyer zur ersten Klasse. Ein Bürschchen in einer weißen Uniform saß dort, las einen Brief und seufzte.

»Welche Nummer hat Carole Frazers Kabine?« fragte ich.

»Kyros«, sagte er sanft, »wenn Sie die Lady nächstesmal sehen, fragen Sie sie doch selber.«

Er lächelte. Ich lächelte ebenfalls und studierte das halbe Dutzend Reiseprospekte, die auf der Theke lagen. Einen davon nahm ich in die Hand. In Englisch, Französisch und Italienisch beschrieb er das Vergnügen einer Autofahrt von Athen nach Delphi, die man an einem Tag hin und zurück machen konnte.

»Wieviel?« fragte ich.

»Hängt davon ab, ob Sie mit Chauffeur wollen oder selber fahren . . .«

»Nein. Ich meine den Prospekt.«

»Der ist kostenlos. Geschenk der Adriatic Line.«

Ich schob den Prospekt in die Tasche und ließ eine Fünfzig-Drachmen-Banknote auf die Theke fallen. »Fünfzig?« sagte ich. »Geht in Ordnung.«

»Aber ich habe . . .« fing er an, und dann wurden seine Augen eng und seine Lippen straff. »De Luxe Nummer drei,

Steuerbordseite«, sagte er, ohne die Lippen zu bewegen, und wandte sich wieder seinem Brief zu.

Der Steuerbord-Niedergang zu den Luxus-Kabinen endete am Fuß einer Metalltreppe, die nach oben führte. An ihrem Ende war eine Tür und dahinter ein schmales Deck über dem Bootsdeck. Drei Türen mit den Nummern eins, zwei und drei lagen in gleichem Abstand nebeneinander. Es gab große Fenster statt der Bullaugen, alle mit Vorhang und zwei davon dunkel. Schwaches Licht drang durch das dritte Fenster. Das war Carole Frazers Kabine.

Ich schaute mich um, und mir gefiel, was ich sah. Tür und Fenster führten beide auf dieses Deck. Wenn ich während der Nacht hierblieb, konnte niemand in Carole Frazers Kabine, ohne daß ich es merkte. Ich lauschte dem Dröhnen der Schiffsmaschinen und sah auf die Uhr. Viertel vor eins. Ich setzte mich genau zwischen Fenster und Tür zu Carole Frazers Kabine. Die unförmige .44er Magnum in ihrem Schnappholster unter meinem linken Arm war unbequem. Ich schob den Holster ein bißchen herum, aber das half auch nicht. Noch nie hat irgend jemand einen bequemen Schulterholster erfunden, wie überhaupt noch nie jemand eine vernünftige Idee gehabt hat, wie man einen Revolver im Format einer Magnum unter einem leichten Sommeranzug tragen kann.

Etwa eine Stunde lang hielt ich lautlos Wache. Niemand schrie, kein Vomero kam die Treppe heraufgeschlichen, nichts passierte, außer daß die ›Hellas‹ weitere fünfundzwanzig Meilen durch das Mittelmeer pflügte.

Und dann hörte ich Stimmen. Das einzige, was an dem halben Dutzend Luxuskabinen der ›Hellas‹ kein Luxus war, war die Geräuschdämmung. Na ja, man kann nicht alles haben.

»Wach?« fragte eine Männerstimme.

»Uh-huh.«

»Noch 'n Drink?«

»Mir dreht sich schon der Kopf.«

»Nur noch einen? Mit mir?«

»Na gut.«

Stille, während Philip Stanley und Carole Frazer einen spät-späten Schlaftrunk zu sich nahmen. Wie alle Privatdetektive hat man auch mich mehr als einmal einen Schlüsselloch-Gucker genannt. Wie allen Privatdetektiven hat das auch mir nicht gefallen. Ich hab' meinen Teil Schlüsselloch-Guckerei – oder auch Horcherei – gemacht, aber niemals an der Tür zum Schlafzimmer einer Frau. Die einzige Arbeit, die ich nicht mag, ist Scheidungs-Arbeit. Aber wenn der angeheuerte Killer wirklich zuschlagen würde, dann mit Sicherheit in der Nacht. »Schlüsselloch-Gucker«, murmelte ich leise vor mich hin und blieb, wo ich war.

»Oh, Phil«, sagte Carole Frazer mit einer Stimme, die noch heiserer war als im Gesellschaftszimmer. »Wenn du das machst . . .«

»Was ist los, gefällt es dir nicht?«

»Du weißt doch, daß es mir gefällt. Sehr sogar. Aber ich bin so . . . betrunken. Mein Kopf dreht sich in alle Richtungen.«

Wieder Stille. Dann lachte er, und sie lachte ebenfalls und sagte: »Phil, du überraschst mich.« Sie bezeichnete ihn mit einem kurzen englischen Ausdruck, der normalerweise kein Zeichen von Zärtlichkeit ist, aber so, wie sie es sagte, klang er durchaus zärtlich. Dann lachte sie wieder, mit tiefer, kehliger Stimme, und dann sagte sie: »Wenn du so weitermachst, wirst du dich noch tief in die Wand bumsen«, und danach war es für eine lange Zeit völlig still.

Ich mußte halb eingenickt sein. Plötzlich blinzelte ich und spürte, daß die Nacht kühler geworden war und daß ich vom langen Sitzen in dieser Haltung steif geworden war. Ich blickte auf die Leuchtziffern meiner Uhr. Drei Uhr durch. Nicht mehr lange bis zur Dämmerung, und immer noch keine Spur des Vomero-Killers.

Ein schwaches Klicken, und die Kabinentür öffnete sich gerade so weit, daß Philip Stanley den Kopf herausstecken und rasch nach links und rechts blicken konnte. Das einzige, wohin er nicht blickte, war nach unten, wo ich hockte. Sein Kopf verschwand, die Tür wurde leise geschlossen. Ich blieb, wo ich war.

Wieder öffnete sich die Tür. Diesmal kam Stanley heraus. Er trug einen Koffer, und an der Art, wie es seine Schulter runterzog, erkannte ich, daß der Koffer schwer war. Er brachte ihn an die Reling, setzte ihn nieder und legte einen Strick obendrauf. Ich blieb vollkommen bewegungslos. Wenn er sich auf dem Weg zur Kabine nach rechts drehte, würde er mich sehen . . .

Er drehte sich nach links und verschwand in der Kabine. Was, zum Teufel, hatte er vor? Nach ein paar Sekunden erschien er wieder und trug Carole Fazer auf den Armen. Er war vollständig angezogen. Sie überhaupt nicht. Sie murmelte an seinem Ohr. Vorsichtig setzte er sie neben dem Koffer zu Boden. Ich saß eine ganze Weile da wie jemand, der mitten in einen Film hineinkommt und keine Ahnung hat, was auf der Leinwand vor sich geht und warum. Stanley band das Seil an den Koffergriff, wickelte den Rest auf, legte zwei Schlingen um den Koffer, zog das Seil nochmals durch den Griff, legte vier oder fünf Schlingen unterhalb der Arme um Carole Frazers Körper, zog das Seil zum dritten Mal durch den Griff und verknotete es.

Carole Frazer murmelte undeutlich vor sich hin. Sie war so betrunken wie Bacchus. Er ignorierte sie, bis sie sagte: »Kalt hier draußen. Ich friere. Was 'n eigentlich los? Ich will nicht . . .«

Mit der Faust versetzte er ihr einen Schlag hinter dem linken Ohr, gerade als ich wie der Blitz hochkam. Ich hatte die Magnum in der Hand.

»Bißchen Hilfe beim Gepäck gefällig?« sagte ich. »Ziemlich schwierig über Bord zu kriegen, für einen allein.«

Die Kanone beeindruckte ihn nicht. Er stieß einen heiseren Schrei aus und kam auf mich zu. Die schwere Magnum hätte ihm ein Loch in der Größe einer Untertasse verpassen können, doch ich schoß nicht. Wer bei meiner Arbeit schießwütig wird, bleibt nicht lange im Geschäft, obwohl das im Fernsehen ganz anders aussieht.

Stanley kam wie ein Stier mit gesenktem Schädel auf mich zu. Ich klemmte mir seinen Kopf unter den Arm; sein Gewicht warf uns beide gegen die Wand. Ich stieß ihn von mir. Ich war steif vom langen Wachen, und er kämpfte um sein Leben. Was ich beobachtet hatte, war ein Mordversuch, das wußte er. Er erwischte mich voll; meine Zähne klapperten und mein Kopf knallte zum zweitenmal gegen die Wand. Er trat zurück, geradezu anmutig, und trat mich in den Bauch. Ungefähr in diesem Moment wünschte ich mir, ich hätte die Pistole benutzt.

Aber dazu war es jetzt zu spät. Wir krachten zusammen aufs Deck, Stanley über mir, während ich verzweifelt versuchte, mich zu erinnern, wie man Luft kriegt, und Stanley mein rechtes Handgelenk wie in einem Schraubstock festhielt, so daß ich nicht an die Magnum kam. Ein bißchen schlapp verpaßte ich ihm mit der linken Faust eins am Kopf, dafür erwischte er mich mit seiner Rechten um so härter. Ich schmeckte Blut im Mund. Schließlich konnte ich wieder atmen, und das war ja schon ein Fortschritt.

Plötzlich ging die Magnum los. Die Kugel krachte in Carole Frazers Kabinenfenster; Glassplitter regneten auf uns nieder. Ich erwischte Stanley mit einem Judoschlag in den Nacken. Sein Gewicht rollte von mir herunter zur Seite. Ich war vor ihm auf den Beinen, aber nur knapp. Seine Augen sprühten. Er wußte, der Schuß würde uns Gesellschaft bringen.

Er verfehlte mich mit einem rechten Schwinger, und ich landete einen linken Haken irgendwo in seinem Gesicht. Er fiel auf die Knie, kam wieder hoch, fiel erneut nieder.

Füße trampelten die Metalltreppe hoch, Stanley hörte sie ebenfalls. Zwei Gesichter und zwei weiße Dienstmützen erschienen. Stanley versuchte nicht zum drittenmal, wieder hochzukommen. Auf dem Boden unter ihm war ein dunkler, glänzender Fleck. Fasziniert starrte er darauf nieder. Er griff nach seiner Kehle. Blut troff zwischen seinen Fingern zu Boden.

Die beiden Schiffsoffiziere sahen die Pistole in meiner Hand und rührten sich nicht vom Fleck.

Ein Glassplitter hatte Stanley am Hals erwischt. So wie das Blut hervorquoll, mußte die Schlagader getroffen sein.

»Ist ein Arzt an Bord?« fragte ich und ging auf Stanley zu. »Dieser Mann braucht sofort Hilfe.«

Doch Stanley kam auf die Beine und trat von mir zurück. Wer kapiert schon, was einer macht, der halb betrunken ist, verrückt vor Angst und in Gefahr, sich zu Tode zu verbluten?

»Bleiben Sie mir vom Leib«, sagte er.

»Verrückt geworden? In zehn Minuten haben Sie sich totgeblutet.«

Er lächelte schwach. »Ich fürchte, als Häftling würde ich keine besonders gute Figur machen, alter Junge.«

Dann trat er an die Reling und sprang über Bord.

Sie stoppten das Schiff. Das tun sie immer, doch es nützt kaum etwas. Wir drehten nach einer weiteren Meile und kamen zu der Stelle zurück, an der drei Rettungsringe im Wasser trieben, die die Schiffsoffiziere hinter ihm her geworfen hatten. Doch Philip Stanley war verschwunden.

Nach dem Mittagessen, nachdem ich für den Kapitän eine Erklärung aufgesetzt und unterschrieben hatte, sagte Spinner an Deck: »Ich kapier's nicht. Glauben Sie, ich hätte einen Knall oder sonstwas? Es gab diesen kleinen Killer von Vomero. Ich weiß, daß es ihn gab.«

»Sicher«, sagte ich. »Stanley hat ihn angeheuert, aber sein Job endete in Vomero.«

»Stanley heuerte ihn an?«

»Damit Sie denken sollten, Sie selber hätten sich einen Killer gemietet. Wenn Ihre Frau während der Überfahrt umgekommen wäre, hätten Sie keinen Ton über mögliche finstere Machenschaften gesagt, denn Sie hätten gedacht, Ihr eigener Killer hätte sie umgebracht.«

»Warum wollte Stanley sie überhaupt umbringen?« jammerte er.

»Weil ihm der Film mehr bedeutete. Er hatte Angst, er würde niemals fertig, wenn Carole so weitermachte.« Ich zündete mir eine Zigarette an. »Zum Teufel, er sagte letzte Nacht, daß er Caroles Double die Rolle geben möchte. Fast hätte sie sie bekommen.«

Carole Frazer kam zu uns an Deck. Sie trug einen Bikini

und räkelte sich träge in der heißen Sonne. Sie wirkte überhaupt nicht wie jemand, den man vor ein paar Stunden ermorden wollte.

»Paß mit der Sonne auf«, warnte Spinner sie. »La Lucrezia ist bleich, Baby.« Er seufzte. »Das heißt, wenn du den Film überhaupt fertig machst, nach allem, was passiert ist.«

»Fertig machen?« fragte Carole schläfrig. »Aber natürlich mach' ich ihn fertig. Die Publicity wird wunderbar.«

Da hatte sie recht. Nach dieser Nacht an Bord der ›Hellas‹ konzentrierte sich Carole Frazer auf ihren Job. Sie drehten ›Lucrezia Borgia‹ mit einem neuen männlichen Partner zu Ende. Carole Frazer wird für den Oscar nominiert.

Ins Deutsche übertragen von Benno F. Schnitzler

EDWARD D. HOCH

Der Andere

Al Darlan

Der Tag fing ziemlich unerfreulich an, mit dem Eintreffen der Post. Der einzige Brief kam von meinem Vermieter und enthielt eine Mahnung wegen der überfälligen Miete für mein Büro. Während ich gerade über die Lösung dieses Problems nachdachte, spazierte Mike Trapper durch die halb offene Tür herein.

»Verzeihung, sind Sie Al Darlan?«

Er war groß und blond und so jung, daß er mein Sohn hätte sein können. »Der bin ich«, gab ich zu. »Detektivbüro Al Darlan, wie es auf dem Schild draußen steht. Was kann ich für Sie tun?«

»Ich suche einen Job. Ich möchte das Detektiv-Handwerk lernen.«

»Tut mir leid, aber diese Woche nehme ich niemanden zur Aushilfe, Junge.«

Er setzte sich unaufgefordert und zog seine Sportjacke aus. Die Juli-Hitze macht die Luft im Büro schwül und stickig. »Sehen Sie, ich komme gerade vom College und habe ein bißchen Geld gespart. Ich will keinen Job. Ich suche eine kleine Firma, an der ich mich beteiligen kann.«

»Beteiligen?« Ich runzelte die Stirn und dachte an den Brief von meinem Vermieter. »Wie heißt du denn, Junge?«

»Mike Trapper.« Er streckte die Hand aus, und ich schüttelte sie. »Ich war vier Jahre in Cornell und habe dort eine Menge juristische Vorbereitungskurse belegt. Eigentlich hatte ich vor, Jura zu studieren, wie mein Vater. Aber dann beschloß ich, nicht noch ein paar Jahre die Schulbank zu drücken. Ich bin zweiundzwanzig, und ich möchte endlich das richtige Leben kennenlernen.«

»Wieso willst du ausgerechnet Privatdetektiv werden?«

»Ich glaube, weil das dem Juristenberuf am nächsten kommt. Sie arbeiten doch sehr oft mit Rechtsanwälten zusammen, nicht wahr?«

»Gelegentlich«, räumte ich ein. »Aber es ist wirklich nichts Aufregendes an dieser Arbeit. Falls du zu viele Bücher über kalifornische Privatdetektive gelesen hast, sage ich dir lieber gleich, daß . . .«

»Ich weiß.«

»Wir bekommen noch nicht einmal mehr schmutzige Scheidungsfälle. In diesem Staat braucht niemand einen Privatdetektiv, um einen Scheidungsprozeß zu gewinnen. Heute braucht man Leute wie mich nur noch, um irgendeinen Kaufhaus-Angestellten dabei zu erwischen, wie er eine Kamera oder ein paar Hemden durch den Hinterausgang schmuggelt. Oder um nach einem Kind zu suchen, das von seinem Vater entführt wurde, nachdem die Mutter das Sorgerecht erhalten hat. Oder vielleicht sogar, um illegal das Telefon eines Geschäftsmannes abzuhören, dem sein Partner nicht traut.«

»Ich weiß«, wiederholte er.

»Und du willst trotzdem in diesen Beruf?«

»Unbedingt.«

»Das hier ist nur ein kleines Büro.«

»Deshalb habe ich es mir ausgesucht. Ich kann es mir nicht leisten, in einen großen Laden einzusteigen.«

»Im Moment gibt es noch nicht einmal eine Sekretärin. Ich mußte sie entlassen.«

»Wieviel würde es mich kosten, wenn ich mich, sagen wir, zu einem Drittel an diesem Büro beteiligen würde?«

»Darüber muß ich erst mal nachdenken. So etwas soll man nicht überstürzen.«

»Maximal könnte ich zehntausend investieren.«

»Wie kommt es, daß ein College-Junge zehntausend Dollar gespart hat?«

»Ich habe hier und da etwas zurückgelegt. Und mein Papa will mir einen Teil zuschießen.«

Ich seufzte und kratzte mich am Kopf. »Hör mal, Mike, offen gesagt, hier gibt es noch nicht mal genug Arbeit für einen Detektiv. Die Zeit der Ein-Mann-Detektei ist vorüber. Mein Beruf ist zum Aussterben verurteilt. Geh zu einer der großen Detekteien und nimm dir Versicherungsfälle vor. Dort können sie clevere junge Burschen wie dich immer gebrauchen.«

»Das möchte ich nicht, Mr. Darlan. Ich möchte in einem Büro wie diesem arbeiten.«

»Ich habe keinen Whisky in der Schreibtischschublade.

Und meine Pistole bewahre ich die meiste Zeit in dem großen Stahlsafe da drüben auf. Ich bin gerade fünfzig geworden . . .«

»Zehntausend Dollar, Mr. Darlan. Bekomme ich dafür ein Drittel Ihrer Firma?«

Ich blickte hinüber zu den schmutzigen Fenstern und den staubigen Bücherregalen und fragte mich, auf was um alles in der Welt ich mich da einließ. Wollte ich diesen Jungen mit mir in den Bankrott ziehen?

»Vielleicht ein Viertel der Firma«, sagte ich ruhig.

Und so geschah es.

Eine Woche später zog er bei mir ein, und ich ließ die Aufschrift auf der Tür von einem Schildermacher ändern:

DETEKTIVBÜRO
DARLAN & TRAPPER

»Sieht gut aus, nicht wahr?« fragte er, als er es zum ersten Mal sah.

»Nicht schlecht«, räumte ich ein. »Ich habe etwas von deinem Geld dafür verwendet, das Büro ein bißchen aufzumöbeln und dir einen guten gebrauchten Schreibtisch zu besorgen. Und ich habe eine kleine Anzeige in der Morgenzeitung veröffentlicht. Vielleicht verhilft uns das zu einem Auftrag.«

Er begutachtete den Schreibtisch und probierte seinen Stuhl aus. »Ich glaube, ich brauche auch noch eine Schreibmaschine, für meine Briefe und Berichte.«

Ich wollte schon vorschlagen, daß er dafür ja meine benutzen konnte, aber an seinem ersten Tag erschien mir das irgendwie unangemessen. »Ich werde dir für einen Monat eine mieten, bis wir eine gute gebrauchte auftreiben können.«

»Prima.«

»Kommt dein Vater sich das Büro auch anschauen?« fragte ich beiläufig.

»Oh, nein – jedenfalls nicht gleich. Er wollte kommen, aber ich habe ihm gesagt, daß er noch ein Weilchen warten soll, bis wir uns richtig eingerichtet haben.«

»Das ist sicher besser so«, pflichtete ich ihm bei.

Ich klemmte mich ans Telefon, um uns Arbeit zu beschaffen, denn ich wollte auf keinen Fall, daß wir beide den ganzen Tag untätig herumsaßen. Mit meinem dritten Anruf hatte ich Glück bei einer der großen Agenturen. Ein paar von ihren Leuten waren in Urlaub, deshalb gaben sie einige Versicherungsfälle an uns weiter – Routinejobs. Ich sagte ihnen, daß ich ihnen sofort meinen neuen Partner Mike Trapper vorbeischicken würde.

Er blieb den ganzen Nachmittag weg und war noch nicht wieder zurück, als ich um kurz vor sechs das Büro abschloß. In der Bar um die Ecke, wo ich öfters ein Glas trank, traf ich Sergeant O'Keefe vom Präsidium. Wir kannten uns schon seit Jahren, und als er sich auf den Barhocker neben mir setzte, sagte er: »Wie ich höre, hast du dir einen Partner zugelegt, Al.«

»Ja, der Junge kommt gerade vom College. Er will meinen Beruf lernen. Ich war gestern bei euch und hab' ihm eine Lizenz besorgt.«

»Wer will denn heute schon noch Privatdetektiv werden? Glaubt er etwa, daß er dabei reich wird?«

»Seine Familie hat Geld. Vielleicht kommt es ihm nicht auf den Verdienst an.«

»Wie heißt er denn?«

Ich trank einen Schluck Scotch. »Mike Trapper. Wahrscheinlich wird noch ein Antrag auf einen Waffenschein für ihn über deinen Schreibtisch wandern.«

O'Keefe klopfte mir auf die Schulter. »Verflucht, Al, vielleicht ist es gar keine schlechte Sache. Vielleicht ist es, als ob du einen Sohn hättest, der dein Geschäft weiterführt.«

»Ja, genau.«

Am anderen Morgen mußte ich ein paar Ermittlungen wegen eines Ladendiebstahls anstellen. Danach machte ich auf dem Weg ins Büro an einem Waffengeschäft halt und suchte eine fünfschüssige Smith & Wesson Terrier Kaliber .38 aus. Ich sagte dem Verkäufer, er solle sie mir zurücklegen, wir würden in ein oder zwei Tagen mit dem Waffenschein wieder vorbeikommen. Nachdem der Junge zehn Riesen in meinen Laden investiert hatte, fand ich es angemessen, wenn ich ihm seine erste Waffe kaufte.

Als ich zum Büro kam, stellte ich zu meiner Überraschung fest, daß die Tür offenstand. Mike Trapper saß an seinem Schreibtisch, der sich gegenüber von meinem befand. Aber er war nicht allein. Ein großer, weißhaariger Mann saß im Besucherstuhl. Als ich eintrat, sprang Mike auf.

»Al, wir haben einen Klienten! Das ist Craig Winton; Al Darlan. Ich habe Mr. Winton bei der Versicherung kennengelernt. Er hat ein erstaunliches Problem und glaubt, daß wir ihm helfen können.«

Craig Wintons Händedruck war fest, und sein Blick verriet jene scharfsinnige Intelligenz, die ich bei erfolgreichen Geschäftsleuten mittleren Alters schon oft bemerkt hatte. »Ich freue mich, Sie kennenzulernen, Mr. Darlan. Ich war von Ihrem jungen Partner hier heute morgen sehr beeindruckt. Ich denke, daß Ihre Firma mir vielleicht in einer ärgerlichen Sache behilflich sein kann.« Er schaute sich in dem großen Büroraum um, und für einen Moment fürchtete ich, daß der Junge vielleicht ein bißchen hochgestapelt hatte.

»Wir hoffen, bald größere Räume zu beziehen«, erklärte ich. »Meine Sekretärin ist gerade in Urlaub, aber wenn sie zurückkommt, ziehen wir in neue Räumlichkeiten in der fünften Etage um.«

Seine kühlen Augen musterten mich, und er lächelte ein wenig. »Ich habe mich für Ihr Büro entschieden, weil ich eine kleine Detektei suchte. Bei Betrugsfällen arbeitet unsere Versicherung normalerweise mit den größeren Detekteien zusammen. Ich kenne diese Leute, und ich möchte nicht, daß sie Einblick in meine persönlichen Angelegenheiten erhalten. Das wäre schlecht für unsere zukünftigen Geschäftsbeziehungen.«

»Ich verstehe vollkommen«, sagte ich. »Was für ein Problem haben Sie denn, Mr. Winton?«

»Ich habe es Mike auf dem Weg hierher bereits erläutert. Anscheinend imitiert mich jemand. Es fing vor drei Monaten an, als ich zu einem Kongreß nach Las Vegas flog. Der Empfangschef des Hotels beharrte darauf, daß ich bereits einen Tag zuvor eingetroffen, eine Nacht geblieben und schon am Morgen wieder abgereist sei. Ich hielt das Ganze für eine dumme Verwechslung und dachte nicht weiter darüber nach. Doch einen Monat später gab es einen ähnlichen Vorfall. Dieser Betrüger, der mich imitiert, tauchte sogar bei einer Tagung auf, wo ich eine Rede halten sollte. Mehrere Leute sahen ihn, aber er verschwand, kurz bevor ich dort eintraf.«

»Haben Sie die Sache der Polizei gemeldet?« fragte ich.

»Da gab es nichts zu melden. Mein Doppelgänger hat kein Verbrechen begangen und hat in keiner Weise versucht, mir Schaden zuzufügen. Und doch . . .«

»Gewiß sind doch in jüngster Zeit weitere Dinge passiert«, sagte ich. »Der letzte Vorfall, den Sie erwähnt haben, liegt schon zwei Monate zurück. Warum wollen Sie gerade jetzt etwas unternehmen?«

»Wie es scheint, werden die Auftritte dieses geheimnisvollen Doppelgängers immer persönlicher. Letzten Monat spazierte er, während ich gerade zum Mittagessen außer Haus war, doch tatsächlich an meiner Sekretärin vorbei, betrat mein Büro und hielt sich dort fünf Minuten auf. Als ich vom Mittagessen kam, fragte sie mich, warum ich noch einmal zurückgekehrt sei. Da war ich kurz davor, die Polizei zu rufen, das können Sie mir glauben! Doch mein Schreibtisch war nicht durchwühlt, und es fehlte auch nichts.«

»Was haben Sie Ihrer Sekretärin gesagt?«

»Ich beharrte darauf, daß ich es nicht gewesen war. Sie ließ die Sache auf sich beruhen. Vermutlich glaubte sie, daß ich beim Lunch zu viele Martinis getrunken hatte.«

»Und wann ist das Double zuletzt in Erscheinung getreten?«

Craig Winton lächelte wieder müde. »Das war gestern. Wie Sie sich sicher schon gedacht haben, ist das der Grund, warum ich heute etwas unternehme. Meine Frau hat ihn gestern morgen in unserer Garage gesehen, nachdem ich ins Büro gefahren war. Sie hielt ihn für mich.«

»Hat er mit ihr gesprochen?«

»Ja. Er murmelte etwas davon, daß er seine Aktentasche vergessen hätte. Dann verschwand er, ehe sie ihn sich genauer ansehen konnte. Später rief sie mich im Büro an und fragte, ob mit mir alles in Ordnung sei.«

»Und Sie haben ihr von diesem Double erzählt?«

»Gestern abend habe ich ihr zum erstenmal die ganze Geschichte erzählt. Sie beharrte darauf, daß ich zur Polizei gehen sollte. Schließlich schlossen wir einen Kompromiß. Ich erklärte mich einverstanden, einen Privatdetektiv anzuheuern.«

Mike Trapper schüttelte den Kopf. »Sonderbar, nicht wahr, Al?«

»Merkwürdig«, pflichtete ich ihm bei, »und ein bißchen bedrohlich. Natürlich sind Sie sich über das Muster bei dieser Sache im klaren.«

»Muster?« fragte der Junge, aber Craig Winton nickte. Er wußte, was ich meinte.

»Ja. Als der Doppelgänger das erste Mal auftauchte, wurde er nur von einem Hotelangestellten gesehen, der mich nicht kannte. Beim zweiten Mal wurde er von ein paar Geschäftspartnern gesehen, die mich nur flüchtig kannten. Beim drittenmal sah ihn meine Sekretärin. Und beim viertenmal sah ihn meine Frau.«

»Die Sache steuert geradewegs auf das große Finale zu«, sagte ich. »Beim nächsten Mal werden Sie selbst ihn sehen.«

»Auf dem College habe ich ein deutsches Gruselmärchen über einen gespenstischen Doppelgänger gelesen«, sagte Mike. »Danach wird der, der seinem eigenen Doppelgänger sieht, von diesem getötet.«

Ich nahm einen Schreibblock und machte mir ein paar Notizen. »Haben Sie ein schwaches Herz, Mr. Winton?«

Er schüttelte den Kopf. »Nein, es ist kerngesund. Ich lasse mich jedes Jahr durchchecken.«

»Dann besteht also kein Grund zu der Annahme, daß Sie jemand zu Tode erschrecken will. Was ist mit einem Zwillingsbruder? Haben Sie Geschwister?«

»Nur eine Schwester draußen im Westen. Einen Zwillingsbruder, der sich irgendwo versteckt hält, gibt es ganz bestimmt nicht.«

Ich drehte mich zu dem Jungen um. »Möchtest du an diesem Fall arbeiten, Mike?«

»Na klar!«

»Gut.« Ich griff eine Zahl aus der Luft und sagte Winton, wieviel wir pro Tag berechneten, plus Spesen. Als er keine Miene verzog, wünschte ich, ich hätte eine höhere Summe genannt. »Ich möchte, daß Sie Mike alles aufschreiben, was Sie in der nächsten Woche vorhaben. Jede geschäftliche Besprechung, jede Verabredung zum Essen, auch alles, was Sie privat mit Ihrer Frau unternehmen. Mike wird stets in Ihrer Nähe sein. Währenddessen werde ich zusätzliche Nachforschungen anstellen.«

Craig Winton stand auf und schüttelte mir erneut die Hand. »Ich denke, daß ich bei Ihnen in guten Händen bin. Mir ist jetzt schon bedeutend wohler.«

»Wir werden mit Mrs. Winton sprechen, und möglicherweise auch mit Ihrer Sekretärin.«

»Nur zu.«

Als er gegangen war, strahlte Mike Trapper zufrieden. »Ich habe uns einen Klienten verschafft, Al! Den ersten wirklichen Klienten für Darlan und Trapper!«

»Das war gute Arbeit. Ich hätte es selbst nicht besser machen können.« Das meinte ich aufrichtig, doch ich wunderte mich auch ein wenig, warum sich ein Mann wie Winton ausgerechnet für einen Jungen entschied, dem er noch nie zuvor begegnet war. Seine Erklärung, daß er ein kleines Büro beauftragen wollte, klang vernünftig. Und doch . . .

»Daß es ein Gespenst ist, glaubst du doch nicht, nicht wahr?«

»Ich glaube schon lange nicht mehr an Gespenster. Schon allein, weil sie kein Geld haben, um meine Rechnungen zu bezahlen.«

Am nächsten Morgen fuhren wir hinaus in eine der Vorstädte und besuchten Rina Winton. Irgendwie überraschte es mich nicht, als sie sich als attraktive Blondine entpuppte, die mindestens zwanzig Jahre jünger als ihr Mann war. Ehescheidung und Wiederverheiratung mit einer jüngeren Frau schienen heute bei erfolgreichen Managern die Regel zu sein.

»Was können Sie uns über den Mann erzählen, der Ihren Ehemann imitiert hat, Mrs. Winton?«

Obgleich ich die Frage stellte, nahm sie ihre Augen nicht von Mike. Sie schien ihn förmlich mit Blicken auszuziehen, während wir uns unterhielten. »Offen gesagt, Mr. Darlan, ich weiß nicht, was ich von dieser Sache halten soll. Wir haben im Moment nur einen Wagen und wollen uns erst im Herbst einen zweiten zulegen, deshalb bin ich ziemlich an das Haus gefesselt, wenn Craig im Büro ist. Nachdem Craig an jenem Morgen zur Arbeit gefahren war, hörte ich ein Geräusch in der Garage. Ich ging dorthin und sah jemanden, den ich für Craig hielt.«

»Hat er mit Ihnen gesprochen?«

»Er murmelte etwas davon, daß er seine Aktentasche vergessen hatte, und dann ging er wieder hinaus. Aber unser Wagen stand nicht in der Auffahrt. Er spazierte einfach die Straße hinunter. Später rief ich ihn im Büro an, und er sagte, er sei es nicht gewesen. Den Rest wissen Sie bereits. Ich bestand darauf, daß er einen Detektiv anheuerte.«

»War Craig schon einmal verheiratet?«

»Ja. Er wurde vor fünf Jahren geschieden.«

»Besteht die Möglichkeit, daß seine erste Frau irgendwelchen Groll gegen ihn hegt?«

»Warum sollte sie? Er hat ihr eine wirklich sehr großzügige Abfindung gezahlt!«

»Wohnt sie hier in der Stadt?«

»Nein, nach der Scheidung zog sie nach Arizona. Sie hatten keine Kinder.« Ihr Blick wanderte immer wieder zu Mike, und sie fragte ihn: »Haben Sie denn gar keine Fragen an mich?«

Er errötete und sagte: »Al schafft das ganz gut allein.«

Als sie uns zur Tür brachte, fragte sie: »Ist mein Mann in Gefahr?«

»Möglicherweise. Wir gehen jedenfalls jeder Spur nach.«

Sie stand in der Tür des vornehmen Ranchhauses und schaute uns nach, als wir zurück in die Stadt fuhren. »Sie scheint ziemlich nett zu sein«, meinte Mike.

»Paß bloß auf, Junge. Eine wie die verschlingt dich mit Haut und Haaren.«

»Ich wollte doch damit nur sagen . . .«

»Ich weiß. Hör mal, auf dem Rückweg habe ich eine Überraschung für dich.«

»Was denn für eine Überraschung?«

»Das wirst du gleich sehen.«

Ich fuhr mit ihm zu dem Waffenladen und holte den Waffenschein hervor, den er für die Polizei unterschrieben hatte. Der Verkäufer reichte die .38er Terrier über die Theke, und Mike schienen beinahe die Augen aus dem Kopf zu fallen. »Ist das meine?« fragte er.

»Richtig. Ein kleines Geschenk. Möchtest du dazu ein Schulter- oder ein Gürtelhalfter?«

»Ich weiß nicht. Was meinst du?«

»Ein Gürtelhalfter ist im Sommer wesentlich angenehmer.«

»Dann nehme ich so eins.«

»Ich habe mit Sergeant O'Keefe arrangiert, daß man dich auf dem Schießstand der Polizei üben läßt.«

Als wir aus dem Waffengeschäft kamen, sagte er: »Wir beide geben ein ziemlich gutes Team ab, nicht wahr?«

»Für den Anfang sind wir nicht schlecht. Warten wir ab, wie es mit dem Winton-Fall läuft.«

Später an diesem Nachmittag ging ich mit ihm in die Bar um die Ecke. »Warst du mal verheiratet, Al?« fragte er mich.

»Ja, als ich ungefähr in deinem Alter war.«

»Was passierte?«

Ich zuckte die Achseln. »Nichts. Ich glaube, die jungen Leute heutzutage sind in dieser Beziehung klüger. Eines Tages beschlossen wir einfach, Schluß zu machen.«

»Hast du denn keine Familie?«

»Meine Eltern sind beide tot. Ich habe eine Schwester, die mir jedes Jahr eine Weihnachtskarte schickt.«

»Ist das nicht ein bißchen einsam? Wolltest du denn nie wieder heiraten?«

»Sicher, Junge.« Ich lächelte ihm zu. »Vielleicht mache ich das eines Tages.«

»Was ist mit dem Winton-Fall? Was soll ich tun?«

Ich zog eine Kopie von Craig Wintons Terminplan aus der Tasche. »Bewache ihn wie besprochen. Halte nach jemandem Ausschau, der ihm ähnlich sieht und wie er gekleidet ist. Inzwischen rede ich mal mit seiner Sekretärin.«

Das tat ich am folgenden Tag, aber ich erfuhr nicht viel. Winton war ein durchschnittlicher leitender Angestellter bei einer Versicherungsgesellschaft, und sie war eine durchschnittliche Sekretärin. Sie hieß Milly Scorese und war eine leicht übergewichtige Rothaarige um die Vierzig. Als ich sie danach fragte, erinnerte sie sich an den einen Monat zurückliegenden Vorfall. »Oh, ja, Mr. Winton schien ziemlich besorgt deswegen zu sein.«

»Hat der Mann denn etwas zu Ihnen gesagt?«

»Nein. Er kam herein und ging dann geradewegs in Mr. Wintons Büro.«

»Also hat niemand sonst ihn gesehen?«

»Nein.«

»Haben Sie ihn sehr deutlich gesehen?«

»Nun, mehr seine Kleidung als ihn selbst«, räumte sie ein. »Er ging so rasch an meinem Schreibtisch vorbei, daß ich nur kurz die blaßrote Sportjacke sah, die Mr. Winton an diesem Tag trug. Aber ich glaubte natürlich, daß er es war. Als der Mann ein paar Minuten später wieder ging, sah ich ihn nur von hinten, aber er sah wie Mr. Winton aus. Gesagt hat er nichts.«

Ich lächelte sie an. »Danke, Milly. Hier ist meine Karte. Rufen Sie mich sofort an, wenn wieder etwas Merkwürdiges passiert.«

»Ich bin gerne bereit zu helfen. Mr. Winton sagte mir, ich sollte Ihnen gegenüber kooperativ sein.«

Als ich aus dem Büro kam, glaubte ich vor mir Winton zu sehen, der auf den Aufzug zuging. Ich eilte ihm nach, aber er war es nicht. Es gab offenbar eine Menge große, weißhaarige Männer in der Geschäftswelt.

Der Fall schleppte sich gut zwei Wochen hin, ohne daß wir nennenswerte Fortschritte machten. Mike Trapper bekam ich nur zu Gesicht, wenn Winton sicher in seinem Büro saß und nicht die Absicht hatte, es zu verlassen. Während der übrigen Zeit beobachtete Mike das Haus der Wintons, oder er bewachte Winton bei geschäftlichen Verabredungen. Einmal, als Winton nach New York flog, nahm der Junge eine frühere Maschine und wartete dort auf dem Flughafen, um sich an die Fersen unseres Klienten zu heften, als dieser landete.

Aber der Doppelgänger ließ sich nicht blicken.

»Vielleicht kann nur Winton ihn sehen«, mutmaßte Mike eines Abends, nachdem er ihm nach Hause gefolgt war.

»Jetzt bist du wieder bei deiner Gespenstergeschichte.«

»Ich versuche nur, alle Möglichkeiten in Erwägung zu ziehen.« Plötzlich kam ihm ein Gedanke. »He, mein Vater ist heute abend in der Stadt, und ich bin mit ihm zum Essen verabredet. Komm doch mit! Ich weiß, daß er dich gern kennenlernen möchte.«

»Nun, das ist ein bißchen kurzfristig«, erwiderte ich.

»Komm schon! Er freut sich bestimmt!«

James Trapper war ein beleibter, freundlicher Mann, der eine dicke Brille und eine karierte Weste trug. »Ich hätte nie gedacht, daß Mike eines Tages Teilhaber einer Detektivagentur sein würde«, gestand er. »Wie macht er sich denn, Mr. Darlan?«

»Er lernt.«

»Hatte er denn schon ein paar schöne Mordfälle?«

Ich lachte. »Ich hatte schon seit vier Jahren keinen Fall mehr, wo es um Mord ging. Solche Fälle bekommt man nicht jede Woche. Das ist in Wirklichkeit anders als im Fernsehen.«

Das Essen war sehr angenehm, und irgendwie vermittelten sie mir das Gefühl, zu ihrer Familie dazuzugehören. Das tat mir gut. Einmal sagte James Trapper: »Mike mag die Frauen sehr. Das ist Ihnen vermutlich schon aufgefallen.«

»Mir ist aufgefallen, daß sie ihn mögen«, sagte ich und mußte an die Frau unseres Klienten denken. »Aber ich sorge dafür, daß er immer gut beschäftigt ist.«

Als wir das Restaurant verließen, fragte Mike mich: »Wie lange werden wir noch mit diesem Winton-Fall weitermachen?«

»Solange er uns bezahlt. Wo wir gerade von Winton sprechen, ich habe morgen früh einen Termin bei einem der Direktoren seiner Versicherungsgesellschaft. Wenn ich dabei etwas Neues erfahre, lasse ich es dich wissen. Wie sieht Wintons Terminplan aus?«

»Tagsüber routinemäßig, aber abends hat er ein Civic-Club-Treffen draußen im Expressway-Motel.«

Ich nickte. »Wir bleiben morgen in Kontakt. Es sind jetzt über zwei Wochen vergangen. Vielleicht zeigt sich der Doppelgänger bald wieder.«

Am Auto schüttelte James Trapper mir die Hand. »Es war mir ein Vergnügen, Mr. Darlan.«

»Nennen Sie mich bitte Al.«

»Ich weiß, daß mein Sohn bei Ihnen in guten Händen ist, Al.«

»Das hoffe ich.«

Am nächsten Morgen traf ich mich in der Vorstandsetage von Wintons Firma mit Isaac Rath. Er war ein kahl werdender Mann jenseits der Sechzig mit braunen Flecken auf dem Handrücken. Er blickte mich mit gerunzelter Stirn an und sagte: »Ich bin mir über den Grund Ihres Besuches nicht recht im klaren, Mr. Darlan.«

»Craig Winton hat mich mit der Regelung einer persönlichen Angelegenheit beauftragt. Ich interessiere mich für alles, was Sie mir über ihn sagen können.«

Isaac Rath legte die Fingerspitzen gegeneinander. »Craig ist einer unserer besten leitenden Angestellten. Er leitet unsere Investment-Abteilung und hat die volle Verantwortung für einen beträchtlichen Teil des Firmenvermögens.«

»Soviel weiß ich bereits. Ich möchte auf Folgendes hinaus: Könnte sich jemand, der Winton imitiert, Zugang zu einer größeren Summe des Firmenkapitals verschaffen?«

»Ihn imitiert . . .? Ich verstehe nicht.«

Ich versuchte, es so einfach wie möglich auszudrücken. »Könnte Craig Winton, oder jemand, der sich als Craig Winton ausgibt, dieser Firma Geld stehlen?«

»Ja, natürlich! Er könnte Kapital auf falsche Konten leiten. Er könnte . . .«

»Danke, Mr. Rath. Das ist alles, was ich wissen wollte.«

Ich fuhr zurück zum Büro und wartete darauf, daß der Junge sich meldete. Ich wartete den ganzen Nachmittag, ohne etwas von ihm zu hören. Schließlich fuhr ich zu meiner Wohnung und hoffte, daß nichts schiefgegangen war. Erst gegen zehn Uhr, als es bereits dunkel war, klingelte endlich das Telefon.

»Al?«

»Mike! Wo zum Teufel steckst du denn?«

»Im Expressway-Motel.« Seine Stimme klang gar nicht gut. »Al, kannst du bitte ganz schnell herkommen? Craig Winton ist tot. Jemand hat ihn auf dem Parkplatz erschossen.«

»Okay, Junge. Ist die Polizei schon da?«

»Ich habe sie gerade angerufen.«

»Ich komme sofort.«

Ich mußte sowieso durch die Stadt fahren, also ging ich für einen Moment hoch ins Büro. Ich holte meinen Revolver aus dem Safe.

Die Streifenwagen standen im Kreis auf dem Parkplatz

und tauchten die Leiche in Scheinwerferlicht. Der Polizeifotograf machte Aufnahmen, und Sergeant O'Keefe stand etwas abseits. Ich kam nahe genug heran, um zu sehen, daß Winton von mindestens einer Kugel in die Brust getroffen worden war. Dann ging ich zu O'Keefe.

Er blickte von seinem Notizblock auf. »War das euer Klient?« fragte er. »Seine Frau fährt hierher, um ihn offiziell zu identifizieren.«

»Ja. Wo ist der Junge?«

»Trapper? Drinnen mit einem von meinen Männern. Er hat uns erzählt, er hätte im Wagen auf das Ende von Wintons Tagung gewartet. Offenbar ging Winton schon vor dem Ende der Tagung. Trapper sah ihn nicht, aber er hörte einen Schuß. Er fand Winton tot zwischen den parkenden Autos. Sonst war niemand in der Nähe.«

»Ich möchte mit ihm sprechen«, sagte ich. »Sofort.«

O'Keefe führte mich in das Motel. Mike saß mit einem der Kriminalbeamten in einer Ecke der Empfangshalle. Er sah furchtbar aus. O'Keefe gab seinem Mann einen Wink und ließ mich mit dem Jungen ein paar Worte unter vier Augen wechseln.

»Hör zu«, sagte ich, »zuerst einmal ist es nicht deine Schuld. Du konntest nichts dagegen unternehmen.«

Er sah aus, als würde er jeden Moment in Tränen ausbrechen. »Ich habe es vermasselt, Al. Und jetzt ist er tot!«

»Erzähl mir genau, was passiert ist, der Reihe nach. Wann hast du ihn zum letzten Mal lebend gesehen?«

»Als er seinen Wagen vor dem Motel parkte und hineinging.«

»Warum hast du dich heute nachmittag nicht bei mir gemeldet?«

Er machte einen nervösen Eindruck. »Ich war für eine Weile zu Hause bei den Wintons, um herauszufinden, ob seine Frau neue Informationen für uns hatte.«

»Schon gut«, sagte ich seufzend. »Was ist heute abend passiert?«

»Ich habe die Umgebung abgesucht, ehe Winton eintraf.

Einen Doppelgänger oder sonst etwas Ungewöhnliches habe ich dabei nicht entdeckt. Er stellte seinen Wagen ab und ging zu der Tagung. Ich wußte bereits, daß sie nicht vor zehn Uhr zu Ende sein würde. Also blieb ich im Wagen sitzen und hörte Radio. Nachdem die Tagung begonnen hatte, war auf dem Parkplatz niemand mehr zu sehen. Winton hatte das Motel durch den Vordereingang betreten, und ich vermutete, daß er dort auch wieder herauskommen würde. Aber statt dessen kam er aus einem Seiteneingang. wo ich ihn nicht sehen konnte. Plötzlich fiel ein Schuß. Ich stieg aus dem Wagen, rannte hinüber und fand ihn dort zwischen den Autos.«

»Sonst hast du niemanden bemerkt?«

Er schüttelte den Kopf. »Ich rief die Polizei an, und dann dich. Ich wußte nicht, was ich tun sollte.«

Ich verspürte eine Leere in der Magengegend. »Junge«, sagte ich leise, »gib mir deinen Revolver.«

»Wie bitte?«

»Wenn du Winton nicht gesehen hast, bevor er erschossen wurde, woher weißt du dann, daß er aus dem Seiteneingang kam?«

»Ich . . .«

»Komm schon, gib mir deinen Revolver.«

Da erstarrte er und schaute mich mit diesem schrecklichen Ausdruck im Gesicht an. Ich fragte mich, was ich tun sollte, falls er Widerstand leistete. Meine Finger waren nur Zentimeter von meiner Pistole entfernt, aber ich wußte, daß ich ihn nicht erschießen konnte, ebensowenig wie ich meinen eigenen Sohn hätte erschießen können.

Seine Schultern sackten zusammen, und er zog den Revolver aus dem Gürtelhalfter. Ich nahm ihn und öffnete die Trommel. Alle fünf Kammern waren geladen, aber der Lauf roch unverkennbar nach Schießpulver. Mit der Waffe war vor kurzer Zeit geschossen worden. »Du hast ihn getötet, nicht wahr, Junge?«

Er wich meinem Blick aus. »Ja«, sagte er heiser, den Tränen nahe. »Ich habe ihn getötet.«

Ich legte ihm die Hand auf die Schulter. »War es wegen seiner Frau, Mike?«

Da hob er den Kopf. »Glaubst du das wirklich? Sie hatte nichts damit zu tun! Ich hielt nach dem Doppelgänger Ausschau, und Winton kam eine halbe Stunde zu früh aus der falschen Tür. Ich rief nach ihm, doch er benahm sich merkwürdig und ging in die andere Richtung. Als ich ihm folgte, zog er etwas aus der Tasche, das wie eine Pistole aussah. Ich geriet in Panik und erschoß ihn.«

»Warum hast du das denn nicht der Polizei erzählt?«

»Weil ich es mit der Angst zu tun bekam, als ich sah, daß ich den echten Winton erschossen hatte. Die Polizei fand keine Waffe bei der Leiche. Ich wußte, daß ich einen furchtbaren Fehler gemacht hatte. Verstehst du das nicht?«

Ich verstand. Ich wußte, daß ich seinen Vater anrufen mußte, um ihm zu erzählen, was geschehen war. Sein Sohn war zu schnell mit der Pistole gewesen, und jetzt würden wir beide dafür bezahlen müssen.

Ich ging zu O'Keefe und gab ihm den Revolver. »Hier ist deine Mordwaffe«, sagte ich. »Der Junge ist jetzt bereit, euch die Wahrheit zu sagen. Geht um Himmel willen sachte mit ihm um.«

In dieser Nacht fuhr ich nicht nach Hause. Statt dessen ging ich ins Büro, setzte mich in meinen Drehstuhl und starrte hinaus auf die Stadt. Ich wäre gerne zum Präsidium gefahren, um in seiner Nähe zu sein, aber ich wußte, daß ich dort nichts für ihn tun konnte. Lange Zeit saß ich dort, und schließlich schlief ich in meinem Stuhl ein. Als ich aufwachte, war es bereits Morgen.

Ich fuhr durch die Straßen und wurde dabei erst allmählich richtig wach. Zuerst hatte ich keine Ahnung, wohin ich eigentlich fuhr. Ich verließ die Innenstadt, entfernte mich von dem Gefängnis, in dem sie Mike festhielten, bis sein Vater die Kaution hinterlegte. Ich fuhr einfach vor mich hin.

Nach einer Weile wurde mir endlich klar, wohin ich

wollte. Vielleicht hatte ich es schon die ganze Zeit über gewußt. Mit dem Beginn der morgendlichen Rush-hour ergoß sich der Berufsverkehr stadteinwärts, und da ich gegen den Strom fuhr, kam ich gut voran. Es war erst acht Uhr, als ich in der Auffahrt des Wintonschen Ranchhauses hielt. Craig Wintons Wagen stand in der Garage.

Ich mußte fünf Minuten an der Tür läuten, ehe man mir endlich öffnete. Sie trug ein zerknittertes T-Shirt und ausgewaschene Jeans und sah aus, als sei sie anstelle ihres Mannes gestorben.

»Mein Gott, was ist denn los? Was wollen Sie? Haben Sie uns denn nicht schon genug angetan?«

»Kann ich bitte hereinkommen, Mrs. Winton? Es ist sehr wichtig.«

Zuerst schien sie mir den Weg versperren zu wollen, doch schließlich ließ sie mich herein. »Sie müssen entschuldigen«, sagte sie und fuhr sich mit der Hand über die Augen. »Ich hatte eine Schlaftablette genommen und bin eben erst aufgewacht.«

»Das mit Ihrem Mann tut mir leid.«

»Stimmt es, daß Mike Trapper ihn getötet hat?«

»Ich fürchte ja.«

»Gestern war er noch hier und hat weitere Fragen gestellt. Er versuchte wirklich, uns zu helfen. Wieso hat ausgerechnet er Craig getötet?«

»Ich bin hergekommen, um Ihnen genau diese Frage zu stellen.« Ich war ihr in die Küche gefolgt und hatte mich ihr gegenüber an den Tisch gesetzt.

»Möchten Sie einen Kaffee?«

»Sehr gern.« Sie stand auf, um ihn zu kochen, und ich fuhr fort: »Mit dem Tod Ihres Mannes ist das Problem des Doppelgängers noch nicht gelöst.«

»Das spielt jetzt wohl kaum noch eine Rolle. Schicken Sie mir einfach Ihre Rechnung.«

»So einfach ist das nicht.«

»Warum nicht?«

»Es gab überhaupt keinen Doppelgänger, nicht wahr,

Mrs. Winton? In Wahrheit war es immer Craig Winton selbst.«

Sie nahm den Blick von der Kaffeemaschine und schaute mich an. »Ich weiß überhaupt nicht, wovon Sie reden.«

»Es war ein Plan, mit dessen Hilfe Craig bei seiner Firma Geld unterschlagen wollte. Er erfand einen Doppelgänger, der ein paarmal in Erscheinung trat. Er engagierte sogar zwei kleine Privatdetektive und ließ sie den Doppelgänger suchen. Der gestrige Abend spielte in seinem Plan eine Schlüsselrolle. Mike Trapper sollte bezeugen, daß er den Doppelgänger gesehen hatte. Craig wollte ihn glauben machen, daß es unmöglich unser Klient gewesen sein konnte, weil der Doppelgänger ja vor ihm weglief und sogar eine Pistole zog. Unglücklicherweise rechnete Craig Winton nicht damit, daß ein nervöser Junge wie Mike, der gerade seinen allerersten Fall bearbeitete, auf ihn schießen und ihn töten würde.«

»Das sind bloße Vermutungen.« Sie goß zwei Tassen Kaffee ein.

»Nicht ganz«, sagte ich. »Milly‹, Craigs Sekretärin, sagte mir, daß der Doppelgänger nicht mit ihr gesprochen hätte. Anfangs machte das Sinn, doch dann fiel mir ein, daß der angebliche Doppelgänger ja hier in der Garage mit Ihnen gesprochen hatte. Wenn er Sie mit seiner Stimme täuschen konnte, dann doch gewiß auch die Sekretärin. Trotzdem huschte er möglichst schnell durch das Büro, so daß Milly ihn nur kurz sah. Das sieht mir nicht nach einem wirklichen Versuch aus, Craig zu imitieren. Es sieht eher so aus, als ob Craig einen solchen Versuch vortäuschen wollte. Das gleiche gilt für die beiden anderen Vorfälle. Craig sorgte im Hotel und bei der Tagung für Wirbel, damit die Leute sich an die Vorfälle erinnerten.«

»Es könnte trotzdem ein Doppelgänger gewesen sein.«

»Dann denken Sie einmal über folgendes nach: Damals im Büro sah Milly, daß der angebliche Doppelgänger genau die gleiche blaßrote Sportjacke trug wie Craig. Und auch in der Garage trug er ja wohl offensichtlich die gleichen Sachen wie Craig. Das dieser Doppelgänger auch noch stets genau die gleiche Kleidung anhatte, die auch Craig jeweils trug, ist nahezu unmöglich, es sei denn, er verfügte über übersinnliche Kräfte. Entweder wußte der Doppelgänger immer schon im voraus, was Craig jeweils anziehen würde, oder es gab gar keinen Doppelgänger. Jedenfalls muß Craig irgendwie die Hände im Spiel gehabt haben.«

»Ich weiß jedenfalls überhaupt nichts darüber«, beharrte sie.

»Ich glaube, daß Sie sehr wohl etwas wissen, Mrs. Winton. Sie waren gestern abend dort auf dem Parkplatz, als Mike auf Ihren Mann schoß.«

»Was? Das ist ja verrückt!«

»Ist es das? Als wir uns das erste Mal unterhielten, erfuhr ich, daß Sie beide nur einen Wagen besaßen und erst im Herbst einen zweiten anschaffen wollten. Mike sah, wie Winton diesen Wagen gestern abend vor dem Motel abstellte, doch von der Polizei wurde dieser Wagen später nicht erwähnt. O'Keefe sagte sogar, daß Sie zum Motel fahren würden, um die Leiche zu identifizieren. Und jetzt steht der Wagen hier in Ihrer Garage. Wie kam er vom Motelparkplatz zurück zu diesem Haus, bevor die Polizei anrief, wenn Sie ihn nicht zurückgefahren haben?«

»Ich . . .«

»Mike sagte, er hätte gesehen, daß Winton eine Pistole in der Hand hielt, doch als die Polizei eintraf, war von dieser Waffe nichts mehr zu sehen. Das ist einer der Gründe, warum der Junge zunächst die Unwahrheit sagte. Ich vermute, daß Sie alles aus der Nähe mitangesehen haben. Als Mike ins Motel lief, um die Polzei und mich anzurufen, rannten Sie zu dem Toten, hoben die Pistole auf und fuhren den Wagen nach Hause. Sie wollten nicht, daß die Polizei die Waffe fand und entdeckte, daß diese Doppelgänger-Geschichte nur vertuschen sollte, daß Ihr Mann Geld unterschlagen hatte. Sie mußten den Wagen nehmen, damit Sie nicht später von einem Taxifahrer identifiziert werden konnten. Und Sie mußten wieder hier sein, ehe die Polizei anrief.«

»Na schön«, sagte sie leise. Ihr Widerstand fiel in sich zusammen.

»Geben Sie zu, daß Sie die Waffe an sich genommen haben?«

»Es war nur eine Schreckschußpistole. Craig wollte niemandem etwas tun. Er wollte lediglich Ihren Partner als Zeugen dafür, daß der Doppelgänger wirklich existierte. Er hat schon jahrelang in seiner Firma Geld unterschlagen, seit ihn die teure Scheidung damals um sein ganzes Barvermögen brachte. Er versuchte, einen Doppelgänger vorzutäuschen, dem er dann die Schuld für unberechtigte Bankabbuchungen und andere unsaubere Geschäfte hätte in die Schuhe schieben können. Es war eine ziemlich an den Haaren herbeigezogene Geschichte, aber sie hätte genügt, um in einem Prozeß bei dem Geschworenen zumindest Zweifel an seiner Schuld zu wecken.«

»Was war mit dem Wagen?«

»Ich war schon Stunden zuvor allein aus diesem Grund mit einem Taxi zu dem Motel gefahren. Craig hatte vor, in ein Taxi zu springen und zu verschwinden, nachdem Mike ihn gesehen hatte. Während Mike ihn verfolgte, sollte ich den Wagen zurück zu unserem Haus fahren, damit es so aussah, als sei Craig nach der Tagung damit nach Hause gefahren. Wenn Mike dann bei seiner Rückkehr zum Parkplatz festgestellt hätte, daß Craigs Wagen nicht mehr dort war, wäre das ein weiterer Beweis dafür gewesen, daß es zwei Craig Wintons geben mußte.«

Ich trank meinen Kaffee aus. »Mike sitzt im Gefängnis, und Sie allein können ihn dort herausholen. Ich möchte, daß Sie mitkommen und das alles der Polizei erzählen.«

»Bedeutet er Ihnen so viel?«

»Ich denke schon. Ich will, daß er freikommt.«

Für einen kurzen Moment begegneten sich unsere Blicke. Vielleicht versuchte sie, mir etwas zu sagen, mir etwas anzudeuten, aber wir wußten beide, daß es sinnlos war.

Sie nahm ihre Handtasche, und ich folgte ihr hinaus zum Wagen.

Ins Deutsche übertragen von Thomas Görden

STUART M. KAMINSKY

Zerpflückte Blüten

Toby Peters

Dunkelheit. Ich konnte nichts sehen, aber ich konnte jemanden hören, der mir etwas über Adolf Hitler zurief. Ich schlug die Augen auf. Ich konnte immer noch nichts sehen. Panik überfiel mich, bevor mir klar wurde, wo ich war. Ich zog die Jacke weg, die meinen Kopf bedeckte. Nachdem ich einen tiefen Zug der abgestandenen Luft genommen hatte, begriff ich, wo ich war, wer ich war und was ich hier tat. Es war 1938, Februar, ein kühler Sonntagabend in Los Angeles, und ich war Toby Peters, ein Privatdetektiv, der engagiert worden war, um auf einen erledigten Filmregisseur aufzupassen, der von außerhalb in die Stadt gekommen war und sich ein paar Morddrohungen eingehandelt hatte. Ich bekam fünfzehn Dollar pro Tag, für die man von mir erwartete, in der Nähe zu bleiben und mich in die Schußlinie zu stellen, falls es Schwierigkeiten geben sollte. Ich wurde nicht fürs Einschlafen bezahlt.

Ich hatte den Geschmack von Blütenstaub auf der Zunge. Ich langte hinüber zum Nachttisch, um das Radio auszuschalten. Als ich es mir vorhin auf dem Bett bequem gemacht hatte, um etwas auszuruhen, und meine Jacke, Wildleder, mit Reißverschluß, über mich gezogen hatte, hatte Jeanette MacDonald gerade über die Monde des Südens gesungen. Ich war von den Nachrichten geweckt worden, daß der Reichsführer Hitler sich zum obersten Befehlshaber der Streitkräfte und Luftfahrtminister Hermann Göring zum Feldmarschall befördert hatte. Ich war gerade aufgestanden, als sich die Tür öffnete und D. W. Griffith hereinkam.

»Mr. Peters«, sagte er mit tiefer Stimme und geradem Rücken, wobei sein Atem sogar durch den Raum hindurch den Kentuckydunst von Bourbon verbreitete.

»Ich war gerade auf dem Weg nach unten«, sagte ich. »Ich hab' mir die Nachrichten angehört.«

Griffith betrachtete mich über seine wuchtige Adlernase hinweg. Er war ungefähr einsachtundsiebzig groß, vielleicht zwei, drei Zentimeter größer als ich, obwohl ich sein Gewicht auf etwa 180 Pfund schätzte, vielleicht zwanzig Pfund mehr als ich. Wir schienen beide ungefähr gleich gut in Form zu sein, was entweder gut für ihn oder schlecht für mich war. Ich war einundvierzig, und er war über sechzig. Er trug einen schwarzen Anzug über einem weißen Hemd und eine dünne schwarze Krawatte.

»Ich habe Ihnen etwas mitzuteilen«, sagte Griffith.

Also war ich gefeuert. Das war auch früher schon vorgekommen, und ich hatte ja noch einen Zwanziger in meiner Brieftasche.

»Ich war wirklich gerade auf dem Weg nach unten«, sagte ich in dem Versuch, etwas Gefühl in meine Zunge zu bekommen.

»Waren Sie nicht«, sagte Griffith nachdrücklich. »Aber das ist kaum von Bedeutung. Ein Mann ist ermordet worden.«

»Ermordet?« wiederholte ich.

Ich biete nicht gerade den kultiviertesten Anblick, selbst dann nicht, wenn ich gekämmt und rasiert bin und eine warme Mahlzeit im Bauch habe. Mein Gesicht wirkt düster, und meine Nase ist ein Brei, nicht wegen meiner Geschäftsverbindungen, sondern wegen eines älteren Bruders, der immer der Ansicht war, ich bedürfe nachdrücklicher Belehrungen. Ich verkaufte dieses harte Aussehen an Leute, die einen Leibwächter haben wollten. Meistens arbeitete ich für zweitklassige Bekleidungsgeschäfte, in denen es zu viele Ladendiebstähle gab, für hart arbeitende Buchmacher, deren Frauen ein Päckchen Kaugummi holen wollten und nie mehr zurückkamen, und für alte Damen, die immer Sheiba hieß. Das tat ich gewöhnlich, aber hin und wieder verbrachte ich auch eine Nacht oder ein paar Tage damit, Filmleute zu beschützen, die sich bedroht fühlten oder Angst davor hatten, in einer Menschenmenge erdrückt zu werden. D. W. hatte keine derartigen Befürchtungen. Niemand wollte mehr ein Autogramm von ihm haben. Niemand engagierte ihn. Es sah so aus, als hätte er einen Haufen Geld und eine ganze Menge Hoffnung; deswegen war er von Louisville hierher gefahren. Er hoffte, jemand würde sich das Telefon schnappen und ihn fragen, ob er einen Film drehen wolle, aber in der Woche, in der ich für ihn gearbeitet hatte, hatte niemand angerufen, abgesehen von dem Burschen, der gedroht hatte, ihn mit einer Kutte des Ku Klux Klan zu lynchen. D. W. hatte erklärt, solche Drohungen seien in den letzten zwei Jahrzehnten nichts Ungewöhnliches gewesen, seit der Freigabe von ›Birth of a Nation‹, in dem die Ruhmestaten des Ku Klux Klan dargestellt worden waren. D. W. hatte versucht, den Schaden durch ›Intolerance‹ und ein paar andere Filme wiedergutzumachen, aber den Rassismus von ›Birth‹ konnte er damit nicht wegwischen.

»Mr. Peters.« Er versuchte es wieder, nun mit einer Stimme, die laut genug war, um in der letzten Reihe eines von Loews Filmpalästen deutlich verstanden werden zu können. »Sie müssen sich aufraffen. Ein Mann wurde unten ermordet.«

»Rufen Sie die Polizei«, sagte ich geistreich.

»Wir sind, wie Sie sich vielleicht erinnern, ein beachtliches Stück von der Stadt entfernt«, hielt er mir entgegen. »Ein derartiger Anruf wurde bereits getätigt, aber es wird einige Zeit dauern, bis die Schutzmänner hier sind.«

Schutzmänner. Ich befand mich in einem Zeitloch. Aber dieses Gefühl hatte ich schon, seit ich Griffith getroffen hatte, der jetzt seine grauen Koteletten betastete, als würde er gerade für das Click-Magazin fotografiert.

»Wer ist denn tot?« fragte ich.

»Fast jeder von Bedeutung seit dem Anbeginn der Zeit«, sagte Griffith und öffnete die Tür. »In diesem Fall ist das Opfer Jason Sikes. Er sitzt am Eßtisch und hat ein Messer im Nacken.«

»Wer hat es getan?« begann ich.

»Das ist, fürchte ich, ein Rätsel«, sagte Griffith. »Lassen Sie uns jetzt zum Schauplatz der Tat zurückkehren.«

Ich ging mit dem Gefühl durch die Tür, daß ich vom ersten Akt zum zweiten geführt wurde. Ich mochte die Besetzung nicht. Griffith führte bei der ganzen Sache Regie, und ich hatte das Gefühl, er wollte mir die Rolle des Detektivs geben. Ich wollte ihm sagen, daß ich angestellt worden war, ihn zu beschützen, nicht um Mörder zu entlarven. Ich reiße mich nicht darum, Mörder zu entlarven. Aber man widersprach Dave Griffith nicht. Ich stand vor ihm, kratzte mich am rechten Arm und warf mir meine Wildlederjacke über die Schulter, um so wenigstens die zerknitterte, gestreifte Krawatte zurechtrücken zu können, die ich trug.

Was wußte ich? Daß ich mich in einem großen Haus an der kalifornischen Küste ungefähr dreißig Meilen nördlich von San Diego befand. Das Haus gehörte einem Produzenten namens Korites, von dem Griffith hoffte, er würde ihm einen Job als Regisseur verschaffen. Korites hatte seine zwei potentiellen Stars, einen komischen Charakterdarsteller und einen potentiellen Gönner, Sikes, hier versammelt, um den großen Regisseur zu treffen. Ich war als Griffiths ›Mitarbeiter‹ aufgetreten. D. W. hatte seine junge Frau im Roosevelt-Hotel in Los Angeles zurückgelassen, und auf dem Weg hierher in seinem von einem Chauffeur gefahrenen Mercedes hatten wir zweimal angehalten, um etwas zu trinken. Im Wagen hatte Griffith über Kentucky, seinen Vater, seine Mutter, die sich niemals einen seiner Filme angesehen hatte – »Sie akzeptierten die Bühne nicht«, erklärte er –, und über sein Comeback gesprochen. Er war mit seinen Jugenderlebnissen als Schauspieler, Bühnenschriftsteller, Boxer, Reporter und Bauarbeiter fortgefahren. Dann, ungefähr zehn Minuten, bevor wir angekommen waren, hatte er zu reden aufgehört, seine Augen geschlossen und kein weiteres Wort mehr gesagt.

Jetzt gingen wir stumm die Treppen von Marty Korites Haus hinunter, betraten das Eßzimmer und standen fünf gutgekleideten Tischgästen gegenüber, von denen einer mit seinem Gesicht in einer Platte Waldorf-Salat lag und ein Messer im Rücken hatte.

Die Gäste blickten auf, als wir eintraten. Korites, ein kahler, um die Hüften herum ziemlich gepolsterter Mann mit einer Harold-Lloyd-Brille, war um die Fünfzig, und man sah ihm jedes einzelne Jahr und noch ein paar mehr an. Sein Blick hatte ärgerlich auf dem toten Gast geruht, schoß aber hoch zu uns, als wir den Raum betraten. Auf der einen Seite des Toten saß eine Frau, Denise Giles, mager wie Papier, hübsch, dunkel, von unbestimmtem Alter. Ich konnte es nicht mal anhand der Sommersprossen auf ihren nackten Schultern erraten. Auf der anderen Seite des Toten saß ein Schauspieler namens James Vann, der wie der Hauptdarsteller eines Tournee-Musicals aussah, blond, jung, steif und bestürzt. Er brauchte jemanden, der ihm den Text vorsagte. Griffith starrte auf die Leiche. Der große Regisseur sah verwirrt aus. Der letzte Gast saß dem Toten gegenüber. Auch ihn kannte ich, Lew Dollard, ein kraushaariger Schauspieler, der hauptsächlich komische Rollen spielte und der Marty Korites' zugkräftigster Name war, wodurch Sie eine Vorstellung davon bekommen, wie klein Martys Unternehmen war und wie mies Griffiths Zukunftsaussichten waren, wenn er den weiten Weg hierher machte, in der Hoffnung, einen Job von ihm zu bekommen.

»Mr. Griffith sagt, Sie seien Detektiv und nicht vom Film«, sagte Korites, wobei sich seine Augen für einen Augenblick von der Leiche zu mir und dann wieder zur Leiche bewegten. Ich vermutete, er wollte nicht, daß der Bursche einfach verschwand, wenn er gerade mal nicht hinsah.

»Yeah, ich bin Detektiv«, sagte ich. »Aber ich bin weder für Scheidungssachen zu haben noch für Leichen.«

Dollard, der rundliche New Yorker Straßenkomiker in einem zerknitterten Anzug, sah hoch zu mir.

»Ein Komödienschreiber«, sagte er mit einem Lächeln, bei dem er große Zähne sehen ließ. Ich hatte einen von Dollards Filmen gesehen. Er war nicht witzig.

»Jemand hat Sikes umgebracht«, sagte Korites gereizt.

»Noch dazu, bevor das Hauptgericht serviert worden ist«, sagte ich. »Manche Leute haben eben keinen Sinn für den rechten Zeitpunkt. Hören Sie. Warum setzen wir uns nicht einfach ruhig hin, trinken einen oder zwei und warten, bis die Polizei hier ist. Bis dahin können wir uns die Zeit damit vertreiben, daß Sie mir erzählen, wie jemand am Eßtisch ermordet werden kann, und keiner von Ihnen weiß, wer es getan hat. Das muß ja wirklich 'ne tolle Hühnerleber gewesen sein, die Sie da als Vorspeise hatten.«

»Es war«, sagte Griffith, indem er dem Toten seine offene Handfläche entgegenhielt, »wie ein Moment einer Trickaufnahme in einem Film, ein magischer Augenblick von Méliès. Ich nippte gerade an einem Aperitif und hatte mich Miß Giles zugewandt, um eine Frage zu beantworten. Und dann ein Laut, ein Stöhnen. Ich drehte mich um, und da saß Mr. Sikes.«

Wir alle sahen Sikes an. Sein Gesicht war immer noch im Salat.

»Wer hat gesehen, was passiert ist?« fragte ich.

Sie blickten alle von der Leiche auf und sahen einander an. Dann sahen sie mich an. Dollard, mit vollem Mund und einem albernen Grinsen im Gesicht, zuckte mit den Achseln.

»Ein Mann wird ermordet, das Licht brennt. Sie alle sitzen am Tisch, und keiner weiß, wer es getan hat?« sagte ich. »Das ist ein bißchen schwer zu glauben. Wer ist aufgestanden?«

»Niemand«, sagte Vann und sah mich an, ohne zu blinzeln.

»Niemand«, stimmte Griffith zu.

Hinter der Leiche befand sich kein Fenster. Eine Tür zum Eßzimmer lag dem Toten genau gegenüber. Die andere Tür war rechts von ihm. Das Messer konnte nicht von einer dieser Türen geworfen worden und in seinem Rücken gelandet sein. Zum Teufel damit. Ich wurde dafür bezahlt, Griffith zu beschützen, und nicht dafür, Mörder zu entlarven. Ich würde die Fakten durchgehen, bis die Bullen hier waren. Ich war damals in Glendale Bulle gewesen, bevor ich als Wächter für Warner Brothers gearbeitet und mich dann selbständig gemacht hatte. Ich kannte die Routine.

»Warum gehen wir nicht ins Wohnzimmer?« sagte Korites und machte Anstalten aufzustehen, wobei er einen flüchtigen Blick auf die Leiche warf. »Ich könnte Mrs. Windless –«

»Setzen Sie sich«, sagte ich. »Mrs. Windless ist . . .?«

»Haushälterin«, sagte Korites. »Köchin.«

»War sie hier im Zimmer, als Sikes ermordet wurde?«

Ich sah mich um. Alle schüttelten den Kopf.

»Hat jemand den Raum verlassen, bevor oder nachdem Sikes ermordet wurde?« fuhr ich fort.

»Nur Mr. Griffith«, sagte Vann. Die Frau hatte immer noch nichts gesagt.

»Wir werden hierbleiben, bis die Polizei eintrifft. Wenn jemand zur Toilette muß, gehe ich mit ihm, selbst mit der Drachenlady«, sagte ich in dem Versuch, irgendeine Regung bei Denise Giles hervorzurufen. Vergeblich.

»Was ist mit Ihnen?« sagte Dollard glucksend und mit den Augen rollend, in einer lausigen Imitation von Bert Lahr.

»Ich war nicht im Zimmer, als Sikes in den Salat tauchte«, sagte ich. »Wie wär's, vielleicht wollen Sie ja die ganze Sache vergessen und über Sport reden? Großartig. Haben Sie schon gehört, daß Glenn Cunningham gestern die Wanamaker-Meile zum fünften Mal gewonnen hat?«

»In einer Zeit von vier Minuten elf Sekunden«, sagte Denise Giles und trank einen winzigen Schluck aus ihrem dünnen kleinen Weinglas.

Ich betrachtete sie mit neu erwachtem Respekt. Griffith hatte sich ans Ende des Tisches gesetzt, offensichtlich der Platz, an dem er gesessen hatte, als der Mord ins Spiel gekommen war. Irgend etwas ging ihm im Kopf herum.

»Wer war Sikes?« fragte ich und griff mir einen Stengel Sellerie.

»Ein wohlhabender Mann«, sagte Griffith und stürzte einen Bourbon hinunter.

»Ein Gönner«, sagte Korites. »Er dachte daran, einen Film mit D. W. als Regisseur und mit mir als Produzent zu finanzieren.«

»Mit Vann und Miß Giles als Stars?« sagte ich.

»Richtig«, sagte Korites.

»Keinesfalls«, sagte Griffith bestimmt.

»Sie haben da gar keine Wahl«, schnauzte Korites. »Sie übernehmen das Projekt entweder so, wie wir es Ihnen geben, oder wir holen uns jemand anderen. Sicher, Ihr Name hat einen gewissen Wert als Kuriosität, aber damit werden wir uns keine goldenen Nasen verdienen.«

»Ein wirklich barmherziger Mensch«, seufzte Griffith, wobei er mich verständnissuchend ansah. »Ich hatte den Eindruck, daß der verstorbene Mr. Sikes nicht die Absicht hatte, überhaupt Kapital bereitzustellen. Ganz im Gegenteil war es mein entschiedener Eindruck, daß er glaubte, sich in wenig freundlichen Gewässern zu bewegen und nur mit dem Versprechen hierhergelockt worden zu sein, mich zu treffen, den unglücklichen Regisseur, der einmal die ganze Branche in der Hand gehabt hat, der einmal in der Fabrik hergestellte Zelluloidstreifen in Kunst verwandelt hat. Wie ich mich erinnere, hat Sikes auch über eine gewisse finanzielle Schuld gesprochen, von der er erwartete, daß sie heute abend zurückgezahlt werden würde.«

»Sie erinnern sich?« sagte Korites sarkastisch und schüttelte den Kopf. »Sie haben es sich zusammengeträumt. Sie sind immer noch im verdammten neunzehnten Jahrhundert. Ihre Filme waren schon altmodisch, als Sie sie gedreht haben. Sie arbeiten nicht mehr, weil Sie ein Anachronismus sind.«

»Altmodisch?« sagte Griffith mit einem Lächeln. »Ja, altmodisch, ein Romantiker, der die Vergangenheit respektiert. Ich würde lieber mit meinem Charles Dickens sterben, als mit Ihrem Hemingway leben.«

Dollard schluckte herunter, was immer er im Mund gehabt hatte, und sagte: »Meinen Sie, es wäre ein Sakrileg, das Hauptgericht servieren zu lassen? Das Leben geht weiter.«

»Nehmen Sie sich einen Selleriestengel«, schlug ich vor.

»Ich will aber keinen Selleriestengel essen«, jammerte er.

»Ich habe nicht vorgeschlagen, daß Sie ihn sich in den Mund stecken«, sagte ich.

Das war zuviel für Dollard. Er stand auf, wobei er seinen Stuhl zurückstieß.

»Ich bin hier der Komiker«, sagte er. »Sagen Sie ihm das.«

Er sah sich nach jemandem um, der es mir sagen konnte. Die verständnisvollste Person war Sikes, und der war tot.

»Ach, so ist das«, sagte Dollard und ließ seinen Blick dabei im Raum umherschweifen. »Ihr wollt, daß ich hier den Kasper spiele.«

»Wir sind hier am Schauplatz eines Mordes«, polterte Korites los und nahm seine Brille ab, »nicht in einem Nachtclub, Lew. Versuch dir das zu merken.« Sein Kiefergelenk knackte beim Sprechen. Er war der Boß, aber nicht meiner.

»Jemand in diesem Zimmer hat den Burschen im Salat ermordet«, erinnerte ich sie.

»Mein Vater«, sagte Griffith.

»Ihr Vater hat Sikes ermordet?« fragte ich und wandte mich dem großen Regisseur zu. Griffiths enorme Nase befand sich am Rand seines fast leeren Glases. Seine dunklen Augen blickten auf der Suche nach einer Antwort in die bernsteinfarbene Flüssigkeit.

»Mein Vater«, sagte er, ohne aufzusehen, »hätte gewußt, wie man dieses Puzzle meistert. Er war ein findiger Mann, ein Gentleman, ein Soldat.«

»Meiner war Lebensmittelhändler«, sagte ich.

»Das ist lächerlich«, sagte Denise Giles und warf ihre Serviette hin.

»Nicht für Sikes«, sagte ich. In diesem Moment ging die Tür hinter mir auf. Ich drehte mich um und sah eine Frau, dünn wie ein Strich, ganz in Schwarz gekleidet.

»Sind Sie bereit für den Braten?« fragte sie.

»Ja«, sagte Dollard.

»Nein«, sagte Korites, »wir werden nichts mehr essen.«

»Ich habe gewisse Rechte hier«, beharrte Dollard.

Jetzt hatte ich es. Das war ein Alice-im-Wunderland-Alptraum, und ich war Alice beim 5-Uhr-Tee des Hutmachers. In ein paar Sekunden würden wir alle die Plätze tauschen, und die Haselmaus, Sikes, würde getragen werden müssen.

»Was«, wollte Mrs. Windless wissen, »soll ich mit dem Braten machen?«

»Wollen Sie die Pointe erzählen, oder kann ich sie haben?« sagte Dollard zu mir.

»Sikes hat die Pointe schon«, antwortete ich ihm. Mrs. Windless sah zum ersten Mal zu Sikes herüber.

»O mein Gott«, schrie sie auf. »Der Mann ist tot.«

»Wirklich?« rief Dollard und sprang auf. »Welcher denn?«

»Gottverdammt noch mal«, brüllte Korites. »Das hier ist ernst.« Er hatte jetzt seine Brille wieder aufgesetzt. Es sah so aus, als wüßte er nicht, was er mit ihr anfangen sollte.

Griffith stand auf und goß sich einen neuen Drink ein.

»Wir wissen, daß er tot ist, Mrs. Windless«, sagte Korites. »Die Polizei ist auf dem Weg hierher. Sie brauchen nur das ganze Essen in den Kühlschrank zu stellen und zu warten.«

»Was ist passiert?« fragte Mrs. Windless mit hoher Stimme, den Blick unverwandt auf Sikes gerichet. »Wer hat das getan? Ich will nichts mit Mord zu tun haben.«

»Nicht?« sagte Dollard. »Warum haben Sie uns das nicht gesagt, bevor wir ihn getötet haben? Wir haben es für Sie getan.« Er fuhr sich über die Augen, schloß sie aber nicht rechtzeitig, um dem Wein zu entgehen, der ihm von der lautlos an ihr herangetretenen Denise ins Gesicht geschüttet wurde. Dollard stand, Wein versprühend, auf und tastete nach einer Serviette, um sich das Gesicht abzuwischen. Purpurne Tränen rannen seine Wangen hinunter.

»Verdammt noch mal«, schrie er. »Was zum Teufel . . .? Was, zum Teufel . . .?« Seine Hand fand eine Serviette. Er wischte über seine Augen. Die Flecken waren nun verschwunden, aber jetzt war ein Apfelstückchen aus dem Waldorf-Salat auf seinem Gesicht.

»Mrs. Windless«, sagte D. W., wobei er dastand und auf die Tür zeigte. »Sie werden jetzt gehen und meinem Fahrer, Mr. Reynolds, sagen, daß Mr. Peters und ich aufgehalten werden. Mr. Dollard, Sie werden sich hinsetzen und Ihr Gesicht säubern. Miß Giles, Sie werden Ihre Ausbrüche unterlassen, und Mr. Vann, Sie werden versuchen, etwas munterer zu sein. Es ist schwierig, Sie und Mr. Sikes auseinanderzuhalten. Mr. Peters wird mit der Befragung fortfahren.«

Vann stand jetzt auf und stieß seinen Stuhl zurück. Griffith erhob sich, um ihm entgegenzutreten. Sie standen sich von Angesicht zu Angesicht, Auge in Auge gegenüber. Vann war ungefähr dreißig Jahre jünger, aber Griffith gab nicht nach.

»Sie können uns nicht sagen, was wir zu tun haben. Sie können niemandem sagen, was er zu tun hat. Sie sind erledigt«, zischte Vann.

»Wie Blaubart gesagt haben soll«, flüsterte Griffith, »ich befinde mich lediglich zwischen zwei Engagements.«

»Schau, schau«, nörgelte Dollard und zeigte mit seiner Gabel auf die beiden Kontrahenten. »Jeder ist ein Komiker. Was sagt man dazu?«

Ich seufzte und stand wieder auf.

»Setzen Sie sich«, brüllte ich Vann und Griffith an. Im Zimmer wurde es ruhig. Diese Stimmung wurde durch meinen knurrenden Magen verdorben. Aber sie saßen, und Mrs. Windless verließ den Raum. »Wer hat die Polizei gerufen?«

»Ich war das«, sagte Korites.

»Ich dachte, niemand außer Griffith hätte den Raum verlassen«, sagte ich.

»Das Telefon befindet sich direkt hinter der Tür, jeder konnte mich telefonieren sehen. Ich habe die Tür offengelassen«, sagte Korites. Er schob seinen schmutzigen Teller von sich weg und zog ihn dann wieder zurück. »Was spielt das für eine Rolle?«

»Warum fingen Sie nicht alle an zu schreien, gerieten in Panik oder beschuldigten sich gegenseitig?« fragte ich.

»Wir dachten, es sei einer von Jasons Schabernacks«, sagte Denise Giles. »Er mochte Schabernacks.«

»Gummigebisse, Freudensummer in der Hand, Tinte in der Suppe«, seufzte Dollard. »Ein wirklicher Stümper, er machte diese Sachen nur aus Langeweile. Einmal hat er vorgetäuscht, er wäre vergiftet worden, und zwar bei einem Abendessen in . . .«

»Lew«, rief Korites. »Halt jetzt den Mund.«

»Na schön, Leute«, sagte ich. »Keiner von euch mochte Sikes, stimmt das?«

»Stimmt«, sagte Korites, »aber deswegen würde doch niemand von uns . . .«

»Was ist mit Haß?« versuchte ich es. »Wäre Haß ein treffender Ausdruck, um Ihre Gefühle für den verstorbenen Tischgast zu beschreiben?«

»Vielleicht«, sagte Korites, »bei unseren Freunden war das auch gar kein Geheimnis. Ich bezweifele, daß die, die Jason kannten, etwas Schwächeres als Haß für ihn empfanden. Aber keiner von uns hat ihn ermordet. Wir könnten es gar nicht getan haben.«

»Und doch«, sagte Griffith, »hat einer von Ihnen die Tat begangen. In ›The Birth of a Nation‹ –«

»Hier geht es um Tod, nicht um Geburt«, zischte Vann. »Dies ist kein verdammter Film.«

Griffith zog seinen Kopf zurück und musterte Vann über seine gewaltig vorspringende Nase.

»Besser«, sagte Griffith. »Mit etwas Zeit könnte ich Sie möglicherweise zu einer ganz passablen Leistung anregen. Selbst Richard Barthelmess hat noch etwas von meiner bescheidenen Regie gelernt.«

In der Ecke war ein Radio. Dollard war aufgestanden und stellte es an. Ich hielt ihn nicht auf. Wir hörten dem Radio zu und beobachteten Sikes und uns, während ich versuchte, nachzudenken. Griffith malte irgendwas mit seiner Gabel auf das weiße Tischtuch.

Dollard fand die Nachrichten, und wir erfuhren, daß Hirohito Schnupfen hatte, es ihm aber schon wieder besser ging, daß König Faruk von Ägypten gerade geheiratet hatte, daß Leopold Stokowski unter einem angenommenen Namen auf dem Weg nach Italien war, möglicherweise, um Greta Garbo zu besuchen, und daß ein Bursche namens Albert Burroughs halb bewußtlos in einem Hotelzimmer in Bloomington, Illinois, aufgefunden worden war. Im ganzen Zimmer hatte man verstreut herumliegende offene Dosen mit Erbsen gefunden. Burroughs hatte es gerade noch geschafft, dem Fahrer des Krankenwagens zuzuflüstern, er hätte die letzten neun Tage nur von Erbsen gelebt, obwohl er in seinem Zimmer 77 000 Dollar Bargeld hätte.

Ich stand auf und stellte das Radio ab.

»Wenn man eine Geschichte wie diese in einem Film erzählt«, sagte Korites, »sagen alle, so was gäb's gar nicht.«

»Wenn man sie gut erzählt, glauben sie einem alles«, sagte Griffith, der wieder auf dem Tischtuch herumkritzelte.

Das Durcheinander der Überreste des Diners, gar nicht zu reden von Sikes' Leichnam, was drauf und dran war, die Party zu verderben.

»Die Dinge liegen anders«, sagte Griffith und sah auf das hinunter, was er gemalt hatte. Er hob die langfingrige Hand, um die Falten auf dem Tischtuch zu glätten.

»Die Dinge?« fragte ich und überlegte, ob er uns nun Geschichten über seine Karriere, seinen Vater oder den Zustand des Universums erzählen würde.

»Ich bin ein Künstler der Bildersprache«, erklärte er, wobei er aufsah und seine Augen von mir zu jedem der Leute um den Tisch wandern ließ. »Ich habe bei meinen Filmen immer das gesamte Drehbuch, manchmal 1500 Aufnahmen, im Kopf gehabt.« Er zeigte auf seinen Kopf für den Fall, daß wir vergessen hatten, wo er sich befand.

»Diese Szene«, fuhr er fort, »hat sich verändert. Als ich diesen Raum verließ, um Mr. Peters zu suchen, hatte Mr. Sikes ein Messer im Nacken, nicht im Rücken, und es war auch ein irgendwie anderes Messer.«

»Sie hatten ein paar zuviel getrunken, D. W.«, sagte Dollard mit einem Lächeln.

Ich stand auf und untersuchte Sikes. Da war kein Loch in seinem Nacken oder sonstwo in seinem Körper, das ich finden konnte.

»Keine Stichwunden, Schnittwunden, Quetschungen . . .«, begann ich, und dann traf es mich plötzlich wie ein Schlag. Meine Augen begegneten denen von Griffith. Ich glaube, die Erleuchtung kam ihm in derselben Sekunde.

»Wir sollten einfach nur auf die Polizei warten«, sagte Korites, seine Brille wieder absetzend.

»Machen Sie weiter, Mr. G.«, sagte ich. »Lassen Sie ihr Drehbuch hören.«

Griffith stand wieder, setzte sein Glas ab und lächelte. Er spielte entweder Abe Lincoln oder Sherlock Holmes.

»Diese Szene wurde für mich gespielt«, sagte er. »Ich war nicht der Regisseur. Ich war das Publikum. Mein Ego ist nicht schwach, zumindest nicht zu schwach, um zu erkennen, daß ich Zeuge eines Theaterstückes war. Ich kann jeden von Ihnen vor mir sehen, wie Sie Ihre Rollen spielen, sogar den verstorbenen Mr. Sikes. Jeder von Ihnen in ein Kaleidoskop von Farben gehüllt, lachend, auf eine stille Art zweideutig, höflich. Und dann ist der Moment gekommen. Das Publikum wird von einem hübschen Gesicht in Großaufnahme abgelenkt. Dann Schnitt, und ein Schwenk zur Leiche, oder zur vermeintlichen Leiche, denn Sikes war noch nicht tot, als ich den Raum verließ, um Mr. Peters zu suchen.«

»So ein Unsinn . . .« lachte Dollard.

»Von allen . . .« seufzte Denise Giles.

»Sie sind wahnsinnig . . .« hielt Vann dagegen.

Aber Korites saß stumm da.

»Er war nicht tot«, sagte ich wieder, den Faden von Griffith aufnehmen, der den Eindruck hinterließ, er habe seinen Monolog beendet. Alles, was er brauchte, war Applaus. Er machte eine gute Figur, aber er hatte das Stück so weit entwickelt, wie er konnte. Jetzt war ich an der Reihe.

»Probieren wir doch mal dieses Szenario«, sagte ich. »Sikes spielte anderen gerne Streiche, richtig?«

»Richtig«, stimmte Dollard zu, »aber –«

»Was, wenn Sie alle damit einverstanden waren, D. W. einen kleinen Streich zu spielen? Sikes gibt vor, mit einem Messer im Nacken tot zu sein, als Denise Griffith ablenkt. Sikes kann sich das Theatermesser nicht in den Rücken stecken. Er kann seinen Rücken nicht erreichen. Er befestigt es an seinem Nacken. Dann entdecken Sie alle, daß er tot ist, Griffith holt mich, Sikes lacht. Sie lachen alle, dann tritt einer von Ihnen, vielleicht Korites, hinter ihn und benutzt ein richtiges Messer, um aus dem Spaß Ernst zu machen. Sie sind alle gedeckt. Irgend jemand war es. Die Polizei würde sich die Haare raufen bei dem Versuch, rauszukriegen, wer, und in der Zwischenzeit würden sich die Zeitungsmeldungen überschlagen. Griffith als Zeuge. Sie alle Verdächtige. Möglicherweise mit einem Hintermann in Verbindung, der aus Ihrer morbiden Berühmtheit Kapital schlagen würde.«

»Lächerlich«, sagte Korites auflachend.

»Ich war das Publikum«, wiederholte Griffith mit einem wehmütigen Lächeln.

»Selbst wenn alles wahr wäre«, sagte Denise Giles, »könnten Sie das niemals beweisen.«

»Das Requisit«, sagte ich. »Sie hatten keine Zeit, das Theatermesser loszuwerden, es wird zumindest nicht allzugut versteckt sein. D. W. war nur für ein oder zwei Minuten bei mir, und Sie wollten sich nicht zu weit von diesem Zimmer entfernen, für den Fall, daß wir uns mit dem Zurückkommen beeilen würden. Nein, wenn wir recht haben, ist das Theatermesser hier in der Nähe, wo es auch gefunden werden kann, irgendwo in diesem Zimmer oder nicht weit davon entfernt.«

»Das ist lächerlich«, sagte Vann und stand auf. »Ich höre mir diese Scharade nicht mehr länger an.« Er machte einen Schritt in Richtung auf die Tür hinter Griffith, was mir eine ganz gute Vorstellung davon gab, wo man mit der Suche nach dem Theatermesser beginnen könnte, aber der Regisseur war aus seinem Stuhl aufgefahren und versperrte Vann den Weg.

»Gehen Sie aus dem Weg«, schrie Vann.

»Niemals«, brüllte Griffith.

Vann versuchte es mit einem Faustschlag, aber Griffith wehrte ihn mit seiner Linken ab und konterte mit seiner Rechten. Vann ging zu Boden. Korites wollte aufstehen, sah in mein Gesicht und setzte sich wieder.

»Vielleicht ließe sich eine Regelung finden«, sagte er, wobei sein Gesicht weiß wurde.

Irgendwo draußen jaulte eine Sirene.

»Ein Mordsschabernack«, sagte Dollard und ließ das Radieschen in seiner Hand fallen. »Ein Höllenspaß.«

Niemand bewegte sich, während wir auf die Polizei warteten. Wir saßen lediglich da, Vann auf dem Fußboden. Griffith stand. Ich stellte mir vor, wie die ganze Sache in ein farbiges Kaleidoskop getaucht wurde, und dann ein langsames Verblassen bis hin zu völliger Schwärze.

Ins Deutsche übertragen von Christian Jenztsch

EDWARD GORMAN

Der Grund

Jack Dwyer

»Ich habe Angst.«

»Das war deine Idee, Karen.«

»Hast du auch Angst?«

»Nein.«

»Du Scheißkerl!«

»Nur weil ich keine Anst habe, soll ich ein Scheißkerl sein?«

»Daß du keine Angst hast, bedeutet, daß du mir nicht glaubst.«

»Gut.«

»Siehst du. Ich habe es gewußt.«

»Was?«

»Die Art, wie du ›gut‹ gesagt hast. Du bist ein Scheißkerl.«

Ich seufzte und blickte auf den großen dunkelroten Ziegelbau, der auf einer Wiese stand, die ungefähr eine Viertelmeile lang war und die vom fetten Junimond in ein silberfarbenes Licht getaucht wurde. Vor fünfundzwanzig Jahren hatte ein Ford – Jahrgang 1950 mit Fließheck – auf dem angrenzenden Parkplatz gestanden. Nach zwei Sommern Arbeit in einem Lebensmittelladen hatte er mir gehört.

Jetzt saßen wir in ihrem Wagen, einem Volvo, den sie aus ihrer letzten Scheidung herausgeschlagen hatte. Ehe Nummer vier, falls es von Interesse ist. Wir tranken Bourbon, so wie wir es damals in der High School taten, als wir zwar Freunde, aber kein richtiges Liebespaar gewesen waren.

Der Anlaß heute abend war unser fünfundzwanzigstes Klassentreffen. Aber es gab noch einen anderen Grund. In unserem Abschlußjahr war ein Junge namens Michael Brandon von dem steilen Pierce Point Cliff auf die kurvige Uferstraße gesprungen. Selbstmord. Das zumindest war die offizielle Version gewesen.

Vor einem Monat hatte Karen Lane (sie war zu ihrem Mädchennamen zurückgekehrt, weil Karen Lane-Cummings-Todd-Browne-Le May ein wenig zu lang war) mich angerufen, um herauszufinden, ob ich wohl mit ihr essen gehen würde. Ich sagte zu, unter der Bedingung, daß ich Donna mitbringen konnte, doch dann überraschte mich

Donna mit der Ankündigung, sie habe keine Lust mitzukommen. Schließlich seien wir jetzt an einem Punkt unserer Beziehung angelangt, wo wir einander rückhaltlos vertrauen könnten. (Mein Gott, Dwyer, ich schaue andere Männer nicht einmal mehr an, jedenfalls nicht sehr lange.) Also waren Karen und ich allein essen gegangen, und sie hatte einige Drinks genommen, immerhin genug, um mich zu der Einsicht kommen zu lassen, daß sie ein Problem hatte. Und schließlich erzählte sie mir von einer Sache, die sie seit langer Zeit bedrückte.

In jenem Abschlußjahr war sie auf eine Party gegangen, und dann war ihr vom Wein schlecht geworden, und sie war in irgendeinen Hinterhof getaumelt, um sich zu übergeben. Dort hatte sie ein Gespräch von drei Jungen mitangehört. Sie besprachen sehr ernsthaft, was in der vorherigen Woche mit Michael Brandon passiert war, und redeten noch ernster darüber, was ihnen passieren würde, wenn ›jemand jemals die Wahrheit herausfindet‹.

»Das hat mich in all den Jahren danach gequält«, hatte Karen während des Essens vor einem Monat gesagt. »Sie haben ihn umgebracht und sind damit durchgekommen.«

»Warum hast du es nicht der Polizei gesagt?«

»Ich konnte mir nicht vorstellen, daß man mir glauben würde.«

»Warum nicht?«

Sie zuckte die Achseln und senkte ihr kleines, hübsches Gesicht, das nun fast ganz hinter dem schwarzen Haar verschwand. Immer wenn sie ihr Gesicht so senkte, bedeutete es, daß sie nicht lügen wollte, also würde sie so bald wie möglich über etwas anderes sprechen.

»Warum nicht, Karen?«

»Weil wir von dort kamen. Aus den Highlands.«

Die Highlands sind das Gebiet, das diese Stadt mit ihren Eisengießereien und Fabriken umgibt. Schon lange bevor Umweltverschmutzung als eine Sorge der Menschheit in Mode kam, konnte man von der Veranda aus einen eigentümlichen orangefarbenen Schleier in der Abenddämmerung sehen. In den Highlands gab es Bars, wo Männer in

Kämpfen Ohren, Augen und Finger verloren, und Straßen, in denen nach Einbruch der Dunkelheit kein klar denkender Mensch umherging, nicht einmal Polizisten, es sei denn, sie waren zu zweit. Aber es war nicht so sehr die physische Gewalt, an die man sich erinnerte, sondern vielleicht die starke psychische Gewalt der Armut. Man wurde es müde, das Geschrei der eigenen Mutter zu hören, daß nicht genug Geld für Essen da sei, und den eigenen Vater, der wild zurückschrie, denn es gab nichts, was er dagegen tun konnte. Nichts.

Karen Lane und ich stammten auch aus den Highlands, aber wir waren klüger, und sie sah zudem noch besser aus als die meisten Leute aus unserer Gegend. Daß wir die Wilson High School besuchten – eine dieser alptraumhaften Einrichtungen, in denen die ärmsten Kinder sich direkt neben den reichsten wiederfinden –, war sicherlich kein Fehler. Während des Abschlußjahres hingen wir doch tatsächlich mit den Söhnen und Töchtern von Bankiers, Ärzten, Stadtbediensteten und Rechtsanwälten herum; wir brausten in neuen Kabrioletts durch die Gegend und besuchten Parties, auf denen man immer irgendeine Freundin traf. Aber wohin Karen und ich auch gingen, wir schafften es immer, uns wenigstens für ein paar Minuten von unseren Begleitern loszumachen und miteinander zu reden. Natürlich trösteten wir vor allem uns selbst. Wir teilten schreckliche und verwirrende Gefühle – Stolz, daß wir von Leuten akzeptiert wurden, die wir als hochgestellt ansahen, und Schande, daß wir uns dafür schämten, aus den Highlands zu kommen, daß wir Väter hatten, die in den Fabriken arbeiteten, und Mütter, die so oft wie Nonnen zur Messe gingen, und Brüder und Schwestern, die dazu verdammt waren, ihre Stempelkarten zu drücken und ihre verkommenden Kinder in dem kalten Fabrikdunst anzuschreien. Was für einen Tribut diese Scham fordert, begreift man erst Jahre später, wenn man das wächserne Gesicht des eigenen Vaters in einem Sarg liegen sieht.

Das größte Geheimnis, das Karen und ich miteinander teilten, war natürlich die Absicht, diesen Ort ein für alle

Male zu verlassen. Und nie versprühten ihre braunen Augen mehr beinahe weihnachtliche Freude als in jenem Moment, als alles vor uns lag: Geld, Sex, endlose Abenteuer, Unsterblichkeit. Ihr sauberes, gutes Aussehen kam am besten zur Geltung, wenn Karen ihre blaue Strickjacke mit dem weißen, aufgeknöpften Hemd trug, den braunen Wildledermantel über ihre schlanken Schultern und eine einigermaßen enge Jeanshose, die ihren kunstvollen Hintern betonte. Es war nichts ausgesprochen Tolles an ihr. Aber ihr Gesicht, das prägte sich einem ein. Man hatte den Eindruck, sich mit einem hübschen, aber keineswegs aufregenden Mädchen zu unterhalten, doch dann plötzlich sah man, wie ihre Augen vor Trauer funkelten, wie sich ihr Mund zu bestimmten Gelegenheiten verzog, wie vollkommen makellos ihre kleine, ebenmäßige Nase war und daß ihre Sommersprossen ihre Schönheit eher verstärkten denn beeinträchtigten, und dann war man natürlich hoffnungslos von ihr gefangen. Hoffnungslos.

So erging es nicht nur mir allein. Die vier Scheidungen habe ich schon erwähnt. Fakten, die für sich sprechen. Karen war eine jener Trophäen, die mächtige und reiche Männer mit dem Bewußtsein sammeln, daß sie sie nur verwahren, so wie man einen Pokal verwahrt. Sie war also die Zierde eines Footballspielers gewesen (ihr Liebhaber auf dem College), eines Orthodontisten (›Ich glaube, er hatte sexuelle Phantasien über Barry Goldwater.‹), eines Inhabers einer Fluggesellschaft (›Ich schlief mit der Hälfte seiner Piloten; es war eine Art Vergünstigung der Gesellschaft.‹) und eines 60jährigen Millionärs, der an einem Herzleiden starb. (›Er ließ mich für gewöhnlich neben sich sitzen und seine Hand halten – sonderbar nach allem war nur, daß ich ihn wirklich liebte –, und er schloß dann die Augen, und nach einer Weile liefen Tränen seine Wangen herab, als erinnerte er sich an etwas, das ihn mit Reue erfüllte; er war wirklich ein Schatz, aber der Krebs raffte ihn noch vor seinem Herzleiden dahin, und ich habe nie herausbekommen, was er so sehr bereute; ich meine, ob es etwas über seinen Sohn oder seine Frau war oder etwas anderes.‹)

Damit hatte Karen für den Rest ihres Lebens ausgesorgt, und wenn die Krähenfüße um die Augen auch etwas ausgeprägter geworden waren und ihre Schlankheit ein wenig zu schlank aussah, war sie trotzdem noch immer eine verdammt attraktive Frau, die die Absurdität der Welt mit einem Blick abschätzte, der ebenso müde wie schelmisch wirkte, und wenn sie dann lachte, klang das keinesfalls zynisch.

Nun also wollte sie den Detektiv spielen.

Ich nahm noch etwas von dem Bourbon – er brannte wunderbar in meiner Kehle – und sagte: »Wenn ich dein Geld hätte, weißt du, was ich machen würde?«

»Dir ein neues Hemd kaufen?«

»Gefällt dir mein Hemd nicht?«

»Ich wußte nicht, daß du dieses Hawaii-Zeug trägst.«

»Wenn ich dein Geld hätte, würde ich diese ganze Sache vergessen.«

»Ich dachte immer, Polizisten hätten geschworen, Recht und Ordnung aufrechtzuerhalten.«

»Ich bin kein Polizist mehr.«

»Du trägst eine Uniform.«

»Das ist die Uniform der American Security Agency.«

Sie seufzte. »Also hätte ich die Briefe nicht schreiben sollen?«

»Nein.«

»Gut, wenn sie schuldig sind, werden sie heute nacht am Pierce Point auftauchen.«

»Nicht unbedingt.«

»Warum nicht?«

»Vielleicht wissen sie, daß es eine Falle ist, und bleiben einfach weg.«

Sie nickte zur Schule hinüber. »Hörst du das?«

»Was?«

»Das Lied.«

Es war Bobby Wintons *Roses Are Red*.

»Ich erinnere mich an eine Party, als uns beiden unsere Begleiter auf die Nerven gingen, und es endete damit, daß wir immer wieder zu diesem Lied tanzten. Es war bei irgend jemandem im Keller. Erinnerst du dich?« fragte Karen.

»So ungefähr schon, glaube ich.«

»Schön. Laß uns in die Turnhalle gehen, und dann tanzen wir wieder zu dem Lied.«

Donna, meine Freundin, war nicht in der Stadt, sie nahm gerade an einer Tagung von Werbeleuten teil. Ich hoffte, daß sie nicht mit irgend jemandem tanzen ging, denn das würde mich schier um den Verstand bringen.

Ich machte Anstalten, die Tür zu öffnen, als sie sagte: »Ich möchte dich etwas fragen.«

»Was denn?« Ich spürte, um was es gehen würde, und richtete meine Augen auf den Parkplatz.

»Dreh dich herum und schau mich an!«

Ich drehte mich herum und schaute sie an. »Okay.«

»Seit wir vor einem Monat essen gegangen sind, bekomme ich Broschüren von den Anonymen Alkoholikern zugeschickt. Angenommen, du würdest sie mir schicken lassen – wärst du ehrlich genug, es mir zu sagen?«

»Ja, ich wäre ehrlich genug.«

»Hast du sie mir schicken lassen?«

»Ja, das war ich.«

»Denkst du, daß ich Alkoholikerin bin?«

»Glaubst du es nicht?«

»Ich habe dich zuerst gefragt.«

Also gingen wir in die Turnhalle und tanzten.

Weißes und rotes Kreppapier, die Schulfarben, schmückten die Decke, die Bühne war eine Höhle aus weißem Licht, auf der vier fette Kerle mit öligen Locken im schütteren Haar standen (die illegitimen Söhne Billy Haleys?) und Gitarre, Schlagzeug und Saxophon spielten. Auf der Tanzfläche bewegten sich Paare, die ihre Jugend, ihren Mut und ihre Energie (einfach alles, außer Gewicht) verloren hatten, zu lahmen Cover-Versionen von *Breaking Up Is Hard To do, Sheila* und *Running Scared*. Der Sänger versuchte erst gar nicht, Roy Orbisons wunderschöne Falsettstimme nachzuahmen. Dann, als Karen und ich uns einen alkoholfreien Drink holten, spielten die Typen in den golden schimmernden Dinnerjackets ein Medley aus Tanznummern – alles von *Locomotion* bis hin zu *Peppermint Twist*. Alle in der Turnhalle waren kurz vorm Durchdrehen, und ich machte natürlich auch mit.

»Komm schon«, sagte ich.

»Toll.«

Wir stürzten uns ins Getümmel und gerieten ziemlich in Fahrt. Wir waren beide übereingekommen, uns für diesen Anlaß nicht besonders in Schale zu werfen. Ich trug das Hawaii-Hemd, das sie so scheußlich fand, einen blauen Blazer, weiße Socken und Schuhe aus Korduanleder. Karen trug ein rotes Merikani-Hemd mit einem Gürtel um die Hüften und eine gelbe Arbeitshose aus Baumwolle. Mein Gott, sie war so bezaubernd, daß die Hälfte der Kerle in der Turnhalle sich den Hals nach ihr verrenkte, wie man es sonst nur für außergewöhnlich berühmte Leute tut.

Über die dröhnende Musik hinweg schrie ich: »Jeder beobachtet dich!«

»Ich weiß. Ist das nicht wundervoll?« schrie sie zurück.

Das Medley dauerte zwanzig Minuten und hätte leicht mit einer Aerobic-Stunde verwechselt werden können. Bald war ich klitschnaß und hätte einiges darum gegeben, zehn oder fünfzehn Pfund weniger mit mir herumschleppen zu müssen; und zwischendurch hatte ich auch noch Gewissensbisse, weil ich soviel Spaß hatte. (Ich hoffte zumindest, daß Donna genausoviel Spaß hätte und sich gleichfalls schuldig fühlte.) Als das Medley endlich zu Ende ging, fielen sich die Tanzenden in die Arme und hielten sich gegenseitig fest, um nicht zusammenzubrechen.

Dann sagte dieser geklonte Bill Haley: »Okay, wir spielen jetzt ein paar Balladen«, und wir bekamen die Songs von Johnny Mathis bis Connie Francis zu hören. Ich schob Karen ungeschickt über die Tanzfläche, und sie schob mich genauso ungeschickt. »Weißt du was?« fragte ich.

»Wir sind wohl beide miese Tänzer, was?«

»Genau.«

Aber wir machten natürlich weiter, lachten und drehten uns ein paar Mal, und dann kamen wir uns näher und hielten uns eine Zeitlang still und reglos: zwei Menschen, die älter wurden und die Angst davor hatten, älter zu werden, die sich an gewisse Dinge erinnerten und andere zu vergessen suchten und die einen Sinn in das Leben bringen wollten, das letztlich für niemanden einen Sinn hatte. Dann sagte Karen: »Da ist einer von ihnen.«

Ich mußte nicht fragen, wen sie mit ›ihnen‹ meinte. Bis jetzt hatte sie sich geweigert, die drei Leute zu benennen, denen sie die Briefe geschickt hatte.

Zuerst erkannte ich ihn nicht. Er hatte fast weißes Haar und eine so dunkle Gesichtsfarbe, daß es wie geschminkt aussah. Er trug ein schwarzes Dinner-Jacket, ein Hemd mit Spitzen und eine schwarze Schleifenkrawatte. In dem Vierteljahrhundert, das verstrichen war, seit ich ihn zuletzt gesehen hatte, schien er nicht ein Pfund zugenommen zu haben.

»Ted Forester?« fragte ich.

»Forester.« Karen nickte. »Er ist Präsident derselben Spar- und Darlehenskasse, der auch schon sein Vater vorstand.«

»Wer sind die beiden anderen?«

»Warum holen wir uns nicht ein wenig Punsch?«

»Das alkoholfreie Zeug?«

»Du kannst mich wirklich wahnsinnig machen mit diesem Gerede über Alkoholismus.«

»Wenn du wirklich keine Alkoholikerin bist, wirst du auch nichts dagegen haben, das alkoholfreie Zeug zu trinken.«

»Sigmund Freud läßt grüßen.«

Wir nahmen also zwei Gläser von dem rosafarbenen Punsch, schöpften ein wenig Atem und warfen argwöhnische Blicke auf die Namensschilder in der Dunkelheit vor uns, um zu sehen, wem wir da hallo sagten. Und wir begriffen all die schrecklichen Dinge, die man auf Klassentreffen zu begreifen lernt, etwa, daß die Leute, die früher glaubten, sie wären was Besseres als man selbst, das immer noch dachten, und daß die Leute, um die man Angst gehabt hatte, weil sie Pickel hatten oder nicht so gescheit waren oder sonstwie behindert, diese Angst verdient gehabt hatten, denn eine Traurigkeit in ihren Augen sprach von ihren vielen Niederlagen. Und man wollte aufstehen und ihnen etwas sagen. (Ich wollte zu dem nervösen Karl Carberry gehen, der immer herumzappelte, und ihn beruhigen, ihm sagen, was für ein netter Kerl er sei, und ihm sogar eine Frau besorgen, wenn er eine brauchte.) Aber natürlich stand man nicht auf, man machte nur seine Witze und nickte hierhin und dahin, um zum nächsten Schlachtfeld weiterzutreiben.

»Da ist Nummer zwei«, flüsterte Karen.

Und das war einer, an den ich mich erinnerte – und den ich verachtete. Ein blonder Filmstar, dessen fabelhaftes Aussehen vom Alter kaum in Mitleidenschaft gezogen worden war. Sein blaues Dinner-Jacket schien die Aura einer gewissen hämischen Überlegenheit noch zu verstärken. Er hieß Larry Price. Auch seine Frau Sally sah noch immer perfekt aus, obwohl man an ihrem gefärbten blonden Haar oder vielleicht sogar an den Spuren eines Face-liftings erkennen konnte, daß sie ein wenig härter an sich arbeiten mußte. Ein Jahr nach der High School, als ich in einer Bar war, wo ein Kerl die Ausweise von Jugendlichen überprüfte, der wahrscheinlich blind war, hatte ich mich furchtbar betrunken und Larry gesagt, daß er eigentlich ein Arschloch war, weil er einen Freund von mir verprügelte, der überhaupt keine Chance gegen ihn gehabt hatte. Ich hatte damals den naiven Glauben eines Gossenjungen, daß ich jeden besiegen konnte, dessen Vater ein Chirurg war und dessen Elternhaus mit einem Swimming-pool ausgestattet war. Ich hatte den Haß und die Bitterkeit und den Zorn, die mich antrieben. Larry und ich gingen also hinaus auf den Parkplatz, wo wir von einer Menge betrunkener Zuschauer umringt wurden, doch bevor ich einen einzigen Schlag anbringen konnte, hatte Larry mir einen Haken verpaßt, der mir ordentlich zusetzte und ihm die große Gelegenheit gab, mir noch eine zu verpassen. Dreimal traf er mich, bis ich zu seinem Gesicht durchkam und ihm einen Hieb versetzte, der hart genug war, um ihn für einen Moment zurückzudrängen. Bevor wir weitermachen konnten, hatte der Kerl, der unsere Ausweise kontrolliert hatte, sich zwischen uns geworfen. Er war noch verrückter als Larry oder ich. Er beendete den Kampf, indem er uns an den Ohren packte (er muß mit Nonnen geübt haben) und uns zum Rinnstein zog, um uns zu sagen, daß keiner von uns beiden sich hier noch einmal blicken lassen sollte.

»Du erinnerst dich an den Abend, als du dich mit ihm geprügelt hast?«

»Klar.«

»Du hättest ihn besiegen können, Dwyer. Die drei Schläge, die er dir verpaßte, waren reine Glückssache.«

»Ja, das war auch mein Eindruck. Reine Glückssache.«

Sie lachte. »Ich hatte Angst, er würde dich umbringen.«

Ich wollte irgendwas Kluges von mir geben, aber da tauchte eine neue Gruppe von Leuten auf, und wir tanzten den kleinen Gesellschaftstanz von Nostalgie, Lügen und Rechtfertigungen. Wir sprachen über Erfolg und über die alten Tage und darüber, daß Soundso nicht gut aussah, und stellten uns gegenseitig unsere neuen Ehegatten vor. (Wir mußten alle erzählen, was mit unseren früheren Partnern passiert war; ich sagte, meine Freundin wäre im Amazonas von Alligatoren gefressen worden, aber niemand glaubte mir das.) Doch dann, mitten im Gespräch, zog mich Karen am Ärmel und sagte: »Da kommt der dritte.«

Ihn erkannte ich auch sofort. David Haskins. Er sah nicht glücklicher aus als früher. Ärger mit seinen Eltern war immer die Begründung für seinen Kummer gewesen, wenn er zur High School zurückkam. Seine Eltern waren sehr reich gewesen, sein Vater importierte irgendwas, und die Streitigkeiten seiner Eltern waren so gewaltig, daß sie genauso ernste Diskussionen auslösten wie die Frage, wer gerade schwanger war und wer nicht. Offensichtlich kamen Davids Eltern noch immer nicht miteinander aus, denn obgleich seine Gesichtszüge offen und freundlich wirkten, hatte sich darin doch die Spur eines schrecklichen Geheimnisses eingegraben, das sich schwer auf seine Schultern legte und das sein Lachen zu einer verstohlenen schiefen Imitation machte. Er war ein dickbäuchiger, glatzköpfiger

Mann und wäre auch als magenkranker Kirchendiener durchgegangen.

The Duke of Earl wurde gespielt, was wir auf keinen Fall verpassen wollten, also schoben wir uns auf die Tanzfläche, aber natürlich beobachten wir beide die drei Leute, denen Karen Briefe gesandt hatte. Ihre Anweisung hatte gelautet, die anonymen Briefeschreiber um halb zehn am Pierce Point zu treffen. Wenn sie rechtzeitig dort eintreffen wollten, mußten sie bald gehen.

»Glaubst du, daß sie gehen werden?«

»Ich bezweifle es, Karen.«

»Du glaubst immer noch nicht an das, was ich sie in jener Nacht sagen gehört habe?«

»Es ist lange her, und du warst betrunken.«

»Es ist verdammt gut, daß ich dich mag, ansonsten wärst du für mich ein alter Scheißkerl.«

Da sah ich, daß alle drei unter einem der roten EXIT-Zeichen standen und die Feuertür öffneten, die zum Parkplatz hinausführte.

»Sie gehen!« sagte Karen.

»Vielleicht rauchen sie nur eine Zigarette.«

»Du weißt, daß es nicht so ist, Dwyer.«

Karens Wagen stand auf dem Parkplatz auf der anderen Seite der Turnhalle.

»Okay, es ist eine Spazierfahrt wert, selbst wenn sie nicht auftauchen sollten. Am Pierce Point ist es heute abend sicher nett.«

Sie drückte sich gegen mich und sagte: »Danke, Dwyer, wirklich.«

Also setzten wir uns in ihren Volvo und fuhren zum Pierce Point hinauf, wo vor fünfundzwanzig Jahren ein schüchterner Schuljunge namens Michael Brandon in den Tod gesprungen war – oder hatte man ihn gestoßen?

Ganz offensichtlich waren wir im Begriff, das herauszufinden.

Die Straße wand sich zwischen einer riesigen Felswand an der linken und den Wassermassen des Flusses an der rechten Seite hindurch. Diese Frühlingsnacht war unglaublich schön, einer jener Momente, die so reich an überwältigenden Wahrnehmungen waren, daß man am liebsten seine Kleider ausgezogen hätte und wie ein toll gewordenes Tier vor Freude im Kreis herumgelaufen wäre.

»Du stehst immer noch auf Jazz«, sagte sie und deutete mit dem Kopf auf das Radio.

»Ich hoffe, du hast nichts dagegen, wenn ich einen anderen Sender einstelle.«

»Ich mag Country-Musik.«

»Ich hatte nicht das Gefühl, daß du überhaupt zuhörst.«

Sie schaute zu mir herüber. »In Wahrheit habe ich auch nicht zugehört. Ich habe darüber nachgedacht, warum du mir alle die Broschüren der Anonymen Alkoholiker geschickt hast.«

»Es war dumm und vermessen. Ich entschuldige mich dafür.«

»Nein, das war es nicht. Es war lieb von dir, und ich weiß es zu schätzen.«

Für den Rest der Fahrt legte ich meinen Kopf zurück und nahm die Gerüche der Blumen und Gräser und des Flusses in mich auf und beobachtete, wie der Mondschein durch die Ulmen, Eichen und Birken dieses neuen Frühlings drang. Es gibt einen Song von Dakota Stanton, *Street of Dreams*, und wie so oft fragte ich mich, wo sie wohl war und was sie trieb; sie war so großartig gewesen, wohl die am meisten unterschätzte Jazz-Sängerin der fünfziger Jahre.

Dann fuhren wir den langen, kurvigen Kiesweg hinauf. Wir hielten neben einem Pavillon, stiegen aus und standen in dem feuchten Gras. Karen kam zu mir herüber, legte mir den Arm um die Hüfte und umarmte mich auf eine halb spielerische Art. »Das alles ist wahrscheinlich ziemlich verrückt, nicht wahr?«

Ich legte ihr gleichfalls halb ernst, halb wie im Spiel einen Arm um die Schulter. »Ja, aber es ist eine schöne Nacht, um spazierenzugehen, was soll's also.«

»Bist du bereit?«

»Klar.«

»Dann laß uns losgehen.«

Also gingen wir den Hügel zum Pierce Point hinauf. Zuerst blickten wir zum Fluß hinüber, wo weiße Birken in der Dunkelheit schimmerten und wo man die hufeisenförmig angelegten Lichter der Stadt sehen konnte. Dann blickten wir die hundert Meter zur Straße hinunter, dorthin, wo Michael Brandon gestorben war.

Als ich einen Wagen hörte, der die Straße in Richtung Osten hinauffuhr, sagte ich: »Laß uns zu den Büschen hinübergehen.«

Zwischen Buschwerk und jungen Bäumen fanden wir ein Versteck, von dem aus wir die anderen beobachten konnten.

Als wir es gerade geschafft hatten, uns hinter einer Ulme und einem Maulbeerbusch zu ducken, tauchte ein neuer gelber Mercedes auf und hielt ein paar Meter vor der Spitze von Pierce Point.

Ein Radio dröhnte durch die Nacht. Ein Song aus den Top Forty. Drei Männer stiegen aus. Der würdevolle Forester, Price, das Idol aller Nachmittagsvorstellungen im Kino, und der ängstliche Haskins.

Forester beugte sich in den Wagen und schaltete das Radio aus. Aber die Scheinwerfer ließ er an. Forester und Price hielten Bierdosen in den Händen. Haskins kaute auf seinen Fingernägeln herum.

Die Scheinwerfer ließen die Dunkelheit um sie herum noch dunkler erscheinen und das Gras in seinem Widerschein noch grüner. Nachdem sie eine Weile in die Finsternis gestarrt hatten, sagte Price verärgert: »Ich habe euch ja gleich gesagt, daß es nur ein dummer Scherz ist. Niemand weiß etwas.«

»Er hat wahrscheinlich recht«, sagte Haskins zu Forester. Offensichtlich hoffte Haskins auch sehr, daß Price recht behielt.

Doch Forester entgegnete: »Wenn niemand etwas wüßte, hätten wir nicht diese Briefe bekommen.«

Karen neben mir rührte sich. Ich hatte nicht erwartet, daß sie etwas unternehmen würde. Ich hatte geglaubt, daß wir nur dasitzen und zuhören würden, die anderen reden ließen, damit auf diese Art etwas ans Tageslicht käme.

Aber Karen hatte andere Pläne.

Sie schob sich durch das Gebüsch, strauchelte ein wenig, kam aber wieder auf die Beine und marschierte geradewegs auf die drei Männer zu.

»Karen!« rief Haskins.

»Also habt ihr Michael getötet«, sagte sie.

Price lief unvermittelt auf sie zu und hob eine Hand. Er war betrunken, und Frauen zu schlagen bereitete ihm offensichtlich keine Schwierigkeiten.

Da trat ich aus meinem Versteck heraus und rief: »Nimm deine Hand runter, Price.«

»Dwyer«, sagte Forester überrascht.

»Also«, sagte Price zu Forester, während er seine Hand senkte, »habe ich doch recht gehabt, nicht wahr?«

Forester schüttelte den Kopf. Er schien wirklich betrübt zu sein. »Ja, Price, dieses eine Mal hat sich dein Zynismus als gerechtfertigt erwiesen.«

Price sagte: »Na gut, ihr zwei habt hier nichts zu gewinnen, wißt Ihr das?«

Er stürmte auf mich zu, noch immer derselbe brutale Kerl wie eh und je. Aber ich war auf seine Angriff vorbereitet und wollte den Kampf. Außerdem hatte ich den Vorteil, nüchtern zu sein. Als er bis auf zwei Schritte an mich herangekommen war, verpaßte ich ihm einen Schlag auf die Brust. Er wich zurück, seine Augen vor Überraschung geweitet, und dann wandte er sich plötzlich ab.

Wir standen alle da, schauten einander an und taten so, als würden wir nicht hören, wie Price sich auf der anderen Seite des funkelnagelneuen Mercedes heftig erbrach. Forester wandte sich an mich. »Als ich dich da sah, habe ich mich gefragt, ob du es alleine tun könntest.«

»Ob ich was tun könnte?«

»Was?« fragte Forester lautstark. »Laß uns wenigstens

aufhören, irgendwelche Spielchen zu treiben, ihr zwei wollt Geld.«

»Mein Gott«, sagte ich zu Karen, die ebenfalls völlig verblüfft zu sein schien, »sie denken, wir wollen sie ausnehmen.«

»Ausnehmen?«

»Sie erpressen.«

»Genau«, sagte Forester.

Price war wieder um den Wagen herum gekommen. Er wischte sich mit dem Handrücken über den Mund. In der anderen Hand hielt er eine silberfarbene .45er, die Waffe, die professionelle Spieler bevorzugten.

Haskins rief: »Larry, verdammt, was ist denn das?«

»Dreimal darfst du raten, was das ist!«

»Larry, damit kann man Leute töten!« Haskins klang ganz so, als wäre er die Mutter von Larry Price.

Die Augen von Price richteten sich auf mich. »Ja, und es wäre wirklich schrecklich, wenn Dwyer hier getötet würde, nicht wahr?« Er deutete mit der Waffe auf mich. Ich glaubte zwar nicht, daß er wirklich auf mich schießen würde, aber ich hatte Angst, daß er stolpern und die Kanone dabei zufällig losgehen könnte. »Darauf, mir eine zu verpassen, wartest du schon seit unserem Abschlußjahr, stimmt's nicht, Dwyer?«

Ich zuckte mit den Achseln. »Kann schon sein.«

»Okay, warum gebe ich Forester nicht die Knarre, und dann können du und ich es noch einmal probieren.«

»Ich habe nichts dagegen.«

Er gab Forester die .45er, und Forester nahm sie und warf sie sofort irgendwo in die Dunkelheit, die den Wagen umgab. »Larry, wenn du dich nicht zusammenreißt, knöpfe ich mir dich vor. Hast du das kapiert?« Von Forester ging eine gewisse Würde aus, und wenn er sprach, strahlte seine Stimme Autorität aus. »Es wird hier keinen Kampf geben, ist euch beiden das klar?«

»Ted hat recht«, sagte Karen.

Wie ein Lehrer, der die Launen seiner unartigen Kinder leid war, kam Forester auf das eigentliche Thema zurück.

»Hast du die Briefe geschrieben, Dwyer?«

»Nein.«

»Nein?«

»Karen hat sie geschrieben.«

Karen und Forester tauschten einen langen, fragenden Blick aus. »Schätze, ich hätte das wissen müssen«, meinte Forester dann.

»Mein Gott, Ted«, sagte Karen. »Ich versuche nicht euch zu erpressen, was immer ihr euch auch denkt.«

»Was aber bezweckst du dann?«

Sie schüttelte ihren kleinen, hübschen Kopf. Ich spürte, daß sie bedauerte, überhaupt die Briefe geschrieben und die ganze Sache wieder aufgerollt zu haben. »Ich wollte nur die Wahrheit herausbringen, ich wollte endlich wissen, was in jener Nacht wirklich mit Michael Brandon passiert war.«

»Die Wahrheit«, stöhnte Price. »Ist das nicht rührend?«

»Sei still, Larry«, herrschte Haskins ihn an.

»Du weißt, was mit Michael Brandon passiert ist?« fragte Forester.

»Ich habe so eine leise Ahnung«, erwiderte Karen. »Ich habe mitangehört, was ihr drei auf der Party in jener Nacht besprochen habt.«

»Was haben wir besprochen?«

»Ihr habt gesagt, daß ihr hofft, niemand würde je herausfinden, was in der Nacht damals mit Michael passiert ist.«

Ein Lächeln huschte über Foresters Lippen. »Und deswegen bist du zu dem Schluß gekommen, wir hätten ihn umgebracht?«

»Da gab es nicht viel zu schließen.«

Price, der sich an den Kotflügel des Wagens lehnte, sagte: »Verdammte Scheiße, ich glaub' das nicht.«

Forester nickte mir zu. »Dwyer, ich möchte kurz mit Haskins und Price reden, wenn du nichts dagegen hast. Nur ein paar Minuten.« Er wies in die Dunkelheit jenseits des Wagens hinaus. »Wir gehen dort rüber. Du weißt, daß wir nicht versuchen werden, abzuhauen, denn ihr habt unseren Wagen. Okay?«

Ich schaute Karen an.

Sie zuckte die Achseln.

Sie gingen in die Dunkelheit hinaus, und ihre Stimmen verklangen; nur Grillen, eine Eule und ein Zug in der Ferne waren zu hören.

»Glaubst du, daß sie irgendwas im Schilde führen?«

»Ich weiß nicht«, sagte ich.

Wir standen da, unsere Schuhe weichten allmählich auf, und starrten das grüne Gras im Licht der Scheinwerfer an.

»Was glaubst du, werden sie machen?« fragte Karen.

»Sie werden entscheiden, was sie uns sagen wollen.«

»Du bist solche Dinge schon gewohnt, nicht wahr?«

»Schätze schon.«

»Es hat irgendwas Trauriges, oder nicht?«

»Das hat es wohl.«

»Außer, daß es dir die Chance gab, Larry Price nach all den Jahren ein Ding zu verpassen.«

»Glaubst du, daß ich wirklich so nachtragend bin?«

»Ich weiß, daß du das bist.«

Dann drehten wir uns beide um und schauten umher, wo die anderen geblieben waren. Ein Schrei erklang, und dann rief Forester: »Wenn du ihn noch einmal schlägst, Larry, brech' ich dir den Kiefer.« Sie stritten sich über irgendwas, und die ganze Angelegenheit wurde ziemlich handgreiflich.

Ich lehnte mich gegen den Wagen, und Karen lehnte sich gegen mich. »Glaubst du, daß wir irgendwann einmal zusammen ins Bett gehen werden?«

»Ich würde es gern, aber ich kann nicht.«

»Wegen Donna?«

»Ja, ich versuche wirklich zu lernen, treu zu sein.«

»Ist das ein Problem für dich gewesen?«

»Es hat mich meine Ehe gekostet.«

»Vielleicht lerne ich es auch eines Tages.«

Dann kamen die drei Männer zurück. Irgend jemand, wahrscheinlich Forester, hatte Prices schönes Spitzenhemd in Fetzen gerissen. Haskins sah erbarmungswürdig aus.

Forester sagte: »Ich werde euch jetzt erzählen, was in jener Nacht passiert ist.«

Ich nickte.

»Ich habe noch Bier auf meinem Rücksitz. Möchte einer von euch eines?«

»Ja, gerne«, erwiderte Karen.

Also ging er zum Wagen, holte eine Sechserpackung Bier, und wir begannen zu trinken. Bevor Forester anfing zu erzählen, tauschten er und Karen einen eigentümlichen Blick, dann sagte er: »Wir vier, Price, Haskins, Michael Brandon und ich, hatten etwas getan, wofür wir uns sehr schämten.«

»Und was uns Angst machte«, warf Haskins ein.

»Die Angst, daß es herauskäme und unser Leben für immer zerstört wäre«, sagte Forester.

Price sagte: »Sprich es ruhig aus, Forester.« Er schaute mich an. »Wir haben ein Mädchen vergewaltigt, wir vier.«

»Brandon verbrachte danach zwei Monate damit, dem Mädchen aufzulauern, ihr Blumen zu bringen, sich immer und immer wieder bei ihr zu entschuldigen und ihr zu sagen, wie leid es uns täte und daß wir betrunken gewesen wären und es nicht unsere Art sei, so etwas . . .« Forester seufzte und senkte seinen Blick. »Wir waren tatsächlich betrunken gewesen, und tatsächlich war es sonst nicht unsere Art, so etwas zu tun.«

Für Momente waren nur die Eule und die Grillen zu hören, niemand sagte ein Wort, dann fragte ich: »Was ist in jener Nacht mit Brandon passiert?«

»Wir waren da, wo wir gewöhnlich waren, tranken Bier, sprachen über die Sache und hatten Angst, daß das Mädchen schließlich doch zur Polizei gehen würde. Und wir fragten uns, wie wir so etwas hatten machen können.«

Der Haß war aus Prices Augen verschwunden. Zum ersten Mal sah das Kinoidol genauso melancholisch aus wie seine Freunde. »Egal, was du von mir denkst, Dwyer, ich vergewaltige keine Frauen. Aber in der Nacht damals . . .« Er zuckte die Achseln und schaute weg.

»Brandon«, sagte ich, »du wolltest über Brandon reden.«

»Wir kamen hier herauf, hatten einen Kasten Bier dabei und redeten wieder darüber, und in jener Nacht . . .«

Forester stockte, ». . . in jener Nacht drehte Brandon durch. Er konnte mit seiner Scham und seiner Angst, entdeckt zu werden, nicht mehr fertig werden. Mitten im Gespräch . . .«

Haskins mischte sich ein. »Mitten im Gespräch stand er auf und rannte zum Pierce Point.« Er deutete auf die Klippe hinter uns. »Und bevor wir ihn aufhalten konnten, sprang er.«

»Mein Gott«, sagte Price. »Ich vergesse niemals, wie er schrie, als er hinunterstürzte. Ich kann es einfach nicht vergessen.«

Ich schaute Karen an. »Was Karen also auf der Party damals gehört hatte, war nicht, daß ihr Brandon umgebracht habt, sondern, daß ihr Angst hattet, eine Untersuchung seines Selbstmordes könnte die Vergewaltigung ans Tageslicht bringen?«

»Ja«, sagte Forester und starrte Karen an. »Wir haben Michael nicht umgebracht, Karen. Wir haben ihn geliebt. Er war unser Freund.«

Inzwischen hatte Karen ohne jede Vorwarnung zu weinen begonnen; sie schluchzte, und ihr ganzer Körper bebte vor Kummer; ich konnte ihren Schmerz weder verstehen noch lindern.

Ich gab Forester mit einem Wink zu verstehen, daß er zurück zum Wagen gehen und verschwinden solle. Sie standen da und schauten uns einen Moment lang an, dann stiegen sie in ihren Mercedes und fuhren weg – und nahmen all die Last der Jahre und ihre Schuld mit sich.

Als wir Pierce Point verließen, saß ich am Steuer. Ich fuhr die Straße am Fluß hinunter, und nach einigen Meilen kamen wir in die Gegend, wo man die Hügel mit den Kieferwäldern und das Wild dicht neben der Straße sehen konnte.

Aus dem Handschuhfach nahm Karen eine Flasche Whiskey, und ich wußte, daß ich sie besser nicht daran hinderte.

Ich sagte: »Du warst das Mädchen, das sie damals vergewaltigt haben, nicht wahr?«

»Ja.«

»Warum bist du nicht zur Polizei gegangen?«

Sie lächelte mich an. »Die Polizei würde bestimmt nicht glauben, was ein Mädchen aus den Highlands über die Söhne reicher Männer aussagt.«

Ich seufzte. Sie hatte recht.

»Dann fing Michael an, mir aufzulauern. Ich kann nicht behaupten, daß ich ihm jemals verziehen hätte, aber ich fing an, ihn zu bedauern. Seine Angst . . .« Sie schüttelte den Kopf und schaute aus dem Fenster. Dann sagte sie mehr zu sich selbst: »Aber ich mußte diese Briefe schreiben und die drei heute abend hierher bringen, um sicherzugehen, daß sie ihn nicht umgebracht haben.« Sie schwieg einen Moment. »Du glaubst ihnen?«

»Daß sie ihn nicht getötet haben?«

»Richtig.«

»Ja, ich glaube ihnen.«

Dann starrte sie wieder aus dem Fenster; als Schattenbild vor dem mondbeschienenen Fluß wirkte ihr kleines Gesicht wie das eines Kindes. »Darf ich dir eine Frage stellen, Dwyer?«

»Sicher.«

»Glaubst du, daß wir jemals aus den Highlands herauskommen?«

»Nein«, sagte ich und fuhr noch schneller in ihrem neuen, teueren Wagen. »Nein, das glaube ich nicht.«

Ins Deutsche übertragen von Reinhard Rohn

STEPHEN GREENLEAF

Iris

John Marshall Tanner

Der Buick schleppte sich auf den Gipfel zu, mit jedem Meter langsamer als vorher. Die Schaltautomatik glitt in immer niedrigere Gänge, während die Luft dünner, das Gefälle steiler und die Lastwagen zu riesigen Schnecken wurden. Oben angekommen, endete die Steigung, und der Buick gab einen kurzen Seufzer der Erleichterung von sich, bevor er auf der anderen Seite dankbar im Leerlauf hinunterrollte, hoch über dem geraden, grauen Band der Interstate 5. An der Grenze zwischen Oregon und Kalifornien wirkte der Wagen gutgelaunt. Sein Fahrer teilte diese Stimmung, wenn auch nur für den Augenblick.

Er kniff die Augen zusammen, hob die Schultern und drehte den Kopf. Er streckt ein Bein aus und schüttelte es. Er stellte das Radio an, und ein Lied wurde lauter gesungen, als es verdiente. Aber der beißende Nebel lag noch immer hinter seinen Augen und fraß an ihnen. Als er sich einem Rastplatz näherte, beschloß er, sich und seinem Buick eine Pause zu gönnen.

In der vorangegangenen Woche hatte er ein Gerücht bis nach Seattle hinaufgejagt, mit quälenden Aufenthalten in Eugene und Portland. Als er das Gerücht vor etwa acht Stunden endlich als das erkannte, was es war, hatte er sich auf den Heimweg gemacht und gehofft, es an einem Tag zu schaffen. Als er nun auf den Rastplatz rollte, merkte er, daß er San Francisco an diesem Abend nicht mehr erreichen würde, ohne mehr als nötig das Risiko eines automobilen Totschlags einzugehen.

Er nahm die Abfahrt, fuhr zügig ein Stück zum Ufer des Klamath hinab und bog auf eine Parkplatz an der Randolph Collier Sicherheits-Raststätte ein. Nachdem er die sanitären Einrichtungen benutzt hatte, zog er seine Karte hervor und überlegte, wo er die Nacht verbringen wollte. Redding sah aus wie eine vernünftige Entscheidung, jenseits der Berge, am Anfang eines einschläfernden Tales, das ihn von seinem Zuhause trennte. Er dachte darüber nach, was ihm zu Redding einfiel, als eine angriffslustige, fröhliche und wohlklingende Stimme ihn von irgendwo in der Nähe des Wagens her begrüßte. Er blickte neben sich, setzte sich aufrecht und rollte das Fenster herunter. »Hi«, sagte die dünne Stimme noch einmal.

»Hi.«

Sie war blond, und ihre langen, geraden Locken tanzten im Wind, der durch den Canyon pfiff. Ihr schmales Gesicht war weiß und konturlos, als ob ihm das Fleisch fehlte, als ob es nur ein Schädel wäre. Ihre Augen waren blau und träge. Sie trug eine weite, grüne Bluse, mit Bündchen am Hals und den Armgelenken, und einen langen Rock aus gebleichtem Kattun, abgesetzt mit weißen Rüschen. Ihre Stiefel waren aus abgetragenem Leder, und die Stulpen verschwanden unter dem Rock wie die Gipfel der Berge in den Wolken.

Er hielt sie für eine Tramperin, die unaufhörlich auf den Straßen herumziehen und entweder Mitleid oder Ablehnung in denjenigen hervorrufen, die ihr begegnen. Er sah sich um, damit er sehen konnte, ob sie für einen Partner das Aushängeschild spielte, aber außer den Picknick- und Toiletteneinrichtungen und anderen Reisenden konnte er nur ein großes Bündel sehen, das auf einem Picknicktisch am anderen Ende des Rastplatzes lag. Ihr weltlicher Besitz, nahm er an. Ihre einzige Lebenshilfe. Er sah sie wieder an und überlegte, ob er etwas Fahrzeit und möglicherweise ein Motelzimmer mit einem Mädchen teilen wollte, das ein bißchen abgedreht und ein bißchen sexy und reichlich fremd in der Welt war, die ihm seinen Lebensunterhalt sicherte.

»Mein Name ist Iris«, sagte sie, legte die Arme um ihre Brust, verlagerte das Gewicht von einem Fuß auf den anderen und zitterte vor herbstlicher Kälte.

»Meiner ist Marsh.«

»Du siehst müde aus.« Ihre Besorgnis wirkte aufrichtig; seine üblichen Symptome schienen sie aus irgendeinem Grund zu beunruhigen.

»Bin ich auch«, gab er zu.

»Schon lange unterwegs?«

»Von Seattle.«

›Wie weit ist das?« Die Frage kam schnell, als ob sie sich

schon aus Gewohnheit keine Gedanken um ihre Unwissenheit machte.

»Vierhundert Meilen. Vielleicht etwas mehr.«

Sie nickte, als hätten die Zahlen ihn weise gemacht. »Ich war schon mal in Seattle.«

»Gut.«

»Ich war schon fast überall.«

»Gut.«

Sie entfaltete ihre Arme, stützte sich auf die Wagentür und lehnte sich zu ihm herüber. Der Geruch von Moschus war echt. Ihre Bluse öffnete sich und präsentierte Brüste, die von der Bergluft zu Zwillingsgipfeln angespitzt waren. »Wohin willst du, Marsh?«

»Süden.«

»L. A.?«

Er schüttelte den Kopf. »San Francisco.«

»Gut. Perfekt.«

Genau an diesem Punkt erwartete er, daß sie zu flirten anfangen würde, um auf diese Tour zu einer Mitfahrgelegenheit zu kommen, aber ihr Wunsch sah ein bißchen anders aus. »Könntest du etwas für mich mitnehmen?«

Er legte seine Stirn in Falten und dachte an das Paket auf dem Picknicktisch. Drogen? »Was?« fragte er.

»Zeig' ich dir gleich. Glaubst du, du könntest es tun?«

Er schüttelte den Kopf. »Ich glaub' nicht. Ich mein', ich bin etwas unter Zeitdruck, und . . .«

Sie hörte nicht zu. »Es soll nach . . .« Sie zog einen Zettel aus ihrer Rocktasche und glättete ihn. »Es soll zum 95 Albosa Drive in Hurley City. Das ist in der Nähe von San Francisco, stimmt's? Marvin hat gesagt, daß es da ist.«

Er nickte. »Aber ich . . .«

Sie hob eine Hand. »Warte. Ich bin gleich wieder da.«

Sie hüpfte zweimal, wobei ihr langer Rock hoch über den Stiefeln schwebte und die Säule eines gipsfarbenen Schenkels zeigte. Dann trottete sie hinüber zu dem Picknicktisch und nahm das Bündel in die Hand. Auf halbem Weg zum Wagen präsentierte sie es wie einen preisgekrönten Auflauf.

»Das soll ich mitnehmen?« fragte er, als sie auf ihn zukam.

Sie nickte, dann sah sie auf das Paket hinab und runzelte die Stirn. »Ich mag es nicht«, sagte sie, und ihre Stimme verfiel in ein abweisendes Krächzen.

»Warum nicht?«

»Weil es nicht glücklich ist. Es ist aus dem B-Karton, also kann ich nichts dafür, glaub' ich, aber auf jeden Fall muß es wieder zurück, egal, *was* Marvin sagt.«

»Was ist es? Ein kleiner Hund?«

Sie warf das Paket durchs Fenster. Aus einem Reflex heraus griff er danach, damit es ihm nicht in den Schoß fiel. Als er es fest in Händen hielt, lief das Mädchen davon. »He! Warte einen Moment«, rief er ihr hinterher. »Ich kann das Ding nicht nehmen. Du mußt . . .«

Er hatte das Gefühl, als ob sich das Paket bewegte. Er schob eine Hand darunter und löste die Leinenstreifen, mit denen es umwickelt war. Ein Baby – nicht Hund, sondern Mensch – starrte ihn an und schrie. Wütend suchte er nach dem Mädchen und sah sie in einen grauen VW-Käfer einsteigen, der bald von dem Rastplatz raste und zum Freeway hinaufkletterte.

Er fluchte, wiegte das Baby einen Moment lang ungeschickt und versuchte es zu beruhigen. Es schien all seine Kraft ins Schreien gelegt zu haben. Da es nichts nützte, hob er das Kind auf den Beifahrersitz, ließ den Wagen an und setzte zurück. Als er vorwärtsfuhr, mußte er anhalten, um einen anderen Wagen vorbeizulassen, und dann in wilder Bewegung nach dem Baby greifen, damit es nicht vom Sitz rollte.

Er schob den Ganghebel auf Parkposition, suchte nach dem Sicherheitsgurt auf der Beifahrerseite und versuchte ihn so um das Baby zu wickeln, daß es sicher war, nicht dabei erdrosselt zu werden. Das Ergebnis war nicht besonders beruhigend. Er löste den Gurt, legte das Baby auf den Boden zwischen seinen Beinen, schob einen Gang ein und folgte dem kleinen, grauen VW, der mit der mutmaßlichen Kindesmutter verschwunden war. Schon nach wenigen wütenden Meilen holte er sie ein, als er den letzten Hang erreichte, der zu der Grasebene hinaufführte, welche die Siskiyou-Kette von dem erhabenen Anblick des Mount Shasta trennte.

Der VW summte auf den Mammutberg zu wie eine verrückte Maus beim Angriff auf einen Elefanten. Er dachte daran, den Wagen zu überholen und Iris zum Anhalten zu zwingen, das Baby zurückzugeben und so schnell wie der Buick von hier zu verschwinden. Aber da war etwas in ihrem Anblick und ihren Worten gewesen – so erinnerte er sich –, das ihn Abstand halten, ihn in Sichtweite von Iris bleiben ließ, und er wartete darauf, daß sie die heimatliche Ausfahrt nahm.

Der Highway wurde flacher und durchquerte dann die hohe Bergwiese, die unter den Brocken der südlichen Kaskaden und der Trinity-Alps Schafe und Rinder und Pferde ernährte. Es war nur wenig Verkehr; die Sonne stand niedrig über den westlichen Gipfeln; die Luft trug nur einen ruhigen Hauch des Herbstes. Er blickte auf die Benzinanzeige. Wenn Iris nicht auf den nächsten fünfzig Meilen abbog, mußte er sie entweder zum Anhalten zwingen oder sie entwischen lassen. Die durchdringenden Babygeräusche, die von unterhalb seiner Knie nach oben kamen, machten letzteres unmöglich.

Sie erreichten Yreka, und er folgte dem Käfer mit hundert Metern Abstand, aber Iris ignorierte sein Flehen, daß die kleine Stadt ihr Ziel sein mochte. Dreißig Minuten später, nachdem er sicher war, daß sie nicht im entferntesten irgendwo in der Nähe ihres Zieles war, verließ Iris urplötzlich den Interstate an der ersten Ausfahrt zu einem Dorf, einer Dienerin des Berges, einem Ort, der in dem Ruf stand, eine seltsame Sammlung von Spiritisten und religiösen Fanatikern zu beherbergen.

Der Berg selbst, vulkanisch, steil, imposant, war von den Indianern als heilig verehrt worden, und die Umgebung war voll von heißen Quellen, Schlammbädern und anderen prähistorischen Wundern. Moderne Mystiker hatten den Bergmantel für ihre Zwecke eingenommen, und das verrückte Mädchen und ihr alberner Käfer paßten zu dem, was er von dem Ort und den Leuten, die sich hier trafen, wußte. Was nicht paßte, war das Baby, das sie ihm untergeschoben hatte.

Er wurde langsamer und sah noch einmal nach seinem Schützling, aber er fand nichts, was auf irgendeine Weise Zufriedenheit verhieß. Fette, kleine Arme sahen unter der Decke hervor und grabschten nach der Luft. Speichel tropfte sein Kinn hinunter. Eine durchsichtige Blase erschien am winzigen Nasenloch, platzte leise und verschwand.

Der Käfer schoß durch das nördliche Ende des Ortes, links, dann rechts, dann wieder links, schnell, als ob er den Verfolger spürte. Er fiel zurück und hoffte, Iris wiegte sich in Sicherheit, daß sie ihm entwischt war. Wieder sah er nach dem Baby und wunderte sich, wie laut es schreien konnte, daß es in der Lage war, für so lange Zeit den Großteil seiner Kraft in nicht erwidertem Flehen zu verschwenden. Als er wieder auf die Straße sah, war der Käfer verschwunden.

Er fluchte, bremste und sah sich die Auffahrten an; dann begann er zu überlegen, was er tun sollte, wenn er sie verloren hatte. Die Häuser wurden weniger, die Straße unwegsamer, die irgendwann von gefällten Baumstämmen, Holzhaufen und dem Maschinenpark eines Sägewerkes gesäumt wurde. Ein Straßenschild wies darauf hin, daß Rodeln und Skilaufen auf Landstraßen verboten war. Er hatte schon die ersten Seufzer der Panik ausgestoßen, als er den VW an eine baufällige Hütte am hinteren Ende des Ortes geschmiegt sah, leer, als hätte er schon immer dort gestanden.

Ein paar Tannen schützten die Hütte und den Wagen und machten den schwindenden Tag zur Nacht. Die Auffahrt war matschig, das Grundstück von einem umgefallenen Gitterzaun begrenzt. Er fuhr bis zum nächsten Block und hielt an. Von hier aus war die Hütte nicht zu sehen.

Er wußte, daß er das Baby nicht viel länger behalten konnte. Er hatte keine Ahnung, was er tun sollte, hatte keine Ahnung, was es wollte, keine Ahnung, was es in

Hurley City erwartete, hatte nur das Gefühl, daß Iris verrückt war, vielleicht ein pathologischer Fall, und daß er ihren Plan nicht unterstützen konnte.

Es war schier unmöglich – aber das Kind schrie noch lauter. Er hatte ein paar Snacks im Wagen – Cracker, Kekse, etwas Käse –, aber er hatte Angst, das Baby könnte für feste Nahrung noch zu klein sein. Er dachte daran, Milch zu kaufen und eine Flasche und dann Vater zu spielen. Das Baby schrie noch mehr, keuchte und spuckte und wiederholte dann seinen Protest.

Er griff nach unten und hob es auf. Das kleine rote Gesicht war aufgebläht, verzerrt und ahmte eine unaufhörlich pfeifende Dampfmaschine nach. Die aufgeblasenen Wangen, die winzigen blauen Augen, die runde Boxernase, sie alle waren vor Wut purpurn geschwollen. Er wiegte das Baby, so gut er konnte, in seinen Armen. Das Weinen wurde einen Augenblick lang schwächer, dann begann es von neuem.

Seine Gedanken durchliefen den Spießrutenlauf der Kindheitsängste – Diphterie, Pocken, Masern, Mumps, Krupp und sogar den zwingenden Drang, ein Bäuerchen zu machen. Gott allein wußte, was ihm fehlte. Er klopfte ihm leicht auf die Stirn und spürte die klebrige Hitze des Fiebers.

Er veränderte die Lage und fühlte etwas Hartes unter der Decke, suchte danach und zog es schließlich hervor. Eine Saugflasche, halbvoll, körperwarm. Er schüttelte sie und zeigte dem Baby den Nippel, an dem es sog, wie es ihm gebührte. Leichtsinnig gemacht von diesem Meisterstück, wickelte er das Paket weiter aus, bis er wußte, daß er ein kleines Mädchen in Armen hielt und daß sie – abgesehen von ihrer Wut und dem Fieber – heil und gesund aussah. Als sie gleichmäßig nuckelte, legte er sie auf den Boden zurück und stieg aus.

Die Hütte entließ Rauchschwaden in die abendliche Dämmerung und schien wie an einem Faden daran zu hängen. Unter den Tannen war der Boden klamm, eine schwammige Matte verrottender Zweige und Nadeln. Die Luft war kalt und feucht und roch nach brennendem Holz.

Er ging langsam die Auffahrt hinauf, bemühte sich, keine Geräusche zu machen, alarmiert von der Drohung, die hinter dem handgemalten Schild stand, das man an einen Baum genagelt hatte und das ihn wissen ließ, daß hier BETRETEN VERBOTEN war.

Die Hütte war – abgesehen von flackerndem Licht in einem Fenster – dunkel. Auf der Veranda stapelte sich ein ganzer Haufen Feuerholz, sowohl Scheite als auch Äste zum Anzünden. Spalthammer und Keil lehnten an einem Holzstapel neben der Tür. Er ging zur Hinterseite der Hütte und suchte nach Anzeichen von Marvin.

Ein Werkzeugschuppen und ein ausrangierter Schulbus füllten den Hinterhof aus. Dazwischen graste eine angebundene Ziege unter einer Leine mit trockener Wäsche; das einzige Geräusch kam von der Glocke um ihren Hals; das geschwollene Euter unter ihr pendelte hin und her; die Zitzen stachen daraus hervor wie anklagende Finger. Auf der anderen Seite des Hofes diente ein Dickicht von Beerenbüschen als Zaun, und jenseits der Büsche versperrten Fichten den Ausblick. Er fühlte sich fremd, isoliert, ausgeliefert, bedroht, wie Marvin es sich zweifellos von jedem Fremden erhoffte.

Er dachte an das Baby, fragte sich, ob es ihm wohl gut ginge, fragte sich, ob Babys soviel trinken konnten, daß sie davon krank würden oder sogar erstickten. Ein Anflug von Angst schickte ihn zum Wagen zurück. Dem Baby ging es gut; die Flasche lag leer neben ihm auf dem Boden; es gab kein Jammern, nur ein gedämpftes Wimmern von sich. Er kehrte zur Hütte zurück, trat auf die Veranda, klopfte und wartete.

Iris trug dieselbe Bluse, denselben Rock und dieselben Stiefel; dieselben Augen waren zu durchsichtig, um ihre Seele zu verstecken. Sie erkannte ihn nicht. Ihr Gesichtsausdruck verengte sich vor Unsicherheit.

Er trat auf sie zu, und sie trat einen Schritt zurück und fragte ihn, was er wolle. Der Raum hinter ihr war ein enger Pferch von vagen Formen, die einzige Lichtquelle weit hinten bei dem Vorhang, der den ganzen Raum umspannte.

»Ich möchte dir dein Baby zurückgeben«, sagte er.

Sie sah ihn sich genauer an, öffnete den Mund in stillem Schrei, dann lächelte sie langsam. »Woher wußtest du, wo ich wohne?«

»Ich bin dir gefolgt.«

»Warum? Ist schon was passiert?«

»Nein, aber ich will es nicht mitnehmen.«

Sie schien wirklich verwirrt zu sein. »Warum nicht? Es ist doch auf deinem Weg, oder? Beinah.«

Er überhörte die Frage. »Ich möchte noch ein bißchen mehr über das Baby wissen. Zum Beispiel, wem es gehört. Deins?«

Iris runzelte die Stirn und knabberte auf der Unterlippe. »So ungefähr.«

»Was meinst du, ›so ungefähr‹? Hast du es geboren?«

»Eigentlich nicht.« Iris fuhr sich mit den Fingern durchs Haar, dann schüttelte sie es sich mit einem verärgerten Ruck aus dem Gesicht. »Warum stellst du all diese Fragen?«

»Weil du mich gebeten hast, dir einen Gefallen zu tun, und ich glaube, ich habe ein Recht zu erfahren, worauf ich mich einlasse. Das ist doch nur fair, oder?«

Sie überlegte. Ihr Schmollmund zweifelte. »Ich glaub' schon.«

»Also, woher hast du das Kind?«

»Marvin hat es besorgt.«

»Von wem?«

»Von diesen Leuten in Hurley City. Ich versteh' überhaupt nicht, warum du es nicht zurückbringen willst, wo du doch jetzt weißt, wem es gehört und all das.«

»Aber warum . . .«

Seine Frage wurde von einem hohen Glissando übertönt, kurz und schneidend. Er sah erst Iris an, dann das schattige Innenleben der Hütte.

Es gab kein Anzeichen von irgend etwas anderem als den Resten von Verwahrlosung und spartanischer Umgebung. Eine fette, graue Katze sprang von einem Bord, schlich in den hinteren Teil der Hütte und verschwand hinter der

Decke, die über ein Seil drapiert war, das sich durch den ganzen Raum spannte. Wieder war der Schrei zu hören.

»Was ist das?« fragte er sie.

Iris kicherte. »Wie hört es sich denn an?«

»Noch ein Baby?«

Iris nickte.

»Kann ich es sehen?«

»Warum?«

»Weil ich Babys mag.«

»Wenn du sie magst, warum willst du dann das eine, das ich dir gegeben hab', nicht nach Hurley City bringen?«

»Vielleicht ändere ich meine Meinung noch. Kann ich das hier sehen?«

»Ich darf niemanden da reinlassen.«

»Das ist in Ordnung. Wirklich. Marvin ist doch nicht hier, oder?«

Sie schüttelte den Kopf. »Aber er kann jeden Moment zurückkommen. Er ist nur in die Stadt gefahren.«

Er bemühte sich um Vernunft und Freundlichkeit. »Laß mich dein Baby nur für eine Sekunde sehen, Iris. Bitte, ja? Dann geh' ich. Und ich nehm' das andere Baby mit. Das versprech' ich dir.«

Sie schürzte die Lippen, dann nickte sie und trat zurück. »Ich hab' mehr als eins«, prahlte sie plötzlich. »Ich zeig' sie dir.« Sie wandte sich um, ging eilig zum hinteren Teil der Hütte und verschwand hinter der Decke.

Als er ihr folgte, fand er sich in einem Raum wieder, der halb Küche, halb Kinderzimmer war. Gegenüber von elektrischem Öfen und Kühlschrank, entlang der Wand zwischen Holzofen und Hintertür, stand eine Reihe von Holzkisten, sieben an der Zahl, alte Apfelsinenkisten, die Trennwände herausgenommen, in verschiedenen Farben bemalt und mit Schildern von A bis G versehen. Verblaßte Namen von Obstplantagen und Darstellungen von Früchten drangen an den schmalen Seiten der Kisten durch die Farbe hindurch. In den Kisten C bis G lagen Babys, tief vergraben in Nestern aus Lumpen und zerrissenen Decken. Eines von ihnen weinte. Die anderen schliefen fest, warm und gemütlich, und nach allem, was er sehen konnte, waren sie gesund und glücklich.

»Mein Gott«, sagte er.

»Sind sie nicht wunderschön? Sie sind bestimmt die besten kleinen Dinger auf der Welt. Das sind sie. Die besten kleinen Babys auf der ganzen Welt. Und Iris hat sie alle gleich lieb. Ja, das hat sie. Stimmt's?«

Mit strahlendem Gesicht gurrte Iris den Babys noch einen Moment etwas zu, dann verdunkelte sich ihr Ausdruck. »Die Kleine, die ich dir gegeben hab', war hier nicht glücklich. Das kommt daher, weil sie ein B-Kisten-Baby war. Die B-Babys waren immer traurig. Ich weiß nicht, warum. Ich behandle sie alle gleich, aber die B-Babys sind einfach anders. Deswegen sollte die Kleine, die ich dir gegeben hab', lieber wieder zurück. Wo ist sie eigentlich?«

»Im Wagen.«

»Ganz allein?«

Er nickte.

»Du solltest sie da nicht lassen«, schimpfte Iris. »Sie schmollt schon genug.«

»Was ist mit den anderen?« fragte er und sah zu den Kisten hinüber. »Bleiben die für immer hier?«

Ihre ganze Erscheinung erstarrte. »Sie bleiben hier, bis Marvin sie braucht. Bis dahin geb' ich ihnen alles, was sie wollen. Keiner könnte netter zu den Babys sein als ich. *Keiner.*«

Das Feuer im Ofen erhellte ihre Augen wie Eis im Sonnenlicht. Sie sah die Kisten ganz verzückt an, eine nach der anderen, und bekam dafür etwas zurück, das ihm geradezu sexuell erschien. Ihre Atemzüge waren schnell und flach; die Fäuste hielt sie geballt an den Hüften. »Woher habt ihr diese Babys?« fragte er sanft.

»Marvin besorgt sie.« Sie hörte nur halb zu.

»Woher?«

»Von überall. Wir hatten mal eins aus Nevada und zwei aus Idaho, glaub' ich. Aber die meisten sind aus Kalifornien. Und Oregon. Ich glaube, das C-Kisten-Baby ist aus Spokane. Das ist doch Oregon, oder?«

Er verbesserte sie nicht. »Waren da noch mehr als diese hier?«

»Ein paar.«

»Wie viele?«

»Oh, vielleicht zehn. Nicht mehr als zehn. Ich hatte von allen jeweils drei, außer von den G-Babys.«

»Und Marvin hat sie alle für dich besorgt?«

Sie nickte, ging zum Ofen hinüber und machte den Brenner an. »Möchtest du Tee? Kräutertee. Pfefferminz.«

Er schüttelte den Kopf. »Was ist mit den anderen Babys passiert? Die, die nicht mehr hier sind?«

»Marvin hat sie mitgenommen.« Iris schlürfte ihren Tee.

»Wohin?«

»Zu jemandem, der sie liebhaben wollte.« Die Erklärung klang beinahe wie ein Evangelium.

Die Luft in der Hütte schien plötzlich besudelt, nicht mehr einzuatmen. »Darum geht es bei dieser Sache, Iris? Babys an Leute geben, die sie wirklich wollen?«

»Die sie wollen und *lieben*. Sieh mal, Marvin bekommt diese Babys von Leuten, die sie *nicht* wollen, und gibt sie Leuten, die sie *wollen*. Das ist sein Geschäft.«

»Bekommt er Geld dafür?«

Sie hob abwesend ihre Schultern. »Ein bißchen, glaub' ich.«

»Gehst du mit Marvin, wenn er sie holt?«

»Manchmal. Wenn es weit weg ist.«

»Und wohin bringt er sie? Nach Idaho oder Nevada oder einfach hier in der Nähe?«

Wieder hob sie die Schultern. »Er sagt mir nicht, wohin er sie bringt. Er sagt, er will nicht, daß ich versuche, sie zurückzuholen.« Sie lächelte friedlich. »Er weiß, wie ich zu meinen Babys bin.«

»Wie lange macht ihr das schon?«

»Ich bin seit drei Jahren bei Marvin.«

»Und ihr habt die ganze Zeit mit Babys gehandelt?«

»Fast.«

Sie goß etwas Tee in den Becher aus Keramik und schlürfte ihn. Sie zeigte keine Anzeichen von Arglist oder

Schuld, kein Zeichen dafür, daß sein Verdacht tatsächlich wahr sein konnte.

»Hast du eigene Kinder, Iris?«

Ihre Hand zitterte gerade genug, um Tee zu verschütten. »Einmal hatte ich *beinahe* eins.«

»Was meinst du damit?«

Sie schnitt eine Grimasse. »Ich war schwanger, aber keiner wollte, daß ich es behielt, also hab' ich's gelassen.«

»Hast du es zur Adoption freigegeben?«

Sie schüttelte den Kopf.

»Abtreibung?«

Iris nickte, offenbar schmerzlich berührt, und murmelte etwas vor sich hin. Er fragte sie, was sie gesagt hatte. »Ich hab's selbst gemacht«, wiederholte sie. »Das ist es, was ich nicht ertragen kann. Ich hab' es selbst da rausgekratzt. Ich bin ohnmächtig geworden. Ich . . .«

Sie schwieg. Er sah hinüber zu der Reihe von Kisten, an denen sie Buße tat. Als sie seine Blickrichtung wahrnahm, begann sie ein Lied zu singen. »Sind sie nicht einfach wundervoll?« sagte sie, als sie fertig war. »Sind sie nicht einfach allesamt wundervoll?«

»Woher weißt du, wohin das Baby gehört, das du mir gegeben hast?« fragte er leise.

»Marvin hat ein Buch, in dem alles steht. Ich hab' heimlich einen Blick reingeworfen, als er stoned war.«

»Wo hat er das?«

»Im Wohnmobil. Da hab' ich es jedenfalls gefunden.« Iris legte ihre Hände auf seine Brust und schob. »Du gehst besser, bevor Marvin zurückkommt. Du nimmst das Baby doch mit, oder? Es gehört einfach nicht hier her. Es macht die ganze Zeit großen Wirbel, und ich kann es einfach nicht so lieben, wie ich es sollte.«

Er sah Iris ins Gesicht, sah den Feuerschein, der darüberfiel und es zum Leben erweckte. »Woher kommst du, Iris?«

»Ich? Minnesota.«

»Bist du mit Marvin hierhergekommen?«

Sie schüttelte den Kopf. »Ich bin mit einem anderen Typ

hergekommen. Ich bin für ihn anschaffen gegangen, als es mich erwischte. Nach der Abtreibung wollte ich nicht mehr, also hat er mich zum Teufel gejagt. Dann hab' ich 'ne Zeitlang einen ganzen Haufen Drogen genommen, bis ich Marvin in einer Kommune unten in Mendocino getroffen hab'.«

»Wie ist Marvins Nachname?«

»Hessel. Jetzt mußt du gehen. Wirklich. Marvin bringt es fertig und tut was Verrücktes, wenn er dich hier findet.« Sie ging auf ihn zu, und er trat einen Schritt zurück.

»Okay, Iris. Nur noch eins. Kannst du mir etwas zum Essen für das Baby geben? Es hat wirklich Hunger.«

Iris runzelte die Stirn. »Sie mag nur Ziegenmilch, das ist das Problem, und ich hab' heute noch nicht gemolken.« Sie ging hinüber zum Kühlschrank und kam mit einer Flasche zurück. »Das ist alles, was ich habe. Und jetzt los.«

Er nickte, nahm die Flasche und ging zu seinem Wagen zurück.

Er öffnete die Tür, und der Geruch von Ammoniak biß ihm in der Nase. Das Baby begrüßte ihn schreiend. Er hob es auf, schaukelte es, sprch mit ihm, summte ein Lied und gab ihm schließlich die zweite Flasche, die das einzige war, was es eigentlich wollte.

Während es an seiner Nahrung nuckelte, startete er den Wagen, ließ den Motor warmlaufen und machte nach einer Minute die Heizung an. Als er lang genug gewartet hatte, wickelte er das Kind aus, entfernte die durchnäßten Windeln und trocknete den drallen Po mit einem Papiertuch aus dem Handschuhfach. Nachdem er die Kleine in ihre Decke eingewickelt hatte, stieg er aus, holte seine Tasche aus dem Kofferraum und nahm sein letztes, sauberes T-Shirt heraus, kehrte zum Wagen zurück und formte daraus eine übergroße Windel, befestigte diese an dem Kind, stach sich dabei in den Finger und befleckte sowohl den umwickelten Stoff als auch das Baby selbst mit seinem Blut. Dann saß er eine Zeitlang da und überdachte seine Verpflichtungen gegenüber den Babys, die sein Leben plötzlich durcheinandergebracht hatten.

Er hätte zur Polizei gehen sollen, aber Marvin wäre vielleicht zurückgekommen, bevor sie reagierten, hätte von Iris' Tat erfahren und den Kindern etwas angetan oder wäre mit ihnen geflohen. Er konnte die Polizei anrufen und auf sie warten, bezweifelte aber, daß er seinen präzisen Verdacht am Telefon übermitteln konnte. Als er gerade nach anderen Möglichkeiten suchte, prallten Scheinwerfer vom Rückspiegel in seine Augen, dann drehten sie ab. Als er wieder sehen konnte, griff er ins Handschuhfach und nahm den Revolver hervor. Er steckte ihn in die Tasche, stieg aus, ging zu der Auffahrt zurück und mißachtete das Schild ein weiteres Mal.

Eine neue Gestalt hatte sich in die Szenerie eingefügt, rechteckig und dunkel. Marvins Wohnmobil knarrte beim Abkühlen. Er wartete, lauschte, und als niemand da zu sein schien, ging er darauf zu. Ein umgebauter Brotlieferwagen, marineblau angemalt, mit Schiebetüren an der Fahrerkabine und Klapptüren hinten. Der rechte Kotflügel war eingebeult, die hintere Stoßstange an einer Stelle mit Draht umwickelt. Ein Motorrad mit Stollenrädern war an ein Gitter auf dem Dach gebunden. Die Tür auf der Fahrerseite war offen, also kletterte er hinein.

Die Sitzbank war durchgesessen, das Füllmaterial trat wie weißes Unkraut aus dem schmutzigen Vinyl hervor. Der Fußboden lag voller Papier, Bierdosen und Zigarettenkippen. Er knipste seine kleine Taschenlampe an, tappte durch den Abfall hindurch und hielt bei dem einzigen unverdorbenen Gegenstand in dem Wohnmobil an. Eine Geschäftskarte, weiß mit schwarzer Gravur, klebte an einer Ecke des Armaturenbretts: ›J. Arnold Rasker, Rechtsanwalt. Zulassung bei allen Gerichten. Einführende Beratung gratis. Telefon Tag und Nacht.‹

Er sah sich noch eine Minute lang in der Kabine um, fand nichts, das aussah wie Marvins Notizbuch oder sonst irgend etwas Interessantes. Nachdem er gelauscht hatte, ob Marvin zurückkam, und nichts hören konnte, ging er durch den engen Gang hinter dem Fahrersitz in den Frachtraum. Der gelbe Ball baumelte von seiner Lampe herab und hüpfte spielerisch vor ihm hin und her.

Der gesamte Raum – inklusive der Decke – war mit plüschigem, rosafarbenem Teppichboden ausgelegt, der an den unmöglichsten Stellen fleckig war und sich hier und da gelöst hatte. Ein rundliches Fenster war mit der Hand in eine Wand geschnitten und dann mit Knetmasse bedeckt worden, die von Klebeband gehalten wurde. Zwei Polstersessel waren auf einer Seite des Wagens in den Boden geschraubt, und ein Feldbett streckte sich auf der anderen Seite aus. Zwei Apfelsinenkisten, die – obwohl sie leer waren – den Kisten in der Hütte ähnelten, lagen zwischen den Sesseln. Über dem Feldbett war ein Bild von John Lennon mit rostigen Nägeln an der Teppichwand befestigt. Eine kleine Propangasflasche war in einer Ecke festgezurrt, ein Gaskocher in der anderen. Neben dem Lennon-Poster hing ein Jagdgewehr in zwei Lederschlaufen. Es roch nach Benzin, Marihuana, ungewaschenem Fleisch. Auch hier fand er kein Notizbuch.

Er löschte die Lampe, verließ das Wohnmobil, ging hinüber zur Hütte und blieb auf der Veranda stehen. Musik pulsierte von innen heraus, Heavy Metal. Sie überdeckte alle anderen Geräusche, auch seine eigenen. Er ging zum Fenster und sah hinein.

Iris hielt ein Baby im Arm und fütterte es. Sie durchschritt dabei den Raum, die Augen geschlossen, murmelte etwas vor sich hin und schien etwas verwirrt zu sein. Sie war nur einen Augenblick lang allein, denn bald gesellte sich ein riesiger, rauher Bursche zu ihr, der Cowboystiefel und Levis, ein kariertes Hemd, Vollbart und sein Haar bis auf die Schultern trug. Ein leichter Ölfilm bedeckte Haut und Kleidung gleichermaßen, als wäre er gerade eingetunkt worden. Marvin durchschritt den Raum wortlos, die schwarzen Augen wütend; seine Schultern zuckten zu der dröhnenden Musik, während er die letzten Züge aus einem Joint sog, den er in einer auffallend zierlichen Klammer festhielt.

Sowohl Marvin als auch Iris gingen völlig in ihren

Beschäftigungen auf. Wenn sich ihre Wege kreuzten, zuckten sie zurück, als ob sie einander fürchteten. Er beobachtete sie fünf Minuten lang. Als sie hinter der Decke verschwanden, ging er schnell zur Tür und betrat die Hütte.

Die Musik wurde unterbrochen, dann begann sie erneut; das neue Stück war von dem letzten nicht zu unterscheiden. Der schwere Nebel von Marihuana fuhr ihm in die Lungen, erhellte seinen Kopf und bremste sein Hirn. Ein jäher Fluch brach aus dem Gemurmel hinter dem Vorhang her vor. Eine Pfanne klapperte auf dem Ofen, Holz kratzte auf Holz. Er zog seine Waffe hervor, ging zur Schmalseite des Raumes, schlich auf den Vorhang zu und spähte an dessen Rand vorbei.

Marvin saß auf einem Stuhl an einem kleinen Tisch und hielt eine Flasche Bier in der Hand. Iris stand mit dem Rücken zu Marvin am Herd und öffnete eine Suppendose. Marvin stürzte die halbe Flasche herunter, schlug sie auf den Tisch und fluchte noch einmal. »Wie kann man nur so bescheuert sein?«

»Nicht, Marvin. Bitte, ja?«

»Sag mir nur, wem du es gegeben hast. Das ist alles, was ich wissen will. Deiner Busenfreundin Gretel, stimmt's? Muß ja wohl so sein. Sie ist die einzige in der Gegend, die genauso bekloppt ist wie du.«

»Es war niemand, den du kennst. Wirklich. Es war irgendein Typ.«

»Was für'n Typ?«

»*Irgendein* Typ. Ich bin auf einen Rastplatz ganz oben in Oregon gefahren. Ich hab' mit ihm geredet und er hat gesagt, er fährt nach Frisco. Also hab' ich's ihm gegeben und ihm gesagt, wo er es abgeben soll. Du weißt genau, daß es nicht hierher gehört, Marvin. Du weißt, wie schwächlich es war.«

Marvin stand auf und schleuderte den Stuhl zu Boden. »Du blöde Gans.« Mit hoch erhobener Hand ging Marvin auf Iris zu. Bier tropfte ihm vom Kinn. »Ich brech' dir das Kinn, du Schlampe. Das schwör' ich dir.«

»Schlag mich nicht, Marvin. Bitte, schlag mich nicht wieder.«

»Wer war es? Ich will den Namen.«

»Ich sag' doch, ich *weiß* nicht. Irgendein Typ aus Frisco. Ich glaub', er hieß Mark.«

»Und er hat das Kind mitgenommen?«

Iris nickte. »Er war wirklich nett.«

»Du hast ihn hierher gebracht? Hä? Hast du den Schweinehund hier zur Hütte gebracht? Hast du ihm von den anderen erzählt?«

»Nein, Marvin, nein. Ich schwöre. Du weißt, daß ich das niemals tun würde.«

»Verlogene Schlampe.«

Marvin packte Iris bei den Haaren, riß sie vom Herd weg und schlug ihr ins Gesicht. Sie schrie und kauerte sich zusammen. Marvin hob seine Hand, um noch einmal zuzuschlagen.

Er atmete scharf ein, hob seine Waffe und trat hinter dem Vorhang hervor. »Hör auf damit«, sagte er zu Marvin. »Und keine Bewegung.«

Marvin erstarrte, drehte den Kopf und sah die Waffe. Er ließ Iris los und trat mit glitzernden, schwarzen Augen einen Schritt zurück. Ein langsames Lächeln enthüllte dunkle kaputte Zähne. »Ach was«, sagte er gedehnt. »Das kann ja wohl nur ein beschissener Eindringling sein. Sag's nicht. Laß mich raten. Du bist der nette Mann, dem Iris das Baby gegeben hat. Der Typ, den sie bestimmt nicht hergebracht hat. Stimmt's?«

»Sie hat mich nicht hergebracht. Ich bin ihr gefolgt.«

Die beiden Männer sahen Iris an. Sie hielt eine Hand vor den Mund und knabberte am Knöchel. »Ich dachte, du bist nach Frisco gefahren«, war alles, was sie sagte.

»Noch nicht.«

»Was willst du?« Ihre Frage wartete auf eine furchtbare Antwort.

Marvin lachte. »Du blöde Schlampe. Er will sie *alle*. Dann will er uns ins Gefängnis werfen. Er will ein Held sein, Iris. Und um ein Held zu sein, muß er dich und mich für den

Rest unseres beschissenen Lebens hinter Gitter bringen.« Marvin machte einen Schritt nach vorn.

»Sei nicht dumm.« Er hob die Waffe an Marvins Augen.

Marvin hielt an, runzelte die Stirn, dann grinste er wieder. »Du siehst aus, als hättest du das Ding schon mal benutzt.«

»Ein- oder zweimal.«

»Was machst du denn?«

»Detektiv. Privat.«

Marvins Lippen teilten sich um seine verkrusteten Zähne herum. »Du machst Witze. Iris hält irgendeinen Penner am Freeway an, und es stellt sich heraus, daß er ein Privatbulle ist?«

»So ungefähr.«

Marvin schüttelte den Kopf. »Jesus Christus. Und hier stehst du unter uns. Ein professioneller Held, genau wie ich's gesagt habe.«

Er suchte Marvins Blick. »Ich will das Buch.«

»Welches Buch?« Marvin spielte den Unwissenden.

»Das Buch mit der Liste der Babys, woher du sie hast und wohin du sie gebracht hast.«

Marvin sah Iris an und nagelte sie mit den Augen fest. »Du bist so gut wie fertig, weißt du das? Du bringst den Scheißkerl hierher, erzählst ihm alles und glaubst, daß er abhaut und keinen Verdruß macht, uns aufzuhalten? Du bist zu blöd zum Atmen, Iris. Man muß dich von deinem Elend befreien.«

»Es tut mir leid, Marvin.«

»Er wird sie *zurückbringen*, Iris. Verstehst du? Er wird dir die süßen Babys wegnehmen und sie den Arschlöchern zurückgeben, die sie gar nicht haben wollen. Und dann geht er zu den Bullen, und die werden sagen, daß du die Babys *entführt* hast, Iris, und daß du schlecht zu ihnen warst und dafür ins Gefängnis gehen mußt. Kannst du das nicht kapieren, du hirnlose Schlampe? *Kapierst du nicht, was er will?*«

»Ich . . .« Iris hielt inne, überwältigt von Marvins

Beschwörung. »Stimmt das?« fragte sie, als sie ihren Blick schließlich von Marvin löste.

»Ich werde das tun, was für die Babys das beste ist, Iris. Das ist alles.«

»Das beste für sie ist, wenn sie bei Marvin und mir bleiben.«

»Jetzt nicht mehr«, sagte er. »Marvin hat dich eingewikkelt, Iris. Er stiehlt die Babys. Nimmt sie ihren Eltern weg, Eltern, die sie liebhaben. Er fährt die Küste rauf und runter, um Babys zu stehlen und sie zu verkaufen, Iris. Entweder an die Eltern, von denen er sie gestohlen hat, oder an Leute, die verzweifelt nach einem Adoptivkind suchen. Ich glaube, er hängt mit einem Anwalt namens Rasker zusammen, der für viel Geld private Adoptionen arrangiert und den Gewinn nachher mit Marvin teilt. Er interessiert sich nicht dafür, wer diese Kinder liebt, Iris. Er ist nur daran interessiert, für wieviel er sie verkaufen kann.«

Irgend etwas hatte schließlich Iris' Augen aktiviert.

»Marvin, ist das wahr?«

»Nein, Baby. Der Typ verbreitet heiße Luft. Er versucht, dir die Babys wegzunehmen und den Leuten zu erzählen, daß du etwas Böses getan hast, genau wie damals bei der Abtreibung. Er will sagen, daß du schon wieder kleinen Babys etwas angetan hast, Iris. Das dürfen wir nicht zulassen.«

Er sprach schnell, um Marvins Worte auszulöschen. »Die Menschen geben keine Babys weg, Iris. Nicht an Typen wie Marvin. Es gibt Agenturen, die solche Sachen regeln und die nachprüfen, ob das neue Zuhause dem Kind alles bieten kann, was es braucht. Marvin klaut sie einfach und verkauft sie dem Meistbietenden, Iris. Deswegen macht er es.«

»Das glaub' ich nicht.«

»Das ist egal. Gib mir einfach Marvins Notizbuch, und wir prüfen es nach, rufen die Eltern an und hören, was sie zu sagen haben. Frag sie, ob sie ihre Kinder loswerden wollten. Das ist doch nur fair, oder?«

»Ich weiß nicht. Ich glaub' schon.«

»Iris?«

»Was, Marvin?«

»Ich möchte, daß du die Pfanne nimmst und diesem Kerl auf den Kopf schlägst. Hart. Mach schon, Iris. Er schießt nicht auf dich, das weißt du. Schlag ihm so hart auf den Kopf, daß er uns nicht ins Gefängnis bringen kann.«

Er sah zu Iris hinüber, dann kurz zu Marvin, dann wieder zu Iris. »Tu das nicht, Iris. Marvin bedeutet Ärger. Ich glaube, das weißt du jetzt.« Er wandte den Blick von Iris ab und machte eine Geste zu ihrem Partner hinüber. »Wo ist das Buch?«

»Iris?«

Iris begann zu weinen. »Ich kann nicht, Marvin. Ich kann das nicht tun.«

»Das Buch«, sagte er noch einmal zu Marvin. »Wo ist es?«

Marvin lachte. »Das wirst du niemals rausfinden, Detektiv.«

»Okay. Wenn du es so haben willst. Auf den Boden. Hände hinter den Kopf. Beine breit. Los.«

Marvin bewegte sich nicht. Die Worte kamen schleppend, als er sprach. »Du siehst nicht wie ein Killer aus, Detektiv, und ich kenne so einige, glaub's mir. Also nehm' ich an, daß ich auch nicht zu tun brauche, was du sagst, wenn du mich doch nicht erschießt. Ich schätze, ich werde dir das Ding einfach wegnehmen und es Stück für Stück an dich verfüttern. Hä? Was sollte mich davon abhalten?«

Er machte zwei schnelle Schritte auf Marvin zu, und ein schneller Schlag mit dem Revolverlauf schlitzte dessen Wange auf. »Willst du mehr?«

Marvin preßte eine schmutzige Hand gegen die Wange, dann sah er auf die blutigen Finger herab. »Du Schwein. Okay. Ich hol' das Buch. Es ist hier drunter.«

Marvin beugte sich auf den Boden hinab, drehte sich von ihm ab und ließ die Hände in die Dunkelheit unter dem Herd gleiten. Er konnte nicht erkennen, was Marvin machte, also beobachtete er ihn argwöhnisch, dann ging er auf ihn zu. Als Marvin wieder aufstand, sprang er zurück, aber Marvin griff ihn nicht an. Marvin hatte ein Baby gepackt, kein Buch, er hatte ein Baby beim Hals gepackt.

»Okay, Kumpel«, sagte Marvin durch ein Grinsen hindurch. »Also, wenn du dieses Kind vor deinen Augen sterben sehen willst, brauchst du nur die Kanone zu behalten. Wenn du sehen willst, wie es weiteratmet, läßt du das Ding fallen.«

Er erstarrte, die Augen auf Marvins Finger gerichtet, die sich um den Hals des Kindes schlossen und zu drücken begannen.

Das Baby gluckste, zuckte, dann war es still. Das kleine Gesicht rötete sich, die Augen traten hervor. Die Sehnen in Marvins Händen spannten sich. Zwischen schmutzig knirschenden Zähnen schnaufte Marvin im schnellen Strom der Freude.

Er ließ die Waffe fallen. Marvin befahl Iris, sie aufzuheben. Sie tat es und tauschte die Waffe gegen das Kind. Ihre Augen legten sich auf Marvins Gesicht, als ob sie seine Bekanntschaft erneuern mußte. Abrupt drehte sie sich um, rannte durch den Vorhang und verschwand.

»Na also.« Marvins Worte wirkten entspannt. »Sieht so aus, als ob sich das Blatt gewendet hat, Detektiv. Wie heißt du überhaupt?«

»Tanner.«

»Tja, Tanner, dein Arsch gehört mir. Für dich gibt's keine John-Wayne-Stunts mehr. Du kannst dich von dieser Welt verabschieden.«

Marvin fischte in der Tasche seiner Jeans herum, zog ein kleines Notizbuch hervor und zeigte es für einen kurzen Moment. »Hier ist alles drin, Tanner. Woher sie kommen. Wohin sie gegangen sind. Jetzt paß auf.«

Mit der Waffe in der einen Hand und dem Notizbuch in der anderen ging Marvin hinüber zu dem Holzofen und öffnete die schwere Tür. Das Feuer ließ die Schatten tanzen.

»Nicht.«

»Paß auf, du Arsch.«

Marvin warf das Notizbuch in die glühenden Kohlen, fischte in der Kiste neben dem Ofen nach einem trockenen Ast, dann warf er auch diesen hinein und schloß die

Eisentür. »Bye-bye, Babys.« Marvins Lachen war kurz und grausam. »Dreh dich um. Wir gehen hinten raus.«

Er tat, wie ihm gesagt wurde, ging auf die Tür zu und hörte nur ein leises Schlurfen hinter sich. Als er an Iris vorüberkam, sah er sie an. Sie drückte weinend das Baby an sich, das Marvin bedroht hatte, und sah ihn nicht an. »Denk an die Kleine in meinem Wagen«, sagte er zu ihr. Sie nickte schweigend, dann wandte sie sich ab.

Marvin stieß ihm in den Rücken, und er ging zur Tür. Mit der Hand auf der Klinke hielt er inne und hoffte auf eine wunderbare Rettung, aber sie kam nicht. Marvin stieß ihn noch einmal, und er trat hinaus auf die Veranda, dann in den Hof. »Hintenrum«, befahl Marvin. »Rein in den Bus.«

Er taumelte, stolperte über Unkraut und stieß gegen Steine, als er schließlich den Bus erreichte. Der Mond und die Sterne waren verschwunden. Die Nacht war schwarz und still, nur der Wind pfiff und war ganz offenbar Marvins Verbündeter. Die Ziege lachte sie aus und trottete außer Reichweite. Er sah zu Marvin zurück. In der einen Hand trug er eine Pistole, in der anderen eine Decke. »Los, geh rein. Mach die Tür einfach auf.«

Er schob seine Finger zwischen die Gummiränder der Bustür und öffnete sie. Die erste Stufe war höher, als er gedacht hatte, und er stolperte und fiel beinahe hin. »Paß auf. Fast hätte ich dich gleich hier umgepustet.«

Er konnte ein Kichern nicht unterdrücken. Marvin hatte seine Gründe, warum er in das Lachen nicht einfiel. »Geh nach hinten durch, Tanner. Tu einfach so, als wäre das ein Ausflug in den Zoo.«

Er bewegte sich zwischen kaputten Sitzen den Gang hinunter und roch die Verwesung, den Rost und den lauernden Duft eines Stinktieres. »Warum hier?« fragte er, als er am hinteren Ende angekommen war.

»Weil du hier drinnen prima aufgehoben bist, bis ich Zeit habe, draußen ein Loch zu graben, den Notausgang zu öffnen und dich reinzukippen. Außerdem ist es ruhig. Ich schätze, daß im Bus mit einer Decke keiner was davon hören wird. Setz dich hin.«

Er setzte sich. Marvin wickelte die Decke um den Arm, der die Waffe hielt, dann richtete er die umhüllte Waffe auf Tanners Brust. Er zweifelte nicht daran, daß Marvin ohne einen Gedanken oder Furcht schießen würde. »Noch ein letztes Wort, Tanner? Ein paar Gedanken zum Abschied?«

»Nur, daß du was vergessen hast.«

»Was?«

»Du hast die Tür offengelassen.«

Marvin sah kurz zur Eingangstür hinüber. Er stürzte sich auf Marvins Beine, drückte dabei mit der linken Hand die Waffe zur Seite und hoffte, daß er sie in die Falten der Decke verbannen konnte, wo sie nutzlos und unerreichbar wäre.

»Arschficker.«

Marvin befreite die Waffe von seinem Griff und hob sie hoch, wobei er die Decke abwarf. Er wand sich panisch, um sich gegen den Schlag zu schützen, von dem er wußte, daß er kommen würde, aber Marvin war zu schwer und zu stark, und er behielt die Oberhand, indem er auf seiner Brust kniete. Der Revolver glänzte in der Dunkelheit, eine Kugel fertig zum Einschlag.

Ein Geräusch zerteilte die Luft; der stechende Schrei unerträglicher Schmerzen kam aus der Hütte oder von irgendwo in der Nähe. »Was zum Teufel . . .?« Marvin fluchte und trat zurück, dann schlug er ihn beinahe gedankenverloren mit der Waffe, einmal, dann noch einmal. Nach einem kurzen Schmerz wurde er von einer großen, schwarzen Kreatur zu Boden gedrückt. Wie lange, konnte er nicht sagen.

Als er wieder zu sich kam, war er allein im Bus und lag auf dem Gang. Sein Schädel fühlte sich an, als wäre er zu Brei geschlagen. Er berührte mit einer Hand seine Schläfe und fühlte Blut. Umgeben von pulsierendem Schmerz, kämpfte er sich auf die Beine, schaffte es hinauszukommen und stand gegen den Bus gelehnt, während die Nachtluft darum kämpfte, seinen Kopf klarzukriegen.

Er machte einen Schritt nach vorn, wankte, tat noch einen, fand sein Gleichgewicht, schleppte sich mühsam auf die Veranda zu und öffnete die Tür. Hinter ihm lachte schon wieder die Ziege.

Die Hütte war dunkel, das einzige Licht war das schwache Flackern vom Ofen hinter dem Vorhang. Er ging vorsichtig, versuchte, dem Müll auf dem Boden und den Schatten des Raumes auszuweichen. Auf halbem Weg nach hinten trat sein Fuß gegen etwas Weiches. Als er sich bückte, um es aus dem Weg zu schieben, gab es ein menschliches Geräusch von sich. Er kniete sich hin, erkannte, daß es Iris war, dann fand er eine Lampe und machte sie an.

Sie war zusammengebrochen, das Gesicht am Boden, mitten im Raum, Arme und Beine unter sich gefaltet; ihr Körper war zusammengerollt, um Angriffe abzuwehren. Er kniete sich noch einmal, hörte wieder ihr Stöhnen und erkannte, daß der Rockfetzen in Wahrheit eine Blutlache darstellte und daß der Schatten, den er gesehen hatte, in Wahrheit eine breite, feuchte Spur eben dieser Substanz war, die in den hinteren Teil der Hütte führte.

Er fühlte mit den Händen nach Wunden an ihrem Körper. Als er keine fand, rollte er Iris auf die Seite, dann auf den Rücken. Blut trat an einer Stelle unterhalb des Brustbeins aus. Ihre Augenlider flackerten, auf, zu, dann wieder auf. »Er hat auf mich geschossen«, sagte sie. »Es tat so weh, und ich konnte nicht aufhören zu weinen. Da hat er auf mich geschossen.«

»Ich weiß. Versuch nicht zu sprechen.«

»Hat er die Babys auch erschossen? Ich glaub', ich hab' gehört . . .«

»Ich weiß nicht.«

»Würdest du nachsehen? Bitte?«

Er nickte, stand auf, bekämpfte einen Ansturm von Schwindelgefühl. Er ging hinter den Vorhang, dann kehrte er zu Iris zurück. »Es geht ihnen gut.«

Sie versuchte ein dankbares Lächeln. »Irgend etwas hat ihm Angst gemacht. Ich glaube, draußen sind Leute vorbeigelaufen und haben den Schuß gehört und Hilfe geholt. Ich hab' sie schreien hören.«

»Wohin könnte er gehen?«

»Rauf in die Wälder. Mit dem Dirt Bike. Er kennt da oben 'ne Menge Leute. Die bauen Marihuana an und leben von dem Land. Die Bullen werden ihn niemals finden.« Iris stöhnte wieder. »Ich sterbe, stimmt's?«

»Ich weiß nicht. Gibt es hier ein Telefon?«

Sie schüttelte den Kopf. »Unten am Ende der Straße. Bei dem Laden.«

»Ich geh' und ruf' einen Krankenwagen. Und die Bullen. Wie lange ist Marvin schon weg?«

Sie schloß die Augen. »Ich war ohnmächtig. O Gott. Jetzt ist es wirklich schlimm, Mr. Tanner. Wirklich schlimm.«

»Ich weiß, Iris. Warte einen Moment. Ich bin in einer Sekunde zurück. Versuch, so liegenzubleiben.« Er nahm sein Taschentuch, faltete es zu einem Rechteck und legte es auf ihre Wunde. »Drück so fest du kannst.« Er nahm ihre linke Hand und legte sie auf die Kompresse, dann stand er auf.

»Warte. Ich muß . . .«

Er unterbrach sie. »Du mußt ins Krankenhaus. Ich bin in einer Minute zurück, und dann können wir weiterreden.«

»Aber . . .«

»Warte einen Moment.«

Er rannte von der Hütte die Straße hinunter, sah die Lichter des Krämerladens am anderen Ende, rannte zum Telefon und machte seine Anrufe. Die Polizei sagte, sie wären schon gerufen worden und ein Wagen sei auf dem Weg. Bei der Ambulanz sagten sie ihm, es würde noch sechs Minuten dauern. So schnell wie er konnte, rannte er zurück zur Hütte und hoffte, daß es schnell genug ging.

Iris hatte sich bewegt. Der Körper war gestreckt, ihr rechter Arm langte zur Tür hin, die Geste eines Bittstellers. Der Ärmel ihrer Bluse war zerrissen, verbrannt bis zu einer ausgefransten Kante über dem Ellbogen. Unterhalb des Stoffs war der Arm mit roten Punkten, an anderen Stellen mit Blasen übersät, scheckig wie verbranntes Fleisch. Die Hand am Ende war verkohlt und zu einer krustigen Faust gekrümmt, die vom Staub grauer Asche bedeckt war.

Zwischen ihren Fingern war etwas, schwarz, verbrannt und wohlbehütet.

Er löste es aus ihrem Griff. Das Deckblatt war weggebrannt und die Ecken des Papiers waren gebogen und versenkt, aber es war lesbar, das Gekritzel war noch erhalten. Die Liste der Namen und Orte war so geordnet, daß sie zu den hübsch bemalten Kisten im Hinterraum paßte. Carson City. Boise. Grant's Pass. San Bernadino. Modesto. Und so weiter und so weiter, ein alphabetisches Register des Verbrechens.

»Ich hab's gerettet«, murmelte Iris. »Ich hab's für meine Babys gerettet.«

Er hob ihren Kopf auf seinen Schoß und hielt ihn, bis sie starb. Dann ging er zu seinem Wagen, holte das B-Kisten-Baby und legte es in die ihm zugewiesene Krippe. Zum ersten Mal, seitdem er die Kleine kannte, gab sie ausschließlich glückliche Geräusche von sich, eine Ironie, die verlorenging neben den fünf toten Kindern zu beiden Seiten und der gerade eben gestorbenen Frau, die all das gefürchtet hatte.

Ins Deutsche übertragen von Jörn Ingwersen

MARCIA MULLER

Tod eines Clowns

Sharon McCone

1

Als ich zum Diablo Valley Pavillon zurückkehrte, brach gerade die Dämmerung an. Die Konturen der sanft gerundeten Hügel, die das Amphitheater umschlossen, schimmerten rötlich-gold, doch die Hänge waren noch immer dunkel und bedrohlich. Sie erinnerten mich an eine Herde buckliger Büffel, die aneinandergekauert auf die Wärme der Morgensone warteten. Ich konnte mir vorstellen, wie sie sich streckten und erleichtert aufseufzten, wenn ihre Strahlen sie schließlich berührten.

Ich hätte viel dafür gegeben, mir vom Tageslicht dieselbe Erleichterung erwarten zu können. Es war eine lange, bange Nacht gewesen, seit ich – vor über zwölf Stunden – zum ersten Mal hier angekommen war. Meine Rückkehr war ein Akt der Verzweiflung, die Aussicht auf Erfolg verschwindend klein.

Ich fuhr die asphaltierte Straße bis zu der Stelle hinauf, wo sie durch eine Reihe von Pflöcken abgesperrt wurde, und stieg dann aus dem Auto aus. Die Luft war kalt; ich konnte meinen Atem sehen. Irgendwo in der Ferne ertönte der Ruf eines einsamen Vogels, und ein monotones, wimmerndes Geräusch hing in der Luft, das irgend etwas mit der Sicherheitsbeleuchtung zu tun haben mußte, die in Abständen auf dem Maschendrahtzaun angebracht war. Doch insgesamt herrschte tiefe, drückende Stille. Ich steckte die Hände in die Taschen meiner zu leichten Lederjacke und marschierte auf den Haupteingang neben der Kasse zu.

Als ich zum Zaun kam, trat ein untersetzter, dunkelhaariger Mann aus dem angrenzenden Wachschuppen und begann, das Tor aufzusperren. Roy Canfield, er hatte die Nachtaufsicht über den Pavillon. Bei meinem Anruf aus San Francisco vor einer dreiviertel Stunde hatte er eher zweifelnd auf meinen Vorschlag reagiert, sich aber doch bereiterklärt, mir zu helfen, wenn ich wieder hier herauskäme. Canfield öffnete das Tor und winkte mich durch eines der Drehkreuze, durch die am Vorabend Tausende zum Diablo-Valley-Clown-Festival geströmt waren.

Er sagte: »Sie haben nicht lange gebraucht von der Stadt hierher.«

»Um fünf Uhr früh ist kein Verkehr. Ich konnte so schnell fahren, wie ich wollte.«

Der Wachtposten musterte mich von oben bis unten, was mich daran erinnerte, wie zerzaust und müde ich aussehen mußte. Canfield selbst wirkte genauso frisch und munter wie bei unserer ersten Begegnung vor der Vorstellung gestern abend. Aber schließlich hatte *er* ja nicht die ganze Nacht die halbe Bucht von San Francisco nach einem verschwundenen Klienten abgesucht.

»Natürlich«, fügte ich hinzu, »wollte ich so schnell wie möglich hier sein, um nachzusehen, ob Gary Fitzgerald vielleicht noch irgendwo auf dem Gelände ist. Schauen wir uns mal um?«

Canfields Miene war genauso zweifelnd wie seine Stimme am Telefon. Er zuckte die Schultern und sagte: »Klar, können wir, aber ich glaube nicht, daß Sie ihn finden werden. Wir kontrollieren jeden Zentimeter, wenn die Leute gegangen sind. Unmöglich, daß noch jemand drinnen ist, wenn wir abschließen.«

In seinen Worten hatte ein vorwurfsvoller Ton mitgeschwungen, als glaube er, ich stelle seine beruflichen Fähigkeiten in Frage. Rasch sagte ich: »Nicht, daß ich Ihnen nicht glaube, Mr. Canfield. Ich weiß nur nicht, wo ich sonst noch nachsehen soll.«

Er brummte nur und bat mich mit einer einladenden Geste, ihm zu folgen. Breite Betonstufen führten vom Eingang hinauf zu einer Promenade, die links und rechts rund um den oberen Rand des Amphitheaters lief. Wie mir noch vom Vorabend in Erinnerung war, fiel von diesem Promenadenweg der Rasen sanft ab, bis hinunter zu der streng modernistischen Konzertbühne. Die Bühne war sehr ausladend – ein Kreisausschnitt von etwa neunzig Grad. Die Kulissen und Garderoben waren in den dahinterliegenden Hügel hineingebaut. Das Betondach, das von zwei riesigen Säulen getragen wurde, war eine gekrümmte Platte in Form einer gebogenen Pfeilspitze, die – ein bißchen asymmetrisch – nach Nordosten zeigte. Es gab nur ein paar Dutzend Sitzreihen im herkömmlichen Sinn, die im Halbkreis vor der Bühne angeordnet waren. Der Pavillon war in erster Linie für zwanglose Konzertbesucher gedacht, die es sich lieber auf einer Decke am Rasen bequem machen.

Auf der obersten Stufe angekommen, überquerte ich den Promenadenweg, trat an den Rand der Senke und blieb überrascht stehen.

Der vorher makellose Rasen war mit Abfall übersät. Papierbecher, -tassen und -teller, Bierdosen und Weinflaschen, Verpackungsmaterial und zerknüllte Programme und anderer undefinierbarer Müll bedeckten ihn wie ein Flickenteppich. Die in gleichen Abständen entlang der Promenade aufgestellten Abfallkörbe waren übergequollen, und ihr Inhalt ergoß sich auf den Boden. Auf der niedrigen Mauer zwischen Sitzreihen und Rasen stand eine monumentale Pyramide aus Budweiser-Dosen. An einigen Stellen war der Abfall nur spärlich verstreut, doch an anderen türmte er sich hoch auf, wie schmutzige Schneewächten.

Canfield kam mir nach. Er keuchte schwer vom Aufstieg. »Eine Schweinerei, nicht wahr?« sagte er.

»Ja. Sieht es nach einer Vorstellung immer so aus?«

»Kommt darauf an. Bei Veranstaltungen wie der gestern abend, wo viele junge Leute und Familien hingehen und wo Picknicks abgehalten werden, da ist es ziemlich schlimm. Bei einem Symphoniekonzert ist das anders.«

»Und Ihre Putzkolonne kommt erst am Morgen?« Ich versuchte, nicht mißbilligend zu klingen, aber daß man diese Berge von Abfall die ganze Nacht hier liegenließ, hatte etwas Anstößiges für einen Menschen wie mich, der in dem Glauben erzogen worden war, daß es fast einer Todsünde gleichkommt, wenn man vor dem Zubettgehen nicht das Geschirr vom Abendessen spült.

»Das ist billiger – wir müßten sonst Überstunden zahlen.

Und außerdem ist die Arbeit bei Tageslicht sowieso einfacher.«

Wie als Antwort auf Canfields Worte erstrahlten die Hügel in der Ferne, etwas links von der Bühne, im Tageslicht, das jetzt mehr golden als rötlich war. Das Licht zerstörte die Schatten auf dem Rasen unter uns, sie nahmen jetzt andere, verzerrte Formen an. Aus Schwarz wurde Grau, aus Grau Weiß, kurze Schatten wurden länger, andere schrumpften zusammen. Verschwommene Konturen hoben sich schärfer ab. Und mit dem Licht kam ein kalter Wind auf, der über die Promenade fegte.

Fröstelnd zog ich meine Jacke enger um mich. Der Wind wehte raschelnd durch die herbstlich welken Blätter der jungen Pappeln – kaum mehr als Schößlinge –, die den Rand des Promenadenwegs säumten. Er fuhr in die Abfallhaufen rund um die Körbe, peitschte dann über den Rasen hinunter und wirbelte dabei den Abfall durcheinander. Plastiktüten und Berge von Papier flatterten in einem gespenstischen Tanz auf und glitten wieder zu Boden, wenn sich die Brise legte. Ich beobachtete die Wellenbewegung – eine Woge aus Papier auf einem papierenen Meer –, wie sie auf die Zypressen zurollte, die als Windschutz im Osten standen.

Irgendwo in dem durcheinanderwirbelnden Abfall unten bei der Mauer zwischen dem Rasen und den Sitzreihen entdeckte ich plötzlich etwas Gelbes. Ich beugte mich vor und blickte angestrengt hin. Wieder sah ich das Gelb, dann, verschwommen, etwas Blaues, und dann blitzte es kurz weiß auf. Die Farben tauchten auf und waren auch schon wieder verschwunden, als sich der Abfall wieder zu Boden senkte.

Hatten mir meine Augen im Zwielicht einen Streich gespielt? Ich glaubte nicht, denn obwohl ich mir der Farben nicht sicher sein konnte, hatte ich ganz deutlich eine Kontur erkannt, die freigelegt worden war, als der Wind darüberstrich – sie war lang und eckig und wirkte kompakt. Der Abfall hatte sich so daraufgesenkt, daß sie nicht völlig verdeckt war.

Die Angst, die ich die ganze Nacht unterdrückt hatte, überflutete mich. Einen Augenblick stand ich wie erstarrt, dann lief ich über den Hang hinunter zu dem Flecken, auf den ich gestarrt hatte. Canfield rief mir nach, doch ich ignorierte ihn.

Unten an der Mauer lag der Abfall fast knietief. Ich watete durch Flaschen, Dosen und Papier, schob die körperlose Masse beiseite, schaufelte mir mit den Händen einen Weg frei. Schaufelte, bis meine Finger auf etwas Festeres stießen . . .

Ich ließ mich auf die Knie nieder und räumte die letzten Abfallschichten beiseite, warf den Müll über meine Schulter.

Er lag auf dem Rücken, eingehüllt in sein leuchtendgelbes Cape. Die bauschige blaukarierte Hose und die schwarzen Lackschuhe ragten darunter hervor. Die schwarze Baskenmütze war halb über sein weißes Clowngesicht gezogen und verbarg seine Augen. Die rote Jacke, die sein Kostüm vervollständigte, konnte ich nicht sehen, weil sie vom Cape verdeckt war. Aber auf dem schillernden Stoff, der seine Brust bedeckte, schimmerten rote Flecken.

Mit einem Ruck zog ich das Cape beiseite und berührte die Weste. Sie fühlte sich klebrig an, und als ich meine Hand wegzog, war auch sie rot. Ich starrte sie an und wischte sie auf einem Fetzen Zeitungspapier ab. Dann tastete ich an seiner Halsschlagader nach dem Puls und wußte dabei doch die ganze Zeit, wie vergeblich meine Bemühungen waren.

»O Gott!« sagte ich. Einen Augenblick verschwamm mir alles vor den Augen, und in meinen Ohren summte es leise.

Roy Canfield kämpfte sich von hinten zu mir durch. Er keuchte vor Anstrengung. »Was . . . oh, mein Gott!«

Ich starrte weiter auf den Clown. Er sah aus wie zerbrochen, wie ein Ding, das benutzt und dann auf einen Abfallhaufen geworfen worden war. Nach einem Augenblick wischte ich mit dem Daumen die weiße Schminke von seiner kalten Wange. Ich schob die Mütze zurück und blickte auf die schwarz geschminkten Augen. Dann zerrte ich ihm die flachsfarbene Perücke herunter. Zuletzt nahm ich ihm die falsche Knollennase ab.

»Gary Fitzgerald?« fragte Canfield.

Ich blickte zu ihm auf. Sein Mondgesicht zeigte Sorgenfalten. Offenbar sah man mir den Schock und die Verwirrung an.

»Mr. Canfield«, sagte ich, »dieser Mann hier trägt Garys Kostüm, aber er ist nicht Gary. Ich habe ihn noch nie zuvor gesehen.«

2

Der Mann, den ich suchte, war die eine Hälfte einer international berühmten Clown-Nummer, Fitzgerald und Tilby. In der Welt der Clowns gibt es, wie auf jedem anderen Gebiet der Kunst, verschiedene Kategorien – vom einfachen Rodeo-Clown, dessen Hauptaufgabe darin besteht zu verhindern, daß die Reiter vom Stier niedergetrampelt werden, bis zu Zirkusclowns wie Emmet Kelly und auf der ganzen Welt bewunderten Mimen wie Marcel Marceau. Fitzgerald und Tilby standen in dieser Hierarchie nicht weit unter Kelly und Marceau und rückten mit jedem Tag noch weiter auf. Statt nur die stumme Körpersprache des typischen Clowns einzusetzen, kombinierten die beiden Briten sie mit scharfsinniger und geistreicher Wortkomik. Sie waren auch außerhalb der Fangemeinde der Clowns berühmt geworden, als sie Ende der 70er Jahre eine Reihe von anspruchsvollen und unterhaltsamen Fernsehspots für eine japanische Autofirma machten, und darauffolgende Werbespots – unter anderem für eine große amerikanische Fluglinie, eine der großen Versicherungsgesellschaften und eine Computerfirma – hatten ihnen einen Platz in den Herzen humorbegeisterter Amerikaner gesichert.

Ich kam mit Fitzgerald und Tilby in Kontakt, als sie sich bereiterklärten, beim Diablo-Valley-Clown-Festival aufzutreten, einer Wohltätigkeitsveranstaltung, die unter der Schirmherrschaft der Handelskammer von Contra Costa County und von KSUN stattfindet, des Radiosenders, bei dem mein Freund Don Del Boccio als Diskjockey arbeitet. Der Manager der beiden, Wayne Kabalka, hatte für ihren Gratis-Auftritt nur zwei Bedingungen gestellt: daß sie als Stargäste angekündigt würden, und daß sie einen Leibwächter erhielten. Da Don die Show moderieren sollte, war er über die gesamte Planung informiert, und als er von Kabalkas zweiter Bedingung hörte, schlug er mich für den Job vor.

Wie immer, seit ich im letzten Frühjahr ein Haus in San Francisco in der Nähe des Bezirks Glen Park gekauft hatte, brauchte ich auch zu diesem Zeitpunkt Geld. Und die All Souls Anwaltsgemeinschaft, bei der ich als Detektiv arbeite, hatte nichts gegen einen kleinen Nebenjob meinerseits einzuwenden, vorausgesetzt, es wurde kein Fall der Firma davon beeinflußt. Da bei All Souls im September nicht viel losgewesen war, hatte ich das Gefühl, ich könne zusagen. Die Arbeit als Leibwächter ist nicht unbedingt mein Traumjob, aber Fitzgerald und Tilby hatten mir immer gefallen, und die Aussicht, sie kennenzulernen, reizte mich. Außerdem würde ich am Festival teilnehmen und noch dafür bezahlt werden, anstatt mit der Gratiseintrittskarte, die Don mir versprochen hatte, im Publikum zu sitzen.

Also traf ich an jenem heißen Freitagnachmittag Ende September in der Halle der KSUN-Studios in San Francisco mit Wayne Kabalka zusammen. Für eine Radiostation ist KSUN ein lockeres Unternehmen, und der Aufenthaltsraum legt volles Zeugnis für diese Haltung ab. Die Einrichtung besteht aus nicht aufeinander abgestimmten Möbeln von der Heilsarmee, die niemand haben wollte, die Poster an der Wand sind zerrissen und zerfetzt, und auf dem großen Couchtisch türmen sich immer zerknitterte Zeitungen, leere Cola-Dosen, Kaffeetassen und überquellende Aschenbecher. Zu diese speziellen Gelegenheit zierte ihn auch ein halb aufgegessener Big Mac.

Als Don und ich eintraten, saß Wayne Kabalka auf der äußersten Kante eines der klobigen Sessel und machte ein Gesicht, als befürchte er, er könne sich davon Flöhe holen. Als er uns sah, sprang er auf, als hätte ihn soeben einer gebissen. *Er* wirkte alles andere als locker: Trotz der Hitze trug er einen braunen Anzug mit Weste von beinahe der gleichen Farbe wie seine braune Haarmähne, und über dem Ausschnitt seiner Weste war eine braungestreifte Krawatte zu sehen. Kabalka und seine Klienten hatten zwar ihren Sitz in Los Angeles, doch nichts an ihm entsprach dem üblichen Hollywood-Stil – er trug weder Goldketten noch Diamantringe oder noble Sportschuhe. Vielleicht war seine überaus korrekte Erscheinung auf seine Klienten abgestimmt, Engländer, die gerüchteweise mit der Aristokratie in Verbindung gebracht wurden.

Don machte uns miteinander bekannt, und wir setzten uns, wobei Kabalka wieder auf der Kante seines Sessels balancierte. Er ignorierte mich und sagte zu Don: »Ich wußte nicht, daß der Leibwächter, den Sie zusagten, eine Frau ist.«

Don warf mir einen Blick zu. Seine struppigen schwarzen Augenbrauen hoben sich ein paar Millimeter.

Ich sagte: »Bitte, machen Sie sich wegen meines Geschlechts keine Sorgen, Mr. Kabalka. Ich arbeite seit neun Jahren als Privatdetektivin, und davor war ich bei einer Bewachungsfirma tätig. Ich bin für den Auftrag voll qualifiziert.«

Er sagte zu Don: »Aber hat sie schon einmal so etwas gemacht?«

Wieder sah Don mich an.

»Die Arbeit als Leibwächter ist nur eine von unzähligen Tätigkeiten, die ich verrichtet habe. Und sie ist ein typischer Routinejob«, sagte ich.

Kabalka blickte weiterhin Don an. »Hat sie einen Waffenschein?«

Don strich mit dem Finger über seinen dicken schwarzen

Schnurrbart und versuchte, ein aufkeimendes Grinsen zu verbergen. »Ich glaube«, sagte er, »ich lasse euch beide lieber allein miteinander.«

Kabalka streckte eine Hand aus, als wolle er ihn zurückhalten, doch Don erhob sich. »Ich bin in der Redaktion, wenn ihr mich braucht.«

Ich sah ihm nach, wie er die Halle hinunterging. Sein Gang war erstaunlich geschmeidig für einen Mann, der so groß und stämmig war. Dann wandte ich mich wieder Kabalka zu. »Um Ihre Frage zu beantworten, Sir, ja, ich habe einen Waffenschein.«

Er gab einen Laut von sich, der eine Mischung aus Räuspern und Grunzen war. »Äh . . . dann haben Sie nichts dagegen, bei diesem Auftrag eine Waffe zu tragen?«

»Nicht, wenn es notwendig ist. Aber bevor ich eine derartige Zusage machen kann, muß ich wissen, warum Sie glauben, daß Ihre Klienten einen bewaffneten Leibwächter benötigen.«

»Wie bitte?«

»Hat man sie in einer Weise bedroht, die darauf schließen läßt, daß der Leibwächter bewaffnet sein sollte?«

»Bedroht. Oh . . . nein.«

»Also liegen außergewöhnliche Umstände vor?«

»Außergewöhnliche Umstände – nun, sie sind ziemlich berühmt, wissen Sie. Die Fernsehspots – haben Sie sie gesehen?«

Ich nickte.

»Dann wissen Sie, was für eine Goldgrube wir da haben. Wir sollen noch diesen Monat für drei weitere Spots unterschreiben. Für niemand geringeren als die Bank of America. Und General Foods will uns haben. Mobil Oil will sich noch nicht festlegen, aber sie werden unterschreiben. Fitzgerald und Tilby sind ein wichtiges Produkt, sie müssen beschützt werden.«

Ein Produkt, dachte ich, nicht Menschen. »Das erklärt noch immer nicht, was ich wissen muß.«

Kabalka verflocht seine wohlmanikürten Finger ineinander und bog sie rhythmisch hin und her. Schweißperlen standen ihm auf der hohen Stirn. Kein Wunder, wenn er bei dieser Hitze so einen Anzug trug. Schließlich sagte er: »In den letzten paar Jahren hatten wir bereits Schwierigkeiten mit Fans, wenn die Jungs auf Tournee waren. In einigen Fällen wurde der Mob etwas zu wild.«

»Warum haben Sie dann keinen ständigen Leibwächter engagiert? Fest angestellt?«

»Die Jungs waren dagegen. Trotz ihrer aristokratischen Abstammung sind sie Männer des Volkes. Sie wollten nicht mehr Abstand zwischen sich und ihrem Publikum schaffen als nötig.«

Die Worte klangen falsch. Ich vermutete, daß in Wirklichkeit Kabalka zu knauserig war, einen ständigen Leibwächter zu engagieren. »An einem Veranstaltungsort wie dem Diablo Valley Pavillon sind die Sicherheitsmaßnahmen ausgezeichnet, und ich bin sicher, das hat man Ihnen auch erklärt. Es erscheint kaum notwendig, einen bewaffneten Leibwächter zu engagieren, wenn das Personal des Pavillons . . .«

Er machte eine ungeduldige Geste. »Die Sicherheitsmannschaft dort muß Dutzende Künstler beschützen, einschließlich jener, die sich während der Show unter das Publikum mischen. Meine Klienten brauchen Spezialschutz.«

Ich schwieg und beobachtete ihn. Er wandte den Blick von mir ab, sah sich um und legte ein übertriebenes Interesse an den zerrissenen Postern an den Tag. Schließlich sagte ich: »Mr. Kabalka, ich glaube, Sie sind nicht ganz offen zu mir. Und ich fürchte, ich kann diesen Auftrag nicht übernehmen, wenn Sie nicht offen sind.«

Er sah mich wieder an. Seine Augen waren von einem blassen Blau, sahen verwaschen aus – und besorgt. »Die Leute vom Sender hier sprechen in den höchsten Tönen von Ihnen«, sagte er nach einem Augenblick.

»Das hoffe ich. Sie – besonders Mr. Del Boccio – kennen mich gut.« Besonders Don. Wir waren seit über sechs Monaten ein Paar.

»Als sie mir sagten, daß sie einen Leibwächter hätten,

sprachen sie nur davon, daß Sie ein erstklassiger Detektiv wären. Wenn ich vorhin unhöflich war, weil ich überrascht war, daß Sie eine Frau sind, entschuldige ich mich.«

»Entschuldigung angenommen.«

»Ich nehme an, wenn sie sagen erstklassig, meinen sie damit unter anderem auch, daß Sie verschwiegen sind.«

»Ich spreche nicht über meine Fälle, wenn Sie das meinen.«

Er nickte. »Also schön, ich werde Ihnen ein paar Informationen anvertrauen. Sie sind nicht allgemein bekannt, und Sie sollen sie nicht weitererzählen, nicht mit Ihren Freunden darüber plaudern.«

Langsam begann mich Kabalka zu ärgern. »Kommen Sie zur Sache, Mr. Kabalka. Oder suchen Sie sich einen anderen Leibwächter.« Etwas schwierig, wenn die Künstler in etwa drei Stunden im Pavillon sein mußten.

Er wurde rot im Gesicht und setzte schon zu einer scharfen Antwort an, schluckte sie aber dann hinunter. Er sah auf seine Finger – sie waren noch immer ineinander verflochten und preßten sich in einem fieberhaften Rhythmus aneinander. »Also gut. Ich entschuldige mich noch einmal. In meinem Beruf hat man so oft mit miesen Typen zu tun, daß man sich daran gewöhnt und vergißt . . .«

»Wollten Sie mir nicht eigentlich was anderes erzählen?«

Er blickte auf und straffte die Schultern, als gelte es, einem feindlichen Agenten ein Staatsgeheimnis zu verraten. »Also gut. Es *gibt* einen Grund, warum für meine Klienten im Diablo Valley Pavillon besondere Sicherheitsvorkehrungen erforderlich sind. Sie – Gary Fitzgerald und John Tilby – stammen ursprünglich aus Contra Costa County.«

»Was? Ich dachte, sie seien Briten.«

»Natürlich dachten Sie das. Und fast alle anderen denken das auch. Es gehört zu ihrem Image, ist Teil ihres Erfolgsgeheimnisses.«

»Ich verstehe nicht.«

»Als ich die jungen Männer in den 70er Jahren entdeckte, traten sie in einem billigen Club in San Bernardino auf, dem Tal östlich von L. A. Sie waren Cousins, frisch vom Land. Tilbys Vater hatte eine Ranch mit Milchvieh in den Contra-Costa-Hügeln, in der Nähe von Clayton. Er hat beide Jungen aufgezogen – Garys Eltern waren tot. Als der alte Tilby starb, wurde die Ranch verkauft, und die Jungs machten sich auf, um zu Ruhm und Reichtum zu gelangen. Die alte Geschichte. Und sie entdeckten, daß das nicht so einfach ist. Auch eine alte Geschichte. Aber als ich sie in jenem Club sah, merkte ich gleich, daß sie gut waren. Verdammt gut. Also nahm ich sie unter Vertrag und machte sie zu Stars.«

»Die älteste Geschichte.«

»Vielleicht. Aber manchmal wird sie Wirklichkeit.«

»Warum der britische Hintergrund?«

»Das alles spielte sich in den frühen 70er Jahren ab. Gruppen wie die Rolling Stones und die Beatles umgab ein ganz besonderes Flair. Was konnte besser sein als britische Clowns von aristokratischer Herkunft? Außerdem zogen sie diese britische Masche bei ihren Auftritten schon ab, als ich sie entdeckte, und es funktionierte.«

Ich nickte. Es amüsierte mich, mit welchen Tricks man im Showgeschäft arbeitete.

»Also haben Sie Angst, jemand, der sie von früher her kennt, könnte heute abend im Pavillon zu nahe an sie herankommen und sie erkennen?«

»Ja.«

»Glauben Sie nicht, daß diese Gefahr sehr gering ist – nach so vielen Jahren?«

»Sie sind '69 weggegangen. In sechzehn Jahren ändern sich die Menschen nicht so sehr.«

Das kam darauf an, aber ich wollte diesen Punkt nicht mit ihm diskutieren. »Und die Schminke? Ist das nicht eine Tarnung?« Fitzgerald und Tilby traten mit dem traditionellen weißen Clowngesicht auf.

»Sie können sich erst kurz vor ihrem Auftritt schminken – unter anderen Umständen wäre es schon früher möglich, aber nicht bei dieser Hitze.«

Ich nickte. Es klang alles ganz logisch. Warum hatte ich

dann das Gefühl, daß mir Kabalka nicht die ganze Wahrheit sagte, warum er einen bewaffneten Leibwächter brauchte? Vielleicht lag es daran, daß er meinem Blick wieder ausgewichen war und auf die Poster an den Wänden schaute. Vielleicht lag es an seinen verschlungenen Fingern, die sich krampfhaft aneinanderpreßten. Oder vielleicht war es nur jener sechste Sinn, den ich manchmal habe und den ich den Instinkt des Detektivs nenne und den andere – gewöhnlich Männer – als weibliche Intuition bezeichnen.

»In Ordnung, Mr. Kabalka«, sagte ich. »Ich übernehme den Auftrag.

3

Ich sah noch mal bei Don vorbei, um zu fragen, wann ich wieder in den Studios sein sollte, und fuhr dann nach Hause, um mich umzuziehen. Wir würden um vier im Pavillon ankommen. Die Vorstellung begann bereits um sechs, weil sie auch für Kinder interessant war. Und ich war sicher, daß die Hitze – es waren gewiß an die 40 Grad im Diablo Valley – erst lange nach Einbruch der Dunkelheit nachlassen würde. Eine Baumwollhose und ein kurzes, ärmelloses T-Shirt, dazu meine Lederjacke für den Fall, daß es in der Nacht kühl sein sollte, mehr brauchte ich nicht. Das und meine .38er Spezial, die im Außenfach meiner ledernen Schultertasche steckte.

Um drei Uhr war ich wieder in den KSUN-Studios. Don holte mich in der Halle ab und führte mich in den Aufenthaltsraum, wo Kabalka, Gary Fitzgerald und John Tilby warteten.

Die beiden Clowns waren ungefähr in meinem Alter – knapp über Dreißig. Ihr britischer Akzent mochte früher einmal aufgesetzt gewesen sein, doch jetzt klangen sie so echt, als wären sie in London geboren und aufgewachsen.

Gary Fitzgerald war groß und dünn, hatte glattes dunkles Haar, eckige, fast schon häßliche Züge und einen offenen, direkten Blick.

John Tilby war kleiner und rotblond – er war der Typ, den wir in der High School ›süß‹ genannt hatten. Sein zurückhaltendes Auftreten stand in krassem Gegensatz zu der direkten Art, in der sein Cousin mich begrüßt und mir die Hand geschüttelt hatte. Sie wirkten eigentlich gar nicht wie Verwandte, aber andererseits sieht man mir die Verwandtschaft mit meinen vier Geschwistern und zahlreichen Cousins und Cousinen auch nicht an. Sie alle sehen einander ähnlich – sind typisch schottische Flachsschöpfe – während ich alle Merkmale unseres Achtels Schoschonenblut geerbt habe. Und im Hinblick auf die Persönlichkeit oder Lebenseinstellung ähnelt keiner von uns dem anderen, abgesehen davon, daß wir sehr aneinander hängen.

Wayne Kabalka hielt sich im Hintergrund, während wir einander vorgestellt wurden. Das erste, was er zu mir sagte, war: »Haben Sie Ihre Waffe dabei?«

»Ja. Es ist alles unter Kontrolle.«

Kabalka rang die Hände, als hätte er nur den Wunsch, daß das auch stimmte. Dann sagte er: »Haben Sie ein Auto, McCone?«

»Ja.«

»Dann schlage ich vor, wir nehmen Ihres und meines. Ich muß einen Sprung zum Hotel machen, um meine Frau und Johns Freundin abzuholen.«

»In Ordnung. Ich habe noch Platz für einen Mitfahrer. Was ist mit dir, Don? Wie kommst du hin?«

»Ich fahre mit dem Wunder-Bus.«

Ich verdrehte die Augen. Der Wunder-Bus war ein Publicity-Gag von KSUN – ein ehemaliger Schulbus, der in Regenbogenfarben bemalt und mit dem Namen des Radiosenders verziert war. Er fuhr zu allen von KSUN gesponsorten Veranstaltungen und tauchte auch sonst überall auf, wo nach Ansicht des Managements seine Anwesenheit von Vorteil war. Ich fand, von all den schamlosen Methoden, mit denen der Sender Eigenwerbung betrieb, war der Bus die größte Unverschämtheit. Ich ließ keine Gelegenheit aus, Don diese Meinung kundzutun. Erstaunlicherweise ging es dem stillen Don, der klassische Musik mochte und Rock 'n' Roll und den schlechten Ruf, den der Job eines Diskjockeys mit sich bringt, haßte, niemals gegen den Strich, mit dem Wunder-Bus zu fahren. Ja, er schien sogar ein fast perverses Vergnügen an diesem motorisierten Monstrum zu finden.

Zu meiner Schande muß ich gestehen, daß ich insgeheim den Wunsch hegte, selbst einmal im Wunder-Bus mitzufahren.

Wayne Kabalka war offenbar etwas verwirrt von Dons Antwort. »Wunder-Bus?« meinte er zu sich selbst. Und dann: »Nun, wenn alle soweit sind, gehen wir.«

Ich wandte mich zu Don und sagte mit einem herablassenden Lächeln: »Viel Spaß bei der Fahrt!«

Wir marschierten hinaus auf den Parkplatz. Der Beton flimmerte vor Hitze. Kabalka zog ein Taschentuch hervor und wischte sich die Stirn. »Ist es hier im September immer so heiß?«

»In der Stadt ist dieser Monat immer der heißeste, aber so wie jetzt, das ist ungewöhnlich.« Ich ging zum Auto und verstaute meine Handtasche sorgfältig hinter dem Fahrersitz meines MG Cabriolets.

Als John Tilby den Wagen sah, leuchteten seine Augen auf. Er kam her und strich mit der Hand über die kampfgezeichneten Flanken, als wäre es ein nagelneuer Porsche. »So einen hatte ich auch mal.«

»Ich wette, er war in einem besseren Zustand als der hier.«

»Eigentlich nicht.« Seine Miene verdüsterte sich, und er fuhr fort, über den Wagen zu streichen, obwohl sich das Metall glühend heiß anfühlen mußte.

»Hören Sie«, sagte ich, »wenn Sie damit zum Pavillon hinausfahren möchten, würde ich zur Abwechslung auch mal den Beifahrer spielen.«

Er zögerte und sagte dann wehmütig: »Das ist nett von

Ihnen, aber ich kann nicht . . . ich fahre nicht Auto. Aber ich würde gerne mit Ihnen mitfahren.«

»John!« ertönte Kabalkas Stimme ungeduldig hinter uns. »Komm schon, Corinne und Nicole warten auf uns.«

Tilby warf einen letzten sehnsüchtigen Blick auf das Auto und zuckte dann die Schultern. »Ich glaube, ich sollte lieber mit Wayne und den Mädels hinausfahren.« Er drehte sich um und ging zu Kabalkas neu aussehendem Sevilla, der auf der anderen Seite des Parkplatzes stand.

Gary Fitzgerald tauchte neben mir auf, eine kleine Segeltuchtasche in der einen Hand, eine Kleidertasche in der anderen. »Ich glaube, Sie müssen mit mir vorlieb nehmen«, sagte er mit einem ungezwungenen Lächeln.

»Das ist gar nicht so schlecht.«

Er warf einen Blick zurück zu Tilby und Kabalka, die in den Cadillac einstiegen. »Wayne hat recht, daß er John in seinem Wagen mitnimmt. Nicole wäre eifersüchtig, wenn sie ihn mit einer anderen Frau ankommen sähe.« Es klang etwas verärgert. Über Nicole? Ich war erstaunt. Vielleicht gab es wegen der Freundin Meinungsverschiedenheiten zwischen den Cousins.

»Corinne ist Waynes Frau?« fragte ich, als wir in den MG einstiegen.

»Ja. Sie werden die beiden bei der Vorstellung kennenlernen. Sie sind nie weit weg.« Wieder hörte ich diesen verärgerten Unterton heraus.

Wir fuhren auf die Autobahn und überquerten die Bay Bridge. Der Pendlerverkehr aus der Stadt hinaus nahm bereits stark zu. An heißen Freitagen im September verließen die Menschen früher die Büros. Ich kurvte mit dem kleinen Wagen zwischen den Spuren hin und her, überholte Lastwagen und Lokalbusse. Fitzgerald schwieg. Ich blickte ein paarmal zu ihm hin, um zu sehen, ob ihn meine Fahrweise vielleicht beunruhigte, doch er saß zusammengesunken gegen die Tür gelehnt, sein herbes Gesicht war düster und gedankenschwer. Lampenfieber vielleicht?

Von der Brücke bog ich in den Highway 24 Richtung

Osten nach Walnut Creek. Wir fuhren durch die Vororte von Oakland, dem smogverhangenen, sich ausbreitenden häßlichen Entlein an der Bucht von San Francisco. Die kultivierten Bewohner von San Francisco blickten auf Oakland hinab und belegten es mit dem überbeanspruchten Cliché vom allerletzten Kaff. Doch in letzter Zeit schwang in ihrem Spott ein gewisses Unbehagen mit. Oaklands florierender Hafen hatte der Nachbarstadt auf der anderen Seite der Bucht eine Menge Geschäfte abspenstig gemacht; das politische Leben hier war lebendig und voller Energie. Wo früher Slums waren, hatte man geschmackvolle neue Gebäude errichtet. Oakland mauserte sich endlich, und das machte viele meiner Mitbewohner in San Francisco nervös.

Von hier aus ging es lange Zeit bergauf durch die Berkeley Hills zum Caldecot-Tunnel. Der alte Motor des MG plagte sich, wenn wir mit Baumstämmen beladene Laster und langsamere Autos überholten, und als wir zum Tunnel kamen, fuhr ich auf die ganz rechte Spur. Ab der Tunnelmitte ging es bergab, und ich legte den Leerlauf ein, um dem Motor eine Ruhepause zu gönnen. Als wir wieder ins Freie kamen, schlug uns trockene Hitze entgegen. Die Temperatur in San Francisco war nichts dagegen gewesen.

Die Autobahn ging weiter bergab, vorbei an von der Sonne ausgedörrten Hügeln, auf denen virginische Eichen und Eukalyptusbäume wuchsen. Dann tauchten, hinter Bäumen versteckt, allmählich Häuser auf. Die Luft roch nach trockenen Blättern, Gras und Staub. Feuergefährlich, dachte ich. Ein Funke, und diese Häuser brennen wie Zunder.

Zur Rechten tauchte die Stadt Orinda auf. Links, in der Mitte der Schnellstraße, fuhr ein Schnellzug aus der Bahnstation aus. Ich gab Gas und versuchte, ihn zu überholen, gab aber auf, als mein Tachometer achtzig Meilen zeigte, und winkte einigen Schulkindern, die vom Zug aus zusahen. Dann fiel ich auf sechzig Meilen zurück und warf einen Blick auf Fitzgerald. Meine kindische

Anwandlung war mir plötzlich peinlich. Er saß jetzt aufrechter da und grinste.

Ich sagte: »Die Versuchung war zu groß.«

»Ich kenne das Gefühl.«

Jetzt, wo er offenbar in Gesprächslaune war, fühlte ich mich wohler, und so sagte ich: »Hat Mr. Kabalka Ihnen erzählt, daß er mir verraten hat, woher Sie wirklich kommen?«

Einen Augenblick schien er erschreckt, dann nickte er.

»Sind Sie zum ersten Mal wieder in Contra Costa County?«

»Ja.«

»Sie werden es verändert finden.«

»Vermutlich.«

»Vor allem sind jetzt mehr Leute hier. Ortschaften wie Walnut Creek und Concord sind in den letzten zehn Jahren förmlich explodiert.«

Die Landschaft erstreckte sich in östliche Richtung von dem Hügelkamm, den wir gerade passiert hatten, zum Mount Diablo, einem etwa 1300 Meter hohen Berg, aus dem man einen über 60 Quadratkilometer großen State Park gemacht hatte. Im Norden des County war die Meerenge von Carquinez mit ihren Ölraffinerien, der Suisun Bay und dem San Joaquin River, der Contra Costa vom Bezirk Sacramento und dem Delta trennte. Der Großraum Richmond im Westen gehörte auch zu diesem Bezirk, und das war mir schon immer seltsam vorgekommen. Nicht nur war das Gebiet durch den ausgedehnten Tilden Regional Park und das San Pablo Reservoir geographisch abgetrennt – die vornehmlich schwarze Industriestadt war kulturell Lichtjahre vom Rest des aufstrebenden vorstädtischen Wohnbezirks entfernt. Mit Ausnahme einiger weniger Städte wie Pittsburg oder Antioch war dies eine wohlhabende Gegend, die gerade in rasantem Tempo erschlossen wurde. Ich nahm an, daß eines Tages selbst die rückständigen Gebiete im Norden den teuren Wohnanlagen und den Einkaufszentren mit den anspruchsvollen Boutiquen zum Opfer fallen würden.

Als Fitzgerald schwieg, fragte ich: »Finden Sie es verändert?«

»Nicht besonders.«

»Warten Sie, bis wir nach Walnut Creek kommen. In der Gegend um den Bahnhof stehen jetzt lauter Hochhäuser. Es heißt, das Zentrum, das hier entsteht, wird einst San Francisco Konkurrenz machen.«

Er brummte mißbilligend.

»Die Gegend rund um den Mount Diablo ist so ungefähr die einzige, die sie im alten Zustand erhalten konnten. Ich nehme an, Sie kennen sie aus Ihrer Kindheit.«

»Ja.«

»Ich war letzten Frühling im Park wandern, als gerade die Blumen blühten. Zu dieser Jahreszeit war es wirklich schön. Es heißt, wenn man hoch genug hinaufklettert, kann man vom Berg aus fünfunddreißig Bezirke sehen.«

»Dieser Pavillon«, sagte Fitzgerald, »gehört der zum State Park?«

Einen Moment lang war ich überrascht, dann wurde mir klar, daß es den Pavillon 1969, als er von zu Hause weggegangen war, noch nicht gegeben hatte. »Nein, aber er ist in der Nähe. Das Land rundherum ist relativ naturbelassen. Zum Großteil Pferde- und Rinderzuchten. Sie haben ihn vor etwa acht Jahren gebaut, als der Concord Pavillon solch ein Erfolg war. Ich glaube, an der Tatsache, daß zwei Konzertpavillons nebeneinander existieren, sieht man, wie sehr diese Gegend gewachsen ist.«

Er nickte. »Gibt es auch in beiden Pavillons gleichzeitig Konzerte?«

»Klar.«

»Das muß ein ganz schönes Echo von den Hügeln geben.«

»Ich kann mir vorstellen, daß man es bis Port Chicago hört.« Port Chicago war eine Marinebasis am Rand der Suisun Bay.

»Nun, bis Chicago vielleicht nicht gerade.«

Ich lächelte über den matten Scherz und dachte, daß

Fitzgerald für einen Clown keinen sehr ausgeprägten Sinn für Humor hatte. Dann überließ ich ihn wieder seinem grüblerischen Schweigen.

4

Als wir im Pavillon ankamen, war der Parkplatz bereits ziemlich voll, denn man hatte die Tore zeitig geöffnet, damit die Leute vor Beginn der Vorstellung noch ein Picknick machen konnten. Ein Ordner in orangefarbener Jacke wies uns zum anderen Ende des Parkplatzes, wo in der Nähe des Künstlereingangs eine Parkzone für die Mitwirkenden abgetrennt worden war. Fitzgerald und ich warteten etwa fünfzehn Minuten im Auto. Die spätnachmittägliche Sonne knallte auf uns herab. Dann hielt Wayne Kabalkas Seville neben uns. Der Manager und John Tilby hatten zwei Frauen bei sich: eine schicke rothaarige Vierzigerin und eine kleine, dunkelhaarige Frau Mitte Zwanzig. Fitzgerald und ich stiegen aus und begrüßten sie.

Die Rothaarige war Corinne Kabalka. Ihr fester Händedruck und der offene Blick machten sie mir sofort sympathisch. Bei Nicole Leland war ich mir weniger sicher. Die Jüngere war eine schöne Frau mit kurzen schwarzen Haaren, die sich eng um ihren Kopf und ihr exotisches Gesicht schmiegten, doch ihre Art war sehr kalt. Als sie mir vorgestellt wurde, nickte sie kurz, nahm dann Tilbys Arm und führte ihn zum Künstlereingang. Wir anderen folgten.

Die Kontrollen am Eingang waren sehr streng. Wir lernten Roy Canfield kennen, der persönlich die Durchführung der Sicherheitsmaßnahmen am Eingang überwachte. Jeder von uns erhielt einen Passierschein. Niemand, so sagte uns Canfield, dürfe, ohne seinen Passierschein vorzuweisen, hinter die Bühne oder durch den Eingang. Auch im Publikum würden zum Schutz jener Clowns, die im Zuge der Vorstellung auf dem Rasen auftraten, Leute von der Sicherheitsmannschaft postiert.

Dann führte man uns in eine große Garderobe, die mit einer Couch, einem klappbaren Spieltisch und Stühlen ausgestattet war. Als sich alle niedergelassen hatten, nahm ich Kabalka beiseite und fragte ihn, ob er sich eine Viertelstunde lang um die Gruppe kümmern würde, während ich mir die Anlage des Pavillons ansah. Er nickte geistesabwesend, und ich ging nach vorne.

Das Bühnenpersonal hastete umher, die Technik wurde aufgebaut und die Beleuchtung kontrolliert. Don war bereits eingetroffen, unterhielt sich aber gerade mit einem der anderen Diskjockeys von KSUN und sah nicht so aus, als könne man ihn stören. Die Sitzreihen waren leer, doch der Rasen war bereits dicht bevölkert. Die Leute machten es sich auf Decken bequem, es wurde gegessen, getrunken und ab und zu ein Joint herumgereicht. Einige Picknicks waren sehr elegant – feines Porzellan, kristallene Weingläser, Eiskübel, und in einem Fall silberne Kerzenleuchter mit brennenden Kerzen. Andere wiederum picknickten mit Papptellern und Plastikbechern. Ich entdeckte ab und zu die vertrauten Markenzeichen von bekannten Fastfood-Ketten. Die Leute riefen ihren Freunden zu, kletterten den Hügel zu den Toiletten und den Erfrischungsständen hinauf und herunter, blieben bei anderen Gruppen stehen, um zu sehen, welche Leckerbissen man vielleicht tauschen konnte. Die Kinder liefen durch die Menge, ab und zu segelte eine Frisbee-Scheibe durch die Luft. Ich sah schillernde Seifenblasen vorbeischweben, und mein Blick folgte der Urheberin, einer jungen Frau in einem roten, rückenfreien Oberteil, deren Gesicht vor kindlichem Vergnügen leuchtete.

Neid durchzuckte mich, als mir klar wurde, daß ich mit meiner Gratiskarte, die Don mir versprochen hatte, auch da draußen hätte sitzen können, wenn ich nicht diesen Auftrag angenommen hätte. Ich hätte einen Picknickkorb richten und vielleicht eine Freundin mitnehmen können, und Don hätte bei uns vorbeikommen können, wenn er

Zeit hatte. Aber statt dessen spielte ich den Leibwächter für zwei Clowns, die mich – in Anbetracht der ausgeklügelten Sicherheitsvorkehrungen im Pavillon – wahrscheinlich gar nicht brauchten. Und zusätzlich zu Fitzgerald und Tilby schien ich für eine ganze Gruppe verantwortlich zu sein. Ich konnte verstehen, daß Kabalka gerne bei seinen Klienten bleiben wollte, doch warum mußten sich auch noch Frau und Freundin in eine ohnehin schon stickige, heiße Garderobe zwängen? Warum konnten sie nicht nach vorn gehen und sich die Vorstellung ansehen? Es komplizierte meinen Auftrag, mich mit den Begleitpersonen herumschlagen zu müssen, und der Gedanke an diese Komplikationen vermieste mir die Stimmung.

Vielleicht lag meine miese Laune aber auch an der Hitze. Ich zuckte die Achseln, um das Gefühl abzuschütteln, und machte mich dann mit dem Bühnenaufbau vertraut und mit den Punkten, an denen sich jemand Zutritt verschaffen konnte. Ich stellte fest, daß das Sicherheitspersonal des Pavillons mit jeglichen Problemen, die hier entstehen konnten, fertig werden würde, und bahnte mir einen Weg durch die Menge. Ich lehnte zwei Bier, ein Glas Wein und ein Brezel ab und kletterte hinauf zur Promenade. Von dort aus studierte ich nochmals die Bühne, dann blickte ich hinauf zu den sonnenverbrannten Hügeln im Osten.

Die Hänge waren öd. Es gab nur vereinzelt Felsen und virginische Eichen, bei denen einige Pferde mit Reitern standen. Sie drängten sich in Zweier-, Vierer- und Sechsergruppen zusammen, und sogar auf diese Entfernung konnte ich dasselbe Gefühl der Kameradschaft wie bei den Leuten am Rasen spüren. Sie beugten sich zueinander, gestikulierten und reichten ab und zu Dinge hin und her – vielleicht picknickten sie auch.

Was für eine tolle Methode, zu einem Gratiskonzert zu kommen, dachte ich. Bei dem natürlichen Echo war dort, wo die Reiter standen, sicher alles zu hören. Wieviel friedlicher mußte es auf dem Hügel da oben sein, ohne die Menschenmassen und die Sicherheitsmaßnahmen. Die Sicht war jedoch gewiß nicht besonders gut . . .

Und dann sah ich rötliches Licht aufblitzen und blickte hinüber – zu einem einsamen Reiter, der unter den schützenden Zweigen einer virginischen Eiche stand. Wieder flammte das Licht auf, und ich erkannte, daß er ein Fernglas hielt, das im Licht des Sonnenuntergangs aufblitzte. Natürlich – mit einem Fernglas oder einem Opernglas konnte man wahrscheinlich recht gut sehen. Von dieser Höhe war die Sicht vermutlich sogar besser als von vielen Punkten am Rasen aus. Sofort kehrte meine miese Laune zurück. Ich hätte wahnsinnig gerne auf dem Hügel da oben auf einem Pferd gesessen.

Ich erinnerte mich daran, daß ich hier einen Auftrag zu erledigen hatte, mit dessen Honorar ich einen Teil meiner neuen Badezimmerfliesen bezahlen würde, und wandte mich wieder der Bühne zu. Ich stutzte, als ich Gary Fitzgerald sah. Er stand kaum zwei Meter von mir entfernt auf dem Rasen, schirmte die Augen mit der Hand ab und sah sich um. Als er mich erblickte, stutzte er auch, dann winkte er.

Ich stürzte zu ihm hin und packte ihn am Arm. »Was tun Sie hier draußen? Sie sollen doch hinter der Bühne bleiben!«

»Ich wollte nur sehen, wie es hier aussieht.«

»Sind Sie verrückt? Ihr Manager zahlt mir einen Haufen Geld, damit ich dafür sorge, daß Ihnen die Leute fernbleiben, und dann kommen Sie und spazieren durch die Menschenmenge.«

Er sah weg, und sein Blick wanderte zu einer Familie neben uns. Der Vater wischte gerade Ketchup von den Händen des kleinsten Kindes. »Niemand belästigt mich.«

»Darum geht es nicht.« Ich hielt noch immer seinen Arm gepackt und begann, ihn zur Bühne zu führen. »Irgend jemand könnte Sie erkennen, und genau um das zu verhindern, hat Kabalka mich engagiert.«

»Oh, Wayne macht sich deswegen viel zu viele Sorgen. Kein Mensch wird jemanden nach so langer Zeit erkennen. Außerdem ist in der Branche allgemein bekannt, daß wir nicht das sind, was wir vorgeben.«

»In der Branche, ja. Aber Ihr Manager macht sich Sorgen wegen des Publikums.« Wir kamen zur Bühne, zeigten dem Mann von der Sicherheitskontrolle unsere Passierscheine und gingen nach hinten in die Garderobe.

An der Tür blieb Fitzgerald stehen. »Sharon, würde es Ihnen etwas ausmachen, Wayne nichts davon zu sagen, daß ich hinausgegangen bin?«

»Warum nicht?«

»Weil es ihn nur aufregen würde, und er ist schon nervös genug vor den Auftritten. Es ist nichts passiert – außer, daß ich mich nicht sehr klug benommen habe.«

Sein Lächeln war entwaffnend, und ich nahm seine Worte als Entschuldigung. »Na schön. Aber Sie sollten sich jetzt lieber umziehen. In einer halben Stunde beginnt der große Umzug.«

5

Die nächsten paar Stunden verliefen ereignislos. Der große Umzug – eine Parade durch das Publikum, an der alle Künstler teilnahmen – lief glatt. Nachdem sie in die Garderobe zurückgekehrt waren, schminkten sich Fitzgerald und Tilby ab – die Schminke zerlief bereits in der großen Hitze –, und die Kabalkas holten das Abendessen aus dem Auto: in Körbe gepackte Delikatessen aus ihrem Hotel. Es wurde viel über das Essen gemault, das nicht der Qualität entsprach, die man vom St. Francis erwartet hätte, und Fitzgerald zog die anderen auf, weil er in einer kleinen Frühstückspension im Bezirk Haight-Ashbury wohnte, wo es um den halben Preis besseres Essen gab.

»Ja, aber in deinem Bett sind vermutlich Wanzen«, sagte Nicole.

Fitzgerald warf ihr einen wütenden Blick zu, und ich mußte daran denken, in welch mißbilligendem Ton er das erste Mal von ihr gesprochen hatte. »Täusch dich da nicht.

Auch in Haight-Ashbury hat die Großstadteleganz Einzug gehalten.«

»Was dir die Suche nach deiner verlorenen Jugend zweifellos erschwert.«

»Nicole«, sagte Kabalka.

»Das *war* doch der Grund dafür, daß du dich von uns anderen getrennt hast, nicht wahr, Gary?« fügte Nicole hinzu.

Fitzgerald schwieg.

»Nun, Gary?«

Er warf mir einen Blick zu. »Sie müssen entschuldigen, daß wir unseren Feindseligkeiten so freien Lauf lassen.«

Nicole lächelte hämisch. »Ja, wenn ein Mann in ein bestimmtes Alter kommt, muß er versuchen, seine Jugend . . .«

»Halt den Mund, Nicole«, sagte Kabalka.

Sie sah ihn überrascht an, griff dann nach ihrem Sandwich und begann, affektiert daran zu knabbern. Ich konnte verstehen, warum sie klein beigegeben hatte. Aus Kabalkas Tonfall war herauszuhören gewesen, daß seine Geduld mit ihr erschöpft war.

Als die Reste des Abendessens weggeräumt waren, machten es sich alle bequem. Keiner von ihnen zeigte auch nur das geringste Interesse, nach vorn zu gehen und sich die Aufführung anzusehen. Kabalka las – eines jener dünnen Bändchen, in denen behauptet wird, man könne trotz Weltwirtschaftskrise steinreich werden. Corinne häkelte Quadrate für eine Patchwork-Decke.

Fitzgerald brütete vor sich hin. Tilby legte Patiencen. Nicole zappelte unruhig herum. Und bei alledem schienen sie sich die ganze Zeit gegenseitig zu beobachten. Diese unterschwellige Wachsamkeit, die in der Luft lag, war mir ein Rätsel. Nach einiger Zeit kam ich zu dem Schluß, daß sie vielleicht alle so aneinander klebten, weil jeder Angst hatte, die anderen alleinzulassen. Aber warum?

Die Zeit schlich dahin. Draußen lief die Vorstellung weiter; ich konnte die Musik hören, das Lachen und – ab und zu – Dons begeisterte Stimme, wenn er die Nummern ansagte. Wieder begann ich zu bereuen, daß ich diesen Auftrag angenommen hatte.

Nach einer Weile mischte Tilby die Karten neu und warf sie auf den Tisch. »Sharon, spielen Sie Rommé?«

»Ja.«

»Gut. Spielen wir ein bißchen.«

Nicole zog ein Gesicht und stieß einen leisen Protestlaut aus.

Tilby sagte zu ihr: »Ich wollte es dir ja beibringen. Es ist nicht meine Schuld, daß du abgelehnt hast.«

Ich stellte meinen Stuhl an den Tisch, und wir spielten eine Zeitlang schweigend. Tilby war gut, aber ich war besser. Nach etwa einer halben Stunde hörte man das Publikum toben, und Tilby hob den Kopf. »Jetzt muß Casey O'Connell dran sein.«

»Wer?« fragte ich.

»Einer unserer berühmteren Zirkusclowns.«

»Bei den Clowns gibt es die verschiedensten Ausrichtungen, nicht wahr?«

»Ja, und wir haben auch eine lange Geschichte. Die Kunst der Spaßmacher ist alt und ehrwürdig. Schon die alten Griechen hatten Clowns. Das waren eigentlich umherziehende Unterhaltungskünstler, die bei wohlhabenderen Häusern vorsprachen und für eine Mahlzeit Witze erzählten, akrobatische Kunststücke aufführten oder jonglierten. Im Mittelalter tauchten dann die Possenreißer auf.«

»Schon vor so langer Zeit?«

»Mhm. Das waren damals hochangesehene Leute. Der Humor im Mittelalter war meist recht primitiv. Man liebte die Hanswurste, Hofnarren, Einfaltspinsel, so in der Art. Aber sie alle dienten dem Zweck, den Menschen zu zeigen, wie dumm wir eigentlich alle sind.«

Ich nahm die Zwei, die er gerade abgelegt hatte, und legte mein Blatt auf den Tisch: »Rommé.« Tilby runzelte die Stirn und warf seine Karten hin. Nichts paßte zusammen. Dann grinste er. »Sehen Sie, was ich meine – es ist dumm von mir, dieses Spiel so ernst zu nehmen.«

Ich schob die Karten zusammen und begann zu mischen. »Sie scheinen ja ganz schön viel über die Geschichte der Clowns zu wissen.«

»Nun, ich habe einiges in dieser Richtung gelesen. Kennen Sie den Begriff *commedia dell'arte*?«

»Ja.«

»Er entstand Ende des 16. Jahrhunderts und steht für eine italienische Version der fahrenden Komödiantentruppe. Die Komödianten spielten immer dieselben Rollen – es gab einen Harlekin, einen Pulcinella oder einen Pantalone. Für das Publikum leicht zu erkennen.«

»Ich weiß, was ein Harlekin ist, aber was sind die anderen beiden?«

»Pantalone ist die Figur des tyrannischen Vaters. Ein dickköpfiger, launischer alter Kauz. Pulcinella war ganz in weiß gekleidet, gewöhnlich mit einer Narrenkappe. Er übernahm verschiedene Rollen in der Komödie – den Rechtsanwalt, den Doktor, den Diener, was auch immer – und war üblicherweise habgierig und manchmal ziemlich derb. Einer seiner Lieblingsspäße war, auf der Bühne zu urinieren.«

»Du lieber Gott!«

»Zum Glück sind wir seither etwas feiner geworden. Die Briten haben einen großen Beitrag geleistet, indem sie den Harlekin weiterentwickelten und die Punch-and-Judy-Show, eine Art Kasperltheater, erfanden. Und die Franzosen hatten natürlich ihren Figaro. Die Inder schufen den *Vidushaka* – eine Art Hofnarr. Die Unterhaltungskünstler am chinesischen Hof hießen *Tschou*, nach der Dynastie, aus der sie stammten. Und bei den Japanern gibt es Unmengen komischer Figuren, die in ihren *Kyogen*-Spielen auftauchten, dem komischen Gegenstück des *No*-Spiels.«

»Sie haben Ihre Hausaufgabe wirklich gemacht.«

»Nun, ich bin schließlich Clown von Beruf. Kennen Sie die Geschichte Ihres Berufs nicht?«

»Was ich weiß, stammt meist aus Romanen. Die Arbeit der Detektive ist in den Büchern meist interessanter als im wirklichen Leben, fürchte ich.«

»Rommé.« Tilby legte seine Karten auf den Tisch. »Sie geben. Aber um auf mein Thema zurückzukommen, mein Interesse gilt eigentlich den zeitgenössischeren Clowns. Und ich verwende die Bezeichnung ›Clown‹ im weitesten Sinn.«

»Und wie?«

»Nun, halten Sie Will Rogers für einen Clown?«

»Nein.«

»Ich schon. Und ebenso Laurel und Hardy, Flip Wilson, Mae West, Woody Allan, Lucille Ball. Und natürlich auch traditionellere Figuren wie Emmett Kelly, Charlie Chaplin und Marceau. Sie alle haben etwas gemeinsam: Sie sind lustig, und, was noch wichtiger ist, sie alle halten dem Publikum die menschlichen Schwächen vor Augen. Sie stammen genauso von jenen historischen Clowns ab wie die Zirkusclowns mit ihren weißgeschminkten Gesichtern.«

»Das weiße Clowngesicht ist typisch für den Zirkusclown, ja?«

»Nun, es gibt drei Grundtypen. Der weißgesichtige Clown ist der tolldreiste Kerl. Der dumme August – der beinahe zur gleichen Zeit in Deutschland und in Frankreich entstand – hat gewöhnlich ein rosa oder ein schwarzes Gesicht und ist der Typ, der ständig über seine eigenen Beine stolpert und oft triefnaß ist von den Kübeln mit Wasser, die über ihn gegossen wurden. Der groteske Clown ist gewöhnlich ein Zwerg oder sonst irgendwie entstellt. Und dann gibt es Künstler, die man nicht einordnen kann, weil sie etwas Einzigartiges geschaffen haben, wie zum Beispiel Kelly mit seinem Weary Willie oder den Russen Popov, der ein so großer Künstler ist, daß er sich nicht einmal mehr zu schminken braucht.«

»Es ist faszinierend. Ich habe nicht gewußt, daß es eine solche Vielfalt gibt. Und so große Künstler.«

»Die meisten Menschen wissen das nicht. Sie glauben, es ist leicht, ein Clown zu sein, aber meist ist es schlicht und einfach harte Arbeit. Vor allem, wenn man weitermachen muß, wenn einem gerade nicht besonders nach Lachen zumute ist.« Tilbys Gesichtsausdruck war deprimiert, und ich fragte mich, ob heute vielleicht so ein Abend für ihn war.

Ich nahm eine Drei und sagte: »Rommé«, legte mein Blatt auf den Tisch und sah ihm beim Mischen und Geben zu. Wieder schwiegen wir. Man konnte den Lärm der Vorführung hören, aber das einzige Geräusch in der Garderobe war das der Karten, die auf den Tisch gelegt wurden. Es war noch immer unangenehm heiß. Um die grellen nackten Glühbirnen der Schminktische schwirrten Motten. Um etwa halb elf stand Fitzgerald auf.

»Wohin gehst du?« fragte Kabalka.

»Auf die Toilette. Hast du was dagegen?«

»Ich gehe mit.«

Fitzgerald lächelte matt: »Wirklich, Sharon, Sie übertreiben Ihr Pflichtbewußtsein.«

»Ich meine, nur bis zur Tür.«

Er wollte protestieren, zuckte dann aber die Schultern und nahm seine Segeltuchtasche. Kabalka sagte: »Warum nimmst du die denn mit?«

»Da ist etwas drin, was ich brauche.«

»Was?«

»Du liebe Güte, Wayne!« Er schnappte sein gelbes Cape und schwang es sich über seine Schulter.

Kabalka zögerte. »Na schön, geh. Aber Sharon geht mit.«

Fitzgerald ging in den Vorraum hinaus, und ich folgte ihm. Hinter mir sagte Nicole: »Vermutlich Soda oder was Ähnliches gegen seine Übelkeit. Man kann schließlich Gift darauf nehmen, daß Gary vor jedem Auftritt mindestens einmal kotzt.«

»Halt den Mund, Nicole«, sagte Kabalka.

Fitzgerald ging weiter und murmelte: »Ja, wir sind eine große, glückliche Familie.«

Ich folgte ihm und stellte mich neben die Tür der Herrentoilette. Es dauerte zehn Minuten, bis mir klar wurde, daß er zu lange brauchte, und dann bat ich einen Mann von der Sicherheitseinheit, ihm nachzugehen. Fitzgerald war verschwunden, offenbar durch ein offenes

Fenster hoch über dem Boden – ein Abfallcontainer war daruntergestellt worden, mit dessen Hilfe er anscheinend hinaufgeklettert war. Das Fenster wies auf das Gelände hinter dem Pavillon und nicht auf das Areal außerhalb der Umzäunung. Doch von hier aus konnte er in alle möglichen Richtungen weitergegangen sein – auch zum Künstlereingang.

Von da an herrschte nur noch Verwirrung. Ich berichtete Kabalka, was geschehen war, und übertrug ihm wieder die Verantwortung für die anderen. Mit Hilfe der Leute vom Sicherheitspersonal durchkämmte ich das Areal hinter der Bühne – ich befragte die Künstler, das Bühnenpersonal, Don und die anderen Leute von KSUN. Keiner hatte Fitzgerald gesehen. Die Sicherheitsposten im Publikum wurden alarmiert, doch niemand entdeckte einen Mann in einer ausgebeulten karierten Hose, mit roter Weste und gelbem Cape. Der Posten am Künstlereingang wußte von nichts. Er war erst vor zehn Minuten gekommen, und der Mann, den er ablöste, hatte jetzt Pause und war nicht mehr auf dem Gelände.

Fitzgerald und Tilby standen als letzte Nummer auf dem Programm – sie sollten als Stargäste zu Mitternacht auftreten. Als die Zeit näherrückte, breitete sich beim Rest der Gruppe Panik aus, und Don und die Leute von KSUN wurden immer nervöser. Ich setzte meine systematische Suche fort. Schließlich ging ich zum Künstlereingang zurück. Der Wachtposten war aus seiner Pause zurück, und Kabalka hatte ihn schon ausgefragt. Ja, er erinnerte sich an Gary Fitzgerald. Er war um etwa halb elf weggegangen und hatte sein gelbes Cape und eine kleine Segeltuchtasche getragen. Aber Augenblick mal – war er nicht erst vor einigen Sekunden wiedergekommen, bevor Kabalka gekommen war und Fragen gestellt hatte? Aber vielleicht war das nicht derselbe Mann, irgend etwas war anders gewesen . . .

Kabalka stand am Rand eines hysterischen Anfalls. Er schrie den Wachtposten an und verwirrte ihn nur noch mehr. Vielleicht hatte der Mann, der gerade hereingekommen war, ein rotes Cape getragen . . . Vielleicht war die Hose grün gewesen, und nicht blau . . . Nein, es war doch nicht derselbe Mann . . .

Kabalka schrie noch lauter, bis einer der Bühnenarbeiter ihm sagte, er solle den Mund halten, man könne ihn vorne hören. Corinne erschien und konnte ihren Mann augenblicklich beruhigen. Ich überließ ihn ihrer Obhut und ging zurück in die Garderobe. Tilby und Nicole waren da. Sein Gesicht war eingefallen; er war ganz weiß um den Mund. Nicole war bleich und – merkwürdigerweise – verweint. Ich erzählte ihnen, was der Wachtposten gesagt hatte, und wies sie an, die Garderobe nicht zu verlassen.

Als ich gehen wollte, sagte Tilby: »Sharon, würden Sie Wayne bitten, hereinzukommen?«

»Ich glaube nicht, daß er in der Verfassung ist . . .«

»Bitte, es ist wichtig.«

»Schön. Aber warum?«

Tilby sah Nicole an. Sie drehte ihr tränenüberströmtes Gesicht zur Wand.

»Wir müssen wegen des Auftritts zu einer Entscheidung kommen.«

»Das glaube ich kaum. Die Sache ist ziemlich klar. Wenn Gary nicht auftaucht, könnt ihr nicht weitermachen.«

Er starrte mich ausdruckslos an. »Bitten Sie Wayne einfach nur, hereinzukommen.«

Natürlich traten sie nicht auf. Das Publikum war enttäuscht, die Leute von KSUN waren zornig, und bei der Gruppe um Fitzgerald und Tilby herrschte düstere Stimmung – eine düstere Stimmung, in der ein Hauch von mühsam beherrschter Panik mitschwang. Niemand konnte einen Hinweis darauf geben, wohin Fitzgerald verschwunden sein mochte, oder aus welchem Grund – und wenn jemand einen Verdacht hegte, behielt er ihn jedenfalls für sich. Das einzige, worüber sich alle einig waren, war, daß sein Verschwinden nicht meine Schuld war. Ich war nicht engagiert worden, um Verrat in den eigenen Reihen zu verhindern. Ich selbst war von meiner Schuldlosigkeit nicht so überzeugt.

Also hatte ich die ganze Nacht damit zugebracht, nach irgendeiner Spur von ihm zu suchen. Ich war nach San Francisco gefahren – in Fitzgeralds Hotel in Haight-Ashbury, ins St. Francis, wo der Rest der Gruppe wohnte, sogar in die KSUN-Studios. Schließlich fuhr ich zurück nach Haight, in einige Lokale, die bis in die Morgenstunden offen hatten, in der Hoffnung, Fitzgerald wäre dort auf der Suche nach seiner Jugend, wie Nicole es vorher bezeichnet hatte. Und noch immer hatte ich keinen einzigen Hinweis darauf, wo er sein konnte.

Bis jetzt. Ich hatte Gary Fitzgerald nicht gefunden, aber ich hatte sein Clownskostüm gefunden. Ein anderer Mann trug es. Ein Toter.

6

Als die Leute des Bezirkssheriffs mit ihren Fragen fertig waren und mich entließen, beschloß ich, ins St. Francis zurückzufahren und noch einmal mit meinen Klienten zu sprechen. Ich war nicht sicher, ob Kabalka wollte, daß ich meine Suche nach Fitzgerald fortsetzte, doch er – und die anderen – hatten ein Recht darauf, durch mich von dem Toten in Garys Kostüm zu erfahren, bevor sich die Behörden mit ihnen in Verbindung setzten. Außerdem machte Fitzgeralds Verschwinden Sorgen, zum Teil aus offensichtlichen Gründen, zum Teil aus eher vagen. Über letztere hoffte ich durch ein weiteres Gespräch mit Kabalka und Co. etwas mehr Klarheit zu gewinnen.

Es war sieben Uhr vorbei, als ich unter dem Union Square geparkt hatte und die elegante, mit dunklem Holz getäfelte Halle des Hotels betrat. Die paar Frühaufsteher, die sich dort versammelt hatten, schienen Touristen zu sein: Sie waren mit Fotoapparaten ausgerüstet und offenbar begierig, sich in die Abenteuer des Tages zu stürzen. Ein Paar in Abendkleidung, das völlig fehl am Platz wirkte, wartete auf einen Lift, und ein paar Meter weiter von den Fassaden von teuren Geschäften, schob ein Dienstmädchen in der Hoteluniform planlos einen Staubsauger herum. Als der Lift kam, fuhren das Paar und ich schweigend hinauf. Sie stiegen ein Stockwerk vor mir aus.

Auf mein Klopfen öffnete Corinne Kabalka fast augenblicklich die Tür der Suite. Um ihre Augen lagen tiefe Schatten. Sie trug denselben weißen Hosenanzug aus Leinen – jetzt stark verknittert – wie am Abend zuvor, und in der Hand hielt sie ihre Häkelarbeit. Als sie mich sah, spiegelte sich Enttäuschung auf ihrem Gesicht.

»Oh«, sagte sie, »ich dachte . . .«

»Sie hofften, es wäre Gary.«

»Ja. Oder irgendein anderer von ihnen.«

»Von ihnen? Sie sind allein?«

Sie nickte und ging durch das Wohnzimmer zu einer Couch unter den mit schweren Vorhängen drapierten Fenstern, ließ sich mit einem Seufzer darauf nieder und legte ihre Häkelarbeit beiseite.

»Wo sind sie hin?«

»Wayne ist auf der Suche nach Gary. Er will einfach nicht glauben, daß er . . . verschwunden ist. Wo John ist, weiß ich nicht, aber ich nehme an, er sucht Nicole.‹

»Und Nicole?«

Ihre müden Augen blitzten zornig auf. »Wer weiß das schon?«

Ich wollte sie gerade weiter nach Tilbys unangenehmer Freundin fragen, als sich ein Schlüssel im Schloß drehte und John und Nicole hereinkamen. Sein Gesicht wirkte äußerst angespannt und drückte eine Wut aus, die wesentlich ausgeprägter war als Corinnes kurzer Ausbruch. Nicole wirkte hochmütig, verschlossen und ein wenig trotzig.

Corine erhob sich. »Wo wart ihr beiden?«

Tilby sagte: »*Ich* habe nach Nicole gesucht. Ich fand, wir sollten eigentlich nicht noch ein Mitglied dieser glücklichen Gruppe verlieren.«

Corinne wandte sich an Nicole. »Und du?«

Die jüngere Frau setzte sich auf eine filigran wirkenden Stuhl und betrachtete eingehend ihre pflaumenfarben lackierten Fingernägel. »Ich war frühstücken.«

»Frühstücken?«

»Ich hatte Hunger, nach diesem scheußlichen Abendessen von gestern. Also bin ich um die Ecke in ein Café gegangen.«

»Du hättest es über den Zimmerservice bestellen können. Oder unten essen können, wo dich John leichter gefunden hätte.«

»Ich brauchte frische Luft.«

Jetzt richtete sich Corinne gerade auf. »Nicole kommt immer an erster Stelle, nicht wahr?«

»Nun, wenn schon? Einer muß sich schließlich vernünftig benehmen.«

In ihrem hitzigen Gezänk hatten sie alle offenbar vergessen, daß ich noch da war. Ich schwieg und zog meinen Nutzen aus der Situation. Aus einem Gespräch von Leuten, die sich unbeobachtet wähnen, kann man sehr viel Interessantes erfahren.

Tilby sagte: »Nicole hat recht, Corinne. Wir können nicht alle wie Wayne herumlaufen und nach Gary suchen, wenn wir nicht mal eine Ahnung haben, wo wir anfangen sollen.«

»Daß *du* so was sagst, wundert mich nicht. Er war dir immer egal, wie alle anderen auch. Schau, wie du deinem eigenen Cousin Nicole gestohlen hast.«

»Du lieber Gott, Corinne! Man kann nicht jemandem einen Menschen *stehlen*.«

»Du hast es aber getan. Du hast sie gestohlen und dann noch das Auto.«

»Fangen wir nicht damit an, Corinne. Besonders nicht vor einer Fremden.« Tilby deutete auf mich.

Corinne sah zu mir und wurde rot. »Tut mir leid, Sharon. Das muß sehr peinlich für Sie sein.«

Im Gegenteil, ich wünschte, sie hätten weitergeredet. Wenn John seinem Cousin Nicole abspenstig gemacht hatte, hätte Gary schließlich Grund gehabt, ihm zu grollen – vielleicht sogar, ihre Nummer so sabotieren.

Ich sagte zu Tilby: »Ist das der Grund, warum Gary in einem anderen Hotel wohnt – wegen Ihnen und Nicole?«

Er wirkte erschrocken.

»Wie lange sind Sie beide schon zusammen?«

»Lange genug.« Er wandte sich an Corinne. »Wayne ist noch nicht zurück oder hat angerufen, nehme ich an?«

»Ich habe nichts von ihm gehört. Als er ging, machte er sich schreckliche Sorgen um Gary.«

Nicole sagte: »Er macht sich schreckliche Sorgen um die Fernsehspots und seinen Anteil am Honorar.«

»Nicole!« Corinne wirbelte zu ihr herum.

Nicole blickte auf, ihr zartes kleines Gesicht – ein Bild der Unschuld. »Du weißt, daß es stimmt. Alles, was Wayne interessiert, ist Geld. Aber ich verstehe nicht, warum er sich Sorgen macht. Er kann Gary doch durch einen anderen ersetzen, Wayne ist in diesen Dingen ja recht versiert.«

Corinne machte einen Schritt vor, und ihre Hand landete laut klatschend in Nicoles Gesicht. Nicole legte mit schreckgeweiteten Augen die Hand auf den sich rötenden Fleck auf ihrem Backenknochen, dann stand sie auf und lief aus dem Zimmer. Corinne sah ihr nach. Auf ihrem hübschen Gesicht erschien ein Ausdruck der Zufriedenheit. Als ich zu Tilby sah, stellte ich überrascht fest, daß er lächelte.

»Runde Eins geht an Corinne«, sagte er.

»Sie hat darum gebettelt.« Die Ältere ging zurück zur Couch, setzte sich und strich ihren zerknitterten Hosenanzug glatt. »Nun, Sharon, Sie müssen uns noch einmal entschuldigen. Ich nehme an, Sie sind aus einem bestimmten Grund hierhergekommen.«

»Ja.« Ich setzte mich auf den Stuhl, von dem Nicole aufgestanden war, und erzählte ihnen von dem Toten im Pavillon. Während ich sprach, wechselten die beiden Blicke, die anfangs verwirrt, dann besorgt und schließlich bestürzt waren.

Als ich mit dem Bericht fertig war, fragte Corinne: »Aber wer in aller Welt kann der Mann in Garys Kostüm sein?« Die Worte klangen theatralisch, unecht.

»Die Leute des Sheriffs versuchen, ihn zu identifizieren. Vielleicht sind seine Fingerabdrücke irgendwo registriert. Inzwischen wissen wir ein paar Dinge über ihn, die Ihnen oder John vielleicht etwas sagen.«

John setzte sich neben Corinne. »Was zum Beispiel?«

»Der Mann war verkrüppelt, vermutlich seit einigen Jahren, wie der Mann von der ärztlichen Leichenkommission sagte. Ein Arm war stark verkrümmt, und er trug eine Einlage, weil er ein kürzeres Bein hatte. Er muß beim Gehen gehinkt haben.«

Die beiden sahen einander an, und dann meinte Tilby etwas zu rasch: »Ich kenne keinen solchen Menschen.«

Corinne schüttelte ebenfalls den Kopf, sah mir aber nicht in die Augen.

»Sind Sie sicher?« fragte ich.

»Natürlich sind wir sicher.« Tilbys Stimme klang leicht verärgert.

Ich zögerte und fuhr dann fort: »Der Mitarbeiter des Sheriffs, der den Mann untersucht hat, stellt die Theorie auf, daß der Tote aus dieser Gegend stammen könnte, weil man an seinen Schuhen Fragmente von Erdbeerbaumblättern und Chaparralnadeln und im Stoff seiner Hose Fuchsschwanzgras gefunden hat. Vielleicht ist es jemand, den Sie kannten, als Sie hier lebten?«

»Nein, an so einen Mann kann ich mich nicht erinnern.«

»Er war ungefähr so groß und so alt wie Gary, hatte aber rotblondes Haar. Er muß einmal auf sehr zarte Art gut ausgesehen haben, aber er hatte böse Narben im Gesicht.«

»Ich sagte, ich weiß nicht, wer er ist.«

Ich war ziemlich sicher, daß er log, aber es würde nichts bringen, ihm das vorzuwerfen.

»Sind Sie sicher, daß es Garys Kostüm war? Vielleicht war dieser Mann einer der anderen Clowns und ähnlich gekleidet«, meinte Corinne.

»Das habe ich auch zu dem Mitarbeiter des Sheriffs

gesagt, aber der Tote hatte Garys Passierschein in der Westentasche. Wir haben alle unsere Passierscheine unterschrieben, erinnern Sie sich?«

Sie schwiegen lange Zeit. »Sie sagen damit also«, meinte Tilby schließlich, »daß Gary diesem Mann seinen Passierschein und sein Kostüm *gab.*«

»Es scheint so.«

»Aber warum?«

»Ich weiß es nicht. Ich hatte gehofft, Sie würden mir da weiterhelfen können.«

Sie starrten mich beide an. Ich merkte, daß Corinnes Gesicht ziemlich ausdruckslos geworden war. Tilbys Lippen waren genauso weiß wie gestern abend, als ich kurz nach Fitzgeralds Verschwinden zu ihm und Nicole in die Garderobe gekommen war.

Ich sagte zu Tilby: »Ich nehme an, Sie haben jeder mehr als ein Kostüm.«

Corinne antwortete: »Wir haben drei auf diese Tournee mitgenommen. Aber ich ließ die anderen beiden in die Reinigung bringen, als wir hier in San Francisco ankamen . . . Oh!«

»Was ist?«

»Mir ist gerade etwas eingefallen. Gary hat mich gestern morgen nach den anderen Kostümen gefragt. Er hat aus dem Hotel, wo er wohnte, angerufen. Und er regte sich sehr auf, als ich ihm sagte, daß wir sie erst heute nachmittag aus der Reinigung zurückbekämen.«

»Also hat er es schon die ganze Zeit geplant. Vielleicht wollte er dem Mann das zweite Kostüm geben, und als er merkte, daß das nicht möglich war, beschloß er, mit ihm Kleider zu tauschen.« Fitzgeralds seltsames Verhalten gleich nach unserer Ankunft im Pavillon fiel mir ein – wie er sich ins Publikum hinausgeschlichen hatte, obwohl er die Anweisung hatte, hinter der Bühne zu bleiben. Hatte er einen Verbündeten da draußen gehabt? Jemanden, dem er die Sachen geben wollte? Er hätte weder das Kostüm noch den Passierschein jemandem geben können, weil die Kleidung noch immer hinter der Bühne war, und er zeigte den Passierschein vor, als wir in die Garderobe zurückkehrten.

Plötzlich stand Tilby auf. »Dieser Hurensohn! Nach allem, was wir für ihn getan ...«

»John!« Corinne faßte ihn am Ellbogen.

»John«, sagte ich, »warum wohnte ihr Cousin in dem Hotel in Haight?«

Er sah mich einen Augenblick lang verständnislos an. »Was? Ach, ich weiß es nicht. Er behauptete, er wolle sehen, wie es sich verändert hat, seit er dort gelebt hat.«

»Ich dachte, Sie wären zusammen auf der Ranch Ihres Vaters bei Clayton aufgewachsen und dann nach Los Angeles gegangen?«

»Das stimmt auch. Gary hat in Haights gewohnt, bevor wir aus der Gegend hier weggegangen sind.«

»Ich verstehe. Sie sagen, er ›behauptete‹, das sei der Grund gewesen. Gab es noch etwas anderes?«

Tilby schwieg, dann sah er Corinne an. Sie zuckte die Schultern.

»Ich nehme an«, sagte er schließlich, »er hatte so ziemlich die Nase voll von uns. Wie Ihnen vielleicht aufgefallen ist, sind wir in letzter Zeit nicht gerade eine harmonische Gruppe.«

»Und woher kommt das?«

»Woher kommt was?«

»Daß Sie sich so schlecht verstehen? Es war doch nicht immer so, nicht wahr?«

Diesmal zuckte Tilby die Schultern. Corinne schwieg und blickte auf ihre gefalteten Hände.

Ich seufzte und konnte es Fitzgerald insgeheim nachfühlen, daß er von diesen Leuten wegwollte. Ich selbst hatte ihre Streitereien, Lügen, üblen Nachreden und Ausflüchte satt. Und ich wußte, ich würde mit ihnen nicht weiterkommen – zumindest nicht jetzt. Es war besser zu warten, bis ich mit Kabalka sprechen und in Erfahrung bringen konnte, ob er mich weiterhin engagieren wollte. Wenn es so war, konnte ich einen neuen Anlauf nehmen.

Ich stand auf. »Die Behörden von Contra Costa County

werden sich mit Ihnen in Verbindung setzen. Ich würde Ihnen raten, so offen wie möglich zu ihnen zu sein.« Und zu Corinne gewandt, fügte ich hinzu: »Wayne wird einen persönlichen Bericht von mir wollen, wenn er zurückkommt. Bitten Sie ihn, mich zu Hause anzurufen.« Ich nahm eine Visitenkarte heraus, auf der sowohl meine Telefonnummer bei All Souls als auch meine Privatnummer stand, und legte sie auf den Couchtisch. Dann ging ich zur Tür.

Beim Hinausgehen warf ich einen Blick zurück. Tilby stand mit vor der Brust verschränkten Armen da und blickte auf Corinne. Sie waren reglos wie Statuen und starrten einander mit leerem und hilflosem Gesichtsausdruck an.

7

Als ich in mein mit braunen Schindeln verkleidetes Cottage zurückkam, war es mit meinem Schlafbedürfnis natürlich vorbei. So war es immer, wenn ich quälende offene Fragen mit mir herumnschleppte. Statt zu Bett zu gehen und zu versuchen, etwas zu schlafen, machte ich mir Kaffee und setzte mich mit einer Tasse auf die hintere Veranda, um nachzudenken.

Der Morgen war sonnig und klar, und es wurde bereits heiß. Aus der Nachbarschaft drang samstäglicher Lärm: Meine Nachbarn auf der einen Seite, die Halls, machten irgend etwas an ihrem Gartenschuppen, das mit viel Gehämmer verbunden war. Auf der anderen Seite hörte ich den Hund der Curleys aufgeregt bellen. Vielleicht ärgerte ihn mein Kater, indem er, gerade außerhalb der Reichweite des Hundes, auf dem Zaun herumspazierte. Das war in letzter Zeit Watneys Lieblingsspiel.

Und wirklich, ein paar Minuten später hörte ich ein Plumpsen, als Wat vom Zaun auf ein umgedrehtes halbes

Faß sprang, aus dem ich schon seit einiger Zeit einen Blumentrog hatte machen wollen. Sein schwarz-weiß geflecktes Fell war voller Fuchsschwanzgras. Zweifellos war er hinten im Garten der Curleys im Unkraut herumgestrichen.

»Komm her, du«, rief ich. Er starrte mich mit auf- und abpeitschendem Schwanz an. »Komm her!« Er zögerte, dann galoppierte er zu mir herauf. Ich konnte gerade einen Grashalm aus seiner buschigen Halskrause ziehen, bevor er mit hin- und herschaukelndem Bauch wieder davontrottete.

Ich saß da und starrte auf den Grashalm, rollte ihn zwischen Daumen und Zeigefinger hin und her, ohne ihn wirklich zu sehen. Statt dessen stellte ich mir die Hügel rund um den Pavillon vor, wie ich sie gestern abend gesehen hatte. Die Hügel, die mit Eichen und Erdbeersträuchern und Chaparralgebüsch übersät waren . . . auf denen in Abständen Pferde mit Reitern standen . . . wo ein einzelner Reiter unter den schützenden Ästen eines Baumes stand und sein Fernglas in der untergehenden Sonne wie ein Signal aufgeblitzt hatte . . .

Ich stand auf und ging zum Telefon. Zuerst rief ich den stellvertretenden Sheriff von Contra Costa an, der die Untersuchung am Tatort geleitet hatte. Nein, sagte er zu mir, der Tote war noch nicht identifiziert worden. Der einzige persönliche Gegenstand, den er bei sich gehabt hatte, war eine Buskarte – von gestern – von San Francisco nach Concord, die in seinem Schuh steckte. Das wies zwar darauf hin, daß er nicht in dieser Gegend wohnte, aber sonst sagte es nichts aus. Sie hofften aber noch immer, ihn mit Hilfe der Fingerabdrücke zu identifizieren.

Danach rief ich im Pavillon an, um die Telefonnummer von Jim Hayes zu erfragen, dem Wachtposten, der bei Fitzgeralds Verschwinden am Künstlereingang gestanden hatte. Als Hayes abhob, klang er, als hätte ich ihn aufgeweckt, doch er war bereit, ein paar Fragen zu beantworten.

»Als Fitzgerald wegging, trug er sein Kostüm, nicht wahr?« fragte ich.

»Ja.«

»War er geschminkt?«

»Nein. Das wäre mir aufgefallen. Es wäre mir seltsam vorgekommen, wenn er mit voll geschminktem Gesicht weggegangen wäre.«

»Nun, gestern abend haben Sie gesagt, Sie glaubten, er sei ein paar Minuten nach Ihrer Rückkehr aus der Pause wiedergekommen. Hat er Ihnen seinen Passierschein gezeigt?«

»Ja, den mußte jeder vorweisen. Aber . . .«

»Haben Sie auf den Namen geachtet?«

»Nicht genau. Ich habe nur kontrolliert, ob er für das gestrige Datum ausgestellt war. Jetzt wünschte ich, ich *hätte* darauf geachtet, weil ich nicht sicher bin, ob es Fitzgerald war. Das Kostüm schien dasselbe zu sein, aber ich kann es nicht beschwören.«

»Warum?«

»Nun, irgend etwas war anders an dem Mann, der hereinkam. Er hatte einen komischen Gang. Der Ermordete, den Sie gefunden haben, der war behindert.«

Nun war natürlich fraglich, ob er diese Beobachtung tatsächlich gemacht hatte. Die Erinnerung, daß der Mann einen ›komischen‹ Gang gehabt hatte, konnte auch erst entstanden sein, nachdem Haynes erfahren hatte, daß der Tote hinkte. »Sonst irgend etwas?«

Er zögerte. »Ich glaube . . . ja. Sie haben gefragt, ob Gary Fitzgerald geschminkt war, als er ging. Und er war es nicht. Aber der Mann, der hereinkam, der *war* geschminkt. Deshalb glaube ich nicht, daß es Fitzgerald war.«

»Vielen Dank, Mr. Hayes. Das war alles, was ich wissen wollte.«

Ich legte auf, schnappte meine Tasche und die Autoschlüssel und fuhr in Rekordzeit zurück zum Pavillon.

Der vor Hitze flirrende Parkplatz war heute leer, abgesehen von ein paar Lastwagen, die, wie ich annahm, der Wartungsmannschaft gehörten. Die Tore waren versperrt, die Kartenkassen geschlossen, und niemand war zu sehen. Aber das machte nichts. Was mich interessierte, befand sich außerhalb des Maschendrahtzauns. Ich parkte den MG in der Nähe der Laster und ging um den Rand des Amphitheaters zu dem Areal beim Künstlereingang. Dann blickte ich zu dem Hügel im Osten hinauf. Durch das weizenfarbene Gras lief eine Feuerschneise, und über die stieg ich hinauf.

Auf halbem Weg zum Gipfel hielt ich inne, wischte mir den Schweiß von der Stirn und sah zum Pavillon hinunter. Die Sicht war sehr gut von hier aus. Ich drehte mich um die eigene Achse und schaute mich um. Im Westen ein monotones Netz von Häuserblöcken und Einkaufszentren, ab und zu unterbrochen von Hügeln und der hochaufragenden Silhouette von Walnut Creek. Im Norden sah ich Rauch aus den Schornsteinen der Papierfabrik in Antioch quellen, und die Brücke, die über den Fluß zum Sacramento Delta führte. Weiter östlich erhob sich majestätisch der Mount Diablo. Zwischen ihm und diesem Vorläufer lagen noch weitere Hügel und Täler – das Land der Viehzüchter.

Der Hügel, auf dem ich stand, war nur spärlich bewaldet, aber etwa hundert Meter weiter südlich, in direkter Linie von dem Baum, unter dem der einzelne Reiter mit dem aufblitzenden Fernglas gestanden hatte, gab es viele Felsen, um die herum kalifornische Erdbeerbäume und virginische Eichen wuchsen. Ich verließ die Feuerschneise und watete durch das trockene Gras darauf zu. Unter den Ästen der Bäume war es kühl und schattig, und die Luft roch nach vertrockneten, brüchigen Pflanzen. Ich blieb einen Augenblick stehen, wischte mir wieder den Schweiß ab und begann, mich dann umzusehen. Das, was ich suchte, steckte hinter einem niedrigen Felsen, der wie eine Art Tisch geformt war: einige Papiertücher voll schwarzer, roter und weißer Farbe – die Theaterschminke eines Clowns.

Der Tote hatte diesen Felsen vermutlich als Schminktisch benutzt, um das Make-up, das ihm Fitzgerald in der

Segeltuchtasche mitgebracht hatte, aufzulegen. Ich dachte daran, wie Gary darauf bestanden hatte, die Tasche in die Toilette mitzunehmen. Natürlich benötigte er sie – die Schminke war ein unverzichtbarer Teil ihres Plans. Während Fitzgerald den Pavillon ohne Theaterschminke verlassen hatte, konnte der andere Mann nicht ungeschminkt hinein. Das Risiko, daß der Wachtposten etwas merkte, war zu groß.

Ich sah auf die trockenen Blätter unter meinen Füßen. Eichen- und Erbeerblätter und die spröden Nadeln des Chaparralbusches. Und der Fuchsschwanz war vermutlich dazugekommen, als er sich einen Weg durch das hohe Gras hinunter zum Fuß des Hügels bahnte. Das verriet mir, welchen Weg der Tote genommen hatte, aber nicht, was mit Fitzgerald geschehen war. Um das herauszufinden, mußte ich mich erkundigen, wo man ein Pferd mieten konnte.

In dem kleinen Dorf Hillside, das sich in eine bewaldete Talsenke südöstlich des Pavillon schmiegte, hielt ich bei einem Futtermittelgeschäft. Es war so, wie man sich einen Laden auf dem Lande vorstellt, mit Holzfußboden, großen Säcken und Kisten mit Futter. Der wettergegerbte, mit einem Overall bekleidete Alte, der von dem Sattel, den er gerade polierte, aufblickte, vervollständigte das rustikale Bild.

»Kann ich was für Sie tun?«

Ich sah mir den Sattel genauer an und dann die handgefertigten Lederwaren, die an der gegenüberliegenden Wand an Haken hingen. »Die sind aber schön gearbeitet. Machen Sie die selbst?«

»Aber sicher.«

»Wieviel kostet so ein Sattel heutzutage?« Meine Erfahrungen mit Pferden hatten mit den Reitstunden, die ich in der Junior High School genommen hatte, ihr Ende gefunden.

»Maßarbeit wie diese hier, so um die fünfhundert.«

»Fünfhundert! Das ist mehr, als ich für mein Auto kriegen würde.«

»Na ja . . .« Er warf einen Blick durch die Tür auf den MG.

»Ich weiß. Sie brauchen gar nichts zu sagen.«

»Aber er fährt, nicht wahr?«

»Normalerweise schon.« Der Kontakt war hergestellt, also kam ich zur Sache. »Ich brauche eine Auskunft. Ich suche einen Reitstall, wo man Pferde mieten kann.«

»Wollen Sie eine Reitgesellschaft zusammenstellen oder so was?«

»Vielleicht.«

»Nun, da ist einmal MacMillan, im Süden der Stadt. Den würde ich aber nicht empfehlen. Die haben ein paar bösartige Pferde. Das wäre ja wohl nichts für 'ne Gruppe von Städtern?«

»Ich wußte nicht, daß man mir das ansieht.«

»Ist nicht so schlimm. Aber ich bin ein ganz guter Menschenkenner. Sie sehen nicht wie 'ne Dame aus der Vorstadt aus, und wie 'ne Frau vom Land auch nicht.« Er strahlte mich an, und ich nickte und lächelte als Kompliment für seine Scharfsinnigkeit. »Nein«, fuhr er fort, »MacMillan würde ich nicht empfehlen, wenn Sie Leute dabeihaben, die vielleicht nicht so gut reiten können. Ein paar von den Pferden sind so bösartig, die befördern einen mit einem Tritt glatt von hier bis nach San Jose. Sie sollten zu Wheeler gehen. Der hat ein paar prächtige Tiere.«

»Wo ist der Stall?«

»Auch im Süden, ein paar Meilen hinter MacMillan. Sie werden das Schild sehen.«

Ich dankte ihm und ging hinaus. »He!« rief er mir nach. »Wenn Sie Ihre Gruppe beisammenhaben, kommen Sie mit Ihren Freunden aus der Stadt hier vorbei. Ich habe eine schöne Auswahl von handgefertigten Gürteln und Brieftaschen.«

Ich versprach es ihm und winkte, als ich wegfuhr.

Nach etwa einer Meile, im Süden des kleinen Weilers, stand ein baufälliger Stall. Auf einem handgeschriebenen Schild wurden Mietpferde angepriesen. Zweifellos MacMillan, von dem mir abgeraten worden war. Es war kein

Tier, weder ein bösartiges noch ein sonstiges, in Sicht, aber eine dicke Frau mit Hängebacken, die einer Bulldogge ähnlich sah, grüßte mich. In der Hand hielt sie eine Mistgabel.

Ich erzählte ihr die Geschichte, die ich mir in aller Eile unterwegs ausgedacht hatte: Ein Freund von mir hatte gestern abend ein Pferd gemietet, um auf den Hügel hinaufzureiten und sich die Aufführung im Diablo Valley Pavillon anzusehen. Er war sehr beeindruckt von dem Pferd und dem Stall, aus dem es kam, konnte sich aber nicht mehr an den Namen des Stalles erinnern. Hatte sie ihm vielleicht zufällig das Pferd vermietet? Während ich sprach, begann die Frau die Stirn zu runzeln, wodurch sie mit jeder Minute mehr einem angriffslustigen Hund ähnelte.

»Das ist unredlich«, sagte sie.

»Wie bitte?«

»Es ist unredlich, wenn die Leute da hinaufreiten und umsonst zusehen. Diebstahl bleibt Diebstahl, egal, wie man es nennt. Das können Sie in Ihrer Bibel lesen.«

»Oh.« Mir fiel keine Antwort darauf ein, obwohl sie vermutlich recht hatte.

Sie musterte mich streng, als verdächtige sie mich heidnischer Praktiken. »Um Ihre Frage zu beantworten, nein, ich habe nicht an Ihren Freund vermietet. Ich würde niemanden auch nur in die Nähe meiner Pferde lassen, wenn er da hinaufreiten und zusehen würde.«

»Nun, ich nehme nicht an, daß mein Freund erklärt hat, was er vorhatte.«

»Jeder anständige Mensch würde sich schämen, so etwas zuzugeben.« Sie gestikulierte wild mit der Mistgabel.

Ich trat einen Schritt zurück. »Aber vielleicht haben Sie ihm ein Pferd vermietet, ohne zu wissen . . .«

»Haben Sie das auch vor?«

»Was?«

»Wollen Sie da hinaufreiten und sich das heutige Konzert anhören?«

»Ich? Nein, Madam. Ich kann nicht mal besonders gut

reiten. Ich wollte nur wissen, ob mein Freund sein Pferd bei Ihnen gemietet . . .«

»Nun, von hier hat er das Pferd nicht bekommen. Wir haben abends nicht geöffnet, wir wollen nicht, daß unsere Pferde mit Leuten wie Ihnen, die nicht reiten können, in der Dunkelheit da draußen sind. Außerdem, auch wenn es die Leute nicht vorhaben, diese Konzerte sind eine schreckliche Versuchung. Und so etwas kann ich nicht gutheißen. Ich bin einer wiedererweckte Christin, und ich bin nicht gewillt, den Leuten zu helfen, gegen das Wort Gottes zu handeln.«

»Wissen Sie«, sagte ich hastig, »ich bin da ganz Ihrer Meinung. Und ich werde mit meinem Freund über sein Verhalten sprechen. Aber trotzdem will ich wissen, woher er sein Pferd hatte. Gibt es außer Ihrem Stall noch andere hier in der Gegend?«

Die Frau wirkte etwas besänftigt. »Da ist nur Wheeler. Das ist ein groß aufgezogener Laden. Die veranstalten Geländeritte auf den Mount Diablo und Heuwagenfahrten im Herbst. Und die vermieten natürlich an Leute, die sich zu diesem Pavillon stehlen wollen. Die würden auch an Leute vermieten, die mit dem Pferd eine Bank ausrauben wollen, wenn nur genug Geld dabei herausspringt.«

Ich unterdrückte ein Grinsen und wandte mich zum Gehen. »Vielen Dank für die Auskunft.«

»Gern geschehen. Aber vergessen Sie nicht, mit Ihrem Freund zu reden, sagen Sie ihm, er soll sich bessern.«

Ich lächelte und sah zu, daß ich so schnell wie möglich wegkam.

Neben MacMillans Reitstall wirkte der von Wheeler wohlhabend und einladend. Der rote Stall war frisch gestrichen, und ein paar Dutzend gesunde, grazile Pferde grasten hinter einem weißen Lattenzaun. Ich rumpelte die unasphaltierte Zufahrt hinunter und über eine kleine Brücke, die über einen Kanal führte, und parkte vor einer Tür mit der Aufschrift ›Büro‹. Drinnen rekelte sich ein blonder Mann in ausgeblichenen Jeans und T-Shirt in einem Lehnstuhl hinter dem Pult und las ein *Playboy*-Magazin. Widerwillig legte er es weg, als ich eintrat.

Ich hatte meine erfundene Geschichte satt, und dieser Mann sah aus wie jemand, mit dem ich offen reden konnte. Ich zeigte ihm die Kopie meiner Zulassung und sagte: »Ich arbeite mit dem Büro des Bezirkssheriffs in der Untersuchung des Todesfalles im Diablo Pavillon gestern abend zusammen. Haben Sie davon gehört?«

»Ja, es ist heute früh in den Nachrichten gemeldet worden.«

»Ich habe Grund zu der Annahme, daß der Tote vielleicht gestern abend vor der Vorstellung ein Pferd gemietet hat.«

Der Mann hob eine sonnengebleichte Augenbraue und wartete. Er war mit den Worten so sparsam wie die Frau bei MacMillan freizügig gewesen war.

»Haben Sie gestern abend irgendwelche Pferde vermietet?«

»Fünf. Vier an eine Gruppe und eines dann später.«

»Wer hat das einzelne Pferd gemietet?«

»Ein großer, dünner Typ. Trug Jeans und ein kariertes Hemd. Zuerst dachte ich, ich kenne ihn.«

»Warum?«

»Er kam mir bekannt vor, wie jemand, der früher mal hier gewohnt hat. Aber dann wurde mir klar, daß das nicht sein konnte. Sein Gesicht war entstellt, sein Arm verkrüppelt, und er hinkte. Er hatte Schwierigkeiten, auf das Pferd zu steigen, aber sobald er oben saß, sah ich sofort, daß er ein guter Reiter war.«

Ich spürte die Erregung aufflackern, die einen befällt, wenn die Dinge sich langsam so zusammenfügen, wie man hofft. »Das ist der Mann, der getötet wurde.«

»Nun, das ist eine Erklärung.«

»Eine Erklärung wofür?«

»Das Pferd kam heute morgen zurück, ohne Reiter.«

»Wann?«

»Oh, so um fünf, halb sechs.«

Das paßte nicht so, wie ich wollte. »Führen Sie Buch darüber, wem Sie die Pferde vermieten?«

»Mit Namen und Adresse. Und wir verlangen eine Kaution, die wir zurückerstatten, wenn sie die Pferde zurückbringen.«

»Können Sie den Namen des Mannes heraussuchen?«

Er grinste und zog ein Notizbuch mit losen Blättern unter dem Pult hervor. »Kann ich, aber ich glaube nicht, daß Ihnen das bei der Identifizierung hilft. Es ist mir gleich aufgefallen – Tom Smith. Klang falsch.«

»Aber trotzdem haben Sie an ihn vermietet?«

»Klar. Nur habe ich die doppelte Kaution verlangt. Er sah nicht allzu reich aus, daher nahm ich an, er würde zurückkommen. Außerdem ist keines der Pferde so großartig, daß jemand sich die Mühe machen würde, es zu stehlen.«

Ich stand ein paar Sekunden da und trommelte mit den Fingern auf die Tischplatte. »Sie sagten, Sie hielten ihn für jemanden, den Sie von früher kannten.«

»Anfangs, aber der Mann, den ich kannte, hinkte nicht. Muß eine zufällige Ähnlichkeit gewesen sein.«

»Wer war das?«

»Ein Typ, der Ende der 60er Jahre auf einer Ranch hier in der Nähe gelebt hat. Gary Fitzgerald.«

Ich starrte ihn an.

»Aber wie ich schon sagte, Gary Fitzgerald hatte nichts mit dem Bein.«

»Hatte dieser Gary einen Cousin?« fragte ich.

»Ja, John Tilby. Tilbys Vater hatte eine Milchwirtschaft. Gary hat bei ihnen gewohnt.«

»Wann ist Gary von hier weggegangen?«

»Nachdem der Alte gestorben war. Die Ranch wurde verkauft, um die Schulden zu bezahlen, und sowohl Gary als auch John sind weggezogen. Nach Südkalifornien.« Wieder grinste er. »Hatten wohl ein paar Flausen im Kopf, daß sie ins Show-Business einsteigen würden.«

»Wissen Sie vielleicht zufällig, welche Stargäste gestern abend im Pavillon angekündigt waren?«

»Kann mich nicht erinnern, nein. War eine Kindershow oder so was, nicht?«

»Ein Clownfestival.«

»Oh.« Er zuckte die Schultern. »Clowns interessieren mich nicht. Warum?«

»Nur so.« Die Dinge paßten eindeutig nicht so zusammen, wie ich es gerne gehabt hätte. »Sie sagen, nach dem Tod von John Tilbys Vater sind die Cousins zusammen weggegangen.«

»Ja.«

»Nach Südkalifornien.«

»Das habe ich gehört.«

»Hat Gary Fitzgerald je in Haight-Ashbury gewohnt?«

Er zögerte. »Nur, wenn sie dorthin gegangen sind statt nach Los Angeles. Aber ich kann mir Gary nicht in Haight vorstellen, schon gar nicht damals. Er war ein typischer Junge vom Land, Sie wissen, was ich meine. Aber was soll das alles über ihn und John? Ich dachte . . .«

»Was kostet die Miete für ein Pferd?«

Die Neugier des Mannes war durch geschäftliche Dinge leicht abzulenken. »Zehn pro Stunde. Zwanzig Kaution.«

»Haben Sie ein gutmütiges Tier?«

»Sie meinen, für Sie? Jetzt?«

»Ja.«

»Wir haben alle möglichen Tiere. Gutmütige und lebhafte.«

Ich nahm meine Brieftasche heraus und sah nach. Glücklicherweise hatte ich noch an die vierzig Dollar. »Ich nehme das gutmütige Pferd.«

Der Mann schob mir das Notizbuch hin. Er wirkte etwas überrascht. »Unterschreiben Sie, und dann sattle ich Ihnen Whitefoot.«

Sobald unsere Transaktion beendet war, zeigte mir der Mann vom Reitstall den Reitpfad, der zum Pavillon führte, wünschte mir einen guten Ritt und ließ mich auf dem Rücken des Pferdes zurück. Whitefoot – ein Rotschimmel, der tatsächlich eine weiße Fessel hatte – war so friedlich, daß ich Angst hatte, er würde einschlafen. Ich rief mir meine paar Reitstunden in Erinnerung, die ich irgendwann im frühen Teenageralter genommen hatte, schnalzte aufmunternd mit der Zunge und drückte meine Fersen leicht gegen seine Flanken. Whitefoot beugte den Kopf nach unten und begann, ein Büschel trockenes Gras zu fressen.

»Komm schon, Kerl«, sagte ich. Whitefoot kaute weiter.

Ich schüttelte die Zügel – sanft, aber bestimmt.

Keine Reaktion. Ich starrte angewidert auf seinen gebeugten Hals, der mir das Gefühl gab, direkt vor einer langen Rutschbahn zu sitzen. Dann begann ich wieder von vorn: Ich schnalzte und drückte gegen seine Flanken. Das Pferd ignorierte mich.

»Hör zu, du fauler Bastard«, sagte ich leise und drohend, »beweg dich endlich!«

Das Pferd hob den Kopf, schüttelte ihn und blickte mit einem verdrießlichen Auge zu mir. Dann begann es schwerfällig schaukelnd, den Reitpfad hinunterzugehen. Ich setzte mich aufrechter hin, in der korrekten Reiterhaltung, und war äußerst zufrieden mit mir.

Der Pfad wand sich durch ein Eukalyptuswäldchen und führte dann einen grasbewachsenen Hang hinauf. Das Gelände war holperig, übersät mit Felsen und ausgewaschenen Rinnen, und ich war dankbar für den gut ausgetretenen Pfad und Whitefoots gemächlichen Gang. Nach ein paar Minuten begann ich mich im Sattel sicher genug zu fühlen, um meine Umgebung in Augenschein zu nehmen, und als wir den Gipfel einer Erhebung erreichten, hielt ich das Pferd an und sah mich um.

Auf einer Seite war Weideland mit braun-weiß gefleckten

Rindern. In der Ferne entdeckte ich eine Scheune und einen Pferch mit Pferden. Die andere Seite war wesentlich stärker bewachsen und ging in eine mit Bärentrauben, Zwergeichen und Lorbeerbäumen überwucherte Schlucht über. Nach so einem Gelände suchte ich – ein Terrain, in dem man leicht die Orientierung verlieren und sich verirren kann. Aber in den umliegenden Hügeln mußte es Dutzende solcher Schluchten geben. Es würde Tage in Anspruch nehmen, sie alle zu durchsuchen.

Ich hatte beschlossen, noch ein bißchen weiterzureiten, bevor ich mich in unwegsameres Gelände wagte, als ich unter dem dichtbewachsenen Vorsprung am Rand der Schlucht eine Bewegung bemerkte. Ich starrte angestrengt auf diesen Punkt und konnte eine große Gestalt in heller Kleidung erkennen. Bevor ich sie als männlich oder weiblich einordnen konnte, zog sie sich in den Schatten zurück und verschwand aus meiner Sicht.

Da ich fürchtete, die Person könnte mich sehen, führte ich das Pferd ein paar Meter weiter zur Seite, hinter einen großen Sandsteinbrocken. Dann glitt ich aus dem Sattel und spähte hinter dem Felsen hervor in die Schlucht. Nichts bewegte sich dort. Ich warf einen Blick auf Whitefoot und kam zu dem Schluß, daß er wohl bleiben würde, wo er war, auch wenn er nicht angebunden war. Und wirklich, er hatte in bester Pferdemanier den Kopf gesenkt und kaute zufrieden vor sich hin. Ich gab ihm einen beruhigenden Klaps und kroch dann durch das hohe Gras auf das Unterholz zu. Die Luft hier war kühl und roch durchdringend nach Lorbeer, ein Geruch, der eher an Curry erinnerte als an die Lorbeerblätter, die ich in meiner Küche aufbewahrte. Ich duckte mich hinter dem üppigen Grün eines Chaparral-Buschs, und meine Augen gewöhnten sich allmählich an die Düsternis. Noch immer regte sich nichts. Es war, als hätte die Gestalt nur in meiner Einbildung existiert.

Vor mir verengte sich die Schlucht zwischen hohen, moosbedeckten Felswänden, aus deren Ritzen verkümmerte Bäume wuchsen. Ich kam aus meinem Versteck hervor und lief darauf zu. Der Boden hier war abschüssig und uneben. Rechts hörte ich etwas tröpfeln. Ich spähte durch das Unterholz und sah ein winziges Bächlein, das über den Felsen lief. Jetzt tröpfelte es nur dahin, aber in der feuchten Jahreszeit war es gewiß ein richtiger Wasserfall.

Der Boden wurde noch holperiger, und manchmal hatte ich Schwierigkeiten, festen Halt zu finden. An der Stelle, wo die bemoosten Felsen fast zusammentrafen, blieb ich stehen, lehnte mich an eine Wand und lauschte. Von der anderen Seite der Engstelle kam ein Geräusch, als bahne sich jemand mühsam einen Weg durch das Dickicht. Ich quetschte mich zwischen den Felsen durch und blickte auf ein dicht bewaldetes Gebiet. Wenige Meter von mir entfernt war ein Ast, der aussah, als wäre er erst vor kurzem abgebrochen worden.

Ich ging durch das Gestrüpp, folgte den Geräuschen vor mir. Kiefernzweige schlugen mir ins Gesicht, Chaparralnadeln zerkratzten meine bloßen Arme. Nach ein paar Minuten hörte das Geräusch der vorwärtspreschenden Schritte plötzlich auf. Ich blieb stehen und fragte mich, ob derjenige, dem ich gefolgt war, mich vielleicht gehört hatte.

Alles war still. Nicht einmal ein Vogel rührte sich in den Bäumen über mir. Ich hatte keine Ahnung, wo ich war, in welcher Richtung der Pavillon lag oder die Reitställe lagen. Ich war nicht einmal sicher, ob ich zu meinem Pferd zurückfinden würde. Ich erkannte, wie töricht mein Vorhaben war – eine derartige Suche war besser mit einem Helikopter durchzuführen als zu Pferd.

Und dann hörte ich die Stimmen.

Sie kamen von rechts, hinter dem dichten Vorhang der Zwergeichen hervor. Es waren Männerstimmen, und dem Rhythmus nach zu urteilen waren sie zornig. Aber ich konnte sie nicht identifizieren oder verstehen, was sie sagten. Ich schlich vorsichtig um eine Bärentraube herum und bewegte mich dann so leise wie möglich zwischen den Bäumen durch.

Hinter den Bäumen erhob sich eine flache Felsplatte, die offenbar nach etwa sieben Metern scharf abfiel. Ich kletterte hinauf und legte mich flach auf den Bauch, dann kroch ich zur Kante vor. Die Stimmen waren jetzt lauter, sie waren direkt vor mir und kamen von unten. Die eine erkannte ich als die des Mannes, den ich als Gary Fitzgerald kennengelernt hatte.

». . . wußte nicht, daß er jemanden erpressen wollte. Ich dachte, er wolle nur John sehen, sich mit ihm versöhnen.« Die Worte kamen mühsam, klangen schmerzverzerrt.

»Wenn das der Fall gewesen wäre, hätte er ins Hotel kommen können.« Die zweite Stimme gehörte Wayne Kabalka. »Er hätte sich nicht mit so komplizierten Tricks in den Pavillon einzuschleichen brauchen.«

»Er sagte mir, er wolle sich aussöhnen. Schließlich war er doch Johns eigener Cousin.«

»Komm schon, Elliott. Du wußtest, daß er uns gedroht hat. Du wußtest sehr gut, wie er uns die letzten Wochen unter Druck gesetzt hat, seit er hörte, daß wir in San Francisco auftreten würden.«

Ich stutzte bei dem fremden Namen, obwohl ich gewußt hatte, daß der Vermißte nicht wirklich Gary Fitzgerald war. Elliott. Und weiter?

Elliott schwieg.

Ich kroch weiter vor. Der bemooste Fels fühlte sich durch meine Kleidung kalt an. Als ich den Rand der Felsplatte erreichte, hielt ich meinen Kopf geduckt, bis Kabalka wieder sprach. »Du weißt, daß wir alle Angst vor Gary hatten. Deshalb habe ich diese McCone engagiert. Für den Fall, daß er irgend etwas unternahm, wollte ich einen bewaffneten Leibwächter haben. Ich habe nie damit gerechnet, daß du den Judas spielen würdest.«

Wieder schwieg Elliott. Ich riskierte einen Blick über die Kante.

Der Fels fiel vielleicht fünf, sechs Meter senkrecht ab. Unten war ein trockenes Flußbett, das mit groben Felsbrokken übersät war. Da unten war der Mann, den ich als Gary Fitzgerald kennengelernt hatte. Er saß angelehnt da, sein rechtes Bein war unnatürlich abgewinkelt. Er trug ein kariertes Hemd und Jeans – dieselbe Kleidung, die nach der Beschreibung des Mannes im Reitstall der Tote getragen hatte. Kabalka stand vor ihm, vielleicht zwei Meter von mir entfernt. Er drehte mir den Rücken zu. Einen Augenblick lang fürchtete ich, Elliott würde meinen Kopf sehen, doch dann merkte ich, daß seine Augen glasig waren, halb blind vor Schmerz.

»Was ist zwischen John und Gary passiert?« fragte er.

Kabalka verlagerte das Gewicht und legte eine Hand auf den Rücken, faßte in seinen Gürtel.

»Wayne, was ist geschehen?«

»Gary ist heute morgen im Pavillon tot aufgefunden worden. Erstochen. Das alles wäre nicht passiert, wenn du nicht mitgespielt und mit ihm Kleider getauscht hättest, damit er sich hinter die Bühne schleichen und John bedrohen konnte.«

Elliotts Hand zuckte, als wolle er sie über die Augen legen, wäre aber zu schwach, sie zu heben. »Tot.« Er hielt inne. »Ich hatte Angst, daß etwas Furchtbares geschehen war, als er nicht zu der Stelle zurückkam, wo ich mit dem Pferd wartete.«

»Natürlich hattest du Angst. Du wußtest, was passieren würde.«

»Nein . . .«

»Du hast das seit Wochen geplant, nicht wahr? Du bist nur deshalb in die verlauste Absteige in Haight gezogen, damit du Gary eines deiner Kostüme geben konntest. Aber das funktionierte nicht, weil Corinne alle bis auf eines in die Reinigung geschickt hatte. Wann bist du auf die Idee gekommen, dich herauszuschleichen und die Rollen zu tauschen?«

Elliott gab keine Antwort.

»Ich nehme an, das Wann spielt keine Rolle. Aber warum, Elliott? *Warum*, um alles in der Welt?«

Als er endlich antwortete, war Elliotts Stimme erschöpft. »Vielleicht machte es mich krank, wie ihr ihn behandelt habt. Wie wir *alle* ihn behandelt haben. Es war so erschütternd, als er mich in L.A. anrief. Und als ich ihn dann sah . . ich dachte, wenn John ihn auch sähe, könnte er dich vielleicht überreden, Gary zu helfen.«

»Statt dessen hat er ihn umgebracht.«

»Nein. Das kann ich nicht glauben.«

»Und warum nicht?«

»John hat Gary gern gehabt.«

»John hat Gary so gern gehabt, daß er ihm Nicole ausgespannt hat. Und dann hat er im Suff mit ihm gestritten, dabei einen Autounfall gebaut und ihn für sein Leben zum Krüppel gemacht.«

»Ja, aber John hat echte Schuldgefühle wegen des Unfalls. Und es hat ihm überhaupt nicht gepaßt, daß du Gary weggeschickt und durch mich ersetzt hast. Was für einen Schwindel haben wir da alle aufgezogen.«

Kabalkas Körper straffte sich, und er begann, aggressiv auf den Fußspitzen zu wippen. »Dieser Schwindel hat uns eine Menge Geld eingebracht. Hätte uns noch mehr gebracht, wenn du nicht dieses Ding gedreht hättest. Früher oder später werden sie Garys Leiche identifizieren, und dann wird alles herauskommen. John wird wegen des Mordes vor Gericht kommen.«

»Ich glaube noch immer nicht, daß er ihn umgebracht hat. Ich will ihn danach fragen.«

Kabalka zog langsam seine Hand aus dem Gürtel – und ich sah das Messer. Er hielt es fest hinter seinem Rücken und machte einen Schritt auf Elliott zu.

Ich stieß mich mit den Handflächen vom Felsen ab. Elliott sah die Bewegung und blickte erschreckt auf. Kabalka mußte den Blick auf sich bezogen haben, denn er holte mit dem Messer aus.

Ich zögerte nicht. Ich sprang vom Felsen hinunter und fiel eine Ewigkeit, wie mir schien, auf die rauhen Felsbrokken unter mir zu. Dann landete ich unsanft – direkt auf Kabalka.

Als er zu Boden ging, hörte ich das unverwechselbare Geräusch brechender Knochen. Er wurde schlaff, und ich rollte mich von ihm herunter – unverletzt, weil sein

Körper meinen Aufprall abgefangen hatte. Kabalka lag, den Kopf an einem Felsen, bewußtlos da. Als ich zu Elliott blickte, sah ich, daß er vor Schmerz und dem Schock in Ohnmacht gefallen war.

9

Das Zimmer im John-Muir-Krankenhaus in Walnut Creek war in sterilem Weiß gehalten, mit leuchtend rot-blauen Vorhängen und einem bunten Herbstblumenstrauß auf der Kommode als Farbtupfen. Elliott Larson – so hieß er mit vollem Namen, wie ich erfahren hatte – lag mit dem rechten Bein im Streckverband auf dem Bett. John Tilby stand in der Tür, die Hände ganz förmlich hinter dem Rücken. Er wirkte schüchtern und schien Angst zu haben, weiter ins Zimmer zu kommen. Ich saß auf einem Stuhl neben dem Bett und trank gerade mit Elliott ein Glas eingeschmuggelten Wein.

Ich war zur gleichen Zeit wie Tilby gekommen, der die Blumen gebracht hatte. Er war offenbar unsicher gewesen, ob er willkommen war, und obwohl Elliott sich über seinen Besuch erfreut gezeigt hatte, verhielt er sich noch immer zurückhaltend. Doch nach ein paar peinlichen Minuten war er bereit gewesen, einige Fragen zu beantworten, und hatte mir erzählt, wie er vor ein paar Jahren in alkoholisiertem Zustand einen Autounfall gehabt hatte, bei dem er aus seinem MG geschleudert und der echte Gary Fitzgerald schwer verletzt worden war. Und daß Wayne Kabalka Gary mit einer, wie der Manager es nannte, ›großzügigen Abfindung‹ entlassen hatte – was sie auch gewesen wäre, wären da nicht Garys hohe Arztkosten gewesen, die letztendlich sein ganzes Geld verschlangen und ihn zwangen, in einem billigen Hotel in San Francisco von der Wohlfahrt zu leben. Entschlossen, sich die glänzende finanzielle Zukunft nicht entgehen zu lassen, die die beiden Komiker ihm versprochen hatten, sah sich Kabalka nach einem Ersatzmann für Gary um und entdeckte Elliott, der in einem schäbigen Club in Haight-Ashbury auftrat. Er hatte ihn unter Vertrag genommen und den Veranstaltern, die Fitzgerald und Tilby haben wollten, nie gesagt, daß einer der beiden Männer mit den weißen Clowngesichtern nicht derjenige war, den sie engagiert hatten. Und er hatte darauf bestanden, daß Elliott Garys Identität total annahm.

»Am Anfang«, sagte Elliott, »war es nicht so schlimm. Als Wayne mich entdeckte, ging es mit mir bergab. Ich stand ständig unter Drogen, war aus meinem Zimmer in Haight geflogen und nistete mich bei allen Freunden ein, die mich aufnahmen. Anfangs war es toll, soviel Geld zu verdienen, aber nach einiger Zeit wurde mir klar, daß ich nie etwas anderes sein würde als der Schatten eines gebrochenen Mannes.«

»Und dann«, sagte ich, »tauchte Gary auf.«

»Ja. Er mußte sich irgendeiner Operation unterziehen und setzte sich mit Wayne in L.A. in Verbindung. Die ganzen Jahre hatte Wayne ihm Geld geschickt – Schweigegeld kann man es wohl nennen –, aber es reichte kaum für die dringendsten Ausgaben. Gary hatte die ganzen Fernsehspots gesehen und gelesen, wie erfolgreich wir waren, und er war zornig und verlangte einen Anteil an dem Geld.«

»Und völlig zu Recht«, fügte Tilby hinzu. »Ich hatte immer geglaubt, daß für Gary gut gesorgt würde, weil Wayne einen Teil meiner Einnahmen abzog und sagte, er sende das Geld an ihn. Jetzt weiß ich, daß der Großteil davon in Waynes Tasche gewandert ist.«

»Hat Wayne sich geweigert, Gary das Geld für die Operation zu geben?« fragte ich.

Tilby nickte. »Es hat eine Zeit gegeben, da hätte Gary bei Waynes Weigerung, ihm Geld zu geben, den Schwanz eingezogen und sich verkrochen. Aber zu dem Zeitpunkt hatten Wut und Schmerz schon so an ihm genagt, daß er ein Nein nicht akzeptierte. Er drohte Wayne, und er verfolgte ihn mit täglichen Drohanrufen. Wir waren alle mit den Nerven fertig, hatten Angst, was er tun könnte. Corinne versuchte Wayne dazu zu bringen, ihm das Geld zu geben, besonders weil wir uns für das Clown-Festival in San Francisco verpflichtet hatten, wo Gary wohnte. Doch Wayne war zu stur, um nachzugeben.«

Ich dachte an Corinne und fragte: »Wie nimmt sie es eigentlich auf?«

»Schlecht«, sagte Tilby. »Aber sie ist eine zähe Lady. Sie wird es überstehen.«

»Und Nicole?«

»Nicole ist verschwunden. War bereits mit Sack und Pack weg, als ich nach Waynes Verhaftung ins Hotel zurückkam.« Er wirkte gleichgültig. Fünf Jahre mit Nicole waren vermutlich genug gewesen.

»Ich habe mit dem Büro des Sheriffs gesprochen«, sagte ich. »Wayne hat kein Geständnis abgelegt.« Nachdem Elliott da draußen in der Schlucht mit meiner Hilfe wieder zu sich gekommen war, hatte ich ihm meine Waffe gegeben und war zu der Stelle zurückgegangen, wo ich mein Pferd gelassen hatte. Dann war ich zu dem Reitstall zurückgeritten – für den alten Whitefoot wohl der feurigste Ritt seines Lebens – und hatte die Leute des Sheriffs zusammengetrommelt. Als wir in der Schlucht ankamen, war Wayne wieder bei Bewußtsein und versuchte gerade, Elliott Geld anzubieten. Elliott schien es Spaß zu machen, zu handeln und dann abzulehnen.

Ich erinnerte mich an die Unterhaltung der beiden, die ich belauscht hatte, und sagte zu Elliott: »Stimmte das, was Wayne gesagt hat, daß Sie vorhatten, Gary eines Ihrer Ersatzkostüme zu leihen?«

»Ja. Als ich hörte, daß ich kein zweites Kostüm für ihn hatte, schlug Gary vor, mir von einem Pferd vom Hügel aus ein Zeichen zu geben. Er kannte die Gegend aus der Zeit, als er hier gelebt hatte, und hatte in der Zeitung gelesen, daß die Leute da hinaufritten, um von dort aus die Aufführungen zu sehen. Haben Sie das mit dem Zeichen erraten?«

»Ich habe es sogar gesehen. Nur habe ich erst später, als

ich über die Blätter und Gräser nachdachte, die man in Garys Kleidung gefunden hatte, zwei und zwei zusammengezählt.«

»Nun«, sagte Elliott, »so ist es gelaufen. Das Signal mit dem Feldstecher war ein Zeichen, daß Gary ein Pferd bekommen hatte, und sollte mir zeigen, wo er wartete. Zur vereinbarten Zeit benutzte ich die Ausrede mit der Toilette, kletterte aus dem Fenster und verließ den Pavillon. Gary zog sich um und schminkte sich mit Hilfe einer Taschenlampe im Schutz einer Baumgruppe sein Gesicht weiß. Ich zog seine Kleider an, nahm das Pferd und wartete, doch er kam nicht zurück. Schließlich strömten die Zuseher aus dem Pavillon, und dann gingen die Lichter aus. Ich versuchte, hinunterzureiten, doch ich bin kein guter Reiter, und ich geriet in die falsche Richtung. Dann schreckte irgend etwas das Pferd, und es warf mich in jener Schlucht ab und ging durch. Als ich auf den Felsen aufschlug, wußte ich sofort, daß mein Bein gebrochen war.

»Und Sie haben die ganze Nacht da gelegen.«

»Ja, halb erfroren. Und am Morgen hörte ich Wayne durch das Unterholz stapfen. Ich weiß nicht, ob er von Anfang an vorhatte, mich umzubringen, oder ob er mich davon überzeugen wollte, daß John Gary umgebracht hätte und wir ihn decken sollten.«

»Vermutlich letzteres, zumindest am Anfang.« Ich wandte mich an Tilby. »Was ist im Pavillon mit Gary passiert?«

»Er kam in die Garderobe. Ich wußte sofort, daß er es war, ich merkte es am Hinken. Er war zornig, wollte Geld. Ich sagte ihm, ich wolle ihm gerne geben, was immer er brauchte, aber daß Wayne das in die Wege leiten müsse. Gary versteckte sich im Garderobenschrank, und als Sie hereinkamen, bat ich Sie, Wayne zu holen. Er ging mit Gary hinaus ins Publikum, und als er zurückkam, sagte er, er habe alles geregelt.« Er verstummte, seine Miene wurde bitter. »Und das hat er ja auch.«

Wir schwiegen einen Augenblick. Dann sagte Elliott zu

mir: »Waren Sie überrascht, als Sie erfuhren, daß ich nicht wirklich Gary Fitzgerald war?«

»Ja und nein. Ich hatte die ganze Zeit so ein komisches Gefühl bei Ihnen.«

»Warum?«

»Nun, erstens, weil Sie und John einfach nicht wie Verwandte aussehen. Und dann, als wir durch Contra Costa County fuhren, waren Sie nicht besonders neugierig – nicht wie jemand, der nach so vielen Jahren nach Hause zurückkommt. Und dann war noch etwas.«

»Was?«

»Ich sagte irgend etwas darüber, daß man die Aufführungen von den zwei Pavillons bis nach Port Chicago hören könne. Das ist der Ort, wo die Marinebasis ist, an der Meeresenge. Und Sie sagten: ›Bis Chicago wohl nicht.‹ Sie kannten Port Chicago nicht, doch ich glaubte, Sie wollten einen Witz machen. Ich weiß noch, daß ich dachte, für einen Clown hätten Sie keinen besonderen Sinn für Humor.«

»Vielen Dank.« Aber er grinste, war nicht beleidigt.

Ich erhob mich. »Und was nun? Selbst wenn Wayne niemals ein Geständnis ablegt, hat man hieb- und stichfeste Anklagepunkte gegen ihn. Sie haben keinen Manager, also müssen Sie Ihre Zukunftspläne selbst in die Hand nehmen.«

Sie zuckten fast gleichzeitig die Schultern.

»Ihre Nummer ist großartig«, sagte ich. »Sie werden ein wenig schlechte Reklame bekommen, aber Sie können sie wahrscheinlich überstehen.«

»Ein paar Veranstalter haben bereits angerufen und ihr Angebot zurückgezogen«, sagte Tilby.

»Es werden andere Angebote kommen.«

Er ging zögernd auf den Stuhl zu, von dem ich aufgestanden war. »Vielleicht.«

»Sie können sich darauf verlassen. Eine übertriebene weiße Weste ist im Show-Business nicht immer von Vorteil. Ein etwas skandalumwittertes Image wird Ihnen in mancher Hinsicht schaden, aber in anderer wiederum nützen.« Ich nahm meine Tasche, drückte Elliotts Arm, klopfte Tilby kurz auf die Schulter und ging zur Tür. »Denken Sie zumindest daran, weiterzumachen.«

Beim Hinausgehen blickte ich zurück. Tilby hatte sich auf den Stuhl gesetzt. Seine Haltung war steif, unschlüssig, als könne er jeden Augenblick fliehen. Elliott wirkte unsicher, aber zuversichtlich.

Was hatte John zu mir über Clowns gesagt, als wir in der Garderobe im Pavillon Karten spielten? Irgend etwas in der Richtung, daß sie alle lustig waren, daß sie aber, was noch wichtiger war, den Menschen ihre eigenen Schwächen vor Augen hielten. John Tilby und Elliott Larson – in gewisser Hinsicht beide ebenso gebrochene Männer wie es Gary Fitzgerald gewesen war – wußten mehr über diese Schwächen als die meisten anderen Menschen. Vielleicht gab es eine Möglichkeit für sie, dieses traurige Wissen auch weiterhin in Lachen zu verwandeln.

Ins Deutsche übertragen von Christine Pavesicz

MAX ALLAN COLLINS

Die Erdbeer-träne

Nate Heller

Am 17. August 1938 entdeckte ein Cop, der auf seiner Morgenstreife war, auf einer Müllkippe an der East Ninth in der Nähe des Shore Street Drive in Cleveland, Ohio, eine Frauenleiche.

Ich erreichte den Tatort als einer der ersten. Nicht, daß ich Zivilbeamter war – das war ich mal gewesen, aber nicht in Cleveland; ich war nur zufällig dabei. Ich hatte im Büro des Sicherheitsdirektors von Cleveland gesessen und Kaffee getrunken, als der Anruf kam. Der Sicherheitsdirektor war gleichzeitig der Leiter von Polizei und Feuerwehr, und man sollte doch meinen, daß ein ganz normaler Mord einen so hochrangigen Beamten nicht auf den Plan rief.

So kann man sich irren.

Denn dies war der letzte in einer ganze Reihe absolut nicht normaler, brutaler Morde – genauer gesagt: der unglückliche dreizehnte. Nicht, daß dieses dreizehnte Opfer unglücklicher war als die anderen zwölf. Der sogenannte ›verrückte Schlächter vom Kingsbury Run‹ hatte, wie ich wußte, seine gräßliche Kunst seit dem Herbst 1935 sporadisch in Cleveland ausgeübt. Ich selbst war nicht aus Cleveland.

Die Frau auch nicht.

Es dauerte allerdings eine Weile, bis wir das herausfanden, denn ihre abgehackten Gliedmaßen waren planmäßig auf der unebenen Müllkippe verteilt. Ihr nackter Torso war zerstückelt, und das verspritzte, verschmierte Blut hatte sich dunkel, fast schwarz verfärbt. Die Sonne funkelte rot auf geronnenen Tropfen. Ihr Kopf fehlte, aber vielleicht würde er noch auftauchen.

Das sähe dem Schlächter allerdings nicht ähnlich, denn auch die anderen zwölf Opfer waren enthauptet gefunden worden, und die Köpfe waren bis heute nicht aufgetaucht. Irgendwo in Cleveland mußte jemand eine hübsche Sammlung im Schrank haben. Sie roch bei diesem Wetter bestimmt nicht sehr angenehm.

Es ist kein gutes Zeichen, wenn dem Pathologen schlecht wird, und auch die sechs Cops und der Polizeifotograf waren etwas grün um die Kiemen. Nur mein Freund, der

Sicherheitsdirektor, schien nicht in der Gefahr zu sein, sein Frühstück wieder auszuspucken. Er war einsachtzig groß und hatte eine gesunde Gesichtsfarbe, und trotz der Hitze trug er Jacke, Schlips und Weste. Er trug keinen Hut, und mit dem zurückgekämmten, mit Pomade geglätteten Haar wirkte er – obwohl ich ihn schon Jahre kannte – immer noch wie ein Junge. Tatsächlich war er erst Mitte Dreißig, nur ein paar Jahre älter als ich.

Wir hatten uns vor sieben oder acht Jahren in Chicago kennengelernt, als ich noch nicht Präsident (und alles andere) der A-1 Detective Agency war, sondern ein ganz normaler Cop. Er arbeitete damals als Prohibitionsfahnder. Mann, er war *der* Prohibitionsfahnder. Er hielt mich für einen mehr oder weniger ehrlichen Cop – mit der Betonung auf dem ›weniger‹, glaube ich –, was in Chicago eine Ausnahme war. Ich war sein Kontaktmann geworden, denn die meisten Cops mochten ihn nicht besonders. Ehrlichkeit macht sich in Chicago nicht bezahlt.

Eliot Ness sagte: »Trotz der Schweinerei kann man sehen, daß der Täter mit einer gewissen Geschicklichkeit zu Werke gegangen ist.«

»Stimmt«, sagte ich. »Graziös wie ein Ballettänzer.«

»Nein, wirklich«, sagte er und beugte sich über den kopflosen Rumpf. Er schien auf die sich sammelnden Fliegen zu deuten, aber die meinte er nicht. »Er hat sehr präzise gearbeitet. Vielleicht deuten die Schnitte sogar auf eine chirurgische Ausbildung hin.«

»Vielleicht«, sagte ich. »Aber dieser Arzt hat seinen Patienten verloren.«

Er richtete sich auf, warf mir einen kurzen Blick zu und lächelte leicht. Er verstand mich, und er wußte, daß meine sarkastischen Bemerkungen nur ein Hilfsmittel waren, um mein Frühstück bei mir zu behalten.

»Du solltest öfter nach Cleveland kommen«, sagte er.

»Ich muß schon sagen, Eliot, du weißt wirklich, wie du deinen Freunden die Zeit vertreiben kannst.«

Er ging ein Stück weiter und betrachtete einen Unterarm, der nach einer leeren Seifenkiste zu greifen schien. Die

Finger berührten fast den Reklameaufdruck. Er kniete nieder und untersuchte den Unterarm.

Ich war übrigens nicht im Urlaub. Cleveland war keine Stadt, in der ich Urlaub machen wollte, und zwar nicht erst, seit ich vom Schlächter vom Kingsbury Run gehört hatte. Er wurde so genannt, weil einige Leichen, darunter die ersten, in dieser Straße Clevelands gefunden worden waren. Ich war geschäftlich hier. Ich suchte die vermißte Tochter eines Mannes aus Evanston, der in der Gegend von Chicago ein Dutzend Restaurants besaß. Er war ein typischer Selfmademan, der vor fünfzehn Jahren in einer schmuddeligen Küche angefangen hatte. Jetzt besaß er ein schönes Ziegelhaus in Evanston und, wenn man die Zeiten berücksichtigte, eine Menge Geld. Aber nicht viel mehr. Seine Frau war vor vier oder fünf Jahren an Schwindsucht gestorben, und seine Tochter – seiner Meinung nach ein braves Mädchen und allen anderen Leuten zufolge ein ziemlich wildes Biest – hatte sich vor ein paar Monaten mit einem Tänzer aus der Northside namens Tony aus dem Staub gemacht.

Nun, ich hatte Tony in Toledo gefunden, wo er mit einem dunkelhaarigen Mädchen namens Fifi in einer Show auftrat. Er hatte sich einen kleinen, dünnen Oberlippenbart wachsen lassen, und die beiden firmierten in der Show als Apachen. Er nannte sich jetzt Antoine. Und Tony/Antoine sagte, Ginger (das war der Spitzname der Tochter des Restaurantbesitzers) hätte sich mit einem Typ namens Ray zusammengetan, der – man stelle sich vor – ein Restaurant in Cleveland besaß.

Ich war gestern angekommen, hatte mit Ray gesprochen und ihn, ohne ihm zuviel zu verraten, gefragt, wo die hübsche Kellnerin mit Namen Ginger geblieben sei. Ray, ein dürrer, fast kahler Mann von etwa dreißig Jahren mit einem silbernen Schneidezahn, grinste verschlagen und machte mir mit einem Blinzeln klar, daß Ginger nicht nur als Kellnerin arbeitete, sondern gleichzeitig für Ray als Nachtisch diente. Im weiteren Verlauf des Gesprächs erfuhr ich, daß Ginger an diesem Abend frei hatte – sie sei mit ein paar

Freundinnen ins Kino gegangen –, aber sie würde morgen abend um fünf wieder da sein.

Ich bohrte nicht weiter, denn ich konnte sie ja am nächsten Abend im Restaurant treffen, nachdem ich einen Tag mit der Besichtigung Clevelands verschwendet hatte und meinem alten Freund Eliot auf die Nerven gegangen war. Und jetzt stand ich mit ihm mitten auf der Müllkippe der Stadt und sah ihm zu, wie er den abgetrennten Unterarm einer Frau begutachtete.

»Sieh dir das an«, sagte Eliot und deutete auf die gestreckten Finger der Hand.

Ich ging rüber und sah es mir an. Nicht besonders schnell, aber ich ging.

»Was ist, Eliot? Willst du meinen Scharfsinn prüfen, oder wartest du darauf, daß ich kotze?«

»Endlich ein Hinweis«, sagte er. »Die meisten Opfer wurden bisher nicht identifiziert; sie waren zu verstümmelt. Überwiegend Prostituierte oder Landstreicher. Aber hier haben wir endlich einen Hinweis. Genauer gesagt sogar zwei.«

Er deutete auf den kleinen Finger der Hand. Auf einen kleinen Goldring mit einem grünen Stein.

»Ein auffälliges Stück, das man leicht zurückverfolgen kann«, sagte er mit einem spröden Lächeln. »Und was noch besser ist . . .«

Er deutete auf ein erdbeerrotes, wie eine Träne geformtes Muttermal knapp unter dem Handgelenk.

Ich besah es von nahem. Dann richtete ich mich wieder auf und legte eine Hand auf meinen Magen.

Ich entfernte mich ein paar Schritte, sank auf die Knie und spuckte mein Frühstück aus. Eliot tätschelte meinen Rücken.

»Nate«, sagte er. »Was ist denn los? Du hast doch schon öfter Leichen gesehen . . . sogar so gräßliche wie diese hier . . . Nimm dich zusammen, Junge.«

Er half mir auf die Beine.

Meine Zunge fühlte sich geschwollen an, geschwollen und unruhig.

»Was ist los?« sagte er.

»Ich glaube, ich habe gerade die Tochter meines Klienten gefunden«, sagte ich.

Sowohl das Erdbeermal als auch der Ring mit dem grünen Stein tauchten in der Beschreibung des Mädchens auf. Nach den Fotos, die ich hatte, war sie eine hübsche, aber durchschnittliche junge Frau – schlank mit braunen Haaren, wie man sie zu Tausenden in jeder Stadt findet. Deshalb hatte ich mich auf diese beiden Merkmale konzentriert, um sie zu identifizieren. Ich hatte nur nicht erwartet, daß mir die Identifizierung auf diese Weise gelingen würde.

Eine Weile später saß ich im Rathaus vom Cleveland in Eliots Büro, direkt neben dem Büro des Bürgermeisters. Wir tranken Kaffee mit Rum – Eliot bewahrte in der untersten Schublade seines Schreibtisches eine Flasche auf. Ich versprach ihm, Capone nichts zu verraten.

»Ich glaube, wir müssen den Vater anrufen«, sagte Eliot. »Er muß kommen und das Mädchen identifizieren.«

Ich dachte darüber nach. »Ich würde dir gern widersprechen, aber ich glaube, das kann ich nicht. Vielleicht sollten wir warten bis . . . mein Gott. Bis der Kopf auftaucht . . .«

Eliot zuckte die Achseln. »Das ist unwahrscheinlich. Außerdem sind Ring und Muttermal Grund genug, den Vater zu verständigen.«

»Dann rufe ich an.«

»Nein. Du kannst mit ihm reden, wenn ich fertig bin, aber den Anruf sollte ich erledigen.«

Und das tat er. Sogar sehr taktvoll. Nach ein paar Minuten gab er mir den Hörer. Am Tatort hatte ich Eliot für kalt gehalten, aber ich verwarf diesen Gedanken, als ich jetzt seine feuchten grauen Augen sah.

»Ist es mein kleines Mädchen?« sagte die tiefe Stimme, die blechern aus der Muschel drang.

»Ich glaube schon, Mr. Jensen. Es tut mir leid.«

Ich hörte, wie er weinte.

Dann sagte er: »Mr. Ness erklärte mir, ihre Leiche sei . . .

verstümmelt worden. Woher wissen Sie denn, daß sie es ist? Wie konnten . . . wie konnten Sie sie identifizieren?«

Ich erzählte ihm vom Ring und dem roten Muttermal.

»Ich komme sofort«, sagte er.

»Vielleicht ist das gar nicht nötig.« Ich legte eine Hand auf die Sprechmuschel. »Eliot, reicht meine Identifizierung nicht aus?«

Er nickte. »Doch, wir machen es passend.«

Ich mußte noch eine Weile mit Jensen streiten, aber schließlich willigte er ein, die Überreste seiner Tochter mit dem Zug überführen zu lassen. Ich sagte, ich würde noch am gleichen Nachmittag ein Beerdigungsunternehmen beauftragen und den Sarg begleiten.

Ich gab Eliot den Hörer zurück, der sofort auflegte.

Wir sahen uns eine Weile schweigend an. Eliot, der nicht zum Fluchen neigte, sagte schließlich: »Ich würde zehn Jahre meines Lebens geben, um diesen verdammten Schlächter zu nageln.«

»Wie lange brauchen deine Leute die Leiche noch?«

»Ich rufe beim Gerichtsmediziner an. Ich glaube, daß wir sie dir in ein oder zwei Tagen mitgeben können. Wo wohnst du?«

»Im Stadium-Hotel.«

»Vergiß es. Ich habe ein Gästezimmer für dich. Du weißt ja, ich bin jetzt wieder Junggeselle.«

Wir hatten noch nicht darüber gesprochen. Ich hatte immer geglaubt, Eliot führte eine perfekte Ehe, doch vor einigen Monaten hatte ich zu meinem Schrecken erfahren, daß die Ehe gescheitert war. »Das tut mir leid, Eliot.«

»Mir auch. Aber ich habe wieder eine Freundin. Vielleicht erinnerst du dich an sie. Sie ist aus Chicago.«

»Wer ist es?«

»Evie MacMillan.«

»Die Modezeichnerin? Sie sieht gut aus.«

Eliot lächelte vielsagend. »Du wirst sie heute abend im Country-Club kennenlernen. Aber ich will dafür sorgen, daß du eine Begleiterin bekommst. Ich will nicht, daß du mir dazwischenfunkst.«

»Wie kannst du nur so was sagen? Vertraust du mir nicht?«

»Ich habe schon vor langer Zeit gelernt«, sagte er, indem er sich wieder seinem mit Akten überhäuften Schreibtisch zuwandte, »niemals einem Chicagoer Cop zu trauen – nicht einmal einem ehemaligen.«

Auf der Terrasse des Country-Clubs spielte eine zehnköpfige Band Cole Porter, und eine sanfte Brise vom Eriesee spielte mit den Haaren der Frauen. Es gab hier eine Menge gutaussehender Frauen – tiefausgeschnittene Kleider, nackte Schultern – und eine Menge Männer in Smokings, mit denen sie tanzen konnten. Aber dies war keine Party, und da einige Golfspieler vom Nachmittag übrig geblieben waren, mischten sich Sportkleidung und ein paar Straßenanzüge in die feinere Kleidung der anderen Gäste. Sogar manche Frauen waren eher alltäglich gekleidet, wie zum Beispiel die große, schlanke Blondine in der pinkfarbenen Bluse und dem hellgrünen Faltenrock, die neben mir am kleinen weißen Metalltisch saß und mich fragte, ob ich mit ihr einen Bacardi trinken wollte. Es roch wie im Blumengarten. Ein Teil kam von den Blumen und ein Teil von ihr.

»Ich würde Ihnen gern einen Bacardi ausgeben«, sagte ich unbeholfen.

»Nein«, sagte sie und erfaßte meinen Arm. Sie hatte jadegrüne Augen. »Sie sind der Gast. Ich bezahle.«

Eliot tanzte mit seiner Evie, einer attraktiven, brünetten Frau von Mitte Dreißig. Ich hielt sie für sehr klug, aber irgendwie kam sie mir immer etwas traurig vor. Sie lächelten zu mir herüber. Die Blondine in Pink und Hellgrün brachte zwei Bacardis, stellte einen vor mir ab und lächelte. »Ja«, sagte sie listig. »Man hat Sie reingelegt. Ich bin das Mädchen, das Eliot Ihnen versprochen hat. Wenn Sie jemanden im Abendkleid erwartet haben, dann sind Sie an der falschen Adresse. Ich *mußte* einfach meine neun Löcher spielen.«

»Wenn Sie jemand im Smoking erwartet haben«, erwiderte ich, »dann sind Sie an der falschen Adesse. Und ich hab' noch nie im Leben einen Golfplatz betreten. Was haben wir sonst noch gemeinsam?«

Sie hatte ein hübsches, sprödes Lächeln, das nicht einmal abbrach, als sie an ihrem Bacardi nippte. »Eliot, nehme ich an. Wenn ich noch ein paar davon trinke, verrate ich Ihnen vielleicht ein Geheimnis.«

Was sie nach ein paar weiteren Drinks auch tat.

Und es war ein Hammer.

»*Sie* arbeiten als verdeckte Agentin?« fragte ich. Ich wäre fast vom Stuhl gefallen.

»Pst!« machte sie und hob nervös einen Finger vor ihre hübschen Lippen. »Es ist doch ein Geheimnis. Aber ich habe in der letzten Zeit kaum etwas gemacht.«

»Was haben Sie kaum gemacht?«

»Nun, die verdeckte Arbeit. Dafür ist Eliot in Deckung gegangen, wenn Sie verstehen, was ich meine.«

»Ich kann's mir denken.«

Die Band spielte einen Tango.

Ich fragte sie, wie sie dazu gekommen sei, für Eliot zu arbeiten. Ich glaubte ihr kein Wort, trotz meines Zustandes.

Aber es war die Wahrheit (wie Eliot mir gegenüber zugab, als er herüberkam, um zu sehen, wie ich mit Vivian zurechtkam, nachdem Vivian – zufällig hieß sie so – mit Evie zur Toilette gegangen war).

Vivian Chalmers war eine kinderlos geschiedene, dreißigjährige Frau aus guten Hause – ihr Vater war Bankier, ein reicher Bankier –, und sie galt als ausgezeichnete Tontaubenschützin, Golf- und Tennisspielerin und ausgesprochen abenteuerlustige ›dynamische, sportliche‹ Frau. Sie hatte sofort eingewilligt, als Eliot sie zur Erkundung von Spielhöllen einsetzte, die er hochnehmen wollte. Da sie in der feinen Gesellschaft bekannt war, konnte sie überall auftauchen, ohne Verdacht zu erregen. Sie hatte ihm im Krieg gegen die Bande von der Mayfield Road geholfen, gegen jene Gangster, die das Glücksspiel, die Prostitution und die Lokalpolitik in der Gegend von Cleveland kontrollierten.

»Aber in der letzten Zeit war nicht viel los«, sagte sie

sehnsüchtig. »Eliot hat die Gegend ziemlich aufgeräumt, und außerdem will er mich nicht mehr einsetzen.«

»Man kann nicht ewig als verdeckter Agent arbeiten«, sagte ich. »Irgendwann wird die eine Seite mißtrauisch.«

Sie zuckte resigniert und frustriert die Achseln und ließ mich die nächste Runde bezahlen.

Wir gingen auf dem dunklen Golfplatz spazieren und setzten uns schließlich ins Gras. Die Brise war angenehm. Das Fähnchen am Loch Nummer 13 flatterte im Wind.

»Dreizehn«, sagte ich.

»Wie?«

»Opfer Nummer dreizehn.«

»Oh. Eliot hat mir davon erzählt. Ihr ›Glück‹, als Sie heute die vermißte Tochter Ihres Klienten fanden. Eine Schande ist das.«

»Wirklich, eine Schande.«

»Und es ist auch eine Schande, daß man den Mistkerl noch nicht gefunden hat.«

Sie war ein bißchen betrunken, aber das war ich auch. Trotzdem war ich schockiert – nun ja, amüsiert –, eine Frau, besonders eine aus der ›feinen‹ Gesellschaft, so reden zu hören.

»Das geht auch Eliot an die Nieren«, sagte ich.

»Und ob. Das ist das einzige Haar in der Suppe. Er ist in dieser Gegend ein Held, er hat die Mayfield-Bande ausgehebelt, er hat im korrupten Police Department aufgeräumt, er hat die Gewerkschaftserpresser eingesperrt, er hat die Zahl der Verkehrstoten halbiert, er hat die Boy's Town gegründet, er . . .«

»Sie sind nicht zufällig in den Kerl verliebt, was?«

Sie schien einen Moment zurückzuschrecken, dann verzog sie das Gesicht zu einem verlegenen Grinsen. »Ein bißchen vielleicht. Aber er hat ja eine Freundin.«

»Ich hab' keine.«

»Vielleicht doch.«

Sie beugte sich vor.

Wir küßten uns eine Weile, und sie fühlte sich gut an. Fest, fast muskulös. Aber sie roch wie Blumen. Und der

Himmel über uns war blau und mit Sternen besprenkelt, und wir legten uns ins Gras zurück und blickten hinauf. Im Augenblick schien es eine ganz nette Welt zu sein.

Kaum vorzustellen, daß es in ihr einen Schlächter gab.

In dieser Nacht redete ich lange mit Eliot. Er lebte in einem kleinen, umgebauten Bootshaus am See. Die Möblierung war spärlich, fast spartanisch. Es war klar, daß seine Frau den größten Teil der Möbel mitgenommen hatte. Er mußte noch einmal von vorn anfangen.

Ich sagte ihm, daß ich Vivian für ein prächtiges Mädchen hielt.

In einem bequemen Sessel zurückgelehnt, die Füße auf einen Divan gelegt, den Schlips um den Hals gelockert, lächelte Eliot melancholisch. »Dachte ich mir, daß du das merkst.«

»Warst du mal mit ihr zusammen?«

Er musterte mich scharf. Er mochte es nicht, wenn ich so persönlich wurde.

Er schüttelte den Kopf, aber ich wollte es nicht recht glauben.

»Du kennst Evie MacMillan schon seit Chicago«, sagte ich.

»Soll heißen?«

»Nichts weiter.«

»Soll heißen, daß ich sie schon kannte, als ich noch verheiratet war.«

»Sollte nichts heißen.«

»Nate, tut mir leid, daß ich nicht der Meßdiener bin, für den du mich hältst.«

»He, dann hast du also doch schon mal mit einer Frau geschlafen. Ich werde diese Vorstellung überleben.«

Einige dicke Stämme im Steinkamin überlegten gerade, ob sie brennen wollten oder nicht. Wir beobachteten sie bei ihrem Versuch.

»Ich liebe Evie, Nate. Aber ich werde sie nicht heiraten.«

»Herzlichen Glückwunsch.«

Wir hörten die Wellen draußen platschen, und wir konnten das Wasser riechen.

»Ich könnte den Hund mit bloßen Händen erwürgen«, sagte Eliot.

»Wie?«

»Diesen Schlächter. Diesen verdammten Schlächter.«

»Wie kommst du jetzt gerade auf ihn?«

»Keine Ahnung.«

»Eliot, es ist über drei Jahre er, daß er das erste Mal zuschlug. Hast du denn immer noch nichts in der Hand?«

»Nichts. Vor ein paar Monaten, bei dem letzten Mord, fanden wir ein paar . . . ein paar Leichenteile, Knochen und so weiter . . . in einer Pappschachtel in der Nähe des Central Market. Da draußen ist ein Hooverville, oder besser die Reste eines Hooverville . . . Eine Barackenstadt, in der echte Hobos wohnen, im Gegensatz zu anständigen Leute, die einfach nur Pech hatten. Die meisten Opfer – vor dem heutigen Tag – waren entweder Prostituierte oder Penner . . . Und die Penner aus der Barackenstadt waren die Lieblinge des Schlächters. Sozusagen.«

Das Feuer knisterte.

Eliot fuhr fort: »Ich wollte Nägel mit Köpfen machen. Ich habe eines Morgens fünfundzwanzig Cops mitgenommen, alle Hobos verhaften und zur Wache befördern lassen, ihre Fingerabdrücke nehmen lassen und alle verhört.«

»Und was ist dabei herausgekommen . . .?«

»Rein gar nichts. Außer, daß Cleveland diese Barackenstadt los ist. Ich habe die Hütten noch am gleichen Nachmittag niederbrennen lassen.«

»Wie praktisch, daß du gleichzeitig Feuerwehrchef bist. Aber was ist mit den armen Hunden, deren ›Stadt‹ du verbrannt hast?«

Er spürte meine Mißbilligung und sah mich an. Er versuchte sich an einem, wie er meinte, warmen Lächeln, aber es wirkte einfach nur müde. »Nate, ich habe sie dem Sozialamt übergeben, wo sie hoffentlich eine Wohnung und eine Entziehungskur bekommen. Aber die meisten waren sowieso nur Hobos, die einfach mit dem nächsten Güterzug weggefahren sind. Und ich habe ihnen sogar einen Gefallen getan, indem ich sie von der Liste der möglichen Opfer strich.«

»Und damit hast du für Ginger Jensen Platz gemacht.«

Eliot wandte den Blick ab.

»Das war nicht fair«, sagte ich. »Tut mir leid, Eliot.«

»Schon gut, Nate. Schon gut.«

Aber ich wußte, daß er den gleichen Gedanken gehabt hatte.

Am nächsten Tag aß ich mit Vivian auf der Terrasse eines kleinen Restaurants im Schatten des Terminal Towers zu Mittag. Wir bestellten Limonade und Sandwiches mit Schinken, Käse, Salat und Tomaten. Die Krusten des Toastbrotes waren abgeschnitten. Der Detektiv in mir fragte sich, was aus den Krusten geworden war. »Danke, daß Sie mit mir essen wollten«, sagte Vivian. Sie trug ein apricotfarbenes Kleid. Sie hatte die hübschen braunen Beine übereinandergeschlagen.

»Es ist mir eine Freude«, sagte ich.

»Da wir gerade davon reden . . . gestern abend . . .«

»Wir waren beide etwas betrunken. Vergessen Sie's. Aber bitten Sie mich nur nicht, es auch zu vergessen.«

Sie lächelte und knabberte an ihrem Sandwich.

»Ich hab' heute morgen Eliot angerufen. Ich hab' ihm etwas erzählt«, sagte sie, »aber er wollte einfach nicht zuhören.«

»Worum ging es denn?«

»Ich habe im Fall der Schlächtermorde wahrscheinlich eine Spur.«

»Ich kann mir einfach nicht vorstellen, daß Eliot das ignoriert . . . es kommt ja nicht von irgend jemandem – Sie haben für ihn gearbeitet?«

»Schon lange nicht mehr. Und er glaubt, ich bin nur . . .«

»Hinter ihm her?«

Sie knabberte an ihrem Sandwich. Sie nickte.

»Waren Sie sauer, als er Sie bat, gestern abend bei mir einzuspringen?«

»Nein«, sagte sie.

»Kann es . . . kann es sein, daß Sie es Eliot gestern abend mal richtig zeigen wollten?«

Wäre sie nicht so klug gewesen, wie sie war, dann hätte sie verletzt ausgesehen. Doch ihr Ausdruck verriet etwas anderes: Sie war von mir enttäuscht.

»Gestern abend, das hatte was damit zu tun, es *Ihnen* zu zeigen«, sagte sie. »Und . . . es hatte ein bißchen mit zu vielen Bacardis zu tun.«

»Kann sein. Erzählen Sie mir von Ihrer Spur.«

»Eliot hat sich doch darüber ausgelassen, wie ›professionell‹ die Körper verstümmelt worden wären. Er hat immer wieder gesagt, daß es wie die Arbeit eines Chirurgen aussieht.«

Ich nickte.

»Deshalb kam ich auf die Idee, daß ein Arzt – oder jemand, der zumindest eine Zeitlang Medizin studiert hat – ein sehr wahrscheinlicher Kandidat für den Schlächter ist.«

»Ja.«

»Und das Medizinstudium ist teuer, deshalb können wir annehmen, daß der Schlächter in den gleichen sozialen Kreisen verkehrt wie ich.«

»Mensch, Sie haben *wirklich* für Eliot gearbeitet.«

Das gefiel ihr.

Sie fuhr fort: »Ich hab mich bei meinen Freundinnen umgehört und bin auf einen Mann gestoßen, dessen Familie reichlich Geld hat. Watterson.«

»Ist das der Vorname oder der Nachname?«

»Der Nachname. Sehr bekannt in dieser Gegend.«

»Sagt mir nichts.«

»Nun, Lloyd Watterson hat Medizin studiert. Er ist ein großer, sehr kräftiger Mann – genau der Körperbau, den wir bei unserem Schlächter vermuten würden. Und es ist bekannt, daß er psychische Störungen hat.«

»Was für psychische Störungen?«

»Er ist seit seiner Schulzeit in psychiatrischer Behandlung.«

»Kennen Sie den Kerl?«

»Nur flüchtig. Aber ich hab' einiges über ihn gehört.«

»Als da wäre?«

»Ich hab' gehört, daß er kleine Jungen mag.«

Lloyd Watterson lebte in einem zweistöckigen weißen Haus am Ende einer Sackgasse. Es war ein kleines, im viktorianischen Stil erbautes Herrenhaus, das in einer Wohngegend mit ganz ähnlichen Häusern lag, wo weite Wiesen und mannshohe Hecken die Reichen, die drinnen lebten, vor der Außenwelt schützten.

Vivian erklärte ihm, daß dies nicht das Haus seiner Eltern sei. Watterson lebte allein, und offenbar ohne Bedienstete. Das Gelände schien gut gepflegt, und nichts am Haus verriet, daß hier möglicherweise ein Massenmörder wohnte. Keine Blutspritzer auf der weißen Veranda, keine Leichenteile auf der Wiese.

Es war Spätnachmittag, und ich begann zu zweifeln.

»Ich hab' nicht einmal eine Kanone«, sagte ich.

»Ich aber«, sagte sie und zog eine kleine .25er Automatik aus ihrer Handtasche.

»Spitze. Wenn er einen Hund hat, können wir ihn vielleicht damit erschrecken.«

»Das Ding hier wird reichen. Außerdem werden wir keine Kanone brauchen. Wir sind nur zum Reden gekommen.«

Unser Plan sah so aus: Ich sollte mich Watterson als Cop vorstellen, ihm blitzschnell mein Privatdetektivabzeichen vor die Nase halten, um ihn hereinzulegen – was in den meisten Fällen tatsächlich funktionierte – und ihn befragen, um ein Gefühl dafür zu entwickeln, ob er wirklich als ein Verdächtiger in Frage kam, gegen den Eliot etwas unternehmen mußte. Meine Aussage, glaubte Vivian, würde ausreichen, um Eliot in Bewegung zu bringen, wäre ein schönes Hochzeitsgeschenk für meinen alten Freund. Er gab es nicht zu, aber er war politisch sehr ehrgeizig, und die Verhaftung des Irren von Kingsbury Run würde den Schaden reparieren, den seine Scheidung im konservativen, überwiegend katholischen Cleveland angerichtet hatte. Er war in der Presse fast als Held verehrt worden. Eliot kam mit der Presse immer gut zurecht – Frank Nitti hatte ihn sogar ›Eliot Press‹ genannt. Aber die immer neuen, wenn auch sporadischen Morde des Schlächters waren dem fabelhaften Sicherheitsdirektor von Cleveland peinlich.

Vivian blieb in ihrem Sportwagen sitzen. Watterson hätte sie wiedererkennen können, und ich ging den gewundenen Gehweg zur Veranda hinauf und schellte. In die dunkle Edelholztür war eine Milchglasscheibe eingelassen, durch die ich undeutlich eine Bewegung sehen konnte. Jemand kam zur Tür.

Die Tür wurde geöffnet, und ein blonder, etwa einsneunzig großer Mann mit einem Kindergesicht und eisblauen Augen und Schultern, die fast den Türrahmen ausfüllten, sah mich an und grinste. Es war ein schräges Jungengrinsen. Er trug ein Polohemd und weiße Shorts.

Er sagte nichts. Er musterte mich nur mit seinen eisblauen, irgendwie leeren Augen. Ich wußte jetzt, wie eine Frau sich fühlte, wenn man sie anstarrt. Es war kein gutes Gefühl.

»Ich bin Gerichtsbeamter«, was in Illinois nicht einmal direkt eine Lüge war, und hielt ihm mein Abzeichen unter die Nase, doch bevor ich weitersprechen konnte, packte er mein Hemd, riß mich hinein und knallte die Tür zu.

Er schleuderte mich wie ein Hufeisen, und ich prallte gegen etwas Hartes – ich glaube, die Treppe zum ersten Stock, aber ich weiß es nicht mehr genau, weil ich das Bewußtsein verlor. Ich erinnere mich nur noch an den dumpfen Geruch des Hauses.

Ich wachte einige Minuten später wieder auf. Ich saß gefesselt auf einem Stuhl in einem feuchten, dunklen Zimmer. Im Boden, der aus festgetretener Erde bestand, waren Stützpfeiler verteilt. Also der Keller.

Ich zerrte an den Fesseln, aber sie waren eng. Nicht so eng, daß sie mir das Blut abschnürten, aber eng genug. Ich sah mich um. Ich war allein. Ich konnte nicht viel erkennen – nur eine Schaufel an einer nackten Betonwand. Das einzige Licht kam rechts von einem Fenster, draußen sah ich eine Hecke. Deshalb war das Licht gedämpft.

Füßte trampelten die offene Holztreppe herunter. Zuerst sah ich seine Beine, weiß wie Pizzateig.

Er grinste. Er hatte ein Hackmesser in der rechten Hand. Es glänzte, spiegelte das bißchen Licht, das es hier gab.

»Ich bin kein Schlächter«, sagte er. Seine Stimme war leise, beinahe sanft. »Glauben Sie nicht, was Sie gehört haben . . .«

»Wollen Sie sterben?« fragte ich.

»Natürlich nicht.«

»Nun, dann schneiden Sie mich los. Die Cops haben das Haus umstellt, und wenn Sie mich töten, dann wird man Sie niederschießen. Sie wissen doch, was mit Polizistenmördern passiert, oder?«

Er dachte darüber nach und nickte.

Er stand neben mir und hielt das kalte, polierte Stahlmesser hoch. Ich konnte in der Klinge mein Spiegelbild sehen. Er sagte: »Ich bin kein Schlächter. Das hier ist ein chirurgisches Instrument. Es wird für Amputationen benutzt. Das hat mit Schlächterei nichts zu tun.«

»Das sehe ich.«

»Ich hab' mich schon gefragt, wann ihr kommt.«

»Wollen Sie erwischt werden, Lloyd?«

»Natürlich nicht. Ich bin nicht anders als Sie. Ich diene der Öffentlichkeit auf meine Weise.«

»Wie . . . wie kommen Sie darauf, Lloyd?« Meine Füße waren nicht gefesselt. Wenn er nur herumkam, bis er direkt vor mir stand . . .

»Ich beseitige nur den Abfall. Das Strandgut.«

»Das Strandgut?«

»Landstreicher, Huren. Ich rupfe das Unkraut. Die stärksten sollen überleben. Sie wissen ja.«

»Was Sie sagen, klingt ganz vernünftig, Lloyd. Aber ich bin kein Unkraut. Ich bin kein Strandgut. Ich bin Cop. Sie wollen doch wohl keinen Cop umbringen. Sie wollen doch sicher niemanden umbringen, der wie Sie der Öffentlichkeit dient.«

Er dachte darüber nach.

»Ich glaube, dieses Mal habe ich keine Wahl«, sagte er.

Er kam herum, blieb vor mir stehen und kratzte sich am Kinn. Er hob das Hackmesser bis vor mein Brustbein.

»Ich mag Sie wirklich«, sagte Lloyd nachdenklich.

»Ich mag Sie auch, Lloyd«, sagte ich. Ich trat ihm in die Eier.

Härter, als ein Mann, der an einen Stuhl gebunden ist, eigentlich treten konnte, aber unter extremen Bedingungen wundert man sich immer, was man zu tun vermag. Und man kann sich kaum etwas Extremeres vorstellen, als an einen Stuhl gefesselt zu sein, während ein Typ mit einem Hackmesser auf einen losgeht.

Nur, daß er jetzt nicht mehr auf mich losging. Er krümmte sich vor mir, und ich stand, den Stuhl an meinen Rücken gefesselt, auf und schaffte es, ihm noch einen Schlag ins Gesicht zu verpassen.

Er taumelte zurück, griff sich zwischen die Beine, nahm den Kopf zurück und wand sich. Tränen rannen über seine Wangen, die Sehnen in seinem Hals spannten sich. Ich hatte ihn seitlich am Gesicht erwischt und die Haut aufgeschürft. Blutstropfen waren wie kleine rote Tränen über seine Wangen gespritzt und vermischten sich mit den wirklichen Tränen.

Und dann zersplitterte das Fenster, und Vivian kam herein, die hübschen Beine zuerst.

Sie gab mir die kleine Waffe, die ich auf ihn richten konnte, während sie meine Fesseln löste.

Er lag immer noch stöhnend auf dem nackten Boden, als wir die Treppe hinaufrannten in den sonnigen Tag hinaus, in eine Welt, die nicht feucht war, auf eine Erde, die mit Gras bedeckt war, unter der nicht weiß der Himmel was vergraben war.

Wir baten Eliot, uns an seinem Bootshaus zu treffen. Dort erzählten wir ihm, was geschehen war. Er wurde bleigrau; ich hatte ihn noch nie so wütend gesehen. Er nahm Vivian einen Augenblick in den Arm, sah sie an und sagte: »Wenn dir was passiert wäre, hätte ich dich umgebracht.«

Er schenkte uns Drinks ein, wie üblich Rum. Er gab mir meinen Drink und sagte: »Wie konntest du dich nur auf so was Hirnrissiges einlassen?«

»Ich wollte meinem Klienten etwas für sein Geld bieten«, sagte ich.

»Du meinst den Mörder seiner Tochter.«

»Warum nicht?«

»Ich suche den Bastard jetzt seit drei Jahren, und du kommst in die Stadt und willst ihn in drei Tagen finden.«

»Nun, ich hab' ihn gefunden.«

Er verzog das Gesicht und schüttelte den Kopf. »Das glaube ich dir sogar. Aber Wattersons Familie wird die besten Anwälte des Landes beauftragen, und vor Gericht sehen wir dann ziemlich mies aus.«

»Wie bitte? Der Hundesohn hat versucht, mich mit seinem Hackmesser in Stücke zu schneiden!«

»Wirklich? Hat er auf dich eingeschlagen? Oder bist du nicht vielmehr unter Vorspiegelung falscher Tatsachen in sein Haus eingedrungen? Hast du dich nicht fälschlicherweise als Polizist ausgegeben? Und im übrigen hast du *ihn* angegriffen. Wir haben kaum etwas in der Hand.«

Vivian sagte: »Du hast den Namen des Schlächters.«

Eliot nickte. »Wahrscheinlich. Ich muß telefonieren.«

Eliot zog sich in sein Arbeitszimmer zurück und kam fünfzehn Minuten später wieder heraus.

»Ich habe mit Franklin Watterson gesprochen, dem Vater. Er hat sich einverstanden erklärt, seinen Sohn einem Lügendetektortest unterziehen zu lassen.«

»Wozu soll das gut sein?«

»Eins nach dem anderen«, sagte Eliot.

Lloyd Watterson unterzog sich zweimal dem Lügendetektortest – und bei beiden Gelegenheiten behauptete er, nichts mit den Schlächtermorden zu tun zu haben. Seine Behauptungen waren der Maschine zufolge gelogen. Der Anwalt der Familie Watterson erinnerte Eliot daran, daß Lügendetektortests nicht als Beweismittel vor Gericht zugelassen seien. Eliot unterhielt sich unter vier Augen mit Franklin Watterson.

Lloyd Watterson wurde von seiner Familie in eine Nervenheilanstalt eingewiesen. Der verrückte Schlächter vom Kingsbury Run – dieser Fall wird bis heute in den Akten der Polizei von Cleveland als ›ungelöst‹ geführt – schlug nicht wieder zu.

Zumindest nicht direkt. Eliot heiratete Evie MacMillan ein paar Monate nach meinem Besuch in Cleveland, und von Beginn an wurde ihre Ehe durch die Briefe eines Irren gestört. Sie wurden sämtlich in der Stadt aufgegeben, in der Wattersons Nervenheilanstalt lag. ›Auch du wirst eines Tages zahlen müssen‹, stand auf einer Postkarte. Auf der Vorderseite war die Zeichnung eines weibisch aussehenden Mannes. Mrs. Ness war durch diese Briefe und Postkarten sehr beunruhigt.

Das Glück ließ Eliot nach den ›ungelösten‹ Schlächter-Morden im Stich. Er war für sein hartes Durchgreifen gegenüber Verkehrsverstößen bekannt, doch eines Morgens im März des Jahres 1942 geriet er selbst in die Schlagzeilen. Sein Auto schleuderte auf dem West Shoreway gegen ein entgegenkommendes Fahrzeug. Eliot, seine Frau und zwei Freunde, die im Wagen saßen, waren betrunken. In dem Artikel wurde Eliots Name nicht ausdrücklich erwähnt, aber sein Autokennzeichen – EN-1 –, das den Bürgern Clevelands gut bekannt war, wurde veröffentlicht. Und Eliot hatte den Unfallort verlassen.

Fahrerflucht, schrien die Schlagzeilen. Eliots Version lautete, seine Frau sei verletzt worden, und er habe sie ins Krankenhaus transportiert – doch zuvor habe er nach dem zweiten Fahrer geschaut. Dieser bestätigte Eliots Aussage. Damit war der Sturm vorbei, aber der Schaden war angerichtet. Eliots Ansehen in der Presse von Cleveland war angeschlagen.

Zwei Monate später trat er von seinem Posten als Sicherheitsdirektor zurück.

Etwa zu dieser Zeit schaffte es der Heiminsasse Lloyd Watterson, sich mit einem Bettlaken aufzuhängen. Gleichzeitig hörten die Drohbriefe auf.

Ich kann nicht sagen, wieviel Druck diese Karten und Briefe auf die Ehe ausübten, doch im Jahre 1945 wurden Eliot und Evie geschieden, und Eliot heiratete einige Monate später zum dritten Mal. Zu dieser Zeit arbeitete er als Staatsbeauftragter in einem Regierungsprogramm gegen Geschlechtskrankheiten beim Militär. Sein Versuch, 1947 für das Bürgermeisteramt in Cleveland zu kandidieren, endete mit einer Katastrophe. Clevelands früherer Held war jetzt nur noch eine Skandalfigur, die eine Fahrerflucht und zwei Scheidungen auf dem Gewissen hatte und zum dritten Mal verheiratet war.

Sein persönlicher Erfolg stellte sich erst wieder ein, als sein autobiographisches Werk *Die Unbestechlichen* veröffentlicht wurde, aber der wirkliche Ruhm kam erst, als Eliot schon tot war. Er starb kurz nach der Veröffentlichung und erlebte nicht mehr die Fernsehserie mit Robert Stack, die ihn unsterblich machen sollte.

Ich traf Eliot hin und wieder während der folgenden Jahre; Vivian begegnete ich nie wieder.

Ich fragte ihn einmal nach ihr, als ich ihn Anfang der fünfziger Jahre in Pennsylvania besuchte. Er erklärte, sie sei bei einem Bootsunfall im Jahre 1943 ums Leben gekommen.

»Dann ist sie schon seit Jahren tot«, sagte ich. Der Schreck hatte mich getroffen wie ein Schlag.

»So ist es. Aber du kannst ja eine Träne für sie vergießen, wenn du willst. Tränen und Gebete kommen nie zu spät, Nate.«

Amen, Eliot.

Nachbemerkung des Autors: Diese Geschichte beruht vor allem auf zwei Sachbüchern: *Four Against the Mob* von Oscar Fraley, Popular Library 1961, und *Cleveland – The Best Kept Secret* von George E. Condon, Doubleday 1967. Tatsachen, Spekulationen und Fiktion sind in dieser Geschichte frei gemischt; mit Ausnahme von Eliot Ness sind alle Charaktere – wenn sie auch in manchen Fällen reale Gegenstücke haben – fiktiv.

Ins Deutsche übertragen von Jürgen Langowski

Die Zeit des Kentucky-Derbys ist für jeden, der sich mit Vollbutrennen befaßt, eine besondere Jahreszeit. Die Luft knistert vor Aufregung und Spannung, während der große Tag naht. Meine Beteiligung bei dem Derby beschränkt sich für gewöhnlich auf die Rolle eines nichtwettenden Zuschauers, aber in diesem Jahr war es plötzlich zu einem weit wichtigeren Teil meines Lebens geworden.

Mein Boß, J. Howard Biel, Präsident des New York State Racing Club, hatte mich heute morgen zu Hause angerufen – ein Umstand, der üblicherweise schlechte – oder ›ernste‹ – Nachrichten bedeutete.

In jedem Jahr nimmt ein ›Wunderpferd‹ von der Ostküste ebenso wie ein ›Wunderpferd‹ von der Westküste am Rennen teil. Diese zwei besonderen Vollblüter treffen für gewöhnlich zum ersten Mal beim Kentucky-Derby aufeinander. In diesem Jahr war das Westküstenpferd ein großer langbeiniger Hengst namens *Dreamland,* und für die Ostküste nahm ein schlankes und recht kleines Energiebündel namens *Runamuck* teil. Die Erfolge dieser beiden Pferde waren derart beeindruckend, daß bisher nur fünf weitere Pferde gegen sie für das Derby aufgestellt worden waren. Davon waren allerdings eins durch Krankheit und ein anderes durch Verletzung ausgefallen, wodurch sich das Gesamtfeld auf fünf reduzierte. Die Medien hatten dies zum Anlaß genommen, das diesjährige Rosenrennen mit dem Begriff Halbgroschenderby zu belegen.

Nach Howards telefonischer Aufforderung traf ich in seinem Büro ein, nahm den Schlamm entgegen, den er als Kaffee bezeichnete, setzte mich, und er begann, mir von der Sache zu erzählen.

»Ich habe mit Veranstaltern aus Kalifornien und Kentucky ein Gespräch geführt.«

»Worum ging es?«

»Es sind Drohungen gegen Dreamland und sein Lager gefallen.«

»Welche Art Drohungen?«

»Sie reichten von Entführung bis zur Tötung des Pferdes.«

»Und die Leute in seinem Lager?«

»Man hat ihnen mit Unannehmlichkeiten gedroht, aber bisher gab es noch keine Morddrohungen.«

»Nun, das ist alles sehr bedauerlich, Howard. Aber warum sollte dich das dazu bringen, dich mit den Rennveranstaltern von zwei anderen Staaten zu treffen und dann mich anzurufen?«

Er zögerte einen Augenblick und sagte dann: »Weil sie keine Sonderermittlungsgruppe haben, und ich habe eine.«

Er hatte allerdings eine Ermittlergruppe, für die er einen langen, schweren Kampf mit dem Direktionsausschuß des NYSRC geführt hatte. Sie hatten schließlich zugestimmt, ihm einen Zuschuß zu geben, *nicht* um die zwanzig Leute einzustellen, die er gefordert hatte, sondern nur vier. Nimm's oder laß es, sagten sie zu ihm, und er nahm es.

Er nahm es und nahm auf der Stelle mit mir Verbindung auf, weil ich schon früher für ihn gearbeitet hatte. Ich nahm den Job an und half bei der Einstellung der drei anderen.

»Das sind wir wohl«, erwiderte ich jetzt.

»Ein armes Häuflein, doch mein eigen«, sagte er und breitete die Arme aus.

»Sie wollen sich also einen Mann ausleihen, oder?«

»So ungefähr. Du übernimmst die Sicherheitsmaßnahmen für das Tier in Kalifornien und während des Transports nach Kentucky.« Er beugte sich vor und fügte hinzu: »Henry, wenn dieses Pferd gestohlen würde oder zu Schaden käme, wäre das für die gesamte Vollblutbranche ein schwerer Schlag. Daher habe ich auch beschlossen, daß unsere Zusammenarbeit mit diesen Leuten wichtig ist.«

»Du meinst, du hast beschlossen, daß *ich* mit ihnen zusammenarbeiten soll.«

Er lächelte grimmig. »Ja, genau das meine ich.«

»Was ist mit Runamuck?«

»Keine Drohungen, keine Anrufe. Gott sei Dank.«

»In Ordnung, Howard.« Ich erhob mich. »Ich mach' mich auf den Weg.«

»Dafür bin ich dir dankbar, Henry«, sagte er und öffnete seine oberste Schublade. Er zog einen braunen Umschlag hervor und hielt ihn mir entgegen. »Hier sind dein Ticket und etwas Spesengeld.«

»Du glaubst wohl, du kennst mich so gut, was?« sagte ich und nahm den Umschlag an mich. »Ich brauche einige Hintergrundinformationen über die Leute, mit denen ich zu tun haben werde.«

Er griff nach unten und förderte einen Diplomatenkoffer hinter seinem Schreibtisch hervor. »Das ist vorbereitet worden.«

»O Mann«, sagte ich und nahm auch den Koffer, »mir gefällt es, unberechenbar zu sein.«

»Viel Glück, Henry.«

»Ich melde mich.«

Im Flugzeug ging ich das Material im Diplomatenkoffer durch. Ich konnte daraus ein wenig über die Leute in Dreamlands Lager erfahren: Donald McCoy, sein Jockey, der ihn in allen seinen bisherigen Rennen geritten hatte; seine Eigentümerin Mrs. Emily Nixon, die das Gestüt von ihrem Vater nach seinem Tod vor zehn Jahren übernommen und seitdem keinen Derbysieger mehr gehabt hatte; und sein Trainer Lew Hale, der von Mrs. Nixon eingestellt worden war, als sie das Gestüt übernommen hatte.

Es klang so, als ob Hale unter einem gewissen Druck stand, einen Derbysieger vorzeigen zu müssen. Also kam ich zu dem Entschluß, daß ich ganz gut bei ihm anfangen konnte.

Als ich in Los Angeles ankam, nahm ich ein Taxi zu einem Hotel, warf mir ein paar kalifornische Klamotten über und nahm dann noch ein Taxi zur Rennbahn, wo ich nach Lew Hale suchte und ihn auch fand.

Es war noch früh, und das Einlaufen ging gerade zu Ende. Ich ging auf Hale zu, als er eine zweijährige Stute beaufsichtigte, die um die Bahn herumgaloppiert wurde, und stellte mich vor.

»Oh, Sie sind also der Ermittler aus New York«, sagte er

und streckte mir die Hand entgegen. »Schön, daß Sie da sind, Mr. Po.«

Sein Gesicht war tief zerfurcht, vielleicht durch den ständigen Aufenthalt im Freien, vielleicht von etwas anderem, aber es hatte Charakter. Seine Augen waren grau, seine Nase stark ausgeprägt. Sein Mund ließ ihn jedoch häßlich wirken. Seine Lippen waren dick und verzerrt, so daß er ständig so aussah, als ob er an einer Zitrone gelutscht hätte. Er war etwa vier Zoll größer als ich, was ihn auf mindestens einsfünfundachtzig brachte. Er war in guter Verfassung für einen Mann in den späten Fünfzigern – zum Teufel, er war sogar für jemanden in meinem Alter in guter Verfassung.

»Ich sage Ihnen ganz offen, ich mache mir ziemliche Sorge, seit das mit den Drohungen angefangen hat.«

»Wie lange ist das her?«

Er dachte kurz nach. »Ich denke, etwa zwei Wochen. Zuerst kam ein Brief, in dem stand, daß Dreamland es niemals zum Derby schaffen würde.«

»Klingt mehr wie eine Ansicht als eine Drohung«, meinte ich.

»Deswegen haben wir ja auch nichts unternommen.«

»Haben Sie den Brief behalten?«

»Tut mir leid, nein. Ich hab' ihn weggeworfen. Ich hatte gar nicht begriffen, daß es seine Drohung war, bis ich den Anruf erhielt.«

»Wo haben Sie den Anruf erhalten?«

»Hier, an der Bahn.«

»Um welche Tageszeit?«

»Früh, vor dem Tagesrennen.«

»War es ein Mann oder eine Frau?«

»Äh, das ist wohl schwer zu sagen. Es hätte eine Frau mit einer tiefen Stimme sein können . . .«

»War die Stimme verstellt?«

»Ich fürchte, ja. Sie klang irgendwie gedämpft, als ob er oder sie die Hand über die Muschel gehalten hätte.«

»Was sagte sie?«

»Daß Dreamland eine Reise machen würde, daß sie aber nicht nach Kentucky ginge.«

»Wie viele Anrufe haben Sie danach noch erhalten?«

»Zwei. Der letzte besagte, daß Dreamland tot sein würde, bevor er über die Ziellinie ginge.«

»Was ist mit den Drohungen gegen Sie und den Jockey?«

»Ich habe so leicht keine Angst, Mr. Po. Aber er hatte die Hosen voll.«

»Was?«

»Ach ja, davon können Sie ja noch nichts wissen«, sagte er. »Er hat gestern gekündigt. Er bekam einen Anruf und wollte mir noch nicht einmal sagen, worum es ging. Er wollte nur noch weg, und ich ließ ihn laufen. Einen Jockey ohne Schneid brauche ich nicht.«

»Welche Drohungen haben Sie erhalten?«

»Man sagte mir, daß ich tot wäre, falls Dreamland das Derby gewinnen würde. Blödsinn!«

»Könnte ich mir vielleicht ansehen, wo Sie den Hengst jetzt stehen haben?«

»Natürlich. Lassen Sie mich nur noch Miss Emily beim Einreiten zusehen.«

»Die Stute?«

»Ja. Sie sieht wunderbar aus.«

»Mrs. Nixon?«

Er nickte. »Sie hat selbst für die Stute geboten und hat mehr bezahlt, als ich es getan hätte. Aber andererseits ist es ihr Geld, und ich denke, daß sie weiß, was sie tut.«

Wir sahen der Stute weiter zu, bis Hale offenbar zufrieden war und sagte: »Kommen Sie, wir sehen bei Dreamy vorbei. Er ist schon beeindruckend, wenn er nur in der Box steht.«

Wir gingen zum Parkplatz und stiegen in einen staubbedeckten 73er Chevy. Wir fuhren auf einem Lehmweg zu den Ställen, was auch die dicken Schichten auf dem Wagen erklärte. Die meisten Rennbahnen haben entweder Lehm oder Kieswege zu den Ställen.

Hale hielt den Wagen vor einem der größeren Ställe an, und wir stiegen aus. Ich konnte einen uniformierten

Wächter vor einer Box stehen sehen. Es war also nicht allzu schwer zu erraten, wo Dreamland stand.

»Seit dem letzten Anruf vor drei Tagen habe ich einen Wächter Tag und Nacht bei ihm aufgestellt«, erläuterte Hale.

Als wir die Box erreichten, nickte der Wächter Hale zu, machte jedoch keine Anstalten, mich aufzuhalten oder mich nach meiner Identität zu fragen.

»Das ist Mr. Po«, sagte Hale zu ihm. »Er kommt aus New York, und ab jetzt leitet er die Sicherheitsmaßnahmen.«

»Ja, Sir«, sagte der Wächter, und jetzt, da man uns vorgestellt hatte, nickte er mir zu.

»Gehören Sie zu einem privaten Sicherheitsdienst oder zu dem der Rennbahn?« fragte ich den Wächter.

»Zu einem privaten, Sir.«

»Tatsächlich gehört er zu demselben Wachdienst, den die Rennbahn verwendet, aber ist der Bahn nicht auf Dauer zugeteilt. Mrs. Nixon heuerte seine Gesellschaft an, und sie schicken uns ihre eigenen Wächter«, sagte Hale.

»Wollen Sie meinen Ausweis nicht sehen?« fragte ich den Uniformierten.

»Äh, das wird nicht nötig sein, Sir«, erwiderte er.

»O doch, das ist es«, sagte ich, holte meinen Ausweis heraus und zeigte ihn vor. »Es ist mir egal, zu welcher Gesellschaft ein Fremder gehört«, fügte ich hinzu. »Ich will, daß sein Ausweis geprüft wird. Verstanden?«

Der Wächter preßte die Lippen bei diesem Rüffel zusammen. »Ja, Sir, ich habe verstanden.«

Ich ging an ihm vorbei, lehnte mich an die Boxtür und spähte hinein. Hale hatte recht gehabt, Dreamland war beeindruckend. Er nahm den Kopf hoch, sah mir direkt in die Augen und fragte sich vermutlich, wer der Störenfried war.

»Na, hallo, Ihre Majestät«, sagte ich zu ihm.

»Sie haben auch das Gefühl, nicht?« fragte Hale. »Er sieht gottverdammt wie ein König aus, oder?«

»Allerdings«, räumte ich ein.

»Und er läuft auch wie ein gottverdammter Teufel.«

»In wie vielen Schichten treten die Wächter an?«

»Drei.«

»Wann fliegen Sie nach Kentucky?«

»Übermorgen.«

»In Ordnung, bis dahin will ich zwei Wachen in jeder Schicht, den einen hier, den anderen auf Runde.«

»Ich kümmere mich darum.«

»Es wird mehr kosten.«

»Lady Emily sind die Kosten egal«, versicherte er mir.

»Ist das ein Spitzname?«

»Einer von den freundlicheren«, gab er zur Antwort, »und für gewöhnlich spricht man sie nur hinter ihrem Rücken aus.«

»Ist McCoy heute schon hier gewesen?« fragte ich.

»Heute noch nicht«, sagte er. Er wandte seine Aufmerksamkeit dem Pferd zu und sagte: »Bis später, Dreamy.« Dreamland warf ihm einen Seitenblick zu und hob dann den Kopf, als ob er uns ignorierte.

»Nicht besonders freundlich«, lautete mein Kommentar.

»Und das ist vielleicht seine einzige Eigenart. Aber wen kümmert's, so wie er rennt? Kommen Sie, wir gehen in mein Büro. Falls Sie McCoy hier nicht finden können, finden Sie ihn vielleicht dort, wie er sich die Wunden leckt.«

»Warum sollte ich ihn hier nicht finden können?« fragte ich. »Er hat das Reiten doch nicht völlig aufgegeben, oder?«

Hale gab mir McCoys Adresse und Telefonnummer, und dann versuche ich fast eine Stunde lang, ihn auf der Bahn zu finden. Als die Rennen des Tages begannen und ich ihn immer noch nicht gefunden hatte, gab ich es auf. Von den Trainern, mit denen ich sprach, gab keiner zu, daß McCoy auf der Schwarzen Liste stand, aber keiner von ihnen hatte ihn als Reiter eingeteilt.

Ich verließ die Bahn, nahm mir ein Taxi und gab dem Fahrer McCoys Privatadresse, die sich als ein Apartmentgebäude in einer Mittelklassegegend herausstellte. Ich sagte dem Fahrer, daß er warten solle, ging in die Vorhalle und klingelte bei McCoy, erhielt aber keine Antwort. Ich ging wieder zum Taxi und ließ mich in mein Hotel fahren, wo ich mir meine weiteren Schritte überlegen würde.

Ich sah am Empfang nach, ob irgendwelche Nachrichten für mich eingetroffen waren. Nicht, daß ich ernsthaft welche erwartet hätte, aber wenn man in einem Hotel wohnt, macht man das eben. Zu meiner Überraschung war eine Nachricht in meinem Fach. Ich bezähmte meine Neugier, bis ich mein Zimmer erreicht hatte. Drinnen öffnete ich den Umschlag und zog eine sauber maschinengetippte Notiz hervor:

Mrs. Emily Nixon wünscht, daß Sie heute mit ihr zu Abend essen. Um Punkt sieben Uhr wird Sie ein Wagen an Ihrem Hotel abholen.

Keine Unterschrift.

Ein ausgesprochen höflicher ›Wunsch‹, aber da ich sowieso mit ihr reden wollte, würde ich mich nicht beschweren.

Ich las den Zettel noch einmal und legte ihn dann auf den Schreibtisch. Bevor ich unter die Dusche ging, rief ich bei McCoy an, aber es nahm niemand ab. Ich wollte mich sehr gerne mit McCoy unterhalten, um herauszufinden, warum er sich von einem Tier distanzierte, das ihm sehr wahrscheinlich eine Menge Geld einbringen würde. Hale hatte mir seine Version erzählt, aber Hale – und Emily Nixon – gehörten zum Management, und das Management hatte stets eigene Vorstellungen davon, wie die Dinge aussehen sollten.

Ich zog mich an und war fertig, als ›Mrs. Emilys‹ Fahrer an die Tür klopfte.

Ich hatte nicht erwartet, noch jemanden im Wagen anzutreffen, da ich angenommen hatte, daß das Fahrzeug zu dem Zweck losgeschickt worden war, um mich irgendwohin zu bringen. Aber da saß sie. Als ich meinen Kopf hineinsteckte, war das erste, was ich sah, ein Paar hübscher Beine. Das zweite, was ich sah, war das Gesicht einer ausgesprochen gutaussehenden Frau, das im Augenblick ein amüsiertes Lächeln aufwies.

»Guten Abend, Mr. Po«, begrüßte sie mich.

»Mrs. Nixon.«

»Kommen Sie doch bitte ganz herein und nehmen Sie Platz.«

Ich stieg ein, der Fahrer warf die Tür hinter mir zu, setzte sich hinter das Steuer und fuhr los.

»Ich möchte Ihnen sagen, wie dankbar ich bin, daß Sie nach Kalifornien gekommen sind, um uns bei unserem Problem zu helfen.«

»Es freut mich, wenn ich behilflich sein kann, Mrs. Nixon.«

Sie hatte sehr klare, wache violette Augen. Sie schien Anfang Vierzig zu sein, war jedoch außerordentlich attraktiv und strahlte eine jugendliche Vitalität aus.

»Ich hoffe, Sie mögen teures Essen, Mr. Po?« fragte sie. »Es ist die einzige Nahrung, die ich zu mir nehme.«

»Ich schwelge nur dann, wenn ein anderer bezahlt, Mrs. Nixon.«

»Dann haben Sie ja Glück, nicht wahr?«

Wir wechselten einige Worte über Rennsport, bis wir unser Ziel erreichten, ein ungewöhnlich teuer aussehendes italienisches Restaurant bei Wilshire. Als wir eintraten, erhielten wir die Vorzugsbehandlung, die eine Frau ihrer Stellung verdiente – und ersehnte –, und wurden an ›ihren‹ Tisch gebracht.

Nachdem wir das Essen bestellt und die Gläser in der Hand hatten, sagte sie: »Nun, was werden Sie als erstes unternehmen, um den Mann zu finden, der all diese scheußlichen Drohungen an uns gerichtet hat?«

»Ich glaube«, erwiderte ich, »ich sollte Ihnen erklären, daß meine Hauptsorge darin besteht, nicht etwa die Person zu finden, die die Drohungen ausgesprochen hat, sondern sicherzustellen, daß weder Dreamland noch die Personen um ihn zu Schaden kommen.«

»Ah ja«, sagte sie. »Dann fürchte ich, daß ich da etwas mißverstanden habe. Ich stand unter dem Eindruck, daß Sie als Sonderermittler für den New York Racing Club arbeiten.«

»Das ist der Fall«, versicherte ich ihr.

»Oh? Was macht dann ein Sonderermittler?« fragte sie. »Doch wohl ermitteln, oder?«

»Unter gewöhnlichen Umständen ja«, sagte ich, während ich versuchte, nicht die Geduld zu verlieren. »Aber nicht in diesem Fall, fürchte ich.«

»Was haben Sie also getan, um Dreamlands Sicherheit zu gewährleisten?« fragte sie. Ihr Ton war weitaus kühler, als er es bisher gewesen war.

Ich führte aus, daß ich bei der Bahn gewesen war und die Sicherheitsvorkehrungen um Dreamlands Stall verstärkt hatte. Ich sagte ihr auch, daß ich mit Lew Hale gesprochen hatte und nach McCoy suchte.

»Ich will nicht über McCoy reden«, sagte sie heftig. »Wie kann er es wagen, mir so etwas anzutun!«

»Sie sprechen davon, sich von dem Pferd zurückzuziehen?«

»Natürlich! Was denn sonst?« schoß sie zurück. »Ich kann einfach nicht glauben . . .« Sie brach den Satz in der Mitte ab, schloß die Augen und sagte: »Ich will nicht über diesen kleinen Mann reden.«

»Was ist mit Hale?«

»Falls Dreamy das Derby nicht gewinnt, fliegt Hale raus«, sagte sie. »Ich habe ihm lange genug Zeit gegeben.«

»Zehn Jahre, nicht wahr?«

»Ja, seit mein Vater gestorben ist. Mein Vater George Gregg hatte zwei Derbysieger und drei Pferde, die die Preisgelder einholten. Von meinen Pferden hat das noch keines geschafft.«

»Lew Hale scheint recht zuversichtlich zu sein«, meinte ich.

»Zuversichtlich sind wir alle«, pflichtete sie mir bei, »aber Zuversicht gewinnt kein Rennen.«

Das Essen kam, und ich fragte, ob sie etwas dagegen hätte, wenn wir uns während des Essens weiter unterhielten.

»Ei, ei, ein Gentleman«, sagte sie. »Wie nett. Nein, natürlich habe ich nichts dagegen. Danke für die Anfrage.«

Als wir uns unserem Essen widmeten, fragte ich: »Werden Sie mit, äh, Dreamy nach Kentucky gehen?«

»Nein, aber ich werde später in der Woche dasein, am Tag vor dem Rennen«, antwortete sie. »Ich will das Vorabendfest zum Derby nicht verpassen.«

»Mrs. Nixon, was die Drohung angeht. Die Briefe, die Anrufe . . .«

»Ein Anruf«, sagte sie. »Ich habe nur einen Anruf erhalten.«

»Soweit ich weiß, gab es weitere. Und mindestens einen Brief.«

»Die anderen Anrufe und der Brief wurden von Lew Hale angenommen.«

»Haben Sie den Brief gesehen?«

»Nein, habe ich nicht. Er hat mir davon erzählt, aber er sagte, daß er ihn weggeworfen hätte.«

»Was ist mit dem Anruf, den Sie erhalten haben?«

»Eine Stimme.«

»Männlich oder weiblich?«

Wie Hale stutzte sie und mußte darüber nachdenken.

»Die Stimme war recht tief. Ich hatte nicht den Eindruck, daß ich mit einer Frau sprach.«

Ihr ›Eindruck‹ – oder der Mangel eines solchen – erschien mir ziemlich wichtig. Ich dachte mir, daß eine Frau instinktiv wissen würde, ob sie mit einer anderen Frau sprach.

»Fahren Sie fort«, sagte ich.

»Die Stimme sagte, falls ich die Reise nach Kentucky machte, müßte ich gottverdammtes Glück haben, um wieder zurückzukommen.«

Diesmal stockte ich für einen Moment. Dann fragte ich: »War das wortwörtlich?«

»Was?« fragte sie und zögerte, eine Gabel Linguini zum Mund zu führen.

»Die Nachricht, die Sie telefonisch erhalten haben, die Art und Weise, in der Sie sie gerade wiedergegeben haben – war das Wort für Wort?«

Sie dachte einen Augenblick lang nach und sagte dann: »Ja. So erinnere ich mich daran. Wieso?«

»Ach, nichts«, sagte ich. Ich wollte meine Gedanken jetzt noch nicht laut aussprechen und ging zum nächsten Punkt über. »Wieviel Kontakt haben Sie mit Lew Hale während Ihres zehnjährigen Verhältnisses gehabt?«

»Eigentlich gar nicht so viel. Außerhalb des Siegerkreises – wenn wir dorthingelangen – denke ich nicht, daß ich ihn häufiger als zwei- oder dreimal im Jahr sehe.«

»Ist das nicht ungewöhnlich?«

»Vielleicht. Aber im Gegensatz zu meinem Vater gefällt mir Pferdegeruch *nicht*. Ich verbringe nicht sonderlich viel Zeit in den Ställen, und wenn ich mich auf der Bahn aufhalte, ist das entweder im Clubhaus oder in meiner privaten Box.«

»Ich verstehe.«

Sie legte ihre Gabel hin. »Warum stellen Sie all diese Fragen über die Drohungen, wenn Sie nicht die Absicht haben, sie zu untersuchen?«

Ich saß in der Klemme.

»Neugier«, wiegelte ich ab, »die Neugier eines Ermittlers. Ein paar Fragen können nicht schaden, und falls ich etwas herausfinden *kann*, werde ich das natürlich tun. Aber die Sicherheitsmaßnahmen sind meine Hauptsorge. Ich werde zufrieden sein, wenn Dreamland das Derby läuft.«

»Und gewinnt?« fragte sie.

Ich hielt die rechte Hand über den Tisch und bewegte sie hin und her. »Das verdeutlicht in etwa meine Einstellung zu der Sache, obwohl ich im Herzen ein Ostküstenmann bin«, gab ich zu.

Danach gab es weniger Spannungen zwischen uns, und manchmal dachte ich, daß sie mir Angebote machte. Ich schützte jedoch Unwissenheit vor.

Als ihr Fahrer ankam, standen wir auf, und ich fragte, ob es ihr etwas ausmachte, wenn ich einen Anruf erledigen würde. Sie sagte, daß sie im Wagen auf mich warten würde.

Ich fand ein Münztelefon, wählte wieder Don McCoys Nummer und erhielt diesmal ein Besetztzeichen. Ich hängte ein, wählte erneut, bekam das gleiche Ergebnis. In einer plötzlichen Eingebung rief ich die Vermittlung an und ließ sie den Anschluß überprüfen. Sie sagte mir, daß zur Zeit kein Gespräch geführt würde und daß das Telefon entweder kaputt sei oder der Hörer nicht auf der Gabel läge.

Als ich bei Mrs. Nixons Wagen ankam, fragte ich sie: »Würden Sie mich bei Don McCoys Wohnung vorbeifahren?«

Sie preßte die Lippen aufeinander, und ich dachte schon, daß sie sich weigern würde. Statt dessen sagte sie: »Ich lasse mich von Arthur nach Hause fahren, und er bringt Sie dann dorthin.«

»Danke.«

Wir setzten sie bei ›einer ihrer Residenzen‹ ab, einem aufwendigen Apartmenthaus in der Nähe von Beverly Hills, und dann brachte mich ihr Fahrer zu McCoys weniger aufwendigen Residenz.

»Mrs. Nixon sagte mir, daß ich warten sollte, falls Sie es wünschen«, sagte Arthur zu mir.

»Ich bin dankbar dafür«, sagte ich, »aber ich finde schon zurück. Danke.«

Er berührte seinen Mützenschirm und fuhr davon.

Ich ging in die Eingangshalle des Hauses, in dem McCoy wohnte, und drückte seinen Klingelknopf. Keine Reaktion. Ich versuchte den ältesten Trick aus dem Handbuch für Privatdetektive. Ich drückte ein paar andere Knöpfe und wurde über den Türsummer eingelassen. Jetzt stand mir der Weg zu den Fahrstühlen frei. Ich fuhr in McCoys Stock – den fünften – und fand seine Wohnung.

Ich klopfte und klingelte, und als ich immer noch keine Reaktion erhielt, verschaffte ich mir mit meinen Dietrichen Zutritt.

Die Wohnung war durch eine kleine Lampe im Wohnzimmer erleuchtet. Auf dem Schreibtisch neben der Lampe stand das Telefon. Der Hörer baumelte am Kabel knapp über dem Boden.

Ich durchschritt nacheinander die Zimmer – es waren

nur drei – und fand schließlich das, wonach ich nicht suchte, im Badezimmer.

Don McCoy lag in der Wanne, aber er nahm kein Bad.

Er war tot.

»Wie sind Sie hereingekommen?« fragte mich Lt. Taylor vom Morddezernat des Los Angeles Police Department.

»Die Tür war offen«, log ich.

»Tatsächlich? Falls ich Sie hier und jetzt durchsuchen würde, Mr. Po, könnte ich dann nicht zufällig einen netten kleinen Satz Dietriche entdecken, oder?«

»Das könnten Sie«, gab ich zu. »Aber das würde immer noch nicht bedeuten, daß ich die Tür nicht offen vorgefunden hätte.«

Das mußte er mir – wenn auch recht mürrisch – zugestehen.

Nachdem ich den Schock überwunden hatte, McCoy in der Badewanne zu finden, während sein Blut den Abfluß hinabfloß, legte ich den Hörer wieder auf die Gabel und rief die Polizei. Eine Streifenwagen-Besatzung hatte zuerst reagiert. Die Beamten hatten einen Blick auf die Wanne geworfen und dann das Morddezernat, die Spurensicherung und den Gerichtsmediziner verständigt.

Vertreter des Morddezernats war Lt. Bryce Taylor, der mich ein wenig an meinen Freund/Feind beim NYPD, Detective James Diver, erinnerte. Taylor hatte eine rötliche Gesichtsfarbe und graudurchzogenes Haar, außerdem trug er einen ›Rettungsring‹ um seine Taille. Das sah an ihm allerdings nicht so schlecht aus, weil er groß genug war, um es zu tragen. Mit seinen etwa einsfünfundneunzig war er tatsächlich groß genug, um fast alles tragen zu können.

Der Gerichtsmediziner, ein gewisser Dr. Zetnor, kam aus dem Badezimmer, und Taylor fragte ihn: »Was können Sie mir sagen, Doc?«

Zetnor, ein kleiner ordentlicher Mann, der einen präzisen Eindruck machte und undefinierbarer Abstammung war –, sein Name half einem dabei auch nicht weiter – sagte: »Man hat zweimal aus kurzer Entfernung auf ihn geschossen. Jede der beiden Kugeln hätte zum Tode führen können, aber ich werde mehr wissen, wenn ich die Obduktion vorgenommen habe.«

»Krieg ich den Bericht morgen früh auf den Schreibtisch?« fragte Taylor.

»Sobald ich kann«, versprach Zetnor. Er überwachte den Abtransport der Leiche und folgte ihr nach draußen.

»Haben Sie hier rumgeschnüffelt?« fragte Taylor und wandte sich mir zu. Bevor ich etwas sagen konnte, setzte er hinzu: »Stellen Sie sich nicht quer, Po. Ich mache Ihnen keinen Ärger, wenn Sie mitspielen, aber Sie kommen von auswärts. Wenn Sie mir was verschweigen, könnte ich Ihnen eine Menge Kummer bereiten.«

Er war hart, faßte mich aber nicht so hart an, wie er es hätte tun können. Also beschloß ich mitzuspielen.

»Ich habe mich umgesehen«, sagte ich. »Nur um etwas zu tun zu haben, während ich wartete.«

»Was haben Sie gefunden, das wir früher oder später auch finden würden?«

»Eine Nachricht«, sagte ich.

»Was für eine Nachricht?«

Ich erklärte ihm, warum ich in der Stadt war, und sagte ihm, daß McCoy eine Nachricht erhalten hatte, die ihn dazu veranlaßt hatte, sich von Dreamland zurückzuziehen.

»Pferde«, sagte er und schüttelte den Kopf. »Wissen Sie, sogar meine Frau schließt eine Wette ab, wenn das Kentucky-Derby läuft. Geldverschwendung. Wo ist die Nachricht?«

»In der obersten Schublade seiner Kommode.«

»Nicht etwa in seiner Tasche?«

»Lieutenant«, sagte ich tadelnd.

»Tut mir leid«, sagte er und legte die Hand an die Stirn. »Ich weiß nicht, was über mich gekommen ist. Kommen Sie mit.«

Ich folgte ihm in das Schlafzimmer.

»Habt ihr die Kommode schon abgestaubt?« fragte er einen Mann von der Spurensicherung.

»Ja, Sir.«

Er zog die Schublade auf, sah hinein und holte einen Umschlag heraus.

»Ist es das?« fragte er mich.

»Das ist es.«

»Sieht wie ein Brief aus«, sagte er. Er war an McCoy adressiert, mit Briefmarke und einem Poststempel, dessen Datum zu Wochenanfang lag. Taylor öffnete ihn, überflog den Inhalt und sagte: »Klingt wie eine Nachricht.«

»Lassen Sie hören«, sagte ich zu ihm.

»Was?«

»Tun Sie mir den Gefallen. Vielleicht kann ich Ihnen dabei helfen, diese Sache schnell aufzuklären.«

»Würde mir gefallen«, sagte er und las den Brief laut vor.

Als er fertig war, sagte ich: »Lassen Sie die Nachricht auf Fingerabdrücke überprüfen, und ich denke, daß ich Ihnen dann sagen kann, bei wem Sie sie gegenprüfen können.«

»*Falls* es irgendwelche Fingerabdrücke gibt«, sagte er. »Leute, die Todesdrohungen von sich geben, sind für gewöhnlich nicht so hilfreich.«

»Warum fahren Sie mich nicht bei meinem Hotel vorbei«, schlug ich vor, »und ich erzähle Ihnen dann eine Geschichte über einen Mann und einen Versprecher.«

»In Ordnung, aber hoffentlich ist Ihre Story auch das Taxigeld wert.«

Er fuhr mich zu meinem Hotel, hörte sich an, was ich zu sagen hatte, und war damit einverstanden, mich am nächsten Tag wieder abzuholen. Er gab zu, daß ich da vielleicht etwas am Haken hatte, obwohl besagter Haken ziemlich dünn war.

»Was haben Sie herausgefunden?« fragte ich, als ich am nächsten Morgen in seinen Wagen stieg.

»Genug, um mich dabeibleiben zu lassen«, sagte er. »Der Mann hat einen Haufen Schulden, sein Job steht auf dem Spiel, und wir hatten bereits seine Fingerabdrücke wegen einer alten Glücksspielsache in unseren Akten. Sie paßten zu denen auf dem Schreiben.«

»In Ordnung«, sagte ich. »Lassen Sie mich zuerst mit ihm

reden. Vielleicht bringe ich ihn dazu, etwas zu sagen, was Ihren Fall einfacher macht.«

»Okay«, sagte er. »Hier ist der Brief.«

»Gehen wir allein?«

»Meine Abteilung ist unterbesetzt. Das ist der einzige Grund, warum ich gestern selbst gekommen bin.« Er startete den Wagen, und fügte hinzu: »Ich veranlasse, daß ein Wagen uns bei der Bahn trifft.«

»In aller Stille«, schlug ich vor.

»Na klar.«

Ich fand Lew Hale beim Beobachten der Aufwärmläufe und brachte ihn dazu, mich in sein Büro zu begleiten. Ich sagte ihm, daß ich etwas Neues über McCoy hätte und über den Mann, der die Drohungen ausgesprochen hätte.

»Mann?« fragte er mich auf dem Weg. »Also haben Sie festgestellt, daß es tatsächlich ein Mann war?«

»O ja«, sagte ich. »Ich bin mir todsicher, daß es ein Mann war.«

Als wir in sein Büro kamen, setzte er sich hinter seinen Schreibtisch und sagte: »Nun, was ist mit McCoy und dem Mann mit den Drohungen? Sie meinen doch nicht, daß er es war, oder?«

Ich schüttelte den Kopf. »Nein, er war es nicht. McCoy ist tot. Nach dem Bericht des Polizeiarztes ist er vorletzte Nacht getötet worden.«

»Das ist schade«, sagte Hale. »Er hatte keinen Schneid, aber das ist für einen Mann kein Grund, sterben zu müssen.«

»Genau das, was ich denke, Mr. Hale«, sagte ich. »Und trotzdem *haben* Sie ihn getötet.«

»Ich?« fragte er überrascht. »Sind Sie verrückt?«

»Und es muß noch einen weiteren Grund gegeben haben außer dem, daß er keinen Schneid hatte.«

»Haben Sie irgendwelche Beweise dafür, was Sie da sagen?« verlangte er zu wissen.

»Ich glaube, die habe ich«, gab ich zur Antwort.

»Na, dann sollten Sie sich gottverdammt sicher sein, daß Sie welche haben!«

»Das hat mich als erstes darauf gebracht, Hale«, sagte ich. »Dieses Wort, daß Sie immer wieder verwenden. Die meisten Leute sagen ›verdammt sicher‹ oder ›verdammt schnell‹, aber Sie fügen immer wieder das Wort ›gott-‹ davor. Sie sagten, daß Dreamland gottverdammt beeindrukkend sei, erinnern Sie sich?«

»Und das spricht mich des Mordes schuldig?«

»Nicht notwendigerweise, aber das brachte mich auf den Gedanken, daß Sie Drohungen vortäuschen.«

»Vortäuschen? Hat Ihnen Miß Emily nicht gesagt, daß sie einen Anruf bekommen hat . . .«

»Das hat sie. Sie sagte mir, daß der Anrufer gemeint hätte, daß sie gottverdammtes Glück haben müßte, um wieder aus Kentucky zurückzukehren.«

»Na und?« fragte er. Er schien sich nicht wohl zu fühlen.

»Und dann ist da noch das hier«, sagte ich und zog den Umschlag mit der Nachricht aus meiner Tasche.

»Und was ist das jetzt?«

»Eine Nachricht, die Don McCoy Anfang der Woche erhielt und die ihn wahrscheinlich dazu veranlaßte, sich von seinem Ritt auf Dreamland zurückzuziehen. In dem Brief steht, daß er gottverdammt tot sein würde, falls er Dreamland im Derby reitet.«

»Ich sage nicht . . .«

»O doch, Hale. Sie merken es nicht, weil es eine Angewohnheit von Ihnen geworden ist. Aber ich habe es sofort bemerkt. Mrs. Nixon fiel es nicht auf, weil sie nicht genug Zeit in Ihrer Gesellschaft verbringt, als daß sie es bemerken könnte.«

»Das ist lächerlich«, brach es aus ihm heraus. »Sie haben nicht mehr Beweise als . . .«

»Sie haben eine Menge Schulden«, sagte ich und unterbrach ihn. »Spielschulden. Falls Dreamland verliert, würden Sie eine Menge Geld machen und ihren Job los sein.«

»Sie sagen, daß ich wollte, daß er läuft und verliert, und

daß ich ihn gar nicht laufen lassen wollte. Sie sollten sich entschlie . . .«

»Und dann sind da noch Ihre Abdrücke auf diesem Stück Papier«, sagte ich.

»Abdrücke?«

»Fingerabdrücke. Vermutlich konnten Sie nicht wissen, daß McCoy den Zettel behalten würde, und da Sie kein Berufsverbrecher sind, fiel Ihnen vermutlich niemals ein, beim Schreiben Handschuhe zu tragen. Ihre Abdrücke befinden sich wegen einer alten Glücksspielaffäre in den Polizeiakten, nicht wahr?«

Er machte eine rasche Bewegung, zog seine Schreibtischschublade auf und holte eine .38er heraus.

»In Ordnung«, sagte er, »in Ordnung.« Er war nervös, umklammerte seine Waffe und machte mich nervös. »Ich wollte McCoy nicht umbringen.«

»Erzählen Sie es mir«, sagte ich. Ich spürte, daß er wenig Anstoß dazu brauchte.

»Sie hatten recht, es gab zwei Möglichkeiten, wie ich die Sache angehen konnte. Ich konnte Dreamland laufenlassen und darauf hoffen, daß er gewinnen und mir meinen Job retten würde, aber dadurch würden meine Schulden nicht bezahlt werden. Wenn er natürlich antrat und verlor, würde ich ohne meinen Job überhaupt keine Zahlungen mehr tätigen können.«

»Lassen Sie mich raten. Zuerst schüchterten Sie McCoy ein, und dann boten Sie ihm einen Handel an.«

Hale nickte. »Er sollte das Pferd zügeln, das Rennen verlieren. Ich würde eine Menge Geld kriegen, und die Leute, denen ich Geld schulde, würden auch eine Menge kriegen.«

»Was passierte?«

»McCoy wurde wütend, der kleine Narr«, fauchte er. »Er sagte, daß er lieber bedroht als bestochen werden wollte. Als ich ihm die Waffe zeigte, sprang er mich an. Wir rangen miteinander, und die Waffe ging los.«

»Warum gab es während der letzten vier Tage keine Anrufe oder Drohbriefe?« fragte ich.

»Die Leute, denen ich Geld schulde, fanden heraus, was ich vorhatte«, erklärte er. »Sie sagten, daß es von kleinem Denken zeugte, wenn ich das Pferd vom Laufen abhalten würde, damit er nicht verlor und mich meinen Job kostete. Sie sagten, daß ich früher oder später meinen Job sowieso verlieren würde. Sie brachten mich darauf, daß die einzige Möglichkeit, mit ihnen ins reine zukommen – und sogar etwas Geld für mich herauszuschlagen –, darin bestünde, sicherzustellen, daß Dreamland antrat und verlor. Also änderte ich meine Pläne.« Er faßte die Waffe noch fester. »Jetzt werde ich meine Pläne noch einmal ändern müssen.«

»Haben Sie einen Jockey gefunden, der gekauft werden kann?« fragte ich.

»Davon gibt es genug«, sagte er. »Einem davon werde ich den Ritt geben . . . aber zuerst muß ich mich um Sie kümmern.«

»Sie werden mich nicht töten, Hale«, sagte ich. »Sehen Sie sich doch an, wie nervös Sie sind. McCoy haben Sie aus Versehen getötet. Ich glaube nicht, daß Sie mich kaltblütig töten können.«

Ein Schweißtropfen rann über seine Wange zu seinem Mundwinkel, wo er ihn ableckte.

»Außerdem«, sagte ich, »hört die Polizei draußen die ganze Zeit zu. Bringen Sie mich um, und Sie sind noch weit schlimmer dran, als es jetzt schon der Fall ist.« Ich hob die Stimme und sagte: »Lieutenant?«

Die Tür öffnete sich, und Taylor kam mit zwei uniformierten Cops herein.

Ich ging einen Schritt auf Hale zu und streckte meine Hand aus. »Geben Sie mir die Waffe, Hale. Es ist aus.«

Er zögerte lange genug, um mich ein wenig zu erschrekken, reichte mir dann jedoch die Waffe.

»Okay«, sagte Taylor, »bringt ihn raus und lest ihm seine Rechte vor.«

Als sie den Trainer aus dem Büro führten, kam Taylor heran und nahm mir die .38er ab.

»Vielleicht kann er es von der guten Seite betrachten«, sagte ich.

»Und die wäre?«

»Vielleicht ist er im Gefängnis vor den Leuten sicher, denen er Geld schuldet.«

»Vielleicht«, sagte der große Polizist. Er schüttelte den Kopf, als ob noch irgend etwas ihn beeindruckte.

»Was geht Ihnen durch den Kopf, Lieutenant?«

»Hm? Oh, nichts Besonderes«, sagte er. »Das ist nur das erste Mal, daß ich um einen Versprecher einen Fall aufgebaut habe, weiter nichts.«

Ins Deutsche übersetzt von Corvo Verde

QUELLEN-NACHWEIS

Schwarze SERIE

BASTEI LÜBBE

Lieferbare Titel:

19 100 Leonard Schrader
Yakuza
19 101 Fredric Brown
Hunters erste Jagd
19 102 Loren D. Estleman
Das Sterben in Detroit
19 103 Max Allan Collins
Ein Veteran kehrt heim
19 104 Fredric Brown
In den Straßen
von Chikago
19 105 Max Allan Collins
Der Einäugige
19 106 Max Allan Collins
Mordkongreß
19 107 Stephen Greenleaf
John Tanner,
Privatdetektiv
19 108 Ted Lewis
Jack Carters Heimkehr
19 109 David Goodis
Der Mond in der Gosse
19 110 Fredric Brown
Die Detektive von
Chicago
19 111 Ted Lewis
Jack Carters Gesetz
19 112 Stephen Greenleaf
Peggys Geheimnis
19 113 David Goodis
Nightfall
(Die Nacht bricht an)
19 114 Howard Browne
Der Geschmack von Asche
19 115 Max Allan Collins
Auch Blumenkinder
sterben
19 116 Mickey Spillane
Morgen werde ich tot sein
19 117 Ted Lewis
Jack Carters Wut
19 118 Howard Browne
Grüße in Blut
19 119 J. W. Rider
Der Teufel hat
viele Masken
19 120 James Grady
Washington-Blues
19 122 Fredric Brown
Der Tod in Chicago
19 123 Max Allan Collins
Wochenendmorde

Lieferbare Titel:

Band 19 149

Raymond Chandler u. a.

Mach's noch einmal, Schnüffler

Großstadtblues und Neonglitzern, einsame Helden in nächtlichen Straßen, Hollywoodfilme in hartem Schwarzweiß – die Welt von Philip Marlowe, von Lew Archer und alle den klassischen Privatdetektiven aus der bösen alten Zeit. Und dann Szenenwechsel: der Dschungel moderner Metropolen, Drogendealer und Pornokings, Psychopathen und Sex-Sadisten – eine glitzernde Miami-Vice-Welt voller tödlicher Kreaturen, in der sich Einzelgänger wie der ›Nameless Detective‹, wie Alo Nudger oder Amos Walker bewähren müssen. Hier sind sie versammelt, die Besten der großen ›hardboiled detectives‹ von Chandler bis heute.

BASTEI LÜBBE

Sie erhalten diesen Band im Buchhandel, bei Ihrem Zeitschriftenhändler sowie im Bahnhofsbuchhandel.